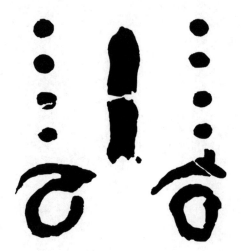

学习微笑

中篇小说卷

李佩甫文集

SELECTED WORKS OF LI PEIFU

河南文艺出版社
郑州

图书在版编目(CIP)数据

学习微笑/李佩甫著. —郑州:河南文艺出版社,2020.8
(李佩甫文集.中篇小说卷)
ISBN 978-7-5559-0906-4

Ⅰ.①学… Ⅱ.①李… Ⅲ.①中篇小说-小说集-中国-当代 Ⅳ.①I247.5

中国版本图书馆 CIP 数据核字(2020)第 100426 号

总 策 划　陈　杰　李　勇
选题策划　陈　静
责任编辑　俞　芸
责任校对　丁淑芳
装帧设计　Ｍ　书籍/设计/工坊
　　　　　　刘运来工作室
内文设计　吴　月
责任印制　陈少强

出版发行　河南文艺出版社
本社地址　郑州市郑东新区祥盛街 27 号 C 座 5 楼
邮政编码　450018
承印单位　河南瑞之光印刷股份有限公司
经销单位　新华书店
纸张规格　700 毫米×1000 毫米　1/16
本册字数　433 000
总 字 数　4914 000
总 印 张　369.5
版　　次　2020 年 8 月第 1 版
印　　次　2020 年 8 月第 1 次印刷
定　　价　1580.00 元(全 15 册)

李佩甫,生于1953年10月,河南许昌人。现为中国作家协会全委会委员,河南省作家协会名誉主席。

主要作品有长篇小说《河洛图》《平原客》《生命册》《等等灵魂》《羊的门》《城的灯》《李氏家族》等,中短篇小说《学习微笑》《无边无际的早晨》等,散文集《写给北中原的情书》,电视剧《颍河故事》等,以及《李佩甫文集》15卷。

作品曾获茅盾文学奖、庄重文文学奖、人民文学优秀长篇小说奖、全国"五个一工程"奖、"中国好书"等多种文学奖项。部分作品被翻译到美国、英国、法国、俄罗斯、日本、韩国等国家。

目 录

○ ●

○ ●

○　●

小城书简 ···

一

妈妈：

"在蓝天和白云之间，有一只海鸥在自由地翱翔……"您说，这就是我。错了，妈妈。我不是海鸥，是企鹅，一只躲在静静的小港湾里，可怜巴巴地梳理着自己的羽毛的企鹅。虽然我很想变作一只海鸥，在蓝天里留下自己的剪影，抖一个漂亮的弧线给妈妈看。可是，蓝天不属于我，白云也不属于我——妈妈呀，这个梦您白做了！

妈妈，您曾经要求我：把这里的一切都告诉您，尽可能地写得详细些。可我说什么好呢？

是的，我分配到 C 城来了，在市医院第二门诊部当小儿科大夫。这是一座干净、朴实的小城，城四周有一条环绕的小河，他们叫它"护城河"。河水很清，圆圆的荷叶覆盖着一半水面；荷花开了，白白的，粉粉的，衬着青青的莲叶、绿绿的梗、悠悠的水波，煞是喜人。

我们医院设在一条不为人注意的、有着悠久历史的小街上，街名叫"关帝庙"。看，够古老了吧？我有了自己的一张诊桌、一架听诊器、一沓厚厚的处方笺和一件崭新的白大褂。该有的，都有了。只是……

唉，往下怎么说呀！

就说今天吧，同诊室的那位济大夫没有来。他是主治医生，查房去了。每当这个时候，小儿科诊室便成了"问询处"，而我那张诊桌，则是法定的"服务台"了：

"济大夫没来吗?"——凡是抱婴儿来看病的"小母亲"，这是第一句问话。

"没来，请坐吧。"

"不来了吗?"目光四处搜索，仿佛是我把人藏起来了。

"他查房去了。请坐，孩子怎么了?"

"下午呢?"迅速后退一步，眼睛像激光手枪一样开始扫射：我的发辫、刘海、脸庞，刚刚上身的白大褂（那也是资历浅的标志吗?），以及那双藏在诊桌下面穿着女式皮凉鞋的脚!

"他说，要开会。"——天啊，我不得不低下头去。

"真的不来了?"一千个不相信! 一万个不相信!!

人，立即退出去了，加入了等待的行列。

门外，有一支庞大的"儿童乐队"在演奏着咿咿……呀呀……呜呜……啊啊……的调调，不时还夹杂着小母亲们那低低的、焦急的叹息；室内，却只有我一个人独坐着，冷清得让人心烦。电风扇在旋转，左旋九十度——摇头；右旋九十度——摇头，摇头，摇头，摇头……我默默地安慰自己：看书，看书吧。

妈妈，我怎么能看得进去呢?!

说心里话，女儿衷心祝愿普天下的幼儿都健康活泼! 但是，作为一个医生，看着这么多有病的孩子，却不能尽一尽职责，我……

三个月了，我就这样呆呆地坐着。总共才有八个病号就诊，而且是只诊断过一次就改换门庭了。可和我一起分来的"小高粱"却恰恰相反! 他那么快就打开了局面，指名道姓找他的病人很多。有时候，满院子都能听到"小高、小高"的呼唤声。本来，他那一副忠厚、老实的相貌就很讨人喜欢，再加上他确实能干，院领导也很看得起。

妈妈呀，一同分来我们两个，做"姐姐"的尚不如"小弟弟"，我真无地自容了！

女儿　鸥

二

妈妈：

您说，您的"海鸥"是不会掉进大海里去的；您说，您不相信您的女儿会是"企鹅"。看到这里，我真想哭……

我从小失去了爸爸，是您一个人独自把我拉扯大的。在那种日子里，我从没见您掉过一滴泪，可以想象您是怎样挺过来的。妈妈是倔强的女人，自然也希望女儿争气。记得有一次，我不小心摔倒在地上，大哭起来。您是那样爱您的女儿！可当您快步走过来扶我的时候，却在离我三步远的地方站住了。您是这样说的："小鸥，别哭。跌倒了爬起来，要自己爬起来，哭是没有用的。"说完，您忙别的事去了。我趴在地上，哭了很久，最后还是自己爬起来了……

您知道，妈妈，我是三年苦熬才考上医专的。第一年差七分，第二年差三分。为了这三分，在偏僻的山村里，一盏孤凄的小油灯又伴我度过了三百六十五个不眠夜。在学校里，我没歇过一个星期天，发了疯似的背药名，从没放过一次到附属医院值班的机会……毕业后，我没有要求分配到妈妈身边去，拒绝了家里的一切援助。我想：该走自己的路了。

现在看来，这是多么不自量力呀！

我曾幻想这里会有一个好的工作环境。可现实把我仅有的一点点自信完全碾碎了。在这里，小儿科是济大夫的"王国"，连空气都属于他！

他有两把所向无敌的"尚方剑"：名气和胡子。

——我是什么也没有啊！仅仅是想做一个好医生，一个真正能治病的大夫。

在这个古老的小城，纵是那些打着花格格自动遮阳伞、有着最现代化"装备"的小母亲，对名气和胡子也有着带遗传性质的、铁一般的信念。不，钢一般的，几乎到了顶礼膜拜的程度！这位老先生虽不像医学院张教授那样在全国出名，可他的名字毕竟响遍了小城的十八条街。只要你站在路口随便拉住一个人问问：小儿科谁看得好？马上就有人告诉你："济公"（她们是这样称呼他的）。仿佛全世界就只有这么一个大夫会给小孩治病。

他有一绺雪白的小山羊胡。也许正是因为这绺银须，才使他显得那么庄重的。连他那清癯的长方脸，淡淡的眉毛，一双总是眯着、实在不算大、深陷在窝窝里的眼睛，也衬得分外有神采。每当开药方的时候，他便轻轻地拈着一两丝儿胡须，似乎万千种药的名称、用途、剂量，全部储存在那一绺长须里，只要轻轻一拈，就会拈出无数神奇的配方来……

"济公"上班，总是昂首挺胸，目不斜视。走起路来，大步慢随，神色肃然。那双直贡呢圆口布鞋踏在地上，发出重而有力的闷响，使迎面走过的人不禁肃然起敬。一进医院门，他身后便续上一条长长的"卫队"，众多的小母亲像众星捧月一样围着他。可是，不管那些小母亲是远亲还是近邻，哪怕是人的儿媳妇呢，他也绝不停下步来！既不看人，也不看脸，只说："排号，按号来。"

只要一进入诊室，他立即穿上白大褂，扣好每一颗扣子，威严地干咳两声，朝我点下头，只点一下。然后，捋一捋那山羊胡，挂好听诊器，款衣正身，端坐在椅子上。等这一系列的程序做完，挂号单便像雪片似的堆在了他的诊桌上……然而，老先生对他的"信徒"却是从来不客气的。从一开始诊断，到写好处方的这段时间里，他都在不停地训斥这些第一次做母亲的女人。虽然她们个个洗耳恭听，连连逗孩子叫爷爷，他还是不放脸儿：

"解开，解开扣儿!"

"就知道让孩子吃，吃!"

"光知道自己睡，让孩子受凉了，唉!"

"你就不知道喂孩子点水吗？唉!"

…………

可是，当他的目光一接触到孩子的时候，那双细眯眼便分外地明亮起来。脸上像开了花似的，堆满慈祥、和蔼的笑纹，就像老臣在"小王子"面前一样谦恭、温顺，小心翼翼，那双游动着蚯蚓般的血管、带着老年斑、仍然保护得很好的手，轻轻地在小儿的肚肚上叩动着，小拇指则习惯性地勾在手心里。他是怕划着孩子，那小拇指的指甲足有半寸长！不知为什么，他独独不剪。当婴儿啼哭的时候，他摸摸孩子的小脸，捏捏小手，甚至还扯一扯"小鸡鸡"，做出一副傻呵呵的样子逗孩子。如果孩子怯生，他就凑上脸去，一边弹舌，一边摇头，让孩子揪他那保护得很好的、近乎"圣洁"的胡子，直到把孩子逗笑为止。

妈妈，您可以想象我此刻的心情……

在这个热闹非凡的诊室里，我的诊桌像是一座孤零零的小岛，一台停止摆动的座钟，没有人往这里看上一眼，更没有人上前搭话。仿佛这一隅是禁区，我就是那吃人的生番！我勾头趴在桌子上，默默地、默默地望着自己的脚，望着脚下的方砖地，那砖缝实在是太窄太小了，要不，我会一头钻进去的！有时，我心里突然产生了一种莫名其妙的恨！妈妈，我绝不是嫉妒"济公"，恨这些"浅薄"的小母亲，国家培养了我三年，我当真会把你们的孩子治死吗?!

妈妈，我也曾悄悄地注意过"济公"的诊断，说句不自量力的话吧：他虽称得上有经验——主要是常见病状和多发病状，最拿手的是肠胃道疾病——可的确也没有太出奇的地方，换了我，也会这样用药的。但是，在这里我却只能扮演"陪衬人"的角色！

使我始终不明白的是："济公"为什么对一个新来的年轻人采取敬而远之的态度？他很少和我说话，总是客客气气的。上班点下头，下班点下头，仅此而已。这究竟是为什么呢？我很想得到他的帮助，求他给以指点。可是……

妈妈，您知道：诊断的次数和经验是成正比例的。可我没有诊断的机会呀！而且，在年龄上，我也将永远赶不上"济公"，永远。

我的处境就是这样，一切都告诉您了。"济公"虽然老，可他气色很好。我不是存心咒他，要是再活十年、二十年，不退休的话……妈妈，我什么时候才能熬出头呢？

女儿　鸥

三

妈妈：

您上次来信，问我"小高粱"是谁？为何又多了一个"弟弟"？

我这就告诉您：他是我大学里的同学，药系的。毕业后也分到了这个医院，在药房工作。

说起"小高粱"，挺有意思呢。他家是农村的，本名叫高良，原是个很怕羞、见人就脸红的乡下聪明小伙儿。上大学的时候，他还剃着小平头，脸儿红扑扑、黑腻腻的，两只乌眼珠滴溜溜的亮。个儿不算高，瘦瘦的，看上去挺有精神。大概是家里的条件差，穿戴更不入眼：白布衫，蓝裤子，粗线袜子，"旱船"鞋。所以，同学们——特别是家庭条件好一点的同学，常常拿他逗趣，在饭厅里怪声怪气地学他的土腔："吃几碗？——'三咯喽'！""夜儿黑？夜儿黑我上资料室。"（他们乡下把碗说成"咯喽"，晚上说成"夜儿黑"。）甚至还有人不无轻视地敲着碗哼唱："一株小高粱，一株小高粱……"每逢这个时候，他就紧紧地咬着下唇，二目圆睁，一声不吭，把下唇咬出两个深深的牙痕！

虽然这样，同学们还是送他绰号"小高粱"了。我并不认为这个绰号不好听，挺朴实呢，只是讨厌这种捉弄人的意味。于是，每当玩笑开得太过火，我就故意端着碗走上去，和他说上几句话。这么一来，也许是出于对女同胞的尊重，那些调皮鬼就闭嘴了，我和他也成了熟人。

后来我发现，他的自尊心很强很强，在学校最忌讳人家说他土气！整天低着头，碰见那些穿戴时髦的同学，他总是绕着走。宁肯绕得远一些，也绝不和人家打照面。给我印象最深的是那次全体师生在礼堂听报告：傍晚，天突然下起雨来。散会后，"小高粱"三下两下很麻利地把裤腿一绾，"旱船"鞋一脱，挺便当地往胳肢窝儿那么一掖，"啪嗒、啪嗒"，赤脚在雨地里跑起来。然而，刚出礼堂不远，他站住了。许是见别人都穿着鞋，打着伞，文文气气地在走，没一个光脚丫的。他突然把鞋从胳肢窝里抽出来，往地上一丢，即刻穿上，毫不可惜地在水地里大步慢走！我在窗口看得清清楚楚，他是最后一个走进宿舍楼的……

毕业分配之后，他找我结伴而行，怯生生地说："大姐，我人生地不熟，到那里你得多帮助我呀。"

我说："我们互相帮助吧。"

他望着远处，好久好久，又喃喃地说："我要争这口气……"

我也激动了，说："是的，三年，多不容易。"

记得坐上火车的时候，他还趴在窗口，朝学校方向狠狠地望了一眼！那一眼，似乎有"走着瞧!!"的意味。

来到小城，有了月工资，他比较注意仪表了。新理了"小偏分"，做了件新褂子，还蹬上了新皮鞋，虽然是猪皮的，但擦得黑明黑明，似乎要和"小高粱"的绰号永别了。

本来嘛，作为医务人员，是应该讲究仪表整洁的。然而，我总觉得那次在火车上发生的事对他的刺激太大了! 那天，天比较热，车厢里很闷。他脱掉了那件往常上课、出门才穿的学生服，露出了家做的、乡下人穿的粗布小褂，自然有些皱，也不大干净。列车员查票的时候，竟然有三个人连续查问他! 而且有一次还隔过了那些穿戴漂亮、仪表堂堂、很有些干部风度的旅客（当然，这一次也没查我的票）。服务员走后，他涨红着脸，拧着眉，眼里竟有了一丝泪迹! 鼻孔急剧地耸动着："看不起人! 看不起人!"

工作之余，他到宿舍来找我，总是这么一句话："姐，奋斗吧! 我们必须尽快地打开局面。五年以后看……"他说得很恳切。说这话的时候，他的眼很亮很亮，里边燃烧着几条像小火龙一样的东西。

我望着他，不知自己该说什么好……

他若有所思地看了我一眼，马上又说："姐，我知道，你那里是'济公'的天下，比较难。但是，必须奋斗。"

是的，是要奋斗。这话对我启发很大，字字句句都说到心上去了。看来，我们小儿科的情况他也知道。可我……

他真行! 说到做到。半年不到，他不仅很快地打开了局面，而且上上下下的关系也处得很好。药房主任不管什么事都找他商量；下班之后，还有病号专门到宿舍来找他，他随叫随到，总是很忙。有一次，我见他手指上夹着一支高级香烟，急匆匆地从外边走进医院，便问："小高，你抽上烟了?"

"不会吸，闲抽着玩。"他的脸微微有点红，夹烟的手指背在了后边，不好意思地说，"别人送的。他急着要一样药，我送去了，他非让抽一支，不接不让走……"

"还是不吸好。"我说。

"我听你的话，姐。"他把烟扔在地上，"其实我也吸不起烟。"

"你工作很顺心吧?"我不无羡慕地说。

"这才是第一步，仅仅是第一步。"他郑重地说。

看来，他并不满足。我呢，只有叹口气了……

"别叹气。姐，这不能相比，我们那里是'世界之窗'。"他说。

"那里是'世界之窗'? 怎么起了个这么好的名字?!"我惊奇地问。

他笑笑，不吭声。听见有人叫他，便匆匆地走去了。

妈妈，您看，我就是这样多了一个"弟弟"，一个比我强的"弟弟"!
我也得奋斗!

女儿　鸥

四

妈妈:

我剪辫子了。

不是为了烫发卷儿，是想显得老成一些，像小城的老婆婆那样在后边绾
一个发髻。您又要笑我了。

那天晚上，在拿起剪刀的一刹那间，我哭了。妈妈，儿时，这发辫是您
一把一把给我梳起来的，丝丝缕缕都蕴藏着母亲的深情。记得有一次，您一
边给我梳头一边问:"小鸥，长大干什么呀?"我用大人的口气对您说:"当医
生。"妈妈，您说怪不怪，我那时怎么会想起当医生呢? 您愣了，好久不吭
声，梳子掉在了地上，您的手却插在我的头发里，轻轻地抚摩着……过了一

会儿，您才又接着问："当一个什么样的医生呀？"我说："当然是会治病的医生了。"记得吗？我不是还用小指头往您腿上扎了一"针"吗？……二十年了，这发辫我一直留着。每次回家，您都要亲自给我梳理一次。可现在，为了让那些小母亲觉得我像个大夫，我狠心剪了它。您不生气吧？

嗨，顶顶让人泄气的是听了医院两位女同志的话。我真要后悔死了！

妈妈，您猜她们怎么说？

"哟，小刘，改发型了？"

"噫，挺帅！叫我看看像谁——"

晚上开会，一进门，便被药房的叶云、李文茹拉住了。

"像谁？"我问。

高挑个儿、烫"波浪式"头发的叶云前后左右一个劲儿打量我的发型；矮个儿、烫"菊花式"头发的李文茹两手抱膀，还盯着我挺认真地思索起来："像……山口百惠！真的，我不骗你。"

天哪，她怎么不说像"阿崎婆"?！散了会，我赶忙回去照镜子：是呀，我有一张晒不黑的白净脸，还有从小养成的注意仪表大方、爱干净整洁的习惯。这都是妈妈赐给的，是我丢不掉也不想丢的。那么，辫子算白剪了……

谁知，到了第二天，我又遇上了一件万万料想不到的事！

那是星期三，"济公"又查房去了。中午快下班的时候，一位"蛋蛋脸儿"的小母亲第九次抱着孩子走进诊室，身后唯唯诺诺地跟着那位"螺丝头"小爸爸，（因为"济公"到现在还没有来，可怜的小爸爸在门外已挨了多次训了！怨他吗？）她问："同志，你说实话，济大夫下午真的不来了吗？"

望着小母亲那焦躁不安的神色，小爸爸那手足失措的样子，我忍不住站起来，鼓足勇气说："孩子怎么了？如果相信我的话……"

沉默，很长时间的沉默。

小母亲气冲冲地望着小爸爸，小爸爸怯生生地看着小母亲，然后又一同把目光集中到孩子身上。婴儿无力地趴在小母亲的肩头上，只是哭闹……他们一定是很想退出去，可又不好意思。终于，"蛋蛋脸儿"狠狠地瞪了丈夫一眼，无端地骂了一句："死人！"这才极其勉强地朝前跨了一步，犹犹豫豫地坐到方凳上来了。

"孩子多大了？"——我怎么才能打消她的疑虑呢？

"五个月了。"回答吞吞吐吐，她还在犹豫呢！

"叫什么名字？"

"方方。"小爸爸急忙插话，这又招了"蛋蛋脸儿"的白眼。

"噢，多好的名字，多俊气的孩儿。"我近乎在讨好了，讨大人的好。"济公"是绝不这样做的。"来，让姨姨看看。哟，哟哟，不哭，小乖乖……"我十二万分小心地听诊、检查，细心再细心。可小母亲的眼睛仍然像枪口一样对着我！

"孩子是受凉引起的泻肚，有点烧。一天拉几次？"我不敢批评，只有小心翼翼地询问。

"十五次！瘦多了。""蛋蛋脸儿"急急地说。

"绿屎，蛋花样，挺稀。是吧？"

"是。"小爸爸说。

开了处方，我又以商量的口气说："最好减少喂奶的次数，多喂孩子些盐糖水。喂时先放盐，后放糖，盐味和便饭一样就可以了；糖不要搁太多，有甜味就行。一次也不要喂太多，一勺。两天后再来看看吧？"

"行吗？""蛋蛋脸儿"问。

"行，你放心。"我说。

"吃了药能止住吧？"小爸爸跟着又问。

"不要紧，会好的。"我再次保证。

"你的孩子大了吧？""蛋蛋脸儿"忽然问了这么一句。

我的脸"腾"地红了。

小两口一前一后地走出诊室。出了门，只听"螺丝头"小爸爸轻声说：

"'济公'和她开的方不一样。先吃两回药试试吗?"

"试试?拿自己的孩子让她做试验?!""蛋蛋脸儿"没好气地嘟哝着,扭头朝这边的窗口瞥了一眼。然后,把处方一点一点地撕碎,又一点一点地扔掉了……

妈妈,听了这话,我的心都要碎了!浑身的血直往上涌,肉都是蹦的!我不知道当时是怎样离开诊桌,又怎样踉踉跄跄地追到门口的。等我看到了趴在"蛋蛋脸儿"女人肩头上的那张粉团似的小脸儿,那双微微有些凹陷的小眼窝时,才下意识地站住了……

妈妈呀,现在都是独生子女,孩子娇贵,我知道,我理解。可我宁肯在自己身上扎一千针、服一万片药,也不愿听到这么一句话!难道我只有拿别人孩子做试验的心吗?!我虽然年轻一些,可也是女人,是一心一意想使孩子早日康复的女人呀!

晚上,我没有吃饭,也没有拉灯,一个人独独地坐在窗前,心里乱极了……月光悄悄地爬上了窗棂,银色的,像水一样柔和的小圆点,斑斑驳驳地泻进来。远处,关帝庙上的兽头变得朦胧、可怖了;街上,小贩的叫卖声也渐渐弱下来,仿佛大地也进入了沉思。只有新建的那座七层百货大楼上的红星分外醒目,熠熠放光……

正当我拉开灯,要给您写这封信的时候,小高推门进来了。他的脚步很响,眼里带有喜色,一见我独坐着,情绪不好,马上关切地问:"姐,你不舒服了?"

我摇摇头,示意他坐下:"工作不顺心。"

他默默地坐下。一会儿,又站了起来,很认真地说:"姐,你不能再这样了。必须开拓自己的领域,自己的……""自己的"这三个字,他说得语气很重,仿佛里边包含着很深的含意。

是的,这我知道:我需要有一个新的起点。可怎么开拓呢?

他望望我,又说:"姐,到这一步,咱们都不容易。我敢说,你没我吃的苦大。"

也许，我还不够刻苦？

小高见我不说话，自言自语地说："要想掌握自己的命运，别人是靠不住的。只有靠自己，自我奋斗。像蝎子一样地爬出去！你不知道，我们那里穷啊，太穷了！过去一个劳动日才挣八厘钱。有一次招工，本来推荐了我，可公社书记一个用烟纸盒写的字条，就改变了我的命运……"他的眼光变得黯淡了，牙又咬了起来。片刻，他像醒过来似的摇摇头："为了扑腾出来，你知道我是怎样拼命的？冬天，滴水成冰，我身上披着一件破棉袄，腿上盖着一条破褥子，坐在灯下看哪，看哪，写呀，写呀！娘可怜我，在火上给我烧了一块热砖，用破布包着，放在我眼前。可是等握笔的手冻僵了，旁边的热砖也早已放凉了……夏天，为了和那些咬人的'花脚蚊子'做斗争，你猜怎么着？我先穿上衣服捂一身汗，然后再关上门，脱光衣服坐屋里看书。这会儿身上尽是汗水，滑溜溜的，蚊子趴不上去……姐，你真没有我吃的苦大。"他闭上眼睛，喃喃地说，"不过，总算熬出来了！"

月亮钻到云层里去了，撒下了暗暗的、模糊不清的影儿……

他说的虽然有些偏激，也是有点道理的。人生难得几次搏。为了事业，有时候，也的确需要点拼命精神。我知道，粉碎"四人帮"后能考上大学的，都是有一番经历的。

他又一次地站起来，望着窗外说："姐，我很想给你帮帮忙，要是能帮上的话。"

妈妈，您看：一个从乡村里走出来的"小高粱"，一个诚心诚意要我帮助他的"弟弟"，这会儿，却要帮助我了。我早就希望他给出点主意，他很有心计。

"其实你的条件并不错。你是医专的高才生，全医院都羡慕的女大夫……"他意味深长地说。

我不理解——妈妈，我痛苦死了！他还说有人羡慕我？！

"羡慕我什么？"我苦笑了。

他也笑笑，说："我一定要帮助你的，姐。"

这个"小高粱"！

过了一会儿，他走到我跟前，迟迟疑疑地说："大姐，你能不能借我十块钱？"

"是家里用的吗？"我抬起头望着他。

他不吭声，头低下去了……

许是他添了些衣服，这月钱不够了？我想着，从兜里掏出十块钱递过去。

他接过钱，道了谢，走了两步，又停下来，像是拿不定主意似的，张张嘴，又张张嘴，说："好大姐，你也给我拿个主意，我是去还是不去呢？"

"去哪儿呀？"我问。

"你说去不去吧？"他紧紧地咬着下唇。

"到底是哪儿不敢去呀？"我还是不明白。

"对。"他的眼亮了，目光灼灼逼人，"我怕啥？！"

这一刻，我才明白，他并不是在征求我的意见，而是在问自己。也许，他早已拿定主意了，只是有点怯阵。那么，他到底要干啥去呢？

他离去了。迈着乡下人的步子，带着小知识分子的自信……

我没动。我要想一想，认真地想一想……

女儿　鸥

五

妈妈：

我有了一个尊敬我的病号，请记住"尊敬"二字。

上午是小儿科最忙的时候，抱婴儿来看病的小母亲们把"济公"的诊桌围得水泄不通。我仍然坐在我那一个角角里看《诊断学》，这也是没有办法的办法。

十点钟，小高领着一个红红胖胖的中年人走进来。两人好像已经很熟悉了，互相说着悄悄话，径直朝我的诊桌前挤来。

小高很随便地把那只没人坐的方凳推给跟他来的中年人。等中年人欠身坐下后，他说："大姐，给老王开点药吧。"

我望着老王那红润的四方脸，高鼻梁，大嘴巴，还有那肉墩墩的下巴，真有点哭笑不得！唉，有了一个病号，还是个这样的大人。小高倒真会帮忙！

我只好客气地点点头，问："你血压高吧？是不是到内科……"

"偏高，稍稍偏高。"老王点点头，又望望小高，说。

小高赶忙介绍起来："大姐，你不认识吗？他是咱市委组织部的老王呀，王秘书。"说着，又转向老王："王秘书，这是刘大夫，我大学里的同学。她是我们学校的尖子，高才生……"

坐在那边，正给小孩看病的"济公"朝这里瞥了一眼。那眯着的、从眼角角里射出来的余光，真让人脸红！小高怎么能这样哪？我刚瞪了他一眼，老王欠欠身，朝我笑笑："听说了，听说了，分配来的时候就听说了。刘大夫，有空儿到组织部去玩玩嘛。"

当着外人的面，我不好说什么，只得勉强点点头。小高趴在我的诊桌上，拉过处方笺，轻声说："大姐，给老王开两盒'蜂乳'，两盒'人参丸'，两盒'维生素C'。"说着，他又拍拍老王："哎，'果味VC'要不要？也是补养的。"等老王点点头，他把笔推给我：

"开吧，大姐。"

"小高，这是自费药，要花很多钱的。你，怎么……"我真有点生气了。

他挤挤眼："开吧，大姐。"

这算什么呢？望望那边的"济公"，我迟疑了……

小高用笔指指我："你呀，大姐……"没等我愣过神来，他竟自己拿起笔"唰唰"地写起来，并且飞快地在医师签名处注上了我的名字。

"小高……"——我还算是一个医生吗？

"没事。"他一挥处方，朝我努努嘴说。

老王也跟着站起来了，仍旧是甜甜地微微笑，频频地点头，甚至对我还有一点点巴结的意味。可是……

小高又是很热心地说："老王，需要什么药赊来了。要是我不在，你直接找刘大夫。啊？"

"好好好……"一连三个好，从老王那阔嘴巴里吐出来。

正在这时，"济公"突然发起脾气来："你动什么？你动什么?!"

那位抱着孩子的小母亲慌忙说："娃儿，他尿你脚上了……"

"济公"厉声说："尿脚上怎么啦？要知道把孩子尿的时候，是不能猛动的！一惊，尿道拧了劲，尿都尿不出来！唉?!"

那位小母亲羞愧地点点头，眼里竟涌出了泪花……

整整一天，"济公""唉"的次数增加了，声音也格外地响亮，他再没有往我这里看一眼……

妈妈，我虽然有了这么一个"病号"，心里却更加难受。我真恨自己！——小高怎么能这样做呢？

吃晚饭的时候，我在小饭厅里找到了高良。本想狠狠地说他几句，可一见他那样，我又不忍说得太重。

他一个人蹲在饭厅的墙角处，正在狼吞虎咽地吃馒头就咸萝卜条，地上仅有一碗稀饭。大学毕业，工资不算太低，这里的伙食也是蛮不错的。别人都吃的是炒鸡蛋、炒肉丝，差一点的也是黄瓜拌凉粉，唯有他吃的是咸萝卜条，一角钱就能买好多的咸萝卜！难道是把钱都寄回家去了吗？

小高一瞧见我，赶忙把半截萝卜条丢进稀饭碗里，站起身来（他还怕人看见），朝我笑笑："大姐，这会儿才来？"分配到这个医院后，他不管见谁都是先笑后说话。

我还是不客气地说："小高，以后别往我这儿领这种'病号'！听见了吗？"

"大姐，咱出门在外，没几个熟人行吗？再，再说……"他嗫嚅地，带着商量、探问的语气。这语气给人以真诚、老实的感觉，该怎么说他呢？

"我目前急需要的是病人的信任，而不是熟人的阿谀。"我正告他。

"大姐，你听我说。"他往前凑了凑，又看看周围。

"我不听，我不要这种帮助。"我端着碗挪开了。

妈妈，您告诉我：做人要正直。搞事业的人尤其要正直。虽然我的处境不好，我也不愿做一个出售"处方权"的医生。我要做真正的大夫，不管多难……

女儿　鸥

六

妈妈：

来信收到了。

只有这么短短的一行，我却读了十遍：

"女儿，你爹爹是站着死在手术台旁的。他是个真正的医生……"

我会读上一百遍的！好妈妈。

我理解您的心情。更理解您直到今天才告诉我爸爸的死因。记得儿时，您曾指着爸爸的遗像对我说："看，那就是你爸爸。一个好样的男子汉！一个拼命干事业的人。"当时，我不懂。现在，我明白了！虽然您不愿勾起那段令人心碎的回忆……

今天，我也要告诉您：我是爸爸和妈妈的女儿。

我已下了决心，下班再也不低头了，低头有什么用呢？没用的。我必须面对现实，找出差距来。"济公"的名气和胡子，不也是用时间和经验，用他那一颗赤诚的事业心换来的吗？

每天上班，我都睁大眼睛观察"济公"与每一个病人的接触，仔细地倾听他和病人家属的谈话，暗暗地分析他下药的剂量。有时，诊室里人太多，远道而来的小母亲抱孩子累了，我就干脆把诊桌前的方凳往那边挪挪，让她们坐下歇歇。我也乘机和她们拉几句闲话，逗逗孩子，学着她们的语气问问是不是"头生儿"，奶水好不好？……这样一来，关系倒融洽多了。

我渐渐地发现，"济公"的确有不同于一般大夫的地方。

第一条，他对百分之八十的小母亲都有这样的嘱咐："让孩子少吃点，就胖了！"

他为什么要让孩子少吃点呢？开始，我很不理解。后来，我看到：来治病的幼儿，绝大多数是患肠胃道疾病，基本上都是消化不良引起的。您想，现在生活条件好了，又是独生子女，一家人的掌上明珠、小娇娇，总怕吃不饱，吃不好，一会儿喂点这，一会儿喂点那，这就必然加重了小儿肠胃的负担，造成胃功能失调，怎么能不生病哪？！当然，这仅仅是一方面的原因。可小儿吃得再多，不能消化、吸收，不是没用吗？

"济公"高兴的时候，手捋胡须，顺口就能溜出几句来："要要好，七成饱。"

"多饥少受寒，五更起来看三看。"

"小膘膘儿，水膘膘儿，冬夏暖壶离不了。"

…………

——看来，"济公"毕竟是济公啊！

第二条，他下的药量极小，非常准确。

妈妈，小儿的药量是很不好掌握的。小了治不住，量大又会产生副作用。可"济公"用药一般都很小。特别是婴儿的药量，一般病症，从没超过三角钱！多是一两角钱，病就治了。人本身就有抗药性，吃多了当然不好。就是从经济上讲，这种绝不让病人多花钱的大夫，谁都欢迎的。可这些，却是我连想都没想过的……

同时，我悄悄地观察到，"济公"的身体并不好。（妈妈，我没有一点幸灾乐祸的意思。）他有个挺独特的动作，那条左腿会突然地抖动起来，好一会儿才能止住。我原以为这是他的习惯。可奇怪的是，一变天他的腿就抖得特别厉害！

每逢抖得太厉害的时候，他便从衣兜里掏出一个黑缎子面、小巧精致的"保险盒"，从里边摸出一丸药，闭上眼嚼碎咽下，过一会儿就不抖了。你说奇不奇？可他每天来上班，却总是昂首挺胸，从没请过假呢。真怪！

后来，我悄悄地问了人，才知道他的腿是"文化大革命"中被同诊室的一个年轻人——也是年轻人——因为嫉妒他，打坏的……

今天，我对高良的"奋斗"之说，有了一点点怀疑——

临下班时，他又到诊室里来了，朝我笑了笑，毕恭毕敬地坐到了"济公"的诊桌旁，附耳说着悄悄话。"济公"皱了一下眉头，说："我不管亲戚不亲戚，只管治病。"

他很尴尬地坐在一旁。直到病号都走光了，他才又凑上去，低声说了几句，像是在恳求什么。

"济公"翻翻眼，沉吟片刻，语重心长地说："年轻人，治病可不是送人情的事。要是真不能来，不管谁我都去。你说实话？"

他的脸红了，很不好意思地说："那，那……开点药吧？"接着，又低声讲了病情。

"济公"眯着眼打量了他一番，还是开了处方。

高良拿起药方，朝"济公"点点头，正要跨出门去，忽然又折了回来，快步走到我跟前，急切地低语说："姐，再借我五块钱吧？"

毕竟是同学，又一块儿来的。我掏出五元钱放在桌上，问："给谁拿药？"

他的脸更红了，支支吾吾地说："一个熟人，偶然碰上的。人家央了咱，不好拒绝。"

我知道他在这个小城并没有亲戚，一个也没有。他对"济公"说的显然是假话。为什么要说谎呢？也许是好心……

"小高，以后不要这样。"我含蓄地提醒他。

他点点头，急急地走了。

这天晚上轮到我值班。很晚很晚的时候，小高才从外边走回来，路过急诊室，他停住了，探头朝里看看，说："姐，是你值班？"

"噢。"我说，"你天天晚上出去，干什么呢？"

他走进来，哼唧着，很不好意思地从兜里掏出一张照片递过来："姐，你看。"接着，他又轻声说，"王秘书介绍的，组织部刘部长的女儿。"

"送礼吗？"我半开玩笑地接过照片。

"一分钱的东西都没送过。"他直直腰，沉思片刻，"像那样的家庭是不需要送礼的。"

看了照片，不知怎的，我心里又多了一层负担。姑娘是八十年代型的。俏丽的杏脸，纤纤的小鼻儿，一双爱幻想的大眼睛，翘翘的小嘴上带有一丝不易察觉的傲气。——小高会追得上吗？

我想说，还是把心用到事业上吧……

他马上就看出来了。奇怪的是，他并没有喜形于色，神情很淡漠，说："姐，你放心。乡下人也不是傻子！"

"喜欢她？"

"看样儿……太娇气。"他含含糊糊地说。

"是吗？"

"噢。"他的目光闪了一下，接着，垂下眼皮说："姐，明天，明天晚上……你能不能跟我去一趟？"

"还没见过面吗？"我问。

"见过了。王秘书说，明天，去，去她家……"

"还用得着跟班吗？"我忍不住笑了。

他又是低着头，不吭声……

这个"弟弟"，"小高粱"，"奋斗者"，不知是中了"丘比特"的神箭，还是怕登大干部的门槛，露出一副可怜的样子。

"大姐，帮帮忙吧。我没经过这事……"他恳求说。

第二天晚上，为了给小高做"后盾"，我还是去了。

没想到，那位胖胖的王秘书早已在市直机关宿舍大院门口恭候呢！他一见小高，便指指表，哈哈笑着："小高，真准时！说七点就七点。走吧，走吧。"

这个"小高粱"！明明有人陪他去，干吗非要拉上我？！我不禁诧异了……

小高忙指指我说："王秘书，刘大夫也来了。"

"噢，小刘！你早该来玩玩。"

我说："小高，有王秘书陪你，我就不去了。我还有事呢。"

小高又露出了很难为情的样子："大姐，你要不去，我也不去了。"

"去去，都去。坐坐嘛，到刘部长那里坐坐也不是坏事。啊？"王秘书说着，指指小高。

"你呀，太老实，放心，这个忙我是要帮到底的……"

就这样，我充当了一个不愿充当的角色来到了部长家。

这是一所干净、整洁，飘散着淡淡花香的小院。院里有青砖铺成的小甬路，四周种了很多花草，一盆一盆的，摆得很整齐。院子中央，是一个很大的葡萄架，架上，枝儿、茎儿、蔓儿，四通八达，密密的葡萄叶遮成一片浓荫，看上去十分宜人。葡萄架下，放着一张小小的茶桌和几把藤椅，一位半老的妇人坐在那儿，轻轻地摇着折扇。

王秘书一进门儿，笑着叫道："刘部长在家吗？客人来啦。"

那位半老妇人笑眯眯地站起让座："老王，你还不知道？他的事多，刚被人叫走。"

"噢，介绍一下，这就是我说的小高；这是小高的同事，刘大夫，特意来探望刘部长的。这位是刘部长的爱人……"

"坐呀，坐嘛。"老妇人一边热情地倒茶、让座，一边悄悄地打量着小高。

客气一番之后，王秘书便朝屋里喊道："丽丽呢？——丽丽！"

老妇人也叫："丽丽，你王叔来了。"

屋里有了一阵窸窸窣窣的响声，人却没有出来。她肯定知道今天小高要来的。这样的姑娘，小高……

小高规规矩矩地坐在那里，两腿并得很直，目光只盯着一个地方看，不扭头，也不仰脸……

我不明白，小高明明知道这姑娘看不起他，为什么还要来呢？

王秘书只是一个劲儿地打圆场："老马，你是老病号，以后需要什么药找小高就是了。我拿来的药都是小高给找的。"

"太麻烦了。"老妇人点头笑笑，"喝茶呀，喝茶。——你，家住哪里呀？"

"医院。"小高说。

"父母呢？"老妇人轻轻地摇着扇。

"乡下。"小高肯定又红脸了。

"大学毕业！"王秘书赶忙接过话头，"人老实，又聪明能干。老马，在我们市直机关，像这样有学历、有培养前途的青年干部太少了！"

"老王……"

"我说的是实话。"

"现在乡下生活也好一些了吧?"老妇人随便地问。

"不算太好。"小高眼里又透出了那灼灼逼人的光。

我正担心这种"盘问"会无休止地进行下去,忽然,响起一阵皮鞋声,帘儿轻轻一挑,丽丽走出来了。

"来了嘛,王叔。"说这话的时候,她那双带着傲气的大眼瞥了瞥小高,又把目光注意到我身上了,看得我好不自在!

我看出,这位部长家的独生女儿肯定是家中的"核心人物"。她的一切,都是要自己说了算的。

王秘书拉过一把藤椅,说:"丽丽,小高来了好半天了,你在屋里忙什么?"

丽丽头一歪,娇嗔地说:"人家没听见嘛。"

老妇人疼爱地看了女儿一眼,又问王秘书:"老王,听说有一种什么'素'治我的病最好。"

"问小高,人家是权威。"王秘书说。

小高目光炯炯地望着老妇人,说:"伯母,不知您要的是哪一种?素类药太多了:青霉素、链霉素、土霉素、黄霉素、氯霉素、合霉素、金霉素……"

"这么多呀!"老妇人惊讶了,"说是新出的一种,挺不好找呢。"

"那是红霉素,素中之王。"小高很认真地说。

这时,丽丽盯住了小高,那双睫毛长长的大眼一眨一眨的,仿佛在说:她,和你同来的她,是谁?

小高却并不看她,只对老妇人说:"我们医院的刘大夫,当年是学院的高才生,比我清楚得多。"

老妇人朝我点点头:"小刘大夫,喝茶嘛。"

我只好也点点头,瞪了小高一眼:"你又胡说了。你是专门学药的……"

丽丽瞅瞅小高,又看看我,再瞧瞧王秘书,身子一拧站了起来,头发往后一甩,说:"热死了!你们坐,我换件衣服。"

过了一会儿，她从屋里走出来了，说是天热，却换了一双耀眼的白色高跟皮凉鞋，丰腴的腿上，套上了长筒丝光袜，百褶裙脱掉了，又换了件小城最时兴的紧身连衣裙。衬得杏脸红鲜鲜的，显得十分洒脱、艳丽。连院子里的香气也变得浓烈了……不知为什么，她径直坐在了我的对面，和我说起话来："你也在医院工作吗？"

"嗯。"

"和小高是同学？"

"嗯。"

"一同分来的？"

"嗯。"

……突然，我觉得我似乎是在扮演一个很不妙的角色。难道小高……于是，我站起身说："对不起，我还有事，先走了。"

老妇人笑着说："轻易不来玩，坐嘛。"

"不了。"我说着，就往外走。

小高赶忙也站了起来："刘大夫，咱们一块儿走吧。"

王秘书一挥手："好好，我也该走了，和刘大夫一起走。丽丽，你送送小高吧。"

老妇人客气地说："我就不远送了，让丽丽送你们吧。改天来玩哪！"

"妈，我送客。"丽丽俏皮地说着，在后边跟了出来……

出了门，我走在最前边，王秘书跟在后，小高却迟疑地说："咱们一块儿走吧？"

王秘书推推他，低声说："你们谈谈，好好谈谈嘛！到公园去……"

我只想快走，没有注意身后，距离就这样慢慢拉开了……

回到宿舍，我静下心来，越想越觉得蹊跷。小高让我去，难道、难道真是为了利用姑娘特有的嫉妒心?！那么，这也是他"奋斗"中的一个步骤吗？……

也许是我太多心了。您说呢，妈妈？

女儿　鸥

七

妈妈：

我决定给"济公"当"秘书"了。

您不是说"要生自己的气，不要生获胜对手的气"吗？我觉得不仅仅是生自己的气，而且要行动，用行动来说话。我的确比"济公"差得远呢！

当我把诊桌搬到"济公"诊桌对面的时候，心里还有那么一点点委屈（别人会怎么看呢？）……

妈妈，到今天我才发现，我是多么爱面子呀！说老实话，我曾经犹豫过，甚至还考虑申请换一个单位，到一个差一点的、没有名气和胡子的诊室里去。然而，这又能说明什么呢？只能说明我是一个弱者！

嫉妒，埋怨，等待，不正是灵魂里这点杂质在作怪吗？揭去这层面纱吧！虽然有点疼，却可以让我看清自己……

"济大夫，你的病人多，我给你抄方吧？"我抬起头来，静静地望着他说。

他先是有点吃惊，坐在那儿，仿佛不认识似的打量着我。片刻，他慢慢地捋着胡子，捋着捋着，那双微眯的眼睛开了："不合适吧？"

我跨前一步，定睛望着他："济大夫，你清楚，到目前为止，我还没有一个信任我的病人。与其坐冷板凳，还不如帮你抄抄方。这样你可以多看几个病号。"

"济公"的神情仍然很淡漠，左眼睑下的肌肉也颤起来了，手指在诊桌上轻轻地叩动着，好半天没说话。不知是在回忆什么，还是在考虑我的话有几分诚意……

"尽快地解除病人的痛苦是医生的天职。说心里话，济大夫，我也很想和你一样得到病人的信任。但现在看来，我的确是有差距的。您是老前辈，我先跟你学一学吧……"

他拈着胡须，沉思良久，说："我这人脾气有点怪，是不讨青年人欢喜的……"

"我理解，济大夫。"我轻声说。

他望着我，语重心长地说："恕我直言，你究竟想做一个什么样的医生？"

"病人信任的医生。"

"光抄方是做不到的。"他摇摇头。

"我知道。"

"你，再考虑考虑吧？"

"我考虑过了。"我直言不讳。眼睛对着眼睛，我希望他能看清我的心……

"好吧。"他微微地点点头，"不过，我有个习惯，病人再多，看完下班。你在伙上吃饭，这不大方便吧……"

他终于答应了！我没有再说什么。不必说，让他看看吧……

就这样，每天我坐在"济公"的对面，一边仔细地观察他的诊断，一边快速地把他口述的药方开出来。这需要眼快、手快、精力集中。好在我有几年大学的功底，干起来并不吃力。有一次，"济公"说："开胃霉合剂……"我这边立即写上了"胃蛋白酶……"可坐在旁边的一位小母亲恰好瞅见了，急忙忙地喊起来："哎哎，护士同志，济大夫说得快，你别写错了呀！"

妈妈，她称我"护士同志"。乍听来，心里不由得袭上一丝不快……我想，护士就护士吧！便耐住心解释说："不会错的，我开的也是'胃霉合剂'。"

她不相信，又望望"济公"。济大夫翻翻眼，沉着脸说："你操孩子的心吧！这是刘大夫。"

您看，多好的老人哪！

中午，在饭厅里，小高凑上来说："姐，听说你在给'济公'抄方？"

我点点头。他怎么这么快就知道了？

"这样你是熬不出来的，姐！"他说，"要不，我帮你调调吧？"

妈妈，您听——他的口气多大！要帮我调动呢。

"不。"我摇摇头。

"你……不奋斗了？"他低声说。

"奋斗。"

"这样吗？"

"嗯。"

"你路子不对。"他肯定地说，两眼扑闪扑闪，里边似乎有很深的含意……

"那么，你的路子呢？"

他眨眨眼，又眨眨眼，不吭声了。每到这种时候，他总是让人费解。过了一会儿，他仍然用肯定的语气说："你路子不对，姐。这样下去，是很难打开局面的。"

轮到我买饭了，顾不上再说什么。可我看见：伙上明明有大家喜欢吃的油炸鱼，小高却还是只买了一角钱一碗的蛋花汤，夹了两个馒头，蹲到人们不注意的角角里吃去了……

妈妈，您看：他对自己这样的严苛！他究竟选了一条什么样的路呢？人是很难一下子看准的，您说对吗？

女儿　鸥

八

妈妈：

我实在是低看了这个"小高粱"！

昨天晚上，医院包场电影《沙鸥》，小高要我走时叫他一声。我在院里喊了好几声，他都没有出来。我急了，跑回去喊他，却见门是关着的。趴在窗前一看，原来他正躲在门后，照着小镜子，手指蘸着水抿他的"小偏分"呢！我"扑哧"一笑。他赶忙扔下小镜子，慌忙跑出来了。

出了门，他问："姐，你看我还像不像个乡巴佬？"

我想笑，但没有笑出来。他的确是在努力适应环境。脸是新洗的，许是用香皂好一阵搓，都擦红了！上身穿的是"特立灵"白色短袖衣，下身是蓝涤卡直筒裤，脚上蹬着一双泡沫塑料凉鞋，里边还经心地套上了天蓝色丝光袜。这在小城，虽不算时髦，的确也不土气。可有一点，他的气度，连同走路的姿势，还是老样子。大概这一点点质朴气是他乡下的母亲赐给的，一时还扔不掉吧……

"还有一点点。"我说。

"哪儿？"他往自己身上左看看、右瞅瞅；拉拉裤脚，又小心地抿抿头发。末了，十分认真地望着我。

我笑笑，没有回答。实在是不希望这位"弟弟"把一切都扔掉……

他也不再问了。高高地昂着头，迈着不紧不慢的步子，尽量做出几分潇洒来。许是他过去从来没有这么悠闲地散过步，走着，走着，不由得加快速度，把乡下人特有的"大叉子"步带出来了。当他一意识到，马上又走得很慢很慢，仿佛连走路也是他要学习的"课题"……

关帝庙的黄昏，是很繁华、热闹的。一街两行的商店、小铺都开着门，橱窗里的各种样品，五光十色的广告，争奇斗艳；卖冰糕、冰水、冰激凌及各类瓜果、各样风味小吃的摊贩，又在路边排开两条长长的"乐队"。甜甜的、润润的、高高的、哑哑的叫卖声此起彼伏，很像一曲觅儿的乡音。

正走着，路旁果品店里踱出来一个瘦高个中年人，他一见高良，急走几步，亲热地招呼说："小高，吃过了吗？"

"吃过了，王主任。"他点点头。然后，又是很有分寸地从兜里掏出一盒烟来，高级的，带过滤嘴呢！从里边抽出一支："吸支烟，王主任，吸一支。"

"哎哎，我这儿有，哪能吸你的。"那人急忙掏烟。

"怎么不能吸我的？老王。"高良一本正经地说。

"好，好。"那人接过去了，吸着烟，问："有鲜桃啊，给你留点吧？"

"不要。王主任，不要。"小高说，"那药来了，我给你留着呢，明天去吧。"

"麻烦你了！"那人点点头，十分感激。

又走了没多远，百货店跑出来一位穿西装裙的女营业员。她离老远就喊："小高，小高，你们那儿有治咳嗽的好药吗？我妈老咳嗽。"

小高停下步来，热心地说："治咳嗽药很多，你要哪一种？"

"好的嘛。"女营业员拧了一下腰，说。

"'咳必清'，一次服两小丸。明天来拿吧。"小高说。

"你要啥可言一声啊。"女营业员示意说。

"不要，不要。"小高摆摆手。

拐过一个弯，"烩面馆"又迎出来一位胖乎乎的中年人。他二话不说，笑嘻嘻地抓住高良的膀子往里拽："吃一碗，吃一碗。"

"吃过了，真吃过了，吴经理。"高良一边推托，一边又从兜里掏出烟来，"吸一支，吸一支吧，吴经理。"

"笑嘻嘻"一边接烟，一边让道："不吃，坐一坐嘛，坐一坐嘛。"

"有空吧，有空来。"高良很有礼貌地谢绝说，"俺走了，吴经理。"

"这孩儿，太老实，太老实！那药多不好找，你给弄来了……"那人用指头点着他说。

他只是忠厚地笑笑……

很快，小高便五步一停，十步一站了。他竟有这么多熟人呀！每到一处，他总是这样：很有分寸、很有礼貌地和人搭讪着，给人以忠厚、老实、可信的印象。他不多说一句话，更不提任何要求。他不吸烟，可当他敬烟的时候，绝不给人以巴结的意味，只让人感觉到他的大方、热情。他到处奉献着这种热情，却又随时拒绝各种馈赠和好意……他那张黑腻腻、红扑扑的脸，像"老少无欺"的金字招牌一样给人留下了深刻、美好的记忆。我在很多人的脸上都看到：他们欠着人情，却又无从报答，露出很遗憾的样子。如果有机会，他们将尽全力帮助他……

"你怎么认识这么多人？"我忍不住问。

"在'世界之窗'认识的。"他答道。

"这烟是买的？多少钱一盒？"

"一块，太贵了。"他不好意思地看看我，"姐，我不比你。"

"为什么？"

他又不吭声了。他的话总是让人莫名其妙……

踏上电影院的台阶，他突然加快了步子，不知什么时候抱住了一个小女孩，还给那女孩买了一包奶糖。他边走边问："艳艳，爷爷来了吗？"

小女孩儿手一指："爷爷在那儿。"

他把小女孩抱到一个五十多岁，神情严肃、庄重的老人面前，轻轻地放下，用十分尊敬的口气说："马局长也来了？身体好吧？"

"好。"老人点点头，问，"工作怎么样啊？"

高良露出一副憨憨的神态，没腔儿地搓着手。这一次，他没有掏烟，也没有上前握手，只是谦恭地站在那儿……一会儿工夫，便很快地走开了。

登上最后一级台阶，丽丽从一个水磨石大廊柱后边闪了出来。这个娇小的姑娘打扮得楚楚动人，手里还拎着一个麂皮小拎包，显然是小高约她来的。看来他们之间的关系并没有中断。可那次从部长家回来，小高却对我说他并不喜欢她。

小高从兜里掏出两张票朝她扬扬，正要给我介绍，丽丽却一阵风似的旋过来，含嗔带怒地把小高拉到了廊柱后面："你，你说清楚，你们到底是什么关系?!"

"同学。"

"你骗人……"

我愣了，好一阵没反应过来。小高为什么要这样？为什么……

是的，他给人的印象如此之好。可我这个自认为了解他的"姐姐"，却越来越看不清他了。难道"世界之窗"对他的影响就有这么大吗？生活真是太复杂、太复杂了！我一定要见识见识……

女儿 鸥

九

妈妈：

我的情况依旧。不过。"济公"对我的态度稍稍好一些了。

您说：只要心诚，一切的一切都会好起来的。我听您的话。

今天，丽丽突然找我来了。

她戴着一副进口的咖啡色太阳镜，梳着大城市才时兴的"高山头"，穿一件女式紧身夹克，像个女司机似的，更显出那与众不同的姿态，小巧而又大方。猛一下我没认出来，待她取下眼镜，我才看清的。原来她鼻凹上有两颗小小的雀斑，这倒给她增添了几分温柔。

她走进我的宿舍，挺随便地往那儿一坐，说："好大姐，原谅我！那天我给你样儿看，小高说我了……"

这是什么意思？肯定是小高让她来的。肯定！那么，"小高粱"是征服者。而她，是他的"俘虏"了。这么快……

"啊，好大姐，我不懂事……"她搂着我的膀儿，用半撒娇的口气说，"听小高讲，你帮他不少忙。"

我说："我并没什么。也没帮过小高什么。我们只不过是同学而已。"

"那，你原谅我了？大姐。"丽丽高兴地跳起来了。

我发现，这姑娘除了有一点点干部子女特有的傲气，有点天真、幼稚之外，心地倒是很善良的。她又附在我的耳边，不无夸耀地说："小高真怪！不管是谁，只要一和他接触，他就能让人喜欢他。"

"是吗？"

"可不。我领他到几位伯伯家玩，他不多说一句话，人家就都说他好。就是不说我好……"丽丽说着，小嘴一抿，笑了。

"你们常去玩吗？"

"不，他才没空哪！只送药的时候去。他可热心了，再难找的药，他说几点送去，就几点钟送去，一分都不差。连王秘书都很服气他呢……"

"小高是很热情……"我自言自语地说。

"不光热情，他争气，说三年之内非要搞出名堂来！只是窝在这小医院的药房里，太屈了。"丽丽叹口气说。

"我看出，你很喜欢他。"

丽丽却羞涩地垂下了头："他对人一会儿热，一会儿冷。总说他是个乡巴佬，必须自我奋斗……越说，人家越……他还说要我考虑考虑，再考虑考虑……不让我到医院来找他。哼，气死人了！"

小高这是在干什么?! 我望着这个痴情的姑娘，说："你们还是互相多了解了解吧。"

"好大姐，你说说他吧。"丽丽恳求道，"我妈嫌弃他，我又没嫌弃，人家是情愿的……"

这一刻，我想了很多很多，一时不知说什么好……

妈妈，我目前的确不能把一切都给您讲清楚，暂写到这里吧……

女儿　鸥

十

妈妈：

我弄清楚了！原来"世界之窗"就是药房的代号。我在这里坐了八分钟，算是领略了"世界之窗"的无限"风光"。您想知道吗?

我是为了查问有没有"肥儿丸"才去的。这药很平常，可昨天开方的时候，有的带处方去取药，药房说没有了；有的却专门点这药要，说药房有。为了不让这些抱孩子的小母亲多跑路，我决定亲自去问问。

药房在一进大门的右侧。五间房子全放的是药橱、药柜，一列列地排着；靠里边的一间是耳房，上边写着"闲人免进"的字样。因为是门诊，中西药在一块儿发。发药是在一个大窗下边的两个小门里，门不大，可以看见半个脸。窗口外边是进大门的过道，那里正排着长长的队……

药房共有六个人。主任出去了，两个值夜班，里边就剩叶云、李文茹和小高。小高一见我，忙停住正抓药的手招呼说："刘大夫，有事吗?"（在公开的场合，他总是这样称呼。）

我问："小高，肥儿丸到底还有没有了？"

他迟迟疑疑地望着我："谁要的？"

"病人要的嘛，这还用问？"

正在抓药的两个人同时扭头看了我一眼——这是什么意思呢？

小高看我很生气，说："我到里边找找，可能不多了。你坐会儿吧。"

他走进"闲人免进"的耳房里去了。我在旁边的一张椅子上坐下来，望着那两个小小的窗口，心里油然升起一丝好奇：这里边究竟有什么奥妙呢？

眼睛，眼睛，一双双焦急的眼睛；手，手，一只只举着处方的手……突然，一双笑眯眯的丹凤眼堵住了小门："喂，那，有吗？"

"有，开去吧。"李文茹丢个眼色，说。

"那，还要吗？你们三位——""丹凤眼"暗送秋波，嘴儿一撇，说。

"鲜吗？"叶云问。

"鲜。"

"贵了点。"

"那"和"那"，是什么呢？

这双眼睛刚移开，又一双窝窝眼和蔼地堵上了："那，给我弄两盒。"

李文茹望望说："我的快完了，让小叶给你两盒吧。"

"窝窝眼"更和气了："小叶，你要的'那'来了。出口转内销的，明天送来。"

"开去吧，快没了。"叶云一笑说。

这个"那"，又是什么？……

眼睛，普通的眼睛又才移过两只，一双傲气十足的溜溜眼又从旁边凑上了："小高，小高呢？给来两个的圆！"——一张处方飘了进来。

"给小高说了，还能没你的？"叶云瞪了一眼，捡起处方，走进那个"闲人免进"的耳房里去了。不一会儿，从里边拿出两个挺漂亮的景德镇细瓷茶杯，上边还有两个对弈的彩釉"老寿星"呢！而在"老寿星"的大肚子上，却贴着一张"止咳糖浆"的标签。

"溜溜眼"接了过来，轻声说："告诉小高，那事我办了。"

普通的、无可奈何的"眼睛"继续安分地排着长队。没有人瞪眼，更没人提出异议——习惯了吗？

一双大而圆的眼睛……

一双尖而利的眼睛……

一双绽开鱼尾纹的眼睛……

一双透着通天魔力的眼睛……

全带着微笑，带着亲切，带着恭顺和诡秘……

两个司药轮番地走进那个"闲人免进"的重地。小门关上开开，开开又关上，一包一包的"药"从那小小的窗口，从我进来的后门，递出去——

多情而又含蓄的眼波从那小小的窗口传过来；低低的、近似暗语的对话不停地交替着，各行各业、形形色色的人物，带着他们所拥有的条件和便利来到了这个窗口……那一包一包的究竟是什么？！

我发现，要得最多的是那个"盒式哑谜"，那些个"眼睛"都在说："盒，盒……"

终于，这个"哑谜"揭开了。李文茹从那个耳房出来走得太慌，包装纸开了，一个精致美观的圆盒滚在地上……

"这里怎么还有'珍珠霜'？！"我惊诧了，不由喊了出来。

两个人齐瞄了我一眼，好像说：这有什么可大惊小怪的。你眼气，也开一盒嘛！装正经！

我实在忍受不了这种目光，低下头去，无意地拿起搁在桌上的一个袖珍记事本。翻开一看，不由得心又怦怦跳起来：这是小高的！上面全记的是人名、地址、单位、职务……上分甲乙丙三类；××来拿药；××要药；×××要送去……这是一张网，一张详细的关系网！

这就是小高，聪明的小高！他每天晚上都出去送药；他不要任何报酬和谢意。然而，这个小本上却清清楚楚地记着呢……"啪"，我的手一松，小本落在了桌子上。

这时，小高走出来了。他望望我，又瞅瞅叶云、李文茹，说："就是不多了，还剩一百包。"

我想说，你们怎么说没有呢？我想说，这是国家的药品哪！然而，我终于没有开口。不是不想说，我知道，说是没有用的，因为这不是一朝一夕造成的……

走出药房，我的心很沉重。无疑，那些人没有一个是坏人。他们大多是平常的、生活中的人。也许，在别处他们会对开后门大发雷霆，怨声不绝。可在这里，他们，也正是他们怂恿、推动了这种不正之风的蔓延滋长。小高和两个司药，在来到药房之前，很可能是一张白纸。可在这样的环境里，会得到什么呢？是的，他们可以抵制，也应该坚持原则。可又是谁，竟然把珍珠霜也运进了药房？又是谁，把装药的器皿换成了高级茶杯，漂亮的饼干听?! 这又要追得很远很远了……

妈妈，展现在这个窗口的"风光"，并没有什么大的、惊天动地的事情。不过是一些在充分发挥"主观能动性"、在"平等互利"基础上，像交易所那样的等价交换罢了。就是给那些健康的或不健康的，终日考虑如何长寿的和确实急需好药品的病人，提供高级营养的、奇缺的药品。当然还有可以报销这个前提——来换取（还有主动奉送），那些人所拥有的，能给予的一切。

那么，一株"小高粱"，一株从乡土上移栽到这里的"小高粱"，他的奋斗、开拓，也正是从这里开始的。我不敢往下想了……

妈妈，您说我是不是应该找高良谈一谈呢？他是我的同学，至今还称我为"姐姐"——也许，还应该找一找谁……

女儿　鸥

十一

妈妈：

我昨晚上出诊了。

说起来很偶然，昨天夜里该"济公"值班，半夜突然下起了暴雨。雨下得很大，狂风把院里的梧桐树枝都刮断了，天空"咔嚓！咔嚓！"地发出震耳的闷响，电线"哑哑"地鸣叫着……当时，我正坐在床上看书，忽然听见前边诊室里传来急促的脚步声，急诊！我脑海里立刻闪了一下。

我拉开窗帘，只见夜色沉沉，雨声哗哗。下这么大的雨，"济公"的腿又有毛病，老人能去吗？想到这里，我赶忙跳下床，冒雨跑出了屋门。

一进诊室，只见一个全身湿漉漉、从头到脚直往下淌水的男人，正气喘吁吁地向"济公"诉说病情呢。他一边断断续续地讲着，一边恳求道："济大夫，你去一趟吧。"

"济公"也着急地望着他，两手吃力地按着桌子，就是不站起来。我低头一瞅，"济公"的腿又抖起来了，像筛糠一样……他是站不起来呀！

我听了病情，知道他的婴儿才生下来不到三天，是为赶吃"面条"的吉日出院的。初步诊断是急惊风，必须马上抢救。我赶上前说："济大夫，我去吧。"

"济公"望望我，又看看那男人，点点头，吃力地说："好，你，你去。"

这个穿雨衣的男人迅速地扭头瞥了我一眼，这一眼看得我浑身发烧！那眼睛分明在说：求求你，不要多事吧……继而，他又带着哭腔向"济公"哀求道："济大夫，济大夫，你去一趟吧，去一趟吧，就这一个孩子……"说着，竟呜呜地哭起来了。

"济公"皱皱眉，很费劲地从衣兜里掏出那个精致的"保健盒"来。我快步上前替他打开，可他一连服了三小丸，还是站不起来！他自己配制的特效药也不管用了，急得他直"唉唉……"。

怎么办？怎么办呢？不敢再拖了，再拖谁去也不行了。到这个时候，还顾得什么脸面？我暗暗地骂着自己，当机立断："济大夫，你等着，我去给你找车！"

"济公"摆摆手说："不行，来不及了。你去，你快去吧。"说着，又转向那人："还愣什么，快领刘大夫去！"

这位"小爸爸"望望我，又看看"济公"，迟疑着……

我再也顾不上别的了！赶紧收拾药箱，拿上雨具，横横心说："走啊。"

他再次地看看我，无可奈何地出了诊室，头前带路了。一路上，雨点像鞭子一样抽打着我的脸。伞根本撑不起来，我干脆合上，在雨中跟跟跄跄地小跑着。

那人没再说一句话。没有热情，更没有尊敬……

这是个工人家庭。老少七八口围着床，围着昏迷中的孩子！一见来了人，马上齐迎出来。可是，当一瞧见是我的时候，一双双欣慰的眼睛立刻露出了失望的神色。那个"小爸爸"一进门，便蹲在门口不动了。一句话都没说，像做了错事似的。还是老婆婆上前打了招呼——他们盼的是"济公"呀……

望着这道人墙，这张由众多的疑问组成的眼网，我几乎失去了向前跨步的勇气。

"站开吧，我也是要对孩子负责的。"我强忍住泪说。

爷爷、奶奶、姑姑、叔叔们让到一边去了。我走到床前，见孩子全身抽搐，嘴唇发紫，鼻息已经很微弱了……我仔细地做了检查，放下听诊器，再次在心里分析了病情，定定心，暗自嘱咐自己：果断些！于是，我一把抓住婴儿的小腿，倒着掂了起来。此刻，躺在床上的产妇忽地坐起来了，惊恐地抓住了我的手！站在周围的人本来就不放心，这会儿齐伙伙地围上来。我顾不上解释，推开她的手，"啪啪"照婴儿的屁股上打了两下，孩子"哇"地哭出声来……

正当我取出注射器，要给婴儿打针的时候，听见外屋有人在低声商量说："去，快去请济大夫吧。无论如何也要把他请来……"

妈妈，听了这话，您知道我的心有多难受。我当时真想背起药箱一走了事！可孩子，孩子还没有脱离危险，我怎么能走呢？我毕竟是国家培养出来的医生，虽然不大受欢迎，职责还是要尽的。再说，我也是个女人，女人都是爱孩子的。我默默地消毒、注射。待给孩子打上针，我便在床沿上坐下来，每隔十分钟检查一次病情。

屋里的气氛十分紧张。他们家里的人一会儿上前看看，一会儿走出门外瞅瞅，老婆婆一遍又一遍地问："不要紧吧？"

我没说一句话，只望着孩子的脸，密切注意着那极其细微的变化。直到婴儿呼吸平稳，脸色渐渐变红的时候，我才发现，自己身上的衣服竟被汗水溻湿了……

妈妈呀，人心都是肉长的。老婆婆虽然不相信我，打发儿子请"济公"去了，可她竟然打了两碗荷包蛋端上来。一碗给了媳妇，一碗端给我。望着这碗热气腾腾的荷包蛋，我虽没吃，在心里已经原谅他们了……

"济公"终于来了。全家像迎"圣驾"似的接出去！我赶忙知趣地让到一边。在这一点上，我是很佩服老人的。他进屋一句话都没说，疾步跨到床前，弯下腰看孩子……

这会儿，雨声变小了。屋里很静很静，静得掉根针都能听见。所有人的目光都注视着"济公"，希望从他的脸上得到点什么。我的心怦怦直跳，像等待宣判似的站着……

过了一会儿，"济公"摘下听诊器，仍是一言不发，只是抬起头来，四下瞅着。一家人也莫名其妙地跟着他往四下里瞅，不知他在找什么……

蓦地，他的目光盯住了我，点点头，又点点头，轻声说："已经脱离危险了。"

只要这一句话！有这一句话就够了。我赶忙转过脸去，眼里的泪唰地流了出来，心里不知是一种什么滋味：苦的、辣的、酸的、甜的……

他们一家人的眼光马上变了，说了许许多多的客气话。老婆婆端上荷包蛋，非让我吃不行。可我，怎么能吃得下去呢？

……雨停了，夜很静很静。凉凉的风轻轻地吹拂着路边的梧桐树，不时有"墨点儿"滴下来。天空像洗过了一样，蔚蓝色的夜幕上，星儿在闪，月儿在移……多美的夜呀！

在回医院的路上，"济公"的话多起来了。他走路虽然有点慢，却还是昂首挺胸。只要腿不抖，他总是很精神。

"你累了吧？"

"不。"

"今晚，本该我来的。这腿……""济公"摇摇头说。

"济大夫，我知道你这腿，知道的……"

他望望我，摆摆手说："不提了，不提了……"

过了一会儿，他又说："刘大夫，我是老了，不行了，你年轻，很有前途，只是……"

"说吧，济大夫，说吧……"我真诚地望着老人。

老人似乎还想说点什么，却又沉默下来，捋捋胡子。好久，望着夜空说："做一个使用处方权的医生容易，做一个真正的医生不是那么容易的。"

我没有吭声，我知道"济公"是不需要回答他的。但是，我懂了他话里的意思和分量。

…………

妈妈，女儿是定要争这口气的！

女儿　鸥

十二

妈妈：

前天，我路过邮局，见高良取回了一个小包裹，他夹得很紧，生怕别人瞧见，走得也很匆忙。

我去了，想找他谈谈。

他正在屋里踱步，包裹还在他的床上放着，没拆。我问："家里给你寄的什么？"

他不好意思地看着我，红着脸把包裹打开了，里边是一件手缝的衬衣，衬衣里边是一兜米红色的小沙梨……

"慈母手中线，游子身上衣……"我拿起一个小沙梨，放在掌心里瞧……

——妈妈，那会儿，我蓦地想起了插队时那个偏僻的山村；想起了许许多多童年的、美好的往事……

高良默默地望着那兜沙梨，眼红了，一颗晶莹的泪珠无声地滚落下来。他用手背去擦，却又涌了出来……

我的心动了。他终究还没忘记生养他的大地呀！

"小高，你爱吃沙梨？"

"小时候爱吃。"

"你家有沙梨树？"

"门前有一棵。"他喃喃地、自言自语地说，"沙梨刚结，还青着呢，我和小秋、小旦就抢着爬上树去摘，裤子都挂破了。娘拿着笤帚疙瘩撵……"

"好吃吗？"我丢进嘴里一颗，酸酸的，涩涩的，有一点点甜，还有一点点苦……

他只是盯着小沙梨，没有吃，也没有拿，只是看着。

"现在不好吃了。是吗？"我问。

他闭上眼睛，牙紧紧地咬了起来。

"你在想什么？"

"乡下太苦了。"他摇摇头。

"没有什么值得回忆的美好的东西吗？"我提醒说。

"……爹，也许正背着火鏊子锄地呢。娘，在灶房里拍饼饼，玉米面饼饼，细粮下来了，还舍不得吃……小秋、小旦放学去割草，割不够篮，娘打。他们望望日头，把草虚虚，好使堆大点。草棵里见个苦瓜蛋儿，很涩很苦的瓜蛋儿，苦得什么似的，两人用铲子割开，一人一半分着吃……不了，再也不了！"他的泪又流了下来，牙咬得更紧、更响了。

"还有呢，还有呢？"我说，"难道没有一点点值得留恋的，值得深思的吗？"

他又闭上了眼睛。

"那些善良的，美好的——"我刚说到这里，他的眼猛地睁开了，像头被逼急了的小豹子！

"要改变这一切，要改变这一切！差异太大了。世界本身就是不公平的。我的爹干了一辈子，死干。可他蹲在饭场里吃饭的时候，过路人会向所有稍稍有头脸的搭话，单单不理他。为什么？这是为什么?! 他流的汗水还少吗……"他的声音低下来了，又是自言自语地，说，"我去过部长家，也去过局长家，同是人，那是一种什么生活？那又是怎样的被人尊重？我决不走我父亲的路!!"

"难道仅仅是为你一个人？"

他立时不吭声了。摇摇头，在屋里踱了几步，忽然像醒过来似的笑笑说："大姐，你吃沙梨吧，要不都拿去。"

我真难以想象，他的感情细胞竟像机器，有电钮开关的机器，说控制就控制住了！脸上又露出了那种诚恳的、随和的笑容，仿佛刚刚是做了一场梦。然而，我看出，他依旧很固执，只是把心灵深处的东西封闭起来了。

"小高，人的生活是有差异的。但是，人活着，总还是要有一点点精神上的东西。无论多平凡的人，也会成为精神上的富翁；再高贵的，也可能沦为精神上的乞丐。我希望你珍重这一切，想想吧，想想吧……"我站起来，慢慢地走出了宿舍。

他还在那儿愣愣地坐着，望着小沙梨，望着那乡下母亲手缝的衬衣……

可是，第二天，当我去厕所的时候，却见那些小沙梨，从乡下寄来的紫红色的小沙梨，被扔在了垃圾箱的角角里……

妈妈，看来，我的话没能触动他。我觉得，他丢掉的是极其珍贵的东西，而我，却不能帮他找回来。看来，这一切远非是在"世界之窗"里才形成的。也许，生活中的阴暗面对他影响太大了……

女儿　鸥

十三

妈妈：

我正式向院领导反映了药房的问题。虽然事后听到了一些闲言碎语，但我并不后悔。"济公"是支持我的。

您知道，我不是说长道短的人。可药房的问题，我觉得是应该反映的。这不单单是国家受损失，对整个社会风气也起着不良的影响。我不忍心看着药房变成"交易所"，更不忍心看着人们在这里拿出治疗疾病的良药的同时，沾染上戕害灵魂的细菌。我很不愿唱高调，只是希望人们的身体和心灵都变得好一些，再好一些。

我提的是管理制度，并没说哪个人，可是，仅仅过去了六小时，中午在饭厅里，李文茹和叶云便对我侧目而视了！

李文茹叮叮当当地敲着碗，走到我面前，笑着问："刘大夫，听说你要入党了？"

"听说咱医院就你一个人够格！"叶云也凑上来，挤眉弄眼地说。

"专门培养年轻人的，觉悟高嘛。"

"人家刘大夫是技术尖儿！"

"请客呀，你。"

…………

碗敲得叮叮当当，话不热不凉，叫你哭不得也笑不得，过后就不再理你了。妈妈，她们还年轻啊！

第二天，小高找了我。他明知故问："大姐，听说有人告了药房。你知道吗？"

"是我。"

"她们正骂呢！你何必……"他悄声说。

"我不屑一顾。"我冷冷地说。

他摇摇头，很遗憾的样子："你记得书上有两句话：聪明难，糊涂更难……"

我干吗要装糊涂呢，决不！

虽然有这些小小的不愉快，我在诊室里的日子却好多了，"济公"对我的态度有了明显的转变，每次开方，他都要征求我的意见。针对各种不同的病情，他听过之后，总要让我再检查一次，很郑重地说："刘大夫，你再听听吧，肺部好像有'啰音'。"或者是："刘大夫，你看这样行不行？……"我知道，他绝不是没把握，而是在真心帮助我，故意说给那些小母亲听的。

那些小孩妈妈对我的态度也好些了。我开始以一个女人（而不仅仅是医生）的身份和她们接触、谈话，设身处地地替她们着想，像母亲一样从各个不同的侧面揣摸孩子的心理。我又查阅了许多关于幼儿的书籍，这样，询问病情的时候，话题就多了。只是我还不能一下子掌握住这些小母亲的心理……这将是我的一个新的课题！

　　放心吧，妈妈。

女儿　鸥

十四

妈妈：

　　寄来的《儿科临床手册》收到了，谢谢妈妈！

　　最近，"济公"不在的时候，小母亲们也开始让我诊病了，但还不够主动。

　　我目前最最需要的是完整的病例，完整的！

　　内行人都清楚：看十个初诊的病人，不如有一个完整的病例。这可以对发病的过程有一个全面的了解，在用药的剂量上也就心中有数了。病人治病心切，常常今儿换一个大夫，明儿换一个大夫，其实这对医生和病人都是没有好处的。要知道，治疗也是有过程的呀！俗话说：病来如山倒，病去如抽丝。哪能看一次就好？可好多病人不理解这个道理。尤其是这些八十年代的小母亲，对独生孩子特别娇惯：吃了镇静药，孩子睡的时间长了，她们不放心；吃了止痛药，孩子脸发红了，她们又担惊受怕，疑神疑鬼……而这一切，解释是没有用的，就全靠病人家属对医生的信任了……

　　为了获得完整的病例，我干脆每隔两天，抽晚上的时间到经我初诊过的病人家里去。看看孩子，了解一下病情的发展，也顺便和小母亲们拉拉家常，谈些医学上的常识。这样，她们就不会再换人了。

一天晚上，我踏月归来，走到五一路的时候，忽然听见地委大院门口的梧桐树下，传出高一腔、低一腔的说话声……

"我不去。你母亲有什么了不起？她侮辱了我的人格！"

"爸爸已经批评她了……"

这竟是小高的声音！另一位呢，是那个叫丽丽的姑娘吗？我愕然了。

"没有什么高贵的，不就是生在城市吗？我是乡巴佬，说明了，我就是一个乡巴佬！乡巴佬要占领城市。给我一个部长我照样能干，而且不比谁干得差！不信试试！"高良喘着粗气，一字一顿地说。

"小高，别赌气了，别赌气了，我求求你……"黑影里，丽丽抽泣着。

"不，我再也不进那个门了！"

"去吧，啊？去吧。这是妈妈让我叫你的。就算是为我去的……"丽丽嘤嘤地哭起来了。

黑影里，高良昂着头，就像电影里的"科西嘉人"一样地站着。"咔嚓"一声，一枝梧桐枝儿折断了。

那娇小的姑娘忽然扑在他身上了："随你吧，你看看我的心……"

我不能再退回去了，只好硬着头皮往前走。幸好，他们并没注意我。我望着夜空，月儿太圆太圆了……

身后的声音低下来，但仍然追上了我：

"你真残忍。"

"我是一个乡巴佬。"

"你干吗要折磨人。不要这样说好不好？刚见你的时候，你多老实……"

"现实让我牢牢地记着。"

…………

妈妈，你一定会说，这是电影里才有的镜头——真像，是吧？

可是，在这八十年代里，据我和一些姑娘的接触了解，她们早已不是五十年代、六十年代那样的了。更不像电影、小说里写的那样，仅仅是冲破封建枷锁什么的……特别是生活条件比较优裕、没有经历过磨难、知识水平较低的城市姑娘，门第已不是首要条件。她们选择对象的标准是"强者""奋斗型"，哪怕是那种敢把天捅一个窟窿的！丽丽就是这样的一个……

妈妈，我不得不承认我的思想是落后于"形势"的。我不是还替这个"弟弟"担过心吗？是的，高良适应环境的能力极强极强，不愧是一个"征服者"！这会儿，我才看清了他性格的另一面，那隐藏得很深的一面……他时时不忘自己的出身，耿耿于怀。当初，为了追上丽丽，他煞费苦心地拉上我做"钓饵"；现在，他拉硬弓了！使我仍然不很理解的是，他为什么一边拉着硬弓，一边又每每约这姑娘出来，上这家，去那家，给人送药呢？

就在这天晚上，一位在地委当打字员的"小母亲"告诉我说："你们医院那个小高（她也认识），真能混！至少每隔三天，往地委大院送一次药……"

妈妈，我发现，他身上，乡下母亲赐予他的善良、质朴正在一点点减少，而那带有野性的邪恶正在一点点地增加。

我们走的不是一条路！

女儿　鸥

十五

妈妈：

生活是复杂的，人也是复杂的。您说是吗？

今天，小高的弟弟来了，我是吃午饭的时候才知道的。下班之后，我回宿舍拿碗筷。突然发现小高的房门前站着一位十七八岁的乡下小伙，身边放着半布袋花生。他显然走累了，又有点怯生，一会儿望望天，一会儿四下瞅瞅，很着急的样子。每走来一个人，他都要问问：

"同志，看见俺哥了吗？"

已是中午了，他还没找着人。我看他怪可怜的，便走上去问："你哥是高良吗？"

他红着脸说："嗯。他上哪儿去了？"

我也不知道小高上哪里去了。只仿佛看见上午有很多人来找他，丽丽（她平时是不到医院来的，小高不让来）来了三次，连组织部的王秘书、果品店的瘦主任、烩面馆的胖经理，还有很多不认识的人都来了好几趟！……小高也不时地忙进忙出，一会儿面有喜色，一会儿又是垂头丧气。大概九点钟，有一辆小吉普开到了医院门口，有个人叫着："快，快！……"小高立即从药房跑出来，坐上车走了。好像有什么大事似的……

现在，他的亲弟弟来了，已到了吃饭的时候，还在这儿傻等，怪可怜的。我说："你哥一时回不来。走，先吃饭吧。"

他舔舔嘴唇，望望天儿，说："不，不，我等俺哥。"

我说："大老远来了，不能饿肚子，走吧，你哥交代了。"

他还是不好意思，身子往后缩着，我把碗放在他手里，他才勉强跟来了……

我买了饭，端给他，他刚吃了两口，又说："同志，俺哥忙啥呢？不往家打（寄）钱不说，连个字也不写……"

"你哥没往家写信？"

"一个字都没写过。娘不放心，才让我来看看他。家里忙呢……"

"也没寄过钱吗？"

"没寄。家里现在好了，也用不着他寄钱，只是不写信，娘挂——"

妈妈，这个"小高粱"一次又一次地借钱，却没往家寄过一分钱，他的钱都花到哪里去了？

吃过饭，我让他到我宿舍里先歇会儿，他说啥不肯，依旧掂着那半袋花生站在他哥哥的门口……

下午，小高回来了一次，又是火烧火燎的样子。我赶忙跑到药房，刚要告诉他弟弟来了，他却拉住另一个人从药房出来了，边走边小声说："快，去地区药库。把那仅有的三支'深山老参'给我弄来，务必弄来！"说着，坐上吉普车又走了……

他究竟要干什么？还要这么贵重的"深山老参"，我见都没见过！我只是觉得，他肯定又是在"奋斗"，拼命地、不惜一切代价地"奋斗"，连亲弟弟来了也顾不上看一眼！

夕阳收去了最后一抹红晕，天黑下来了。他的弟弟仍然蹲在那门口，一直蹲着。待我再叫他去吃晚饭，他执意不肯去，只感激地捧出花生来让我："同志，没啥好的。你吃，你吃……"

月上柳梢，我实在怕那小伙冻病了，便又去叫他。出了门口，刚好听到小高的脚步声——

"旦儿、旦儿，你来了！"

"哥，你上哪儿去了，让我等了一天……"那小伙带着哭腔说。

"旦儿，你哥从早起到现在，也是连口水都没喝呢！"

"哥，娘想你。你咋……"

"唉，旦儿，在外边混事不容易呀。"小高叹口气说。

"哥，要是在外头混事老不容易，就回去吧，家里好些了。"

"回去？傻！你哥不混出个人样，是不回去的！"小高拉住弟弟，"你哥今儿盖了十七个章，十七个。你想老容易？不是你哥，换换人试试？！"

"哥——"

"兄弟进屋吧，进屋吧。"

…………

妈妈，小高完全可以做一个好样的药剂师。他这样，不也很可怜吗？

女儿　鸥

十六

妈妈：

昨天，高良找我来了。

他进屋坐在床沿上，两手抱膀儿，眼里带着自信，默默地望了我一会儿，说：

"小鸥，我要走了。"

他竟然不再喊"姐姐"了！

看，他干什么都是一步一步来，含而不露，扎扎实实。他许是把一切关节都打通了，调令已经到手，这才突然地宣布：他要走了。我该说点什么哪？

"高升了？"

"地区卫生局。"

"好像是更有权了。"

"打入政界不过是我的第一步，还有第二步、第三步……"他喃喃地自语着，眼里又射出了那灼灼逼人的光，仿佛是沉醉在一种梦境里。片刻，他一晃脑袋，说："我还得好好干，好好干。"说着，手伸进衣兜里，从里边拿出叠好的五十元钱放在床上，朝我看了一眼。

他还账了，他的一切都是有"计划"的。那么，第二步，第三步，又是什么呢？

"你好像没往家寄过钱？"我说——再次地希望他能回忆起他那善良的母

亲、勤劳的父亲，以及那淳朴的乡村、田野，萌发出一些善和美的念头来……

他低下头去，沉默了一会儿，说："我没有忘，一刻也没有忘。可是，我现在不行，等将来吧——"他又仰起头，眼睛直直地盯住房角上的一个蜘蛛网，说："等将来，我要把父母都接出来；给小旦、小秋安排一个好一点的工作。我会对起他们的。"

他聪明，很聪明！可他竟是这样领会的。所有的思路都没跑出"我"的圈圈，而且是这样的顽固。他为自己在社会的舞台上画了一个圆，他就是圆心。我觉得没有必要再说什么了。

"家里现在生活好一些了。我刚出来，还没站稳，爹娘会体谅我的难处。"他又说。

"是孝子，连封信都没往家写过。"我冷冷地讽刺道。

他的脸微微地红了，还是那么一副忠厚老实的模样："我现在不想写，也没什么可写的……"

屋顶的墙角处，蜘蛛在爬来爬去地织网，很忙，很忙，很忙……

他应该走了，却还稳稳地坐着。一会儿，他大概看出了我眼里的冷漠，解释说："小鸥，你不要以为我和社会上那些人走得近。其实，我看不上他们，他们没有一个有'水儿'的。我是不得已……"

"你是在利用他们，对吧？"我鄙视地看了他一眼。

他的脸更红了，鼻尖尖上出现了细小的、不易为人察觉的汗珠珠。这的确可以给人以极好的印象。或许，他也正是在利用这副讨人喜欢的相貌……

"随你怎么说都行，手段是不能代表目的的。我并没有伤害谁，我靠自己奋斗。"他舔舔嘴唇，"说心里话，我还是很感谢你，也忘不了你对我的帮助。尤其在学校的那一段，永远不会忘的。如果你也想离开这里，我可以……"

"谢谢。"我冷冷地说。

"小鸥，你有时比我还固执。适者生存，这个道理你是懂得的。"他说着，眼里的火星一点一点地熄灭了。

这一刻，我突然发现他很瘦很瘦，眼窝塌下去了，眉宇间锁着一层愁绪。他活得也不痛快呀……

可他马上又站了起来，昂起头说："我断定你是打不开局面的，很难。还是换一个地方吧。只要你说一句话，我会尽力的。"

这是什么意思？我顿时起了警觉，难道说，我也成了他"宏伟计划"里的一部分吗？我静静地瞅着那只小蜘蛛……

他又坐了下来，一点一点地往床这边移。还是用那种很诚恳的口气说："要是、要是咱们能在一块儿，一块儿奋斗的话……"

我站了起来，盯着他。这时候，我的心异常的平静。这是一张很生动的脸，在我面前也总是像小绵羊一样温和、厚道。我要仔细看看，仔细看看，认清楚！唯一的是替那位崇拜"强者"的丽丽难过。她太天真，也太幼稚了！她献出了一切，而他只不过把她当作"敲门砖"使用。需要她的时候，他拼命地追，不惜玩手腕利用姑娘特有的嫉妒心！也许，他早已连我也列入了"行动计划"，不仅仅是当"钓饵"。现在，他要离开市里，向更高的"途径"攀登了，也就用不着软硬兼施了。在这一点上，这位"奋斗者"是实际的、理智的。他知道，在八十年代里，他不能单靠这样一个姑娘和她的家庭来开拓他的所谓人生的路。可是，当他玩弄了那姑娘的感情，达到了目的之后，竟是这样的无情！

我一步一步地踱到他跟前，强压住内心的厌恶，从牙缝里迸出两个字来：

"出去！"

第二天，医院专门为他开了欢送会。他在医院里人缘好，是大家公认的"老实人"。门诊主任对他的评价更高，一再地表示惋惜。会上，只有"济公"和我没有发言（我把这一切告诉了老人），当他走到"济公"面前和他握手告别的时候，老人意味深长地说："小伙子，你要珍惜人生。"

临行前，很多人依依惜别，反复嘱咐他务必来玩。他又是十二万分诚恳地向人们点头致意……

他走了，临出大门又回头看了两眼，一咬牙，上了等在门外的那辆吉普车——他还看什么呢？

妈妈，现在，我不能不承认他曾经给我一些好的印象；也不得不承认曾经真心实意地把他当作"弟弟"看待。就在今天，我仍然觉得他的确还有值得同情之处。但愿他能遇上一些正直的好人，但愿他的"开拓"，他的"第二步，第三步"于国于民无害。然而，这仅仅是良好的祝愿吧！

女儿　鸥

十七

妈妈：

我有了一个！

不必惊慌，妈妈。我说有了一个，不是男朋友，那是飞起来之后的事，现在还顾不上呢。

——还是让我从头说起吧。

早上，我在诊室里扫了地，擦了桌，去后边倒垃圾了。"济公"年岁大了，我把这些小活都接了过来。再说，这也是应当的。

这天"济公"恰恰也来得很早。他刚进屋坐下，后边跟着进来一位抱小孩儿的女人，她探探头，四下瞅瞅，却又缩回去了（这都是"济公"后来告诉我的）。

"看病吗？前边挂号。""济公"没在意，又是端坐在那儿，捋捋胡子说。

妈妈，你猜，你猜，这位小母亲是怎么说的？

"我，我找刘大夫。她没来吗？"

"济公"眨眨眼，一时没弄明白："找谁？"

"那女的，刘大夫，不上班吗？"

"济公"愣了……

这时，我刚好从后边走过来。妈妈呀，她指名找我，还称刘大夫呢！我一时也怔住了，简直不敢相信这是真的！直到那女人又喊了一声"刘大夫"，我这才明白过来：这个小母亲原是顶顶不相信人的一个，她的孩子也顶顶娇贵，那次她孩子发高烧，我曾经到她家去过六次……

这一刻，我把什么都忘了，小跑进了诊室……

中午，"济公"第一次没有傲然地离去。十二点了，所有的病号都走光了，他还端端正正地坐在那里，两眼平视，手一下一下地捋胡子，捋着，捋着，他的手停住了，没头没尾地说："想不到，想不到……"

这是什么意思呢？妈妈。

他缓缓地站了起来，缓缓地走到我跟前，两眼望着我，从上到下，又从下到上……目光是那样的和蔼、慈祥。好久，好久，他才断断续续地说："我原以为……唉，不说了，不说了，原谅我没有好好帮助你。不过，这样更好，更好。"

我也激动地望着老人："我知道，济大夫，我知道你的心情。"

"我脾气有点怪，是吧？"

"不。"

"怪，是怪，你得原谅我。"他的眼睛湿润了，"中国缺少真正的人才，但不乏歪才，还有许多人只讲才，不讲德，这也是要吃大苦头的……"临出门，他又回过头来，郑重地说："刘大夫，三十年前，我和你一样；现在我老了，你，还年轻……"

我明白了……

妈妈，您知道我的心是多么不平静！我终于有了一个信任我的病人！那么，我坚信，有了第一个，就会有第二个、第三个、第四个、第五个……

在洒满阳光的砖甬小道上，我是一蹦一跳地回到宿舍给您写这封信的。我真高兴！

妈妈，等着吧，女儿会飞起来的。我要在蓝天里抖一个漂亮的弧，给祖国，给人民，给爸爸、妈妈看看！

路还长着呢，我得一步一步地走。妈妈，祝福您的女儿吧！

女儿　鸥

1989 年

送你一朵苦楝花

小妹，家里来信说，你又跑了。

这已是第七次出逃。天一日日冷了，路又是那样的漫长，你究竟要往哪里去呢？

在村里，可怜的父母已为你丢尽了脸。乡下人，脸面是很金贵的。没有钱可以，没有了做人的脸面，叫他们怎么活哪？爹那佝偻的腰再也直不起来了，他的脊梁骨被他的亲生女儿折断了，他在村人面前再也做不起人了。你不会知道，当人们在村街里撇着嘴说"老六家的闺女'匪'了"的时候，老人心里究竟是什么滋味……

你是晚上逃走的。临走前你当着六奶奶的面，当着两位老人的面脱去了贴身穿了十八年的红兜肚儿（按乡俗，这红兜肚儿只有出嫁那天才能脱去。脱去后，你就不是杨家的人了）。那红兜肚儿是六奶奶在你三岁时亲手给你缝制的。你脱去了红兜肚儿，就脱去了家乡对你的唯一的束缚。你把那旧了的红兜肚儿扔在堂屋的地上，粉碎了老人那最后的希望。你去了，你没有带走家乡的一丝线，你决绝地很残忍地切断了这最后的联系。可是，我的小妹，你生在这块土地上，又怎能逃脱这块土地呢？

小妹，在咱们家族的历史上，也曾有过隔代叛逆的记录。上溯到爷爷这一代，三姑奶就是跟人私奔而逃的。据说，三姑奶年轻时长得很漂亮，也很聪明，是家族历史上最秀气的一个女人。她是跟一个唱梆子戏的男人私奔的。在夜深人静的时候，她悄悄跟那男人跑了。七天之后，又被家人抓了回来。于是双双背着大碾盘被沉进了南北潭。死的时候，三姑奶并不后悔，只说："让我们死在一块儿吧。"可两人却没能死在一块儿。祖爷爷下令把他俩一个沉在潭南，一个沉在潭北，那结局是很惨烈的。听经历过那场面的老人说，三姑奶背着沉重的大碾盘在水面上折腾了很长时间，她的手像旗帜一样在水面上悬着，几经挣扎，企图抓到她爱的那个男人的手，可她没有抓到……

小妹，在这里，我没有恫吓你的意思，也不想过多地责怪你，可我不能不说，你是幸运的，你赶上了好时候。在你一次又一次出逃之后，虽然心灵上烙下了很重的鞭影，虽然身上仍残留着捆绑吊打的印痕，我还要说，相比之下，时光对你是厚爱的。

我说不清这种隔代叛逆的必然根源是什么。也许刚强会导致软弱，软弱却又孕育了刚强？也许那久远的血脉在极缓慢极迟滞的流动中会突然蹦出一个活跃的血分子来？可是，在这块土地上，本该是什么种子结什么果的。爹的委琐加上娘的懦弱，怎么就孕育出你这么一个不安分的女儿呢？

三姑奶是为爱情而殉难，应该说她死得很值。她在奔向幸福的过程中受折磨而死，她也就是幸福的。她有过瞬间的辉煌，有过爱的尝试，有过面对蓝天白云的最后一笑。她站在南北潭的边儿上，望着绿得发黑的潭水，很勇敢很惬意地说："让我们死在一块儿吧。"

那么，小妹，我要问：你是为了什么？

你是在家里盖起了四间瓦房，有了足够的粮食之后出逃的；你是在数次出逃之后，终于挣脱了捆在身上的绳索，获得了乡村对你的最大宽容和自由之后又一次出逃的。你走得那样匆忙，纵是逃脱牢狱的人也不会比你更急切。在暗夜里，你把养育你长大成人的村庄扔在身后，甚至不屑再回头看一看。

你急急地跨过沟坎，越过小桥，然后像盲点一样消失在更为广阔的天宇。每逢这种时候，你的胆量是惊人的，勇气也是惊人的。一个孤女子在黑暗中行走，你的灯光在哪里？

从理念上说（原谅你的哥哥，他读了许多年书，理念自然就多一些），每一个企图逃脱苦难的人得到的必然是更加深重的苦难。小妹，我知道你是在苦难中长大的，你不在乎苦难，你的勇敢就表现在能够承受苦难。你逃脱苦难是为了寻找苦难，这就更使你的哥哥惶惑。

假如是为了爱情，在你背弃了六奶奶的苦心，背弃了父母的安排之后，你已有了充分的选择余地；假如想独立生活，你也已得到了父母的最大限度的允诺。可是，你又跑了。

你走了，你留给家乡的是诉说不尽的耻辱；你留给父母的是洗刷不清的耻辱；你让那个爱过你的男人挂在耻辱的苦楝树上（那树砍了，耻辱却永远挂着）；乡邻们在尽情嘲笑你议论你的同时，也替你分担了耻辱；而耻辱本身却没有了耻辱。你把耻辱卸在这块土地上，干干净净地走了。

对你的出走，老人是困惑的。

娘一次又一次流着泪说："吃上白馍了，还不够吗？"

爹跺着脚说："啥都有呀！啥都有……"

小妹，你知道天地的宽广，可你知道生存范围的狭小吗？你知道路的漫长，可你知道人的拥挤吗？你自小就很聪明，你有足够的理由嘲弄你那大学毕业后工作多年的哥哥，你甚至不给他解释的机会。可你知道天道循环吗？

小妹，我不敢说你是堕落。堕落也是需要勇气的，堕落是对现有生活秩序的一种反叛。你的不堕落的哥哥既然生活得这样平庸，也就没有任何理由去指责他的毅然决然地奔向耻辱的妹妹。我甚至不敢说你是无知的。虽然人海茫茫，在人生的路上还有一个接一个的苦难等待着你，很难说清你的结局。当你的"有知"而无任何行动的哥哥坐在舒适的"牢笼"里一支接一支抽烟的时候，也就失去了在他的一次又一次勇敢背叛的小妹面前夸耀知识的勇气。

跳进"火坑"的人与旁观者的心理永远不会一致。品评别人是容易的，这使品评者不自觉地占有了心理上的优势。你的哥哥是坐在温暖的房子里喝着毛尖茶吸着烟凝视着窗外的白雪与他的小妹说悄悄话的（他不敢让你那位该称作嫂嫂的陌生女人听见）。他思念他的小妹，却不知他的小妹现在何处。他知道，这种"对话"是很做作的。

爹娘曾骂我对你不够严厉，眼看着你跳进"火坑"而不顾。而你，我的小妹，对哥哥显然也是不满意的。七次出逃，你一次也没来找过我，这说明你至今看不起你的哥哥。

在有了那么一次软弱之后，你再也看不起你的哥哥了。你觉得他活得没有骨气。你不愿给他带来麻烦。你可怜他。"哥，是她吗？""是她。""二十多年了，你还能认出她？""……嗯。""你去见见她。去呀！""……不好。""你得去。那么多年了，你就不能见见她吗？！""不好。""见见有啥呢？见见吧。""不好。"

"哥，你是人吗？！"

"……"

雪无声地下着，窗外的世界一定是很冷的。小妹，你在哪里呀？

小妹，我至今不能忘怀的是十二年前的那个夏夜，星儿在天空碎闪，月儿摇着一弯小小的船。院中的苦楝树开花了，一树紫紫、白白、淡淡的小花。树下偎着一个九岁的小妞妞，去捡那散落在地上的小小花瓣。灿灿月光水一样地泻在地上，碎了捡花的小手，碎了那亮着紫边的小花，碎了那梦一般的夜。那宁静那恬然那专注是极动人的。小妞妞痴迷花的清香，苦苦涩涩的香。她静静地立在树下，亮着一双藏有无数甜美小想头的眼睛，微微地撇着小嘴，在那窄小而纯净的心灵里放出了人生的第一只"蝴蝶"……

那会儿，一定是我的脚步声惊扰了你，于是便有甜甜的一笑：

"哥，送你一朵苦楝花。"

小妹，那时的你是多么单纯多么可爱呀。小小的年龄，纯洁的心灵，倚在月光下放出的"蝴蝶"一定是极美好的。那是未知的美好，向往的美好。我的九岁的小妹，对于人生，你都企盼些什么呢？

那晚，你在院里扭来扭去，一定是想给哥哥说一点什么的，可你没有机会。哥哥要走了，哥哥心不在焉，哥哥被省城大学的通知书"烧"得不认识自己了。能考上大学，这对乡村来说是光耀门庭的事情。乡邻们都说老祖坟里冒烟了，于是争着来看这棵从老祖坟里长出的"蒿子"。他没有机会和你说话。

在你的哥哥临离开乡村的最后一夜，你送了他这么一朵"花"。那时他不知道你是有意还是无意，他收下了这朵"花"，没有破译。此后，他忘记了他的小妹，也就失去了再次破译的机会。他知道这花是苦的涩的，但他不知道这就是他人生命运的注解。

他从一览无余的乡村走入城市，有着很宽的马路很高的大楼的城市，海一样深邃的城市。他带着两腿泥跌进了城市的旋涡，在花花绿绿的橱窗前迷失了。于是他被"囚"进了一个上不着天下不着地的"方格"，有一个属于城市的陌生女人管着他。那女人是城市的守护者，是城市的"警察"，秩序和正常是她手中的鞭子。她常常问他："洗净了吗？"他说："洗净了。"那女人有一只很灵的鼻子："怎么还有股味呢？"他说："我再洗洗。"他在布满蔑视的"方格"里一次又一次地清洗自己。他知道他洗不净，这气味来自养育他的乡村和田野，已深深地浸入血液之中，他怎么能洗去呢？在这样的"方格"里，他对那八十元一瓶的香水产生了莫名其妙的恐惧，这恐惧依然是来自血脉来自田野的。每当他被裹在"香水"里的时候，他就想粉碎这恐惧，然而他还是被那浓烈的"香水"粉碎了，剩下的依旧是恐惧。城市女人是城市的当然管理者，每一个从乡下走入城市的男人都必须服从城市女人的管理，服从意味着清洗，清洗意味着失去，彻底的清洗意味着彻底的失去。他出了门便消失在人流中，回到家便化进了"方格"里，他没有了自己，更没有属于自己的一点点东西。只有那看不见摸不着的气味是属于他的，且正在被清洗。

他很想走出"方格"又极害怕失去"方格"，在城市，这是他唯一的藏身之所。

有一天，那陌生女人突然问他：

"你怎么了？"

"怎么了？"他不明白她的意思，一点也不明白。

陌生女人那很好看的鹅蛋脸上露出了惊雀般的神情：

"你笑什么？"

"没笑什么。"

"没笑什么，你笑什么？"她问得很怪。

他郑重地说："我没笑。"

陌生女人跳起来了。她说，怎么没笑？你出门就笑。是那种巴结、谄媚的笑。一边笑还一边给人点头。从机关大院门口一直到走进办公室，你总共点了一百八十七次头，见人不见人你都点头，你竟然还对着一棵树点头！你不觉得累吗？！

接着，她又说："即使再下贱，也不能去巴结一个孩子，你给那三岁的孩子笑什么？！"

他很茫然。他不知道他笑了没有。他为什么要笑？假如笑了，那仍然是恐惧所致，那来自乡村来自血脉的恐惧。在那陌生女人面前，他每时每刻都感到了乡下人的卑微。他无法逃脱这种卑微。

小妹，这就是你的哥哥。你曾为他付出辛劳有过期望的哥哥。

在他离家之后，你就被迫停学了。我的很小的小妹，为了供养你上大学的哥哥，你含着眼泪离开了学校，接过了本该由哥哥承担的沉重的田间劳作，接过了那本该由哥哥使唤的赶羊鞭。按说你是不该做出这种牺牲的，任何人都没有理由让你做出牺牲，可你还是做了。

你每天天不亮就起床，赶着两只小羊羔到坡上去放。那羊羔就是你哥哥的"学费"。在灰蒙蒙的晨曦中，你孤零零一个人赶着"学费"在坡上走，步量那无尽的黄土地。夕阳西下，你又摇摇地背着一个极大的草捆回家。一个极小的人儿，撑着天大的日月，你是很乏累的。可一年又一年，你重复地走着同样的路。你把羊从两只喂到六只，又喂到八只。你把它们从小喂到大，从生养到死，你目睹了羊的生与死的全过程，你目睹了羊作为物质转换为货币的全过程。让一个喂羊的小姑娘去拽着羊腿帮爹宰羊是很残酷的，可为了哥哥，你不得不这样做。在羊的"咩咩"叫声中，你眼睁睁地看着爹把尖刀捅进羊的肚子，看着那箭一样飞溅的热血。那羊是你喂大的，你抱过它，亲过它，给它说过很多的悄悄话。可你又眼看着它倒在你的脚前，活睁着一双善良的任人宰割的眼睛，好像在问你：活是为了什么？羊作为"学费"的信号强烈地打入了你的记忆。你无话可说，也不知道该说些什么。而后又默默地跟爹到集上去卖羊肉……假如把你的生活再延长一点，作为家中唯一的识字人，你从喂羊到转换成钱然后再作为学费寄出，你一定与离家有七里远的乡村邮局有了某种联系。在邮局里，你渐渐明白外面还有一个极大的世界，你知道书信作为传递工具可以飞向世界的任何一个角落。这时候，在你的朦朦胧胧的记忆里，一定是留下了什么……

　　夏天是忙碌的。那时你的小胳膊还很嫩，人还没有长成，腰自然也不是弹簧做的。可家里没有人手，你不得不像大人一样去田里干极笨重的活计。在你一次又一次弯腰割麦的时候，在你蹲在湿热的玉米田里薅草的时候，在你拽着很沉重的粪车吃力地奔向田野的时候，小妹你都想了些什么？

　　冬日很冷，在带哨儿的北风中你仍是起得很早，喂羊、喂猪、喂鸡，然后是担水、做饭，畜生一锅人一锅。这仍旧是重复的，无休无止的重复。那一双终日在冷水里浸泡的小手早已裂得不像样子，血口一道一道的，不比枯树枝更好看。或许在年关的时候，你还得挑上一担红薯到四十里外的镇上去卖，那沉重全凭一口气顶着，一步一步地挨，你有"学费"的信号。小妹，孤零零地蹲在风雪交加的镇上卖红薯，你哭过吗？

　　小妹，多年来，你的上完大学又留在省城工作的哥哥没有给你写过一个字。夏天很热，冬天又很冷，他没有问一问他的小妹抗得住蚊虫的叮咬吗，手裂了吗。可他却一次又一次地收到了从乡村邮局寄来的钱。那钱是一分一分攒起来的，有时多一些，有时少一些。多的时候一百，少的时候只有三块。他应该从钱上闻到羊屎鸡粪猪尿的气味，他应该知道那是羊的血肉或是一担红薯的价值。他的心为此战栗过，也仅仅是战栗，他做了什么？

没有。

小妹，你的背叛意识的积累是从这里开始的吗？你默默地忍受着这一切，从没抱怨过什么。可是，就在你哥哥带着那个陌生的城市女人回乡的那天夜里，母亲明确地告诉你，让你按乡俗为那称作"花嫂嫂"的女人端洗脸水，并按乡俗替那女人准备了包有五元钱的"红封包"（这"红封包"是要新娘子交给为她端洗脸水的小姑子的），你端了洗脸水却拒绝接受那"红封包"。拒绝意味着割断，你要割断什么呢？

小妹，当哥哥思念你的时候，也就是他良心忏悔的时候。他想获得心理上的平衡，得到的却是永远的不平衡。在你九岁那年，你说："哥，送你一朵苦楝花。"这充满稚气的信号在他的脑海里存放了很久，他一直被这种神秘的信号缠绕着，他认为这充满稚气的语言是来自天庭的，是先验的预言的注脚，他无法破译。

于是，他渴望你再来一声"哥"的呼唤，这呼唤能拯救他的灵魂。再来一声吧！

然而，苦楝树没有了。小姐姐不见了。那九岁的小姐姐。

小妹，在你第一次出逃之前，你曾给你的哥哥写过一封信。信上只有一句话，你说："哥，我不想活了。"那是个灰色的冬天，在灰色的冬天里我的小妹产生了骇人的念头，她给她的嫡亲哥哥写了一封信，说她不想活了。

小妹，这是你的第一次也是最后一次来自心灵的呼救信号。在你走向乡村邮局的路上，你一定是把一切都想好了。你的无畏在很小时就给人留下了很深的印象。记得那年你与人争吵，一气之下竟抓住菜刀剁下了一节手指！

然后你把那断了的手指弃在案板上，径直拉人上街评理。当那断了的手指还在案板上脉跳时，你弃之不顾，当街与人言理，那血淋淋的任性与决绝曾使全村人震惊！你的任性是很有名的，你能舍去手指就能舍去任何东西。从某种意义上说，你舍去的不是手指，而是平庸；你舍去的不是肉体，而是精神的附赘。你甚至不为言理，而是在痛苦中寻找精神的欢愉。这种血脉的超常延续当是冥冥之中的三姑奶给予的。所以，当你产生了轻生的念头时，你就有了很矛盾的"欢乐"。那是精神濒临崩溃之前作最后挣扎时才有的"欢乐"。很残酷的"欢乐"。你把这种"欢乐"的体验用信的形式寄给了你的哥哥，向他抛出了信任的长索，呼唤他能回来看看你。

小妹，这一天对你来说是至关重要的。在这个阴晦的冬日里，你会去哪里呢？你一定到代销点去过了。代销点是男人聚集的地方，是烟雾缭绕日爹骂娘的地方，也是乡村里唯一有点乐趣的地方。那里的笑声带有浓重的脚臭味和汗酸气，那里的语言是世界上最下流的也是最质朴的，那里集中了乡村的智慧也集中了乡村的浅薄。你仅仅在门口站了一会儿，终还是退出来了。那一张张裹在烟雾里的灰色的脸叫人生厌，那一双双捉虱的手更叫人生厌，厌便是你对这个阴晦冬日的最初感觉。而后你在寒冷中走向光秃秃的大地，一望无尽的灰，很乏很累的灰。天是灰的，地也是灰的。在灰色的田埂上有灰色的麻雀在跳来跳去，"啾啾"地寻觅那散落在沟壑里的谷粒，很凄凉的灰动。你的脚步载你走了很远，似总也走不出那灰暗的心绪，于是你突然就折回来了，像逃脱什么似的，走得极快。你一定还去了大花家，大花快要出嫁了，家里正忙着置办嫁妆，很乱。大花看见你就哭了，她说她害怕。那男人是个煤矿工，只见过一面，是个很遥远的未知数，她就要去和那未知数过日月了，她说她害怕。你有一点点羡慕她，也有一点点可怜她。你羡慕她的"走"，遥远的走，走得无影无踪。你可怜她的软弱，可怜她的顺从。你说：怕什么，男人有什么好怕的。可大花要走了，你心里很孤。从大花家出来，你面对着村街里的大石磙看了很久，那冰冷的大石磙从你一出世就在那儿蹲着，像老人似的蹲着，总板着一副面孔，昨天今天明天都是一样的，没有时间的流逝，只有岁月的无尽。你用脚蹬了蹬它，它纹丝不动。它死了却又活着，活也就是死。看久了，便让人躁，让人急，让人疯。你很想把它抱起来扔出去，扔得远远的，永远不再见它，可你抱不动，于是你心里很凉。无奈，你又顺着村街往前走，一切都是读熟的、看惯的，简直是太熟了。那房舍那院落那土路上的车辙闭着眼都能清清楚楚地感觉到，连冷风中的气味都是闻惯了的，没有一点点新鲜的东西。你不得不回家，不回家又能到哪里去呢？家里活是永远干不完的。娘在剥玉米，你也坐下来剥玉米。要是拣烟，你也拣烟。那程序是重复过千次万次的，熟得让人生腻。中午了，你问娘吃啥饭。娘说："面条。""面条？"你又问了一遍。娘说："面条。"乡下人的午饭永远是面条。于是你去和面，和面时你碎了一只碗，那响声很大！娘问："咋啦？"你说："不咋。"你很清楚你在心里骂了些什么，可你没有说。吃了，刷了，又去喂羊、喂猪、喂鸡……

在这个阴郁的冬日里，你的心绪坏透了。烦极也厌极。许多年来，你一直忍着，为你的哥哥忍着。供养哥哥上学的念头压住了一切。你知道事情总会有个了的，等哥哥毕业了，你就会活得松快些。你企盼着这一天的到来，你认为哥哥一毕业，你就松快了。你的长久的忍耐是以哥哥毕业为限度的。然而，限度已过。一切都还是老样子。你的生活并没有发生变化，得到的却是更大的失落。

哥哥毕业了，他已不需要家里寄钱了。当"学费"的信号消失之后，你眼前的目标突然也跟着消失了。为人做出牺牲是一种信念，没有了"牺牲"也就没有了信念。你不怕苦难，但那承受苦难的支撑点没有了，接着就是可怕的精神断裂。在一年又一年里，你举着你的"精神"走向邮局，那时你所承受的苦难是充实的、坚忍的、有目标的。可现在你却失去了安置"精神"的地方……

乡村里常常停电，没有电的夜黑得像锅底一样。而你又无处可去。你倏在一盏小小的油灯下，久久地凝视着黑夜。黑夜是无边无际的，油灯又是那样的孤小，一豆之光实在撑不住那网在眼前的黑暗。夜太静了，心里却很空，映在墙上的是令人恐怖的模糊不清的影儿。为了完成最后的挣扎，你终于给你的哥哥写了一封信。你说："哥，我不想活了。"

你并不想死，或者说你写这封信的时候并不想死。你对你的哥哥还抱有一线希望，信的目的是企盼他能回来。你哥哥如今是有"学问"的人了，他也许能帮你找一个安置"精神"的地方……

然而，在你去乡村邮局送信的路上，信任的基石滑坡了，你突然对你的哥哥失去了信心，你觉得他是靠不住的，你不可能从他那里得到力量。你知道他二十年前爱过一个小姑娘，那是他在县城上中学的第一天爱上的。那穿花裙子的小姑娘仅仅在他眼前走了一趟，他就爱上了她。而后他尾随这个小姑娘在上学的路上整整走了一个夏天……从此，他知道了什么叫"阳光灿烂"。那小姑娘就是他的"阳光"。二十多年来，这"阳光"一直封存在他的记忆之中。经过了漫长的岁月之后，他见到了这个女人，他一眼就认出了她。他惊喜交加，激动得无法自抑，可他却不敢上前跟她说句话。他没有勇气正视自己，他害怕那个跟在身边的陌生女人，于是就失去了一个极辉煌的美好瞬间。他只剩下了回忆，他还不老，就只剩下了回忆。他仅有的勇气是给小妹讲述了"阳光"的故事。这样的人靠得住吗？

于是，你犹豫了。你向哥哥发出的呼救信号在去乡村邮局的路上就成了毫无意义的形式。你对这封信不抱希望了，只有一点点徒然的企及。在这个时候，你才正视了死的念头。你很快地想到了南北潭（那是三姑奶殉情的地方），接着又想到荡于梁间的绳子……你想得很飘逸。死吧，你对自己说。

可是，当你走进乡村邮局之后，那坚定之后的思绪却又乱了。在邮局里，你看到了贴着花花绿绿邮票的各地来信，这些来信刺激了你那丰富的想象力，使你通过乡村小邮局的窗口看到了更为广阔的世界。你在很小的时候就放出了人生向往的"蝴蝶"，自然有许多关于蓝天白云的美好遐想。想象的瞬间组接，使你觉得活得太亏了。你才十九岁，你什么也不知道……你在邮局里待了很久，当你把信投进邮筒的时候，已是另一番心境了。

这封信为你的出走做了极好的铺垫。信的内容没有变，但形式完全变了。你把呼唤变成了通牒，你甚至不再渴望他回来。信成了割断之前的证明，你仅仅想验证一下，验证之后才是割断。应该说，为割断你与土地的联系，你无意中借用了你的哥哥。你投石问路：他能回来，那是你原本渴望的；他不回来，也是你预料中渴望的。在信号发出之后，你不再求救，而是判决。

投石问路的结果是没有回答。没有回答对你来说就是回答。你证明了你至亲哥哥的残酷，正是这残酷冷漠给了你离家出走的勇气。按常理，接到小妹这样的来信，纵是有一千条一万条理由，他也是该回来的。可他没有回来。于是，你在感情上在做人的道德上判处了你哥哥的"死刑"。你甚至不给他"上诉"的权利，以后你接连七次出走，却一次也没找过他。在你的心目中，哥哥已经"死"了。

小妹，假如那是个充满阳光的晴朗的冬日，假如你的哥哥能时常给你些安慰，假如你的哥哥接信后能回来，你会不会离家出走呢？

小妹，人海茫茫，你的哥哥在茫茫人海里撑着一张薄脸皮行走，那自然也是很累的。他并不想以此来求得你的宽恕。他只是想告诉你，他也是不容易的。

他上了十四年学，才终于在省城无数个钢筋水泥铸就的一层层"方格"里找到了一个小小的属于自己的"方格"，有了一个来自城市的女人（这女人是他大学里的同学）。在这里，他坦白地告诉你，当你在寒冷中赶着"学费"奔向坡地的时候，他却用那"羊血"换取一张张四分的邮票，一次又一次地跑到很远的大街上去寄信。他为她写了很多爱情诗，很多倾慕的废话，却毫不吝惜地以"羊血"作为运载工具，他为她耗费了大量的"羊血"。小妹，在你的面前，他是无法掩饰的。当他坐在温暖的房子里喝着茶吸着烟凝视着窗外的白雪审视自己灵魂的时候，他得说，在这件事情上他是很"具实"很

"功利"的。耗费的"羊血"为他换取了精神上物质上的依托。他对城市对人海的恐惧使他不得不为自己寻找一块"雌性跳板"。男人一旦失去了勇气，一旦感到他在这个世界上无能为力，他就会变得非常"功利"。在城市，他看不到活人，他看到的是一个个冰冷的戴着面具的"符号"。他害怕这些"符号"，就拼命地抓住那块"跳板"，他是依附在"跳板"上找到"方格"的。为了得到"方格"，他以"羊血"为代价与那陌生女人玩起了爱的"游戏"。双方都在欺骗自己，于是都做得很认真。六百七十一封信的交换为他向城市"投诚"画了一个生动的句号。临决定的那天晚上，他在她的窗外踱了整整一夜，高举着灵魂的"白旗"……

应该说他是爱过这女人的，这女人也狂热地爱过他。但一方是赚取，一方是恩赐，这种爱的"交易"本身就是不平等的。况且，一旦落入这钢筋水泥铸就的"方格"之中，落入这爱的牢笼，面对四堵冰冷的白墙，他还能有自己吗？他也成了一个冷冰冰的戴有面具的"符号"，成了一个躲在"方格"里伪装后才出门的"符号"。那少年时期的"幻影"，那"阳光"的故事，只能密封在心的深处，连偷看一下也是不敢的。

你应该相信，这女人对他很好，在生活上从没亏待过他。她以高贵家族那优厚的物质条件像喂养小白鼠似的供给他营养丰富的高蛋白，给他十分像样的高档衣服穿，时时提醒他养成良好的卫生习惯（因为他是农民的儿子，是在牛屎马粪中熏大的）。施与是高贵的，她时时地保持着高贵；被施与是卑下的，而他又怎能不卑下呢？在城市生存必得有一张"网"，他没有自己的"笑"成了纯面部肌肉的颤动，成了没有内容的保护方式。微笑加上沉默是农民的质。正是这量的积累加速了质的飞跃，使你的哥哥进一步完善了他的虚伪。

小妹，收到你的来信，那个对你来说永远陌生的女人读了信之后说："你决定吧，后天是妈妈的生日。"话语是平静的、温和的，那双望着你的眼睛也是十二分体贴的。可你知道"妈妈的生日"意味着什么吗？乡下的终日操劳的母亲没有过过生日，没有见过奶油蛋糕和生日蜡烛，也没有隆重的祝贺。生日对乡下母亲来说，仅仅是苦难的开始。可城里的曾经有过权力和威望的陌生女人的妈妈却极看重她的生日。在数天前，一切都准备好了。作为一个寄人篱下的女婿，作为一个在感情上负债累累的女婿，他又能说什么呢？

他沉默。他一连把信看了七遍，然后脑海里是一片空白……

那个陌生女人在他身边扭来扭去，把那姣好的身段像卖"肉"一样地出售给他，而后说："你觉得很严重吗？"

他依旧沉默。

"要不，打个电话问问？"她偎在他的身边，很"认真"地表示了高贵者的关切。

那陌生女人的冷漠是天然的，她甚至不知道乡村里没有电话。她看信的时候还不自觉地撇了一下嘴，那也是天然的。对她来说，死并不是一种解脱，而是荒诞。优越的人不会想到死，假如想到了，那也是优越太久的"做作"。也许，她把你的来信看成了做作。这是一种没有生命体验的极浅薄的直率。她讨人喜欢的是这种天然的直率，让人恨的也是这种天然的直率。她不明白你哥哥为什么会生在草木灰上，更不明白你哥哥为什么直到二十二岁才在县城里很脏很臭的澡堂里第一次洗热水澡，这些对她来说都像是"天方夜谭"式的滑稽。她与你哥哥结合的最大理由是"不明白"，她说爱就是"不明白"。对她来说，圈子里的贵人她太熟悉了，而你哥哥却是来自另一个世界的。她很直率地说：爱就是探索。爱就是奴役和改造。她毫不隐讳地表示了她对苦难世界的新鲜感，爱在她是一种偷食者的"玩味"和"品尝"，正像吃惯了肉类的人见了红薯面窝窝一样。自视高贵的人才有直率的权利，卑微的乡下人是没有这种权利的。乡下人只有虚伪的权利。在"直率"面前"虚伪"永远吃败仗，因为"直率"占有心理上的优势。

小妹，在"回不回"的问题上，那个陌生女人并不起主要作用，你的哥哥还不会被一句话拴住。可他放眼望去，到处都是债务啊！一生一世都还不清的感情债务。他来到人世上，欠了父母多少？在上大学的时候，欠了你多少？混进省城，占据了这么一个小小的"方格"，欠了那陌生女人和她的亲属多少？在机关里工作，在人世上行走，欠同事们、朋友们的又是多少呢？……数不清的债务，让他拿什么去还呢？无法偿还哪，无法偿还！假如他是百万富翁，他可以用金钱去赎这些人情债，可他去哪里弄那么多钱呢？纵是有钱，这种情义上的债务又怎能用金钱去赎呢，赎得了吗？恩重如山，他是这样的微小，实在是难以承受……

　　你的哥哥有一千条回去的理由，也有一千条不能回去的理由。当理由与理由作战的时候，他成了一个阴险的旁观者。每当一个理由打败另一个理由的时候，他便给另一个理由补充"弹药"，让双方达到力量的均衡，再次投入战斗。他把两个"我"的较量变成了身不由己的"玩味"，像操纵木偶戏一样的"玩味"。这种"玩味"渗透着被城市同化后的冷漠，渗透着与那陌生女人交媾后产生的心理裂变。这时候感情已经不存在了，"符号"起着极重要的作用。"符号"把理由纳入有序的行列。进入"一二三四……"的轨道，然后分析整理。这种精神分裂式的"归纳"是很疲惫的，疲惫到麻木的时候，他就忘记了"回不回"的决定。结果是吸了十二支烟之后，他仍在椅子上坐着……

　　也许，是那钢筋水泥的冰冷磨去了他淳朴的乡情，冻结了来自同一血脉的热血。城市的楼房把他悬在了半空之中，让他脱离了养育他的大地，而每日里撑着笑脸的行走，又使他的心理感应钝到了极致。在笼子一样的楼房里，他每时每刻都期望着逃离、回归，期望着爆炸。但他从未爆炸过，他是一颗不会爆炸的"臭弹"！

　　他剩下的只有忏悔，为忏悔而忏悔。连忏悔也成了他寻求慰藉的方式。一个不能拯救自己的人，又怎能去拯救别人呢？他是有罪的。他徒有罪的虚名，却没有恶的果实，因为你没有死。他曾经十分急切十分残酷地等待着你的噩耗，等待着报丧的讯息。他甚至看到了在乡村里飘荡的引魂幡，看到了撒在乡间土路上的冥钱，听到了送葬唢呐的热烈吹奏。他看见他站在送葬队伍的最前列，手执哀杖为他的小妹为他自己哭泣……那时候，他就成了一个罪人。他只有成为罪人的时候才能解脱。他渴望成为罪人，他不惜用妹妹的死来证明他是罪人，他是多么卑鄙呀！

可是，你走了。你用你的勇敢再次证明了他的软弱。

小妹，呸他吧。他希望你能面对面地一连呸他十二口唾沫！他回不去了。他虽然可以重新行走在乡村的土路上，可他的心已在那钢筋水泥铸就的笼子一般的"方格"里冰封。

小妹，在你第一次出逃被抓之后，爹用赶羊鞭抽了你。那是个徜徉着和暖春风的春日，爹在亲戚的帮助下把你捆在院里的苦楝树上，用赶羊鞭狠狠地抽你。

爹说："只要不给皮肉做主，你就跑吧！"

娘说："朝死处打，看她还跑不跑了?!"

你的"皮肉"在带哨儿的鞭影下出现了一道道环状的饰物，那饰物欢快地在你的"皮肉"上跳动、隆起，一条条一痕痕逐渐形成了一副维护精神的甲胄。你默默地哭了，泪水点点洒在地上，种在心里的却是叛逆。赶羊鞭的抽打，使你在姑娘特有的羞辱、难堪中得到了解放。你原本是低着头的，是羞于见人的，是那舞动的呼啸着的鞭影使你慢慢地抬起了头。这时候你才第一次正视了自己。你看到了自己那躁动不安的灵魂，听到了皮鞭下来自灵魂的欢呼。一刹那间，你的羞耻感荡然无存。你不怕了，再也不怕了。剩下的只是纯肉体的惩罚。没有羞耻感是对惩罚的蔑视，是对惩罚本身的惩罚。发狠的鞭打使你的叛逆抗体得到了进一步的强化，当惩罚还没结束的时候，你就知道，你还会跑的。

爹很多年没打过人了。正是你的出逃给爹带来了宣泄的机会，带来了他一生都不具备的主人意识。许多年来，爹总是圪蹴在歪脖榆树下捧着一只大碗过日月，他的身子窝着，心也窝着，一年一年地窝着，一直没有伸展的机会。除了苦做，他还有什么呢？他不会喝酒，也没有作恶的勇气，于是就没有宣泄的机会。可人需要宣泄。

爹不会打人，也从未体验过主人的快乐。他自然是很生气，开始打你的时候手一定是发抖的，抖得很厉害，甚至不知道鞭该抽向哪里。最初的鞭打他是有所顾忌的，高扬而轻落，很注意不伤你的脸（他一向是很看重脸面的，他把脸当作生命的招牌，有形的无形的都很看重）。可打着打着他就打出勇气来了。他打出了一个"自己"，打出了一个顶天立地的男人，打出了一个男人必备的狠劲。他在抽打的过程中把常年窝着的心一点一点地伸展，把佝偻着的腰伸展，使整个窝憋的人生窝憋的身心得到了尽情的发泄。那翻飞的鞭影使他眼红，唤醒了他作为动物人的恶意。于是一下比一下重，一下比一下快，一下比一下准！……这种甩动鞭花的抽打甚至使他想到了驱赶牲口的纯技巧性的乐趣。他没有打过牲口。他在赶牲口时，那鞭儿总是扬在半空之中的（牲口是庄稼人的半个家业，他不舍得打），常年扬空鞭的人总有一种说不出的遗憾。每当鞭抽在你脸上的时候，他就得到了"准确"的快乐！每抽上一次，他就快乐一次，那愉悦就像赶车人一鞭抽转马头一样……

小妹，爹打的是你吗？他打的是自己的脸哪！

爹忘却卑微是短暂的，围观的人群使他重新回到卑微之中。这时候鞭打就成了对他自己的折磨。他的腰又佝偻起来了，身量也显得越来越小，那久窝的心刚刚伸展却又重新折叠起来。那赶羊鞭抽在你的身上，却疼在他的脸上。他不能停下来，也无法停下来，围观使惩罚变成了展览，他展览的是自己的脸面，贴有耻辱二字的脸面。耻辱既然已尽人皆知，又怎么能停下来呢？于是，他一遍又一遍地问你："还跑不跑了？你说，还跑不跑了?！"

爹需要一个台阶，让他从耻辱中走出来的台阶。只要你说一声，鞭打就会停止。脸面多金贵呀。他不愿当众展览自己的耻辱。

可你不说，不给他台阶。你让他继续鞭打。就在他目光里闪烁着可怜的恳求的时候，你仍是一声不吭……

小妹，你就这样被绑在苦楝树上，在赶羊鞭的抽打下默默地淌眼泪。你的泪眼朝前望去，望见了院里那很矮很矮的猪圈，猪圈里弥漫着一股臭烘烘腥叽叽的气味。你看见了阳光下的满地鸡屎，看见了院墙外面躲躲闪闪的众人，看见了几乎是一模一样的眼睛一模一样的脸，看见了横躺在门外的大石磙……你企图找一点同情和理解，可你没有找到。在咬耳朵的、指指点点的或抄着手用眼斜你的人中间，你看到的是卑微和蔑视，蔑视本身的卑微和卑微本身的蔑视。他们在精神上一无所有，所以也不能给你什么。是呀，你有你自己的委屈和愤懑。被抓回之后，没有人问你为什么要跑。在日子好过之后，你为什么要跑。在这种时候，假如能有人站出来推心置腹地说上几句，说出道理来，你也许就不再跑了。可是，没有人说。在正视了现实之后，你闭上了眼睛，不再理会那茫然的令你厌恶的灰色。而生命的蓝色却在鞭打中飘飞，越过村街越过田野越过流淌的小河，而后依傍在桥头的杨树下……

小妹，你是在等待你的哥哥吗？你对他还抱有一线希望。你希望他能回来，回来给你说点什么。他在大地方待过，有知识，他的话也许能给你否定自己的力量。在这个春日的呼啸着鞭影和责骂声的傍晚，你的心灵孤独地依傍在小桥头的大杨树下，等待着你童年的哥哥，希望他回来领你去捉泥鳅……

可他还是没有回来。他为了自己的生存正卑劣地陪着别人笑，依然是笑得很认真很努力。那是个星期天，具体的事情已不必再说。他是在别人家坐着的，显然是为求得一点什么。可冥冥之中，他分明接收到了来自乡村的信号，那感应十分之强烈。在那一刹那间，他有过片刻的焦灼。他脑海里飞快地滑过一丝不祥的念头：家里是不是出事了？他知道这感应是准确的，他有过这方面的体验。可焦灼过后，他仍旧安然地坐在椅子上，进行着"笑"的完成式。他在心里一遍又一遍地对自己说：不会吧？不会。他用否定压迫那焦灼，摒弃了你的呼唤信号。当他回到家中的时候，这感应信号的余波仍在他脑海里盘旋，久久不能消失。这来自乡村来自血脉的磁场一再地向他发出

"密码电报"，可他依旧没有行动。他站起又坐下，坐下又站起，然后点上一支烟，在房间里踱步……

他的天良还没有完全泯灭，他在等待。他觉得如果家里出了什么事，会有人来报信的。他用等待维系着自己的虚伪，以此来证明自己的天良还没有完全泯灭。

临睡前，他忍不住给那陌生女人讲了他的感应。那陌生女人直率地说他是"神经病"，他就舒舒服服地躺在席梦思床上，心静了。

小妹，你失望了。

经过了这么一个春日的血淋淋的傍晚，你的徒然的等待第二次给予了你背叛的勇气。皮肉的痛苦使你夜不能寐，精神的再次失落又使你烦躁不安。黑暗中，你的眼睛里燃烧着盲目的仇恨之火。你不知道应该恨什么，可是你恨。这仇恨遍布你全身的每一个细胞，从带血的鞭痕中四溢。你早在童年里就放出了一只向往的"蝴蝶"，那是你的秘密，是别人无法知晓的。但我可以说，那"蝴蝶"是纯洁的、美好的。现在你给这"蝴蝶"换上了仇恨的翅膀，恶的翅膀，你渴望着再次飞翔。

你已没什么顾忌了，也不再留恋。血的印痕强烈地打入了你的记忆，以至于你没有眼泪，没有了痛苦的感觉。赶羊鞭驱走了久存心底的善良，驱走了你的淳朴的乡情，也驱走了你的依附心理。

春日里捉不到泥鳅，可你渴望你童年的哥哥回来领你去捉泥鳅。你有过了第一次等待，又有了第二次等待，你在等待中完成了恶的锻造。

你是从后窗跳出去的。你等不到黎明了。是黑暗掩护了你，是黑暗悄悄地为你送行。在黑暗中你睁大双眼，步子放轻，极快地在乡间土路上行进……

你豁出去了。

小妹，人都有失迷的时候。

你的失迷表现在行动上，渴望也表现在行动上。我不知道这种"盲目"

能不能在行动中得到修正，可你还是走出去了。走，也许就是一种修正。

而你哥哥的失迷却停留在思维之中，停留在想象里。这是知识分子的通病。你曾经过分地相信了你的哥哥。你觉得有知识的人都应该是聪明的，用"羊血"换来的知识应该是包容一切的，起码对人生会有更深一层的了解。可你错了，我的小妹。知识是无限的，生活的含量也是无限的。而人拥有的知识却是有限的。当有限的知识面对现实生活的时候，常常会成为一种锁链，成为一种包袱。从某种意义上说，前人的经验是后人的锁链，前人的智慧是后人的包袱。药方太多就无法治病，选择太多就无法行动，因此，披枷戴锁的前行比无知更容易受困。无知是一种盲目，盲目行动也许还有撞对的可能、修正的可能，少得可怜的"有知"却从一开始就捆住了手脚，那锁链一条一条的，使你无所适从。于是，"有知"的失迷就显得更加可悲。

小妹，说这些你很难理解。我不知道说没说过"马口铁"的笑话，"马口铁"就是他们的悲哀之处。

在你哥哥的单位里有一位叫孙志铭的中年人。他是很有学问的，他的学问像他的头发一样茂密。他的见解也是很高深的，高深得就像生活本身。不用说他舌头上拴了许多新名词，抛出去就是知识的炸弹。至于他戴的眼镜，自然是既可以对生活做透视般的显微又可以进行宏观的放大照射。只可惜那眼镜断了一条腿，是用铁丝拧着的。他上班来老是提着一个破兜，那"破兜"俨然就是他的学问。他每天提着"学问"来了，又提着"学问"去了，走得很潇洒。可近些日子他突然变得失常了。上班总是急急忙忙的，高举着那个破兜逢人就问："有马口铁吗？"进了办公室他仍不放下那个破兜，然后径直举着一个办公室一个办公室地串，推开门还是那句话："各位，有马口铁吗？"弄得人莫名其妙。后来，有人见他在马路上也慌慌地拦住人问："有马口铁吗？"

开初，大家都以为他做生意呢。看那神神秘秘的样子，至少挣个十万八万也说不定。于是，整个机关大院议论纷纷，到处传他做生意的事。先是领导找他谈话，说机关干部按规定是不能做生意的，既然做了，看能不能给机关里提成一部分钱，好给大家办点福利；跟着税务局上门了，来向他征收"个人所得税"；工商局也来查他的营业执照，说他的"皮包公司"是非法的……结果，查来查去，他什么生意也没做。他根本不是个做生意的人。当然是一分钱也没挣……

孙志铭的失迷在于金钱的诱惑。他是在社会骤变中失迷的。当金钱大潮席卷全国的时候，作为一个知识的库存者，他的失迷是体现在思维之中的。思维的紊乱带来了精神的紊乱，他找不到自己了。那渴望金钱渴望物质生活丰裕的信号久久封存在他脑海里，可他在骤变中却脱不去"大褂"，"大褂"在他眼里是极神圣的。没有了神圣他就是普通人了，他自然是不愿做普通人的。于是那物质的诱惑由量的积累产生了"量"的飞跃，这种飞跃是变形的、荒诞的。是由思维信号到思维信号的转换，是由思维信号到思维信号的爆炸，是意念上的走火入魔。于是便产生了让人哭笑不得的"马口铁症状"。

应该说，这是传统的教育方法结出的果实。程式化的教育制度培育了一大批知识的库存者。他们对生活的评判是残酷苛刻的，他们的牢骚把他们自己淹没了。他们宁肯永远以精神受难者自居，却死也不愿脱去"长衫"。你的哥哥就是这群人中的一个。

客观地说，你哥哥和孙志铭没有什么差别。他仅仅是没有喊出"马口铁"这句话，可他心里也在喊着什么，喊着他不可能办到也没有勇气办到的一句话。"马口铁"只不过是一个代名词，一个象征的句式。它透出的是一种精神上的渴望，面对诱惑的渴望。正如看到街面上高挂着的花花绿绿的衣裙，就会马上想到女人乳房的那种渴望。这种"马口铁症状"对他们来说永远是一种精神的折磨。"有马口铁吗?"——这种由社会骤变而产生的呼唤是多么的微弱和矫情！

小妹，被人们嘲笑的"马口铁症状"毕竟是一种精神渴望的展示，虽然是变形的，可你哥哥连这种"展示"都不曾有过。每当夜深人静时，他眼里的泪水就像断线的珠子一样默默地流淌。流泪也是一种发泄。他只有夜深人静的时候才能发泄。那个陌生女人就睡在他身边，却一次也没有发现流着眼泪的他。他不让她发现。眼睛是心灵的洗洁剂，他清洗他的心灵，偷偷地清洗。然后用一把无形的手术刀切进心的深处，解剖那无法医治的灵魂。他发现他根本不爱那个陌生的女人，从来也没有爱过她。这种所谓的"自由恋爱"的结合完全是一种利用，是一种攫取。它是以生存条件、物质享乐为基础的。人海茫茫，孤舟独行，他需要的是一个"岸"。于是，生活中的爱就变成了一种"做爱"，变成了只有爱的形式没有爱的内容的爱。爱成了一个框架。只有框架的爱必然产生背叛。爱的形式越牢固心的距离就越远。他悄悄地与那"阳光"交流。他心里早已有了一个关于"阳光"的故事，就不可能有第二个故事。他一边保持"阳光"，一边过虚伪的家庭生活。他走不出这框架，却一次又一次地在意念上偷越"国境"做精神上的放飞。"放飞"使他同时"占有"两个女人，物质上的和精神上的。占有本身是对"阳光"的亵渎。他不愿亵渎"阳光"，不愿亵渎那久存心底的美好一片，而实质上更彻底地亵渎了"阳光"……

对自己进一步的解剖，使他发现他从没爱过任何人。他为他可怜的父母做了些什么？他为他出逃的小妹妹做了些什么？他为那给了他一切的陌生女人做了些什么？他又为那朝思暮想的"阳光"做了些什么？

他什么也没有做。

他又能做什么呢？

他的解剖从来都是有始无终的。他在黑夜里用眼泪清洗自己的心灵，冲刷心灵上的污垢。可到了天亮之后，他会洗去脸上的泪痕，重又戴上"永久牌"的微笑面具。在吃早饭时他会向那个陌生女人微笑，在上班的路上他会向碰到的每一个熟人微笑，在办公室里他会向他的上级微笑……于是，这种从黑夜开始到黎明结束，从眼泪开始到微笑结束的解剖变成了徒然的无效劳动，有限制的无效劳动。冲刷后的污垢重又流回到心灵之中。完成了从肮脏到肮脏的解剖式。他从中得到的仅仅是一个过程，灵魂剖解的过程。

他把自己看得很清楚。他渴望得到又害怕丧失。他厌恶自己又同情自己。他为自己设置了一个怪圈，选择的怪圈。他很清楚每一种选择都有错误，于是也就没有了选择。他的优柔寡断正是他灵魂自私的体现。就连解剖自己的时候，他也是为自己的，为自己灵魂的安宁。他只爱他自己。

这种停留在黑暗中的"马口铁症状"比阳光下的"马口铁症状"更软弱、更麻木，也更加不可救药。

小妹，就是现在，当你的哥哥用心灵与你悄悄对话的时候，那对剖解的剖解也仍是停留在思维之中的。他把自己的灵魂高挂在自己的眼前，以遥远的想象中的你作为倾诉对象。他向你倾诉灵魂的丑恶，在倾诉中一边肢解灵魂一边组装灵魂，结果是没有抛去任何东西。他仅仅是在假想中的你面前展览了自己的灵魂。一旦你站在他面前的时候，他是什么也不会说的。

"有马口铁吗？"这句话已成为当代知识分子的格言，失迷的格言。当孙志铭先生呼唤的时候，当你的哥哥仍在无休无止地对自己做自我剖析的时候，小妹，你没有问一声就走出去了。是你勇敢还是你鲁莽？

小妹，作为哥哥，我至今不能理解的是：你怎么会为了区区五角钱去卖身？

那是你第三次出逃之后发生的事，你在省城的一家旅馆里被扣住了。车站派出所打电话让爹去领人，而消息又是通过乡政府的秘书转了八个女人的嘴绕了四十五里路传回去的。可想而知，在家里没得信儿之前，村里已经沸沸扬扬了。

爹没有去。一个清白的务农世家是不该出这种事情的。爹为此暴跳如雷，他觉得这是整个家族的耻辱，你把他的脸卖了！他听到消息后就没回家，而是躲到最近的一块田里举着老镢锛了一天地。是娘在哭了一天一夜之后，偷偷地央求本家三叔去把你领回来的。善良的母亲没有给她的儿子捎信儿，虽然她的儿子就在省城工作。她宁肯求人也不让儿子知道，这显然是怕影响你哥哥的"前程"。母亲到了这种时候还能想那么多，这是何等博大的虚伪呀！

三叔的拖延使你在派出所里关了四天，使你足足地品尝了"铁窗"的滋味。可是，你为什么要卖身哪？！

据三叔说，那事情原是极简单的，简单得让人无法想象。那晚，你独自一人在车站上转悠，来来回回地走了很久之后，突然有一个生意人走到你的眼前问："……多少钱？"你没有理他，仍是来回走动。这生意人第二次又嬉皮笑脸地跑到你跟前："搭伙吗？开个价。"你看了看他，还是没有吭声。第三次，当他又凑到跟前问你的时候，你说："一碗面条。"这生意人以为你在开玩笑，又问了一句："到底多少钱？"你还是那句话："一碗面条。"于是那生意人半开玩笑半认真地说："走吧，到饭馆去。"你竟然跟他去了。吃了一碗热面条后，你什么也没说，站起来就跟他走。你在他住的车站附近的小旅馆里坐了半夜，最后，在那个很脏很简陋的单人房间里，在昏暗的灯光下，你脱去了衣服……

一碗面条，仅仅五角钱的代价呀！

小妹，你多少天没有吃饭了？一天，两天，三天？当你孤立无援的时候，当你饥饿难耐的时候，你宁肯出卖贞操也不去找你那近在咫尺的哥哥，这究竟是为什么？

是的，你不原谅你的哥哥。你曾用心灵呼唤过他，却没有得到他的回应，你就以为你哥哥"死"了。可你们毕竟是一母同胞啊！

听三叔说，这事连派出所的民警都感到惊讶。当那很有钱的生意人掏出五十元钱给你时，你连看都没看。你什么也没要他的，就仅仅是一碗面条（在乡村里，面条是女人的象征，你把你自己吃了）。对此你毫无怨言。当民警把那生意人捆起来时，你马上说："不怪他，是我愿的。"你才十九岁，你勇于承担责任使派出所的民警没有过多地为难你。虽然你在人们一次又一次的追问下没有做出任何解释，可那鲜血证明了你从清白走向堕落是为了一碗面条。

饥饿是堕落的先决条件，但不是必要条件。必要条件是你灵魂的堕落。你的灵魂在熙熙攘攘的车站上游荡的时候，那堕落的邪念就已产生。天晚了，灯光闪烁着迷离，你在人海一样的车站上看不到一点熟悉的东西，你是孤零零的，你感到了离开乡土的可怕。可怕使你产生了恐惧，那恐惧紧紧地攥住了你的心，使你油然地浮出了贴近什么的渴望。饥饿是可以忍受的，精神的孤独却无法忍受。你渴望能出现一点什么，哪怕是被欺凌。于是你便想惩罚自己。堕落是自己对自己的惩罚呀，你一无所有，只有在肉体的惩罚中才能得到精神的拯救。夜已来临，你在车站上来来回回地走动证明了你心的焦灼。这时，你遇上了这样一个男人……

堕落的先导是一碗面条，自轻自贱的本身说明了你用肉体换取精神的急迫，也说明了你自甘堕落的彻底。你渴望的是精神的痛苦，精神的痛苦也就是精神的充实。你拒绝了肉体交易应付的五十元钱，再次降低了你出卖的规格，以此来保持精神的独立，保持堕落者的"清高"。这又说明你是很矛盾的，你的出卖是有限度的。你自己玩弄了自己。

可面条毕竟是先导啊！在你的哥哥坐在有暖气的房间里喝牛奶吃夹馅面包的时候，他的妹妹却为了一碗面条走向堕落。他不得不承认，他是有责任的。

况且，在三叔把你接出来之后，他明明知道回到乡村等待你的将是什么，可他竟然没有留你住几天，没有给予你片刻的安慰。近在咫尺啊！不能说他没有这样的想法，而是没有勇气。他的确感到屈辱，但他唯一能说出口的理由是怕那个陌生女人看不起他和他的小妹。他甚至不敢告诉她这件丑事。他每日里在这陌生女人面前塑造自己的形象，以假的高贵来掩饰真的卑微，生怕露出半点乡下人的"怯"。他自己绝不承认这一点。而这一点恰恰是他的致命处。当他高喊自己是"乡下人"时，内心深处怕的正是这些。他默默地吞噬着小妹的耻辱，在人前却不敢有半点展露。他对自己说：不让小妹来，是怕小妹受人歧视，怕小妹不能忍受那陌生的城市嫂嫂的高傲目光。以这样的借口，让三叔把为他的前程付出多年辛劳的小妹送回乡下，他已经没有了半点做人的勇气。于是，他自责。为自责而自责。那个陌生女人曾多次追问他："你怎么了，不舒服吗？"他喃喃地说："没有。"他不敢抬头，更不敢看她的眼睛。他只是在夜深人静时默默地流泪。

小妹，我后来才知道你回村后在房梁上被吊了一夜！父亲的暴怒自不必说，整个家族的人都拥上去打你……血脉的牵连使他们自认为也承担了耻辱，于是便加倍地在你的肉体上找回来（奴役是人的本性，本性的宣泄是人的最大快乐）。纵然是嫡亲父母，也是不愿承担耻辱的。父亲打断了三根皮带！母亲恨得用头撞你！而被高挂在房梁上的你，默默地承受着一切……

爹把他多年的压抑转嫁到你的身上，把他在村支书、乡干部面前的卑微变形地倾泻到你的身上。毒打使他得到了淋漓尽致的发泄，得到了他意识中从不具备的阳壮的辉煌。同时他也就显得更加委琐，更加可怜。他没有脸了，没有脸就无法在人前走动。他找到了自己又丢失了自己，那痛苦更甚你十倍！他声嘶力竭地高喊："你为什么不死？你咋不去死！"这话是对你吼，也是对他自己吼的。

你曾经想到过死。死对你来说是很容易的，活下去却很艰难。你的肉体在房梁上挂了一夜，你的灵魂也在房梁上挂了一夜。当人们拷打你的肉体的时候，你却在拷问你的灵魂。你重温了省城车站的孤寂，重温了那碗热面条的滋味，重温了那个小旅馆的夜，重温了你出卖贞操的全过程……继而你看到了那被剥光之后的浸染了血污的灵魂。你觉得你已经是个罪人了，再不会有任何人同情你。一碗水泼在地上，已无法收回。活着是耻辱，背着耻辱活；死了更耻辱，钉在耻辱中死。你的牙咬在你的灵魂上，每一痕都是血，每一痕都是罪……

你在毒打中展览了自己的灵魂。那有罪的灵魂像旗帜一样飘荡在房梁之上，那是耻辱的旗帜，背叛的旗帜。展览使你"再生"，展览宣告了你的彻底"解放"。经过了这一晚的灵魂展览之后，你跨出了人生最艰难也是最轻松的一步，从有罪到无罪的一步。为别人活，你是有罪的。为自己活，你是无罪的。世界观的转换使你宣告了你的无罪。从此，任何说教对你都是无用的，你将在骂声中独行。

你"匪"了。四乡的人都知道你"匪"了。（也许人人都具有"匪"的基因，却不具备"匪"的勇气。）既然"匪"了，既然已给家族历史上抹了很重的一笔，你就要"匪"个样子给人们看看。

小妹，你是这样想的吗？

小妹，你知道什么是代价吗？

你一次又一次地出逃，一次又一次地背叛，你在人生的悬崖上行走，踩着毁灭的边缘行走，可你知道什么是代价吗？

小妹，我虽然不能阻止你，但是，请听我说：

在你哥哥的单位里，有一位名叫吴方洲的老人。他今年已活了五十九岁十一个月零七天了。他的一生就是"代价"的最好注解。

吴方洲当年是省直机关有名的"神童"。他十六岁参加工作，曾在中央高级党校受过训（还是为数不多的一期学员）。那时，他才华出众，思路敏捷，是机关里不可多得的人才。他写的论文散见于全国各大报刊；他的每一次发言都得到了暴风雨般的掌声；他的倾慕者可以排成一条长龙般的丽色大队。应该说，他的前程是不可限量的，那本是一条五彩缤纷的路。据说，他当年的同学如今有部长、省长，还有当大作家大理论家的。而老吴却从一九五七年就进了监狱，过了近三十年的劳改犯生活（他是因为一篇文章出事的。他一条道走到黑，固执地坚持了一个现在看来很一般的论点。他曾勇敢地振臂高呼"要为真理而斗争！"）。就因为他的固执，他的"才华"从一九五七年就中断了，此后再没有"横溢"过。那时候，他像鳖一样蹲在监狱的牢房里，没有笔没有纸没有书报杂志，甚至没有任何一片带字迹的东西。纵是"神童"，他又有什么办法呢？他说他数过衬衣上的虱子，一共三百三十八只。一百二十二只母的，二百一十六只公的。曾有过偶数与奇数的类似"哥德巴赫"

式的猜想，可惜没有写出关于虱子生态的论文。他说他在砖缝里寻找过烟蒂儿，一连找了四个小时，就突如其来地萌生了关于"概率"的奇妙意念，可惜他无法记述。他说他曾在牢房里闻到过女性的气味，又像猎犬一样在牢房里追寻这气味，于是寻到了一根头发。可他不能准确地测量这根头发的"直径"，也就不能从头发"直径"上研究男女性别的差异。他说他本可以写出关于从头发上破案的水平很高的论著，可惜他徒有思维而没有著作问世……他曾有过许多极其丰富的奇妙遐想，而这难得的想象力——都在饥饿困顿中泯灭了。

他说，三十年来，他曾无数次地跪下来给人磕头，请求革命的人们宽恕他，给他一个戴罪立功的机会。可革命的人们不宽恕他。他太傲了，太狂了。他天马行空，独往独来，是一个不正常的人。假如没有这非人的三十年，他也许会成为大科学家大思想家，也许会当省长部长，这很有可能。

而后是平反。老吴回来了，"神童"不见了。平反昭雪后的老吴上了不到两年班。在这两年里，"神童"却成了机关里人人嘲笑的对象。他什么也不会，什么也不知道，连走路都被警察罚款五角！老吴成了一个废人。

现在，拄着拐杖走路的老吴，总是像祥林嫂似的反反复复地絮叨着一句话："那时候我真傻……"

小妹，这就是代价，执着追求的代价。老吴为此失去了最宝贵的三十年。他得到了真理，却丧失了时间。

更为可怕的是，真理是相对的，时间是绝对的。他得到的是局部的相对的发展中的真理，失去的却是完整的永劫不复的时间。对"神童"来说，时间就是创造，时间就是财富，时间就是走向伟大的桥梁；可对老吴来说，真理却是极平常的大实话，是三十年后人人都明白都不屑一顾的"破铜烂铁"，是语言外衣上的几颗过时了的纽扣。那时的"神童"挺身而出，为真理而呼唤；现在的老吴却拄着拐杖，摇着苍苍白发，逢人就讲："那时候我真傻。"小妹，在一个秩序化正常化的生活环境里，一个超常的人的结局就是这样。一九五七年，"神童"的生活方式是不正常的，他被打成了右派；到了一九八七年，老吴的生活方式仍然是不正常的，他成了一个废人。这是时代的悲剧，单个人是无能为力的。老吴年轻时曾执着地追求过，可他得到的却是半生平庸；他渴望着人生的辉煌，却失去了最富有创造力的年华。

走出平庸是要付出代价的。"一步迈错百步难回"对人的影响太大了！说不清的实例告诫人们要平庸，要正常，要过"类"的生活，不要寻求单个人的"自我"。平庸可以给人舒适，给人以安全感，给人以时间的保障。虽然没有辉煌，但也不会毁灭。

但是，秩序化就意味着丧失个性，丧失自我，使单个的有活力的人变成社会运转中的机器零件。人不可能彻底地零件化，肉体的相像代替不了精神的统一。精神是无法统一的，一万个人有一万个搁置精神的地方。那是绝不会相同的。社会秩序化的结果必然产生虚伪，产生千千万万个面具人，这同样是可怕的。

当然，也有人说，活人是活"质量"的。只要瞬间的辉煌，不要平庸的岁月。哪怕有片刻的辉煌，也就够了。可这话对老吴来说，是不是太残酷了？

小妹，你哥哥就是一个面具人。他的面具就是那"永久牌"的微笑。当世界充满面具的时候，为了生存，他不可能袒露真诚。他在上级面前微笑的时候，心里想的却是何时能分到一套像样的房子；他在同事面前微笑的时候，想的却是五月里天气的燥热；他在朋友面前微笑的时候，想的却是午饭后吃一只苹果的滋味；他在那陌生女人面前微笑的时候，想的却是那久远的粉红色的"阳光"……在这个世界上，真诚也是一种权力，不是任何人都可以随便出售的。出售真诚得到的绝不是真诚，而是虚伪的拳头，是袒出胸膛让人来打。他不愿打人，也不愿让人来打，他只有微笑。

小妹，你哥哥是个平庸的人。他既然选择了平庸也就不打算为自己辩护。可你呢，你的背叛又换来了什么呢？

小妹，你曾经爱过一个男人，那男人是你自己寻来的。你为了寻他，在方圆七百里的范围内辗转奔波，吃了说不尽的苦头。可你找到了他却又抛弃了他。这又是为什么呢？

你和那小伙是在车站上结识的。那是一个京广线上的小站，等车的人很少。当时你们并不相识，你在等车，他也在等车，大概是口音相近，就随便地说了几句话。而后，车来了，你们仅仅是互相望了一眼，就先后上车了。上车后也并没有坐在一起，各自在涌动的人流中分开了。这种分离很可能是永久性的。偶然的相遇，应该是不会留下什么的。然而，坐了几站之后，你突然发现那小伙下车了。那是一个没有站台的小站，临近黄昏，你看见那小伙走下火车，在暮色中晃晃地动着，背影镶在夕阳里，眼前是一条漫长的无尽的路……这时候你也许感到了孤寂，分离又使你产生了茫然的贴近。于是你趴在车窗上看了很久，看那人影渐渐消失。

按说，这仅仅是瞬间的记忆，过去了就过去了，可那晚霞中的背影却烙在了你的心里。许是那落日的雄浑感染了你？许是那走向落日的铁黑背影高大挺然？当然，那匆匆的一瞥，也许早就产生了心的共振。还有什么呢，那就说不清了。总之，在那个滚动着橘红色落日的黄昏，一个男儿的孤零零的行进，路的漫长……使你突然产生了一种相知的渴望。这渴望使你很快地做出了非常的决定，你自己也说不清的决定。在下一个车站，你急匆匆地下了车，竟追那小伙去了。

这寻找是极茫然的。你不知道他从哪里来要到哪里去，不知道他姓什么叫什么，只记住了这么一个人，一个背着铺盖卷奔生路的人。他在暮色中走上了一条大路……

为寻这小伙，你来来回回地走了几百里路，四处打听他的下落。开初你以为他是出外打工的手艺人，就到附近的建筑队去查问。你在建筑工地上给人打过小工，也给人做过饭，几乎是每隔两三天换一个地方，可你找遍了所有的建筑队也没找到他。后来你又以为他是出来挖煤的，于是你又找遍了附近的大小煤窑，全不顾矿工的粗野……有人见你在关山的煤窑上给人拉过坡，那坡很陡，拉一趟只挣三角钱。你是饿着肚子找他的，逢人就问。再后你以为他是做生意的，就又到城里去寻。你在禹县县城的饭铺里给人刷过碗，又在许昌给人当过保姆……凡是能找的地方都找遍了，可你一次也没有碰上他。在你几近绝望的时候，你又常常到车站上去，来来回回地在京广线上的小站上徘徊，希望能偶尔碰上他。你找得很苦很累也很充实。在长达三个月的光景里，你心中只有这个小伙……

这一切仿佛都是命定的。在一个雨后的黄昏，你与他在车站上撞了个满怀！这小伙穿得阔了些，可你还是认出了他。当他茫然地看了你一眼，正要离开的时候，你叫住了他："站住。"他又抬头看了看你，很诧异地问："干啥?"你说："你过来，我有话跟你说。"他迟迟疑疑地走过来问："有事?"你点点头说："有事。"你把他领到没人的地方，上去就给了他一巴掌！而后，你哭了……

这一巴掌打得太猛，太突兀，太霸道！没有人这样干过，世界上任何爱情都不是这样来表示的，唯有你。你一巴掌粉碎了一个男人的灵魂，这是你三个月来寻找的结果。

……你跟这小伙共同生活了七天（也算是"混"了七天）。没人知道你们在这七天里究竟干了些什么，"混"是很难说清楚的。据说，这小伙是个锁匠，看来也是很有钱的，你们一同在县城那最好的宾馆里住过。而七天之后，你却悄悄地离开了他。你走时他毫无防备，突然就消失得无影无踪了。依然和来时一样，你没有带走他的任何东西。

你花了那么大的气力去寻他，为寻他你吃了那么多的苦，可一旦找到之后，仅仅才过了七天，你就抛弃了他。他究竟在什么地方让你失望了呢?

失望一定是有的。你在追寻中一天一天地把他"神化"了。你不是在寻找他，而是在寻找中"塑造"他。你在想象中"塑造"了一个男人，"塑造"了一个你心目中的偶像。这偶像在想象中是美好的。你每时每刻都在加重着这美好的分量，完善着这美好的形体。你自己给你自己捏了一个完美无缺的"男人"。然而，当你真正接近这男人的时候，那心中的偶像就碎了……

严格地说，这不是对男人的失望，而是对追寻本身的失望。你需要的仅仅是追寻的过程，是一个搁置精神的地方。目标的贴近却带来了精神的失落。苦难历程的结束预示着新的苦难历程的开始，你自然是不会停下来的。得到本身就意味着丧失。

可事情一旦开始，就不会很快结束。虽然才短短的七天时间，你却又一次种下了悲剧的种子。

也就在短短七天的时间里，你彻底征服了一个男人，这小伙发疯一般地爱上了你。你走之后，他为找你寻遍了大街小巷，而后就毫不犹豫地追到家乡来了。他给父母带来了丰厚的礼品，也带来了一个男人求爱的勇气。可是，你不在家，你根本就没有回来。父母对这位勾引来的"女婿"显然是不会承认的。他掂来的礼品被爹扔在了村街上，继而又让这小伙饱尝了足够的冷落。家里不接待他，他就睡在场里的麦秸窝里。夜风是凉的，可这小伙却心如火焚。他以为你一定会回来的。他望眼欲穿地在村里等了你七天，每天都在家门前转上几趟，每天都掂着贵重的礼物恳求老人承认他。为了说明他的来意，他一定是给老人讲述了那七天的"野合"……可父母是不会接受耻辱的，耻辱已经够多了。老人肯定辱骂了他，骂他个狗血淋头！

这小伙显然是忍到了最后的地步。他的钱花完了，你仍没有回来。于是，在一天夜里，黎明之前，他越墙而入，跳进了咱家的院子。他一定是在院里站了很久，当眼睛彻底适应黑暗之后，他看见了扔在房角处的一根麻绳……

第二天早上，娘一推门就吓得跌坐在地上。她看见院中的苦楝树上吊着一个人，那人长伸着舌头……

小妹，你看见血了吗？你是有罪的呀！

你毁掉的不仅仅是个年轻的生命，你压榨了一个男人的灵魂。你给了他火辣辣的七天，然后突然把他抛在冰水里，悄然而去。何必当初呢？！

是呀，爱是不能勉强的。对这小伙的死你不负法律责任。不爱，也似乎没有道义上的责任。你没有让他死，也没有逼他死，是他自己要死的。你甚至可以说他的气度太狭，不配做你的男人。可他毕竟是为爱你而死的呀！扪心自问，你的天良何在?！

这小伙也是在咱们乡下长大的孩子。据说，他娘死得早，自幼是跟爹长大的，出门回家两根棍，从没尝受过女人的温存。女人在他心中占的位置太重了！二十多年的干渴，一朝得到滋润，那心情是很难形容的。乡下人找女人多难哪，奔一个女人往往要付出两代人的辛劳。他就是为女人才出外奔生路的。在乡下，这娃儿应该算是聪明了，他学得了一份锁匠的手艺，也定然是有了一份奔女人的小小计划。你给了他爱，填补了他的空白，同时也打乱了他的计划。他本可以靠劳动挣一份爱的。可这爱自天而降，却又抽身而去，你给了他多大的失望啊！

失望本身就是对他的最大蔑视。失望本身就是对一个男人最残酷的冶炼。一个爱人的失望，既是毁灭的榨机，也是再造的熔炉。这小伙无法承受那突如其来的火与冰，他去了。可我再说一句，你何必当初呢?!！

如果说，对这小伙的死你还可以有所推卸的话，那么，你给父母带来的屈辱和灾难却是无法推卸的。

多么宏大的耻辱啊！四乡的人像过节一样一拨一拨地拥到家里来看热闹；公安局、检察院、法院的人也川流不息地来勘查死尸，询问死因；村人们更是四处张扬，逢人就说。两位老人每日里像罪人一样立在门前，战战兢兢地迎候着各种人的盘问。娘为此昏死过去三次；爹见人就磕头，一次又一次地磕头，头都磕出血来了……

那是夏天哪，我的小妹！在火炉一样的夏天里，父母为你守了七天死人。那七天，你知道他们是怎样熬过来的吗?！他们为你的"耻辱"守灵，为那长吐着舌头的"耻辱"赔罪，为你承担了千万人的责骂和唾弃。年过半百的老人，每天像猴子一样站在门前接受上万人的"观赏"，那滋味并不亚于在碱水里泡在油锅里煎！夜也是难熬的。天热，那死尸放院里怕狗拉，放屋里又怕臭了，可没有法院和对方家人的许可是不能埋的……那真是死不了又活不成的七天七夜呀！

小妹，你罪孽深重呀！你不能忍受的，让父母替你忍受了；你种下了悲剧的种子，让父母来品尝罪孽的果实。

你是在找他吗？你是在找你自己。你找到了自己，却发现已不是原来的自己了。于是你丢弃了"旧我"，又一次寻找"新我"……

小妹，你是有罪的。你的哥哥也是有罪的。你罪在行动，你的哥哥却罪在思维。

在这里，我将坦白地告诉你，你的哥哥是一个意淫者。

他得了可怕的精神分裂症。有很久了，几乎每天晚上他都是在失眠中度过的。夜的眼关注着他的每一个行动：他的一半躺在婚床之上，另一半却去追寻那久远的"阳光"。当婚床上的半个我在肉体上做爱的时候，另一半却在精神上与"阳光"交欢。他追逐"阳光"追逐精神的欢愉几乎达到了发疯的程度。他在暗夜里神行七百里去与那"阳光"会合，他的神思在"阳光"的门前彳亍独行，徘徊不前。那门铃就在他眼前"亮"着，他一次又一次"勇敢"地冲上去按那门铃，可在最后一刻还是逃窜了。他永远不会按响门铃，可一次又一次地试图去按……他听见门铃响了，听见了那细碎、娇柔的脚步声，继而他看到了粉红的一闪。当那粉红的一闪随着有节奏的脚步声出现在门前时，他却很快地躲开了。"阳光"在半开的门前灿烂，粉红色的笑靥在门前灿烂，灿烂灿烂灿烂……

没有人。

他再次冲上去按门铃，敦促"阳光"再次出现，一次又一次地出现……以此来光照他灵魂的黑暗。

没有"阳光"他是无法生活的。他在暗夜里追寻"阳光"，与"阳光"对话。对话就是他的光明。而每一次对话后他的灵魂便沉入更深的黑暗之中，也就越加地渴求"阳光"。他不能自救，只有"阳光"才能救他。于是他追忆"阳光"的每一个细小动作，追忆"阳光"的每一次闪烁，妄图在"阳光"的照耀下通体燃烧。

当白日来临，他又还原成一个地地道道的面具人，还原成一个在钢筋水泥的夹缝里求生存的谨小慎微的符号。依旧是紧闭心的大门，以微笑对人，而心的深处却焦灼地等待着下一个黑暗的来临，他将又一次地在黑暗中触摸"阳光"……

他知道他亵渎了"阳光"，亵渎了那神圣的不可替代的精神偶像。可他无法控制自己。他的有罪的"手"每一次触摸"阳光"时都带有极大的不安。他厌恶自己，却又无法摆脱。

他是"空气恋爱法"的得益者又是受害者，精神的痛苦和精神的欢愉同时折磨着他。他欺骗了婚床又欺骗了"阳光"，他在分裂中无力地挣扎着，他知道他总有一天要失常的。

这一天终于来到了。

在一天夜里，他喝醉酒之后，竟然走到另一栋楼里去了。那是一个陌生的楼道，他在陌生的楼道里大摇大摆，神情昂奋地走着，肆无忌惮地敲响了整个楼道的屋门。他站在一个又一个门前高喊："我爱呀！我爱……"在夜深人静的时候，这喊声是很疹人的。可他不知道，他不知道他自己在干什么。几个穿着裤头的男人从屋里蹿出来，大骂着把他拉出去揍了一顿！可他还在声嘶力竭地高喊：

"我爱呀！……"

这种失迷已经到了不可救药的地步。从此，他每天晚上都出去夜游，每天晚上都闯进一座新的陌生的楼房，在黑暗的楼道里高声喧哗……他曾三次被派出所的民警扣留，可查问之后又把他放了。单位领导替他说了很多好话，因为他白日里是很老实的，老实得像小绵羊一样。他是"第三梯队"，又是重点培养对象，没有人敢怀疑他。

他的面具是铁做的，他每日里戴着这铁制面具去上班，换来了一身"清白"。但他的伪装还是被揭穿了，他白天是人，夜里就变成了鬼，四处游荡的鬼……

他毁了，毁就毁在没有当面说出那句话。当他遇见"阳光"的时候没有说出那句藏在心底里的话，就造成了精神上的长久淤积。那淤积逼迫着心的波涛，终于冲决了堤岸。当他因多年的伪装被揭穿，痛心疾首地跪在一个个领导面前忏悔时，当他泪流满面地检查自己时，却进行着更加虚伪的掩饰。他说他不知道他究竟干了什么，当时什么也不知道。可他是知道的。在心的深处，他是知道的。他什么都知道。他的泪水从虚伪的筛子上漏下来，一滴滴洒落在领导的脚下，表演了一幕幕真诚的荒诞。他听到了泪滴的声音，那声音响在灵魂之上，他的灵魂为此而放声大笑，笑得前仰后合！

这淤积还来自生活的假模假式，来自没有真诚的符号化的行走，来自铁制面具的沉重，来自对人的世界的恐惧。一切都程序化了，人变得越来越小，越来越萎缩。萎缩使人无法承受假的负累，于是导致了真的变形：一个意淫者。

这是虚伪造就出来的，是卑劣造就出来的。精神犯罪是不负法律责任的，却永远得不到心灵的安宁。由分裂造成的两个我在一天天地战斗着。白天的我服从于秩序；夜晚的我恢复本原，脱壳而出，去按那"阳光"的门铃……

小妹，可悲的是，这一切仍是在夜的婚床上进行的，是在纯思维中进行的，是虚妄的。

他在想象中看见自己夜游；在想象中看见自己走进一个个陌生的楼道；在想象中看见自己喊出了那么一句话；在想象中挨了一顿揍；在想象中看见自己被派出所的民警拘留；又在想象中看见自己在上级面前哭泣……他在黑暗中睁大眼睛目睹着正在进行的一切。

你一定认为这很窝囊，他也知道这很窝囊，但人生怎能没有节制呢？没有节制整个世界就会一片混乱，就会出现野蛮和屠杀，就会尸陈遍野血流成河。没有节制就没有安全感。节制产生了虚伪和压抑，同时也带来了和平和安宁。节制是人类社会的平衡木，它困住了单个的人却解放了整体意义上的人，它消灭了绝对的发展却保护了相对的稳定。没有节制就没有了人与动物的差别。从这个意义上讲，人是需要虚伪和掩饰的。人的本性的大暴露，结果会是什么呢？

也许，他是太清楚了。清楚本身就是一种错误，两难的错误，无所适从的错误。

不过，他的确闻到了"阳光"的气味，那气味掺杂着苦楝花的清香，整个房间里都充满了苦楝花的清香。他沉醉在苦楝花的清香里去进行一次又一次的"精神夜游"……

他常在夜深人静的时候悄悄地去品味那段话："哥，是她吗？""是她。""二十多年了，你还能认出她？""……嗯。""你去见见她，去呀！""……不好。""你得去。那么多年了，你就不能见见她吗？""不好。""见见有啥呢？见见吧。""不好。""哥，你是人吗？！""……"

小妹，当他想着这一切的时候，他的头还枕在那陌生女人的手臂上。那手臂传导着另一股香气，令人恐惧的香气。他知道这女人也是不爱他的，她爱的是一种高贵，施与的高贵，奴役和改造的高贵。她常常很自然地说："我给你……我给你……"在她心目中，我是第一性的，你是第二性的，是施与和被施与的关系，是奴役和被奴役的关系。起点就没有互爱，也就没有互知。人对奴役的需要是永久性的，她的"爱"也就是永久性的。在这样的家庭里，任何逃离的企图都是徒然的，它会使你背上沉重的"精神债务"，活一天就背一天。因此，他只能是个可鄙的意淫者！

小妹，卑劣的虚伪的我是多么羡慕你呀！羡慕你敢恨敢爱敢生敢死敢夺敢弃，那是多么野气多么酣畅的人生！可冷静的虚伪的我，又不得不谴责你！你太残酷了，你奔向有罪的大路，给社会给家庭带来了多少灾难哪！而我只有呓语。也只能呓语。

小妹，你最后一次被捆回村子的时候，招致了全村人的围观。那是去年夏天的事了。在炎热的夏天里，我的小妹被五花大绑地捆在小拖拉机上，在一片"嗵嗵嗵"的轰鸣声中被载回村子。

全村人都出来看你了，满街都是子弹一般的目光。那攒动的人头就像当年看夜戏一样，涌流着说不出的激动和兴奋。天光一下子变得燥热难耐了，火镜就在人们头上悬着，灼热的气浪随着小拖的轰鸣滚滚而来，烤化了整个村庄。

你被捆着。捆着的你身子挺得很直，头高高地昂着，脸上冻着坚冰一般的高傲。猎猎的火一样的红裙在绳索的捆绑下紧裹着冰雕一般的身躯，把冰与火的极端的两极呈现在这个古老而又窄小的村街里，暴露于光天化日之下的是冰与火的瞬间的美丽。此刻，天静静，地也静静，那情形就像是世界的末日到了！沉寂中仿佛响彻着一声来自天庭的呐喊，叫人觉得那古老瓦屋的兽头时刻都会滚落下来，在地上碎成一片残砾！

沉默，捆绑着的沉默。当这捆绑着的沉默缓缓驶过村街的时候，天仿佛阴下来了，那坚冰一般的高傲射杀着阳光的炽热，给七月的乡村带来了肃杀的寒气！而那火焰般的红衣裙却又时时灼烧炙烤着人们的心。火样的冰，冰样的火，使村人们承受着这来自两极的痛苦。

这痛苦来自蔑视，昂首挺胸宣告了你对乡村的蔑视。你虽然被捆着，却像凯旋的胜利者一样高傲。你的蔑视是从骨子里透出来的，蔑视里带着怜悯。你怜悯所有的乡人，一代一代在这块窄小的天地里繁衍生息的乡人。他们大都是没见过什么世面的，生活的单调，劳作的乏味，人的委琐，使你有了足够的蔑视他们的理由。你是带着闯荡过世界经历过人生的目光去看待他们的，于是你的蔑视你的怜悯就显得更加刻薄。在你眼里，他们是一群可怜的埋在黄土里的人，没有颜色的人，也仅仅是因为你被捆回来了，他们才有了一次看热闹的机会……人生一世，草木一秋，这也叫活人吗？所以，纵然被捆着，你也在乡人面前表示了足够的优越。

我的没有耻辱没有羞愧没有眼泪的小妹，你就是这样回到村里去的。你让村人们看到了他们一生都没看到过的场面。他们一个个像傻了一般望着

"嗵嗵"响的小拖拉机从眼前驶过，肃然地在你面前缓缓后退……

小妹，你给村人的刺激太重了。他们觉得你不应该是这个样子的。在他们眼里，好像什么东西变了，变得叫他们无法承受。他们的愤懑是无法诉说的，就好像突然从天上掉下一个大石磙，正好砸在他们心上！老人们两眼空空地仰望苍天，试图抓住一点什么，却什么也没有抓到。听说，六奶奶扑通一下跪在地上，哭了……

小妹，这时的你已完全变了。你已不再是乡下人了。你的蜕变是迅猛的。衣着的变化仅仅是你脱胎换骨的第一步，而那冷漠的满不在乎的神气才是根本性的变化。你已经没有了乡下人的"怯"，骨子里的"怯"。而更重要的则是你对乡村的厌恶。你的厌恶耸动在眉宇之间，诉说了你的无法抑制的排斥心理。你的厌恶已到了无以复加的地步，这不仅仅是因为村街的狭小，一张张脸相的茫然无知，也不仅仅因为生活的单调，劳作的乏味，而是对区域性生活本身的厌恶，对长年累月的居住的厌恶。夏日里那满眼的绿色没有引起你的一点好感，连村街里的空气你都是厌恶的……

进了家门，解开了那捆绑着的绳索之后，你仍然没有说一句话。虽然屋里院里都站满了看热闹的人，可你眼里却看不到一个人，你眼里只有对熟悉的厌恶。

屋子里很闷。爹彻底萎了。他在地上死蹲着，失败写在脸上。娘也蹲着，那神情就像在受刑。只有你是坦然的，是一种恶的坦然，随你处置的坦然。好久好久之后，本家的六奶奶站了起来，她曾是待你最亲的老人。老人颤巍巍地走到你跟前，眼里淌着泪，扑通一声，竟当众给你跪下了！

娘也默默地跪下了……

爹浑身抖着，长叹一声，忽腾也跪到了你的面前……

七十六岁的六奶奶跪在你面前说："梅妞，我做主了。只要你不再跑，啥都依你。有中意的人领回来，想咋过咋过，你说句话吧？"

爹颤着声说："梅妞，只要你不跑，啥、啥都依你了……"

娘哭着说："梅妞，你说句话……"

小妹，世界颠倒了吗？他们打过你，骂过你，撕过你，吊过你……乡村里所有能用的土刑法都用了，可老人们现在给你下跪了。他们一个个跪在你的面前，求你说句话，只要你不再跑，啥都依你。河水倒流也不过如此！哪怕是为了安慰老人，你也该张张嘴呀！

可你没有说，小妹，你没有说。你仍旧冷冰冰地坐着，像死了一般坐着。是的，他们打过你，可你的残酷更甚于一生都生活于乡间的老人。你最终还是惩罚了他们。你的心是铁做的吗?!

多么可怕的沉默呀！终于，六奶奶站起来了，爹娘也跟着站起来了，全都默默地。到了这份儿上，话已说尽，再没什么可说了。乡村对你已仁至义尽。六奶奶缓缓地转过脸去，顿了一下拐杖说：

"把兜肚儿脱下来吧，我给你缝的红兜肚儿……"

小妹，你就是在这种时候脱下红兜肚儿的，那棉布做的能避邪的红兜肚儿。这大概是乡村对你的最后的唯一的束缚了。作为一个彻底背叛的女人，作为一个最不知羞耻的女人，你在一片惊呼中当众脱去了红兜肚儿……

这时，娘扑过去了，她像狼一样地号叫着扑了上去。最软弱最疼爱你的母亲扑在你身上号叫着咬下了一块肉，一丝丝带血的肉！

小妹，娘咬的是你的肉吗？她吞噬的是自己的心哪！老人绝望了。她把自己的心咬碎吃了。她生了你养了你，却无法改变你。她是多么悔恨哪！

再没有什么了。

再没有什么了。

再没有什么了……

小妹，在一个偏远的有着铁桶一般的观念的乡村里，老人们已经尽到了最大限度的妥协和容忍，他们把所有能给予你的自由都给了你。你可以找你喜欢的男人，可以过自己愿意过的日月。只要不离开这块土地，他们都依了……

小妹，你还要什么呢？

1989 年

○　●

黑蜻蜓　···

一

没有人记得那个小脏孩了。

三十二年前，小脏孩跟在二姐的屁股后边，一步一步向田野走去。那是八月的黄昏，秋阳浸染在西天的霞彩中，"叫吱吱"点墨一样在天边舞着，穿枣花布衫的乡下二姐大人似的前边走，细细的身量拖着长长的影儿，影儿是斜的，荡着一窝一窝的热土。小脏孩走在斜斜的影子里，晃晃的像个跟屁虫。

走在乡村的土路上，夕阳中的绿色显得很遥远、很灿烂，一片一片地透着浓重。不断有村人从浓重处钻出来，喝着老牛，扛着锄头，背着沉甸甸的草筐仄上黄黄的村路。遇上了，就有村人野野地喊："妮，谁?!"二姐大人样地说："城里俺姑家的……"而后仄回头，闪一眼给小脏孩："叫舅哩。"小脏孩羞羞地低下头，扭扭地蹭着脚下的暄土，不吭。二姐又大人样地说："认生。"村人疑惑地望着小脏孩，上下打量了，说："不像城里人……"

那时，小脏孩就是一个小要饭的。他赤肚肚儿穿一小裤头，很黑，很瘦，一身肋巴骨，还拖着长长的鼻涕。他八岁了，在城里上小学一年级，饿得不像城里人。他来乡下就是为了糊一糊总也填不饱的肚子。

那会儿，乡下正吃大食堂呢，家里连口铁锅都没有，日子也紧巴。二姐看他来了，就说："上地吧，上地。"

　　就这样，二姐把他领到田野里去了。在夕烧的霞辉里，平着脚走过青青的豆地，走过蔓蔓的红薯地，钻进了茂密的玉米田。天光渐渐暗了，那绿更显得浓，眼前是绿，身后是绿，一重一重的绿，绿里弥漫着一股甜腻腻的腥气，浓得叫人透不过气来。钻着钻着，小脏孩就蒙了。他怯怯地说："姐，我头晕。"二姐的细腿磕打着玉米叶，"唰唰"地往前走，走得很快。小脏孩拽住了姐的衣裳，无力地重复说："姐，我头晕。"二姐扭过脸来，诧异地望着小脏孩。小脏孩身子晃晃的，眼里泛着豆绿色的死光，喃喃地说："晕，我头晕。"姐望着他，一会儿，慌慌地说："你坐下，坐下吧。"小脏孩软软地坐下了，身子斜靠在玉米棵儿上。二姐独自一人去了。片刻，她又匆匆回来，说："你别动，你可别动。"小脏孩就不动。他的屁股硌在一条埂上，硌得很不舒服，却仍旧不敢动，只慢慢地往下出溜，出溜着出溜着就躺下了，傻睁着一双豆绿色的眼睛。

　　二姐走了，先是还能听到"沙拉、沙拉"的响声，继而就什么也没有了，只有一片死静。透过玉米叶的小缝儿，能看到西天里那淡淡的红烧，红烧残燃着，点点碎去，一片一片地灰，就有恐惧慢慢游上来，一点一点地蜇人的心。而后就听到小虫的鸣叫，这儿一声，那儿一声，似很遥远，又仿佛很贴近，总也捉不住。身边有软软的东西爬过去，一摸，是豆虫，忙松了手大喊："姐，姐……"终于，远远地有了响动，小脏孩忙仄头去看，却没有人。小脏孩哭了，泪水洒在湿热的玉米田里。

　　暮野四合，天灰下来了，风呜呜地响着，周围像有千军万马在动。二姐已去了很久，老不见回来。小脏孩心里害怕，很想动动，却又不敢动。他顺着田垄往前爬了一段，又赶忙爬回来，坐回印着两小瓣屁股的土窝里。多年后，他仍然记着那印着两小瓣屁股的土窝。他坐在温热的土窝里不敢动，却狠命地骂二姐，一遍一遍地骂，用世界上最恶毒的语言诅咒她！就那么咒着咒着，忽然，一个沉重的布袋倒在他的身旁，接着又是"吭"的一声，撂在地上的是一把小铲。

二姐回来了。

二姐突兀地出现在他的面前，一身汗湿，鼻孔里呼呼地喘着粗气，两只小辫奓奓地披散开去，像个小疯子似的。他狠狠地剜了二姐一眼，转过头去赌气。二姐说："你饿了吧？"他的确饿了，饿得想吃人，可他不吭。二姐蹲下身，随手拿过小铲，很快在地上挖了个土窖，那土窖四四方方的，分上下两层，还留出一个出烟的小道儿。而后她从身边拖出一小捆柴草，又摸摸索索地掏出一盒火柴，接着，一块块红薯、嫩玉米从她身后的袋子里跳出来，又被一个个摆在火窖里，四周铺上土……小脏孩呆呆地望着二姐。他不知柴草是从哪儿捡来的，也不知那些馋人的红薯、嫩玉米又是怎样扒来的，更料不到二姐竟还带着火柴。只见二姐的手在动，很神奇很灵巧地动，一切就像在梦中。他不再恨二姐了。

夜完全黑下来了。风从玉米田上空刮过去，大地便有些许摇动，在摇动中玉米上那粉色的长须晃着点点丝丝的银白，看上去就像老人的胡须。再看就像是很多很多银须飘逸的老人站在周围，默默地述说着什么，叫人心悸。渐渐，土窖里的火燃起来了。冒着黑烟的土窖里飘出一朵朵蓝色的小火苗，火苗蹿动着，送出一缕缕暖意也送出一丝丝诱人的熟香……二姐的手像黑蝴蝶似的在火苗中闪动着，一会儿翻翻这块，一会儿又捏捏那块，嘴里"嗞嗞"地吹着，总说："不熟呢，还不熟呢。"说了，就又去捏。捏着捏着就翻出一块来，说："吃吧。"小脏孩接过来就狼吞虎咽地吃，真香啊！二姐就看着他吃，吃了一块，又递一块……二姐盘膝坐在窖火边，脸儿被窖火映得红扑扑的，两眼亮亮地怔着，手却不停地在火窖上跳动。直到窖里空了，她才说："还饿吗？"小脏孩不吭，直望那火窖，盼着还能翻出一块来。于是二姐笑了，把窖里的灰扒出来，摆上柴草、红薯、嫩玉米，再烧……

第二窖又吃完了。二姐望着他说："小猪，真是个小猪！饱了吗？"他拍拍圆圆的肚，不好意思地笑了。二姐站起身，用脚把土窖封上，又用力踩了踩，直到火星熄了，才说："走吧。"二姐拽着他在墨海一样的田野里蹿动，一会儿东，一会儿西；一会儿她停住了，只听得周围一片"哗啦、哗啦"的响动……一会儿她又不见了，像是化进了无边的黑夜，化进了叶叶蔓蔓的庄稼地。四周只有风声虫鸣，茫然四顾，叫人胆战心惊。倏尔，她又不知从哪儿冒了出来，精灵似的伸出一只手，拽着他又走。他就像瞎子一样跟着二姐走。当他跌跌撞撞地来到地头的时候，二姐手里的小布袋又满了，里边鼓鼓囊囊地装满了红薯和嫩玉米。二姐擦一把脸上的汗，喘喘地说："带回去，给家人带回去吧。"

夜很恐怖，远处有鬼火一闪一闪地晃着，周围总像有什么在动，黑黑的一条，"刺溜"就不见了。回城还有二十五里夜路要走，他怯。怯了又不说，就懦懦地站着，望二姐的脸。二姐说："我送你。走吧，我送你。"

二姐扛着小布袋头前走，小脏孩在后边紧紧相跟着，深一脚浅一脚，就像走在树林里。那一踏一踏的步子都踩在二姐的喘息上，那喘声叫人心定。二姐知道他怕，就说："你看你看，北斗星出来了，那是个勺子，记住那勺子就不会迷路了。"小脏孩抬头去看，夜很浓，天上碎着几颗钉子一样的星星。他不知哪颗是北斗，也找不到勺子，不过心里不那么慌了。走着走着，二姐又说："要是有人在后边拍你，你别回头，那是'皮大狐'，你不理它，它不害你。"过一会儿，二姐还说："要是遇上'鬼打墙'，你就朝地上吐唾沫，呸他！你呸他，他就放你走了。"那会儿，二姐的话仿佛来自天穹，既遥远又神秘，两双小脚丫的行进声一踏一踏的，碎那无边的夜。

过了黑集，就是官道了。站在大路沿上，二姐喘口气说："这就不用怕了。"可小脏孩还是不吭，他知道，前边还要过"八柏冢"呢！路边上有一个山样的坟丘，坟上有八棵参天古柏，柏树上有黑压压的"老鸹"……听姥姥说，这坟里埋着八位古人。又听姥姥说，坟上的柏树有几百年了，树上有精气。还说，有一天，一位贪财的乡人去砍坟上的柏树，斧子掉下来，却把自己的腿砍断了……白天路过时，他就很怕。夜里更怕。二姐看着他，说："我再送送。"于是，二姐又扛着布袋往前走。远远地望见那八棵黑森森的柏树了，小脏孩的身子抖了，二姐的身子也抖了，可二姐却拽住他的手说："别怕。胆儿是撑出来的，撑着，就不怕了。"

就这样，二姐一直把小脏孩送到城边上。待眼前灯火一片的时候，二姐说："兄弟，回去吧。"这时，小脏孩才突然发现，姐也还小呢，她才十二岁。她要独自一人去摸那吓人的夜路，要过"八柏冢"，过那一片一片的坟地……小脏孩嘴干了，喃喃地叫了一声："姐……"二姐默默地把小布袋放到他的肩头上。二姐已背了那么远了，现在把布袋交给了他，他立时感到了沉重。于是，在八岁那年他就知道了什么叫重负。那是二姐交给他的，他一生都背着……

多年后，那小脏孩当了作家，没人知道那小脏孩了。可他自己知道，是二姐带他走向田野的。

二

我的记忆犯了很严重的错误。我记不住二姐的面目。在很早很早的时候，我记不清二姐的面目了。二姐长得不丑，在记忆里，二姐的面相总是模糊的。每当想起二姐，脑海里就浮现出一片静静的乡野：那或是春日里雨后新湿的乡间土路，土路上印着小小脚丫和牛蹄的踏痕，踏痕一瓣一瓣地碎着，就像大地的图章，图章上刻着落日的余晖和割草的孩子摇摇的身影；那或是夏日正午的麦场，麦场上兀立着一座座高高的麦垛，场光光的，垛圆圆的，雀儿打着旋儿飞绕，啄那新熟的籽，烈日像火镜一般照在金灿灿的垛上，映出一顶顶草帽来，草帽有新的，也有旧的；那或是秋日霜后的柿树林，柿叶一片片飘落在地上，小风溜过，掀起一阵红染的"沙沙"，枝丫上的柿子红灯笼似的悬着，间或有"噗噗"一两声，就有熟透的柿子落在地上，血一样绽放；那或是冬日里漫向旷野的寒冷，大地默默地横躺着，瑟缩着扫荡后的疲惫，沟壑里，田埂上，却依然散着农人忙碌的痕迹——深深的脚窝，戳在地上的粪叉洞儿，弯弯曲曲的车辙……

然而，怎么就记不清二姐的面目呢？……

二姐是个聋子。

二姐一岁没爹，两岁没娘，三岁发高烧，就烧成了一个聋子。

二姐的爹，也就是小脏孩的舅舅，死得很蹊跷。他被人打死在离村七里的沟里，头上有一个鲜艳的红洞，那洞里竟填着一颗产地遥远的美国子弹。美国人到处支援，终于支援到了舅舅的头上，叫二姐没有了爹。对于舅舅的死，乡人有许多传说。有说是土匪图财害命，有说是狗咬狗，也有的说是勾奸夫杀本夫……反正二姐没有爹了。

二姐的爹一死，二姐的娘就主动要求改嫁。按姥姥的意思，想让她活活熬下去，把孩子拉扯大。可她执意要走。她还年轻呢，才二十来岁，长得鲜艳。虽然怀里抱着一个吃奶的亲生肉肉儿，她还是想过那有男人的日月。后来姥姥看拦不住了，就跟她讨价还价。姥姥说："进门来俺待你不薄，你要走俺也不拦你。这样行不行，孩子小，怕养不活，你再给孩子吃一年奶，到一年头上，俺套车送你。"二姐的娘不说话，把身子扭过去了。姥姥"扑通"往地上一跪，说："半年，半年中不中？"二姐的娘还是不说话。姥姥再没说什么，默默地站起身，眼一闭，说："你去吧，把孩子放下。"二姐的娘就收拾收拾去了。她走到门口，不知怎的心里一软，勾回头说："我再给孩子吃口奶吧。"姥姥硬硬地说："不用，你走吧。"

当天晚上，二姐就嚼起了姥姥的瞎奶，嚼着嚼着就哭起来了，烈哭。姥姥自然咒那黑心女人。二姐哭了一夜，她就陪着咒了一夜。二姐夜夜哭，她就夜夜咒，咒语十分毒辣。然而，二姐的娘改嫁后仍活得十分鲜艳。

这都是母亲说的，母亲说老天爷不睁眼。母亲也咒，母亲说好人不长寿，祸害一千年。

二姐是姥姥用玉米面糊糊喂大的。姥姥那没牙的嘴先把干干的饼子嚼一遍，然后用粗黑的手指抿到二姐的嘴里，直到二姐长出满口小牙……多年后，二姐成家立业，曾提着点心去看过她的亲娘。亲娘抱住她就哭起来，边哭边说："闺女呀，我哩亲闺女呀！娘想死你了……"不料，二姐站起就走，以后再没去过。

二姐三岁时得了一场大病，发高烧一连烧了五天五夜。在那难熬的日日夜夜，姥姥一直守候着她的亲孙女，能使的偏方都试过了，该请的乡医也请了，可小人儿还是昏迷不醒。眼看那小脸烧得像火炭一样，身子一抽一抽的，站在一旁的姥爷叹口气，说："人不成了，拿谷草吧。"

按乡间习俗，姥爷正要拿谷草裹着埋人的时候，却被姥姥拦住了。姥姥歪着小脚一蹦一蹦地踮了出去，站在院子里，仰望沉沉夜空，眼含热泪高声喊道："妮——回来吧！"那一声如泣如诉，神鬼皆惊，姥爷禁不住在屋里应道："——回来啦！"

就这样，姥姥走着喊着，喊着走着，一步步，一声声，从村里，到村外，而后面对那闪着星星鬼火的广袤旷野哀哀地唤道：

"妮——回来吧！"

"——回来啦！"

姥姥在外边一声声唤着，姥爷在家里一声声应着。那呼唤有多凄婉，那回应就有多苍凉；那呼唤有多执着，那回应就有多悲壮。这是一个天地人神均不得安宁的夜晚，两位老人泣血般的声声呼唤合奏着一部悲愤激越的招魂曲。那招魂曲越过农舍，越过旷野，越过茫茫夜空，越过沉沉大地，响彻九天云外，生生架住了迫近的死神……

"妮——回来吧！"

"——回来啦！"

天亮时，二姐终于睁开了眼，她活过来了。二姐大难不死，却烧成了一个小聋子。

听母亲说，二姐开初还不太聋，大声说话她是能听见的。七岁时，她还上过两年小学。她上学很用功，上课时两眼瞪得圆圆的，连个闪也不打。忽然有一日，她很晚了还没有回来。姥姥到学校去找她，却见她一人独独地蹲在墙角，头一下一下地往墙上撞！姥姥远远地叫："妮，妮……"她也不吭。待姥姥走近了，她赶忙擦擦眼里的泪，说："奶，回去吧。"姥姥问她，她却什么也不说。后来才知道，那天在课堂上，二姐被老师揪了出来，念拼音。老师说："dōng——东。"她便念："fēng——风。"老师再念："d——ōng——东！"她又念："fēng——风。"……

二姐不再上学了。那天夜里，二姐哭着说："奶，我听不见……"姥姥伤心地摸着她的头说："妮，命苦哇。"二姐又说："奶，我听不见可咋办呢？"姥姥流着泪说："妮，这学咱不上了。我养着你……"

可是，七天之后，二姐却做出了一件让全村人吃惊的事。

那是黄昏时分，回村的人们全都怔怔地站在村口的路上，注视着西边那块染遍霞辉的谷地。在金红色的谷地里，只见一个毛茸茸金灿灿的草垛随风滚动，那草垛有一人多高，一会儿亮了，一会儿又暗了，一会儿摇摇地晃来，一会儿又坠坠地沉去……村人越聚越多，全都慌了神。老人说："精气！那是精气，草成精了！"

然而，那成了"精气"的草垛却缓缓地朝村子滚来。近了，又近了。当那草垛临近村口的时候，人们才发现下边有一个小小的人头，一张乏极了的小脸，那便是二姐，正是二姐的细麻秆腿支撑着那个大草垛！

老天哪，她是怎么背回来的呢？她才九岁呀！一个小小的妮子，怎么会呢？

村人都说，这妮不是人。

三

二姐真不是人吗？我不敢这样说。可我总觉得二姐是有神性的。不然，我怎会记不起她的面目呢？

要知道，我从八岁起就跟二姐在乡下野，野了许多年哪。那时候，为了一张嘴，我几乎每个星期天都到乡下来。每次来，二姐都站在离村口远远的大路上等我。是的，我记住了那座石桥，也记住了二姐穿在身上的枣花布衫。我常常把那件枣花布衫当作乡村的旗帜，远远地望见了，就急煎煎地向它奔去。它也仿佛具有某种灵性，老远老远，就听见它说：兄弟，你回来啦，兄弟。

二姐的枣花布衫在田野里是会转色的。有时候我觉得它是红的，有时候我觉得它是紫的，有时候它是黄的，有时候它又是绿的。在夕阳下它是金红的，人也仿佛融进了金红色的大地；在荞麦地里它是紫的，人一进去就不见了影儿；在油菜地里它是黄的，人像是化在了灿灿的粉黄中；在玉米田里它又是绿色的，走着走着，倏尔就寻不到了。所以，田野里总响着我声声急切的呼唤："二姐，二姐——"

我似乎是记住了二姐的手。二姐的手并不鲜嫩，手指也不纤细，那是很粗很涩的一双手，摸上去像锯齿一样。每当这双手牵着我的时候，我就闻到了一股淡淡的草香。那草香一日日伴着我，久久后，熏得我也有了一点点灵气，以至于多年后我仍然认得什么是马齿菜，什么叫面条棵儿，什么是荚荚菜，什么是狗尾巴草。至于哪种是能吃的苦瓜蛋儿，哪种是甜哑巴秆儿，那是一看便能认出的。

乡村是手的世界。我很难说清这双手的魔力。跟二姐在田野里野的时候，我知道这双手出奇地快，出奇地灵巧。先说割草吧，乡村最美妙的音乐就是割草，那"嚓嚓，嚓嚓嚓"的声响让人心醉。那是生命的音乐。那音乐奏起的一刹那天还是灰的，东方仅露出淡淡的一线红；继而滚滚的一轮红日升起，一竿两竿地跃动，渐渐就钉在了中天，送大地一片泛着七彩光色的气浪；然后慢慢西移、下沉，烧一天胭脂的红……直到那一线灰红消去的时候，乐声才止。二姐十二岁就是劳力了，凭着这双手，二姐挣的工分抵得上两个壮汉。

我还知道二姐的指纹，二姐手上有九个"斗"。乡人说，九"斗"一"簸箕"是福相，可二姐的福在哪里呢？我说不清楚。我只知道那锯条样的小手指一顿饭的工夫就能编出十个好看的蝈蝈笼子。当然还有两层楼的，那要慢一些。二姐编的蝈蝈笼使我从小就有了一点点商品意识。编好了笼子，二姐就带我去地里抓蝈蝈，那是一抓一个准。抓住了，二姐就问我："叫了吗？"我欢欢地说："叫了！"二姐说："只有母蝈蝈才叫，公蝈蝈不会叫。"于是我就把装了母蝈蝈的笼子带回城去，拿到学校门口跟同学们换蒸馍吃。可我怎么就没想到呢，二姐原是听不见蝈蝈叫的……

那时候，二姐的手就是我的食品袋。跟着她我尝遍了乡间的野果。即使在光秃秃的冬天里，二姐也能在野外地老鼠营造的"搬仓洞"里刨出一捧花生来！可这双手平素却是专拣黑馍馍吃的。在姥姥家里，饭一向分两种，黑窝窝是姥姥跟二姐吃的，掺了些白面的馍是我跟姥爷吃的。乡间的女人，似乎都长了一双拿黑馍的手，那仿佛是命定的。二姐才比我大四岁，又是姥爷姥姥极疼爱的孙女，为什么就不能拿白馍呢？那时，我不懂。长大了，我仍然不懂。但我却明白了"黑"与"白"。我固执地认为，黑与白就是人生的全部含义。

我痛骂过自己，似乎不应该这样"肢解"二姐。二姐施惠于我，我凭什么"肢解"她呢？

可映在我眼前的还是一个背影，二姐的背影。也许是我常常跟在二姐身后的缘故。在我的印象里，二姐肩头上那块补丁是很醒目的。那是一块蓝色的补丁，布是半新，针脚很细，细得让人看不出。尤其叫我难忘的是那补丁上还绣着一朵花，是"牛屎饼花"。这是名字最难听的花，却是乡村里最鲜艳最美丽的花朵。在乡人的院子里，种在窗前的就是"牛屎饼花"。这种花的香气很淡，在风中细品才能捉到，但这种花的香气最久，即使干枯了，也有丝丝缕缕余香不散。后来二姐那绣在补丁上的"牛屎饼花"磨去了，只有花的印痕依然清晰……

从二姐的肩头望过去，还时常能看到邻村的一块坡地，坡地上立着一个年轻的汉子。在夏日的黄昏，那汉子总是野野地光着脊梁，远远看上去热腾腾的。间或拄着一张锄，就那么斜斜地站着，身上被落日的余晖照得亮亮的，像黑缎一样。开初我不明白，后来总见二姐就那么站着，即使背着草捆的时候，她也那么站着，痴痴地朝西边望。而西边坡地上的汉子，也常常那样站着，久了，就见他也朝这边望。那一瞬间，二姐就把头勾下去了，而后耸一耸背上的草捆，又慢慢、慢慢地抬起头……那坡地并不遥远，却没见谁走过去或走过来，就那么仅仅望着、望着。有时候，就见那年轻的后生在坡地里犁田，犁着犁着就打起牲口来。那鞭儿炸炸地响着，人也一蹿一蹿地骂，骂声十分地响亮。于是，我拽起割草的二姐朝那边看。看着看着，那汉子就不再打牲口了，重又规规矩矩地犁田，鞭儿悠悠地晃着，在坡上一行一行地走。收工时，天地都静了，又见二姐朝那边望，他朝这边望，就那么默默无言地相互望着……

这也许是二姐一生中最有色彩的部分了。在那个夏天里，二姐的脸总是很生动地朝着西边，与那年轻的汉子无言地相望。没有见谁说过一句话。我曾一再倒放记忆的胶片，是的，他们没有说过话，连一声吆喝都没有。后来那汉子就不再来了，坡地上空空的。可二姐还是朝西边坡地里望，一日又一日，无论风天还是雨天，二姐总在望，默默地，默默地……

终于有一天，二姐带我穿过了那块坡地。那是秋后时节，坡地里的芝麻一片一片地开着小朵的白花，香气十分浓郁。可二姐并没有在那块坡地里停下，她仅仅是看了一眼，就又往前走，身子摇摇的。穿过高粱地，又穿过玉米田，也不知走了多久，抬起眼来，已经站在了坟地里。那是一块极大的坟地，坟地里最显眼的是一座潮湿的新坟。二姐就在那座新坟前站住了。

二姐站住了，我的记忆也"站"住了。只记得二姐留在坟地里的脚窝很深，五个脚趾的印痕深深地抠进地里，那印痕一圈一圈地绕着新坟，就像在地上镌刻一个巨大的花环……

这就是二姐的秘密。二姐一生中就这么一件秘密。

记得那是雨后的黄昏，在回去的路上，我要二姐带我去捉蜻蜓，二姐就带我去场里捉蜻蜓。空气湿湿的，地也湿湿的。蜻蜓在空中一群一群地飞，忽一下高了，忽一下又低了，那薄薄的羽翼在晚霞中折射出七彩的神光，旋得十分好看。我拿着场里的木锨去扑，东一下，西一下，总也扑不着。急了，我就喊："姐，姐……"

干什么二姐都帮我。可那一次二姐没有帮我，我记得二姐没有帮我。她站在场院里，一动也不动，默默地看着蜻蜓飞。蜻蜓飞来了，又飞去了，亮着黑黑的头，摇着薄薄的羽，一双双，一对对，在她身边打着旋儿。有一只蜻蜓竟然停在二姐的肩上，二姐还是不动，愣愣的。我跑过去扑，却见二姐的嘴在动，二姐说："丁丁（蜻蜓）比人好。"

蜻蜓飞了，飞得很高很高。我听见二姐说："丁丁（蜻蜓）比人好。"

四

二姐十八岁定亲。

按照乡间的习俗，第一次"见面"应该是十分隆重的。姥姥歪着小脚专程到城里来了一趟，跟母亲商量。母亲说，让妮来一趟，就在城里见面吧。

按母亲的意思，在城里见面，就有了些体面。姥姥又回去问二姐，二姐不说话，只默默地坐着。于是就这样定了。

那天晚上乡下来了许多人。来相亲的画匠王村人充分地展示了他们的"富裕"。家中的小院里扎满了自行车，全是八成新。七八条小伙整整齐齐地站在院子里，一身的新。进来一个是蓝帽子，蓝布衫，蓝裤子；又进来一个还是蓝帽子，蓝布衫，蓝裤子。个个都是蓝帽子，蓝布衫，蓝裤子。布料是当时很时兴的斜纹布，那说亲的女人排在前边，手里赫然提着十二匣点心！她身后，蓝色的汉子们一个个木偶似的相跟着，小心翼翼地进屋坐了，叫人很难分清相亲的是哪一位。

大概是一支烟的工夫，众人稍稍地说了一些闲话，汉子们便站起身一个一个往外走，像演戏一样，上了场，又慢慢退场。二姐始终在屋里坐着，穿一件枣红布衫，围一条毛蓝色的围巾，就那么勾头坐着，怔怔地，不知在想什么。这当儿，一个瘦瘦的小伙临站起时把一个小红包递到了二姐的手里，他慌慌地看了二姐一眼，就往外走。突然，二姐站了起来，说："等等。"她扫了那小伙一眼，慢慢地说："把钱拿走。"

众人一下子愣住了。走出门的蓝汉子全都折回头来，一个个惊惶不安地望着二姐。尤其是那相亲的小伙，脸慢慢泛白，头上沁出了汗。那汗一豆儿一豆儿地生在脑门上，又一层层一排排地"长"，顷刻间布满了那张微微泛红的脸，凝住挥不尽的尴尬和窘迫。他站在那儿，周围静得没有一点儿声音，只有那汗珠滴滴圆润……

二姐勾下头去，匆忙解开了那个小红包，包里是厚厚的一沓钱。二姐把钱递过去，很果决地说："拿走。"然后将包钱的小红纸轻轻地揣进兜里。

这是庄严的一刻。屋里的人全都默默不语，呆呆地望着二姐。多年后，我才知道乡下人是很讲究形式的，在他们看来，形式就是内容。这一揣使汉子们暗暗地松了一口气。二姐收下了小红纸就等于定下了她的终身。她的一生就押在了那张小红纸上。就在那一瞬间，汉子们笑笑地走出去了。只有那未来的姐夫走得沉重，仍然挂着一脸的汗。他们感到诧异，二姐为什么不收钱呢？

二姐收下了那"汗"。当那汗珠密密麻麻地排列在未来姐夫的脑门上的时候，我分明看见二姐的眼眨了一下。正是那一豆儿一豆儿的汗珠促成了二姐的婚事。二姐是在汗水里泡大的，她深知世上的一切都可以作假，唯有汗水是不会假的。二姐认"汗"。

事后我才知道，那晚画匠王村人的"演出"并不成功。事前，姥姥曾差"细作"悄悄去村里打听过。"细作"问："套家怎样？"人说："是东头套家还是西头套家？""细作"又问："东头怎样，西头又怎样？"人说："东头套家瓷实，家人当着支书呢，西头套家穷……""细作"回来说："许是东头吧？"姥姥不说话，就问二姐："妮，你看呢？"二姐不吭。二姐定然是知道的。相亲的婆家其实很穷很穷，那晚相亲的"行头"全是借的。钱是借的，自行车是借的，连身上穿的衣裳都是借的。为了相亲，乡人们集中了全村人的智慧和富有，从乡里借到城里……据说，相亲的姐夫已经说过七次亲了，一次一次都吹了。因为家穷，因为床上躺着一个病瘫的老娘……

二姐耳聋心不聋。这一切她都是知道的。她执意不要那三百块钱，就是不要那注定将由她偿还的债务。

在出嫁前的一年里，二姐像换了个人似的，除了下地干活，就不再上田里去野了。我来，她也很少陪我去玩，就坐在家里做鞋，给表兄妹们做，也给那定下亲的蓝汉子做，一双又一双。每次来，总见二姐在纳鞋底，那线绳"嗞啰、嗞啰"地扯着，锥子从这边扎过去，又从那边扎过来，狠狠的。那动作里似乎有一种说不清的东西。二姐的鞋底是有记号的，鞋底上总绣着一只黑蜻蜓。那蜻蜓用黑丝线绣成，翅儿参参的，还有两条长长的须儿，活生生的，只是没有眼。我指给二姐看："没眼。"二姐懂了我的意思，笑笑说："有眼就飞了。"

间或，姐夫也提了礼物到姥姥家来。还是穿着一身新新的蓝衣裳，来了就做，不是去挑水就是扫院子。而后就默默地坐下来，二姐不吭，他也不吭。要是二姐问一句，他就答一句，话是不多的。

二姐问："吃了吗？"

他就说："吃了。"

二姐问："家里还好？"

他就说："还好。"

二姐问："娘的病好些了？"

他就说："好些了。"

二姐问："能下床了？"

他摇摇头，没话……

二姐就"嗞啰、嗞啰"地纳鞋底，纳着纳着就拿出一双新做的鞋子让他试，试了，看看合脚，二姐就说："穿着走吧。"而后，二姐趁姥姥出去的工夫，偷偷地说："别再借人家的衣裳穿了，别再借了……"

姐夫脸就红了，红得像新染的布。于是那借来的新蓝衣裳穿在身上就显得格外别扭。那天他刚好借的是一条侧开口的女式裤子。

后来姐夫再来时穿的自然破旧，肩头总是烂着，那神色倒显得自然了。来了，二姐待他更显得亲切，一进门就打水让他洗。临走，总要给他缝一缝衣服。那时，二姐让他坐着，嘴里咬一截避灾的秫秸，就蹲着一针一针地为他缝，就像缝着未来的日子。

记得二姐出嫁前曾到邻村那汉子的坟上去看过。坟荒了，坟上爬满了萋萋荒草。二姐就蹲下来拔那荒草，留下了一圈密匝匝的脚印。似乎没有哀怨和痛苦，拔了荒草，她就去了。不像城里人，有很多的缠绵。

二姐是九月初八出嫁的。那天，为了抢"好儿"，画匠王迎亲的马车四更天就来了。喜庆的日子，二姐自然是穿了一身红，红棉袄，红棉裤，头上还系了一条红披巾。待一阵鞭炮响过，二姐跪在姥姥面前磕了一个头，就挺挺地上了那围着红圈席的马车。

不料，五更天起了大雾，四周什么也看不见了。刚好那赶马车的老汉眼不济，过小桥的时候，赶着赶着就把马车赶到河里去了。只听得"咕咚"一声，二姐已坐在河里了！送亲的三嫂忙把二姐从齐腰的河水里拉出来，接着就破口大骂：

"画匠王的人都死绝了吗？派这么一个瞎眼驴！大喜的日子，把人赶到河里，这不晦气吗？！不去了，不去了！叫人给画匠王捎信儿，重置衣裳重派车，单的棉的一件不能少，少一件也不去！"

迎亲的画匠王村人全都傻了，谁也不敢吭声。那赶车的老汉是姐夫的本家叔，见办了这等窝囊事，竟咧着大嘴哭起来，一边哭一边扇自己的老脸："老没材料哇……"

众人忙给三嫂赔不是，连连求情。三嫂一口咬定："不中！大喜的日子，妮一辈子就这一回，这算啥？！"

二姐苦苦地笑了，说："算了，谁也不怨，这就去吧。"

三嫂说："妮，这可是你大喜的日子呀！……"

二姐说："既没坐马车的命，就不坐了。三嫂，咱……"

三嫂说："妮，死妮，要去你去，我可不去，老丢人哪！"

二姐不再说了，就默默地往前走。三嫂在后边喊："妮，妮，这就去吗？你就这么去？！……"

天大亮了。二姐头前走着，身后散散地跟着一群垂头丧气的画匠王村人。没有鼓乐，也没有鞭炮，二姐就这么步行去了。她穿着那身湿漉漉的红衣裳，红衣裳在凉凉的晨风中张扬着，像是生命的旗帜，在漫漫黄土路上行进着，很孤独地飘扬。

后来，那赶车的老汉流着泪对三嫂说："侄媳妇明大义呀！"

五

姥姥去世的时候，二姐已经嫁过去三年了。

在这三年时间里，二姐没有进过一趟城。逢年过节的时候，二姐就差姐夫来看一看姥姥。那时姥姥已来城里住了。姐夫每次来从没空过手，或是一兜鸡蛋、十斤白面，或是一包点心、二斤芝麻什么的。实在没什么可拿，就烙几块油馍兜着。姐夫来了，姥姥总要问："妮咋不来？"姐夫便说："忙呢。"母亲说："忙啥，地都净了，还忙啥？!"姐夫说："白日里一摊子活计，夜里浇地呢。浇一夜两毛钱，她不舍那钱。"母亲气了，就说："叫她来，没钱我给她！"可二姐还是没来。

有一次，我在路上碰上了二姐。她跟姐夫上山拉煤去了，从城边路过却没有进城，硬是从城关绕过去。三年不见，我几乎认不出她了。二姐头发披散着，一脸煤黑，裤脚高高地挽着，腿上的血管一条一条地暴出来，整个看上去就像一段枯枯的树干。我不禁怔住了，赶忙拉她上家。她硬是不去，说："兄弟，不去了。看俺这要饭花子样儿，丢大姑的人。"二姐还是走了。姐夫驾着车，二姐拉着襻绳，在暮色里，就见二姐背上那块地图样的黑色汗斑……

那是怎样的苦做呀！从二姐身上已看不到年轻女人的影子了。听画匠王村人说，没有见过这么能干的女人，也没见过这么狠的女人。夏天里二姐在地里割麦，曾经拼倒过八个精壮的汉子！别人割麦一人把六垄，她一人竟把十二垄，头一扎进地里就再也不出来了，就那么弯着腰一镰一镰地割下去，无休无止地割下去。还听说她游过街，为养鸡游过街。人们让她在村街的碾盘上站着，她就站着，直直地站了一晌。可下了碾盘，她竟又去赊了十二个鸡娃娃。村干部说："怎么还喂?!"她说："还债呢，还债。"干部摇摇头，说她聋，也就罢了。

姥姥是腊月里过世的。姥姥临咽气前曾反复地叫着二姐的名字。母亲赶忙打发人去叫她。可是，待二姐赶到医院的时候，姥姥已经咽气了……

按照乡间的习俗，姥姥是送回故土安葬的。回到乡间的那天夜里，一家的亲戚都坐在姥姥的身边守灵。半夜时分，我熬不住就躺在姥姥的身边睡了。突然我听到了哭声！睁眼一看，"长明灯"忽悠忽悠的，竟是二姐在哭。二姐哭着哭着就不哭了，一家人都怔怔地望着她，只听母亲惊慌地说："下来了，下来了!"

二姐"下"来了。二姐盘膝正襟端坐在姥姥的灵前，一副灵魂出窍的样子，忽然就说起话来。二姐竟用老人那种庄严、肃穆的口吻，像"先人"一样地缓缓诉说久远的过去，诉说岁月的艰辛……那话语仿佛来自沉沉的大地，幽远而凝重，神秘而古老，一下子慑住了所有人的魂魄，没有人敢去惊动二姐。母亲一向胆大，可这会儿也蒙了，只是呆呆地听……直到鸡叫的时候，二姐说："我走了。"于是，"先人"就走了。

多年后，在我的记忆里仍然留存着那晚的印象，因此我无法说清世界上究竟有没有魂灵。虽然后来我问过母亲，母亲说是老祖爷的魂儿扑到二姐身上了。可老祖爷的魂儿为什么会扑在二姐身上呢？或许，在冥冥之中真有一种神秘的磁场，这磁场可以跨越阴间阳世，那"先人"的魂灵就借着二姐的躯壳返回阳世，借二姐的嘴传达出他的神性意旨？或许，是二姐过度的悲伤造成了精神的混乱，这混乱便产生出幻觉？

第二天，当人们纷纷议论二姐如何"下"来的时候，二姐却一切如旧，没有些微的精神失常。她先是坐在姥姥的遗体前一遍一遍地用温水给老人擦脸，极小心地把皱纹中的污痕拭去。而后又跪在姥姥跟前，把姥姥苍苍的白发重新梳理一遍，梳得很亮很亮，梳着梳着就有泪下来了。待入殓时，二姐就跪在一旁，一声声喊着："奶，躲钉吧。奶，躲钉吧……"

母亲是极注重形式的，一切都按乡间的礼俗来办。可二姐比她更注重形式，"牢盆"上的"子孙孔"几乎全是她一个人钻的。别人钻了，她总嫌不圆，还要再钻，直到一个个孔都圆了为止。钻了"牢盆"，她又去糊"哀杖"，糊得极其认真。俄尔，她郑重地走到母亲跟前，说：

"大姑，我给俺奶写（请）一班响器吧？"

母亲瞪她一眼，说："咋，你老有钱？不写。"

二姐是很怕母亲的，可她却重复说："大姑，我给俺奶写班响器。"

母亲说："不写。"

为安葬姥姥，按乡间的礼俗，母亲已经请了一班响器了，就不想让她多花钱。况且，在那种时候，写一班响器已是很冒险了。

二姐没再说什么，就默默地走出去了。大约二姐很想做人，她在兜里摸了很长时间也没摸出钱来，就悄悄地把姐夫拉到一边，让他回去借，不准在这儿借。姐夫吭哧了一会儿，还是去了。

半晌，门外的国乐响起来了，不是一班，而是两班。二姐硬是花了三十块钱又请了一班，与母亲花钱请来的一班对吹！引了许多村人围着看。

姥姥的葬礼开始时，母亲与二姐为响器的事反目了。母亲怒冲冲地说："谁让你叫的？谁让你叫的？一点儿话都不听！……"

二姐一声不吭，以沉默相抗，那沉默里含着强烈的倔强。姐夫缩缩地蹲在地上，更是不敢吭声。

下葬的时候，二姐趴在姥姥的坟上哭得死去活来，许多人去拉，她都不起来……

当天夜里，办过丧宴后，母亲沉着脸从兜里掏出三十块钱递给二姐："拿去吧。"二姐不接，说："大姑，俺再穷，也是奶把俺养大的，写班响器都不该吗？"众亲戚也劝道："妮，拿住吧，你日子过得紧巴……"二姐还是不接。母亲气了，把钱摔在地上，站起就走。二姐默默地把钱拾起来，重又塞到我的兜里，硬是没有拿。

　　母亲是很固执的人，这件事在她心里留下了很深的裂痕。她常常有意无意地在亲戚面前诉说二姐的不是，说她犟。后来，二姐生孩子的时候，差人送来"喜面"，可作为大姑的母亲，竟没有去！只打发妹妹送去了礼物。这在很重面子的母亲来说，是很少有的事情。

　　妹妹回来时，母亲问："孩子胖吗？"

　　妹妹说："胖。"

　　"你姐身体好吗？"

　　妹妹说："脸蜡黄，可瘦。就那又下地干活了。"

　　母亲咬着牙说："好得死吧！"

　　母亲愣了一会儿，又差妹妹送去了一篮鸡蛋。回来时，姐姐却又回了一篮子烘柿。母亲看见那烘柿就恨恨地骂道："死妮子！"

　　此后，在母亲与二姐之间，这种"精神仗"打了许多年，可母亲似乎总也胜不了二姐。二姐一年四季都去给姥姥上坟。逢年过节，二姐总要割块肉到姥姥的坟上去祭。烧一把纸，磕几个头，总是很认真地说："奶，今儿过节哩，拾钱吧。"在那个没有了亲人的村子里，姥姥的坟总是添得最大。

六

　　我夜里时常做梦，梦里出现的总是那片灰蒙蒙的土地，土地上长着两株黑色的穗儿。在梦中我知道，那穗儿就是二姐的眼睛。醒来后我又觉得可笑，也许是我的记忆联想产生了错误。记得童年时二姐曾带我去掐麦佬，二姐说："那黑穗穗儿就是麦佬。"于是我记住了麦佬，却记不住二姐的眼睛……

　　二姐十年里只进过一趟城，那是我结婚的时候。

　　我是腊月里结婚的。结婚时本应通知二姐，可母亲说，二姐的日子过得艰难，人又撑得极大，别再让她花钱了。于是就没有通知二姐。

谁知，腊月二十三，就在我结婚的前一天，二姐竟来了。这是二姐出嫁后第一次进城串亲戚。可以看出，二姐为进这趟城，曾经长时间地准备过。二姐是拉着架子车来的，车头上挤挤地坐着三个孩子，车里却赫然放着一扇猪肉。听姐夫说，得信儿晚了，来不及置办什么，二姐就连夜央人把辛辛苦苦喂了一年的肥猪杀了。二姐的礼太重了，重得叫母亲无言。二姐站在母亲面前，笑着说："大姑，我看你来了。"母亲却故意嗔着脸说："看我干啥，我还没死哩，你别来看我。"二姐显然没听见母亲的话，就把孩子一个个扯到母亲面前，说："叫姥姥。"三个孩子高高低低地在母亲面前排着，小脸红扑扑的。孩子们全都穿着崭新的蓝布衣裳，连戴的帽子也是蓝的，一色的斜纹蓝。二姐和姐夫竟也穿着一身崭新的蓝。

这支蓝色的小队在接受母亲目光的"检阅"。十年了，整整十年，二姐没有进过一趟城。现在她来了，带着一个蓝色的小队……这不由使人想起十年前二姐相亲的那天晚上，来相亲的姐夫也是穿的一身蓝，然而那套"行头"却是借人家的，从上到下都是借的。这会儿二姐带来了自家的"蓝色"，那衣裳显然是一块布料剪出来的，一针一线都是二姐缝织的。为穿上这一身蓝，二姐不知耗费了多少心血！

母亲也被这宣言般的"蓝色"镇住了。她的手摩挲着孩子的头，目光却望着二姐。二姐依旧很瘦，颜色黄黄的，但精神很好，头发梳得很整齐，脸上透着喜庆，只是额头上的皱纹太重了，一重一重的，鬓边竟有了白发！那笑也很疲倦，是硬撑出来的。

母亲把二姐拉到隔壁的房间里，大声说："妮，别太撑了，别撑了！"

二姐说："没称，自家用的，还用称吗？"

母亲骂道："死妮子呀，死妮子！"

二姐笑了："大姑，到乡下住几天吧。我喂了十几只母鸡呢，天天给你打鸡蛋……"

　　母亲没话说了，叹了口气说："多住几天吧，好好养养身子。"

　　二姐说："老大上学了，二年级，叫钢蛋。老二叫铁蛋，也快了。小三叫平安，可能吃呢……"

　　母亲摇着头说："怎么就聋成这样呢？"

　　二姐一拍手说："兄弟媳妇呢？得叫我看看新媳妇呀！"

　　母亲大声说："还能不让你看吗？明儿就来了。"

　　二姐说："忙呢，俺赶黑还回去哩。"

　　母亲发火了："忙，忙，成天就你忙！忙就别来呀！"

　　二姐笑笑，就又不吭了。

　　吃罢午饭，我把妻子叫来了。妻是城里长大的女人，城里长大的女人都有一种先天的优越。她进门是带着笑的，但我看出那是一种敷衍的笑，笑得很勉强，没有甜味。我介绍说："这是乡下来的二姐……"

　　妻点点头，仍笑着，没有话。她平时话很多，这会儿却没有话。她的目光巡视了"蓝色小队"，那优越就暗暗从眼里溢出来。是的，那蓝斜纹布在城里已不时兴了，她看到的是很土气的乡下人。可她哪里知道，那"蓝色"是二姐十年辛劳的宣言哪！

　　二姐一向待人亲热，她跑上来拉住妻的手说："多好啊，高挑挑的，多好！"

　　妻的鼻子却微微地耸了一下，身子往后撑着，说："你坐，你坐。"

　　二姐一点不觉，欢欢地说："不忙。秋收了，麦种上了，光剩拉粪、捡烟这些零碎活儿了……"

　　妻子很勉强地说："哦，哦……"

　　二姐说："啥时到乡下去玩玩，恁一块儿去。我给恁擀豆面条，烙柿饼馍馍吃。"

　　妻子又应付说："哦，哦。"

　　二姐说："不麻烦，一点也不麻烦。"

　　我暗暗地捅了妻子一下，希望她能待二姐热情一些，二姐不是一般的亲戚……然而，妻子却突然贴近我的耳畔，悄悄说："看见了吗，她身上有虱，在衣领上爬呢！"

　　我没有吭声。我装着什么都没听见的样子，继续跟二姐说话。一边说话一边逗小三玩，想借机转移妻子的注意力。

　　可是，妻子却以为我没有听见，那目光仍斜斜地望着二姐的衣领，一直跟踪下去。片刻，她又一次贴近我的耳边，急煎煎地小声说："她身上有虱！"

　　我狠狠瞪了妻子一眼，仍旧不吭。二姐是很要面子的人，我不能让二姐看出来。妻子没下过乡，不知道乡下日月的艰辛，因此她很看重"虱子"。她不知道"虱子"是靠汗水来喂的。

　　城市女人的浅薄是无法想象的。妻子在我的暗示下虽然有所收敛，可她那游来游去的目光却不由得依然停在二姐的衣领上，看那只"虱子"蠕动……

　　我站起来。我站起来挡住了她的视线，以免使二姐难堪。可妻就像得了心病似的，也跟着站了起来，嘴一张一张的。我说："你走吧。"

　　终于，出门之后，她还是忍不住地说："她身上有虱！晚上别让她在这儿住。"

　　我的头"轰"地一下大了，我很想给她一巴掌，狠狠地给她一巴掌！我知道城市女人一向都用肉体的眼睛看人，而从来不会用心灵的眼睛去看人，因此城市女人的眼里没有温情和体谅，更没有厚道和宽容，只有刻薄和挑剔。我不知道应该跟她说点什么。我很想说说二姐送来的猪肉，可她不会理解，她不知道在乡村里一扇猪肉意味着什么。我很想说说我的童年，告诉她我小时候就是很脏很脏的小脏孩，生满虱子的小脏孩，那时，我的每一条衣缝都是二姐用牙咬过的，因为虱子太多！……

　　可我什么也没说，对"城市"我无以诉说。妻的心不坏，可她不懂，永远不懂。

二姐没有参加第二天的婚宴。她坚持说："家里还忙呢。"执意要走。家里人都劝她留下来，母亲发了很大的脾气！好说歹说，总算把三个孩子留下了，可她和姐夫还是走了。

晚上吃饭的时候，钢蛋说："俺妈说了，夜里不叫喝汤（吃晚饭）。"

母亲问："为啥不叫喝汤？"

钢蛋说："铁蛋、平安光尿床。妈说，城里姥姥家的床干净，尿上了要打屁股！"

母亲说："吃吧，姥姥让吃，尿上了也不打屁股。"

可三个孩子竟不肯吃，硬是饿了一晚上，气得母亲直骂！

后来听街坊说，那晚二姐并没有走，她和姐夫趁晚上的工夫淘粪去了。他们是拉着满满一车粪回去的。

七

我怀恋乡村里的点心匣子，那种摆在乡村集市上的马粪纸做成的点心匣子。

在乡村的集市上，每每会看到一群一群的乡下女人蹲在那儿卖点心。那点心匣子有浸了油的，也有没浸上油的，匣子上的封贴都很精彩。那时我自然就会想起二姐，就觉得二姐也在那儿蹲着，面前摆着花花绿绿的点心匣子，等人来买。是的，我记住了乡村里的点心匣子，却没有记住二姐的脸。

乡下人一般是不吃点心的，乡下人的点心都是串亲戚用的。过节或逢会的时候，就见乡人一群一群地提着点心来串亲戚，那提来的点心必然是带匣的。乡下人买点心并不看重点心的质量，而是看匣子，只要匣子上的封贴是新的，匣子没油浸的痕迹，就买。买了还是串亲戚用，没有人吃，不舍得吃。

亲戚家送来的点心，就一直搁房梁上挂着。那点心或许放了一年，或许放了半载，待有了出门的时光就再送到亲戚家去。也有的一送来就提到集市上卖了，卖的价自然很低，换一月的盐钱。还有的就这么一直串下去，点心匣子在一家一家的亲戚中转，转到最后，又转回来了，打开来看，点心早已风干，就只剩下了匣子。到了这时候，点心自然倒掉。匣子若还新，就还留着。在二姐家的房梁上就挂着这么一串点心匣子，匣子旁边是一个竹篮，竹篮里放的是点心，竹篮外面挂的是空匣子。匣子和点心分开放，是怕点心油了匣子。

二姐家的钢蛋十五岁的时候，偷吃过竹篮里的点心。那时他很好奇，很想尝尝点心是什么滋味，就趁家里没人的时候偷偷爬到梁上，把竹篮里的点心吃了。后来他说那点心是甜的，里边有小虫，小虫很香。

待二姐串亲戚的时候却发现点心没有了。她先把匣子取下来，一只只摆好，然后再装点心。可一取竹篮，就发现竹篮空了。于是很火，亲戚也不串了，把孩子一个个叫过来审。

钢蛋说："我没有吃。"

铁蛋说："我没有吃。"

平安也说："我没有吃。"

三个孩子都不承认，二姐就让他们在当院里跪下，老实说了才能站起来。二姐说那是一只"气死猫"篮子，"老鼠进不去，猫也够不着，不是你们馋嘴是谁？"

三个孩子在院里跪了一个时辰，跪着跪着平安哭起来了。这时钢蛋说："是我吃了。叫他们站起来吧，是我偷吃了。"

二姐气坏了，说："你咋这么馋呢？就你大，就你不懂事。你不知这点心是串亲戚用的？在你老姥姥那儿，无论多金贵的东西，放一年，放十年，搁在眼皮底下我都不动，咋托生个你？！打嘴！"

钢蛋就打自己的嘴。打了十下，把脸都打肿了。

二姐问："记住了没有？"

钢蛋噙着泪说："记住了。"

三年后，钢蛋当兵去了。临走那天，二姐知道钢蛋好吃点心，就背着铁蛋和平安把放点心的竹篮取下来让他吃。钢蛋没吃。钢蛋说，点心留着串亲戚用吧。钢蛋还说，等当兵回来，上北京捎几包好点心。那好点心不串亲戚，自家吃，让家里人好好尝尝……

就在钢蛋参军的第二年，县民政局的人突然到乡下来了。县民政局的人提了五匣点心来到了二姐家，一进门就很客气地说：

"老嫂子，我们的工作没有做好。很早就想来看看你们，一直没空来……有照顾不到的地方，您多批评吧。"

那会儿二姐才四十来岁，还不算老，可在公家人眼里已是很老很老了。二姐正在院里拾掇玉米呢，玉米刚从地里拉回来，就赶着剥，好挂起来晒，怕捂了。二姐看见公家人提着礼物来了，就慌慌地让他们上屋里坐。待民政局的人坐了，二姐一边剥着玉米，一边听他们说客气话。民政局的老马说："老嫂子，王钢蛋同志在部队表现很好，一直积极要求进步，还立了功呢……"

二姐就说："别叫他回来，俺也不去搅扰他，叫他好好进步吧。"

老马说："王钢蛋同志入伍第一年就当上了班长，一直是吃苦在前……"

二姐说："不缺，家里啥也不缺，叫他别操心家里。咱庄户人没别的，有力，叫他别惜乎力。"

老马说："王钢蛋同志一心为国，从不计较个人得失……"

二姐说："可不，玉米还湿着呢，晒干了好交秋粮。这是玉米种，得单打单晒，金贵着呢。"

老马一时不知说什么好，就没话找话说："老嫂子，今年、今年收成不赖吧？"

二姐手剥着玉米，眼一洒就落在点心匣上了。她说："来就来了，还花那钱干啥。咋能让公家花钱哪？……到底是城里点心，那匣多好！"

众人就看那点心匣子。看了，默然。片刻，老马从提包里拿出一套新军装，缓缓地说："王钢蛋同志……"

二姐说："这孩子，还叫人捎回来一套衣裳。不叫他挂家，他还挂家。真不主贵！恁拿去穿吧……"

老马愣住了，民政局的人也都愣住了，不知往下该怎么说才好，就默默地抽烟。抽了一会儿，老马嗫嚅道："老嫂子，组织上……"

二姐说："不怕恁笑话，俺缺人手，日子也紧巴一点，日子紧巴主要是想省钱盖房子。这会儿乡下说媳妇得先有房子。俺想趁他在队伍上的时候给他说房媳妇，在队伍上媳妇好说一点儿。这会儿先别给他说，等盖了房子再说。今年雨水大，烟没长好，乡下全靠这一季烟哩，要不就盖了……"

民政局的人不吭了，都望着二姐剥玉米的手，默默地盯着看。看了，就觉得不像人的手……而后又看自己的手，看了，就再没说什么。

后来民政局的人在地里找到了姐夫。姐夫在地里拉玉米呢，车装好了，就遇上了民政局的人。姐夫说："来了？"

民政局的人勾着头说："来了。"

往下就站着，默默地站着……姐夫就蹲在车杆下哭起来了，手捂着脸哭。

姐夫把那车玉米从地里拉回来天已黑透了。二姐帮他卸车，二姐说："咋恁晚？天都黑透了。"

姐夫没吭声。他揉了揉眼，没吭声。

二姐又说："县上的人来了，说钢蛋进步了，还拿了五匣点心……"

那晚，二姐吃得很多，姐夫吃得很少。二姐看看馍筐说："累了？累了就早歇吧。"

姐夫就早歇了。二姐一个人坐下来剥玉米，一直剥到半夜。

半夜的时候，油灯忽悠了两下，灭了。二姐忽然就站了起来，站起就往外走。她怔怔地走出家门，走出院子，一步一步地向外走去。夜很淡，大地灰蒙蒙的，月光像水一样泻在树上，撒一地斑斑驳驳的小白钱儿，二姐的脚跳跳地踩着小白钱儿走，走得很邪。

等姐夫从家里追出来的时候，就见二姐独自站在寂寂的旷野里，像疯了似的大声喊：

"钢蛋——！"

"钢蛋——！"

"钢蛋——！"

喊了，她又顺原路慢慢走回来。路上，依旧是踩着斑斑驳驳的小白钱儿走，跳跳的。回到家，又原样坐下来剥玉米，一直剥到天明……

次日，二姐好好的，一切如常，像是并不记得昨晚的事儿。她看见民政局拿来的点心匣子油了，就赶忙拿到集市上去卖。开初她打算一匣要一块钱，可在集市上蹲了半晌没人要。后来有人看了看匣子说："油了，九毛吧？"二姐说："新封新匣，你看看——"人家不看，摇摇头去了。又有人看了看，说："八毛吧？"二姐说："新封新匣呀！"人家比了个手势，说："油了，你看油了。八毛吧？"二姐说："你随意给。城里的点心，你随意给吧。"人家就掏了四块钱，提走了那五匣点心。

就在二姐卖点心的时候，姐夫被民政局的车接走了。

这时，村里人才知道钢蛋在边境上牺牲了。钢蛋虚岁十九，头年三月去当的兵，走时高高兴兴的。

村人都说二姐没福，钢蛋刚能接住力就走了，走了就不再回来了。

这事一直是瞒着二姐的。去集市上卖点心的时候，二姐见了人还说："俺钢蛋进步了……"

却不料，年底的时候，那五匣卖了的点心竟又转回来了。二姐不记得是哪家亲戚送的，姐夫也记不得了。可二姐认得那匣，那匣上油了一块……

过罢年，二姐又提着那五匣点心到集市上去卖。她从早晨蹲到中午，竟没一个人问价。于是二姐又把点心提回来，挂在了房梁上……

后来姐夫进城来说了这事，说得母亲流了满脸泪。母亲说："不能说，别给她说。这事儿太邪了，叫她进城来住几天吧。"

姐夫说："忙呢。"母亲说："忙啥，叫她来。"

姐夫回去说了，可二姐没有来。

八

是呀，我怎会忘了那台织机呢？忘不了的，忘不了。

那年冬天，我到乡下去看了二姐。

我是在坯场里找到二姐的。家里没人，我就顺着村路转悠。远远，就看见坯场里竖着一排一排的坯架，在坯架中间的空地上，有一个晃晃的人影在动。我不知道那是谁，也看不清那人的面目。待走近些，我看见那人正弯腰蹲在一大堆和好的稀泥前摔坯呢。那人的一张脸全被乱发遮住了，身上斑斑点点的全是泥巴，两条细腿杆儿一样戳在地上，朝天撅着一个土尘尘的屁股。腰像弹簧一样就那么一弯一直地很机械地动着。直到走到跟前，我才认清，那的确是二姐。只见二姐被汗淹了，被黄尘淹了，也被那机械的劳作淹了，乍一看简直像一个黄色的幽灵！在那一刹那，只觉得眼前的天是黄的，地是黄的，风是黄的，树是黄的，一架一架的土坯更是黄的，一个黄荡荡的世界在旋转！在这个黄荡荡的世界里没有人，也没有声音，只有土坯。土坯是活的幽灵，一架一架的土坯都在无声地动……

我不得不问自己，这是女人吗？这是乡村里的女人吗？没有人回答。

我默默地弯下腰去，抓住二姐手里的坯斗。二姐诧异地抬起头来，乏乏地笑了。二姐本想起身，却一屁股瘫坐在地上，徐徐地吐了一口气，缓声说："兄弟来了，上家吧。"

我看着疲惫不堪的二姐，比画着手势用眼睛跟她说话。我问：姐夫呢？

她说："我打发他去煤窑上做合同工去了。农闲的时候，我一人在家就行了。"
我说：歇歇吧，你该歇会儿了。她说："不累。力是奴才，不使不出来。"我
又问：打了这么多了，还不够吗？她说："一万了，还差得多呢。"说着，她
望了望天，"天还早呢。要不，你坐一会儿，等我把这堆泥挖完，咱就回去。"
我抢过坯斗要打，二姐拽住坯斗说："你不会，兄弟，你不会。走了这么远的
路，你还是歇歇吧。"我拗不过二姐，就松了手，站在那儿看二姐打坯。

二姐的劳作十分艺术。她蹲在那儿，两只手像切刀似的在泥堆上挖下两
蛋泥，"唰、唰"两下摔进坯斗里，而后顺势用力一抹，坯斗里的泥就抹平
了，动作是那样地快捷准确。然后二姐的腰像弹簧似的弓起来，扭身儿走上
两步，那坯斗"咚"一下就扣在地上了，扣出来的土坯光滑平展，四角四棱
的。倏尔，我在土坯上看到了二姐的指纹，那"斗"那"簸箕"清清楚楚地
印在上面，泛着甜甜的腥味……在那腥味的刺激下，整个坯场都活起来了。
那温馨和甜蜜从一排一排的坯架上溢出来，漾着很浓很浓的家的气息；而那
机械的打坯动作一下子就变得很生动、很天然，像诗一样地活鲜鲜地从坯斗
上流了出来，惹人激动！

在回家的路上，二姐告诉我，房子已经盖了两所了，村头一所，村尾一
所，这要盖的是第三所，盖在老宅院里，到时候，那老屋就扒了。二姐说，
乡下没房子娶不来媳妇。这三所房子，三个儿子一人一所，娶三房媳妇，到
那时候老东西就没地方住了，只有睡草屋了……二姐说着说着笑了，脸上绽
开的皱纹欢畅地舒展开去，脸就很生动地亮了。

晚上，吃饭的时候，二姐特意给我烙了油馍，煎了鸡蛋。可她吃的还是
黑面饼饼，饼里卷着两棵小葱，吃得很香甜。她说："我爱吃饼子。"可我看
出来，二姐家的饭仍是分了三种的（她把姥姥家的传统带来了）：我吃的是油
馍（油馍是乡下人待客的饭食），孩子们吃的是白面烙馍，只有二姐一人吃黑
面饼子。她一生都吃着黑面饼子。

我抬起头来，一下子就看见了挂在房梁上的点心匣子，空空的点心匣子。

竹篮还在呢，点心匣子还在呢，钢蛋却不在了……我不敢往下想，赶忙低头吃饭。

吃过晚饭，就见二姐走马灯似的屋里屋外忙着，刷锅刷碗，喂猪喂鸡……待一样一样都忙完了，天已黑透了。这时，二姐连口气都没喘，就又掌上灯，一盏小小的油灯，在那架老式的织布机前坐下，"咣当咣当"地织起布来。她织的是一种花格子土布，织好就在乡下卖。

我坐在二姐铺好的床铺上，静静地看二姐织布。二姐背对我坐着，我只能望见映在墙上的一个巨大的黑影，黑影里跑着一个梭子，那梭子像鱼一样来回游着，"哐"一下东，"哐"一下西；"哐"一下东，"哐"一下西，一下一下扯着我绵绵的思绪……

我知道这架老式织布机是姥姥的遗物。姥姥死后，二姐就把它拉来了。它已很古老了。听说姥姥的姥姥在上面坐过，姥姥的母亲在上面坐过，姥姥又在上面坐过……现在是二姐坐在上面，继续弹那"哐当、哐当"的声响。那声响很单调也很陈旧，细听去还有哑哑的"吱扭"声伴着，就像一个浑身疼痛的老人在呻吟。

慢慢，就觉得有什么流过来了，缓缓地流过来，把那"哐"声像穿珠一样地连缀在一起，就有了圣歌般的肃穆。那音韵哑哑的，仿佛老人一边在唱摇篮曲，一边在轻轻摇拍着婴儿。那和谐从一下一下的节拍中溢出来了，欢欢地、温柔地跳动着……

有时候，那"哐"声突然住了，很久很久地住了。这时夜就变得异常的静，沉闷一下子落下来，重又砸在焦虑的心上，叫人躁。就见二姐这里动动，那里动动，"哐"声又接着响起来了。

夜深了，那织机还在"哐、哐"地响着。我闭上眼睛，试图在那陈旧的"哐"声中寻出一点什么来。有一刻，我似乎感觉到了什么，我看见姥姥坐在上面，我看见姥姥的母亲坐在上面，我看见姥姥的姥姥坐在上面……而后一切都向后退去，退向久远。我觉得快了，就要捕捉到什么了，那神秘的切望已久的东西就要出现了。于是，我一下子激动起来，集中全部的心智去谛听。可细细听，却又什么也没有捕捉到，仿佛一切都在瞬间消失了。只有循环往复的"咂"声，单调乏味的"咂"声。

睡着，睡着，夜又静了，忽然就听不见那"咂"声了。蒙眬中睁开眼来，就见墙上映着一个巨大的黑影儿，那黑影俯在织机上，晃晃地动着、动着……片刻，那"咂"声就又响起来了。

我在"咂"声中重又睡去。睡梦中，我看见了一个巨大的时钟，那时钟高挂在黑影里，时断时续地响着……

天快亮时，一声巨响把我惊醒了。那一声巨响如同房倒屋坍一般！只听得"咕咚……"一声，我赶忙从床上爬起来，却见二姐怔怔地蹾坐在地上，那架老式织布机不见了……

那架古老的织布机整个散架了！映在眼前的是一堆散乱的旧木片，七杈八杈地碎在地上，扯着还没织完的花格子布。那堆散乱的旧木头里，有一群一群的臭虫爬出来，黑红的臭虫蠕动着肥肥的身子，慌慌地四下逃窜。

二姐坐在那堆碎木片跟前，人就像傻了一样，一动不动地坐着。久久，她才喃喃地说：

"散了。"

"散了"，我听见二姐说"散了"。

我也愣愣地望着那架织机，那架事实上已经不存在了的织机。我盯着那堆碎木头，在那残乱的织机碎片上，凡是手经常触摸的地方都闪耀着乌黑的亮光，那是浸透血汗的亮光，看上去很亲切，泻着一片片光滑。我弯下腰去，拾起一块饱喂血汗的木片，把那光滑处贴在脸上，就有了凉凉的感觉。我即刻闻到了一股腥味，甜甜的腥味。不知怎的，那腥味仍然让人激动！

二姐慢慢地站了起来，就站在那架老式织机的前面。在她眼里，似乎织机仍在那儿架着，高高地架着。她的眼睛长时间地望着那空荡荡的地方，就那么盯着看了很久，才缓缓地、缓缓地落下来，落在那堆残破散乱的织机碎片上……

她说："散了。"

而后，二姐像突然醒了似的，匆忙在那堆织机碎片中扒起来。她把织了半截的布捆起来丢在一旁，又把散乱的旧木头一块一块捡出来扔在一堆，眼四下寻着，像是找什么重要的家什。她一边找，一边自言自语地说："梭子呢？梭子呢？"

织机散架了，找"梭子"有什么用呢？

看她那急切的样子，我没敢多问，就也蹲下来帮她找。我把她翻过的破木头又重新翻检了一遍，还是没有找到。

二姐仍不死心，又在屋里四下跑着找。床下边，面缸后……该找的地方都找遍了，仍然没有找到。

二姐说："刚才还在手里呢，怎么就找不到了呢？"

天大亮了，二姐没找到"梭子"。

九

二姐死了。

二姐是猝死的。

二姐死在猪圈里。

春上，二姐家的母猪快生崽了，二姐怕人偷（村里的猪、牛常常被偷），就睡在猪圈里看着。有很久了，她夜夜睡在猪圈里。那天夜里，老母猪哼哼了一夜。天亮的时候，老母猪一窝生下了十二个猪娃，二姐却死在了猪圈里。大概二姐是给母猪熬过一锅米汤后死去的，盛米汤的盆子就放在老母猪跟前。二姐还给生下的小猪崽擦洗了身子，一个一个都擦干净了，二姐就猝然倒下了，手里还抓着一块破布……

等我和母亲匆匆赶来的时候，二姐已经躺在灵床上了。二姐静静地躺在灵床上，头前放着一盏长明灯。看上去她像是刚刚睡熟，身子很自然地伸展着，两只手很松地撒开去，仿佛该做的都已做完，也就一无遗憾地睡去了。

二姐死时没有痛苦，她是在宁静中带着微笑死去的。那一丝淡淡的笑意从嘴角处牵出去，因此嘴角处有一点点歪。那微曲的笑纹一丝丝牵动着二姐脸上的皱纹之花，那皱纹之花就很舒展很灿烂地开放了。于是那睡去的脸庞看上去很亮，很幸福。母亲给她洗脸的时候，试图抹去那有一点点歪的牵在嘴角处的微笑，可是没能抹去，那微笑依然挂在二姐的嘴角上，带着一点点乏意，一点点甜蜜，一点点光亮……

二姐死后，母亲翻检了她所有的衣裳，企望着能找一套新的给她换上，可母亲没有找到，她的衣裳全是打了补丁的。母亲叹口气，赶忙打发人去做。母亲说，二姐辛劳一生，要里外全换新的，让她干干净净上路。

那天夜里，我坐在二姐的遗体前为她守灵。半夜的时候，我企望着油灯再忽闪两下，企望着二姐能"下来"，在她走入阴世前再"下来"一次，给我讲一讲先人的过去，可二姐没有"下来"……

二姐是三天后安葬的。她的棺材是桐木做的。姐夫在村人的帮助下伐了三棵桐树，那桐树是二姐嫁过来那年栽的，每棵都有一抱多粗，现在又要随二姐一块儿到地下去了。

钉棺的时候，姐夫哭得死去活来，他后悔不该去煤窑上，后悔不该……然而，却没有人喊"躲钉"。按照乡间的习俗，"躲钉"的话应该由下辈人来喊的，可二姐的两个儿子都不在跟前，也不知忙什么去了。于是就没有人给二姐喊"躲钉"！

村人们说，这是多大的失误啊！没有人喊"躲钉"，二姐就被钉进棺材里去了，连肉体带灵魂一同钉进去了，二姐就不能够升天了……真的不能吗？

二姐的葬礼十分隆重。起灵的时候，哭声震天！全村的老辈人都来给她送葬了。人们流着泪说，没有见过这么能干的女人，她不该去呀！她才四十七岁，怎么就去了呢？

那天刚下过雨，送葬的队伍在黄黄的土路上缓缓行进。引魂幡像雪片一样"哗啦啦"在空中飘着，两班响器吹奏着凄婉的哀乐。可二姐的魂灵在哪里呢？二姐的魂灵……

当送葬队伍来到村口的时候，空中忽然出现了一群一群的蜻蜓。蜻蜓在二姐的棺材上空密匝匝地盘旋着，一会儿飞上，一会儿飞下，竟眷恋着送葬的队伍，久久不去……

我看见了蓝蓝的天，我看见了黄黄的路，我看见精灵似的蜻蜓在蓝天与黄路之间飞翔、起舞。难道二姐的魂灵化成了蜻蜓吗？不会的，不会。我知道二姐被钉住了，她被钉进棺材里去了。

走向墓地的途中，我没有哭，我哭不出来。我不知道我为什么竟哭不出来。在我的一片空白的意识中，仿佛仍是二姐牵着我的手在走，一踏一踏地走。我似乎又听见二姐在我的耳畔说：

"兄弟，别怕。"

进了墓地后，我才有了死亡的恐惧。我看到了一座一座的坟丘，漫向久远的坟丘。那坟丘排列着长长的大队，没有姓名标记的大队，那是走向死亡的大队。我看见十六条大汉把棺材放进那个早已挖好的土坑里，而后是一锨一锨的黄土抛撒在上边，发出"噗噗"的声响。一会儿工夫，那棺木就不见了，只剩下了一抔黄土，一抔新湿的黄土。

周围全是哭声，哭声在袅袅上升的焚化纸灰中飘荡。我在哭声中追寻二姐的生命，我又一次听见二姐说：

"散了。"

埋葬了二姐后，我独自一人在田野里游荡。春风凉凉的，鸟儿在枝头叫，可我却无法排遣心中的孤寂。我看了二姐承包的十亩地，土地上种着小麦和早玉米。小麦一片油绿，早玉米刚出齐苗儿。在每一条田埂上，我追寻着二姐的足迹。我看到了二姐新打的田垄，田垄上留着二姐的脚窝；我看到了二姐新打的菜畦，菜畦里留着二姐的锄痕；我闻到了二姐长久呼吸过的空气，空气里弥漫着湿湿甜甜的芳馨……

可二姐你在哪儿呢？我的二姐！

我知道这是个充满怨言的时代，世界上到处都是怨言，人人都有怨言。可我不明白，二姐为什么就没有怨言呢？二姐总是在劳作，一日日地劳作，无休无止地劳作。那么，二姐的欢乐在哪里呢？欢乐？！

二姐面对的几乎是一个无声的世界。她割草的时候听不见铲响，锄地的时候听不见锄声，在树下听不见鸟叫，在家里听不见锅碗瓢盆的碰撞……可她什么都看见了，那声音在她心里。她是最应该大骂大叫的，最应该发一发怨言的，可她没有。她总是默默地劳作，默默地……她不问活着是为了什么，从来不问。天下雨了，她承受着雨；天刮风了，她承受着风；那老日头更是一日一日地背着……她为什么不问一问呢，为什么？

回到村里，我又看了二姐新盖的三所瓦房。第一所在村头，那院里已经栽上了树，瓦房却是空的，里边堆放着一些粮食和柴草。我看出那瓦房的墙是"里生外熟"的（里边是坯，外面是砖）。大约盖这所瓦房的时候，二姐还没有能力全用砖，只能用一半坯一半砖来盖。屋宇很大，空气却是生的，没有人味。我又看了二姐盖的第二所瓦房。二姐盖的第二所瓦房在村尾，是排在最后边的一所。一位放羊的老人告诉我，这地方原来是个大坑，这坑是二姐用一车一车的黄土垫起来的。二姐整整拉了一年土，才把坑垫起来了。如今那里矗立着一所房子，也是瓦房，浑砖盖成的瓦房。那院里也已栽上了树，瓦房仍是空的……我贴在墙上谛听，想听到一点什么，可我什么也没听到。我又看了二姐盖的第三所瓦房，那瓦房盖在老地方，是刚刚翻盖的，墙还是湿的，家里人还没来得及搬进去。三所瓦房是一样的门，一样的窗，一样的屋脊，一样的兽头……这瓦房是二姐为儿子们留下的。二姐有三个儿子，一个献给了共和国，余下的两个儿子已经长大。这是中国最普通的一个乡下女人的收获。那么，二姐一生的欢乐就在这里吗？不，不是的。我感觉不是的。

我又重新查看房子，在每一座瓦房前徘徊，久久地徘徊。我发现乡村里的房子几乎是大同小异，并没有特别的地方。于是我走进新房，贴着墙壁一处处看。倏尔，我看见了二姐留在砖上的指纹！有"斗"有"簸箕"的指纹，那指纹是二姐打坯时留下的标记。那标记一下子使我激动起来，我仿佛看到了温馨的活鲜鲜的人生，诗一样的人生。那人生在我眼前一闪而过……

难道，难道这就是二姐的生存之谜吗？我不知道。

临离开村子的时候，二姐的两个儿子悄悄地跟到了村口。这时我才发现，已经长大成人的这两个小伙都穿着西装，很皱的西装。铁蛋和平安脸上虽然还带着淡淡的哀伤，但目光却是坚定的，两人一同说："舅，俺不想在家了，在城里给俺找个事儿做吧。"

我突然觉得什么东西断了，一下子就断了。我看到了背叛，可怕的背叛。我知道他们终将会离开土地的。即使我不帮他们，他们也会的。我无言以对，只默默地望着他们。

我想问苍茫大地，这是为什么？

大地沉默不语。

1990 年

○　●

无边无际的早晨　·······································

一

国的好运是三十六年前开始的。

三十六年前，国光荣诞生在大李庄村那堆还未燃尽的草木灰上，头冲着一蓬熊熊燃烧的豆秆火。

那是五更天，颍河墨一样地流着，夜气缓缓地从树梢上掠过，岗上的柿树晃着油缎一般的黑亮，古老瓦屋的兽头狰狞地斜刺夜空，老牛的倒沫声早已住了，狗还在酣睡，远远近近是一片寂然的静黑。倏尔，谁家的公鸡叫了，那一声长鸣嘹亮而遥远，唤醒了天边的一点点鱼肚白，那白渐渐地漫散开去，透出了橘红色的亮。大地渐灰渐白，一条条灰带一样的土路从村庄四周蜿蜒而去，土路上新湿着隔夜牛蹄的印痕。小风从远远的天边刮过来，轻摇着场边的垛。于是一声陈旧的咳嗽响起，把那一抹遥远的亮光钉在了瓦屋的红辣椒串上。这时候，国的娘觉得不对劲了。怀孕已九个多月的国的娘匆匆下床，赶紧往屋后的茅坑跑。她紧跑了几步，只听"呼啦"一声，一股腥热的气味从裤裆下窜出来，羊水破了。国的娘在钻心的坠痛中喊着："天爷，天爷呀!"又折回头踉踉跄跄地往灶屋奔。国的娘坚忍地跨进灶屋，半躺在地上，慌慌地把灶里的灰扒出来铺在下身处。九月天，风是很凉的，躺倒在地的国的娘怕冻了将要出世的孩子，再次忍住腹疼起身，把一小捆点燃了的豆秆火续接在那片摊开的草木灰上。国的娘就这样头枕着灶屋的门槛躺在那片草木灰上，用一声声无助无援的痛苦的呻吟去迎接那个伟大的时刻。

在国的艰难的诞生中，国的娘曾经昏过去三次。每次从冷风中醒来，国的娘都勇敢地呼唤着："快吧，快吧，儿呀，我的肉肉哇，快点吧！……"在娘的挣扎呼唤声中，国的头随着血水慢慢地滑出来。当国的身子还在娘肚里的时候，铺了草木灰的黑色大地已接受了他那小小的头颅。于是，在国的身子落地之前，就闻到了混着血水和草木灰的泥土的气息。那时候因为国的娘几经挣扎移动，使国那慢慢滑动的头正对着灶口，而灶里的豆秆火也已烧到了灶口，流淌的血水虽然阻止了火的蔓延，可国的身子还在一点一点地往下滑动、滑动……当国的娘再次醒来时，她已着实感觉到了脚边的灶热！为了不让灶口的豆秆火伤了孩子，国的娘做了最后的挣扎。她的两只脚顶在灶角处，身子一点一点地向上移动，以至于半个身子都枕在了灶屋的门槛上。国的娘在最后的挣扎中用尽了全身的气力，于是便有更多的血液从下身处淌出来，去与灶口的豆秆火对垒……而国仿佛听到了大地的召唤，在血与火的战争、生与死的搏斗中，加速了他的滑动。

晨光亮了，九月的冷风掠过低矮的土墙，随雀儿在空荡的柴院里打旋儿。这时国的娘半个身子都沐浴在冰冷的晨风之中，冲荡的冷风一次又一次地肆虐着进行伟大生产的国他娘。承受着生育之苦的国他娘已通体麻木，身上连一点热气也没有了，但她内心深处的呼唤从未减弱过。终于，在神经彻底麻痹之前，眼望皇天的国他娘听到了一声响亮的啼哭……

那一声啼哭像号角一样响在大李庄的上空，随九月的晨光飘进了一座座农家小院，久久不绝。不用说立时惊动了四邻的婶子大娘，当邻居们匆匆赶来的时候，赤条条的国离灶口只有四指远了！他身旁是一把生锈的剪子，脐带还连在母亲的身上……

于是国得救了。可国的娘再也没有醒过来……

国命硬是不消说的。七天之后，远在平顶山的煤窑上拍来电报说，国的爹在井下挖煤时被砸死了。那也是早晨，快下班的时候⋯⋯

这一切国都不知道。他一睁开眼就看到了许多张脸，看到了一双双充满怜爱的眼睛，于是国很残酷地笑了。国的笑使大李庄的女人们纷纷落下泪来，她们更紧地抱住孩子，说："娃呀，可怜的娃呀！"

国在襁褓中为他娘送了葬。这时他在四婶的怀抱里第一次来到村外，见识了无边无际的蓝天，见识了仿佛一世也走不出的黄土地。秋渐深了，天极高，云极淡，大地赤裸裸地横躺着，一片乏极了的静。在送葬的土路上，黑压压的人群在缓缓地移动，高挑的"引魂幡"晃着刺眼的白。国一定是在缓慢的移动中感觉到了什么，他突然哭起来。他的哭声像一管哀乐，伴着那凄婉和沉重走向坟地。娘的"牢盆"是国自己摔的。在路口上，四婶捏着他那嫩嫩的小手去摸"牢盆"，而后四婶突然松了手，紧接着他听到了一声摔成碎片的脆响！于是他哭得更加锐利。这响声在他小小的脑海里烙下了很深的印痕，直到多年后，他才明白，那是恐惧，失去依托的恐惧。

从此，国的待遇升格了，他由一家人的孩子变成了一村人的孩子。大李庄村的女人们为他提供了最优秀最廉价的热量。队长老黑站在村口的大碾盘上庄严地宣布："妇女们听着，喂一次奶记三分！哇，喂胖了鳖儿我奖励她！哇，奖励她一升半——×他娘，两升——谷子！"那时，村里规定割五斤草记一分，这是割十五斤草的价码。如果按队里年终结算的价值，一个工分值人民币六厘六，三分合人民币一分九厘八，差二厘不够买一盒火柴的钱。老黑还说："听着，'党员媳妇'喂奶可不记分！"老黑是党员，他媳妇喂奶自然是不记分的。女人们听了却乱哄哄地"噫噫"道："娘那脚老黑，不记工分能叫娃儿饿着?！"

国什么都可以抵赖，唯独吃百家奶长大这一条是无法抵赖的。那时候，只要是生了娃的大李庄女人没有不瘦的，那没有血色的黄瘦便是他一次次贪婪吮吸的记录。多年后，国在私下讲酸话的场合里曾经给人吹嘘，说他摸过一百多个女人的奶子！奶子是女人最圣洁的地方，人们自然不信，要他细细说。国无法说，也不能说，只神秘地笑笑。但国心里清楚，那时候他从一家转到另一家，嘴里吃的，手里抓的，就是那肥白。没有奶水时他就咬，咬得女人们哇哇乱叫，这状况一直持续到他三岁的时候，在大李庄村，只要是生过娃的女人，都知道他的小狗牙厉害！

国三岁时才起名。那时上头来人普查人口，一个村一个村地挨着查，村上人们全都站在场里挨个登记。查到最后见队长老黑还抱着一个娃儿，驻队干部就问："这娃子啥名？"队长老黑"嘿嘿"笑着说："没名。"驻队干部大笔一挥说："就叫'治国'吧。"

二

后来人们说国天生是做官的料，那是有根据的。

国六岁时便被称作"二队长"。那时，他光着屁股蛋儿，嘴上挂着两筒鼻涕，整日里跟在队长的屁股后头晃悠。队长派活儿时他也跟着，队长说："叫南坡的地犁犁。"他就说："叫南坡的地'哩哩'。"队长说："谷子该割了。"他也说："谷子该'哥哥'。"每到夕阳西下，队长像瓮一样往村口一蹲，国就气势势地在他身边站着。遇上割草的孩子，队长就眯着眼问："没捎点儿啥？"打草的孩子自然说："没捎。""真没捎？"队长慢悠悠地问。孩子们便怯怯地放下草筐，说："你搜，你搜。"队长便歪歪脖说："国，过去摸摸，看鳖儿扒红薯了没有？"国就跑过去摸。草筐很大，摸是摸不出来的。队长就说："让鳖儿扣过来！"国说："扣过来！"于是就顺从地把草筐扣过来。这时队长又问："国，听见响了没？"国要说没，队长就说："让鳖儿滚吧！"国就说："滚！"有时也搜女人。那会儿日子艰难，女人腰大，下地回来总要塞点什么。搜女人时队长就蹲在那儿，让国去摸女人的腰。国的小手在女人的腰上摸来摸去，摸得女人咯咯地笑。女人也不气，知道孩子小，不懂事儿，只骂队长不是东西！队长眼角处邪邪地笑着，却一脸的严肃，嘴里说："老实！"又让国往深处摸……也有搜出来的时候，就罚。偷了红薯或玉米的，就把东西往脖里一挂，让国跟着在村里走一圈。丢了人的女人一路走着哭着，一声声喊国，国说算了才能回去。待到收工之后，国便气势势地往路口一站，喊："老三，过来。"队长就笑了："喊叔。"国又喊："老三，你过来不过来？"队长说："鳖儿——喊叔！"国阳阳地撅起肚儿来，两手一夹："老三，我×——"队长骂一声："鳖儿！"就乖乖地赶过去蹲下了。国两腿一跨骑在队长脖里，叫道："喔——驾！"队长立即驮起他，小跑回村去。国骑在队长的脖上昂昂地在村里过，有时还要在村里转上三圈，手拧了耳朵放他走。若是碰上哪家女人好针线，队长喊一声："鳖儿的裤子烂了，给他缝缝。"说了，就有女人拐家拿了针线出来，好言哄他下来，就势蹲下给他缝。缝好，在裤裆处把线头咬断，替他拍拍身上的土，又任他撒欢去了。

有一段时间，国又被称作"驻队干部"。那时候，村里有个驻队干部老马，每天到各家去吃派饭，他也跟着吃，伙食自然好些。老马瘦瘦的，高，戴个眼镜，走路两手背着，望天儿。国跟在他屁股后，走路也背着小手，脖子梗着，一晃一晃地很神气。进了哪家，那家人慌慌地说："驻队干部来了。"国就大声说："来了。"老马坐下了，他也跟着坐，一碗一碗让人端着吃。可老马常回城里去，国却没地方可去，于是就怅怅地在村口望。望见老马，就说："走，上狗家吃，狗家有豆腐。"后来老马回城去了。国自然是走到哪家吃哪家，走到哪家住哪家，啥时饿了啥时就吃。家景好些的给他烙块白馍；家景孬的，也给他拍块玉米面饼子，没亏过他。可国还是想老马。再后国见了老马，知道他原是县文化馆的一般干部，当过右派，平反后当上了文化馆的副馆长，见人点头哈腰的，在县里尿也不尿。文化馆开个创作会，把县里大小干部都请去做"指示"，老马弓着身一口一个"首长"地叫，握个手身子抖得像麻花。又听说他老婆跟人家睡，经济也卡得紧，连吸烟钱都不给他，烟瘾发了每每到街角上捡烟头吸。想起老马当年的威风，国不由生出了无限的感慨。这是后话。

那时，队长忙了就把国交给梅姑带。在村里，也只有梅姑的话国才肯听。梅姑是村里最漂亮的姑娘，不曾见她怎样打扮，出门便亮了一条村街。梅姑夏天是村人的阴凉，冬天是村人的火盆，无论走到哪里，总扯了年轻汉子的眼珠滴溜溜转。梅姑白，白得有色有韵；梅姑眼大，大得有神有彩；梅姑的头发黑，黑得有亮有姿；梅姑走起路来柳腰儿一闪一闪，无风自摆，馋得人眼儿小庙似的。国跟着梅姑享受了从来未有过的宠爱。梅姑只要一出门，就有人凑过来跟国说话，给他买糖块吃，还争着驮他。国在人前就显得更加威风，总拽着梅姑的白手让她扯着走，眼热得汉子们心里骂，脸上还笑着巴结他。梅姑疼这没娘的孩子，每日里给他洗脸，给他捉虱，夜里还要哄他睡。那时光是国终生难忘的。冬夜里，国总是一蹦一蹦地窜到梅姑家，缠着让她搂着睡，她就搂着睡。一钻进被窝，梅姑就说："国，凉啊，真凉！"而后把他搂得更紧。半夜里，听见有人拍门，梅姑在国的腿上拧了，他便跳起来朗声骂："我×你娘！"于是，便不再有人敢来。国躺在梅姑的怀里，吮吸着那温暖的甜香死睡到天明。六岁了，还常拱那奶子……

应该说，是梅姑孕育了国的早熟，使他看到了在那个年龄很难体察的东西。跟梅姑的时间长了，国隐隐约约地感觉到，梅姑恋着老马，偷偷地。那时候，国还不知道老马是这样可怜的东西。那时的老马穿着四个兜的干部服在村里昂然地走来走去，一看见梅姑就神采飞扬，眼亮得可怕。小小年纪的国偷听了梅姑和老马的许多次谈话。老马给梅姑背诵他过去在《人民日报》上发表的诗，而后又背啥啥"三十功名尘与土，八千里路云和月……"老马背着背着哭了，虾一样弓着身擦他的眼镜片，这时候梅姑就偎在他的身旁像猫一样温顺。梅姑是全村人的"一枝花"，梅姑不让任何人碰她，可最圣洁的梅姑却恋上了老马。老马是狗，是猪！多年后，国在心里这样骂。那时他已经明白了什么叫"征服",这就是"征服"。这童年的思维萌动,是经过了三十年的反刍才得以升华的。记得有一次,梅姑带他到河边上玩,走着走着就碰上了老马。梅姑撇下国急急地跑到老马跟前,悄声说:"你带我走吧,走吧。到哪儿都行……"老马嚅嚅地哭了,他有家,有女人……

此后梅姑常带国到颍河边上转。颍河静静地流着,堤上的"鬼拍手"哗啦哗啦地响,一只"叫吱吱"冲天而去,又无声地落下来。梅姑凝神往极远处望,国也跟着望。天边有一轮滚动的落日,无边无际的黄土地在落日下泛着灰色的金黄,地上晃动的人儿很小,蚁样的小。天光倏尔明了,倏尔又暗,静极了便觉得极远处的喧闹。那是一种想象中的喧闹,叫人血热。国自然不知道梅姑看到了什么,就这么跟着来了,又跟着去,久久伫立。有一回,国怯怯地问:"姑,你——等人吗?"梅姑长长地叹了口气,把目光从极远的天边收回来,默默地,一句话也没说。这时国的思绪跳跃到那么一个晚上,在亮亮的油灯下,梅姑那白嫩的手抓住老马那被劣质香烟熏黄的臭手给他剪指甲。梅姑捏着老马的指头一个一个给他剪,剪了左手剪右手,剪刀"咔咔"地响着、响着……老马慢慢就抓住了梅姑的手,把梅姑揽在怀里。梅姑很温柔地从老马怀里挣出来,羞羞地说:"国,去问问明儿干啥活儿?"国说:"老三说了,锄地。"梅姑扬起润润的亮眼,柔柔地说:"去吧,好国,再去问问。"后来国一想到此就骂,在心里说,×你娘老马!在河堤上,国看见梅姑眼里落下了一串泪珠,泪珠无声地溅落在黄土地上,印了一地麻坑。

再后,梅姑嫁到另一个村庄去了。又过了许多年,国已认不出他的梅姑了。他见到的是一个拖着娃儿抱着娃儿的邋遢女人,脸黄得像没洗过的小孩尿布,手黑得像鸡爪,头发乱得像鸡窝,身上还带股腥叽叽的臭味。国在心里说,梅姑呀,鲜艳的梅姑……

但那时候国还不可能有更多的思考。他还小呢,才刚七岁,跟村里娃们一起背着书包到乡村小学里上学去了。没爹没娘的孩子,自然免费。下课时就蹲在土墙后晒暖儿,或摇头去背那"人手口,大小多少,上下来去……"

三

如果不是那一顿恶打，国将会成为一个贼。那么，国未来最辉煌的前程也不过是一个进出监牢的囚儿，一个被绑赴刑场的大盗。

在偷盗方面，国早在九岁时就有了些聪明才智。那是吃大食堂的时候，家家户户的锅都砸了，全村人都排队去食堂里打饭。国自然失去了乡邻们的特殊照顾，他饿。一天夜里，他借着槐树从东山墙爬上屋顶，又扒着房顶上的兽头捣开了西山墙上的小窗户，偷偷地爬进了食堂屋。在屋里，他坐在放蒸馍的笼前一口气吃了三个大蒸馍，然后又用小布衫包走了十二个！第二天早上，人们发现蒸馍丢了，村治保主任围着食堂里里外外查了一遍，发现西山墙上堵窗户的草被扒了一个洞，就断定这是大人干的。因为山墙五尺多高，透风窗贴着房顶，娃们是爬不上去的。于是全队停饭一天，治保主任领着挨家挨户去搜蒸馍……这时候，国正躲在烟炕屋大嚼呢！隔了不久，食堂屋第二次被盗了。第一次被盗后，队里派专人在食堂屋睡，门上还加了一把大锁，连睡在食堂屋的人都防。结果是门被撬开了！这自然也是国干的。国在夜深人静时偷偷地溜到食堂门前，先对着门脚撒一泡热尿，然后用粪叉把门脚撬起来，一点一点地往外移，这一泡热尿至关重要，泡了尿水的门脚不再吱扭扭响了，国就这样从撬开的门缝里溜进了食堂屋。看食堂屋的是三爷，就在三爷的床跟前，他把蒸馍偷走了。他心怯，只拿了九个。第三次，国被当场捉住。这回食堂屋睡了两个人，他刚溜进去就被发现了。三爷用手电筒照住了他，一个精精瘦的小人儿。三爷简直不敢相信自己的眼睛，问："谁?!"他立时怯生生地说："三爷，我饿。"三爷用手电筒照着他，照了很久。而后三爷长长地叹了口气，可怜他是孤儿，骂声："鳖儿哇!"再没说什么。过了片刻，三爷说："过来。"他抖抖地走了过去，三爷从笼屉里拿出一个馍来，默默地塞给他，说："滚吧！"此后三爷没对任何人说过这件事，直到国自己供出来。

国在十一岁时，偷的"艺术"更有了创造性的发挥。他偷三奶奶的鸡蛋，逢双日偷，单日不偷，隔一天偷一个。三奶奶开始以为是被黄鼠狼叼跑了，后来又以为是被老鼠吸了，因为鸡窝里有老鼠屎（那是国的"杰作"），再后来就以为是邻居偷了，两家骂了半年，三奶奶揪住四婶的头发骂天，四婶拽住三奶奶的大裤腰咒地，到了也不知道是谁偷的。在秋天里，国偷红薯、玉米的方法极为高明。他没有家，也根本就不往家带。他扒了红薯、掰了玉米之后，就在地里扒一个窝窝儿，然后点着火烤着吃，吃饱了就拍拍屁股回村去，鼓着圆圆的肚儿。国最有创造性的一次偷窃是在场里。那时天还很热，他赤条条走进场里，当着众人的面，在队长严密的监视下，竟然偷走了场里的芝麻！那时乡下人已很久没吃过油了，收那点芝麻队长天天在场里看着，眼瞪得像驴蛋！国仅仅在场里走了一趟，光着肚儿一线不挂，就偷去了三两芝麻！芝麻是他从鞋窝里带出来的……他在镇上用芝麻跟人换了一盘肉包吃，吃了一嘴油。

国的偷窃行为给村里造成了空前的混乱。有一段时间，这家丢了东西怀疑那家，那家丢了东西又怀疑这家，你防我，我防你，打架骂街的事不断涌现。有许多好乡邻莫名其妙地结下了冤仇。这冤仇一代代延续下来，直到今天还有见面不搭腔的。尤其是三奶奶，多年来一直不理四婶，临死时还嘱咐家人不让四婶为她戴孝！

这都是国造的孽。

国后来偷到镇上去了。在王集，他偷饭馆里的钱被人当场抓获，送进了乡里的派出所。这消息传回来，一时慌了全村。没娘的孩子，谁都可怜。村人们焦焦地围住队长的家门，立逼老黑去王集领人。老黑慌得连饭都没顾上吃，破例买了盒好烟揣上，掂了一兜红薯就上路了。

黄昏时分，国被领回来了。碰上下工，一村人围着看，可怜那小胳膊被活活捆出了两道血印！国竟然还满不在乎，跟这个笑笑，跟那个挤挤眼，恨得队长咬牙骂！

天黑后，队长吩咐人叫来了一些辈分长的人，梅姑听说信儿也来了，就着一盏油灯商量如何教化他。老人们默默地吸着烟，一声声叹气，说："匪了，匪了，这娃子匪了！"队长一拍腿说："×他的，干脆明儿叫鳖儿游游街！转个三四村，看鳖儿改不改?!"众人不吭，眼看就这样定下了明儿一早叫国敲着锣去游街，梅姑突然说："老三，娃儿还小呢，千万别让他去游街。"梅姑说着说着掉泪了。她说："人有脸，树有皮。小小的年纪，丢了脸面，叫他往后怎么做人呢?"队长闷闷地吸了两口烟，骂道："××的，你说咋办?"梅姑说："打呀，老三。只当是自家的孩子，你给我打!"

于是把国叫了进来。当着老人的面，国赖着脸笑，还是不在乎。队长一声断喝：

"跪下!"

国起初不跪。仰脸一瞅，却见一屋子黑气，也就软了膝盖怯怯跪下了。就有皮绳从身后拿出来，上去扒了裤子，露出那红红的肉，只见一皮绳抽下去，屁股上陡然暴起两道红印！国杀猪一般叫着，骂得鲜艳而热烈！紧接着一绳快似一绳，一印叠着一印，打得小儿姑姑爷爷叔叔奶奶地乱喊……

队长厉声问："都偷过啥? 说!"

"……馍。"

"还偷过啥?"

"……鸡蛋。"

"再说!"

"鸡、鸡子……"

一听他"匪"成了这样，皮绳抽得更猛了！那皮绳是蘸了水的，响声带哨儿，打上去"嗖嗖"冒血花，顷刻屁股上已血烂一片。国的腿不再弹腾了，只喊爹喊娘喊祖宗地哑哭……

梅姑不忍看，转过脸去，却又助威般地喊："打呀，老三，给我往死处打！"

队长打了一阵，喝道："还敢不敢了？"

"不敢了，再也不敢了。"

队长扔了皮绳，在一旁蹲了，喘着气拧烟来吸。老人们和梅姑又一起上前点化他，说了这般那般地好好恶恶，国只是哭。

队长吸过烟，又骂道："鳖儿，丢人丢到王集去了！是短你吃了，还是短你喝了？你他妈做贼！"

国抽抽咽咽地哭着说："三叔，我不敢了，再也不敢了。"

"你改不改？"

"改，我改。"

"中，你好好听着，再见一回，打折你鳖儿的腿，叫你一辈子出不得门！……"

国是被人抬到床上去的。这晚，他整整哭了一夜。梅姑可怜这没娘娃儿，一边用热水给他焐屁股，一边恨道："国，不成器呀！"

这顿恶打使国整整在床上趴了五天，半个月都没出门。后来出了门，也老实多了。每天背着书包去学校上学，一副怯生生的模样。

多年后，国试图抹去这段记忆，可屁股常常提醒他，常常。国永远不会知道，他是有可能免去这顿毒打的。若是不受这皮肉之苦，那么，他必须让人牵着去四乡里游街，一个村庄一个村庄地去向人们展览他的偷窃行为，用"咣咣"的锣声向人们宣布他是贼，那时他就成了一个公认的贼！假如不是梅姑的及时阻拦，一个经过展览的公认的贼又怎么活呢？

四

国是秋天里考上县城中学的。

那年国十三岁，已有枪杆那么高了，依旧是很邋遢，嘴上老是挂两筒清水鼻涕，脸上的灰从没洗净过，身上穿的衣裳总是烂了又烂，补都来不及，他好上树掏鸟。国平时不算用功，在班里学习也不是最好的。可那年大李庄小学有六十四个学生参加了县中的考试，很多用功的学生都没考上，独有他一人考上了。这无法解释，这只能再一次说明国是聪明的。

临走的那天，全村人都出来为他送行。队里给他置了三表新的被褥，那是婶婶娘娘们连夜在油灯下套的。出门的衣裳也都是新置的，一针一线都带着乡邻们的情分。国穿着一身新衣裳走出来，脚上蹬着梅姑给他做的新鞋新袜，显得十分体面。那脸儿也洗净了，黑里透红，一株小高粱似的，陡添了不少的腼腆。在村口，梅姑悄悄从兜里掏出十块钱塞到国手里，那是她婆家送来的嫁妆钱。十块钱那时候已是很大的数目，国缩着手不要，他看着梅姑那很凄伤的脸。梅姑就要嫁到另一个村庄去了，她拿出了十块钱，那是她的卖身钱。这时国已稍稍晓些事了，他看出了梅姑心中的凄凉。梅姑默默地站在那儿，一双水灵灵的大眼里带有无限的哀怨。梅姑一句话也不说，只把钱硬塞在他手里。国只好接下那钱，怯怯地叫了声："姑。"这时三奶奶颤颤地走来了，三奶奶给他掐了一兜子熟鸡蛋。他偷过三奶奶的鸡蛋，他偷三奶奶的鸡蛋生喝，叫三奶奶跟四婶去对骂，去撕头发挖脸，他在旁边笑。这次他没敢笑，只红着脸叫一声："奶……"队长女人给他烙了一摞子油馍，也用破手巾兜着送来了。那时乡下过年才吃油馍，那油的来历很让人猜疑，队长女人敢把油馍拿出来也需要一份勇气。队长女人拍着男人样的杆子腿说："都看看，这是俺孩他舅从西乡捎来的油……"四婶横横地从三奶奶旁边插过来，走过三奶奶身边时鼻子重重地哼了一声！三奶奶已老得不成样了，拄拐杖的手鸡爪一样抖着，耳又背，可三奶奶倏尔就给了四婶一屁股！四婶只装没看见，挺挺地递给国一条白毛巾。这条白毛巾是四婶那当兵的儿子捎回来的。队伍上发了两条毛巾，儿子给娘捎回来一条，四婶一直没舍得用，就给了国。那毛巾上还红鲜鲜地印着部队的番号，国眼热那红鲜鲜的"8654部队"就收下了。于是，那黄土一般的人群有了片刻的慌乱。村民们看着这阳光下的善行各自缩缩地委顿下去，于是就有人凑出一毛两毛送出来，尽一份心意。一百多户人家的村子，除了出不来门的，都多多少少有些表示。连村里最有名的吝人"窄过道儿"和"纸糊桥儿"也送了东西出来。"窄过道儿"跑回家拿了一个鸡蛋，蹭蹭地来到人前，说："娃，老少。""纸糊桥儿"也勇敢地凑出五分钱来塞进了国的衣兜，那时五分钱能买两个鸡蛋。这一刻，国像是长大了许多，他在人群里恋恋地叫姑叫婶叫大娘叫奶奶……喊得人眼里含了一窝泪。

　　二十三年后，国扔掉了许多记忆，也曾拼命地洗刷了许多记忆，但生活的底板太厚了，洗了一层又一层，总也忘不掉乡亲们为他送行的情景。在那个无比辉煌的早晨，国站在秋天的阳光里——与乡邻们告别。眼前是四十八里乡路，身后是黄土一般的人脸，人脸很厚，一层一层地叠着，像动画片里的木偶。风簌簌地从人脸上刮过去，黄尘漫过后仍是人脸，墙一样的人脸。那淡淡秋阳熬着人脸，路两旁那无边的熟绿挤着人脸，可那饼一样的人脸仍然举着，叫人永远无法读熟。那时，他听见梅姑在他耳边轻声说："国，还回来不？"他说："回来。"梅姑说："回来看看我。不管你走到哪儿，都回来看看我……"可他没有去看过梅姑。他是见过梅姑的。十三年后，梅姑像杀猪一样被人拉进乡政府里。梅姑在乡政府门前泼天长骂，终还是被拉进乡医院去了。梅姑是违反了计划生育政策被拉进乡里去的。她已生了两个女娃，为此，男人常常揍她，把她打得浑身青紫，逼着她生，所以梅姑想要个男娃……那时他就站在梅姑的旁边，梅姑不认识他了……啊，鲜艳的梅姑。

队长拉着架子车为国送行。四十八里黄土路，送了一坡又一坡。路赖，架子车"叮叮咣咣"地响着，队长的旱船鞋"趿拉趿拉"，国跟在架子车后看队长那驼背的腰，那腰蛇一样拧着，一耸一耸地动……

队长说："国，好好学。"

"嗯。"

队长说："出门在外，多留心。"

"嗯。"

队长说："吃哩别愁，我按时给你送，别饿坏了身子骨。"

国再"嗯"一声。

队长又说："缺啥少啥言一声……"

在路上，队长嘱咐了无数遍，国都应着。走向新生活的国看天，看地，看树上的鸟儿，看悠悠白云，脑海里那小小思绪飘得很远，并不曾把队长的话当回事。可国不知道，队长还想再说一句。他想说："娃子，别动人家的东西，千万别动！"又怕伤了娃子的心。娃子大了，不能说丑话了。可他还是想说。那话随着车轱辘转了无数遍，终还是没有说出来。到县城了，国说："三叔，回吧。"队长迟疑疑地说："行李重，再送送吧。"就送。队长一直把国送到学校门口，在校门口，队长立住了。他怯怯地望一眼校门，说："国，你大了，也该给你有个交代了。你爹死时矿上给了一千块钱，埋你娘用了六百，这多年给你看病抓药又用了二百，还有二百我给你存着呢。这是你的钱，啥时有了当紧的用项，你说。就是没这二百，也别愁钱的事……"国听了，心里一阵热，说："三叔，回吧。"三叔没回，三叔站在那儿看他慢慢往校园走，待他走有一箭之地，三叔突然喊道："国……"国转回来，三叔的嘴嗫嚅了半响，终于说：

"争气呀，国。"

国看着三叔的脸，那脸上网着乡村的老皱，也网着国的历史。他终于读懂了三叔的意思。国在三叔的脸上看到了自己那红肿的屁股，屁股上印着一条条血淋淋的鞭痕！那就是三叔用皮绳抽的。三叔用皮绳一下一下狠抽，那疼即刻出现在国那抽搐变形的脸上，一个"贼"字在国的灵魂深处写得极大，是皮绳把"贼"字打掉了……

国没有说话，默默地掉了两滴泪，去了。

五

国果然争气，先是入了团，后又当上了司令。

国是第三年夏天当上司令的。那年夏天格外热，狗长伸着舌头，颍河缩成了一线，知了在树上无休无止地聒噪，于是国当上了司令。

国的司令仅仅当了十四天。在这十四天里，他领着学生在县城里抄了七七四十九户地主富农的家，在县委大院里吃了五顿不掏钱的饭，呼口号时嗓子哑了六回，还弄了一根武装带在腰里束着，因此国非常乐意干司令。

国乐意干司令还有一个很重要的原因，校花姜惠惠也参加了他的造反组织。姜惠惠跟他是同班同学，坐在他前边的一个位置上，国每天上课只能看到她的后脑勺，还有脖颈上那隐在黑发里的一点奶白。国很愿意看她的脸，也很愿意跟她说说话，只是没有机会。现在在一个司令部里"工作"，说话机会自然多，也有了那么一点点意思……

国是牵着戴高帽的老校长游街时碰上三叔的。三叔领着乡亲们拉架子车来城里交粮，在县城的十字街口，交粮的车队碰上了国率领的游行队伍。国们戴着红袖箍，一个个穿得十分周正，边走边呼口号，威风了一条街。三叔们光脊梁亮着一身臭汗，一个个老牛似的拽着粮车往前拱。人多，口号声就震天地响亮。国一边呼着口号一边喝道："让开，让开！"突然，国的脖领子被揪住了，一句很热烈的话夹在喉咙里，国冷不防扭身一看，却是三叔。国忙说："三叔，啥时来了？"三叔瞪着眼说："鳖儿，不好好上学，在这儿胡闹啥哩？！"这一声"鳖儿"让司令很丢面子。国红着脸说："革命哩，咋是胡闹！"三叔拉住国，怯怯地看了看戴高帽、五花大绑的老校长，小声说："国，咱回去，咱回去。"国梗着脖儿说："我不回去！"三叔一拍腿说："鳖儿，我断你粮！"国自然很狂，国根本没把三叔放在眼里，一听这话就炸了，他一蹦三尺高，高声呼道："要革命的站过来，不革命的滚他妈的蛋！"这一声把三叔呼愣了，三叔愣愣地望着国，抖手就是一耳光！三叔那布满老茧的黑手重重地扇在国的脸上，那巴掌扇起的风臭烘烘的，带有牛尿马尿的气味，打得司令眼冒金星，踉跄后退了两步！天旋旋，地转转，那口号声一时显得很遥远。三叔一耳光把国扇进了无边的黄土地，使他又变成了一个赤条条的乡下小儿，光肚儿在村街里跑的国……只听三叔厉声说：

"回去！"

在十字路口，这一巴掌扫尽了司令的威风，把趾高气扬的司令打成了一株勾头大麦。那一耳光如此响亮，致使游行队伍顿时停下来，学生们呼啦啦把三叔围了。三叔的大黑巴掌"啪啪"地拍着胸脯，大声说："咋哩？咋哩？老子三代贫农！"这时送粮的乡汉也都一哄而上，野野地围过来喊："咋哩？咋哩？！……"副司令辛向东侃侃地背了一条"语录"，说："为啥打我们司令？！"三叔说："球哩，自己娃子还不能揍？！"光脊梁的野汉们也跟着嚷嚷："自己娃子哩！"这一刻，国羞得恨不能钻进地缝儿！司令强忍着没有哭，那羞辱一浪一浪地在心里翻，涌到眼里就是泪。国知道站在队伍里的女同学都在看自己，更知道姜惠惠眼里带着鄙夷的神色，那鄙夷把他整个淹没了！国不敢抬头，可还有点心不甘，嗫嚅地说："我走了他们咋办？"队长不屑地说："球哩，球！"说着，就把国从人群中拽出来了。国木木地出了游行队伍，抱住头蹲下了。片刻，游行队伍继续前进，口号依旧震天响！那是辛向东领头呼的。辛向东一蹿一蹿地蹦着，十分地激动。国哭了……

在回村的路上，国屈辱地哭了一路。三叔也觉得对不住娃，出手太猛，让娃子丢人了，就悄悄地买了肉包给他赔不是。国一甩手把肉包扔到七尺外！眼红红地冒着凶光，跳起来发疯似的指着三叔骂：“老三，我 × 你娘！× 你……”在泼天野骂中，三叔的脸更黑了，嘴角微微地颤着，两手发抖，那黑脸上的颜色变了又变，没再动他一指头。

当天夜里，国又偷偷地跑回了学校。可是，他的司令已经干到头了。就在那天下午，辛向东当上了司令。辛向东冷冷地说：“你被开除了。”更可气的是同学们都不理他，姜惠惠看见他就像看见狗一样，朝地上恶恶地吐唾沫！国独自一个孤孤地在操场上转了半夜，觉得实在没脸在学校混了，就连夜卷了铺盖。临走时，他在姜惠惠的宿舍门前站了很长时间……

国自此大病一场，在床上躺了很长时间，一直闷闷不乐。他回村后就倔倔地搬到牲口屋跟四叔去住，吃饭也在四叔家。四叔跟三叔家隔一道墙，见了三叔他是不理的，三叔跟他说话也不理。害了病三叔去看他，他扭身给三叔个屁股，不管三叔说什么，他都一声不吭。病好后，国更是很少说话。他常常一个人跑到河坡里，静静地躺在树荫下，两眼望天。河坡里有一丛一丛的芦苇，芦苇挑着天边那火烧的云儿，云儿一会儿狗样，一会儿马样，一会儿又狮头样，夕阳西下时荡一坡霞血，风摇羽红。倏尔，金色的“叫吱吱”从羽红的苇荡里钻出来，射天而去，而后又笔直地跌进苇荡，化得无影无踪。看着看着，国眼前就幻出了姜惠惠的影子。穿红格格衫的姜惠惠袅袅婷婷地走到他的眼前，噘着肉嘟嘟的小嘴，两只媚亮的眼睛直勾勾地望着他，仿佛在说：李治国呀，李治国，没想到你这么不坚定！……接着他就更加地仇恨三叔。他觉得是三叔毁了他的初恋，也毁了他的前程。三叔当着他恋人的面给了他一记响亮的耳光，也给了他永远洗刷不尽的耻辱！三叔不是人，是猪是狗是马是驴！若不是三叔，惠惠会跟他好的。他最喜欢惠惠叫他“司令”，那一声甜甜软软的“司令”足以叫人心荡神移。若不是三叔，他们将双双走进新的生活，那是一种充满刺激的生活。埋在这无边的黄土地里，再也没人叫他"司令"了。啊，司令……每想到此，国就心潮澎湃，万念俱灰，在坡里打着滚，像狼一样地号叫！

国就这样在河坡里一直躺到天黑，嘴里噙根草棍棍，一动也不动。天黑时，四婶家的二妞就跑来叫他吃饭。二妞每次都给他带一个熟鸡蛋，亲亲地叫着"国哥"，剥了给他吃，国嘴里吃着鸡蛋，仍然不动。二妞在他身边坐下，他也不说话，愣愣的。二妞说："该割豆了。"他就说："该了。"二妞说："天短了。"他说："短了。"二妞说："夜里狗叫得厉害。"他不吭。二妞说："梅姑生了个妞。"他还是不吭。二妞慢慢站起来，说："国哥，吃饭吧，俺娘叫喊你吃饭呢。"国就坐起来，拍拍身上的土，跟她回村去。眼里总晃着姜惠惠……

后来二妞嫁了个煤矿工，是哭着走的。临出嫁那天，国去帮着抬嫁妆，二妞眼红红地说："国哥，俺走了。"国淡淡地说："喜事，走吧。"二妞再没说什么。国也不觉，仍想着姜惠惠。

在这段时间里，国情迷姜惠惠已经到了走火入魔的程度。姜惠惠每晚像月亮一样在他的梦中升起，引他做了许多傻事……然而，恰恰在这段时间里，革命同学姜惠惠已与革命同学辛向东心心相印，同床共枕。

多年之后，国才知道那一巴掌是十分要紧的。当上司令的革命同学辛向东，由于武斗中打死了人，被抓进了监狱。他在监狱里关了一年，然后被拉到县城西关的乱葬岗枪毙了！辛向东着实红火了几年，因此头上留下了一个血红的大洞。另一位革命同学姜惠惠被流弹打中了大腿，成了瘫痪。后来终日坐在县城的十字街口卖烤红薯。国买过她的烤红薯。国感情十分复杂地站在她的烤炉前，问她烤红薯多少钱一斤，以期唤起"革命"的回忆。姜惠惠抬头看看他，说一毛五一斤，你买吗？看来彼此已不认识了。于是国买了一块烤红薯。

再后，在一次一次的考察中，关于"文化革命中的表现"这一栏，国都填得十分清白。笔走龙蛇，签名自然潇洒。而后在一级一级的组织部门顺利过关。

按说这一栏应该归功于三叔。可国还是恨三叔，恨那当街一耳光的耻辱。

六

自那一巴掌后，三叔一直觉得对不住国。他见国终日闷闷的，话也不说，就赶紧张罗着给国说媳妇。私下里说了几家，人家一打听，是个没爹没娘没房子的主儿，连面都不见。这一弄，三叔更觉得对不住国。于是就偷偷地往公社书记那里送了礼，想给国谋个事做。三叔头一回掂去了五斤香油，公社书记大老王脸一沉说："干啥？这是干啥？有事说事，掂回去掂回去！"三叔嘿嘿笑着："没啥事，没事，坐坐。"坐了一时，大老王又问："有事？"三叔说："没事，东西是队里打的，给领导尝尝。"大老王手一挥，说："掂回去，掂回去。"话是说了，三叔却没有掂回去。第二次，三叔又扛去了一篓红柿。红柿是刚从树上摘的，一个照一个，很鲜。三叔把篓子往桌下一推，依旧坐着。大老王看了他一眼，说："弄啥哩?! 有事？"三叔说："也没啥事，坐坐。"大老王是个爽快人，粗粗地骂道："老黑，有事说事，没事你一趟一趟干球哩?! 说吧。"三叔吞吞吐吐地说："……村里有个娃，没爹没娘，连个媳妇也找不下，看能不能给他瞅个事做？"接着，三叔又说："娃子中学毕业，精灵哩。"大老王沉吟片刻，问："跟你有啥亲戚？"三叔说："论说也没啥亲戚，一李家。娃子没爹没娘，不能不管哪。"大老王猛吸两口烟，挠挠头说："商量商量，商量商量吧。"三叔忙起身说："不忙，不忙。"第三次，三叔又掂去了两瓶"宝丰大曲"。三叔把酒往桌上一放，一句话也不说，只一个劲吸烟。坐了有一个时辰了，大老王说："这样吧，公社缺个通信员，叫这娃子来试试。试用期三个月，中了就叫他干。"三叔喜喜地说："明儿我领来你看看，一试就中。"出了门，三叔说："×你妈，到底应了。"

那时候，国正躺在玉米棵棵里发愣呢。他常常回忆在县城里上学的日子，那日子像流水一样，眨眨眼就过去了，抓都抓不住。他让一个个女同学在他眼前排队，终了还是觉得姜惠惠好……而眼前却是一坡一坡的黄土地，像是一世也走不出的黄土地。日头爷缓缓地转着，像磨一样转着，周围像死了一般的静，静得让人心里发慌。偶尔，风从玉米田里刮过，叶子"沙沙"地响着，有了一点喧闹，过后又是无休无止的沉寂。国抖抖脚上的烂鞋，把脸埋在土窝窝里，痛哭。

三叔回村后到处找国，最后在玉米地里找到了他。三叔说："国，起，起，我给你找了个事做。"国仍然不理三叔，好半天才冷冷地说："啥事？"三叔说："我给书记说了，叫你上公社当通信员。你干不干？"国愣了，慢慢坐起来，望着三叔，一时竟无话可说……三叔也不争礼，眼一酸说："中中，只要你娃子愿干。"

第二天早上，三叔去叫国，国突然说："我不去了。"三叔慌了，问："咋啦？又咋啦?!"国不说，再问也不说，又是闷闷的。三叔忙让四婶去问，四婶好说歹说才问出缘由。国吞吞吐吐地说："……连一件像样的衣裳都没有，出门净丢人！"三叔在门口站着，一听这话就说："鳖儿，现置也来不及呀！你说穿啥，我给你借。"国自然不说，也没脸说。三叔急躁躁的，一蹦子蹿出去，挨家挨户去借，进门就说："国去公社了，出门是咱村的脸面，这会儿连件出门衣裳都没有，现置来不及，有啥好衣裳借国一件穿穿。"三叔一连跑了六家，借了几件，不是长了，就是短了，国相不中。最后，还是把复员兵二贵的军上衣借来了，国总算出了门。

那时绿军衣是最时髦也最不惹眼的衣裳。国穿着二贵的绿军衣跟三叔到公社去了。公社离大李庄九里地，一路上三叔再没嘱咐什么，也没讲给大老王送礼的事，只颠颠地头前走。到了公社，大老王看小伙个头高高的，一脸

的精明，穿得也干干净净的，很满意地点点头说："留下吧。"国就这样留下
了。

三叔走时，国喉咙一热，好久才叫了一声："三叔——"他似乎想说一点
什么，三叔没容他说，就弓着腰去了。

国在公社，名义上是公社通信员，实际上是大老王的跟班儿。除了骑车
到各村通知开会以外，他几乎整天跟着大老王。国每天早上六点钟起床，先
是扫过公社大院，然后把水烧开，茶瓶灌满，接着给大老王打上洗脸水，包
括把牙膏挤在牙刷上，待书记起床后，去倒夜壶。倒夜壶时国隐隐地感到屈
辱，夜壶的尿臊味伴着国的屈辱走那么一小段路就淡散了。一个月三十块钱，
那时，对他来说，实在是一个巨大的数目。国忍了。白天里，国常跟大老王
到各村去检查工作，自然是走哪儿吃哪儿，有酒有肉。有时大老王去县里开
会也带上他，到了县委逢人就说："这是我的通信员，小伙很能干。"大老王
工作很有魄力，为人也极为豪爽，走到哪里都是中心，国跟着他尝到了许多
甜头。渐渐，国的天地大了，认识的人越来越多，视野也跟着开阔了。他很
快地了解了许多他所不知道的东西，这些东西对他日后都是有用的。国毕竟
是聪明人，他很快就把公社书记的生活习惯摸透了。大老王有三大：个子大，
嗓门大，烟瘾大。所以国兜里常常揣两包香烟，一包好的，一包孬的。那好
烟是给大老王预备的，一旦大老王没烟吸了，国就把那包好烟拿出来，书记
"刺啦"一声揭开就吸。此后大老王喝酒也带上他，有了什么好处也总有国一
份。书记是外乡人，光身一人住在公社大院里。他老婆每年只来两次，春上
一次，秋后一次。那个拖着孩子的乡下女人每次来总是只住三天，给书记拆
洗拆洗被褥，而后又挎着小包袱默默地去了。书记常年不回去，吃住都在公
社大院里，工作起来也是个不要命的主儿。常年不回去的书记还有个晚睡早
起的习惯，国感觉到这习惯是有缘由的，国自然不问，只每晚早早地打两瓶
开水放到书记屋里，而后就不再去了。第二天早上，国听大老王那一声响亮
的咳嗽。没有咳嗽声他就不动，直到听见大老王的咳嗽声，他才把洗脸水端

过去。日后，大老王曾十分感慨地对人说："知我者，国也！"

严格地说，国的政治生涯是从公社大院开始的。公社院里人不多，人事关系却错综复杂。表面上风平浪静，可内里却像沸水一样翻腾不息。从公社直接与县上有联系的有六条线，而且起码挂到副县长这一级。公社大院本身却又较为明朗地存在着三股势力。公社副书记老胡和武装部部长老张是一股势力；社主任老苗与党委委员老黄是一股势力；以大老王为首的又是一股势力。三股势力虽各有所长，却存在着明显的优劣。老胡和老张是军队转业干部，为人严谨却不善言辞，在关键时候说不出道理来；老苗和老黄是本地干部，土生土长惨淡经营，却又缺乏领导魄力，因此很难统揽全局；大老王为人粗率，不拘小节，却粗中有细，能说能讲，人往台上一站声若洪钟，发怒时，那目光从脸上扫过去，是很有威严的。大老王有时甚至很霸道，骂起人来狗血淋头！第二天见了却又笑眯眯地喊住人家："过来，过来。我这人屌脾气，你别计较……"说了就了，该骂还骂。公社每次开党委会，三股势力都有一番小小的较量。公社书记大老王每每像铁塔一样坐在那里，听委员们一个一个发言。那发言有时很激烈，他却从不插话，只一支接一支吸烟。待人们都讲完了，他的目光威严地扫过会场。目光的接触是一种心理素质的反映，当他的目光扫过人脸的时候，没有人能接住这种目光，所有的公社干部都无法承受这种目光，躲。于是大老王就说："同志们讲得很好，现在我总结几句……"这所谓的"总结"完全是按照他的意图讲的，讲完就散会。这"总结"自然就成了党委会的决议。

在这段时间里，国沉湎在这种人与人的"艺术"之中。他细心地观察了公社大院里的每个人、每件事，在人与人、事与事之间做出比较和分析，然后悄悄地做出自己的判断。他仅仅是临时工，自然是没有发言权的。但这种静静的旁观使他在潜移默化中走向成熟，也使他游刃有余地在公社大院生存下去。至于日后，那更不必说。国很少回村去，村庄也离他越来越远了，小伙的目光已转向未来。

一天，三叔突然来公社了。三叔在公社门口整整等了他半天，天黑时才见到他。三叔把他拉到一边，很为难地说："国，你看，你看……那军衣是借二贵的，二贵明儿要相亲了，想用，你看，你看……"国一直以为这件绿军装给他带来了好处。国穿着这件绿军衣在公社院里显得格外精神，他常常夜里洗了，白天又穿上，好保持住体面。那时他已有了工资，可以置衣裳的，但国不想还了。国红着脸说："三叔……"往下他就不说了。三叔像欠了账似的，嗫嚅着望着国："你看，你看……"国说："我天天在公社院里转，人前人后的，你看……"三叔脸上的皱纹像枯树皮一样抽搐着，嗯嗯地说："二贵相亲呢。相亲也是大事，你看……"国还是不脱。国说："这样吧，也不叫你作难。"国在兜里摸了半天，摸出十块钱来，递给三叔："让二贵再买一件，买件好的……"三叔再没话说了，叹口气，就佝偻着腰走了。

为这件绿军衣，三叔回村后跟二贵吵了一架。二贵不要钱，非要军衣不可，他全指望穿军衣去赢姑娘的心呢。于是三叔只好再去给他借，求爷爷告奶奶地跑了好几家，才借来了一件旧的……此后二贵的亲事没说成，一家人都恼三叔，骂得很难听。三叔有苦说不出，只好认了。

国当然不知道，仍很神气地穿着那件绿军衣，在公社大院里晃来晃去。

七

国的转机牵涉着公社大院的一件隐私。

那是个多事的秋天。在那年秋天里，国心里产生了从未有过的慌乱，有一刻，他的精神几乎要崩溃了……

九月初六是个不祥的日子。这天，大老王到县里开会去了，会要开七天，所以没有带他。大老王上午走，下午县里就来人了。来了两个。公社大院的气氛陡然变得紧张起来。先是常委们一个个被叫去谈话，接着是委员和一般干部。去的人都很严肃，出来时有人笑着，有人却沉着脸，眼里藏着神秘。而后便是纷乱地走动，极秘密地进行串联，到处都是窃窃私语声。

当天晚上，武装部部长老张突然走进了国的房间。老张坐在床边上，很亲热地说："国，你今年多大了？"国说："二十啦。"老张说："你愿不愿当兵哇？你要想当兵，我今年保证把你送走。"国很想出去闯闯，也知道征兵时武装部部长是极有权的，于是就说了一些感谢的话。可说着说着，老张就严肃起来了。老张说："国，我告诉你，老王不行了。这人作风不正，你要揭发他的问题呀！组织上已经派人来了，这回就看你的表现了！那些事你是很清楚的，很清楚的嘛……"说完，老张意味深长地拍了拍国，就走出去了。

接着是社主任老苗，老苗笑眯眯地说："国呀，咱都是本乡本土的，亲不亲一乡人嘛。人家说走拍拍屁股就走了，咱还得在这儿混哪。日子长着呢，一根线扯不断。你还只是个临时工哇！……"国一听就慌了。"临时工"三个字一下子就钉住他了。他想，苗主任说的是理。本乡本土的，人家说走就走了，他一个临时工往哪儿去呢！国忙说："苗主任，苗主任，我年轻，不晓事，你多说呀。"老苗说："没啥，没啥。本乡的娃子嘛，和尚不亲帽儿亲，啊？"接着，老苗悄悄地说："最近听到风声了吧？县委组织部来人了，调查老王的问题。鳖儿犯事了！这人道德败坏，又整日里压制人……"国头上出了一层细汗："苗主任，苗主任……"老苗说："不要怕嘛，要敢于揭发。年轻人要坚持原则，你是最了解情况的证人，可得说呀！"

而后来找他的是公社的妇联主任马春妮。马春妮是公社副书记老胡的老婆，为人很泼，一张薄片子嘴刀似的，一进门就说："国，老胡叫我来看你。老胡说了，你年龄不小了，叫我操心给你说个好媒。赌放心了，这大鲤鱼我吃了。娘那脚，这回你得立一功哩。老王跟'鹅娃儿笋'那浪货明铺夜盖的谁不知？那浪货一趟一趟地往老王屋里跑谁不知？你得说。你不说可不中，你不说就不依你！你跟老王算是跟到茄子地里了。反国（戈）一击吧！

'鹅娃儿笋'那浪货都供了，哭哩一把鼻涕一把泪……"

国蒙了。他像掉进了一口黑黢黢的大井，前走也不是，后退也不是，眼前是一片黑暗。黑暗一层一层地包围着他，仿佛要把他挤成肉酱！这时候，他才知道他在公社大院里是非常孤单的。没有人能够帮助他，谁也不能帮助他。他必须独自做出决定。极度的恐慌使他不由得想喊一声娘，我的亲娘哟！

凭良心说，大老王是有魄力的。抓工作雷厉风行。处事果断，自然得罪了不少人。公社大院里有一个外号叫"鹅娃儿笋"的女人，是公社广播站的广播员。"鹅娃儿"已是很白了，又加一个"笋"，嫩嫩的白，一掐带水儿。说话轻声轻气的，更有一种说不出的柔美。公社大院里的干部都馋这女人，争着往广播室跑，可她却跟大老王好上了。她是有男人的，男人是个瘸子，在七里外的大柴供销社当副主任。副主任不常回来，播音员又常值夜班，大老王呢，单身一人住公社，于是就有人风言风语地说闲话了……开初时，只见这女人常到大老王屋里去，去了就坐坐，或是甜甜地叫一声"王书记"，叫了，大老王就逗她笑，讲一些乡村里的笑话，"鹅娃儿笋"脸上就抹上了一层夕阳的晕红，羞羞地抿嘴笑。在公社干部群里，大老王是最风趣的。既能把人说哭，又能把人说笑。于是"鹅娃儿笋"往他那里跑得更勤了。"鹅娃儿笋"一去，大老王就跟她讲笑话，夜长，就听见两人笑……渐渐有风声传出来，说"鹅娃儿笋"跟大老王有一腿。传言者说得逼真，公社院里沸沸扬扬，大老王得罪人多，有人就告到县里了。国没看见过，自然不敢胡猜……

现在，这段隐私牵连上了国，使他一下子陷入了进退两难的境地。揭发，对他来说是可怕的，不揭发同样可怕。大老王不会饶过他，那些人同样不会饶过他。他的肉身子夹在了两座大山之间，挤得他喘不过气来。有一刻，国的头都快要炸了！他不知道如何是好，心乱得连一点主意也没有了。陷阱，陷阱，他眼前全是陷阱……

夜深了，公社大院里很静，静得人心慌。国心里说：我供出来吧，供出来吧，我把鳖儿供出来吧。这不怨我，这不怨我，我没有别的办法。你叫我怎么办呢？我是一个合同工，说滚蛋就滚蛋，恁多人威胁我，我受不了了，我实在受不了了……过一会儿，国心里又说：不能供，不能供，不能供。你又没看见，供出来你还怎么活人呢？供出来你还有脸见大老王吗？供出来你就成了一泡臭狗屎，谁想踩就踩的臭狗屎！瞎熊哇，你个瞎熊……再过一会儿，国擂着头在心里说：我×他娘，×他娘×他娘×他娘×他……娘啊！！最后，在濒临绝望的一刹那，国推开屋门，像狼一样地冲了出去。

……国像游魂似的在乡村土路上荡着，他眼前是一片浓黑，身后仍然是浓黑。夜密得像一张大网，紧紧地裹着他。可是，走着走着，他抬起头来，突然发现他已来到了村口。他怎么也想不到，在不知不觉中他竟然走了九里路，回到村里来了。这时，他毫不犹豫地推开了三叔的家门。门没插，三婶早已睡了，三叔在床上坐着吸旱烟。一盏小油灯半明半暗地亮着，映着一团被烟火熏黑了的土墙。屋子里自然有一股臭烘烘的气味，那气味像陈年老酒一样扑面而来，给人以温馨的亲切。国什么也顾不上了，他站在三叔的床前，连气也没喘，一股脑把那事说了……他说得很快很急促，说完后静静地望着三叔。

三叔在油灯下坐着，依旧"吧嗒，吧嗒"地吸旱烟。他两眼塌蒙着，一张脸像是被揉皱了的破地图。地图上爬满了蚰蜒般的小路，小路弯弯曲曲又四通八达，高处发黄，低处发黑，那回旋处又是紫灰色的，仿佛隐隐地流动着什么。但细细看又是静止的，静得十分浩瀚。这是一张没有年月没有日期的地图，而四时的变化、岁月的更替却又清清楚楚地印在上面。风刮过去了，蒙上一层黄尘；雨淋过去了，溅上些许湿润；冰雹砸在上边，敲出点点黑污；而后是阳光一日日的暴晒，一日日的烘烤，烤得像岁月一样陈旧。于是这地图就显得更加天然，更加真实，叫人永远无法读懂……

三叔就那么坐着，一动不动地坐着，身后映着一团巨大的黑影。那黑影狰狞得像瓦屋的兽头，岿然似山脉。看久了，那黑影又透着温和亲切，像麦场上的石磙。石磙散着牛粪的气味，也散着小麦的熟香。石磙跟着老牛在麦场上滚动，沉重而又温柔地轧着麦穗，麦粒就欢欢地从壳里跳出来，散一地金黄。而后石磙就蹲在场边上，再也不动了……

三叔的大裆裤扔在黑污污的被子上，随着三婶的鼾声时起时伏。三叔的烟锅早已熄了，可烟杆仍在嘴里含着。只有蛐蛐一声声短叫……

三叔没有说话。

三叔一句话也没说。

三叔塌蒙着眼皮，就那么默默地坐着，像化了似的坐着。

国扭身走出去了。

夜静了。谁家的狗咬了两声，似觉出是自己人，也就住了。秋夜的天宇十分阔大，星在天空中闪烁，月高挑着一钩银白，凉凉的风从田野上刮过来，沁着醉人的泥土气息。月光像水一样地柔，土地在月光下舒展着伸向久远。颍河水哗哗地流淌着，仿佛一把古老的琴在吟唱。堤上的柿树在朦胧中凸着深深浅浅的油黑，苇丛在秋风中轻轻摇曳，悄悄送出小小虫儿的呢喃。游动的夜气里弥漫着秋庄稼的熟甜，淡淡的是谷子，浓浓的是玉米，偶尔一缕是芝麻。这是一个清亮亮的夜，墨黑在月光中淡化了。连那远远近近的鬼火都一下子显得很顽皮，娃儿似的荡着，一时东，一时又西，仿佛在说：老哥，你回来了？

国踏着月光往回走，不知怎的，走着走着，头就不那么涨了。这时，他似乎听见身后有"趿拉趿拉"的脚步声。那脚步声很坚实地碎着，一时贴近了，一时又显得很遥远……

国没有回头，很久很久之后，他恍恍惚惚地听见身后有人说：

"要是混不下去，就回来吧。"

国不再想了，什么也不想。他走回公社，把身子撂在床上，一觉睡到天明。

第二天上午，县委组织部的人找他谈话，国一口咬定没有这事，没有……

　　五天后，大老王回来了，公社大院里立时热闹起来。老苗老胡老张老马……都跑过来迎接他，一口一个"王书记"，亲亲地叫着说："王书记回来了？""王书记累了吧？""王书记，几天不见，怪想你哩……"大老王也笑着说："回来啦。不累，不累。"仿佛什么事都没发生过。

　　半年后，大老王的调令来了，调他到县委组织部当部长。临走时，他才对国说："国，你愿不愿意跟我到县里去？"

　　国心里暗暗地松了一口气。他心里说：幸亏没有揭发，幸亏没揭发呀！可他始终不明白，他是怎样走回村去的，他为什么要到那里去。那股神秘的力量究竟来自何处呢？

　　多年之后，他仍然不明白。

八

　　五年后，一纸调令下来，国当上了副乡长。

　　在这五年里，大老王把他带进了一个更为窄小又更为广阔的天地。国跟着大老王进入了县城较高层的政治生活圈子。在这个生活圈子里，国学到了更多的不为常人所知的东西。在这里，他知道了什么是该说的，什么是不该说的；知道哪些地方是能去的，哪些地方是不能去的。这生活使他兴奋，也使他感到危机四伏……

　　在县里，国先是在县委招待所当了两年合同工。乡下人到城里来，自然是被人瞧不起的。国就拼命干活，一句闲话也不说，也从不给大老王找麻烦。临来时，大老王曾严厉地告诫过他，大老王说："国，我让你来，是看你对原则问题不含糊，是个苗子。这是组织上的培养，不是个人的事，知道吗？"所以，在公开的场合，大老王一直对国很严厉。然而，私下里，大老王却对国一直十分关照，有时候开会开到半夜还绕到他那里坐坐，摸摸被子薄不薄，待他像小弟弟一样。日子久了，知道城里人事关系复杂，于是国学会了隐藏。隐藏是一门很高超的艺术，脸上空空的，胸中却包罗万象。笑的时候也许正是不想笑的时候，不笑的时候也许正应该开怀大笑。谁能把脸变成机器呢？国正做着这种努力。不痛快的时候，他也曾关上门掉几滴眼泪。可出了门，他就对自己说："娃子，笑吧。在城里不好混，你笑吧。"于是就笑了。大老王知道国的嘴严，有时也跑到他那儿发几句牢骚。有一次，大老王感慨地说："国呀，这屌官不好做呀！"国说："有啥不好做的？论你的能力，当县委书记都行！"大老王的脸立时沉下来了，喝道："胡说！"国愣了，问："私下也不能说呀？"大老王严肃地说："私下也不能说。这是组织上的事！"过一会儿，大老王站起来，敲着国的头说："国呀，你个屌国呀，猴儿一样！"大老王笑了，国也笑了。

过了一段时间，国很快转成了国家干部，入了党。时隔不久，大老王又把他送到省委党校学习去了。临行前，国带了两瓶好酒去看大老王，那酒是在县委招待所买的平价茅台，是一般人舍不得喝的，整整花费了国两个月的工资。可大老王看见酒就火了，当着客人的面狠狠把他熊了一顿！大老王骂道："屌？谁教你的？你给我说谁教你的？你是党员吗？我开除你的党籍！屌毛灰，你拿两瓶酒来，你当你还是农民娃子呢？你是干部！组织上考虑的事两瓶酒就解决了？掂回去！……"国含着两眼泪，一句话也不敢说，乖乖地把酒掂回去了。当天夜里，大老王敲开了国的门，拍着他的肩膀说："国呀，骂了你，你不服是不是？"国勾着头一声不吭。大老王叹口气说："送你上学的事是县委常委集体研究的，不是哪个人的事。就是我让你去，也代表组织嘛，不要瞎胡想。"过了一会儿，大老王说："国呀，你还年轻哇。一个人的立身之本还是看工作呀！……"而后，大老王手一挥说："好了，好了。屌国，喝一杯，为你送行！"大老王掂出一瓶酒来，倒在两个茶杯里，端起来一饮而尽，国也默默地把酒喝了……

国在省委党校里学习了两年，轻轻松松地弄到了一张大专文凭。那时候，上头正提倡专业化、知识化、年轻化，一张大专文凭是十分金贵的。而这时大老王恰好当上了县委书记。于是一纸公文下来，国又回到了出发地王集，当上了王集乡副乡长。

回王集的当天，国很想回村去看看。五年了，他越走越远，乡情却越来越重。他常常回忆起早年吃奶时的情景，那些裸露着的乡下女人的奶子经过想象的渲染一个个肥满丰腴地出现在他的眼前。在夜梦里，他的嘴前总晃着一个个黑葡萄般的"奶豆儿"，他用手去抓，抓了这个，又抓那个；吮了这个，又吮那个……国觉得应该回去看看了。离村只有九里路，不回去是说不过去的。可他又觉得他是副乡长了，有点身份了，不说衣锦还乡，这多年没回去，是不是该买点啥？该买的，他觉得该买。乡人们待他不错，既然回去了，就该买些礼物才是。

国匆匆出了乡政府大院，可走着走着，他又站住了。不是没什么可买，这些年镇上变化很大，很热闹，卖东西的铺子很多，各样货色都齐全……而是没法买。国在心里算了一笔账，回去一趟，三叔那里得去，四叔那里也得去，还有七叔、八叔、三奶奶四奶奶五奶奶，六爷七爷八爷，还有一群的婶一群的嫂……他欠的不是一个人的债，一个人的情好还，他欠的是一村人的养育之恩。若回村去，人们见了他会说："国，你忘了吗，你吃过我的奶呀！""国，你当赤肚孩儿时……""国，你上学那年……"国怕了，他拿不出那么多钱去买礼物。这些年他挣钱不多，县城里人事关系重，他的工资大都花在交往上了。而一个堂堂的副乡长，又怎能空手回去呢？人们会耻笑他的。

国站在街口上，耳听着周围那些热热闹闹的叫卖声，迟疑了半晌才说：应个人老不容易呀。缓缓吧，缓缓。

第二天，一位本地的乡干部问他："李乡长，咋不回家看看哪？"国随口说："家里没人了。"可过后他又问自己：家里没人了吗？乡人们待你这么好，他们不是人吗？你是没爹没娘不假，可你从小是吃百家奶长大的呀！……国突然感到了恐怖，从未有过的恐怖。他欠了那么多人情债，怎么还呢？用什么去还呢？无法偿还哪，无法偿还！他在乡里工作，总是要见乡人的，见了面又怎么说？

此后，国曾想等化肥、柴油指标下来了再回去。那时，他可以给乡人们多弄些化肥、柴油票。乡下缺这些东西，捎回去让三叔给大伙分分，也算有个交代了。然而，等化肥、柴油指标下来的时候，县上乡里又有很多人来找他。有的人拿着县里领导写的条子，有的人又因为种种原因不能不给，这么一弄，手里的东西就所剩无几了。那些天，国的怨气特别大，一时恨乡长太揽权，给他的化肥、柴油指标太少；一时又埋怨乡人们不来找他，要早早来人缠着他要，也不会到这一步。再后，国把所剩很少的化肥、柴油票撕了，他说："去他娘的吧！"

时间一天一天地过去了，国很想回去，却没有回去。有一天，他在街上走着，突然看见了四婶。四婶到镇上卖猪来了，一双小脚侧歪地拧着，吃力地拉着架子车。四婶老多了，苍苍白发在风中散着，走着还与车上的猪说着话，那猪直直地在车上站着，一个劲地吼叫！这一刻，国紧走了几步，很想跑过去帮帮四婶。可他却拐到一个巷子里去了。他在巷子里转过脸去，背对着路口吸了一支烟，待猪的吼叫声渐远的时候，他才走出来。国心神不定地走回乡政府，一上午都恍恍惚惚的，像偷了人家似的。有好几次，他跑出乡政府大院，远远地望着生猪收购站。四婶的架子车就在收购站门口放着，四婶正坐在车杆上啃干馍呢。那馍一定很硬，四婶很艰难地吞咽着，像老牛倒沫似的反复咀嚼。假如国走过去说几句话，四婶就不用排队了。可国默默地站着，掉了两滴眼泪，却没有过去。国又怏怏地走回乡政府大院，他心里明白，他怕见四婶。为什么怕呢，那又是说不清的。

又有一次，乡里要开各村的干部会。国知道三叔要来，就借口上县里开会躲出去了。会后，他问有人找他没有。人们说没有。国怅怅的，再没说什么。国心里是想见三叔的，可又怕见三叔，怕见大李庄的任何人。要是见了面，三叔问他："娃子，离家这么近，咋就不回去呢？"他说什么，怎么说？要知道，在他们眼里，他永远是黄土小儿呀！黄土小儿，黄土小儿，黄土小儿……

躲是躲不过的。好在国碰上的是二姐，嫁出村去的二姐。在街上，他看见一个女人袅袅婷婷地从出租车里走出来，烫着波浪长发，身上香喷喷的，也拎着洋包。这女人叫他"国哥"，他愣愣地站住了，不晓得这漂亮女人是谁。漂亮女人说："我是二姐呀。"国"呀"了一声："二姐？"二姐笑着说："俺那死货承包了个矿……"往下的话，国听不见了。国没想到二姐竟是这样的出众！他想，人富了，也就显得漂亮了。二姐出嫁时他帮着抬过嫁妆，二姐是哭着走的，现在人家笑着回来了。这才叫衣锦还乡。二姐带了好多礼物，还雇了车，漂亮得叫人不敢看。国觉得那"嗒嗒"的皮鞋声就像踩在他的心上！他知道二姐要回村去，于是就生怕二姐问他回去不。好在二姐没问，他算是又躲过去了，心里却很不平静。待二姐走过去的时候，国闻到了一股烟煤的气味，大唐沟的煤，这才稍稍好受些。

国试图修改他的记忆。他悄悄地对自己说：乡人们对他也不是那么好，那时候他也常常挨饿。冬天里，人家都有爹有娘有人管，他没人管，常常饿得去地里扒红薯。有时候也在烟坑里住，大雪天，抱一捆干草睡，冻得他浑身打哆嗦……但另一种声音仿佛来自天庭，那声音说：国，拍拍良心吧，拍拍你的良心！不回去也罢了，怎能这样想呢？天理不容啊！你光肚肚儿从娘肚里爬出来，娘就死了，你没有一个亲人，姥姥舅舅都不管你！你是怎么长大的？你说呀，你是怎么长大的?!你该回去的，国，你该回去呀……国又小心翼翼地对自己解释说：我也想回去呀，我早就想回去。可我怎么回去呢，回去说什么呢？那么多的乡邻，哪家该去，哪家不去呢？都欠人家的情啊，都欠……国没有回去。

九

国是带着计划生育小分队回村的。

那年冬天，王集乡的计划生育工作受到了县里的严厉批评。县委书记大老王在全县干部大会上点了王集乡的名，并当场撤销了乡党委副书记老黄的职务。王集乡的干部一个个像龟孙子似的耷拉着头，而后扛着"黑旗"回乡。

自从在县里挨了批评，乡长老苗回到王集就集中全乡的干部大搞计划生育。老苗挨了大老王的熊，就把气撒在国身上，让国主抓计划生育工作。老苗不但让国负责计划生育工作，还把大李庄定为"钉子村"，让国亲自带人到大李庄搞计划生育。搞计划生育是得罪人的事，一般都是这村的干部到那村去，可老苗偏偏让国回大李庄，国一咬牙认了。

国知道农村的计划生育难搞，也知道撤老黄的职有点冤。老黄为搞好计划生育做了不少的工作。他整天带人到各村去宣讲政策，还组织人画了许多人口暴涨的图表、宣传画到各村去展览，甚至还借了一部"幻灯机"挨村去放。眼熬烂了，喉咙喊哑了，可乡下人就是不听这一套，该生还生。在无数个没有灯光的夜晚，乡人们看了老黄搞的计划生育宣传幻灯后，仍去做那繁衍后代的事。老黄撤职前已扣去了好几个月的奖金，他曾在一个村民大会上可怜巴巴地对乡人说："老少爷们，我的衣食父母哇，我的爷！别再生了……我作揖了，我给你作揖了！"乡人们听了竟哄堂大笑……所以，临回村时，国对自己说："你得狠哪，国，你得狠！"

国回村当天就召集全村人开会。一听是计划生育的事，队干部们全都缩缩地不肯靠前。国亲自在大喇叭上喊了三遍，村人们都迟迟不来，一直等到半晌午的时候，场院里才稀稀落落来了些人。天冷了，人们像雀儿样地搐着，东一片，西一片。他多年没有回来了，不承想乡人们还是穿得这样褴褛。他听见散乱的人群里有人窃窃私语说："那不是国吗？国回来了……"他不敢再往下看，闭上眼，吸一口气，炸声喊道："老少爷们儿，计划生育是国策，别以为我回来了就能躲过去。天王老子亲爹亲娘也不中！这回可是动真的哩！该上环上环，该结扎结扎！违反政策的，该罚多少拿多少。有钱出钱，没钱抬东西扒房子！话说了，明天中午十点钟以前必须见人！要是不来人，别怪乡里干部不客气……"国讲完了，默然地望着三叔，示意三叔也说几句。三叔更加地老相了，枯树根似的在那儿蹲着。国看了他好几次，他才站起来，诺诺地说："国回来了……该咋就咋吧……别、别太那个了。好赖自己爷儿们，给国个脸气……"国最怕说"脸气"，一说到脸面国心里火烧火燎的！他立时沉下脸来，厉声说："老三，看什么脸面，谁的脸面也不看！政策就是政策。我再说一遍：明天中午十点钟以前……"三叔哑了，三叔没想到国会熊他，就木木地蹲下来，再也不说话了。国也没想到他竟然敢训三叔，一时也愣了……

第二天上午，国领着计划生育小分队的人在大李庄学校里等着。学校放假了，专门腾出了一个教室供检查用。国在校园里扼杀了任何记忆，他不敢看那些破烂的教室和课桌，他站在院子里，两手背着，把目光射向遥远的蓝天……十点钟到了，没有一个人来检查，谁也不来。

冷风嗖嗖地刮着，遮天的黄尘一阵阵荡来，似要把人埋了。国心里打鼓了，国说："这一炮得打响啊！老天爷，这一炮要是打不响，往下就完了。"

等到十点半的时候，国不再等了，他带着小分队挨家挨户去查。头一户违反政策的是二贵家。国领人到了二贵家，可二贵家一个人也没有。二贵跑了，二贵家女人也跑了。院子里空空荡荡的，三块破砖头支着一个土坑。扒住窗户往屋里一看，屋子里也空空荡荡的。二贵精呢，二贵把值钱东西都转移出去了……国在院里转了一圈，心说：怎么办？这是头一户啊！头一户治不住，往下还怎么进行呢？国心一横说："去，把他娘叫来！"队干部们都怕得罪人，好半天才磨磨蹭蹭地去了。终于，二贵娘来了。二贵娘就是七婶。七婶挪着一双小脚，腰里束着个破围腰，两手像鸡爪似的抖着，一进院就苦着脸说："孩儿是我养的，可分家了呀，俺分家了呀。"国眼盯着七婶头上的一缕沾有柴草的白发，说："分家了也是你孩儿！昨天开会叫到学校里去检查，为啥不照面?!"七婶流着泪说："我有啥法儿哩？娃大了，我有啥法儿哩?"国火了："你没法儿是不是?"随即大手一挥，"这院里的树，统统给我砍了！"

于是国亲自坐镇指挥，命令小分队的人全都上去砍树。院里有几十棵桐树呢，全都一把多粗了。那斧子一声声响着，就像砍在七婶的心上……"咔嚓"一声，第一棵树放倒了，紧接着又是第二棵……这时，村街里已围了很多人看，人们默默地站着，谁也不敢吭声……国的脸像铁板一样绷着，谁也不看，两眼死死地盯着村外那片黄土地……七婶先是站着，眼看他们真要砍树，七婶"扑通"一声跪下了，七婶跪在当院里，呜呜地哭着说："乡长，李乡长，我去叫，我去把人给你叫回来中不中？爷呀！李乡长哟，饶俺吧！我去叫人中不中？……"

那一声"爷呀！"似五雷轰顶！国颤抖了，心在淌血，国心里说：李治国，你个王八蛋！你不能好好说吗？你看看七婶，你敢看七婶吗？你吃过七婶的奶呀！你的牙痕还在七婶的奶头上印着呢！七婶这么大年纪了，她给你下跪呀！她跪在你的面前，一声声叫你乡长，叫你爷呢！你要是个人，你要还有一点人味，你就跪下去，你跪下去把老人扶起来，给她擦擦眼里的泪……这一刻，国的心都要碎了，可他依旧漠然地站着，仅仅说了声："停住。"而后，国背对着七婶，冷冷地说："天黑之前，你把人给我找回来。"

四周一片寂静。国寒着脸走出了院子。围观的村人们默默地让出一条路来，一个个怯怯地往后缩。国感觉到了村人们的敬畏，那敬畏自然是他六亲不认的结果。他知道，他再也不是黄土小儿了，再也不是了。

国进的第二家是麦国家。麦国家女人是又怀了孕的。她已生了两胎了，地上爬一个，怀里抱一个，还要生。麦国家女人听信儿就跑了。麦国没跑。麦国会木匠手艺，正在家给人家打家具呢。他见国先是笑笑，见国没笑，也就不敢笑了。麦国的手十分粗大，手掌像锯齿似的崩了许多血口子。他很笨拙地拿烟敬国，国自然不吸，脸黑煞煞的，他就那么一直举着。国指使人抬东西的时候，麦国说："国，总不能叫我饿死吧？"国一听就火了，声音也变得像锯齿似的："就是叫饿死你哩！为啥说叫饿死你哩？因为你屡次违反计划生育政策，就叫饿死你哩！为啥说违反计划生育政策就叫饿死你哩？因为粮食不够吃你还一个劲儿生！你看看你这个家，破破烂烂的，像啥？你告我吧，你就说我说了，叫饿死你哩！"麦国翻翻眼，不敢再吭了。往下，他哀求道："我叫她回来，我一准叫她回来……爷儿们，这是给人家打的家具呀！你拉走了，我用啥赔人家呢？乡长，乡长吧……"国背着手在屋里来回走着，麦国就转着圈跟着求他，说宽两天吧，再宽两天吧，人已跑了，得给个叫的时间哪……倏尔，国站住了，他听到了一串撕心裂肺的咳嗽声！那咳嗽声像麦芒似的堵住了国的喉咙……那是三爷的咳嗽声。他不知道里屋还有人，可三爷在里屋躺着呢！三奶奶已经死了，三爷也老得不会动了。那么，三爷一定是听到了他说的关于"饿死你"的理论……这话当然是吓唬麦国的，当然是胡说，可他不知道三爷就在里屋躺着呢！三爷，三爷，三爷……问问天，问问地，问问风，问问雨，在三爷面前你能说这样的话吗……国胸中立时烧起了一蓬大火！他的心在火里一瓣儿一瓣儿煎着，他的肝在火里一叶叶烤着，他的五脏六腑都化成了灰烬！没有了，什么也没有了，他只剩下了一个空空的壳……但是，国咬紧牙关，仍然冷冰冰地说："一天！把人叫回来，还你东西。"

…………

三天，仅仅用了三天时间，大李庄的计划生育工作奇迹般地结束了。国胜利了。他的方法又很快地推广到全乡，在一个冬天里，王集乡的计划生育工作一跃而成为全县第一名，于是黑旗换成了红旗。

　　然而，国却是偷偷离开大李庄的。临走前，国以为三叔会骂他一声"王八蛋"，村人们会用唾沫唾他！可三叔没有骂，三叔默默的，一村人都默默的……

　　第二年春上，国当上了乡长。

✝

　　当上乡长了，可国却无法面对乡人，更无法面对自己。每当夜深人静时，拷问就开始了……

　　他问自己，这样做对不对？

　　对的。面对国家的时候你是对的。你是乡长，你必须这样做。不这样人口就降不下来，不这样人口就会产生大爆炸，国家会越来越穷，到时候大家都会没饭吃。而且你仅仅是一个齿轮，国家才是机器，一个齿轮是无法转动国家机器的，只有随机器转动。机器对齿轮下达的每一道指令都是绝对正确的，不容有丝毫的迟疑。当整个机器开动起来的时候，一个小小的齿轮能停止转动吗？

　　那么，在方式方法上，并没人要求你这样做，是你自己要这样做的。在王集乡，你采取了极端的形式，难道没有更好的办法了吗？譬如，像老黄那样，甚至比老黄更耐心地去做工作，说服他们。难道你不该比老黄更耐心更细致吗？

　　没有更好的方法。你比老黄更了解他们。在这块土地上的一切都是根深蒂固的，乡人们有自己的道理。他们一代一代地在这里生活了几十年，他们没有更多的盼头，唯一的就是生娃。如果你还在乡下，你也会和他们一样的。除此之外，还有别的乐趣吗？你无法改变他们，尤其是短期内你无法改变他们。乡下人不怕吃苦，他们要的是传宗接代，生生不息。乡下人也不考虑村子以外的事体，他们在极狭小的范围里劳作，不晓得什么叫人满为患。在这里，当他们还扛着锄头下地的时候，你无法让他们明白计划生育的好处。克服愚昧是需要时间的，那需要很多人一天天一年年的努力。任务是紧迫的，你没有说服他们的时间。即使有时间，你也无法说服他们。你没有这种力量。你仅仅是一个黄土小儿，假如没有乡长的框子，在他们眼里你永远是黄土小儿。方法不是最重要的，你仅仅使用了乡长的权力。

那么，这样做是不是太残酷了？

是残酷。既然不能说服，就必须强迫。柿子长在树上，柿子还没有熟，可你不能等了，你不能等熟了再摘，熟了就会掉在地上，就会烂掉。你只能在它还长的时候摘，你把涩柿子拧下来，放在罐子里捂、熏、蒸……然后拿出来就能吃了。这也是一种强迫。可你必须强迫，没有强迫，就没有果实。

政策是不容许使用强迫手段的，政策要求说服。可工作起来就顾不上这么多了。老黄按照政策使用说服的方法，可老黄被撤职了，成了一个废齿轮。你采用了极端措施，于是你成功了，当上了乡长。难道老黄的教训不该吸取吗？

但是，良心，良心呢？

乡亲们待你恩重如山，你怎么能下得了手呢？你欠下了那么多的人情债，你该还的，可你没有还。你也知道无法偿还。那就该好好地待他们，好好给他们讲道理。再不行就给他们磕头，从村东磕到村西，一家一家地给人下跪。你看见了，你什么都看见了，你看见他们屋里放着你用过的小木碗，看见了你盖过的破被子，看见了你藏过身的草垛……可是，你却变本加厉地对待乡人，你吓唬他们，威逼他们，断人家的香火，你是有罪的呀，你罪上加罪！

你没有私欲吗？你有。你当了副乡长了，你又想当乡长。你看不起老苗老胡老黄，你想干出成绩来，想一鸣惊人。这还不算哪，这还不算。你一直害怕见乡人，你不敢面对乡人的眼睛。在你内心深处藏着恐惧，对乡人欠债的恐惧。你怕人家说你忘恩负义，总想摆脱"黄土小儿"的压迫。于是你变压迫为压迫，用权力的大坝拦住了漫无边际的乡情……你没有为乡人办任何事情。你办的头一件事就是回去搞计划生育。搞计划生育时你扼杀了你的过去，扼杀了乡人对你的期待，你可以说你是为了国家、民族、乡人，你不得不这样做。可是……

你得到了什么？不错，你得到了乡长的职位。可你却失去了最最要紧的东西，你切断了你的根。你再也无脸回大李庄了，再也无颜见乡亲父老了。你吓唬他们的时候，他们没有人吭一声，他们沉默着，沉默着，沉默着……纵然到了这时候，他们也没有提起你的过去。可你害怕这沉默，心里怕。你硬撑搞了，你六亲不认，可你的心在淌血！你把血吞下去，却无法吐出来。你成了一个游魂，断了根的游魂。当了乡长了，人们眼热你嫉妒你，可你心里的痛苦向谁诉说呢？你无法诉说，也无处诉说。

你又见到了梅姑，用血肉之躯给你暖过身子的梅姑。你眼睁睁地看着梅姑被拽进了乡政府大院，那就是你的极端措施被推广后造成的。梅姑已被男人折磨得不像人样了。她像驴样地躺在地上打滚痛哭，凄然地号叫着……那时候你就站在离她不远的地方，你无动于衷吗？假如一切都还可以解释，对梅姑你又能说什么呢？梅姑做完手术后不敢回家，她怕男人揍她，就在乡政府的门口坐着哭……你为什么不送她回去？为什么？你该跪下来请求梅姑的宽恕，用心去跪。你该说一声："梅姑，原谅我吧。"纵是尽忠不能尽孝，你也该有句话的。可你没有啊！假如梅姑有知，会宽恕你吗？

良心哪，良心……好好工作吧，好好工作。假如乡人能富起来，有了过好日子的一天，你的无情还可以得到宽恕，不然……

在乡政府大院里，国笑着应付日常事务，可他灵魂深处的拷问一天也没有停止过。他无法承受那旷日持久的追索，更无法填补精神上的空白。他觉得不能再待下去了，再待下去他会发疯的。于是他一连打了三次请调报告，又专门跑到城里去找县委书记大老王。大老王说："干得好好的，动什么？"

国恳求说："我不能待在王集了，不能再在王集干了。王书记，你给我动动吧。"大老王听了，眯着眼说："不行，服从分配！"国笑笑，什么也没说就走了。

此后，国却很快调出了王集，到县里当组织部副部长去了。

国结婚了。

国是调到县城后的第二年结婚的。媒人是县委书记大老王。那姑娘长相一般，却有足够的时髦和足够的优越。她是一位副市级干部的女儿，人很浪漫又很现实，条件是很苛刻的，一要文凭二要水平，这些国都不缺，于是浪漫就扑进了国的怀抱。

每当国和这姑娘单独在一起的时候，国就想起梅姑年轻时候的鲜艳。他觉得这浓妆艳抹连梅姑年轻时的小脚趾都抵不上！国更无法忍受的是她的做作，她常常莫名其妙地问国："你喜欢维纳斯吗？"国没好气地说："我喜欢牛粪！"于是这姑娘就跳起来说："太棒了，太棒了！"国心里说，棒你娘那蛋！有啥棒的？有时候，两人在大街上走着，这姑娘突然就背过脸去，手指着一群光脊梁乡下汉说："你看你看，乡里人太没教养了！"国恼了，他板着脸说："乡下人怎么了？老子就是乡下人，不愿去球！"那姑娘哭了，而后给国道歉，再不敢说这话。应该说，这"浓妆艳抹"在县城里还是很招人的，总有人跟着看。可国不适应，连那甜甜的普通话也觉得恶心。每次上街，国都梗着脖子往前走，甚也不看。走着走着就把这姑娘甩下来了，那姑娘就喊："李治国，等等我呀……"国心里一直是不情愿的，他觉得他还能找一个更好的姑娘，不抹珍珠霜就漂亮的姑娘，像梅姑年轻时那样的，不是假货。可他还是接受了。他不能不接受。也没有理由不接受。

国结婚前就与那姑娘干了那事。那时国还住在县委招待所里，那姑娘来了，刚认识不到半月，那姑娘来了，就不走了。她坐在国的房间里扭着腰说："李治国，来呀，你来呀，你抱我，把我抱到床上去。"国心里说：去你娘那蛋吧！掂住就把她扔在床上了。床上有海绵垫，那姑娘"咚"一声摔在床上，四肢弹动着叫道："哎呀太棒了！"国最恨城里人说的这个"棒"字，就恶狠狠地扑上去了……过后，国心里说："×他娘，假家伙！"可那姑娘却柔柔地说："李治国，你真野呀，真野！"

国是结婚前一天又碰上老马的，在街角上捡烟头吸的老马。国正在街上走着，忽然看见路口有人在打架，一个很野的男人在打女人。那男人揪着女人的头发，打得女人满脸是血……街上来来往往有很多人，却都在看热闹，没人管。这时，国看见老马冲过去了，老马扔了手里的烟头，像狼一样扑上前去，神经兮兮地揪住那汉子："你、你……为什么打人？为什么打人?!"那汉子冷不防，一下子蒙了，忙松了那女人。瘦削的老马俯身去搀那女人，小心翼翼地擦女人脸上的血。然而，那女人却一下子跳起来，指着老马骂道："干你事？俺两口打架干你事？闲吃萝卜淡操心，流氓！"紧接着，那愣过神儿的野汉子抖手就是一巴掌，把老马的眼镜打飞了！打着还骂着："叫你管闲事！……"可怜的老马像狗一样趴在地上，两手摸摸索索地在地上找眼镜，摸着嘴里还喃喃地说："怎么会呢？怎么会呢……"惹得周围人哄堂大笑。

在这一瞬间，国心里存疑多年的疙瘩解开了。他明白梅姑为什么会喜欢老马了，他明白了。老马是很窝囊，但老马身上有一种说不出来的东西……国看见老马慢慢地爬起来了，脸上肿着一块青紫。这一刻，他很想走上前去，想把"结婚请柬"递给老马，正式邀请老马参加他的婚礼。可"身份"阻止了他，身份。他摸了摸兜里揣的印有大红"喜"字的请柬，犹豫了一会儿，却又塞回去了。他又想像往常那样说一句：老马算什么东西！可他说不出来了，再也说不出来了……

国的婚礼十分隆重。结婚这天，县委书记大老王是"月老"；市里的主要领导都来了；县里的更不用说，有些"身份"的全都跑来祝贺。人们衣冠楚楚，面带微笑，连婚礼仪式中的逗趣儿也是温文尔雅的。处处是身份，处处是等级和矜持。人们笑着，笑着，笑着。国也裹在西装里与人们握手、点头、微笑。女人"灿烂"地在人们眼前炫耀着她的服饰和高贵，不时"咯咯"地浪笑。而国却像是在梦里。他觉得这一切都是不真实的，假的。在这些人中间，有冲着职务来的，有冲着关系来的，有冲着形式来的，当然也有朋友，那也是"职务"的朋友。有些人心存嫉妒，有些人私下里恨不得把你掐死！可他们全都笑着，像道具似的笑着，笑得很商品化。场面是很热烈的，一切应有尽有了。可这里唯一缺少的是亲情。没有亲情。乡人没有来，一个也没有来。国曾经想通知乡人，可他最终又打消了这念头。他没脸通知乡人，再说，这样的场合对乡人也是不适宜的。于是他周围全是眼睛里标着"假货"的笑的招牌……

国觉得站在婚宴上与人频频敬酒的并不是他。这里的一切也都不属于他。他的婚礼似乎应该是在乡间茅屋里举行的。那里有鸣里哇啦的喇叭声；有铺着红炕席的大木床；有撒满红枣、柿子、花生的土桌；有推推搡搡让新郎新娘拜天地的古老仪式；有乡汉们那粗野的嬉笑挑逗；有婶婶嫂嫂拿腔作势的撺掇；还有那必须让新娘从上边踏过的豆秸火！狗娃们会蹦着大叫："亲哪，再亲哪，野亲哪！狗×的你美了呀！"……可这里没有，这里只有杨市长、王书记、张部长、刘主任……

新婚之夜，国喝醉了。他坐在新房里的沙发上，仍有恍如隔世的感觉。应该说，城里女人也是很能干的。新房刷得跟雪洞一样白，各样东西都布置得井井有条一尘不染。冰箱、电视，还有那立体声的音响都是城里女人带来的。城里女人竟还带来了床，很高级的席梦思床，粉色的窗帘，粉色的落地纱灯……他想，女人是跟他睡来了。女人每睡一次都说一声"太棒了"！女人就是冲着这"棒"来的。女人带来的一切全是为了"棒"。这会儿女人正在外间的客厅里招待客人，女人的交际能力也是他不得不佩服的。在他的婚宴上，女人对付了所有的客人，免费奉送了很多的笑，女人说全是为了他。女人盼着他的职位再往上升一升。所以，女人在他喝醉之后仍然安排了晚宴，独自去对付那些有职位的人了。女人的笑声不时从客厅里传来，带着一股很浓重的脂粉气。女人真能干哪，女人在拿烟、敬酒、布菜、卖笑的同时，还能旋风般冲进里屋亲他一下，像贴"印花"似的贴了就走。可国不由得问自己：这是我的家吗？这就是我的家吗？

九点钟的时候，女人匆匆地走进来，匆匆地对他说："外边有人找你，是个乡下人。我看算了。你醉了，打发他走算了。"

国摇摇晃晃地站起来，红着眼说："那是我爹！"

女人诧异了，女人说："你爹？你不是说家里没人了吗？"

国心里想：我说过这话吗？我啥时说过这话？他没再理女人，就摇摇地走出去了。

天黑下来了，外边下着蒙蒙小雨，雨线凉凉的，国顿时清醒了许多。就着窗口的灯光，国一下子就看见了三叔，三叔缩缩地在门口的雨地里蹲着，很老很小。

"三叔……"国热辣辣地叫了一声。

三叔凑凑地走过来，喏喏地叫道："李部长……"

这一声叫得国无地自容！他抓住三叔的手说："三叔你打我的脸呢，三叔……"说着，国看周围没人，竟呜呜地哭起来了。

三叔说："……走了，也没个信儿。听乡里苗书记说你要办事了，乡人喜哩。得信儿晚了，乡人穷，一时也凑不出啥。这是你爹死后剩下那二百块钱，我给你捎来了。都说国做大官了，不讲俗礼了。乡人们弄了点花生、枣、棉籽，也是图个吉祥……"三叔说着，把一沓钱塞到国手里，又从身后拖出个鼓鼓囊囊的小布袋……

国说不出话来了。多少年了，吃乡人的，喝乡人的，乡人并没记恨他。乡人按俗礼给他送来了"早生子"（花生、红枣、棉籽），还送来二百块钱，乡人厚哇！那钱虽是埋他娘时剩下的，可多少年来，乡人一分一厘都没动过……国不接钱，拽住三叔一声声说："三叔，上家吧，上家吧。"

三叔不去。三叔惶惶地往后挣着身子，说："不了，不了，都是官面上的人……"

国说："走了恁远的路，怎能不上家呢，上家吧……"

三叔更慌了，死死地往后挣着……

国见三叔执意不去，就匆匆地跑回屋，想拿些好烟好酒让三叔捎回去，可等他跑出来的时候，三叔已经走了。院里放着装有花生、红枣、棉籽的布袋，布袋上搁着一沓钱……

国冒雨冲出院子，流着泪大声喊："三叔，等等哇，三叔……"可三叔已经走得没影了。三叔走了四十八里乡路，送来了二百块钱和"早生子"的祝愿。他来了，又冒雨去了，连口水都没喝。乡人哪，乡人！

国站在雨地里，内心一片凄凉。这时，他听见灯红酒绿的新房里女人在喊：

"李治国，快进来呀，小心淋病了。"

十二

在县委机关工作需要更多的艺术。国一进来就掉进了旋涡之中。他是县委书记大老王提拔的人，在人们的意识里也就是大老王的人，于是大老王的对立面也成了他的对立面。现在他又成了谁谁的女婿，这关系一直牵涉到市里省里，在上边虽然有人替他说好话，自然就有人反对他。这样，一个单个人就绑在了一条线上，有了极遥远的牵涉。国感觉到四周全是眼睛，你无论说什么话、办什么事，都在众多的眼睛监视之下。你必须有更好的伪装，说你不想说的话，办你不想办的事。流言像蝗虫，在你心上爬，你得忍着，不动声色地忍着。有人背后捅了你一下，见了面你还得跟他说话，很认真地谈一谈天气。组织部是管人事的，但任何一次人事安排都是有争议的。表面上是简单的人事安排，而私下里却存在着激烈的权力争斗。每个人都有巨大的背景，那背景并没有写在档案里，但你必须清楚。而后在复杂的人事关系中做出抉择。常常是你任用了一个人，跟着就得罪了另一个人……国不怕得罪人，但缚在无休无止的人事纠纷中却是很疲累的。

六月的一天，国走出办公室，突然萌生了回村看看的念头。这念头一起就十分强烈，弄得他心烦意乱。他背着手在院里来回走着，想稳定一下心绪。然而那念头像野马一样奔出去了，怎么也收不回来。他心里说：我得回去，我得回去……

于是，国跟谁也没打招呼，要了部车，坐上就走了。一路上，他一再催促司机："快点，再快点！"司机看他一脸焦躁，像家里死了人似的，也不敢多问，把车开得飞一样快。路过王集的时候，司机问："乡里停不停？"他说："不停。"可是，当车开到离村只有三里远的地方，国突然说："停住。"

车停住了。村庄遥遥在望。国点上一支烟，默默地吸着。他两眼盯视着前方，却一声不吭……

已是收麦的季节了，大地一片金黄。麦浪像娃儿一样随风滚动着，一汪高了，一汪又低，刺着耀眼的芒儿。灼热的气浪在半空中升腾着，吐一串串葡萄般的光环，光环里蒸射着五彩缤纷的熟香，那熟香里裹着泥土裹着牛粪裹着人汗甜腻腻腥叽叽地在田野里游动。麦浪里飘动着许多草帽，圆圆的草帽。草帽像金色的荷花绽在起伏的麦浪里，这儿一朵，那儿一朵，晃着晃着就晃出一张人脸来……"叫吱吱"一群一群地在麦田旋着，一时不见踪影，一时又"叽叽喳喳"地射向蓝天，嬉逐那热白的云儿……村庄远远地浮沉着，绿树中映着一片陈旧的灰黄。在陈旧中又模模糊糊地挑着一抹红亮，那是高大瓦屋上挂的红辣椒串吗？村路上尘土飞扬，吆喝牲口的号头此起彼伏，一辆辆载着麦捆的牛车在路上缓缓颠簸……

颍河就在眼前。堤上静静的。昔年的老柿树仍一排排地在堤上立着，柿叶在烈日下慵倦地耷拉着。河里已无了往日的喧闹，河水浅浅的，只有盈尺细流，像是晾晒在大地上的一匹白绢。渐渐有一小儿爬上了河堤。小儿光身穿一小小的红兜肚儿，手里提着一个盛水的瓦罐，小儿摇摇的，那瓦罐也是摇摇的，有亮亮的水珠从瓦罐里溅出来……

小桥就在眼前，小桥静静的。小桥的历史已记不清有多少年了，桥栏早已毁坏，桥上的石板上印着凹凸不平的车辙，车辙里散着星星点点的麦粒和晒干的片状牛粪，牛粪上清晰地显现出牛蹄踏过的痕迹，像老牛盖的图章。桥的那边，远远有女人响亮的喊叫：挨千刀挨万刀的你不吃饭了吗？……

倏尔，国在不远的麦田里看到了一个熟悉的身影。那人头拱在麦地里，屁股朝天撅着，身子一拧一拧像蛇一样向前游动。麦浪在她身后翻倒了，很快又成了一捆一捆的麦个儿，荡扬的土尘像烟柱一样在她周围旋着。这动作是很熟悉的，十分熟悉，他记不起是谁了。他盼着这人能抬起头来，歇一歇身子，可这人一直不抬头，就那么一直往前拱。天太热了，气浪像火一样烤着，坐在车里的国已是大汗淋漓了，那人还在往前拱……一直拱到地头，这时，那人才慢慢地直起了腰。四婶，那是四婶！四婶年轻时是村里的头把镰！那时四婶割麦要三个男人跟着捆……现在四婶老了，站在麦田边上的四婶满脸是汗，头发一缕一缕地贴在额头上，像男人似的挽着一只裤腿。四婶定是很乏了，弓着腰大口大口地喘气。四婶那张脸除了阳光下发亮的汗珠，已看不出什么颜色了，只有干乏的土地可以相比了。片刻，仅仅是片刻，四婶又拱进麦地里去了……在紧挨着的一块麦田里，国又看到了三叔。三叔没有戴草帽，光脊梁在麦地里站着。三叔的脊梁像弓一样黑红，铁黑地闪在阳光下亮得发紫，脖颈处的皱儿松松地下垂着，上边缀着一串串痘疱似的汗珠。三叔又在骂人了，挺腰拍着腿骂，身子一蹿一蹿地动着，是在骂三婶吗？倘或是骂别的什么？蓦地，三叔的腰勾下去了，而后又剧烈地抽搐着，麦田里暴起一阵干哑的咳嗽声！那枯树桩一样的身量在震荡中摇晃着，久久不止。三婶慌慌地从麦田里拱出来，小跑着去给三叔捶背……突然，麦田里晃动着许多身影，人们纷乱地蹿动着，惊喜地高叫："兔子！兔子……"

这时，国听见"扑哧"一声，他的肚子炸了！他肚子里拱出一个"黄土小儿"。那"黄土小儿"赤条条的，光身系着一个红兜肚儿，一蹦一蹦地跑进麦田里去了。那"黄土小儿"在金色的麦浪里跳跃着，光光的屁股上烙着土地的印章。那"黄土小儿"像精灵似的在麦田里戏耍，一时摇摇地提着水罐去给四婶送水；一时跳跳地越过田埂去为三叔捶背；一时去捉兔子，跃动在万顷麦浪之上；一时又去帮乡人拔麦子……"黄土小儿"融进了一片灿烂的黄色；"黄土小儿"融进了泥土牛粪之中；"黄土小儿"融进了裹有麦香的热风；"黄土小儿"不见了……

国坐在车里，默默地吸完一支烟，又吸完一支烟……而后，他轻声说："回去吧。"司机不解地望着他："上哪儿？"国低下头，闭着眼喃喃地说："回县里。"

十三

又是秋天了。

在这个秋天里国接受了一项十分棘手的工作。

市里修一条公路，这条贯穿六县一市的公路在大李庄受阻了。这条公路恰巧穿过大李庄的祖脉，先人的坟地受到了惊扰。于是，村人们全都坐在坟地的前面，阻止施工队往前修路。工程被迫停下来了。交通局的人无法说服他们，乡里做工作也没有说通。后来连市长、市委书记都惊动了，匆匆坐车赶来，轮番给乡人们做说服工作。可乡人们以沉默相对，不管谁讲话都一声不吭……

这局面已经僵持一天一夜了，市长、市委书记都被困在那里，而工程仍然无法进行。秋夜是很凉的，乡人们全都披着被子坐在坟地里，以此相抗。于是市委责令县委书记大老王出面做工作，限期恢复施工。大老王慌了，也急急地坐车赶往大李庄村，临行前，他吩咐国跟他一块儿去，让国好好做做村人的工作。在这种情况下，国是不能不去的。就这样，国又回到了大李庄村。

在路上，县委书记大老王严肃地对国说："好好做一做思想工作，不行就处理他们！"国无言以对，心里像乱麻一样。又要面对乡人了，他说什么好呢？

下了车，不远就是老坟地。那里有黑压压的人群，市长、市委书记都在那儿站着，县委书记大老王快步迎上去了，国一步一步地跟在后边。眼前就是先人的坟地了，一丘一丘的"土馒头"漫漫地排列着，每座坟前都竖着一块石碑，一块一块的石碑无声地诉说着族人的历史。那历史是艰难的，因为这里排列着死人的方队……死人前面是活人。活人的阵容更为强大，几千个乡人黑压压地在坟前坐着，他们维护死人来了。这里有他们的祖先，有他们的亲人。他们不愿意让祖先和亲人受到惊扰。人苦了一辈子，已经死了，就让他们睡吧。乡人们就这样默默地坐着，一声不吭地坐着。作为后代子孙，千年的传统制约着他们，使他们不得不站出来。可是，他们却阻挡着一条通向六县一市的公路……

……前面是活人，后面是死人，这是一支族人的军团，是一条黑色的生命长河。在这里，生与死连接在一起了，生的环链与死的环链紧紧地扣着，那沉默分明诉说着生生不息，那沉默凝聚着一股巨大的凛然不可侵犯的力量！

面对死人和活人，国一步一步硬着头皮往前走。可是，他又能说什么呢？

　　走着走着，国一眼就看出了乡人的凄凉。乡人一堆一堆地聚在那里，一个个像冷雀似的缩着，头深深地勾下去，十分的惶然，偶尔有人抬头瞭一眼，又很快地勾下去了。乡人从来没有见过这么多的领导，乡人知道理屈呀。乡人的负罪感清清楚楚地写在脸上，惊动了这么多大干部，他们已感到不安了。但他们感到更不安的是对身后死人的惊扰。那是老祖坟哪！多少年来，一代一代的先人都躺在这里，他们每年清明都来为先人焚烧纸钱，祈求平安。可现在突然有一条公路要从这里过了，他们能安寝吗？

　　国知道，在这种时候，乡人们是不会退让的。他们进退两难，无法做出抉择。他们脸上的迷惘和犹豫已说明了这一点。若是追加赔偿更不行，那会让他们愧对先人。他们会说，祖脉都挖了，他们要钱有什么用呢？国心里说：这时候不能再说软话了，更不能去套近乎。他不能以乡人的面目出现，假如说了乡情，那么，乡人们会说：孽种！睁开眼看看吧，老祖爷在哪！……

　　在这一刹那，国感觉到了市委领导的目光，他暗暗地吸了口气，冲上前去，厉声说：

　　"李满仓——！干什么？你想干什么？市里领导都在这儿，你办我难看哩？嗯……回去！都回去！"

　　这一声"李满仓"如雷贯耳，陡然把三叔提了起来！三叔的名字从来没有被人当众叫过，更没有如此响亮地叫过。光这一声就足以使三叔脸红了。三叔被响亮的"李满仓"三个字打蒙了，他慌慌地站了起来，一时满面羞红，手足失措，像一个当众被人揭了短的孩子，那困窘一下子显现出来了。等他醒过神的时候，一切都已晚了。乡下人是极看重脸面的，他一下子面对那么多的领导，在众目睽睽之下，他的名字已写在了众人的眼里。三叔再也无法蹲下去了。国这一声叫得太郑重，太严肃，太猛！三叔是老党员，在三叔看来，"李满仓"三个字就等于"共产党李满仓"，那是很重的！三叔狼狈地侧转身子，缩缩地往后退着……

　　紧接着，国眼一睐，又沉声喊道：

"李麦成——！干什么你？嗯？不像话！赶快回去……"

立时，人们的目光像探照灯一样在乡人群里扫射着。五叔被"李麦成"三个字叫得一惊一乍的，实在经不住那么多人看他，语无伦次地摆着手："那那那……不是俺，不是俺……"话没说清，就嘟嘟囔囔地往后退了……

再接着，国炸声喊：

"李顺娃——！听见了没有？听话，快回去！"

李顺娃跟国是同辈人，人年轻老实，更没见过世面。国一语未了，他背着被子就跑……

往下，国一一叫着村干部的名字，喝令他们回去。国知道村干部是非常关键的，他们都是村里的头面人物，是村人们的主心骨。只要能喝住他们，往下就好办了。可连国都没有想到，喝喊乡人的名字竟会产生如此神奇的效果。在他的呵斥下，被叫到姓名的村干部一个个张皇失措，溜溜地退去了。

乡人群里出现了片刻的骚乱，人们互相张望着，你看我，我看你，不知如何是好。有的已经站起来了，有的还在那儿坐着。站着的人迟迟疑疑的，仿佛走也不好，不走也不好，就那么呆立着。坐着的人窃窃私语，像没头蜂似的拧着屁股。婶婶娘娘们生怕被叫到名字，全都侧着脸，头勾在怀里……

已是午时了，孩子的哭声像洋喇叭一样在坟地上空吹奏着。趁这工夫，国穿过人群走进了坟地。他站在坟地里，目光扫过那苍老的古柏和一块一块的石碑，慢慢地走到一座坟前，他在坟前静默了片刻，抬起头来，沉声说："老少爷儿们，为修这条公路，国家投资了一千六百万，一千六百万呀！国家为啥要花这么多钱修路呢？是为咱六县一市的百姓造福哇，是想让乡人们尽快富起来呀！路修通了，经济搞活了，大家的日子不就好过了吗？咱大李庄人一向是知理的。可今天，咱大李庄人挡了六县一市的道了……"说着说着，国话头一转，大声喊道，"老少爷儿们，我李治国今天不孝了！大家都看着，这是俺娘的坟，这墓碑上写着俺娘的姓氏，自古忠孝不能两全，我今天不孝了……"说着，他突然跪了下去，在坟前磕了一个头。而后，他转过身来，手一挥说：

"来人！挖吧……"

施工队的人跑过来了。乡人们呼啦也全都跟着站起来。人群乱了。可谁也没动。人们眼睁睁地看着施工队走进了坟地，看着施工队的人在国的娘的坟前举起了铁锹、洋镐，紧接着，纷乱的挖土声响起来了……

国挺身站着。

人们也都默默地站着。

这时，国听见人群里有人悄悄说："算了，别叫国作难了，官身不由己……"国听到这话默默地闭上了眼睛。到了这会儿，他才悟过来，三叔给了他多大的面子呀！乡人们又给了他多大的面子呀！这是情分哪，还是情分。若不是情分，乡人们说啥也不会让的。族人要真想抗，你就是有天大的本事也不行！乡人们知理呀……

片刻，人群慢慢地散了。黑压压的人们全拥进了老坟地，人们全都跪下来，给先人们磕头。哭声震天！那凄然的哭声像哀乐一样响遍了整座坟地，惊得树上的乌鸦"呱呱"叫着乱飞……

国咬着牙，坚忍地逼住了眼里的泪水。

市委书记大步走过来，握住国的手说："谢谢你，李治国同志，谢谢你！"市长也赞许地说："很有魄力嘛，很有魄力！"

国木然地站在那儿，一句话也说不出来了。

十四

国要走了。

任命已经下达，他荣升为另一个县的县长。他的任命是市委常委会全票通过的。市长、市委书记在会上都高度评价了他的才干和工作魄力。市人大和县人大也已认可，往下仅仅是程序的问题了。现在，那个县派车来接人了，车就停在国的家门口。而且，百里之外，那个县的领导们已在准备着为他接风了。

家里，女人正忙着为他收拾东西。女人高兴坏了。女人说："李治国，你太棒了。我真想亲你一万次！"女人像旋风一样屋里屋外忙着，每次走过他身边都像猫一样俯下身来"啪啪啪"。女人亲他就像亲"职务"一样，在他脸上盖了许多"图章"。女人的癫狂从昨天夜里就开始了。她兴奋得一夜没睡，像鱼一样游在国的身上说："我太爱你了太爱你了太爱你了……"国知道她是爱"县长"呢，她太爱县长的权力了，真爱呀！假如他还是那个黄土小儿，见了面她也许会"呸"一口呢……

一切都收拾好了，女人扑过来说："走吧，我的县长大老爷，咱走吧。你还想什么呢？"

国坐在沙发里，两手捧着头，一声不吭。

女人像蛇一样缠在他的膀子上，又"啪"了他一下，柔声说："车在外边等着呢，走吧。"

国还是不吭。国默默地靠坐在沙发上，两眼闭着，慢慢，慢慢，那眼里就流出泪来了……

女人慌了。女人温顺地亲着他的头发，而后用舌尖轻轻地舔他的眼泪，女人说："怎么了？你是怎么了？不舒服吗？说话呀，我的好人儿……"

国仍旧不吭。他的眼紧紧地闭着，一串一串的泪珠顺着脸颊流下来……

门外的喇叭一声声响着。女人急了。女人一时看看表，一时又在屋里来回走着，而后女人蹲下来，贴着他的脸说："国呀，你到底是怎么了？头一天到任，那边的人还等着呢。"女人从来没有像今天这样，女人在"县长"面前显得比猫还要温顺百倍。女人细声细气地说："是我不好吗？是我惹你了吗？……"

女人总是叫他"李治国"，这一声"国呀"无比亲切，国的眼睁开了。他茫然四望，不由问自己：我是怎么了，我这是怎么了？是呀，该走了。我还等什么呢？……

就在这当儿，县委办公室的秘书匆匆跑来了，手里拿着一个小包裹。秘书进了门就恭恭敬敬地说：

"李县长，乡里干部捎来件东西，说是家乡的人捎给你的……"

国赶忙站起来，可女人已抢先接过来了。东西看上去沉甸甸的，用一块大红布包着。女人匆匆解开了包着的红布，竟是一块土坯！……

女人望着那块很粗俗的红布，眉头不由得皱起来了。女人不耐烦地说："哎呀，跑这么远，啥捎不了，捎块土坯？真是的！……"接着，女人又摆出"县长夫人"的架势说："算了，就放这儿吧，不带了。"

城里女人不了解乡俗，不知道这块土坯的贵重。国是知道的。这土坯是给出远门的人备制的。土要大田里的，水要老井里的，由最亲的人脱成土坯，用麦秸烤干后用红布包着让远行的人带上。这样，无论走到哪里都有块家乡的热土伴着你。带上它可以消灾免祸，还可以为出门人治病。有个头痛脑热的，磨一点土末放在茶碗里喝，很快就会好的。过去，凡是出远门的乡人都要带上一块家乡的土坯。有了它，不管你走到哪里，都会平安的。所以，按乡俗，这叫"老娘土"，也叫"命根儿"……

看来，乡人已听说他当了县长了，他要走了。乡人虽没有来送行，可乡人终还是捎礼物来了。乡人给他捎来了"老娘土"，这就够了。没有比"老娘土"更贵重的东西了！……

国的脸立时黑下来，他沉着脸说："带上！"

女人受委屈太多了。女人噘着嘴，生硬地把那块土坯包起来，倔倔地夹出去了。女人不敢不带。

上了车，国的脸一直阴晦着，一句话也不说，来接他上任的县委办公室主任小心翼翼地问："李县长，你不舒服吗？"这时，国的脸才稍稍亮了些，他很勉强地笑着说："没啥，没啥。"

车开出很远之后，女人的情绪才慢慢缓过来。她又"叫喳"开了，先是为司机和办公室主任递了烟，而后又悄声对国说："国呀，头天上任，你夹块红布包着的土坯，影响多不好呀！不知道的，人家还以为迷信呢。"女人一边说着，一边看他的脸色。当着司机和办公室主任的面，国不好说什么，只是笑了笑。这笑是下意识的动作，习惯动作。他笑习惯了，不知怎的，脸上的肌肉一动，就笑出来了。女人把他的笑当成了默许。紧接着，女人熟练地摇下了车窗，就自作主张把那块裹有红布的土坯隔窗扔下去了……

"咚！"车窗外一声巨响，惊得办公室主任赶忙扭身问："怎么了？"

女人很有分寸地笑了笑，说："没什么。"

在办公室主任的注视下，国仍然保持着矜持的神态。可一会儿工夫，他就坚持不住了。他慌忙扒住车窗往外看，土坯已经不见了，那块红布在路上随风飘动着，越来越远，越来越远，渐渐化成了一片幻影……

车仍然飞快地往前开着，可国觉得载走的仅仅是他的身子，他的灵魂已经被扔出去了，随那裹有红布的土坯一块儿被扔出去了。他的"老娘土"，他的"命根儿"，还有那漫无边际的乡情，都被女人扔在半道上了……

国一遍一遍地问自己：你是谁？生在何处？长在何处？你要到哪里去？……

走着走着，国突然说："停住。开回去！"

女人惊诧地望着他："怎么了？你……"

国还是那一句话："开回去。"

车停住了。女人小声劝他说："算了吧，你得注意影响啊！都等着你呢！"

办公室主任也莫名其妙，忙问："李县长，怎么了？"

女人解释说："没什么。东西掉了。也不是啥金贵东西，一块土坯，乡下人送的……"

国不说话，一句话也不说，就那么黑着脸。

办公室主任看看表，头上冒汗了。他说："李县长，时间已不早了。县里领导都在那边等着为你接风呢。你看，这……"

国绷着脸说："那好，我下去。"

办公室主任慌了，忙赔情说："李县长，李县长，这样吧，你们先坐车走，我下去，我下去给您拾回来……"办公室主任擦着头上的汗，拧开车门，仍像赔罪似的说："李县长，我们在下边做工作的也有难处哇，你给我个面子吧。"

女人也急了，说："你怎么能这样呢？算了吧，啊？"

国沉默不语，可他脑海里仍飘动着：你是谁？生在何处？长在何处？你要到哪里去？……

1990 年

○　●

田园　· ·

站在豆地里，他突然觉得人很小很小。

天是极阔的，润着无边的蓝。那蓝静着，静得没有一丝皱纹，静得高远。淡淡中有鸟儿划过一弧，没有痕。秋日安谧地钉在天上，泊一圆洇洇的明亮。光呢，肉肉的，像婴儿的小手。风也平和，偶有一缕，梳儿一样，凉凉，凉凉。

秋熟了，空气里弥漫着浓浓涩涩的腥甜。高粱地里，一排排红枪倒下了，又一排排竖着。在秋阳挑着的一抹抹红锈里，有乡人在劳作，却不见人的影儿。玉米田里有沙沙声响过来，那掰过棒子的和没有掰过的一样茂密。刈过的谷地里，一个个谷捆兀立着，有雀儿打着旋儿飞，去啄那新熟的籽。草人呢，雀儿似已不怕，就亲亲地落在旧草帽上，嬉戏。红薯秧漫漫地扯开去，爬出一片片绿的灿烂。芝麻花早已谢了，干干的秆上缀着一嘟一嘟的紫褐色小扁。远远的河堤上，"鬼拍手"闪着一树树铜钱大的亮光，那亮光风铃似的晃动，不见响。颍河蜿蜒，树也蜿蜒，一行行东去。河滩里，是一荡一荡的芦苇，芦花白白的软软的，有"叫吱吱"在软白中点墨。坡东是柿林了，柿叶红了，秋阳燃着一片斑斓的霞血。坡下是黄黄的村路。村路上鞭儿悠悠，一辆辆载着秋庄稼的牛车缓缓动着，自然也有粉红一抹，那粉红扭扭地过了小桥。秋光里，村庄在一片宁静中沉沉地卧着，明亮而朦胧。瓦屋的兽头隐隐现着，兽头上飘绕着一缕缕炊烟……

他弯下腰，默默地对自己说："割豆吧。"

豆炸了，豆荚一个个咧着小嘴。他听到了"噗噗"的爆炸声，很细微的爆炸。豆粒没有跳出壳外，只是炸了。有青涩的香气从豆荚里溢出来，一丝丝漫散。于是有许多吃炒豆的日子从香气里飘出来，久远而温馨。可他没有抓住，他抓住的是豆棵。他的手刚一抓住豆棵，便有了焦焦刺刺的感觉，那感觉一下子刺到了心里，刺出了烧豆的焦煳味。他抓紧豆棵，用镰割下来，放在地上，而后一镰一镰割下去。很快，那感觉消失了，只有麻。慢慢，他的手湿了，手上很润。那润叫人喜悦。很多年没有割过豆了，割豆是很重的活路，女人的活路，得一直蹲着，是腰上见功夫的。他还会这活路。他笑了。继而他闻到了腥味，甜甜的腥味。是血，豆秆上有血。那是他的血。他的手被豆棵刺破了。血艳艳地红着，顺着手上的纹路漫散开去，润成了小小的溪流，那溪流汇成饱饱的一滴，"噗"，豆儿一般滚落在脚下的土上，润成了一个小小的让人激动的凹圆。在小凹里，他看见一个穿红袄的小儿在豆地里爬。那是一个很小很小的土娃儿。娘跟一群女人割豆去了，就把他撂在豆地边上，捉三两只豆虫让他玩。他害怕豆虫，豆虫毛茸茸的。于是他爬，把小小的指纹印在土地上。爬着爬着他就站起来了，摇摇地在豆地里站着。豆地里散着女人的脊背，那花颜色的腰扭扭地动着，他认定其中的一个是娘。娘的脊背上有湿湿的一块，那块汗湿慢慢地洇开去，洇成了一朵七彩汗花。这时，娘回过头来，望着他笑了。他看见娘笑了，那笑脸灿灿如秋阳。倏尔，娘就不见了，那些花颜色的脊背也不见了，只有他独独地站着。久久，久久，有脚步声响过来，他看见了娘的手指头，娘的指头伸在他的嘴边上，把一团糊状的东西塞进他的小嘴里。那东西有一股焦燎的气味，却很香很香。那是娘嚼过的烧豆的气味。烧豆糊糊，娘用牙一点点磨碎的烧豆糊糊，混拌着娘的汗水娘的唾液娘的牙痕的烧豆糊糊，带有秋风秋光秋之气味的烧豆糊糊，他是闭着眼一点一点吮的。太香了，太馋人了！吮着吮着，他的小牙吮到了娘的指头肚上，在娘的指头上留下了一排细碎的牙痕。没有了吗？就没有了吗？他睁开眼望着娘，娘笑着去了。他的牙缝里还残留着一点烧豆糊糊的末末，他细细地品味这点末末，用很多唾液去泡它。直到睡去了，他的小嘴还动着，拖很长很长的口涎。

他常常就这样躺在田野里睡去了。头枕着豆秆，身上盖着娘的破袄。豆秆不扎，豆秆很温和。娘的破袄热烘烘的，有一股浓浓的汗腥，很好闻。可醒来的时候，他却发现他竟在棉田里躺着，身上盖着一堆白白灿灿的棉花。是在梦里吗？也许。摘棉花也是女人的活路。他看娘在棉田里摘棉花。雪白的棉花在娘的手里跳，一絮一絮地跳。娘的手像蜂儿似的动着，东一下，西一下，高一下，低一下，仿佛有音儿响儿扯出来，倏尔就是一抱。娘走回来倒花的时候，总喜欢把他扔在棉花堆上，一次一次地扔。他就在棉花里滚。棉花很软很软，他挣扎着往外爬。娘笑着，婶婶嫂嫂们也都笑着，一片花嗒嗒的脸。那笑里藏着什么，叫人愉快的什么。他看见娘的十个指头红洇洇的。花棵上刺很多，娘的手红洇洇的，可娘笑着。

娘做活路时总是笑着。夜里，小油灯昏昏的，光呢，只有一豆，多暖人的一豆哇。油灯亮着，墙花花的。墙上有纺车的影儿，有娘的影儿，有点心匣子的影儿，有老镰的影儿，有吊着的馍馍篮子的影儿……影儿绰绰地晃着，一会儿猫样，一会儿狗样，黑得亲人。纺车小曲似的唱着，"嗡儿，嗡儿"，就有一条细细长长的棉线从娘的手里牵出来。墙上呢，晃晃就有了一头老牛，老牛的鼻角拖一根长长的绳儿，仿佛就是雨天了，披蓑衣的人儿缓缓牵着老牛，一踏一踏走。偶尔，娘抬头看他，影儿就先笑了，影儿墨着一团慈祥，影儿说："娃，睡吧。""嗡儿，嗡儿"，墙上就又牵出什么来了。有时，半夜醒来，屋子里有"哐"声响着，墙上跑着一条灰灰的小鼠，小鼠随"哐"声蹿动，一下西，又一下东，有猫儿去捉那小鼠，总也捉不住。娘呢，在织机前坐着……早晨，上工的钟声响了的时候，他就有了一件红袄，一双虎头鞋。三婶说："这娃儿官相。"四婶也说："这娃儿官相。"娘也就笑笑。现在，他没有了红袄，也没有了虎头鞋。没有了。天，多静啊，多静。在远远的天的那一边，有缥缥纱纱的声音在唤：

"金令，杨金令，你来呀……"

他死过。

一个多月前，在省城的一家医院里。爹流着泪把他拉了回来。爹拉回的是一摊肉。在城市，一个乡下娃子读了四年大学、又读了三年研究生之后，他成了一摊肉。见了他，爹已说不成话了，爹只说："咱回家，咱回家。"

一近热土，乡人们就围上来了。乡人纷纷撂下活计，从田野里奔出来，一个个焦焦地问："咋啦？咱娃咋啦?!"爹泣不成声，就拉着他往家走。乡人也跟着走。乡人还以为他是"人才"，柿树坡的"人才"。乡人走时送过他，这会儿又接下了这摊肉。乡人厚哇，乡人都在院里站着，默默地站着，没有人进屋去，乡人怕羞了他。只有辈分长的老人才进来坐一坐，说些宽心的话。

他一句话都没有说。他已无话可说，就那么木木地在床上躺着。五天，一连五天，娘给他擀酸汤面叶，给他烙油馍，给他炸焦花，这些都是他爱吃的，可他看都不看。爹杀了老母鸡，在瓦罐里炖了鸡汤端给他，他尝都不尝。爹问他，娘问他，他一声不吭。

乡人给他送来了红枣、柿饼、鸡蛋，也说了许许多多安慰他的话。可他一句都没听见，他听不见。娘的头发都急白了，不住地淌眼泪。爹搓着两只手，人像傻了似的。最后，娘给他下跪了。娘跪在他的床前，流着泪说："金令，你吃一口，哪怕吃一口哩。娘求你了……"

他还是不理。

他觉得他应该有死的权利。死就是解脱。一个人连死的权利都没有吗？他要死，还要死，任何人都不能阻挡他去死。一切都已成为过去，一切都很遥远。他要这摊肉干什么？五天来，他眼前一直晃动着一个女人的影子。女人冷冰冰的，像一座冰雕的城堡。七年哪，七年的奋斗，七年的熬煎，七年的出卖，城门关闭了……

他死过一次了，仅仅是又多活了五天。时间使他空明。他觉得这堆肉已不再属于他。他很轻，轻如鸿毛。看着那女人的影子，他愿意轻如鸿毛。

第六天头上，七爷来了。八十高龄的七爷拄着拐杖来了。七爷重重地咳嗽了一声，来探望他的乡人纷纷让开路，让七爷进来。七爷默默地站在床前，一句话也不说，举起拐杖就打！拐杖"咚咚"地响着，一下一下打在他的身上，那声音很空。已是一堆烂肉了……可打着打着，屋子里突兀地响起了一声炸雷般的吼叫："狗剩儿，给我滚起来！"

那一声仿佛来自天庭，来自旷野，来自沉沉的大地。而后有什么倒塌了，他听到了房倒屋塌般的轰鸣，空中升起了一个巨大的烟柱！继而是一片寂静，在寂静中有嘈杂的乡音飘过来。娘站在黑黑的磨道里，举着笤帚疙瘩说：狗剩儿，推吧，恁爹借驴去了。队长站在菜园里，脚踢着分成一堆一堆的南瓜：这是狗剩儿家的，这是绳头儿家的，这是驴蛋儿家的，那一堆是歪家的！三叔扛着锄边走边说：狗剩儿，驴日的！一大晌儿就割恁多草？还不够恁娘烧锅呢！换糖豆的老八说：狗剩儿，去吧，上家找两对破鞋，破鞋换糖豆，甜甜你那狗舌头。豌豆蜷在麦秸窝里，悄悄说：狗剩儿，狗剩儿，咱去偷歪家的杏吧，麦黄杏。妞妞说：狗剩哥，我给俺娘说了，上俺家捋榆钱儿吧，回去叫俺婶给你蒸蒸，香哩。骡子说：杨叶黄黄，狗剩儿藏藏。四婶说：狗剩儿，娘那脚！就那俩青蛋子枣，天天来偷?!

狗剩儿……

狗剩儿……

狗剩儿……

杨金令没有了。女人的影子模糊了。颍河水白亮亮地漫过来。躺在床上的那摊肉蓦然一惊，继而抽搐、颤抖，一点点缩，一点点缩，缩成了一个小小的肉干样的东西，很腥很腥的东西……他看见七爷了，七爷在河堤下的瓜园里坐着，泥胎似的坐着。七爷的脸是土色的，身子也是土色的，深深浅浅的土色使七爷跟瓜庵完全融合了。瓜园草屋在阳光下金灿灿的，七爷的脸也是金灿灿的。阳光在七爷的脸上涂了一层金红色的釉，那釉里盘绕着一曲曲土红色的蚯蚓，蚯蚓犁动着一沟沟紫黑色的土地，在土地的边缘，在阳光能照到的地方，又亮着暴晒的乏黄。七爷正眯着眼打瞌睡，七爷的鼾声像夏日的干风一样哨动着小小的瓜庵。小狗剩儿摇摇地走来了，手里提着盛水的瓦罐。七爷没有睁眼，可他听见七爷说话了。七爷闷闷地说："狗剩儿，过来。"狗剩儿走过去了，把瓦罐递给七爷，等着七爷给他摘瓜吃。七爷不接瓦罐，七爷说："叉开腿。"他就叉开腿。七爷说："撅起肚儿。"他就撅起肚儿。七爷说："叫我捏捏'命根'。"他就鼓起身子，让七爷捏小鸡鸡。每次来，七爷都要捏小鸡鸡，捏了小鸡鸡七爷才去给他摘瓜吃。一看见小鸡鸡，七爷脸上的纹儿就化了，一圈圈地舒展开去，漫散着慈祥的光。而后有庄重、肃穆的紫气从宽宽的额头上升起来，仿佛在干一桩很神圣的事体。当七爷勾下头的时候，总是先净手。他的手在田里是当小铲用的，很大，很粗，手骨节像老树的根一样一节节变形地凸着。那手是很脏的，杂染着各种农作物的颜色，也杂染着各种农作物的气味。于是七爷反复在腿上摩擦那双手，一遍又一遍地摩擦，而后才慢慢伸过来。七爷下手很轻，那老手在小鸡鸡上一纹一纹地动着，涩涩凉凉地动着，可以感觉到纹的粗糙、铁的柔软。而这时，七爷手背上暴亮出一条条河流样的血管，那血管是紫黑色的，经络的纠结处有蛇样的牵动。在阳光下，那血脉随着手纹的律动活起来了，紫黑淡化成透明的青绿，脉管呢，活泼泼地跳着，仿佛一条盘蜷的蛇舒展开去，曲曲长长地游动。七爷一点一点地把小鸡鸡扯到眼前来看，看着看着，那深凹着的鹰一样的老眼里就有了一束柔和的光，那光亲亲地贴在小鸡鸡上，久久不动。渐渐，小鸡鸡热了，一股胀胀的热流充盈在小鸡鸡上。身上也热了，体内仿佛有小鹿一样的东西在奔涌蹿动。风热辣辣的，阳光热辣辣的，七爷的手也热辣辣的。瓜棚外有绿色的燃烧，一坡一坡的燃烧，在燃烧中他闻到了阳光的气味，大地的气味，五谷的气味，牛屎马尿的气味，那气味经过七爷老手的传导，一浪一浪地进入了他的体内……

热了，"命根"处热了。有电一样的东西流向四肢，在肉里化成了一股精血。那是狗剩儿的精血。狗剩儿的精血溶成了一个小小的洁净的没有被玷污过的魂灵。那是一个在田野里翻跟头，在颍河里撒尿，在麦场上捉迷藏的魂灵。那魂灵用一个小小的红兜肚儿护体，摇摇穿行在乡村的从不关门的农家小院里，那魂灵骑在老牛的背上在荡荡的村路上撒欢，那魂灵在野地里高唱日头落狼下坡！

慢慢，慢慢，他眼里流出了两行热泪，继而抱头痛哭！

狗剩儿哇……

狗剩儿，他还是狗剩儿吗？

回家一个多月了，虽然他已不再有死的念头，可他还是羞于出门。他怕见乡人，没有勇气面对乡人。见了乡人，他能说什么呢？

乡下的日子很缓，温馨的缓。狗叫了一两声，而后住了，猪又叫起来。有一股发酵饲料的气味酸酸甜甜地弥漫。母鸡下蛋时"咯咯"地唱着。阳光呢，在土墙上缓慢地移动，很闲适地移动，映着灰灰的隔年雨痕的亮光。有风时，院里的树摇一摇，漏下一地碎碎的影儿。从矮矮的土墙上望出去，是邻家瓦屋的兽头，瓦一棱一棱亮着，有蒿草在瓦缝里摇动。屋门自然是大敞，玉米一堆一堆在院里摊着，门搭在门框上悠悠晃着。或许有人走进来，从容地拿了簸箕出去。一时主人用簸箕了，就站在门前亮喊："谁使俺家的簸箕了？"于是就有人应上来："二嫂，我使了。"你笑笑，我笑笑，隔墙谝起闲话来。间或，有这家那家的风箱时而"吧嗒"、时而"吧嗒"，梦一般响着。常常是娘端着饭走进屋来，他才知道天晌了。

夜里，蛐蛐一声声叫着，那叫声短而润。鼠儿这儿"吱吱"，那儿"吱吱"，有尖尖的小脑袋探出来，在墙角处骚动。土桌上敬的是先人的牌位，牌位黑着，泻一团狰狞的温和。土桌上方贴着一张挂拐杖的寿佬，寿佬花彩彩的，笑也淡泊。墙上挂着各样的家什，家什模糊了，独一把老镰在夜气中黑亮着，像一弯醒着的黑蛇。那黑蛇曲得极为生动，看上去滋滋味味的。罩了塑料布的窗户上有一块小白，月光透得模糊，似有水样的月影印在地上，方着狭小的旖旎。夜常常就静下来了，四周听不到一点声响，很闲很闲地静，静得像一碗墨汁，静得匀和。而后又慢慢地化出动来，轻轻地，轻轻地，这儿，那儿，润生着似光同尘般的呢喃。

耳房里，爹的咳嗽声哑哑的，已很陈旧。娘小心地给爹搐着背，娘说："豆炸了，西坡的豆快炸了。"爹说："要娃还是要豆？"娘不吭了，而后是一声声叹息。

第二天早上，他突然说："我割豆去。"

娘喜了，眼里有泪。她转过身悄悄地对爹说："娃想过来了。"爹的手抖抖的，慌忙磨镰去了。

秋阳挂树梢了，枝头上挑着一个橘红的圆。出门时娘说："别累着。不指望你干活，出去散散心吧。"

走在村路上，他生怕碰见乡人，就头勾勾的，甚也不看。只感觉到脚下的土很软，辗满车辙的乡村土路面面汤汤的，踏下去就是一个窝，很舒服。这时，他听见有人叫他，那声音怯怯的，"金令，你……好啦？"他抬起头来，眼前站着一个鸡窝样的女人。女人蓬头垢面，身上驮着一大捆红薯秧。红薯秧湿漉漉的，女人身上也湿漉漉的。女人大概已干了一早上活计了，一只裤脚高挽着，裸露着沾满泥土的杆子腿。女人脸庞上似还隐隐藏着昔日的姣好，只是老相了，纹路很密，汗渍一道道污着。女人就那么站着，腰弓弓的，脸上带着笑。

他认出来了，那是六婶。六婶嫁过来时年轻漂亮，人也爽快。他还听过六婶的"房"呢！记得六婶年轻时是村里唯一敢与队长对骂的女人。在豆地里，队长骂声："驴日的！"六婶就掐腰站在田埂上，一蹿一蹿地唱声回骂："你狗戳哩马操哩碓碓捶哩洋锡焊哩牛鞭摔哩锅耳朵片哩猪尿泡灌哩葫芦瓢涮哩……"六婶骂得五彩缤纷，节奏明快，骂了一天豆雨，骂得队长一愣一愣的。骂着骂着，六婶"咯咯"地笑起来……现在六婶老了，老了的六婶站在他面前，很卑微地说："金令，你、好啦？"

他想叫声"六婶"，可喉咙干干的。六婶赶忙说："赶明儿上家吧，上家吧。"说着，狼拉窝似的拖着红薯秧去了，走得依然有劲。

在六婶身后，是五叔。五叔拉着一车玉米，很吃力地往前拽。车很重，五叔头上像蒸笼一样冒着热汗。五叔的制服褂子扔在满载的玉米车上，身上只穿着一件土布汗褂。看见他，五叔远远就站下了，那汗脸上骤然堆满了笑，笑里竟有了一丝巴结的意味！五叔看见他很想说一点什么，很亲热的什么，一时却没了词儿，很窘地站着。他的手搭在车杆上，反复地摩挲着车杆上镶的旧铁皮，好一会儿才说："金令，你下地呢？"

他一直是很害怕五叔的。五叔当过多年队长。那时候，五叔站在大碾盘上讲话，腰叉着，裤腿挽着，日日的骂说，总是很严厉。五叔常年披着那件制服褂子，在县城做的四个兜的制服褂子。敲钟时披着，干活时也披着。天热时，那件制服褂子就搭在肩头上，光脊梁搭着制服褂子，甩着手走。下雪了，那件制服褂子又套罩在老袄的外面，扣自然系不上了，就敞着怀，荡荡地走。有时，那件制服褂子摞在场院里的大石磙上；有时，又挂在炕屋门口，村人见了会说："队长在呢！"在许多个秋风萧瑟的黄昏，五叔站在村口的夕阳下，身披洒满霞辉的制服褂子，挨个检查割草娃子的草篮子，而后去摸女人的裤腰。女人"咯咯"笑着骂道："老五，火棍头！手恁凉，咋不叫恁媳妇给你暖哩？!"五叔严肃地说："驴日的！上头说了，要肚见（防微杜渐）哩。乡里乡亲的，今儿个就不'肚见'了，老实！"……

他叫了一声"五叔"，五叔却慌忙去披那件摞在玉米车上的制服褂子。褂子很烂，皱巴巴的，五叔把褂子披在身上，又很"行政"地拍拍土，凑凑地望着他说："金令，别累着，别叫累着。广播碗儿里说了，恁是'文物'哩，金身子。"

他望着五叔，很想笑一笑，可他笑不出来。再走就碰上了豌豆，他童年的好友豌豆。豌豆坐在一辆手扶拖拉机上，"嘀嘀、嘀嘀"开过来。拖拉机上装着新割的芝麻，芝麻上趴着俩娃儿，娃儿有七八岁的样子，颤动着红扑扑的小脸。瞅见他，豌豆熄火了。豌豆从手扶拖拉机上跳下来，带着一身芝麻的清香。他觉得豌豆会冲过来,会骂一声"屌!"。然而,豌豆没有冲过来,豌豆走了两步,又返身走回去了,他扭身去抓一件衣裳,从衣裳里掏出一包烟来,匆忙忙拧出一支,举着说:"吸着,金令,你吸着。"

小时候,豌豆常带他去地里捉"搬藏",从"搬藏"洞里掏花生吃;领他上树掏麻雀窝,掏了麻雀糊了屁眼儿烤着吃;割草时,也总匀给他一些,好不挨娘的骂。豌豆有灵性,上学时也是学校最聪明的学生。后来就不上了,去学木匠手艺……这次回来,听说豌豆曾守了他三天三夜,豌豆没有进门,就在院里守着他。可见了面,豌豆却举着烟说:"金令,你吸着。烟不好,你吸着。"

他热热地叫了一声:"豆哥。"

豌豆张了张嘴,扭脸朝孩子喊道:"柱儿、花儿,叫叔哩,叫叔……"

俩娃儿眨动着小豌豆眼,齐声叫"叔"……

往下,在蚰蜒般的乡村土路上,乡人每每见了他,都要站下来,说:"金令,歇歇吧。""金令,多养养。""金令,别伤着身子……"金令……金令……金令……倏地,他闻到了狐狸的气味,那是一种很高贵的香水的气味。女人的影子出现了,带着狐臊味的女人……

豆炸了,豆"砰"一声跳出来,滴溜溜转着,亮一条小小圆圆的弧。那弧在阳光下先是青青黄黄地一闪,继而绿黑,弹出时又成了灿灿金红,坠儿一样,忽而就不见了。豆棵上只剩下了空空的一刀豆荚,豆荚仍硬硬刺刺的,却仅仅是一个壳子,散着青气的壳。

在一片"嚓嚓"声中,爹的腰像弯弓一样在豆地里弹着。爹来得很晚,爹拾掇完玉米才来的,一会儿就赶到前边去了。爹平日里话很少,脸总是瓮着,吃饭时就蹲在墙根处,很无趣的样子。然而,一进地里,爹就活了。那身腰杀下去就跟弹簧似的,活泼泼地动。脸呢,慢慢浸出红来,汗一珠一珠亮,皱纹深深浅浅地紧着。那是怎样的专注啊,眼到了,镰也到了。在镰的一吐一吐的亮光里,豆棵贴着地皮飞起来,而后一片片倒下,地上又会旋起小风一样的尘烟，在尘烟荡起的一瞬，另一只手就接下了那豆棵，随即一个扎好的豆捆就躺在地上了……爹用的是一张短把儿镰，那镰把儿是一截榆木棍做的，爹的粗手把它磨光滑了，看上去黑亮。这把镰很有些年头了，是爷爷辈用过的，爹说爷用这把镰扛活时挣过头份口粮。如今镰刃已很薄了，只有窄窄的一溜儿，爹还是不舍得丢它。这把镰不用时就在墙上挂着，于是一面墙都很腥。这次回来，他曾长久地看着那面墙，他在斑驳的泥墙上看到了一幅图画，关于镰的图画。后来他对爹说，那镰很腥。爹拿起闻了闻，说不腥，一点也不腥。

天边滑过一片云，软白的云，云朵静得飘逸，淡淡远远的飘逸。云朵下有铃儿脆响，那像是车铃声，糖葫芦一样的，一串一串。他看见了，在黄黄的大路上，在刈倒的和没有刈倒的秋庄稼的缝隙里，游动着一行车队。在秋阳的映照下，车铃的反光一闪一闪，晃着刺目的亮光。骑在自行车上的乡人像过年一样穿着新衣，一抹鲜红在车把上飘荡，而车后架上花匝匝的，那定然是乡村里的点心了，捆成一匣一匣的，贴有花印封的点心。他知道这是相亲的队伍。"相亲"，在乡村里是很隆重的。

九岁那年，村里来了一个穿士林蓝布衫的女人，女人身后跟着一个怯生生的小妞，扭扭地进了三婶家。接着，豌豆爹押着豌豆也朝三婶家走去。豌豆穿了一身新，只是嘴噘着，头梗梗的，很不情愿的样子。豌豆娘出来得稍晚些，打扮得青菜一样，喜恰恰地朝三婶家跑。大约有一顿饭的工夫，豌豆跑出来了。临出门时，在大人的监督下，豌豆塞给那小妞一块花格格手绢，手绢里鼓囊囊的，像是包着什么。小妞抖手接过手绢，又在士林蓝女人的示意下把一块蓝格格手绢塞给豌豆，豌豆拿住就跑。豌豆跑到村街上对他说："我不要。娘硬让要，还给她五十块钱！"他问："谁？"豌豆说："榆钱儿。"他又问："谁是榆钱儿？"豌豆不吭了，脸红红的。迟了一会儿，豌豆说："扁担杨的，扁担杨尽罗锅。"半晌的时候，豌豆爹赶出了一挂大车，车上坐着三婶、豌豆娘、士林蓝女人，还有那狍尾巴样的小妞。豌豆说："他们要去县城给榆钱儿扯衣裳，还吃油煎包哩。"他问豌豆："你咋不去?"豌豆气嘟嘟地说："我不去。"后来他才知道，豌豆定亲了，定的是"娃娃媒"。村里人都说豌豆有福，九岁就娶上媳妇了。从那以后，每逢节气，豌豆都要提着点心匣子到扁担杨串亲戚。扁担杨离村七里路，头次是豌豆爹押着豌豆去的，把他送到村口。后来就让豌豆自己去。有一回，割草的时候，豌豆问他："你吃过点心没?"他说："没。"豌豆说："我也没吃过。你想吃不想?"他望着豌豆，吞吞吐吐地说："娘说……是串亲戚用的。"豌豆眨眨眼，说："后晌你在桥头上等我。"于是他就去桥头上等豌豆。等得驴叫唤了，豌豆才走过来。豌豆穿着一身新，脸也洗得很净，手里提着四匣点心。豌豆来到桥头上，四下看了看，就蹲下来了。豌豆解开捆点心匣的扎绳，说："都说点心好吃，你尝一块，我尝一块。"他问："敢吗?"豌豆说："一匣子，只尝一块，看不出来。"豌豆先捏了一块，他也捏了一块，惊兔似的塞进嘴里，就觉得甜。过了一会儿，豌豆咂咂嘴，说："再尝一块吧。"于是就你一块我一块"尝"下去了，"尝"得野快，一"尝"就尝了两匣!"尝"得肚子里沉甸甸的，发渴。他跟豌豆又轮换着去桥下喝水，喝得肚子翻浆。喝了水，才知道害怕了，他小声问豌豆："豆哥，咋办呢?"豌豆眼骨碌骨碌转着，说："不怕，我有办法。"说着，豌豆去路上捡了些晒干的驴粪蛋，然后一颗颗摆在点心匣里，摆好了，又把装着点心的匣子放到上面，用绳子扎起来。他怯怯地望着豌豆。豌豆提着点心匣子晃了晃，说："不吃看不出来。"于是豌豆就提着驴粪蛋点心串亲戚去了。在整整半年的时间里，一放学回来，他就去"读"豌豆娘的脸，看看她发现了没有。可半年过去了，驴粪蛋点心杳无音信，豌豆娘的柿饼脸也很平和。然而，当他觉得事情已经过去的时候，一日，豌豆娘却掂着笤帚疙瘩满街撵豌豆，撵着骂着："你个猴精!你个馋猫!你个偷嘴驴!你个王八孙!……"原来，扁担杨榆钱儿她娘头天提着驴粪蛋点心去集上卖，被人家日骂了一顿……豌豆娘自然撵不上豌豆，就转回头骂豌豆爹，豌豆爹却乐呵呵的，不管。豌豆定亲后，豌豆爹一直乐呵呵的。先是每天放工拉一车土，日不错影地拉。豌豆爹拉土是垫房基用的。亲事一定下，他就张罗着给豌豆划了一片宅基，那片宅基是个大坑，就每日里拉土垫。村里人见豌豆爹哼着小曲儿拉土，就说："哟，赇等着使媳妇了！"听了这话，豌豆爹眼里像喝了蜜一样，细眯眯地眨巴着。这个大坑，豌豆爹垫了两年，风天拉，雨天也拉。坑垫好了，背也驼了，可豌豆爹还是乐呵呵的。就又每日里往木匠堆里凑，拧根土烟递上去，问人家一座房得多少檩条、多少椽子、多少砖、多少瓦、多少石灰、多少洋钉，而后念念有词地盘算。在许多个烟化了的日子里，有时，他见豌豆爹在坯场上站着，光着热热的汗脊梁摔坯子；有时，见豌豆爹拉着石灰车从通往禹县的大路上走来，车上捆着被子，拴着小锅，还有盛水的铁桶；有时，见豌豆爹在屋后的宅院里站着，手拃把着去量杨树的直径，喜滋滋地对隔墙的五婶说："两把粗了！"有时，又见豌豆爹兜着鸡蛋去代销点换洋钉，他对代销点的老八说："孩儿他小舅，要八分钉。"老八回道："鳖儿，仨鸡蛋只能换六个。"豌豆爹说："六个就六个吧。老婆纺花，慢慢上劲。"老八说："快亲住媳妇的脚指头了吧？"豌豆爹郑重地说："明年扎根基！三五年房得盖起哩，不耽误办喜事。"……后来豌豆爹病了，病得很重，只一口气悬着。七爷说："不中了。人是不中了，赶紧安排后事吧！"就在那天早上，榆钱儿来了，没过门的儿媳妇看老公公来了。豌豆精灵，串了几年亲戚，就把榆钱儿的心"串"过来了。几年不见，榆钱儿已经出脱成大姑娘了。榆钱儿站在豌豆爹的病床前，脆脆地叫了声："爹。"就那一声"爹"，只见豌豆爹两眼白瞪白瞪，喉咙里咕噜咕噜咕噜噜噜一串响，一口浓痰咯出来了！慢慢，人醒了，眼里也有光了，张嘴就要吃的。二日，放学的时候，他看见村街的朝阳处蹲着一个黑石磙。细看不是石磙，是豌豆爹。豌豆爹竟然能下床了！豌豆爹的腰已弯成了九十度，头在脚上，腰在头上，身子像满弓似的折着。那情形不像是晒暖儿，而像是背日头。阳光照在豌豆爹的腰上，仿佛阳光里也浸透了血汗的腥味，一浪浪播散。背日头的豌豆爹看不见人的脸，跟人说话就像推碾似的，磨身子转着圈儿说："俺媳妇昨儿个来了，俺媳妇进门就喊爹！……"依然是乐呵呵的。

　　父亲极羡慕豌豆爹。豌豆的新房盖起后，父亲有很长一段日子不到饭场里去了。常常在院里的槐树下蹲着，脸相木木的，很羞愧的样子。日后，当他考上大学的时候，父亲才重又到饭场里去了，很是荣耀。

　　父亲望着相亲的车队，先是一喜，又很快闷下来，勾下头不看了，弯腰去割豆。他也对自己说："割豆吧，割豆。"

　　"嗒嗒、嗒嗒、嗒嗒……"有践踏声响过来，那是高跟皮鞋的践踏声，红色的践踏声。影儿像火焰一样燃烧着……

　　天晌了，正午的秋阳白而亮，地上开始有了一股股燥热的气浪。风依然沁人，时而一缕，甜丝丝的，淡了身上的汗。在刈过的谷地或高粱地里，土地祖露出来了，秋乏的土地一块块舒展开去，阔大着无边的慵倦。仿佛那该收的已经收获，地力尽了，也就默默的，无语。在田埂上，有老人安详地坐着，斜披着一件老袄，"吧嗒、吧嗒"地吸旱烟。阳光下，蓝蓝的烟雾在老人的头顶上盘绕，絮絮绵散。极远处有牛儿哞叫，声声细长。

　　割了一晌豆，手像鸡爪一样，握不住，也伸不展，很麻。腰呢，灌了铅一样，沉沉的。他躺下来了，伸开四肢，头枕着一捆豆秆。一时就觉得很舒服，莫名的舒服。身下的土刚贴上是干的，而后就软，越蹭越软：温温烫烫的软，软得叫人惬意。秋阳暖烘烘的，像被子一样罩在身上。天蓝得博大，人呢，又在狭小的一隅，无人知晓的一隅，就有静环绕着你，淡淡的静，闲适的静，静得宽容。他细眯着眼，觉得眼前花花晃晃的，有阳光在眼皮上游走，柔缓地游走。这时候，人仿佛烟化了，化成了一缕阳光，一抹细土，一只小小的蚂蚁……

　　爹背上豆捆头前走了。爹不让他背。爹说，你身上还虚呢。小时候，爹说，力是奴才，不使不出来。这会儿爹说，你别背。给你五叔说了，明儿用他的架子车拉。在他上大学的头一年里，爹就把架子车卖了，为给他交学费。

　　他从地上爬起来，拍拍身上的土，扛起一捆豆捆就走。当豆捆压在肩上的时候，他觉得脖子上像着了火一样难受。可他还是背起来了，咬着牙一步一步往前走。渐渐，人仿佛走丢了。他觉得不是人在走，而是那一小块在走，脖子处那一小块，很辣的一小块。后来连那一小块也木了，人反而空明。小时候，他常赤脚在这条田间小路上走。背着草筐，掂着小铲，"吧唧、吧唧"地走。下小雨的日子，黄土是不沾脚的，小路上清晰地印着五个蒜瓣瓣儿样的脚趾。四个"斗"，六个"簸箕"，娘说的。他踩着四"斗"六"簸箕"走，走出了一大半"簸箕"一小半"斗"。天干的时候，土扑腾腾的，面一样细，踩上去很暄。就一路尿过去，尿一路麻坑。而后伙伴们高喊："回家呀！"他也高喊："回家呀！"荡出一路狼烟回家。

下了沟，过了坎，就上了回村的大路了。村路像黄汤一样，泛着许多车辙的印痕。有拖拉机的，有架子车的，还有木拖车的。木拖车的印痕很平展，曲着两条平行的轨迹，永远不相交的轨。在平滑的轨迹中间，散着花瓣儿一样的牛蹄印。那时候他曾专门踩着牛蹄印走，一个一个碎那"花瓣儿"，总也碎不完。冬天就不行了，冬天里那蹄印被冰冻住了，那半圆的蹄窝是透明的，很硬。化雪的日子，那蹄窝宛如砚台，"砚台"里注着一小团墨，阳光下黑渍渍的，一点点融。

记得在小桥上丢失过什么，他记不起来是什么了。这是一座石板铺成的小桥，小桥的石板磨得凸凸凹凹的，像老人的脸。桥面上散着一片片谷粒，也像是老人的脸。过去卖糖豆、现在开代销点卖烟酒杂货的老八，他听见"咯噔"一声，仿佛是架子车在桥上打住了。哦，他记起来了，他在桥上丢过一支铅笔，才买的铅笔。娘用一个鸡蛋在老八那儿换了一根铅笔，给他不到一天就丢了。那是夏天的时候，他跟豌豆一块儿来桥下扎猛子，把书包扔在桥上，那铅笔就滚丢了。回到家，娘按住他打屁股，娘说：咋不丢你哩?! 现在他真的丢了，他弄不清他到底是狗剩儿还是杨金令……

是龙，还是麒麟，龙麒麟。村里娃子长到八九岁，大人拍拍屁股说，去"龙麒麟"上学吧，看看能不能长个四不像！"龙麒麟"是七爷一手造的。那时候，学校是跟岗庄合办的，原是一座破庙。下雨天，庙院坍了。上头拨了些款子，两个村就商量着重建学校。自然是人力物力分摊。于是这边出一班木匠，岗庄也出一班木匠。木匠见木匠眼红，两班人马就对着垒起来了。这边是七爷"把作"，七爷是村里的木匠头。七爷腰里束一根麻绳，袖手而立，脸沉沉的，板子一样。那边是张黑吞"把作"，张黑吞是岗庄的木匠头。张黑吞手里拎根长尺，眼斜斜的，脸上凛着一团黑气。一排房子，两边要紧的房角上站着各自的大徒弟。这边站的是杨洪元，那边站的是张铁锤。两人光脊梁拎瓦刀，遥遥相望，十分威风。往下是二徒弟三徒弟四徒弟，各把一方，谁也不看谁，就见"砰砰啪啪"一片瓦刀响！张黑吞斜着吊墙眼，骂徒弟骂得很凶。看到哪儿不顺，木尺一挑，"哒"一声，立时就得拆了重垒。七爷一句话也不说，就在那儿立着，目光洒到哪里，哪里紧。起房那天，七爷晚来了一会儿。七爷来时，看见另一边房脊上的龙头已经扬起来了，张牙舞爪的。那是岗庄大徒弟张铁锤的手艺，活儿做得很漂亮。而这边的龙头还没起来，活儿也没人家弄得好。七爷恼了，七爷大吼一声："滚下来！"大徒弟杨洪元红着脸退了下来。七爷老袄一抡，腾腾腾爬了上去，一瓦刀就把那还没弄好的房脊头砸了！

　　这时，天已苍苍地黑了。岗庄的匠人已经收拾家什走了，独七爷还在房脊上蹲着。七爷光着脊梁，像兽头一样蹲着。徒弟们全都默默地站在那儿，谁也不敢吭声。天黑下来了，只听七爷长叹一声，七爷说："回去吧，都回去吧，这是我的错。"而后七爷一步步从房上走下来，一声不吭地走回去了。徒弟们也都慢慢地散了。可杨洪元没有走，杨洪元一直在房前站着。

　　半夜的时候，七爷提着马灯来了。七爷闷闷地朝黑影里问一声："是洪元?"杨洪元哽咽着应了一声。七爷说："提上马灯。"杨洪元默默地接过了七爷手里的马灯，师徒二人重又爬到房顶上去了。两人在房顶上一直蹲到天明……

　　天亮的时候，房上没人了。这时，人们才看清，房上两个脊头是不一样的。西边是龙，张牙舞爪的龙。东边的却是麒麟，有头有角有身子的麒麟。更叫人惊异的是，那麒麟的眼跟活的一样，无论你站在任何地方看，那麒麟都是对着你的，仿佛有灵性似的。

岗庄的张黑吞围着房子转了一圈，而后一抱拳，领着人走了，连起房酒都没有喝。

就这样，二龙盘成了"龙麒麟"。村人们提起学校都说"龙麒麟"。也有人说，这不合规矩，龙就是龙，麒麟就是麒麟，咋能弄成"龙麒麟"呢？七爷说这是天意。后来他考上了大学。村人们都说："龙麒麟"出人才了！"龙麒麟"出人才了！"龙麒麟"不合规矩，不合规矩才出"四不像"呢。

过了小桥，就是乡村的学校了。那就是"龙麒麟"，他在那儿上过六年学的"龙麒麟"。学校的土院墙依旧，那豁豁牙牙的土院墙是他当年用小屁股磨过的。院里的篮球栏依旧，那是木匠用木板钉的，仍很歪。学校的房顶灰蒙蒙的，瓦上长着一蓬一蓬的枯草，看不见"龙"，也看不见"麒麟"，只看到了两只很丑的小兽头，兽头斑驳了，已分不清鼻眼。校园的墙壁上，仍像往常那样书写着许多大小的粉笔字，那字像树枝一样叉叉巴巴的，带着很阳壮的小公牛的气味。乡村学校里到处都弥漫着这种小公牛的气味。学校已经放学了，校园里静静的。教室的窗户上也仍糊着隔年的旧报纸，报纸烂了，透过报纸的缝隙可以看到一排排泥桌，泥桌上是不是还有他划的"边界"呢？他记得那时候学校里只有一名国家教师，剩下全是泥腿子耕读教师。国家教师姓白，是个右派，同学们私下里都叫他"白眼狼"。冬天里，白老师脖子里总围着一条驼色围巾，那条驼色围巾使白老师显得很有学问，连甩围巾的动作都是很有学问的。白老师有糖尿病，那时候同学们曾坚定不移地认为白老师是白糖吃多了才得下糖尿病的，病得很富贵。所以白老师常吃麸皮馍。在许多个寒风凛冽的夜晚，下罢晚自习，总见白老师一趟一趟地往厕所跑，坚决不要尿罐。白老师先后换过七个尿罐，都被豌豆用弹弓打烂了。豌豆躲在土院墙的豁口处，瞄准尿罐射击，把尿罐打得粉碎！白老师站在土垒的讲台上说："同学们，我有病呀！"同学们大笑。

"狗剩儿哥，该上晚自习了。"

他听到了柔柔脆脆的格巴皮草样的声音，那是妞妞的声音。妞妞跟他同桌五年。那时候他总是欺负妞妞，在泥课桌上给妞妞划"边界"，常把妞妞气哭。妞妞长得很瘦，干柴样瘦，扎两条朝天的羊角辫儿，俩眼灵灵的，水儿多。一到晚上，妞妞就提着一盏小油灯喊他来了，喊他一块儿去学校上晚自习。路黑，妞妞的小油灯在他头前举着，让他省自家的油。他的油灯却不让妞妞使。油灯多亮啊，那时村路上总亮着一豆一豆的灯光，灯光像鬼火一样，一飘一飘地向学校游去，闪着逗人的温热。进了教室，就见泥桌上摆着一片小油灯，油灯后是一片黑黑的小脑袋。脸映得花嗒嗒的，你也鬼脸，我也鬼脸，一屋子小鬼脸。上罢晚自习，两个小鼻孔总是熏得像烟囱一样，黑洞洞的。妞妞看看他，笑了。他看看妞妞，也笑了。妞妞说："狗剩儿哥，我给你擦擦吧？"于是妞妞就撩起衣裳给他擦。妞妞个儿低，妞妞给他擦鼻孔时脚跟踮着，小脸仰仰，身子贴得很近，他闻见妞妞身上有股沁人的草香气，那草香气很好闻，使他怦然心动。妞妞给他擦了，却不让给她擦，妞妞怕痒痒，妞妞扭头就跑，"咯咯"笑着。忽而，灯灭了，夜黑得像锅底一样。他看不见妞妞，妞妞也看不见他，就听见心儿跳。他眼前出现了一片一片的马齿菜，灿若繁星的马齿菜，长在野地里的马齿菜开花了，绿灿灿的。他听见妞妞说："狗剩儿哥，你在哪儿呀？"

学校旁边是一片柿树林。柿叶红了，柿子黄了，秋阳下亮着一片红染，红染深处有一颗颗黄灯闪烁。

女人的影儿又出现了，黄色的舞动着的女人，女人飘逸的秀发像金针一样闪闪发光……

在谷场上，当他把豆捆摞在地上的时候，人一下子轻了。汗水像蚯蚓一样在身上爬，爬得很畅。

谷场很大，在一个圆圆的垛上，有雀儿在跳跃。雀儿伸探着灰褐色的小头，东啄一下，西啄一下，而后飞起来，跃跃地立在更高的垛上。日影金灿灿地照在垛上，蒸出一片葡萄般的气浪，气浪里裹着醉人的熟香。场摊得很花，一片一片的，用破鞋和扫帚隔开。这片是谷子，那片是豆棵，还有拢成堆的芝麻……在摊得厚厚的谷棵上，有老牛拖着石磙一踏一踏走。老牛的毛色皱皱的，缎儿亮，草肚儿仿佛很瘦，一只角断着，嘴边溢着倒嚼的白沫。路看似很短，又仿佛很长，就像日子一样，知道无尽，就慢慢走，不急。石磙呢，在谷棵上软软弹弹地跳着，连缀着一小块晃晃的日影。日影温热，石磙也温热，一圈一圈碾在谷棵上，也仿佛亲亲切切。在场的另一边，站着一个穿红袄的小娃。小娃身边是六婶，六婶坐在场边上用棒槌捶豆，头勾勾的。

爹在谷垛旁蹲着，爹在等他呢。爹说："金令，该吃晌饭了，回吧。"

他有些乏，就说："爹，你先回吧。"

爹很惶然，望望他，就默默地走了。自从他考上大学，爹在他面前总是无话。

他身子一蜷，又躺下来了，懒懒地靠在谷垛上。而后他像儿时那样把鞋远远地甩出去，两只脚放在光溜溜的场地上。凉凉的，他感觉到脚上凉凉的。于是他闭上眼，慢慢地体味这舒心的凉意。他的脚在场地上慢慢蹭着，就觉得那凉光溜溜的，又仿佛是一丝一丝的，带着痒意，蜂儿似的往心里钻。身上呢，有暖暖的阳光照着，一浪一浪地热。场那边有捶豆的棒槌声响过来，棒槌一下一下响着，响出了一个场光地净的日子。在场光地净的日子里，他看见他跟一群十几岁的光脚娃在场里玩"中状元"。"中状元"是乡下孩子独有的游戏。娃们在场里脱下一只破鞋，然后鞋尖对鞋尖竖起来，垒一个小小的宝塔。于是孩子们就提着另一只破鞋站在场边上去砸那"宝塔"，看谁砸得准。每砸倒一次，娃子们就喊："中了！中了！"，接着重新垒，垒了再砸。那破鞋如箭一样甩出去，甩出一股子脚臭气。在翻飞着脚臭气的场院里，娃子们齐声高喊：

"中、中、中状元，骑白马，戴金冠！"

"狗剩子，中了吗？你要是能中个状元，娶个城里的花嘎嘎，恁爹娘晴跟着享福啦！"

这话是六婶说的。那时，六婶正站在场院里的石碡上碾篾子。他曾拼命忍住不去看六婶，却还是想看六婶。六婶高高地站在大石碡上，两手背着，脚一动一动地碾篾子。六婶穿件枣花布衫，脸像满月一样，脸蛋上润着两小块红，那红像桃花瓣一样洇着，粉扑扑的。眼亮亮的。嘴唇呢，就像开合的花蕊。六婶脚下的石碡骨碌骨碌转着，六婶的腰就柳柳儿扭。石碡转得快，脚也动得快，人就像在水上打漂儿似的，颤颤的，摇摇的，眼看就要掉下来了，却还稳稳地在石碡上站着，煞是好看。

这是六婶的绝活。六婶编一手好苇席。秋天里，常见六婶从苇荡里砍一捆苇子回来，拖到场里破开，用石碡碾平了，编出一领芦花样的好席。六婶编的席篾儿匀，也光净，看上去一道道像墨线绷出来似的。六婶还能在苇席上编出许多好看的图案，鸟儿鱼儿都活脱脱的。六婶很喜欢编席，村里人谁求她她都编。六婶编席时常哼着小曲儿，篾子在场院里铺开了，六婶的手就像鱼儿似的在席篾上跳，跳着跳着就跳出图案来了，或是"五朵莲花"，或是"鸳鸯戏水"……这时候六婶就也像跳进图案里去了，小曲儿不由音高……

他记得很清楚，那会儿六婶还在石碡上站着呢，花花眼儿不见了。他中了一回"状元"，等他跑过去把破鞋重新垒起来的时候，六婶就不见了。石碡还晃晃地动着，石碡上没人了。伙伴们一个个冷雀似的站着，一时就觉得"中状元"很无趣。豌豆说："不玩了，不玩了。"

后来又玩"摸瞎儿"。他跟豌豆藏到谷草垛里去了。为了不让人找见，他和豌豆拼命朝谷垛里钻。可钻着钻着，就摸到了人的腿，那腿软软的。继而听到了窸窸窣窣的声音，那声音像兔子垫窝一样忙乱！只听见六婶说："娃儿，别吭。娃儿，你别吭。"他不敢动了，豌豆在后头用劲顶他，他还是不动。黑暗中，他听到了一粗一细的呼吸声，很憋闷的呼吸声，那呼吸里弥漫着浓浓的汗腥气。片刻，那模糊的黑慢慢化开了，他看见两个人在草窝深处偎着，那是六婶和五叔，搂抱在一起的六婶和五叔……不一会儿，六婶带着一头草慌慌地钻出来了。六婶头勾着，脸红得像染缸里的布。临走时，六婶给他和豌豆一人一个红柿，红柿很大，鲜亮亮的。那时各家的柿子都在谷草垛里溇。六婶抖着手把红柿塞给他，轻声说："娃儿，可别给人说呀！"他说："不说。"豌豆也说："不说。"五叔很晚才钻出来，出来时脸黑风风的。他什么也没有说，只威严地咳嗽了一声。

那天傍晚，他和豌豆再也没兴致玩了。就各自抱着那个红柿，谁也不舍得吃。回到家，他悄悄地对娘说："六婶跟五叔藏在谷垛里偷偷喝红柿呢。"娘说："娃，别说，可不敢说。"他说："我不说。"

他还是说了，给骡子说了。骡子是村里的光棍汉，二十七八没老婆，整日在村里闲逛。他从地里割草回来碰上了骡子，骡子问他："见徐巧云了吗？"他不知道谁是徐巧云，就觉得名儿秀气。骡子说："你六婶，就是你六婶。见了吗？"他不想说。他知道六婶在哪儿，可他不想说。骡子看出来了，骡子说："你说，你说。你说了我给你买块糖。"于是他说了。骡子没有给他买糖，骡子诳他呢。骡子脸上生了许多一痘一痘的疙瘩，那疙瘩一时红亮，阳壮得叫人不敢看。骡子用手挤了挤脸上的疙瘩，野野地日骂了一句，就匆匆走了。

骡子没有找到六婶，可骡子在谷草垛里搜出了一条红腰带。那条红腰带缀着两枚铜钱，还有很好看的红线穗子。骡子很兴奋，骡子用桑杈挑着那条红腰带，满街跑着吆喝："谁的腰带丢了！谁的腰带丢了！"

后来六婶被捆到了场里。谷草垛掀翻了，在掀翻的谷草垛旁边，六叔领着一群人逼问六婶。六叔光着脊梁横着一条扁担，恶狠狠地喊道："说，你说！"六婶勾着头，脸粉粉地红着，不说。七爷沉脸在场上站着，七爷说："给我打！"于是就有一群人上去打六婶。场院里骂声一片，响声一片，扁担都打折了！六叔边打边喊："你说不说?！你说不说?！"六婶还是不说。那晚六婶的眼格外明亮，望出去一片燃烧。可六婶谁也不看，始终盯着那掀翻的谷草垛，桑杈在谷垛上斜插着，上边飘着那条红腰带。六叔气急败坏，跳着脚喊："你死！你死！你给我去死！！"喊着，六叔却猛地朝地上一蹲，擂着头嗷嗷哭起来了。

月亮升起来的时候，六叔被人劝走了。场上的人也慢慢地散了。骡子没有走。骡子在场上一圈一圈转着，转着转着就转到六婶跟前来了。骡子从六婶的身前转到身后，又从身后转到身前，小声叫着："巧云，巧云。"六婶不理，骡子又去给六婶松绑，绳解开了，六婶还是不理。骡子讪讪地说："你看，你看，要是狗剩儿不说，也没人知……"

他一直在谷垛旁边的暗处趴着。他恨骡子，也生怕六婶真的去死。这时，他看见五叔悄没声地从场后边转出来，站一个黑黑的影儿……

一钩弯月在天上摇着，摇一地水白的朦胧。那水白一时清晰，一时又模糊。谷垛灰下来了，一个个在场边兀立着，发出簌簌的响声。骡子还围着六婶转，转出一场火星子。见六婶始终不理他，就叹口气，讪讪地去了。

久久，立在场边的黑影不见了。那条红腰带也不见了。

他一直注视着六婶。六婶默默地坐着，不动。月光照在六婶的身上，照出一坨素素的剪影。那剪影像是水墨泼出来的，在月色中混凝着泅泅淡淡的静……

半夜的时候，他看见六婶慢慢站起来了，而后一步步向场边走去。他心里一惊，就悄悄地跟着六婶。可他万万没有想到，六婶走到一个大石磙跟前就站下了，然后一迈腿上了石磙。六婶站在石磙上，静立片刻，接着脚动了，石磙也动了。就见石磙在六婶的脚下骨碌骨碌转着，而后越转越快，越转越快，忽而到了场这边，忽而又到了场那边。这时候石磙已不显得沉重，一飘一飘地向前滚动。六婶呢，两脚飞快地动着，摇摇而立……

他看愣了。他不明白，在受了那样的屈辱之后，六婶还有心去蹬石磙？！

在夜半时刻，六婶披头散发，一个人在场里蹬石磙！

六婶是疯了吗?

六婶没疯。

十个月后,六婶生了一个粉团团的小娃。六叔喜傻了,扛着篮子挨家送喜面。满月的时候,七爷竟也去贺了。七爷那会儿指使人打六婶,这会儿却坐在堂屋里,让人把娃儿抱出来给他看。七爷笑眯眯地扯起娃儿的小鸡鸡,娃儿尿了他一手!七爷大笑,七爷把沾了尿液的手指放到眼前看,看了,竟还用舌头尝了尝,嘴哑哑地说:"咸。长大了,有力!"

许多年过去了,他仍然不明白……

日错午了,秋阳斜斜,地上的影儿也斜斜,一坨一坨地斜。老牛还在走,拖着石磙一踏一踏地走。他把手伸进谷垛里,试图摸出一个婆好的红柿来,很大很亮的红柿。可垛里没有红柿。

他听见那红袄小娃儿在远处叫:"奶奶,奶奶。"六婶摇摇地站起来,抱着那娃儿去了,晃着一头苍苍白发。

蓦地,那白色的影儿现了。白衣白裙白鞋白袜,晃着一个白色的袅袅婷婷的影儿。在那白色的柔软里有"嗞啦啦"的锯齿声……

在靠墙根的最温和的地方,在灿灿的阳光下,他看到了一片碗,蓝边边粗瓷大碗。碗的后边是人脸,瓮一样的人脸,人脸上动着一张张大嘴巴。乡人们蹲在阳光里,举着碗,也举着嘴巴。这就是乡村的饭场了,乡村里最热闹的地方。

他很久没在乡村饭场里吃过饭了。回到家,娘给他盛了碗酸汤面叶,面叶上还卧了两只荷包蛋。娘说:"端出去吃吧,饭场里热闹。"他明白娘的苦心,于是就端着碗出来了。

看见他,乡人们纷纷放下碗来,招呼说:"金令,乡下也没啥稀罕物,你愿尝啥,就斗(吃)吧。"

他笑了笑说:"一样,都一样。"说着,就也找块地方蹲下了。

乡村饭场里没有女人,女人都在灶屋里蹲着呢。可乡村饭场里处处显示着女人的精明和算计。在那些摆在地上的粗瓷大碗里，暗腾着一双双女人过日子的手。手笨的女人，不会过日子的女人，是轻易不让男人到饭场里来吃饭的。饭场是女人的脸面。

三叔端的是一碗蒜面。三婶手儿净，人细格。那蒜面定是头一锅捞的，一筷子能挑起来，利汤利水。面是两掺，一半麦面，一半豆面，切出来也细细长长。只是没有卤，只有葱花、辣椒。一看就知道这是给当家主事的男人格外做的，家里人就一锅吃了，汤面。

绳头高蹲在粪堆上大嚼，碗里盛的是蒸红薯。绳头家女人邋遢，但邋遢女人心好。知道男人出力大，蒸出红薯来就拣那块大不坏的往碗里拾，堆儿拢得很大，暗腾腾一大碗！噎得绳头眼里翻白。

四叔端的是一碗玉米面糊糊，糊糊碗里放着一疙瘩咸菜丝儿，咸菜丝儿上经意意地滴着一滴香油。筷子上插的是一串玉米面烙饼，烙饼是在铁鏊子上翻出来的，焦黄。四婶不用说，是很精明的。即使是在困难的日子里，四婶家也会有余粮。

歪叔盛的也是蒜面。但蒜面跟蒜面不一样。歪叔碗里的蒜面是净白面做的，有卤。还是肉卤。肉仅两片，薄薄的两片，搁在白菜豆腐做的卤菜上边。那自然是家里来客了，娘家的客。娘家来的下辈客，男人是不陪的，可碗里有远近。

骡子端的是菜汤带窝头。骡子没女人。骡子娘的眼瞎了。瞎眼的骡子娘做不出好饭食，那窝头蒸出来稀叽叽的。可骡子不管这些，骡子吃得很香。骡子边吃边松裤腰带，吃出一脸大汗。

论饭的改样儿，还要数六叔家。六叔端的是菜包。包子虽是两掺面做的，但看上去倒像是纯白面。细看才会发现，那包皮有两层，一层白面，一层是高粱面。馅是萝卜粉条小碎丁，裹得很精巧，捏得也有棱有角的，摆出一只只宝塔样儿。汤是小米熬的，里边有绿豆、有青豆，闻起来香喷喷的。六婶手巧不必说。许多年来，六婶一直是乡村女人的榜样。她烙的油饼能揭出许多层来，层层光。日子艰难的时候，她用糠和菜叶捏出来的窝窝曾让许多女人嫉妒。好事的汉子们说，六婶手上的功夫跟腰上的功夫一样。然而六叔的吃相却很闷。话少，脸上木木的，眼半塌蒙着，眼光无边地漫散。嚼也很无力，一口一口地慢慢吞咽。

饭场里已没有往常热闹了。记得那时候饭场里总是骂声一片，笑声一片。汉子们吃相很恶。吃着吃着就抬起"杠"来。筷子敲得梆梆响，日天地大骂，而后碗一摔，就头对头顶起来，顶出一脖子青筋！而在这个无风的秋日里，饭场上却徜徉着宁静。狗懒懒地卧着。氤氲的秋光也像是被什么扯住了似的，不动。依墙而蹲的大多是些中老年汉子，吃相不恶，仿佛在吃着一种习惯。

他问五叔。人们说，你五叔不当队长了，承包了队里的磨面房，晌午头儿在磨面房等"电"哩。他又问五叔承包磨面房挣不挣钱。人们说，电不经常有，小孩尿一样，说来一股，也不挣啥钱，是个营生罢了。再问豌豆，人们说，豌豆如今发了，在家吃金屙银哩，不来了。人们说着豌豆，就像是说天外的事情，话语淡淡的，不惊。

阳光很暖，空气中漫散着一股老袄的气味。黄了的槐树叶一片片从树上落下来，落在人们身上，而后跌落在饭碗里。人们把槐树叶从碗里挑出来，头抬也不抬，继续吃。一片牙碰碗沿的吸溜声。

三叔吃光了碗，擦一下嘴巴，迟疑疑地问："研究（生）出来……怕是大官吧？"

四叔说："没听戏上唱嘛，状元。"

绳头停住筷子，眨蒙着眼说："都研究（生）了，怕是翰林，是翰林。"

骡子郑重其事地说："国务院，国务院。国务院'扛'大章哩！"

歪叔小心翼翼地问："那，都吃些啥哩？"

满仓叔说："啥？包子油馍胡辣汤呗。"

骡子抢着说："咱见过，半碗油！"

四叔骂道："去你娘那脚！人家就吃那？光吃油？油才多少钱一斤？胡咧

咧!"

骡子红涨着脖子说:"嗨,你不知,你不知哩。人家那油……高、高级。嗨,人家那油……"

三叔慢悠悠地说:"咱庄,学生门儿里出去仁了。听保魁他娘说,保魁住南京了。说是也占住事了,啥子厂管技术……"

骡子又抢着说:"明州,明州分到许昌了。农业局哩。人家那局里光卧车几十辆!……"

歪叔说:"没见回来过,没见。"

四叔说:"娶个城里媳妇,各自一家了,还回来啥。"

骡子说:"回来也容易,有卧车呢,'日儿'就回来了。"

三叔说:"要是没有'龙麒麟',怕是仁也出不去……"

天高万里,一碧无云。对面院里的辣椒串钉着一抹刺目的红光,那红光晃晃的,人们的谈话也恍若隔世。一只蜗牛在土墙上爬,持续不断地爬,爬出一片平和。人们脸上也爬着平和。那是一种安谧的叫人遗忘的平和。仿佛天外的事情说说也罢,不说也罢,日子总是要过下去的。于是就没有了时光的流逝。吃光了碗的老人,从土尘尘的老袄里伸出手来,掏烟来吸。烟一缕缕从满是老皱的嘴边飘出来,缓缓淡去。

骡子撂下碗,展了展腰,腰上有蛇一样的东西甩出来。他看见那是一条腰带。腰带黑不黑灰不灰的,可他看见腰带穗儿上拴着两枚铜钱……他脑海里立时飘出了一抹红色,那红色穿越时间的浮尘,摇摇地在傍晚的谷场上飘动。他终于记起来了,这就是那条红腰带,当年给六婶带来一顿毒打的红腰带!经过了那个夜晚之后,挂在桑权上的红腰带就不见了。现在,它却束在骡子的腰上!他望着骡子,骡子脸上已经没有疙瘩了,阳壮的红疙瘩。骡子脸上蒙着一片网状的细皱儿,皱纹里有许多蜂窝样的小孔,看上去像蜘蛛屎。骡子脸上也没有燥气了,话虽依然张狂,眼光却温了许多。骡子没有女人,骡子娶不下女人,骡子却一直偷偷地束着这条不属于他的红腰带。如今腰带上的红已褪尽，成了黑腻腻的布条条，可骡子仍然束着它。在许多个秋夜像水一样漫过之后，他看见骡子束着这条不红了的腰带，眼里有了温柔。

突然，村街里有了轰鸣声。只见五叔慌慌地站在村西叉腰高声喊：

"来电了，来电了！磨面赶紧来……"

四叔撇撇嘴说："看慌哩，拾炮样儿！"

在磨面机的轰鸣声中，他重又看到了那个影儿，紫色的影儿，紫影翩翩地跳着狐步舞……

起黄风了。

下午，当他背第三趟的时候，起黄风了。

先是有一股旋风在西边刈过的谷地里旋。旋风很小，陀螺一样转着，有谷草和土尘在陀螺里颠颠地跳。跳着跳着就旋起来了，草叶在旋转的气流中飞起一丈多高，滴溜溜转。忽而就升起了一股烟柱，黄色的烟柱。那烟柱腾空而起，直刺蓝天！这时候天反而更亮了，芒眼的一刺，西天里像化了似的，就白，就灰，呼啦啦半天云动。一霎时烟柱消失了，西天像罩上了一块暗灰色的大幕，铺天盖地裹过来。接着他听到了老鸹的叫声。黑压压的老鸹像机群一样在空中拍打着翅膀，雀儿四下逃飞，秋庄稼唰唰地倒过来，地上的草发出簌簌的响声，只听得"呜——"一声，就什么也看不见了。

一时，人就像在大锅里扣着，晕腾腾的。四周仿佛有许多手在拉你拽你扯你推你，不由你不走。往哪里走呢？他勉强睁开一道细缝，用力地往地上看，只见地像翻了似的，土一窝一窝地飞起来，荡荡地冲向天空。天是黄的，地是黄的，眼前没有了东西南北，也没有了村庄和田野。起初还有人的惊叫声，后来连人声也听不见了，只有铺天盖地的稠糊糊的风！在黄风里裹着，人就像晕头鸡一样，跌跌撞撞的，走也不是，不走也不是，仿佛四面都是黄墙，一重一重的黄墙。他立时感到了沉重，豆捆的沉重。他很想把背上的豆捆扔下来，喘口气，可豆捆紧紧地压在他身上，甩都甩不掉。黄风挟着豆捆，豆捆压着他，就只有走了，闭着眼走。

风刮着他，汗水淹着他，背上的豆捆越来越沉重。很快，他觉得他是被黄土埋了。他像是在黄土里一沟一沟拱，每迈一步都很艰难。天在哪里，地在哪里，村庄又在哪里呢？人在无奈时就剩下记忆了，他凭着记忆走。他看见娘了，娘笑着向他跑来，一脸黄笑，娘说："娃，你考中了，考中了！"爹也笑着，一脸黄笑，爹笑着笑着腰就直起来了。村人们也都望着他笑，一村黄墙样的笑。村人说："考中了，你考中了！"五叔笑得很忸怩，灰黄的忸怩，五叔说："啥时候盖章言声，你是全县第一名，头名状元！"七爷顿着拐杖说："咱'龙麒麟'考上头名了？我来瞅瞅。"七爷脸上带着苍黄的笑。半夜里，睡着睡着，他穿着裤衩子冷不丁从床上跳下来，问："娘，我考中了吗？"娘正给他套被子呢，娘借了几斤新棉花，正搭夜给他套被褥。娘说："娃，你考中了，这回真考中了。睡吧。"过一会儿，他又从床上跳下来，傻乎乎地问："娘，我真考中了？！"娘说："真考中了。你五叔捎回来的通知，那通知上盖着红霞霞的章，还能有假？睡吧。"七爷又拄着拐杖来了，七爷："咱'龙麒麟'出了头名，说啥也得贺贺呀！"娘说："七叔，不是恁侄媳妇抠唆。学是考上了，可这学费，还有出门的用项，我正犯愁呢。他爹把架子车都卖了……"七爷说："愁啥愁？喜还喜不过来呢！这事你别管了，该贺喜还得贺喜。村里凑个份子，唱台大戏怕来不及，就玩场电影吧！"五叔站在挑着大幕的场院里讲话，五叔说："咱村，咱'龙麒麟'，啊，杨狗剩儿考上了头名……"村人们乱哄哄地说："金令，金令！都考头名了，还喊人家狗剩儿？"五叔说："对对对。咱村杨金令考上了头名，咱今黑晌贺喜贺喜！钱是七爷张罗着凑的份子，现在我念念名单：七爷十块、豌豆十块、杨歪八毛、杨满仓一块、杨狗蛋一毛、杨富聚俩鸡蛋折价一毛三、杨欢子五分……"乡政府秘书说："不吸，不吸。你干啥哩？干啥哩？！"爹举着烟说："办手续哩。王秘书，俺来给俺娃办手续哩。"王秘书矜持地说："办啥手续，有啥手续可办？"爹说："俺，俺娃……"王秘书说："噢，噢噢，考上大学了。明儿来吧，今儿没空……算啦，算啦，给你办办算啦，拿过来吧。"乡派出所所长严肃地说："干什么，干什么？谁让你进来了？出去出去！"爹说："俺来办户口哩，给俺娃办户口哩……"乡派出所所长说："哟，考上了？柿树坡哩，听说还是头名……小马，办吧，给他办办。"乡粮所司磅员说："不吸！差半斤，你这粮还差半斤。掂下来，掂下来！回去背吧。"爹说："俺在家约了，秤高高的，咋就不够哪？"司磅员说："叫你背赊回去背了，啰唆啥？"爹说："你看，俺是柿树坡哩，路远。俺娃考上大学了，日子紧……"司磅员翻翻眼说："'龙麒麟'屙金蛋了？算了，半斤就算了。今儿个算你烧高香了，办去吧。"背书包的乡下娃子列队站在"龙麒麟"学校门口，两面破鼓"咚咚"地敲着，敲出一片尿罐声。校长说："榜样啊，这就是榜样！同学们，好好学习吧！"同学们目光朝着村口，脸上带着灿灿的土黄……

他走不动了，实在是走不动了。身上的汗水像小溪样的顺着屁股沟往下淌，豆捆压在身上火烧火燎的，全身像散了架一样，他一步也不想走了。然而，就在这时候，他突然觉得四周静了，很静很静，静得没有一点声音。当他慢慢睁开眼的时候，天晴朗朗的，仍是一碧如洗。而眼前呢，竟是一片老坟地！

他很诧异，是遇上鬼打墙了吗？怎么走着走着走到坟地里来了？

坟地里很静，一丘一丘的"土馒头"漫漫地排列着，几棵苍老的古柏默默地散在坟地的四周，一片昔日的纸钱无声地在坟头上飘动。这里是村人长久安歇的地方，一代一代的村人都葬在这里。路走完了，就到这里来了，来这里静静地躺下，身上盖着一抔黄土。坟头上的土已很老迈，在时光里失尽了黄色，只剩下了干乏的灰，在灰色里有铁线草的摇曳。那时候他常常一个人蹲在墓地里割草，一割就是一晌，也不晓得害怕。他记得他还站在老祖爷的坟上撒过尿，白白的尿水"哗哗"地撒在老祖爷的坟头上，老祖爷竟没有罚他，也没有给他托梦。后来他知道害怕了，就再也不敢在老祖坟上撒尿了。望着老祖坟，望着那漫漫延伸开去的土坟头，他仿佛听到了响器的奏鸣，那乐曲缓缓地流向天空，把天空染得更蓝。而同时他似乎又听到了土落在棺材上的"噗噗"声，那声音闷闷的，有一种令人窒息的恐怖。太静了，在寂静中他听到了风的絮语，也仿佛是躺着的老人在说话……

拐过坟地，他就看到了阳光下的村舍。村庄在秋阳里燃烧着，亮而明丽。一排排新老瓦屋活脱脱地凸现在眼前，瓦屋的兽头挑着一抹抹芒亮刺眼的光，也仿佛很温和地眨着眼。金黄的玉米棒从房上挂到房下，又扯到树的枝枝梢梢，一串串珠帘儿一般闪耀着七彩神光。在矮矮的土墙上，鸡在悠闲地散步，头一探一探，唱出朝天的"咯咯"声。村街里有牛车轱辘，撒欢的狗带起一溜土尘尘的烟。在村街中间，房檐上高挂着代销点的幌子，幌子是红纸裁儿做的，一飘一飘地在空中荡着老红。那就是老八开的代销点，卖油盐酱醋，还有日用杂货。代销点门前蹲着晒暖的老人，有娃儿颠颠地跑进去，也有女人晃晃地走出来，女人手里拿着一拐花线，走得很有色彩。在和煦的秋光下，村街里处处洋溢着生的盎然。仿佛那黄风不曾刮过，遮天的黄尘也不曾有过，一切都像是梦，过去了的梦。这使他想起了童年里摇头唱过的俚语："东西街，南北走，十字路口人咬狗，拿起狗来砸砖头，反被砖头咬一口……"怎么就溜出这么一段呢？他笑了。

天蓝蓝的，蓝天里幻出了一个蓝色的影儿。蓝影纤纤柔柔，媚态万千……

在谷场上，他又看到了七爷。七爷坐在谷场边的大石磙上，看着他一步一步走过来，看着他扔下豆捆。他像卸了套的驴一样，歪歪斜斜地立在那儿，很疲惫地望着七爷。夕照下，七爷的脸呈现出古铜色的迷离。阳光在七爷身边游走，走出一片金色的陈旧。远远地，他就闻到了一股气味，七爷身上的气味，他叫了一声：

"七爷。"

七爷的眼裂开了一条细缝，缝里有光，光很亮。七爷说："金令，你要走了，我知道你要走了。"

他心里一震，没有吭声。

七爷的眼重又眯起来，人像是睡去了。七爷八十二岁了，七爷老了，七爷老成了一堆灰。但这堆灰里仍有亮光射出来，亮光在灰里燃烧着，一堆灰就仍然生动，仍然庄严，仍然威风凛凛。他看不出亮光在哪里，可他感觉到了。七爷的旧毡帽上插了一圈自己卷的烟卷，那烟卷是烧纸裹的，像是一根根土黄色的翎羽。自然还有火柴，还有燃火用的一截麻秆。自他记事起，七爷头上的毡帽就是这样的，如今还是这样。那毡帽已陈旧得没有时间的痕迹了，仿佛摸一摸就要灰散，七爷却一直戴着它。七爷坐得很直，七爷八十多岁了仍然坐得很直。往常，七爷腰里总是系着一根草绳，系着草绳的七爷浑身是力。现在七爷不系草绳了，不系草绳的七爷余力犹在，那老袄上仿佛仍有一根看不见的绳子束着，显得很紧凑。离七爷越近，七爷身上的气味就越加地浓烈。那像是玉米吐缨、谷子抽穗、高粱扬花、小麦灌浆、豆子孕荚时混杂在一起的气味，又像是陈酿多年、经过无数次勾兑的柿子酒的气味，还像是燕子屎、雀儿尿、鸽子蛋、兔子毛……杂串的气味。但他觉得这都是不准确的。他说不清那到底是一种什么味。

七爷坐北朝南，那架势很像一座老屋。他很快想到了村里的房子，村里的每一座房子几乎都和七爷有关。七爷是匠人，村里的房子都是七爷或七爷的徒弟造的。村人盖房自然要先问七爷。造屋的日子是七爷定的，地基也是七爷方的，用料自然也要按七爷的安排。房子呢，自然都是坐北朝南向。门是双扇的，门环是双的，门闩也是双的，窗户是一左一右，很对称的两方。七爷说不能多，那是"屋眼"，窗户就是"屋眼"，马王爷才三只眼呢！房顶是必有屋脊的，脊上必有兽头，一对兽头。记得有一年，豌豆家的新房是请外村人建的。墙已垒了一半了，七爷带着徒弟从外村回来了。回来后一看没有屋脚，立即让拆了重垒！豌豆爹怕花钱，豌豆爹拱着腰说："七叔，你看，墙已垒起来了，人马三集的，就算了吧？"七爷不允，七爷黑着脸说："你打我脸呢？房子不垒屋脚，你是打我脸呢?!"七爷说有屋脚，就得垒屋脚。七爷立时招来徒弟，一分钱不要，一口水不喝，硬是把垒了一半的墙拆了，而后重扎屋基，一连干了三天，到了还是按"规矩"把房盖起来了。当然，七爷也有不按规矩的时候，那在七爷一生中只有一次，那就是"龙麒麟"……

七爷的嘴动了，七爷仿佛在喃喃自语，可他听不清七爷在说什么。他看见七爷的手缓缓伸进了裤腰，七爷的手在裤腰里摸索着。片刻，拈出一只肥大的虱子来。七爷那厚厚黑黑的大指甲在阳光里亮了一下，一翻就扪在了石磙上，"砰"的一声，石磙上溅出了碎碎的红光。七爷的血和虱子的血炸在阳光里，炸出了一小片肥硕圆润的黑红！

七爷要告诉他什么呢？他不知道。在他的记忆里，七爷没有女人，七爷一生都未娶过女人。一生都未娶过女人的七爷却从不害病。他不记得七爷什么时候害过病。记得那年刮黄风的时候，七爷正在房上砌瓦呢。黄风把七爷裹了，黄风过后七爷成了黄土猴子，可光脊梁的七爷仍在房上蹲着砌瓦，砌得很从容。后来天落雨了，雨水在七爷的脊梁上亮着一颗颗圆圆的水珠，那水珠把七爷荡满黄尘的脊梁砸印出许多铜钱般的麻点，那麻点慢慢化成一条条细流，直到雨水把身上的土尘冲净，七爷还在蹲着砌瓦，连个喷嚏也没打。

他望着七爷，越看越觉得七爷高深莫测。他甚至觉得七爷身上的气味有很强的穿透力，那气味在阳光里播散着，不但把他泡了，把整个村庄都泡了。他似乎感觉到了什么，一时又想不出。在时间的烟雾里，他看见七爷门前放着一个小瓦钵。许多年来，那小瓦钵一直在七爷的窗下放着，他不知道那瓦钵是干什么用的。他记得七爷的窗台上总是放着一些碎木头做的"叫吹"，"叫吹"做得很精致，还用染料染上，看上去花花绿绿的，吹起来很响。七爷闲的时候就做这种一吹就响的"叫吹"，做了许多"叫吹"。七爷做的"叫吹"都被村里孩子拿去了，孩子们拿着"叫吹"满街吹，吹出一村哨儿响，吹坏了再来七爷这里拿……于是他脑海里亮了一下，他仿佛听到了"哗哗"的水声，那水声穿过一个个用树叶串起来的日子，明晰地出现在他的眼前：小瓦钵，七爷门前的小瓦钵，瓦钵里有清亮亮的黄水……

他明白了，他终于明白了。七爷身上的气味，那说不清的气味，是尿水的气味，"童子尿"！这是七爷的秘密。七爷做"叫吹"来吸引孩子，让孩子尿到瓦钵里，而后七爷……

七爷从不生病，七爷八十二岁了，七爷八十二岁仍活得很旺。

他听见七爷又说话了。七爷说："金令，有句话你得记住，不管走到哪里，不管干多大的事，你都得记住，你是狗剩儿。啥时候都是狗剩儿。"

七爷说话的声音很低，喃喃的。见他没有吭声，七爷问："记住了？"他说："记住了。"七爷又问："记住了？"他说："记住了。"七爷再问："记住了？"他说："记住了。七爷，我记住了。"他望着七爷的手，那手像树枝一样叉巴着，手上皱皮枯枯的，皱皮下凸露着干干的骨节，骨节周围的血管干瘪了，网着一片塌陷下去的黑紫色。可他突然发现七爷的手抖起来了。七爷一开始说话手就抖起来了。七爷的手抖动得十分厉害，那手像得了鸡爪疯一样，颤得让人头皮发麻！

就在这当儿，他看见七爷的裤裆湿了！七爷的裤裆处洇出一小片湿黑，很腥很腥的湿黑，那湿黑慢慢润大，而后有水滴下来了，一滴，两滴，三滴……

七爷依旧坐得很直，坐架很硬，只是那颤抖已从手上传遍全身。在颤抖中七爷重复问他。还是那一句话，还是那三个字。七爷一遍又一遍地问：

"记住了？"

他说："记住了。"

"记住了？"

他说："记住了。"

"记住了？"

他说："记住了。七爷，我记住了。"

七爷长长地叹了口气，很惆怅地叹了口气，不再问了。

在他回答七爷的时候，他脑海里却钻出了一个黑色的影儿。那黑影一拱一拱地钻出来，像幽灵似的见风就长，突兀地出现在他的眼前：

黑衣黑裙黑鞋黑袜，那黑色的扭动令人心荡神移，目不暇接……

日西的时候，豌豆来了。

豌豆换了一身新西装，像串亲戚一样，浑身上下崭刮刮的。手里呢，还赫然地提了八匣点心！豌豆身后跟着两个孩子，孩子也换了新衣裳，小脸洗得很净。妞妞扎着粉色的蝴蝶结，娃儿理了小平头，看上去像是精心打扮后才来的，并且一人还抱着一只大红公鸡！

豌豆一进门就笑着说："叔、婶，你看，整日价穷忙，也没工夫常来看恁老人家。今儿个，我把恁孙子孙女领来了……"

娘一愣，慌忙迎上去，说："豌豆，干啥呢？自家人，你这是干啥呢？……"

爹也说："你看，你看……"

豌豆说："不干啥，来看看恁老人家。俺兄弟呢？"

娘就喊："金令，金令，你看谁来了？你豆哥来了。老天！还花钱……"

他刚从地里回来，正洗脸呢，也赶忙迎上去说："豆哥，你这是干啥呢？上屋吧，上屋吧。"

进了屋，豌豆掏出烟来，先给爹敬了一支，又递给他一支；先给爹点了，又给他点，而后吸着烟说："兄弟，当着咱叔咱婶的面，说一句打脸的话，我今儿个可是高攀了！……柱儿，花儿，快叫'大大'。"两个抱红公鸡的娃儿齐声叫"大大"。

豌豆说："兄弟，高攀不高攀吧，今儿个我来了。恁这俩侄瓜子都在'龙麒麟'读一年级呢，柱儿八岁，花儿七岁，认给你做个干儿干闺女！"

他一听，慌了。原来豆哥是来认干亲呢，要把两个孩子都认给他！忙说："豆哥，不行，不行，这可不行……"

豌豆吸着烟说："礼我是备了，娃子也来了。出门时恁嫂子还说，人家愿不愿呢？我说，咋会不愿呢？光屁股长大的兄弟……你看着办吧。"说着，就吩咐孩子："柱儿，花儿，给你大大跪下，磕个头。恁大大不应声不能起来——"

于是，两个娃儿双双跪在他的面前，恭恭敬敬地磕了两个头，接着仰起小脸，一声声叫"大大"……

他惊慌失措，一时语塞，竟说不出话来了。他望着孩子的小脸儿，眼前晃晃地出现了一抹粉红。在那抹粉红里，他看见他和童年的豌豆蹲在七婶的窗户下边，悄悄地听七婶的"房"。在满仓叔结婚的那天夜里，他跟豌豆在窗台上整整蹲了半夜，就为了"听房"。那时，两双小眼睛死盯着一个窗洞，那窗洞是豌豆用舌头舔破的，只能轮换着独眼看。开初屋里没有声音，蜡吹灭之后就没有声音了，只有一团化不开的墨黑。过了很久很久之后，才有了一声"嗯"，软软柔柔的"嗯"；接着又是一声"嗯"，阳阳壮壮的"嗯"，继而就听到了床的"吱呀"声……那"吱呀"声叫人分外激动，那是一种说不出的激动，那激动一直在他心里藏了许多年。在凉凉的夜气中，豌豆的呼吸粗了，他的呼吸也粗了，就觉得人是很好的东西，很好。那"嗯"声无比的好！在"嗯"声里仿佛有什么升起来了，竟有了一丝庄严。在这"庄严"里两人互相看了一眼，没有笑。第二天割草时浑身是劲，草割得很多，背的时候也不觉得重。床的"吱呀"声使他想到了老鼠，可那不是老鼠，那是一抹粉红，人的粉红。后来人们问他俩"听房"听到了什么，他俩都笑了，红着脸笑了。是呀，没有听到什么。但什么都听到了，不说。那回味曾使许多个割草的日子变得有声有色。再后七婶抱出了一个孩子，那孩子粉粉的红肉儿一下子就让人想起了那么一个夜晚。那是一个粉红的夜晚。在一个粉红色的夜里他们听到了一个粉红色的"嗯"声。那时，豌豆常常无缘无故地"嗯"一声，"嗯"得严肃而又庄重……

现在豆哥来了。豆哥领来了两个孩子，带着重礼，说要把孩子认到他的门下，做他的干儿干闺女。他说什么呢？童年的豆哥是很重情义的。这会儿豆哥穿上西装了，穿上西装的豆哥非要把孩子认给他……

他上去拉孩子，孩子不起来。他笑着说："豆哥，豆哥，这是干啥呢，你饶了我吧。"

娘在一旁打圆场说:"豌豆,不是不认,恁兄弟还没成家呢,按规矩说,不全乎,怕对孩子们不好哇!"

豌豆说:"婶,全不全我不在乎,我也不迷信。说实话,换换主儿我还不让孩子认呢。我认准俺兄弟了,这俩娃儿就认给俺兄弟。认也得认,不认也得认!"

他无法推托,也无法应承,只好说:"豆哥,你看我整年不在家,也帮不上啥忙……"

豌豆说:"兄弟,咱俩好不好?"

他忙说:"好。"

豌豆说:"你放心,我不求你办啥事。这些年恁哥日弄哩也不赖,啥都不缺。孩子认给你,也不图你啥。你常年不在家,娃子认到你门下,这就近一层了。咱叔咱婶有个好好歹歹的,我让娃子们时常来看看,给老人添个乐儿。缺啥少啥我也能过来招呼招呼,家里就不用你操心了。你要是觉得高攀了,我站起就走!"他再也无话说了。娘说:"豌豆,你既然不嫌恁兄弟不全乎,我做主了,认下!"娘进耳房里封了两个小红包交给孩子,而后把孩子拉到怀里:"多好俩娃儿!认下了,我做主,认下了。"豌豆说:"快叫'大大'。"俩娃儿扭过小脸,又喊:"大大。"他摸了摸孩子的头,也就算默认了,说:"豆哥,你出我的洋相呢,还没成家,就俩娃儿了。"

豌豆也喜了,就吩咐娃儿喊"奶奶",喊"爷",俩娃儿就连声地叫"爷"叫"奶奶",喊得老人们乐滋滋的。

他望着豌豆,豌豆的脸很重,重得叫人看不清。烟雾在豌豆的脸前一缕缕飘散,在烟雾里他看见豌豆的额头上有风割的一道道纹路。虽然穿着崭新的西装,但满脸胡楂子,似有一种说不出的倦乏。豌豆的"豆眼"在童年里是很亮的,一眨就是一个"点子",这会儿他却看不透了,那眼上蒙着烟雾,仿佛很深,井一样深。然而,在深井里却浮游着一种东西,很庄严的一种东西……

娘说："你豆哥这几年中了，日子是村里头一份。会木匠手艺，还会开小拖……"

豌豆说："嗨，中啥，给俺兄弟提鞋都提不上。搞了几年运输，领了几天建筑队，又包了个砖窑，糊涂麻缠吧，也弄了俩钱儿，还过得去吧。"

他说："豆哥，村里人都说你发了。"

豌豆说："发啥？兄弟，要不是为这俩娃儿，光种地好好孬孬也够吃了。咱吃好吃赖都不要紧，娃们路还长呢……"

他突然觉得豌豆说话的口气很像豌豆爹，罗锅了的豌豆爹。豌豆爹当年说话的口气就是这样的。现在豌豆也当爹了……

豌豆又坐了一会儿，就领着两个孩子去了，临走时，豌豆又是先给爹敬烟，再给他敬烟，说："你歇吧，兄弟。晚上咱们好好闹闹！"

童年的豌豆去了，现在的豌豆也去了，带走了一抹遥远的粉红。他望着静了的院子，院子里多了两只拴着腿的大红公鸡。公鸡的腿被细麻绳捆着，一蹦一蹦地在院子里觅食儿。

豌豆把孩子认到他的门下了，可他的门在哪里呢？

一个高大如城堡的女人的影儿……

天黑了。天黑之后村街里响起了锣声，有人"咣咣"地敲着锣高声喊：

"打平伙喽！打平伙喽！上河滩打平伙喽！……"

随着吆喝，村街里响起了纷乱的脚步声，娃儿们欢呼雀跃，狗也汪汪地跟着叫。娘说："去吧，金令，去热闹热闹。"

"打平伙"。在童年的日子里，他天天盼着"打平伙"。那时候，一到收获的季节，就有年轻的光棍汉们在村里挨家串，看哪家的猪长成了，就悄悄地把猪赶到河滩里，杀了之后才告诉主家："你家的猪打平伙了，黑晌儿去吃吧。"主家听了，也就笑笑，骂一声："鳖儿！我说咋听不见猪叫呢。"猪杀了，就在沙滩里点上火，在大锅里煮，撒一些盐，再搞些水酒，一村人都去吃，吃一嘴油！那场面是很热闹的。当然不是白吃。每回打平伙，哪怕只吃过一口肉，喝过一口汤，秋后都要按市价给钱，钱是平摊，人头一份。若是没钱，也要拿去二斗粮食，不让主家吃亏。这风俗很古老，是上辈人传下来的。记得那时候，一听说"打平伙"，他中午饭都不吃，早早地就跑到河滩里等着，一直等到太阳落山，篝火点起……

然而，今日已非昔日，他不想去了。

这时，就听见院外有人喊："金令，走哇。七爷请你去呢。今儿个不平摊，是吃大户，豌豆出钱，杀了口三百斤的大猪！快去吧，火都点着了！"

娘说："去吧，好几年都不兴了。去玩玩，别扫了大伙的兴。"

他迟疑着，没有站起来。

不一会儿，就又有人来叫了："金令，你得去呀，七爷让你去呢。七爷说，你务必得去……"

他只好应声道："好，你们头前走，我去。"

他拖延着，一直到村街静了，再听不到脚步声了，他才出了家门。夜已黑得模糊了，村街里一片灰黑色的朦胧。在朦胧里他深一脚浅一脚地走着，踏出老牛的咀嚼和虫儿的鸣叫。瓦屋的兽头黑得狰狞，狰狞里又蕴含着几分厚道。土墙灰得斑驳，斑驳里藏着几许温情。树木的枝条在夜空里斜叉着，花黑着一片恬然的宁静。夜空里有星儿碎闪，没有月亮，月亮钻到云层里去了，汪着一块灰灰的苍白。风凉得烫脸，带着一股沁人的烧豆秆的气味。他听见他的心怦怦跳着，像兔儿一样跳着。在家乡里走夜路，他不知道心为什么会跳得这么厉害。夜的苍穹很大，无边的大。在夜的苍穹里人成了一小团墨黑，很安全的墨黑。夜把你藏了，夜给了你从容和随意。这种墨化了的乡村夜路不由叫人喜悦！

上了河堤，颍河就在眼前了。颍河缓缓地流着，这是一种没有响声的流动。水已是很小了，泛着淡淡的青色。皱着绸布一样的纹。记得童年时他常在这条河里洗澡，夏天水涨得很大，浪花总咬他的小屁股，他就一次又一次地从河堤上往下跳，溅碎一河白浪……夜仿佛亮了些，月牙在水里漂出一只小小的牙船，牙船荡荡的，一起一伏地在水纹里波动。细看时就什么也没有了，只有一曲暗红的缓流。苇荡里红光四起，芦苇的下半部铁黑，上半部却挑着一片猩红，那猩红随风摇曳，摇出一湾血。苇荡旁边是三堆燃烧着的篝火，火光冲天而起，烧红的豆荚像红色的羽毛一片片飞上夜空。篝火周围是墙一样的人脸。人脸很厚，柿饼一样红着，那就是"打平伙"的村人了。村人们在火光的映照下头挨头、脸贴脸地围着一口大锅，大锅里冒着喧天的热气，猪肉的香气溢向四野！在猪肉的香气里他听见了村人的笑骂声和汉子们的吼叫！有人唱了，野唱，一声声炸破喉咙：日一个昏天黑地，日一个小虫叨米，日一个四脚爬叉，日一个稀里哗啦！日一个石磙圆周周，日一条扁担九尺九，日一张木犁沟沟里走，日一块红亮的小肉肉儿！日一个花花儿天，日一个花花儿地，日一个楼瓦雪片万担米，日一个龙子龙孙坐龙椅！

汉子们那阳壮的野吼震动了整个苇荡。在火光中，红色的芦苇随着"日日"的唱一浪一浪起伏，仿佛整个河滩都燃烧起来！那憋足气的人脸举着一张张大嘴巴，铺天盖地都是嗷嗷的叫声……

夜也显得亮了，一钩新月挂在天上，星儿齐齐眨眼。他看见七爷了。七爷在火堆旁的空地上坐着。他看不见七爷坐的什么，七爷像是悬空而坐。七爷遍体红光，鹤发童颜，看上去不像人。七爷身子周围游动着一串金光闪闪的火星，在火星里，七爷仿佛在缓缓上升，神人一般地上升。七爷仍然坐得很直。

他也看见豌豆了。掌锅的是豌豆。豌豆没有穿西装，豌豆穿的土布褂。穿土布褂子的豌豆站在冒着热气的大锅旁高声叫道："七爷，肉熟了！"

就听七爷叫道："酒倒上！"于是开代销点的老八慌忙把酒坛打开，拿出一摞子碗来斟酒。人们也气势势地跟着喊："倒酒！倒酒！"

在一片嚷嚷声中，七爷又喊："金令呢？金令来了没有？"

汉子们也炸开喉咙吆喝："金令，吃头块肉了！……"茫茫四野齐声回应："吃头块肉了！吃头块肉了……"

吃头块肉，是多大的尊崇和荣耀啊！那头块方肉，一向是德高望重、给村人们办过大事出过大力的人才有资格吃的，他有什么资格吃头块肉呢？他不配吃，他不配呀！他望着墙一样的乡人，望着熊熊燃烧的篝火，不由一步步退去。

在火光中，他看见簇动拥挤的人头像林子一样竖着；他看见人脸一层一层地红亮；他看见一张张阔大的嘴巴在肉锅前高举；他看见豌豆用长勺一下一下地敲打着人们的头，人们潮水一般地后退，而后又浪花般地前涌；他听见女人的尖叫声像鸟儿一样飞出，扑棱棱进了苇荡，继而是一片哄然的大笑；他看见敞着怀的女人在笑声中拥出一束金红；他看见娃子们在娘的怀里长大，长伸着一只只红红的手……

当豌豆把头块方肉挑到木桌上时，他看见人们突然静下来了。没有人再动了，谁也不动。有人飞快地跑上回村的路，一路唤着："金令，金令……"村人们静静地等候着，一张张脸上都带着庄严、肃穆的神情。

这时候，他忽然抖动起来了，浑身像筛糠似的抖。就在这一瞬间，他明白了，他终究是要走的。他该走了。这一走也许就不再回来了……

乡人哪，乡人！

望着一片诚挚的乡人，望着生他养他的热土，望着再次给予他生命的田野、河流、村庄……他膝盖一软，扑通一声跪了下来。在黑暗中，他扑在地上重重地磕了三个头！他已无话可说，只有一行行热泪……

而后，他转身走去。黑夜拥着他，他不由得加快了脚步。

1991 年

○ ●

豌豆偷树 ······································

1985 年 9 月 1 日

开学了，我仍是六年级的班主任。当班主任一月有五块钱的津贴，校长常常很随意地更换。一学期一换。这次他没换。

教室里弥漫着一股口臭气，学生娃刚从地里拱出来，一个个土头土脸的。过去，我曾强调过要洗脸，当学生了，要洗脸。可乡下活太多，十几岁的学生也算是半劳力了，忙了一夏天，整日在田里扑腾，头脸就顾不上了。顶多擦一把，马马虎虎。说也无用，这是一种习惯。我没有强调刷牙，在乡下，刷牙很奢侈。我也是在县城上高中时才开始刷牙的。说心里话，我如果有钱，会让学生们都刷牙，一人发一套牙具，把牙刷得白白的，教室里就不会有口臭气了。可惜我没钱。

这是头一天，学生仅来了七七八八，不齐。看看地很脏。假期里有人借教室办酒宴，一地烟头。房角里净是蜘蛛网。窗户上还钉着隔年的塑料薄膜，烂了的塑料薄膜被剥蚀得像小孩尿布一样。我吩咐学生们打扫卫生，学生说没笤帚。就去找校长要笤帚。

校长室在东边，门虚掩着。推开门，见校长光脊梁，在逮虱。校长放下汗衣，忙净手。而后问："干啥呢，文英？你干啥呢，也不言声？"

我说："领笤帚呢。校长，我来领笤帚。"

校长说："没笤帚。今年经费紧张，没钱买笤帚。"

我看着校长。校长身上没多少肉，筋巴巴的，皱儿多。校长说："将就吧。"

我回到教室，对学生们说："散吧。明儿带笤帚来。"

学生们就散了。

9 月 3 日

今天正式上课。

我清点了人数，班里有四十一个学生，空了三个位子。王小丢没有来，王聚财没有来，王大花也没有来。

我问："谁知道他们为啥没来？"

同学们嚷嚷道：

"老师，王小丢他爹不让他上了。"

"王聚财去给他家老母猪配种了。"

"王大花帮她娘生孩去了……"

学生们哄然大笑，亮一片黄牙。我严厉地说：

"不要笑！"

这时，王钢蛋站起来说："不诓你，老师。王大花去新疆帮她娘生孩去了……"

阳光从门外射进来，晃得人眼花。我无话可说，就说："上课吧……"

王大花的娘，论辈分我该叫一声婶。乡下没别的，就是想生男孩，好传宗接代。她又怀孕了，生了三个姐，还想要娃。王大花在家里是老大，才十四岁，就跟她娘到新疆去了，去躲避计划生育。此去千里，多大的云彩呀，就拉着大妹，抱着小妹，还要护她娘的肚子，学也不上了……

王聚财去给他家老母猪配种，连假也不请，准是又挨他爹的破鞋底了。他家的老母猪一年生三窝猪娃，很能挣钱，是他爹的"命"。你要给他说，上学重要，还是老母猪重要，他爹肯定会说老母猪能置钱。他爹是个"咬断筋"，有理扯不清。

王小丢不该不上。虽说他家最穷，可这孩子聪明，是班里学习成绩最好的学生。不上可惜了……

中午，我去了王小丢家。小丢爹见我来了，扔出一个小板凳，说："坐。"

人没坐，苍蝇先坐了，一屁股下去，砸死两只。觉得湿，欠起屁股，小丢爹大手一抹，说："坐。"

只好坐。小丢爹依树蹲着，说："闲了？"我说："闲了。"

院里很脏，撒一地鸡屎。苍蝇在头顶"嗡嗡"飞，很亲热人，赶都赶不去。一只小壳郎猪在脚边"哼哼"着拱，得用脚踢着。蚊子一团一团地从灶屋的浓烟里卷出来，四下撞。有公鸡在淘菜、洗碗用的瓦盆上立着，不时啄一下，像敲钟。水缸呢，紧挨着粪坑，缸还是烂的，上边趴一层蠓虫……

我问："小丢呢？"

小丢爹说："丢卖烟去了。俺不上了，上也是白上。识俩字算了。"

我说："让小丢上吧。咱村多少年没送出去一个，孩子聪明，不上可惜了……"

我说了一堆好话，讲了很多道理。小丢爹像蔫瓜一样，眉头蹙着，一锅子一锅子吸烟。他额头上趴着一只金色的苍蝇。阳光下，脸很重，苍蝇很明亮。

灶屋里，风箱一嗒一嗒响着，忽然就静了。烟雾里探出一头柴草，是小丢娘。小丢娘说："你看俺这一家，你看俺这一家……"紧着就咳嗽起来。而后叹口气，哑着喉咙说："他爹是个榆木疙瘩，地也种不好，又不会做个生意。盖房吧，拖一屁股债……家里缺人手。"

我说："要是学费有困难，我给学校说，给他免了。这行吧？"

小丢爹说："日他娘，日他娘哩！"

小丢娘说："买起猪，打起圈；娶起媳妇，管起饭。国家的事，咱也不能欠人家。就是人手紧……"

我不能松口，我又说："十几岁的孩子不上学，长大了又是个文盲，还不是照样受人欺负。"

这句话很吃紧，老实人最怕受人欺负。小丢娘转着圈说："那、那……要是能上出个名堂，就让他上吧。"

小丢爹轰了苍蝇，白了小丢娘一眼，说："球哩，能上出个啥球名堂？"

我赶忙说："能上出名堂，让他上吧。"

说着话，院里似有了风，有了蕴润的生气，有了一片肉色的明亮。扭头一看，王小丢回来了。这孩子走路一点声音也没有，倏尔就站在院子里了，静静地，黑脸上淌着一层热汗。

王小丢看见我，眼一亮，亲热地叫了声老师。

小丢爹问："烟卖了？"

王小丢说："卖了。"

小丢爹问："几级？"

王小丢说："三级。"

小丢爹喷一嘴唾沫，骂着："日他娘！二级烟卖三级……"

王小丢不吭，很懂事地立着，脸上的汗一滴一滴往下落。

小丢爹唠叨说："咱不认识人家，要是认识，三级烟能卖一级。日他娘呀……"

王小丢仍不说话，就那双眼睛亮着。仿佛知道骂也无用，就不吭。

我对王小丢说："小丢，下午去学校上课吧。给你爹说了，不交学费，上吧。"

王小丢的目光从爹娘脸上扫过去，头慢慢转着，似喜非喜，脸上竟带着与年龄很不相称的沉稳。见他爹还在唠叨着骂"烟站"里的人，就说："晌午了，老师，在这儿吃吧，叫俺娘擀蒜面。"

小丢娘慌了，忙说："你看，你看……也没啥好的。"

我说："不了。记着下午上课。我回了。"

小丢娘见我站起来，说："吃嘛，在这儿吃嘛……"又说："好好上，别负了老师的心意。"

当我走出院子的时候，王小丢默默地跟在后边，仍是无话。可我感觉到了，身后有两条细杆腿举着一双黑亮的眼睛，那眼睛很重。

9 月 11 日

上午，校长女人堵在学校门口大骂。

校长女人跟我同岁，才三十八，已苍老得叫人不敢看。黄刀条脸，龇着一嘴猪屎牙，头发乱麻麻的，立在学校门口拍腿大骂：

"郭海峰，你个挨千刀挨万刀的，你出来！见棵嫩白菜就想甩了老娘，你休想！老娘给你吃给你睡给你生娃，老娘哪一点对不起你？……"

校长是许昌人，早年在城里教学，五七年打成右派，到乡下来了。那时候，校长是村里唯一的国家教师。后来娶了老支书的女儿做老婆，成了村里的老女婿。

"老女婿"趿拉着鞋从办公室里跑出来，慌慌地说："干啥呢？干啥呢？有话回家说。"

校长女人上去拎住校长的耳朵，说："走，上村街里说，哪儿热闹咱上哪儿……"

校长说："国灿他娘，国灿他娘……"许是怕学生们笑话，就乖乖地跟着女人出校门了。

昨天，学校来了个城里姑娘，穿飘裙。跟校长在办公室谈了半日，而后就走了。校长送到门口，一脸光气。回头给人说是他一位同学的女儿，大学毕业，分在县教育局工作，依母亲的吩咐来看看他。校长说，这姑娘的母亲年轻时很漂亮。"校花！"校长说，"那时候，上师范那时候……"

不知哪位多嘴驴报与校长女人，女人就骂到学校来了。

放学的时候，见校长女人在地里种萝卜，校长跟在女人身后点种，裤腿挽着，一步一挪，一步一挪……校长女人还不依不饶地抡着锄说："……郭海峰，你要有外心，我死也不饶你。我死了变个厉鬼，天天站你床前头！"校长一边点种，一边赔礼说："这多年了，这多年了……"

记得二十六年前，年轻的郭海峰老师拍着我的肩膀说："王文英同学，好好学习吧。我当人梯，一定把你送出去。世界大呢！"

他没把我送出去，自己倒留下来了。

9 月 13 日

午后去镇上给娘抓药。三剂中药五元八，带洋五元，不足，又携鸡蛋十个，卖与镇人。

多日不来，镇上日见繁华。人多、车多、卖东西的多。女人身上有很多颜色，穿飘裙，走路簸箕样，不由多看两眼。

路过乡政府门口，碰上了老同学孙其志。昔日在县城上高中，孙其志曾与我同窗三载。那时候孙其志与我同坐一个桌，同吃一锅饭，同睡一张床（上下铺）。有一次，他夜惊尿了床，尿水从上铺流到下铺，第二天早上我们俩又一块儿晒被子……孙其志头大，常被同学们戏称为"孙大头"。现在"孙大头"当官了，是乡里的民政助理。他与乡长一干人又说又笑地从门里走出来，像是刚吃了酒，脸上油光光的，有桃色。既是老同学见面，自然要打个招呼。我忙下车，迎上去喊："孙其志，孙……"

谁知，孙其志明明看见我了，脸上的笑还像胡椒面一样撒着，却忽地转过脸，巴巴地去拍乡长肩上的土，像不认识一样。可叹哪，我已张口，忙闭嘴，就觉得人贱。木木地站了两秒钟，狗一样推着车往前走。走了几步，只觉秋阳如虎，浑身蝎蜇。刚刚卖了鸡蛋，这会儿又卖了脸皮，厚颜无耻也只有到我这种地步了。于是我又折身拐回来，正对着孙其志一帮人。孙其志见我回来，一下子愣住了。我说："孙大头，孙其志，孙助理，你不认识我吗？你就是不认识我？我文英再穷，拉棍要饭也要不到你门前哪！别说你当个驴尾巴吊蚂蚁样个小助理，你就是县太爷，就是国务院总理，我穷是我的，穷气也沾不到你身上哇?！狗眼看人低！"

骂完，我返身上车，扬长而去。孙其志满脸潮红，结结巴巴地追着喊："文英，文英，你听我说……"

痛快！痛快！痛快！

车是借洪魁家的，脚刀蹬坏了，修后还了人家。

9 月 15 日

白眼狼。

我是在学校厕所里发现的。厕所墙坍了一半，还有一半，能遮住屁股。就在那爬满绿头苍蝇、能遮住屁股的一小半土墙上，孩子们书写着"白眼狼、好尿床"的粉笔字。字写得不好，枝枝杈杈的，很阳壮。只不过狼字少了一点，成了"白眼狼"。

尿完了，眼望着远处那排破旧不堪的校舍，望着操场上那对歪歪斜斜的篮球架，望着天上那块燠热的白云，听着学生娃那念经一般的读书声，倏尔，我明白了：白眼狼就是我，我就是白眼狼。

我眼里有块白斑，是娘胎里带的。村里人叫得好听些，说是"棠梨花"。我左眼里有个"棠梨花"，孩子们就说是"白眼狼"。

从厕所里走出来，在一排教室的砖墙上，我又看到了粉笔字。教室墙上有很多"大×白眼狼""××白眼狼"的粉笔字……

时光倒回去了，我看见时光一点一点往回倒。我是从三年级开始接这个班的。这个班的前任老师是王明顺。王明顺老师是村主任的兄弟，他初小毕业，识字本就不多，给村主任言一声，就来教学了。他是拿了他娘的老花镜戴着来给学生上课的。王明顺老师往讲台上一站，很神气地把老花镜架在额头上，"唰唰唰——"在黑板上写下了一道算式，而后叉着腰大声问："同学们，4×0 等于几？"座中有学生举手，王明顺老师指头一点："好，你说。"那学生说："老师，4×0＝0。"王明顺老师手一挥："不对，不对！坐下吧。"接着又问："还有谁知道？"再有学生举手，王明顺老师咳嗽一声，再点道："说吧。"那学生说："4×0＝4。"王明顺老师一拍腿："对了嘛！……"我并不想贬低王明顺老师，是校长实在看不下去才让我接这个班的。都上三年级了，班里竟有很多学生不认识被子的"被"字。那时，王钢蛋在班里学习还算好的，我指着黑板上的"被"字让他认，他就不认识，说老师没教。我启发他，我说："你家床上是什么？"王钢蛋愣了愣，说："床上是俺娘。"我急了："你娘身上呢？"他竟傻乎乎地说："娘身上是俺爹。"就是这样一个班，我接过来了。我天天给他们补习，讲着新课，补着旧课，尽了最大的努力，我期望着能送出去一个两个。我要求严，我是要求严……

　　站在讲台上，我不知道该说什么，我无话可说。我看见老鸹黑压压地从我头顶上飞过去，拉了我一头白屎。我看见树叶绿了又黄了，树叶是很容易褪色的。我看见村街里漾溢着猪屎马尿的气味，一片一片的大海碗和机群一样的苍蝇。我听见了婴儿的啼哭，看见了破剪刀"咔咔"剪着脐带，我看见戴着红兜肚的娃儿摇摇地走向田野，手里提着一只瓦罐。我看见我的乡邻们背着锄下地，又扛着锄回来，一日日背老日头。我看见在老鼠撒欢的黑夜里，娃们睁大眼睛，默默地看爹娘在床上做那种事情……我想说：同学们，我把心扒出来吧，我把心扒出来给你们看看！

　　学生们都默默地望着我，像举着一把把鲜艳的黄土。黄土也会褪色，我知道黄土也会褪色，到那时候就晚了。孩子们没出过门，学的知识有限，不知道世界是什么样子。孩子眼里满是惶惑，那惶惑像大水一样朝我漫过来……

　　这一刻，教室里静极了。我在黑板上写了"白眼狼"三个字，我说："叫我白眼狼吧，就叫我白眼狼算了。别用粉笔往墙上写，粉笔涨价了，两分钱一支。"

同学们笑了。

我也笑了。

白眼狼就白眼狼吧。

9 月 18 日

梅来了。

背上热，我知道是梅来了。

我说，别看我，别偷偷看我，我改作业呢。

梅说，谁偷偷看你了，你心不专。

我说，我丑，我不经看，我眼里有"棠梨花"，孩子们都叫我"白眼狼"。

梅笑了，梅笑起来很柔，一点声音也没有。

梅很勤快，来了就扫地。扫了地就坐在床沿上补衣裳。梅不爱多说话，总是我一个人说，她听。

我说，梅，你不嫌我，真不嫌我？我是个穷教书匠，还是民师，一月才四十二块钱。娘的眼瞎了，病恹恹的，常年抱药罐子。这个家，你看看就知道了。听说这些年做生意能发财，我要去做生意也许能多挣些钱，可我喜欢教学。我在县城里上过六年学，初中三年，高中三年，那时候就我一个人考上了县城里的中学。那时候不光右派老师郭海峰说我是才子，村里人也都说我是才子。要不是赶上"文化革命"，我也许能上大学。后来我就回来了，在村里教小学，一教教了十八年。教惯了，不站讲台心里空。你看我胡子拉碴的，其实我才三十八岁，虚岁三十九。不是我不想成家，是没女人愿进这个门。我不埋怨女人，女人也有难处。刚回来时，也有人说媒，人家看看家，看看房子，看看娘，就不说了。我不瞒你，我跟女方见过面，一共见过三个。头一个是大李庄的，有文化，人才也说得过去。见了一次面，换了换"手绢"，人家也没说别的。后来媒人捎话说，能在城里瞅个事做，给她也安上个城市户口，就嫁。她以为我是国家教师呢，可我不是，往下就没法说了。又见一个是扁担杨的，胖些，人也丑些。见面时，娘给她封了五十块见面礼，媒人领她看了看宅子。她说，都是穷人，也不希图啥，看能不能给她兄弟盖所房子，订一门亲，往下就好说了。我没有这多钱，人也相不中，罢了。再后见一个是坡张村的，叫张秀月，她跟我一个学生同名，就记住了。人长得蛮好，眼大，爽快，笑也甜，就是腿有点瘸，是个跛子。进门来娘先给她打了一碗鸡蛋茶，她看了看，没喝。出了门给媒人说："瞎瞎瘸瘸的，还有个'棠梨花'，这日子怎么过呢？"一跛一跛走了。媒人说，路上她还夸了一句呢，说这家怪干净。往下就没人说了。我也不愿叫人说了。村里人都说我有病，说我神神道道的。其实我没病，我一点病也没有，只是不愿再叫媒人说了。

梅，你烦不烦？你要烦，我就不说了。我独个也惯了，我不怕夜长。我常听蛐蛐叫，夜静时蛐蛐叫得很响，这边一叫，那边就应了，蛐蛐的话真多呀！

梅走到我跟前来了，我听见梅走到我跟前来了，梅就站在我身后。可我不敢扭头，我一看她心里就怦怦乱跳，都是些淫狎的念头。梅脸嫩，我不能吓她。梅说，你心好。可我知道我身上有野气，很野，常常不能自抑……对梅，我不能撒野。

梅轻声说，你的褂子烂了，肩上有个三角口。

我说，那是掰玉米时挂的。掰玉米时我脱了，挂在树上，光着脊梁掰的，脊梁不怕挂。走时，手一勾，在树上挂烂了。

梅说，我给你缝缝。你别动，我给你缝缝。

我就不动，闻到了一股棉花样的吹气。

梅说，闭上眼。

我就闭上眼。

梅说，咬根秫秆，秫秆能避邪。

我就咬根秫秆。梅的手在我背上动着，很软。线很长，我感觉到线很长，一扯一扯的……

缝完了，梅的手伸了过来，轻轻地伸了过来，梅抱住了我的头。梅的手很润、很细、很白，带一股淡淡的女人的香气……

梅说，你哭了？

我说，没哭，是风。

好梅。

9月23日

三秋大忙，请假的学生越来越多。今儿只有七名学生上课，王小丢又没来。

虽然只有七名学生，课还是要讲的。学生娃子说，算了，老师。人老少，你回去拾掇玉米吧。我说，放心吧，同学们，来一个我也讲。

课后，我找了校长。想再说说给王小丢免费的事。上次我给校长讲了，校长说研究研究。这回，校长说："经费老紧哪！"我说："再紧也不在乎这一个孩子的学费呀！"校长说："庄里穷户多，这个免，那个也免，都免了这学还咋办呢？……"

我把王小丢的作业本拿出来了，一本一本掀着给校长看。王小丢的作业本是废烟盒纸钉做的。这孩子有心劲，作业本不向家里要钱买，拾些废烟盒纸自己钉做。一百张废烟盒纸一本，张张都在石块下压过，抻得很平展，钉得也整齐。我说："还有比王小丢家更难的吗？"

校长拿过废烟盒纸做的作业本，一张一张翻着看，嘴里啧啧响着，眼也亮了，说："这孩子成绩不错嘛。"

看着，校长脸上有了光气，校长一下子显得年轻了。我又看到了当年的郭海峰老师，戴右派帽子围驼色围巾的郭海峰老师。那时，郭海峰老师脸很白，讲话时脸上总带着激动的红光，还习惯甩一下围巾，甩得很潇洒。我觉得我慢慢缩回到童年里去了。在童年里，年轻的郭海峰老师时常对我说："不要考虑别的，好好学习吧。我喜欢有志气的学生，我给你当人梯。"当年，郭海峰老师给我买过不少作业本……

看着看着，校长眼湿了，像是回忆起了什么，怔怔的。而后，校长慢慢伸出一只手，去挠胳肢窝。挠了两下，就挠了两下，校长停住了。他抬起头，望着远处的田野。

这时候，校长突然说："还有洋烟纸呢。"

我无法理解校长这一瞬间的变化。他看到了什么呢？他就挠了两下胳肢窝，挠胳肢窝的时候仍然激动，似乎还想说一点什么。接着，他脸上的光就暗下来了，一点点暗下来，奋着两只灰里泛黄的眼泡，看上去十分苍老。他把烟盒纸做的作业本交给我，干干地说："经费确实紧张。"

我说："他家不想让他上了，是我说给他免的，我已经答应人家了。"

校长沉着脸，不满地说："学校的事，哪能随随便便就答应人家……"

我说："你扣我的工资吧，扣我下个月的工资。"

校长不看我，又用手去搓腿上的灰，搓了两下，说："听说你投稿了？挣了不少钱吧？"

暑假里我写了篇短文，寄给在报社工作的一位高中同学，后来发表了。统共才寄来了五块钱，校长问了几回了。我不想再说，推门走出去了。

中午，在路上碰见了小丢爹，小丢爹正拉玉米呢。我问："小丢呢，咋不来上课？"小丢爹吭吭哧哧说："在地里呢。快掰完了。"我说："晚上让他来，我给他补课。"小丢爹也不吭。

到了晚上，王小丢背着书包来了。人在院里站着，黑黑的一个影儿。那黑影吐一口气，叫了声老师，吓我一跳！

知道是王小丢，就说，上屋吧。王小丢悄没声地进了屋，仍然立着。油灯下，我看见王小丢光着脊梁，身上有一道道玉米叶刮出的血痕，那血痕漫出一股股玉米汁液的涩香，屋子里扑满了玉米汁液的涩香。我本想给王小丢说说学费的事，可我不敢看这孩子的眼。不知怎的，就怕看这双眼。那眼像阳光下的玉米粒儿一样，光很毒……

补完课，王小丢走了，仍是悄没声的。人走路是应该有声音的，可这孩子走路就是没声儿。

人走了，屋子里仍残留着玉米汁液的香气……

我给梅讲了王小丢的事，梅也说这孩子眼重。

9 月 29 日

今儿是阴历八月十五，我给娘买了块月饼，是个意思。

路过代销点，洪魁家女人招呼说，才拉的月饼，买块吧，给你娘买块吧。我摸摸很硬，她说是才拉的，就给娘买了一块小的。月饼涨价了，小的也五毛钱一块。

回到家，我把月饼拿给娘。我说，娘，今儿是八月十五，我给你买了块月饼。娘眨着眼说，可十五啦？花那钱干啥。操心成个家吧。娘说着，接过月饼闻了闻，一掰两半，尝了尝，嘴慢慢磨着，说：冰糖老甜哪。又举着另一半让我吃，说你尝尝，还有青红丝呢。我说，我不吃，你吃吧。娘硬把半块月饼塞到我手里，那瞎了的眼一眨一眨地说：文英，你黑响跟谁说话呢？我说：我没说话，我啥也没说。娘不吭了，眼像井一样深邃……

回到我住的小屋，我把半个月饼给梅，梅也舍不得吃。月饼就在土桌上放着。

八月十五，月满满的。月饼只有一牙儿。梅看着我，我看着梅……

10 月 1 日

今天是国庆节。

校长说放假十天，让学生们回家拾掇庄稼。

庄稼是养人的，却拖住了学生娃的腿。

10月9日

洪魁他爹死了。头天，他爹还在地里摇耧呢。夜里脱了鞋，就没有再穿。

这是个很值得骄傲的老头。他一辈子生了两个儿子，盖了两所房子，娶了两房媳妇，又生了两个孙子。村里人都说他有福。

乡村里礼数多，葬人也是热闹事。洪魁家开着代销点，有钱，点两班响器吹奏。村里人有送缎子被面的，有送太平洋单子的，也有的扯一两丈白布……都是给活人用的。

我一月四十二块钱，一个老娘，二亩半地。除了交土地税、水管费、电管费（电也不经常有哇！）、机耕费、教育费、干部提留费，还要买化肥、农药、薄膜……已所剩无几。给娘看病抓药又花去不少，亲戚也得串。实不知该送点什么。

路过代销点，见我的学生王小丢拿了六个鸡蛋，换了两刀烧纸。知道再穷也逃不过礼数，也赊了两刀烧纸，和我的学生一块儿去祭。

进了洪魁家，见院子里挂满了"礼数"，红红白白，一派喧闹，两刀烧纸就显得分外羞涩。硬着头皮递上两刀烧纸，洪魁刮我一眼，收下了。洪魁跟我自小要好，又常借他的自行车骑，两刀烧纸薄了，一时就觉得人情比刀利，欠不得呀。洪魁接了王小丢的烧纸，说："晌午叫你爹来吃桌！"王小丢自然明白是让他爹来吃丧宴，却不说话，就看着洪魁，洪魁转身忙去了。

人一拨一拨地来，"礼数"都很重。站在院里碍事，我拉了拉王小丢，说，上屋吧。

屋里却静。死去的老人在灵床上躺着，头前点着一盏长明灯。我望着老人，老人成了一张皮，死去的老人成了一张皮。记得老人的脸红堂堂的，终日在日头下转。有时背着一捆柴草，有时扛着锄、挎着粪筐，有时在坡上赶牲口……看着老人，就觉得太阳真像一面火鏊子，它在熬人的油呢，用文火一点点熬、一点点熬；那日子就是柴火，柴火一点点续、一点点续，续着续着油熬干了，人就成了一张皮……

忽然想起王小丢跟着我呢，赶紧扭头，怕吓了他。却见王小丢目不转睛地看着老人，脸上没有一丝恐惧，就默默地看着。见我扭头，王小丢说："老师，他还笑哩。"

我呆住了。一个死去的老人怎么会笑呢？我怎么就看不出呢？老人死得安详，他静静地躺在灵床上，像是睡去了。他的嘴角上有一丝斜纹，仅仅是有一丝斜纹，那能算是笑，死人的笑？

我突然想逃出屋。心说，这孩子怎么就不怕呢？他一点也不怕。

出了屋，又看见校长在西屋里忙活。他一会儿进，一会儿退，一会儿弯腰，一会儿作揖……细看，原来是校长在教洪魁家的女婿们行"二十四叩礼"。校长一边上三步、下三步做着示范，一边说："不难，不难。"洪魁家的女婿们一个个傻愣愣地看他做。

村里有规矩，埋老丈人新女婿必须行大礼，老女婿教新女婿。记得十五年前，校长曾为这事作过大难。那时的郭海峰老师刚结婚没几年，也算是新女婿。老丈人死了，按规矩新女婿必须行大礼。可郭海峰老师坚决不做，他说他不会，让他学他嫌丢人。于是女人又哭又闹，说我爹把我的身子都给你了，你是右派我爹不嫌你是右派，他死了你连个礼都不行?！……缠得郭海峰老师没有办法，又想想老支书生前待他不错，只好推托说，不是不做，我戴着"帽子"呢，怕人家找事。女人说，我爹是支书，老党员，他死了，给他行个礼，谁敢找事儿?！郭海峰老师再没有借口了，就说，反正我不跟人家学，你要会你教我吧。女人这才擦擦泪说，难的我也不会，就行个简单的吧，行个"九叩礼"。好人，"转灵"时你替我撑住这个脸，来日我给你当牛做马。于是，郭海峰老师就在床前头跟女人学"九叩礼"。学也没学会，第二天"转灵"时就上了。一村人都看这文静的右派老师行大礼，看得他心慌。他一上去把什么都忘了，拿着一炷香，跌跌撞撞的，该下跪时他傻站着，该进的时候他退，狼狈极了……看得村人们哈哈大笑。他下来时，掉了两眼泪。

十五年过去了，校长成老女婿了。想不到校长居然学会了"二十四叩礼"！时光真能磨人哪。这会儿，校长又在教新女婿了……

我怕王小丢看见，赶紧把他拉走了。这孩子太灵。

10 月 13 日

世人皆有嗜好，我不吸烟，不喝酒，独喜欢闻粉笔的气味。

说来招人笑，粉笔就是我的烟卷。当教师，粉笔握了十八年，握出情分来了，一日不闻，便觉浑身乏力。世人不知，粉笔也是有味的，味辣。那辣不同于辣椒，也不同于芥末，而是有一点点辣，有一点点呛，有一点点甜，间或还能嗅到一点点生红薯的味，是在窖里藏了很久的那种红薯味。总之，是一种很特别的叫人说不出的味。感冒的时候，拿根粉笔放鼻子前闻一闻，立时四体通泰。

说实话，我喜欢粉笔已经到了发痴的地步。有时候，我觉得我是得了"粉笔病"，我一定是得了"粉笔病"了。我只要一捏住粉笔，就会浑身发颤，就会涌出一股无名的激动。粉笔凉凉、涩涩、滑滑，哎呀，那时候我的心就在指头肚上绷着，去吮那凉凉、涩涩、滑滑……真舒服啊！有一次，我忍不住把一根粉笔吃下去了。我也不知道是怎么回事，就把一根粉笔吃下去了。我吃了那根粉笔之后恶心了很长时间，有好一段身子不颤了。但后来又不行了，我控制不住自己……

我还有个很不好的癖好，喜欢用粉笔头"点"学生。只要一看见学生在课堂上打瞌睡，我就用粉笔头"点"他。我"点"得很准，一下子就砸在学生的脑门上了！这不好，我知道这不好。

今天我把王聚财"点"哭了。王聚财在课堂上打瞌睡，还呼噜。隔着六排桌子，粉笔头飞出去正砸在他的光头上。我一共"点"了两次。头一次他没醒，第二次我用了点力，粉笔头又砸在他的光头上了，砸了他两眼泪……

课后我才知道，王聚财夜里去公路上卖鸡蛋了。他爹是个精明人，听说六里外的公路上堵了车，就赶快煮了些鸡蛋让儿子去卖。王聚财扛着盛鸡蛋的篮子在公路上跑了一夜，怎能不瞌睡呢？

王聚财是个老实、听话的孩子，很软弱。我不该用粉笔头"点"他。我觉得对不起孩子。

回家后，我给梅说了这事。我说，梅，你看我得了"粉笔病"了，我怎么就改不了呢？今天我又把学生"点"哭了。你帮帮我，帮我改了这毛病……

梅笑笑，梅不说话。我知道梅想说什么，梅想说，你真是个"白眼狼"！

10 月 19 日

我是个很没用的人。有时候，我觉得我一点用处也没有。我是个教师，十八年来，我都给了孩子什么呢？我又能给孩子什么呢？

水旺回来了。水旺十年前是我的学生，是个很好的学生。那时，论成绩，水旺完全可以考上县城中学。可那会儿时兴的是"推荐"。我怕"推荐"不上，可惜了这块材料，就找了郭海峰老师，让他去县教育局跑一趟，介绍介绍水旺的学习情况。郭老师去了，回来后对水旺爹说：县上说了，一村一个，这事村支部当家。跑跑吧。我也希望水旺能去县里上学，着急地说：二叔，水旺灵，是块大材料。要考试，准能考上。如今兴"推荐"，那就难说了……水旺爹听说孩子天分好，就跑着买点心往支书家送。谁料，水旺性烈，一听说要往支书家送礼，当场把点心匣子摔了！点心是花了两块钱买的，他爹心疼东西，拿起棍子就打，水旺一气之下跑了……

现在，水旺回来了，穿得周周正正的，人高马大，也算是衣锦还乡。可这孩子，一个很有前途的孩子，却当了"钳工"（小偷）。

水旺回村，还专门来看了我。他说："老师，我对谁都没说实话，在爹娘、兄弟面前都没说实话。对您，我得说实话……"他说他跑出去十年，先是流浪，万般无奈，后来就做了"钳工"。

我看出来了，他眼黑着。他穿得周正，眼却黑着……

十年流浪，偷儿也是有情分的呀！水旺从兜里掏出一百块钱放在土桌上，说："老师，这是学生的一点心意。"

我说："你拿走，赶紧拿走！"

水旺眼里含着泪说："老师，你嫌钱脏？"

我很冷淡，转过脸不看他。

水旺默默地把钱收起来了。他哆嗦着手说："老师，学生对不起你。学生也后悔……老师一生清贫，我不能脏了老师。"

听了这话，我心如刀绞。我说："水旺，你聪明，干什么都行，去学一门手艺吧。别干这了，这是邪路呀！"

水旺摇摇头，说："老师，十年了，我改不了了。"

我苦苦地劝说："水旺，你听老师一句话，别干了，别再干了！你要是我的学生，就洗手吧……"

水旺伸出一只手，说："老师，我也想改。我剁过一个指头……"

我一拍桌子说："那你滚吧，滚出去！你不是我的学生，永远也别来踩我的门！"

往下，水旺默然，我也默然，还能说什么呢？

临走时，水旺回过头，望了我一眼。我流泪了，我说："水旺，老师再问你一句，你真的就改不了了？你真的不能改吗?！"

水旺也流着泪说："老师，你要我下个保证吗？下个保证容易。可我……"

出了门，水旺又回过头来，说："老师，你放心，我不在本县做活儿，不给你和乡人丢脸。"

天哪，我多希望水旺能回头啊！可他走了，还是走了。我心里叫着水旺水旺水旺……真想放声大哭！哭我，也哭我的学生。

我愧呀！为人师表，不能让该成材的成材，我愧。卖唾沫十八载，不能劝人改恶从善，我愧。俗话说，学生是老师的品行。学生做了偷儿，我还有什么品行？

10 月 25 日

今天跟校长吵了一架。

说起来事很小，为一个篮球。

学校经费紧张，买不起别的运动器械，只有两个篮球。篮球一直在校长屋里锁着，上体育课的时候才让拿出来拍两下，过后又锁起来了。学生们都想玩玩，他老锁着。

下午放学的时候，几个学生想打篮球，就围在教室门口撺掇我："王老师，打篮球吧？"看孩子们想打，我就说："好，打吧。"于是我就去找校长。校长不在屋，门正好没锁，我就把篮球抱出来了。

不一会儿，校长回来了。看见我和学生们在操场上打篮球，就直钉钉地在办公室门前站着，脸黑风风的，一言不发……

等我去还篮球的时候，校长大发脾气，手指着我说："你、你……太不像话了！"

我也气了，回道："咋不像话？一个破篮球，宝贝似的，买回来不就是让打的?!"

校长气得两眼鼓鼓的，口吐白沫，嘴哆哆嗦嗦，好半天说不出话来。待他缓过气的时候，竟骂起来了："我我我……日你娘！"

我愣住了。我没想到校长会骂人！校长过去教过我，一直是我尊敬的老师。在我眼里，校长是很文气的。虽然他娶了个乡下女人，生了一堆娃儿，偶尔也逮逮虱子，可他骨子里是文气的。他是从城里到王村来的第一个国家教师。他来时，村里引起了多大的轰动呀！那时，他总围着一条驼色围巾，走路文文静静的，说话也文文气气的，连甩围巾的动作都显得极有风度。他早上起来刷牙的时候，一村人都围着看，说："看那白镜子，看那白镜子，多讲究，还倒白沫呢！……"

许多年过去了，为一个篮球，校长竟突然喊出了一句庄稼棵里的骂人话：日他娘！

我不知道我当时说了些什么，也许什么也没说。就看着他，一直盯着他看……

傍晚，喝汤的时候，校长女人找上门来了。她一只脚门里，一只脚门外，风风火火的。手里端着个盆子，还沾了两手面，气冲冲地问："文英，你跟你姑父吵架了？"

没等我说话，她一蹿一蹿地拍着杆子腿说："你姑父好赖是校长哩，你当着恁些人饿他，叫他还咋领人哩？嗯？！你姑父那些年戴个右派帽子，猫一会儿狗一会儿受人欺负。这会儿帽儿去了，谁欺负俺也不中！这会儿你姑父气得躺床上了，饭也不吃……"

我无话可说。她的辈分高，在村里串着称呼，串来串去我该叫她一声姑，于是校长就成了"姑父"。

这是个好女人，我知道这是个好女人。她从十七岁嫁给郭海峰老师，一拉溜生了三个娃，现在已成了这个样子了。她年轻时叫桂花，很是秀气。她跟郭老师是老支书定的媒。老支书对右派老师郭海峰说："你学问高，好好教娃识字吧，我给你安个家。"那时候桂花跟我是同班同学，老支书言一声，就把女儿嫁给郭老师了。那时候桂花很喜欢比她大十多岁的郭海峰老师，尤其喜欢他那围着驼色围巾的样子，常常偷看他，看得郭老师脸红。二十多年过去了，没人再叫她桂花了，桂花的颜色已经褪尽，人们早就把她的名字忘了，都叫她校长女人。

说句公道话，在村里，没人敢欺负郭海峰老师。纵然是戴着右派帽子的时候，也没人敢欺负他。他是老支书的女婿，又是孩子们的先生，人们是很尊重的。后来老支书下世了，有这位辣女子护着，仍没人敢欺负他。在漫长的日子里，她对郭老师是体贴的。无论多么困难，她每天都要给郭老师打两个荷包鸡蛋。有时鸡不下蛋，她就跑出去借，村里人都知道郭老师一天吃两个荷包鸡蛋。当然，生娃多了，日子紧巴，家里地里就她一个能干，也免不了磕磕碰碰的。有时，她会把郭老师骂得狗血淋头，却不容许别人说郭老师一个"不"字，只要听说有人说郭老师什么了，她就会骂上门来……

校长女人脸上灰一块、黄一块的，满是鸡爪皱儿。说话像刀子一样，恶狠狠的。可她心是好的。我说："咋说也是老师呢，我没和他吵。为一个篮球……"

校长女人说："我不管啥球，你戗他我就不依你！"接着她突然低下声来："你姑父上岁数了，脾气有点怪，你别跟他一样。你听他的，他是校长哩。"说着，声儿又低了，说："文英，你替我看住点，别让那媚狐子把你姑父的魂儿勾去了。那城里的浪女人真不是东西，见天来找他……"

我赶忙解释说："就来了一回，是看校长的……"

校长女人说："一回？一回也不中。保不定还来二回呢。你猜你姑父前些时在屋里倒腾着找啥呢？你猜猜？他找那条驼色围巾呢！你看看，多少年了，那烂脏围巾我早撕撕给小孩当尿布了，他还找呢。你替我看住点……"

校长女人走了。我站在院子里，想想，心里竟酸酸的。

校长没有驼色围巾了，校长的围巾当了小孩尿布。

11月1日

又到发工资的时候了。

我去会计那里领钱，会计说，这个月的工资已经扣了，替王小丢交了学费。

他果真扣了。校长有这个权力，我知道校长有这个权力。我无话说，扣就扣吧。

在我的印象里，校长是爱才的，校长不是抠唆人。可是……

下午，交作业的时候，王小丢走到我跟前，低着头说："老师，那钱，我将来会还你。"

我说："学费是学校给你免的，你别管了，好好学习吧。"

王小丢抬头看了我一眼，重复说："我还你。"

这是个很有出息的孩子。

11月6日

梅跟我藏猫猫呢。她躲在门后头，叫我："文英。"我扑到门后，却不见人。又听见在窗外叫："文英，文英。"走出屋门，又不见人。找来找去，一回头，见梅在床头立着呢。

梅说："怎么就黑着脸呢？"

我心里的话只有给梅说。我说："梅，我没钱给娘抓药了。"

梅说："穷是穷，也不能黑着脸呢。"

梅笑了。

我也笑了。

梅说："去借吧。有借有还，借钱不丢人。"

我说："梅，门里门外我转了几趟了，不好意思借，张嘴难哪……"

既然梅说了，就去借。

梅是我的胆哪！

11月14日

夜里浇地。

夜静了，独一人在田里浇地，清爽是极清爽，只是小咬叮腿。远处有鬼火顽皮，孩儿一样，一时东，一时西，那真是死后的魂灵在打着灯笼走夜路吗？

夜浓似墨，人情却薄如纸。

十天前捏的蛋儿，蛋儿上写的是第一名，浇着浇着却名落孙山。我后边还有王小丢家。小丢爹骂了，我为人师表，不好去骂。说来，电工春旺还是我的学生呢。人很精明，知道如何"混"人。最先浇的是支书家；挨着是村主任家；开代销点的洪魁家排为第三；第四家是村会计；第五家是计划生育专干；第六家是乡烟站的合同工；第七家是乡粮所做饭的麦囤；第八家是赤脚医生来喜；第九家是泼皮王三……第十四家才轮到他自己（也真难为他了）。三十家后才轮到亲戚，四十家后是近门，五十家后是友邻……人眼是秤哇！倘我辈，实属清风朗月不用一钱买的人，排在最后又何妨呢？

电工春旺虽说是我的学生，我又能给他什么呢？满打满算才小学毕业。他也有难处哇。电工是支书、村主任让干的，不先浇他们的地，又该浇哪家呢？

不能怪春旺。他和他弟弟水旺相比，总算是走了一条正路。乡村的初级教育，实在是很有限。孩子们识些字，大都就烙馍卷吃了。唉……

11 月 17 日

中午吃饭，见小丢爹在村主任家门口蹲着；傍晚回家，又见小丢爹在电工春旺家门口踅。

原来村主任在春旺家喝酒呢。一伙人出来时，小丢爹上前拦住说："村主任，我那地才浇了尿一会儿，刚湿住地皮，就停电了。一停几天。叫春旺给复复水吧？"村主任剔着牙，笑着骂道："屌货！"春旺也笑骂道："屌货！就你那事儿多。"小丢爹笑着求道："复复水吧，才浇了尿一会儿。复复水吧……"村主任不应，村主任伸手朝小丢爹头上捋了一下，说："屌货！"几个人也上去捋小丢爹的头，这个捋一下，那个捋一下……小丢爹笑着，转着圈儿给人说好话，人们就转着圈捋他的头，捋得他身子一趔趄一趔趄的，却还是笑，转着圈儿给人递烟吸。村主任说："不吸，不吸。"春旺也说："不吸，不吸。"村主任的手晃晃的，醉眼乜斜着，一下子就把小丢爹递到眼前的烟打掉了，说："屌哩，浇吧。"小丢爹喜喜地说："中，我可浇了。"待干部们走后，小丢爹忙又把掉在地上的烟捡起来，那烟被踩扁了，他放在嘴边吹了吹，自己点上吸了……

我感到惊讶的不是这些，是王小丢。

那时候王小丢就在粪堆上蹲着，看着他爹给村干部们敬烟，看着干部们捋他爹的头……已是傍晚了，西天里残烧着一片红染。夕阳的霞光照在王小丢的脸上，照出了一片黧黑的宁静。那是怎样的宁静啊！脚下是粪土，头上盘旋着一片一片的蚊虫，夕阳的斜晖洒一片暗红色的亮光，他就在亮光里蜷着，像小石磙一样蜷着，黑黑的脸上没有一点表情。那蹲相极为生动，叫人无法想象的生动。他两手捧着小脸，人像烟化了似的，独一双眼睛亮着，眼睛里燃烧着与年龄极不相称的思考的亮光。那亮光上仿佛爬着许多蠢人的蚂蚁；又仿佛是一根井绳，从深井里往外拽的井绳，拧着一股一股的光。那光远远地扯出去，咬住夕阳的霞辉，不动……

我说不清楚，我说不清楚我看到了什么。他才是一个孩子，一个十三四岁的孩子……

后来，他爹吸着烟走了，王小丢仍在粪堆上蹲着……我走上前去，轻声说："小丢，回家吧。"

许久，王小丢喉咙里咕噜了一声，慢慢仰起脸，漠然地望着我。倏尔，他的脸变了，脸上挣出一片惨然的笑，他笑着说："没啥。老师，我玩呢，我在这儿玩呢。"

那笑一下子扎到我心里去了！我站着，很想给他说一点什么，可我不知道说什么好。

王小丢仍笑着说："老师，你回家呢？"

我不敢再看这孩子了，我觉得这孩子是顶着磨盘跟我说话呢。他用全身的气力撑住那笑，就像顶着一架磨……我赶紧走了，我说："嗯，我回家哩。"

走着，我的脚像踩在我的心上，高一步低一步。我叮嘱自己：别回头，别回头看他……

这天夜里，我做了一个梦。我梦见粪堆上长出了一双眼睛。后来我又梦见了许许多多的眼睛，有的长在古老瓦屋的兽头上；有的长在拴牛的木桩上；有的长在磨盘的磨眼儿里；有的长在熏黑的屋梁上；有的长在掉光了树叶的树杈上；有的长在坟头上的蒿草里；有的长在袅袅的炊烟里；有的长在场边的石磙上；有的长在祖先的牌位上……梦醒之后，我出了一身冷汗。

11 月 25 日

想不到，孙其志到学校来了。

孙大头一见面就说："老同学，我是来负荆请罪的，我来给你赔礼了。那天是我有眼无珠，你骂得好哇，骂得好！"

这番话说得我挺不好意思，忙说："你这家伙，哪阵风把你吹来了？"

孙大头说："早就想来看你，一直抽不出空来。就你说那，当着驴尾巴吊蚂蚁样个小助理，穷忙。今儿闲了，来看看老同学，让老同学好好日骂日骂。"

我笑了。事已过去，我不好再说什么了。

孙大头又说："那天，你走后，我一晚上都没睡着觉。想想，我真不是个人！老同学见了面，咋能连句话都不说呢？实说吧，文英，我装作没看见，是怕你找我办事。我当个屁助理，没职没权的，啥事也办不成。可亲戚朋友们都来找我，这个让我买化肥呢，那个让我批救济呢，还有托我贷款的，想多生个娃儿的……弄得我头蒙。我就跟狗似的，不光躲你，见人就躲。唉，不说了。文英，还记得咱们在县城上中学时候的事吗？那时你住下铺，我睡上铺，我夜惊时尿床，尿水从上铺流到下铺，流了你一身。第二天咱俩一块儿出去晒被子，同学们都笑话咱，你也不解释……文英，你仁义呀！"

听了其志的话，我更觉得不好意思。是人都有难处，其志也有他的难处。他虽然变油滑了，对老同学还不失真诚。我说："算了，其志，你别说了，我知道你也不容易。"

孙大头拍着脑袋说："我差点忘了。老同学，我这次来，一是见见面，给老同学赔礼；二是给老同学辞行；三嘛，是想给老同学办件好事……"他话说到这里，不说了，看着我。

我问："怎么，调动工作了？"

他皱着眉头，却仍藏不住脸上的喜色。那喜色从眼角处一丝儿一丝儿地往外溢，一时像喝了酒似的，醉醉的。他摆着手说："不算啥，其实不算啥。我调县上了，闹个'计生办'的头儿。当了多年孙子，嗨，才闹个'计生办'的头儿……"接着，他说："老同学，别在这儿哄娃子，还是屌民师，没啥干头。这会儿乡政府缺个笔杆子，我给乡长说好了，让你去。先干着合同工，待有机会我让他们给你转个正式的，说不定将来还能弄个乡秘书干干。这样，我也算是对得起老同学了。你看咋样？"

我明白了。那时我骂他是"驴尾巴吊蚂蚁样个小助理"，现在他高升了，当上了县计划生育办公室的头儿，一高兴就想起老同学来了。他来看我，虽带几分夸耀，但毕竟是真心的。我说："其志，谢谢你的好意，我哪儿也不去，我教书教惯了，别的干不了。"

孙大头愣了，他没想到我会拒绝。他说："文英，你再考虑考虑，机会难得呀……"

我说："其志，你说那事儿好是好，可我喜欢教学。我也不瞒你，当民师是穷，一月挣不了几个钱，可我惯了，一天不站讲台心里空。再说，我家还有个老娘呢，娘身体不好，是个药罐子……"

孙大头咂咂嘴说："文英呀文英，叫我咋说你呢？我大老远跑来，张风喝冷的，想为老同学办件事。你知道我作了多大难哪！"

孙其志的确是好意。我心里说，不教吧，就不教吧，可我送的是毕业班哪……

往下，他看我执意不肯，就说："你要真不去算啦。以前有对不住老同学的地方，你多包涵。以后有啥事你尽管到县上找我，我再躲我就不是人！"

正说着话，校长推门进来了，一进门就热情地说："听说孙助理来了？孙助理，你可是稀客呀，难得！"说着，上去抓住孙大头的手，又是点头又是哈腰。

孙大头是场面上的人，连忙站起来，笑着说："郭校长，你好你好。坐吧，坐。"

校长赶忙按住孙大头，亲热地说："哎呀，你是上边来的人，你坐，你坐。"

办公室里只有两把椅子，我只好站起来让校长坐。校长竟然不坐，仍哈腰站着。待我介绍了孙大头的情况之后，校长又一次上去握住孙大头的手说："哟嗨！孙主任，孙主任，你多指导，多指导……"说着，校长的身子像没地方放了似的，搓着手说，"你看，县上领导来了，咱学校穷，连碗茶也没有。要不，上家吧，上我家……"

我替校长难受。我说："校长，你坐吧，坐下说。"校长这才小心翼翼地坐了，仍欠着半个屁股，脸朝着孙大头笑……

连孙大头都看不下去了。临走时，孙大头悄悄对我说："怎校长咋这样儿？"我赶忙解释说："他是我的老师，过去可不是这样的……"

校长不觉，校长仍一口一个"县上领导"地叫着，一直把孙大头送了很远很远。

12月2日

天冷了，树叶落了。

我原以为是风把树叶撕下来了，风把树叶一片片撕下来，树就光了。

其实不是的。是树叶自己落下来了。在没有风的日子里，树叶也一片一片往下掉。树叶绿的时候很柔软，很韧，而后一日日褪色了，黄了，干枯了，就落在地上。泥土里生出来的东西，又化进了泥土，没有声音。

太阳落了，可以再升起来。树叶落了，就再也不会升起来了。

我病了，发高烧，走路晃晃的，身上一点力也没有。人在发烧的时候，就会产生奇怪的念头：我看见落地的树叶又一片片飞起来，打着旋儿飞起来，每片树叶上都长着一双眼睛，金光闪闪的眼睛，长着眼睛的树叶又飞回到树上，一片片绿，一片片绿……

12 月 3 日

早上起来，头重脚轻。

娘扶着门框说："文英，歇一天吧。病成这样，咋就不知道惜乎身子呢？"

我说："娘哇，咱不比人家呀。咱是扛长工哩，使了学校的钱，就得痴心干。我送的是毕业班，耽误不得。"

娘不吭了，就摸摸索索地去灶屋做饭。娘眼瞎，原以为老人家不分昼夜，却也早早地起来了。娘也苦哇……

傍晚回来，在讲台上撑着站了一天，浑身酸疼，不想吃饭，就一头倒在床上睡了。

恍惚间，觉得有只手贴在额头上，那手凉凉的、软软的，很轻很轻地动。睁眼一看，梅在床前站着。

梅哭了，梅流着泪说："文英，看你烧哩跟火炭样，咋不去看看呢？"

我说："不碍事，睡一觉就好了。一时半会儿还死不了。"

梅瞪我一眼，说："净说傻话。"

而后梅轻轻地把我扶起来，梅说："起来吧，起来喝碗酸汤面叶发发汗……"

我扭头一看，土桌上果然放着一碗热气腾腾的酸汤面叶。真香啊！那是梅亲手给我擀的酸汤面叶。面叶薄薄的、宽宽的，上边漂着一层油花儿……我馋酸汤面叶，我从小就馋酸汤面叶。小时候我一有病，娘就给我擀酸汤面叶喝。后来娘的眼瞎了，我再没喝过酸汤面叶。

世间还有比这更好的享受吗？梅喂我喝酸汤面叶。梅一口一口地喂，我一口一口地喝……那酸汤面叶真好喝呀！辣辣的，酸酸的，滋溜、滋溜，喝了我通身汗。

喝了酸汤面叶，梅又扶我躺下来，给我掖好被子。我看着梅，梅真好，真漂亮，真贤惠……

我看得梅有点不好意思了。梅说："睡吧，文英。睡一觉发发汗，兴许就好了。"

我听梅的话，我闭上眼。可我还有点不甘心，就悄悄地把手伸出来，抓住了梅的手……

梅一直在我的床前坐着，我就这样抓着梅的手睡去了。在睡梦里我飘起来了，我很轻很轻，梅一拽我就飘起来了。我和梅手拉手在海子里游，海子里水竟是热的，小鱼儿一跳一跳地咬我，咬得我浑身发痒……

12 月 4 日

今天好些了，头不晕了，只是嘴里有股粉笔味。

我吃粉笔了？记不清……

也许是又吃了一根粉笔。

12 月 9 日

又见小丢爹在村主任家门前蹲着。问了，他说是来要押金的。

去年，村里干部们兴了一个新规矩，盖房时需交二百元押金，以防盖房的农家不守规矩乱盖。钱是必须交的，不交不让盖。说是房盖起退押金，却没人能要回来，多是被村干部们吃去了。小丢爹急着用钱，就在村主任家门前死蹲。

有些事很难说。这是个老实得有点窝囊的人，村里人都叫他"王缺火"。他一年四季都在地里忙，早上早早就起来了，天昏黑才回家。收成呢，却总不见好。老是欠着人家一点什么，欠久了，就做不起人，日子也过得窘迫。

常常小偷样，手总是袖着，脸儿苦苦的，很茫然。有时也笑，见了穿制服的就笑，笑也很吃力；有时也骂，日天日地地骂，骂得很无趣。被村人捉弄的时候，却又不敢恼……

可是，你看，他却生了一个精灵一样的儿子。他吃过什么好的吗？那定然是没有的，无非是五谷杂粮；教育呢，也谈不上。他不识几个字，整日里一张苦脸……那么，王小丢的禀赋又来自何处呢？那一双灵动的会说话的很毒的眼睛是得了怎样的孕化呢？难道是这一张苦苦的脸吗？这张脸被四时的风霜雨雪打磨过，被庄稼的汁液浸染过，被粪土熏过、蚊子咬过、苍蝇爬过；被一日日的阳光晒过、烤过、蒸过；又一日日在汗水和愁苦里泡，有着说不清的茫然和卑贱……就是这些？不，不会的。

那又是什么呢？

12 月 15 日

今天上作文课。

我给学生们布置了一篇作文，题目是"我的理想"。

同学们喊喊喳喳，雀儿似的，都说不知道写什么。我也怕学生们胡编，想做些引导，就让学生们各自说说自己的理想。

教室里一下子就静了，学生们一个个冷雀儿似的，你看我，我看你，谁也不吭。过了一会儿，王钢蛋举手了，我让他说，他说："老师，我想尿。"就让他去尿。尿回来，他说："老师，叫说实话？"

我说："说实话，都说实话。我小的时候……"

教室里有些动静了，仍没人发言。我开始点名了，我点着名让学生们一个个发言……

王聚财吞吞吐吐地说："我、我……想去粮所看磅。我要是能去粮所当个看磅的合同工，俺家交粮就不用排队了，打的等级也高……"

王钢蛋说："我想当村主任！当村主任能管人。俺参说，当村主任还能承包村里的砖窑，挣钱海着哪……"

有的说，毕业后想学木匠手艺……

还有的说，他想当电工，当电工管电还管水……

轮到王小丢，他站起来愣了好一会儿，才说："豌豆偷树①。"

听他这样说，同学们都笑了。见人笑，王小丢坐下了，默默的。

当时，我期望孩子们有崇高的目标，有更为远大的理想，就滔滔不绝地在课堂上讲了一通。课后又惘然。孩子们又知道些什么呢？从小生在村里，长在村里，天仅一隅，地只一方，接触的都是村里的人和事，很少出远门。天阴了又晴了，庄稼绿了又黄了，日影缓缓西移，夜总是很黑，老人们日日说的盼的是生一个娃子、盖一所房子、娶一房媳妇、再生一个娃子……

有时候，我觉得天像锅盖一样。我真想把这锅盖掀了。我要有能力，就把这锅盖掀了！而后把我的心挖出来，切成一份一份的，团成药丸，让孩子们吃了，孩子们吃了"药丸"就能飞出去了，让孩子们飞出去看看，然后再来写"我的理想"……

豌豆偷树？

12 月 19 日

今日见小丢爹仍跟在村主任身后求告，还是要那二百块押金。小丢爹哼唧着说："房早盖起了。说是要退钱，咋就不给呢？"

村主任不耐烦地说："村里没钱，等有了钱再说。还得研究哩，又不是你一户！"

小丢爹缠着说："有急有不急，我急用呢。早说要给，咋就不给呢……"

村主任气了，说："屁哩！你告我吧，你去告我吧！球二百块钱，天天要狗肉账样……"

---

① "豌豆偷树"，布谷鸟的叫声。

小丢爹赔笑说："你看，我也没说啥。你急啥，你别急……"

村主任日骂道："咋哩？你那头老圆，就你那头圆?！呔是……"

小丢爹不敢再吭了，只赔着脸笑。村主任骂骂咧咧地走了。

小丢爹站着愣了一会儿，看看四下无人，对着日头骂起来："我日你娘日你娘日你娘!"

我站在院墙里看着，心里很不是滋味。

12月27日

娘说，文英，村主任家老二阴历二十办事呢，咱出多少哇？我说，咱不出，还得给你抓药呢。娘说，多少也得出点呀，一个庄住着，人家又是村主任哩。我说，咱不出。

谁料，下午娘就把钱交上了。娘说，你三嫂来撺掇我呢，人家也是一片好意。你三嫂说，村主任儿结婚呢，别人家早送去了，我来给你提个醒，再晚人家就不收了。我说，你看俺文英也不在家，俺出五块吧。你三嫂说，五块，这年月你只出五块？是村主任家儿办事呢！我来撺掇撺掇你，咱两家合个份子，你只出五块?！我问，你说出多少？你三嫂说，俺也不宽余，多了掏不起，你家十块，俺家十块，凑钱买个大号太平洋单子，也算拿出门了……

我埋怨娘，我说，这钱留着给你抓药呢，咋说一声就给人家了？我说不出就不出，咱不巴结他。

娘说，文英，娘老了，净拖累你。娘就这样了，不吃药也能熬。礼情上的事咱不能缺。再说人家是村主任哩，一村人都送了，咱不送，人家不知会咋想呢。你三嫂去了，回来还后悔呢，说老少老少，寡寡一个单子，拿不出门。人家都送的礼重，可势海啦！……我给你三嫂说了，叫写上你的名儿，王文英。

望着娘的一双瞎眼，到了嘴边的话又咽回去了。礼已送了，还说什么呢！

我只感到耻辱，深深的耻辱，为王文英感到耻辱！我看见我的名字写在红纸上，挂在太平洋单子上……

12 月 30 日

明日村主任二儿保国结婚。因客人多，宴席摆在学校。校长让放假一天，说顶住"元旦"。

午后，有一干人在校园里垒墩子火。村主任儿结婚，帮忙的人多，拉砖的、和泥的、垒火的都抢着干，一拉溜儿垒了八个！下课时，孩子们全都围着看，影响很不好。校长在一旁赶学生，说："回去，都回去。垒个火，有啥看的?!"

我问校长："为啥在学校办席？弄得学生不安心上课。"

校长说："村主任家办喜事，客人多，家里摆不开。再说，谁家不办个事呢……"说着，他翻眼看看我，"你不也送了一份礼吗？太平洋单子，账还是我登的。"

我看着校长的手，校长的手黑污污的，沾了许多墨汁。这几天校长一直很忙，忙得像"账房先生"一样。白日里他忙着给村主任家写"喜帖"，晚上又要去村主任家给送贺礼的记账……

郭海峰老师的手很白，那时候，郭老师的手很白。记得那年秋天，年轻的郭老师对我说："去散散步吧。"那时候我还不知道什么是散步，散步是城里人说的，后来我明白了，就是走一走。于是我跟着郭老师走，一走就走进柿林里去了。已是深秋了，柿叶一片片落在地上，地上铺着一层殷红。我和郭老师踩着一地落叶往前走，踩出一片簌簌声。走着走着，郭老师站住了，他弯腰从地上捡起一片柿叶，端详良久，说："听，树叶在歌唱呢。"我快步走到他跟前，侧耳细听。他伸着白白的手，手上端着那片金红的柿叶，说："听到了吗？你听……"我听了很久，什么也没听到。偶尔有风刮过，响起一阵"沙沙"声，过后就什么也没有了。这时，郭老师笑了。他抬起头来，用力地甩了一下围在脖里的驼色围巾，两眼望着远处的村庄，傲然地说："你听不见。这里没人能听见。只有我能听见……"他默默地走了几步，回过头说："我会让你听见的。会让村里的孩子们都听见……"

许多年过去了，我一直记着那个金色的秋天，记住了那只托着一片树叶的白手，记着郭老师许下的诺言。那时候，年轻的郭老师能听见树叶的歌唱，是他把我送进县城中学读书的。在县城的中学里，知识使我顿悟。我渐渐明白了，那树叶的歌唱是来自上天和心灵的共颤，是一种崇高的感觉，是天籁……

我很想问问校长，问他还记不记得那个秋天了。校长肯定不记得了，校长把秋天就烙馍卷吃了。校长夸耀说："账是我登的，帖也是我写的，少说得五十桌！一桌十人吧，五百人也打不住，家里咋摆得下呢？"

傍晚，"请帖"送来了，果然是校长的字墨。堂堂校长，竟去为村主任儿的婚事登账……

我决意不去。

12 月 31 日

王小丢闯祸了。

上午十点左右，我正在家里修补院墙，忽听鞭炮齐鸣，响器呜里哇啦吹奏，人像跑马似的拥出来，喊着："新媳妇来了！新媳妇来了……"紧着，一拉溜十几辆车"日儿日儿"开进村来。前边是摩托，跟着是卧车，卧车后面是卡车……嫁妆真多呀！一时村街里花红柳绿，摆满了颜色。村人们像过年似的来回跑着看，眼都看花了。连瞎眼的娘都坐不住了，说：咋恁热闹呢？叫我看看，叫我去看看……

过了有一顿饭的工夫，我才知道，王小丢闯祸了。

正当村主任家贺客云集，新郎新娘欢天喜地拜天地的时候，王小丢悄没声地背一根绳子来到了村主任家门前。人乱麻麻的，没人注意他。待发现时，他已把绳套套在了脖子上，要吊死在村主任家门前！

村主任家门前有棵老槐树，他爬到了槐树上，人们还以为他看热闹哪，他已经绑好绳子了……

人们慌了，急唤村主任。村主任出门，撞一双黑亮眼睛，笑便冻在脸上了。王小丢吐一口气，平缓地说："还我爹二百押金。"

树下围了很多人看，都说这孩子可恶，扬言要揍他，村主任拦住了。村主任何等精明，看看客人都到了，还有许多县上、乡里的干部……村主任脸上的肉颤颤地动着，头上的汗已密密麻麻，仍笑着说："孩子，你下来。你叔老了，忘事。我这就叫人给你拿钱，下来吧。"说着，随即叫人拿来二百块钱，还给了王小丢……

等我赶到时，王小丢已拿着钱走了。他是在众目睽睽之下把钱拿走的。我去时，树下还黑压压地站着一片人，人们愣愣地望着那棵老槐树。树上的树叶已经掉光了，树枝杈杈丫丫地黑枯着，上边吊着一根绳子。绳子在寒风中晃悠着，一荡一荡地动，人们就盯着那绳子看，一个个傻了似的。

我揉了揉眼。我看见树上长着一双眼睛，很硬、很韧、很毒的一双眼睛……

我赶到王小丢家，见小丢爹脸黄黄的，正咋咋呼呼地骂他呢。小丢爹跺着脚说："谁叫你去要了？祖爷，谁叫你去要了?!"

王小丢不吭，就坐着，脸上泻着一团木然的静，静里蕴含着一层黑气，瘆人的黑气。那黑气叫人害怕，叫人不敢往下想。他怎么做得出来呢，一个十四岁的孩子?!

小丢爹抡起牛鞭要打，我拦住了。小丢爹看我一眼，嘴里嘟哝说："没叫他去，没叫他去呀!"说着，抱头蹲在地上，竟呜呜地哭起来了。

下午，村里像炸了似的，家家户户都在议论这孩子。有的说，村里盖房户很多，谁也没把钱要回来，这孩子竟有法叫村主任把钱吐出来，在村里是头一份，真绝！有的说，这孩子有种，长着天胆哪，敢去踢村主任的"脸面"……有的说，这孩子小小年纪，就趁人家办喜事的时候去勒索人家，太恶毒！还有的说，这孩子不是人，是精气……

傍晚，又听说小丢爹偷偷去给村主任家送钱，村主任不要，被推出来了。

夜里我无法入睡。背着一根绳子的王小丢总在我眼前晃。我看见这孩子猫一样走着，猫一样"哧溜、哧溜"爬上了那棵老槐树。在婚礼的鞭炮声中，在喜庆的乐曲里，在司仪高喊"一拜天地、二拜高堂"的时候，他绾好了一个绳套，他把绳套套在脖子上……

这是个极其优秀的学生，他的优秀使我激动。可他眼里却蕴含着一层黑气，那黑气会毁了这孩子……

怎么办呢？

1月1日

今日照常上课。

说是上课，其实是打扫卫生。五百人的婚宴摆在学校，教室内外一片狼藉，到处都是人吃剩下的残羹，村里的狗都跑到学校来了……

校长没有来。校长在村主任家的婚宴上喝醉了，醉成了一摊泥。

课余，我把王小丢留了下来。

我说："小丢，你把钱要回来了。要钱是对的。但我要告诉你，我不喜欢这样的行为。"

王小丢低着头，一声不吭。

我说："小丢，你人聪明，学业很好，是班里最有出息的学生。也许你将来会做大事情，成为国家的栋梁之材。但我要告诉你，一个人的品行非常重要，品行是立身之本，品行坏了，一个人就完了。穷是没有什么错的，老师也很穷。穷要穷得有骨气，穷得正道。在人家结婚的时候背一根绳子去闹，这不好，很不好。孩子，你知道不知道，这是要无赖，是勒索呀！你很聪明，但聪明得过头了，这不是一个品行好的孩子要干的事情。这样下去，有一天你会走上邪路的。你是我最喜欢的学生，我不希望你走上邪路……"

王小丢一直不说话。过了一会儿，他抬起头来，望着我："老师，我咋把钱要回来呢?"

我语塞了，我不知道该怎么说。老天，我怎么给孩子说呢?!

1月3日

上午，正上课的时候，听见村里"咕咚"一声巨响，震得教室落土。

后来，我才知道，是村主任家锯树呢。村主任让人们把门前那棵老槐树锯倒了。那是一棵年数很久的古槐，根扎得很深。村主任原打算连根挖了，可根太粗了，挖不动。于是村主任就让人把树锯了。

村主任说，他看见那树眼黑。

1月5日

下雪了。小雪，盐粒样，纷纷扬扬。雪下了一夜，地上像抹了一层白粉，很滑。树上结溜冰了，树的阴面结着一层薄薄的溜冰。那溜冰是风吹出来的。风把寒冷的湿气吹到树上，一直不停地吹，树就结溜冰了。

这几日神思恍惚，常能看到"眼睛"。风里有眼，雪里有眼，地上、树上、房上到处是眼……

踏雪来到学校，听人说校长找我呢。就去见校长。

推开门，见校长在炉火前蜷着。学校穷，教室里生不起炉子，就校长屋里有一个炉子，间或能烧壶开水。这会儿炉子上放着几块红薯，校长正"吧唧、吧唧"吃烤红薯呢。听说校长跟女人吵了一架，许是没吃饭吧?

校长啃红薯的样子，不由让人想笑。记得郭海峰老师刚有孩子时，女人去灶屋做饭了，把孩子交给他。他一手抱着孩子，一手拿着红薯吃。正吃着，孩子拉屎了。他一下子就慌了，不知该怎么办。就举着红薯喊："哎，咋办呢? 咋办呢?"女人没有出来，女人问："屙了?"他说："快点来! 快来吧。"

女人还是没有出来，女人"噢噢"叫了两声，一只狗跑来了。狗"哧溜"一下钻到了郭老师腿下，郭老师吓坏了，举着红薯高喊："不好了不好了不好了……"女人粘着两手面，慌忙从灶屋里跑出来，一看，"吞儿"笑了。女人说："你真是个呆子，连狗吃屎都怕！"校长仍举着红薯，慢慢转过脸来，一看，地上果然没屎了。后来女人一遍又一遍地给村人们学说郭老师举着红薯的呆样，说他连狗吃屎都怕……再后，郭老师慢慢习惯了，不再怕了。孩子拉屎的时候，也"噢噢"唤两声，狗就跑来了，他背过脸不看……

我问："校长，有事吗？"

校长抹了一下嘴说："王缺火那孩子你得好好整治整治他，太坏，太不像话！趁人家办喜事去讹诈人家，差点出大事。不行就开除他！"

我说："王小丢这孩子平时还是不错的。要钱是对的，但做法不对，我已经批评他了。再说，村主任也有错处。别开除，还是教育教育吧。"

校长望着我，久久不说一句话。校长眼里还有红丝，校长的酒劲还没下呢。校长又拿起一块红薯，捏了捏，咬了两口，说："我的话也不听了，你看着办吧。"

我看着校长，校长的心变硬了。校长蜷在炉火旁，脖儿缩着，眼光很混浊。他冷冷地说："文英，你看着办吧。"

窗外，雪仍下着，冷风呜呜刮着。我问自己，我的老师呢，我的老师哪里去了……

1月11日

今天，乡派出所来人说，水旺被抓了，关在县城东关的拘留所里，让家里人去送被褥。

他爹听说儿子因为偷人家被抓，一下子气晕过去了。他娘让电工春旺去给他兄弟送被褥，春旺嫌丢人，不去。春旺媳妇也撺掇着不让去。待他爹缓过气来，老人躺在床上流着泪说："不管他，叫他死吧！谁叫他偷人家呢?！"

在乡村里，做贼是很丢脸的事，一家人都脸上无光。

水旺曾是我的学生，我心里也很不是滋味。那次回来，他没对家里人说实话。他对家人说他在外做生意呢，对我却透了实底。他没瞒我，他说他是"钳工"。那时候我就知道他是"钳工"。可我，做老师的，却没有回天之力，没能劝住他……

天一日日冷了，水旺蹲在牢里，期望着有人去给他送被褥。可是，他家里却没人去，因为他是一个贼。

唉，他毕竟是我的学生啊，我的学生……做了贼也是我的学生。

中午，我犹豫再三，还是给娘说了。我说："娘，水旺偷人家被抓住了，关在县拘留所。他家里人不管他，说来还是我的学生呢，天冷了……"

娘说："多好的娃呀，咋去偷人家呢？作孽呀！去吧，去看看他，权当积德呢。"

下午是自习课，我抽空借了辆车子，给水旺准备了些被褥，就骑车到县城去了。

县城很远，骑到已是快下班的时候了。看见拘留所的大门，我的脸像被扇了似的！做老师的，丢人也只有丢到这份儿上了。我咬咬牙走上去，一位民警同志说："干什么？今儿不是探视日，回去吧。"我说："同志，我是给王水旺送被褥的，是乡派出所通知让来的。"那位民警同志看看我，黑着脸说："不是早就通知了吗？为啥到现在才来，嗯？！人冻死了谁负责？这样的家庭……"说着，他不耐烦地看看我："东西拿来了？"我说："拿来了。"他"嗯"了一声，忽然很警惕地问："你是他什么人哪？"我脸红了，我说："我是他老师。"民警同志上下打量我一番，又像审贼似的看了很久，嘴里念叨说："噢，老师？噢，老师……"那意思很清楚，老师就教出这样的学生？还有脸来……既来了，就不要脸了。我说："同志，俺离这儿远，来一趟不容易，能不能让我见见他？"民警说："按规定是不能见犯人的。既然是老师，可以教育教育他。好吧，你等着。"

　　过了一会儿，民警把水旺带来了。我简直不相信那就是水旺，他脸色苍白，剃着光光的葫芦头，身子抖抖索索的，还带着伤。水旺看见我，扑通一声就跪下了。他跪下来抱着我的双腿哭着说："老师，我想不到你还会来看我，我想不到还有人来看我……"

　　我拉住他说："水旺，你起来……"

　　水旺不起来，水旺泣不成声。他说："老师，我对不起你，我对不起你呀……"

　　水旺哭得我心里也酸酸的。我说："水旺，我把被褥给你送来了。你爹病了，你娘走不动……"往下，我也说不下去了，我眼里也有了泪，"改吧，水旺，你改了吧。"

　　水旺哭着说："老师，你别说了。我等了一个星期了，我知道家里不会有人来……老师，我真想不到你会来！你放心吧，我改，我一定改。"

　　我说："水旺，你要改了，还是我的学生，你要不改……"

　　水旺说："老师，我没想在县城偷人家。元旦哩，我想回家看看。下了车，看见人家的包鼓囊囊的，这手就不是我的了……老师，你放心，我要是改不了，我永生永世都不再见你了，我没脸再见你了！"

　　我从兜里掏出五块钱，递给水旺。我说："水旺，钱不多，你拿着买条毛巾、买块肥皂吧。"

　　水旺接过钱，头咚咚地在地上磕了几下，说："老师，天晚了，你回去吧。我这一生一世都忘不了老师……"

　　那民警不耐烦了，说："算啦，起来！背上被子走。"

　　水旺乖乖地从地上爬起来，恋恋不舍地看了我一眼，流着泪背上被子走了。

　　我眼里的泪"唰"就流下来了。我冲着他的背影喊："水旺，你改呀，你可改呀！"

　　水旺似想回头，又不敢回头，迟疑了一下，只听那民警厉声喝道："走！"

接着，"咣当"一声，他被关进铁门里去了。

人哪，千万不能做贼呀！

1 月 14 日

上午，在村口碰上了校长女人。

校长女人穿了一身新衣裳，鸡窝头上亮着木梳印儿，难看是难看，略显展刮了。校长女人截住我，又朝村里扫了一眼，很神秘地说："文英，问你个事。"

我说："啥事？"

她脸上的皱儿一下子就凸出来了，衬得那身衣裳很假。她问："听说那狐媚子又来缠你姑父了？昨儿个来的，你说，你实说。"

我说："县教育局来人不错，是来检查工作的。那女的没来……"

她问："真没来？"

我说："真没来。"

校长女人说："她要再敢来，我非抹她一嘴屎！你姑父是好人，就怨那浪狐媚子缠他。那狐媚子娘也不是好东西！就同同学，多少年不见了，又打发她闺女来……你姑父年轻时性躁，好瞎想，光想那少天没日头的事。这些年日子好过了，安生了，冷不丁冒出个浪狐媚子……你说说？我不是怕别的，孩子都大了，我怕村里人笑话。地面上谁不知道你姑父，他当着校长哩……"

说着说着，校长女人猛地甩了一声高腔："……串亲戚哩。俺舅家的妞儿结婚了，叫去给他当'叫女客'哩！还不是看你姑父是校长，叫去妆光哩呗……"

我愣了。一回头，看见校长骑车从村里过来了。校长女人老远就埋怨说："咋恁磨蹭哩？叫我老等。"

校长也换了一身新，推着一辆新车子，车后边夹着两匣点心。校长看见我，很勉强地打了个招呼，他说："吃了？"

我说："吃了。"

校长女人又埋怨说："你在家弄啥哩，这会儿才出来？"

校长不耐烦地说："你挂梁上那点心，匣都油透了，咋给人家拿哩？"

校长女人一拍腿说："哟嗨，油了？没几天呢，会上的点心，半年都不到，咋可油了？那咋办哩……"

校长说："我绕代销点了一趟，想叫洪魁给换个匣。洪魁都给换了新封新匣。我给钱，他不要，丝丝秧秧地缠了半天，到了还是没要……"

校长女人美滋滋地说："还不是看你的面子。不要算了，新匣才五分钱一个，也不值啥。"

校长虽穿了一身新，却看着叫人别扭，有一种说不出来的别扭。细看才知道，校长穿的裤子是偏开口的，是他女人的裤子。在乡下，一时找不到出门衣裳的时候，男人就穿女人的裤子。那裤子是一块布套剪的，男人做一条，女人也做一条，为了省布。出客的时候，就混着穿。校长不但能穿女人的偏开口裤子，也知道给点心换匣了。乡村里的点心不是吃的，是"串"的。乡下串亲戚的时候，提上两匣点心，从这家串到那家，而后就一直串下去，也许一年，也许半载，只要装点心的匣不坏，就提着走。点心匣被油浸透了，换换匣；彩色的封底烂了，换换纸，却不管匣里的点心……点心匣是乡人的脸面哪，乡人是提着脸行路的。

校长骗腿儿上了车子，带着女人去了。校长已很乐意给人当"叫女客"，当"叫女客"有酒喝。校长女人在车上嘱咐说："少喝点，别又醉了。"校长说："放心吧，喝不醉。"

麦苗出齐了，绿油油的，村路蜿蜒，校长骑的车在村路上晃着，慢慢就不见了，像烟化了似的。

我站在村口，觉得冷风像刀一样，很寒。校长没戴围巾，校长已用不着围巾了。

1月21日

明天就要放寒假了。

校长对我说："下学期的课得调调，你有个准备。"

我问："怎么调？我送的是毕业班。"

校长不看我。校长站在厕所里撒尿，我也尿。校长尿完紧了紧裤带，塌蒙着眼说："回头再说吧。"而后就走出去了，手一甩一甩的。

我想赶上去问问他。校长也等着我问他。我没动。

我知道校长对我有意见。

2月1日

今天是阴历腊月二十三，是灶王爷上天言好事的时辰，可我却听到了一个坏消息：王小丢被人打了。

王小丢在去镇上卖萝卜的路上被人打了。是洪魁发现的。洪魁去镇上进货，看见他在路上躺着，萝卜散了一地，就把他拉了回来。人看了，都说打得狠，打得仔细，身上已无一块好肉……八成是有仇！

洪魁说，看见时，他还在地上趴着，一脸血！见了人，他竟没有哭，他说："洪魁叔，扶我一把。"洪魁问他是谁下的毒手，他咬咬牙，不说，再问也不说。

我去看他时，小丢娘已哭成了泪人。小丢爹在床前蹲着，一声声叹气说："看看，出事了吧！咱惹不起人家……"王小丢躺在床上，一句话也不说。见我来了，脸上挣出一丝狰狞的笑，喃喃说："老师来了。娘，给老师个座儿。"

小丢娘擦擦眼里的泪，给我搬了个小板凳。我坐在床前，望着遍体鳞伤的王小丢，心一下子像是被揪住了。我说："小丢，上医院吧，我送你上医院。"

王小丢疼得浑身直抖，可他坚忍地咬着牙说："不，不去，我能熬。"

天哪，这是我最喜欢的学生，也是王村学校最有培养前途的学生。我期望着能把他送出去，期望他能长成一棵大树，成为国家的栋梁之材。可他却被人打成这样，血肉模糊地躺在那里……我的心都快要碎了！怒火一下子蹿到了脑门上，我腾地站了起来，问："小丢，是谁打的？是谁把你打成这样的?!"

王小丢紧咬牙关，两眼空空的。那空空的目光直视屋顶，冰一样冷。他身上仿佛游动着一股凛人的寒气，那寒气在仇恨和屈辱的毒火里烧过，而后化成了一片灰烬，黑色的灰烬。很久很久，他的眼眨了一下，那一眨是凶残的。他咬着牙说："别问了。老师，你别问了。"

为什么要毒打一个不足十五岁的少年呢？他惹了谁了，被打得这样惨?!我说："小丢，你说吧。你相信老师，老师会给你做主的……"

没有话，王小丢挨了打却不说一句话。他不哭，不叫，木然地躺在那里。他的耐力已超出了常人所能忍受的极限……

我说："小丢，你不相信我吗？你连老师都不信了?!"

仍无话。我看见他身上的血痂在变黑，流淌的血也在变黑，那血浓得像酱油汤似的，散着一股泥土的甜腥气。土地是沉默的，这孩子也是沉默的。我心里不由飘出一丝疑虑，这孩子是怎么长成的呢？他怎么会具有这样的耐力和韧性呢？

蓦地，我想起了王小丢背一根绳子去闹村主任家婚宴的事……我明白了。他知道是谁打的，他知道为什么。可他的心被打残了，他不再相信人了，他谁都不信。在他眼里，世间没有公理，没有正义，也没有善良……

在这样的孩子面前，语言是苍白的，教育也显得无力。我还能说什么呢？救救我的学生吧，谁能救救我的学生？我是老师哇！

离开王小丢家时，我的心很疼，像被人用刀割了似的。

2月8日夜

今儿是除夕，也是我的洞房花烛夜。

没有请外客，只有我和梅。

一碗饺子，两支红烛，四碟小菜，我和梅相对而坐，以茶代酒，四目相望，已是人间天堂。

窗外北风怒号，瑞雪纷纷，一片洁白。爆竹响过了，狗儿也不再咬，村人已睡去。世界真静啊，仿佛在梦中。我问梅：这是梦吗？

烛光流着红泪，把梅的脸映得鲜艳如花。梅笑了，笑出两个甜窝。梅羞羞地说：已经是你的人了，还说这傻话。

梅，梅，好梅。梅用眼睛说话，梅直勾勾地看着我。我心里一热，就坐到梅跟前去了。我拉住梅的手说，梅，让我好好看看你。

梅说，还看不够吗？

我说，细读。

梅扭着腰说，看我打你，看我打你。说着，两只手轻轻地朝我身上擂，我就势抓住她的手，把她拥在怀里，狠狠地亲了一口！

梅再要打我，已似无力，就扑倒在我怀里，喃喃说，狼，白眼狼……

梅，我的小狐仙，是老天爷派你来的？老天爷可怜我这个穷教书匠，可怜我这个光棍汉，就把你派来了。老天爷有眼哪！你说话呀，小狐仙。

小狐仙不说，小狐仙羞红着脸趴在我的怀里。我真害怕天亮，天一亮我的小狐仙就飞走了……

梅说，小狐仙不走，小狐仙会好好跟你过日子，过一辈子。

相拥而坐，已近三更，可我还是不敢睡，我怕一睡下小狐仙就真的走了。

我的小狐仙。

2月24日

寒假已过，又要开学了。

今天，在教师会上，校长突然说："文英，这学期你教一年级吧。"

我一下子愣住了。我送的是毕业班，眼看着就要把学生送毕业了，这是最关键的一学期，校长却突然决定让我教一年级……

屋子里有了一串咳嗽声，没人吭声，谁也不说话。接着就有人跺脚，天还是很冷，很冷。

校长塌蒙着眼皮，说："散会吧。"

教师们袖着手往外走，一个个冷雀似的。我坐着没动。校长看人走光了，才慢吞吞说："文英，你还有啥事？"

我说："没事，校长。我只想问问你，是不是因为那次打篮球？"

校长很窘，久久说不出话来。在沉默中，我发现校长很憔悴，头发掉光了，身子蜷曲在椅子里，看上去很像一团破棉絮。校长当年的英气也已随着头发掉光了，人猥猥琐琐的，一只手去搓脚上的灰……

就这么坐了一会儿，校长摘下眼镜，揉了揉浮肿的眼窝。慢慢，那眼里的混浊淡了些，他又干干地咳嗽了两声，说："文英，你要想教六年级，就……还教吧。"

我站起来，慢慢往外走。这时，校长又说："文英，我老了，别跟我一样……"

听了这话，我心里湿湿的，很不好受。校长一生坎坷，他被打过右派，还娶了个乡下女人，孩子又多，日子像树叶一样稠啊！是日子把他磨成这样的，这不能怪他。校长是个好人，他知道毕业班的重要，他也期望这所偏远的乡村学校能送出几名学生。他是想报复我，可他做不出来。他当了一辈子教师，他做不出来。

我没吭声，只默默地看了他一眼。

然而，当我站在清冷的操场上的时候，校长却又追了出来。他走上前，拍着我的肩膀说："文英，你那脾气也得改改。你可以继续教六年级，但有一条，王小丢不能让他上了。"

我转过身来，望着校长，问："为啥？"

校长说："村主任说了，那孩子太毒……"

我喊道："都把人打成那样了，还想咋?! ……"

校长拦住我的话头，说："文英，你别嚷嚷，我知道这孩子学习好，是块料。可你知道，学校老师的工资有一半是村里补贴的，给不给村主任当家，你掂掂分量吧……"校长说完，扭头走了。

这时候我看见眼前有一个饭碗在滴溜溜转，那是泥捏的饭碗。我的饭碗是泥捏的，一摔就碎了。我看见我的饭碗碎了。碎就碎，我不怕碎，只是身上冷。风寒，身上就冷。

走在路上，我也想骂，日天日地地骂……

2 月 25 日

一夜没睡。

我是一个很胆小的人。我翻开心看了看，我很胆小。

2 月 27 日

今天，我去看了王小丢。

王小丢仍在床上躺着。他生疮了，生了一身烂疮，脓水四下流，他却一声不吭。

小丢娘把烧过的草木灰铺撒在床上，他就在热灰里滚，牙关紧咬着，头上冒一层细汗……

屋子里弥漫着甜甜的腥味，草的腥味。烧成灰的草仍然带一股腥味，那腥味是泥土给予的，和人的血腥味没什么两样。当草灰粘在小丢身上的时候，能听到"嗞嗞"的声响，一种融化的声响，声响里飘出一缕缕香气。这孩子是人吗?

我问王小丢："疼吗?"

王小丢说："不疼。老师，我不疼，只是有点痒。"

小丢娘说："痒就好了。"

王小丢望着我说："老师，有话你就说吧。"

我知道这孩子眼尖。可我能说什么呢？我说校长不让你上了？你别上了……这话我说不出口。我说："没事。开学了，我来看看你，看你啥时候能去上课。"

王小丢说："老师，我能上。可我一身烂疮，怕同学们恶心，等疮好了吧？"

我说："行，治好了再去吧。"

王小丢眼巴巴地望着我："老师，你能来给我补补课吗？我怕耽误太多。"

孩子把我逼到死角里了，我不能不说话。我说："放心吧，我来给你补课。"说完，我赶忙走出去了。

我不敢看孩子的眼睛，我害怕这双眼睛。

3月5日

我想了很久很久。只有一个办法，我得把村主任告下来，我一定得把村主任告下来。

今天上午，我去县里找了老同学孙其志，孙其志现在是县计划生育办公室的副主任了。

孙其志又胖了，很忙。见了面倒还热情，说话"哼哼"的，很有气派。我说："其志，我想请你帮个忙。"

孙其志手一挥说："老同学，客气啥。有话赌说啦，能办的我一定办。"

我就给孙其志讲了村里的情况，讲了我的学生王小丢……我说，我得把村主任告下来，你帮帮我。

孙其志听了摇摇头说："老同学，这事我管不了啊，你该去公安局。要是'计划生育'上的事，我一准管。"

我笑了。我说："其志，我就告他违反计划生育政策。村主任大儿结婚后已生了两个孩子了，又偷偷生了一个，说是捡的……"

孙其志愣了，摇摇头说："当真？"

我说："千真万确。"

孙其志沉吟半晌，哈哈一笑说："算啦，算啦。老同学，你管这屁事干啥？走，我请你吃饭！"

我说："其志，我大老远跑来，不是混饭吃的。你管不管？"

孙其志看我认真了，忙改口说："我问问，调查调查再说吧。"

出了门，我心里跳跳的。我想说一句：千万别把我露出来，别说是我告的。可我张不开嘴。

3月15日

十天了，没有任何消息。

我又找孙其志。这回我狠了狠心，提去了十斤小磨香油。

孙其志看见油就笑了："老同学，你打我脸哪……"

我也红着脸说："自己地里种的……"

其实不是种的，是我买的，高价买的。提着油，我觉得我是把脸卖了。

孙其志看看油，说："你真想告他？"

我问："这事能告倒他吗？"

孙其志说："如果调查属实，撤职是没有问题的。不过，这事老复杂呀！"

我不吭声，就看着他。孙其志拍拍我说："好，我查查。"

3月25日

又送香烟两条。

…………

4月1日

桃花开了，开得很艳，一树树粉红。梨花也开了，一树树粉白。鸟儿在唱……

县计划生育小分队下来了，复查村里的计划生育工作。孙其志说："你等着吧。"

4月3日

今天上午开了群众大会。

会上宣布，村主任因带头违反计划生育政策被撤职，还罚款两千元……

村主任老婆站在村口整整骂了一天！

村主任说："查出来剥他的皮！"

当时，我真想站出来说，是我告的，剥我的皮吧！可我没有勇气。五叔，对不住了。干这件事太卑鄙，我也觉得自己很卑鄙。我干得不光明正大。为人师表，干这些鸡鸣狗盗的事，说来叫人汗颜。我问过我的良心，良心说你别这样干，要干就当面锣对面鼓，你站在他的门口，大喊三声，说我要告你啦！可我又问了问我的胆，胆说事不密则废。你是个民师，你的饭碗是泥捏的。虽说你是为学生，可你不但救不了学生，自己的饭碗倒先碎了，你还有个瞎眼的老娘呢！你没有别的办法……

傍晚，王小丢来了，仍是悄没声的。他站在院子里，默默地望着我，我也看着他，谁也没说话，没有话。

过了一会儿，王小丢说："老师，昨儿个我做了个梦，梦里我把村主任家的骡子勒死了。我小，我没那么大的劲，没人能猜出是我干的。可我能勒死他家的大骡子，我有劲……这是个梦。"

我的喉咙有点干，我说："要相信……"

王小丢说："老师，我说着玩哪。我不会干让你丢脸的事。"

我躲开他的目光，那目光很毒。我说："明天来上课吧，好好学。"

王小丢说："我要考出去，我能考上。"

4 月 20 日

校长问我，这届快毕业了，你估摸能考上几个？

我说，县重点中学最起码一个，乡中也会考上十几个。

校长很高兴。校长说抓紧点，乡文教助理说了，还要评奖呢。全乡二十一所小学，评一、二、三等奖。一等奖是电视机，二等奖是自行车，三等奖是座钟。你能争个自行车就不错，我那娃子有人提媒，女方要辆好自行车……

5 月 10 日

考试一天天迫近了。

同学们正加紧复习，每天晚上提着油灯来学校夜读。我也搬到学校来住了，一天只能睡四五个钟头，很乏。俗话说，养兵千日，用兵一时，得撑住。

也有的学生明知无望，就不来了。

下罢早自习，在回家吃饭的路上，我碰上了王聚财。王聚财背着铺盖卷正慌慌地往村外走。看见我，他站住了。我说："聚财，你干啥呢？"

王聚财说："老师，我不上了。上也没啥指望。俺舅在郑州做木工活呢，我去跟他学木匠……"

我心里一热，眼湿了。我说："聚财，上了几年学，会写信吗？"

王聚财说："会写。你教过多次，我都记住了。我带着地址呢。"

我拍拍他说："出门在外，多留神。你才十五岁，还小。常给你娘写个信，别叫她挂念。"

王聚财哭了。

我说："别哭，老师有对不住你的地方，多包涵吧。"说着，不知怎的，我也掉泪了。

王聚财走了，我的学生走了。不管怎么说，他能写信了，能写信就好。

6月10日

离考试还剩一个月了！

…………

附记

1986年6月17日上午9时，王文英老师正为即将参加毕业考试的二十七名应届毕业生辅导功课，忽听房梁上有"咔咔"的声响。王文英老师急忙让学生快跑！……待学生们全部离开教室后，王文英老师才最后一个出来，但已晚了一步，只听"咕咚"一声，王文英老师被砸倒在教室里……抬出来时，人已血肉模糊。他睁眼看了看围在身边的学生，喃喃道：快走，快走！

王文英老师死后，全校师生为之披麻戴孝送葬。六月天，村里村外一片孝白，哭声震天……

（据查，头天夜里下了场雨，房坍是村人偷窃房梁钢筋造成的。但王村年内无人盖房，而去年盖房的有四十八家之多。时隔一年，房突然倒坍，已无法查证。主要责任者郭校长被开除公职，免予刑事处分。现为农民，在村里放羊。）

王文英老师的事迹逐级上报，县广播站广播了他的优秀事迹，《河南日报》发了专题报道。县广播站的记者看了死者的日记后，专程来采访王文英的妻子。村人愕然，说他光棍一条，没有女人。记者不信，去家查看，见屋内只有一床一破桌，一张女人的画……

这年，王村学校学生王小丢考上了县城重点中学，走时带洋二百元。小丢娘让他留下五十，说家里没钱。王小丢不给，说："三年后还你。"村人们说，这娃子真不是人。

1992年

学习微笑 ···

一

刘小水眉心有一颗痣，于是，她被厂里抽出来了。

刘小水是食品厂糕点车间的女工。那天，她正站在案子前炸眉豆角，手里拿着油乎乎的笊篱，火太烤，她不经意地转过脸来，用手背捋了一下头发，不巧正好被厂办主任看见。厂办主任一眼就看见了她眉心的那颗痣。厂办主任说："你，说你呢，过来一下。"

刘小水手里抓着笊篱，迟疑了一下，问："说我呢?"说着，又望了望站在一旁包角儿的组长。组长接过她手里的笊篱，说："去吧，你去吧。"于是她就去了。

刘小水长得并不算十分好，嘴唇厚了，颧骨略高，人也有些木相，两只眼睛大也算大，就是呆，还一脸忧色。可她眉心有颗痣，那脸就活了。你也说不出她哪儿好，就觉得有一种什么东西，在悄悄地打动你，叫你不由想看她一眼。

同时被挑出来的还有七个女工，自然都是些厂一级的鲜艳。刘小水算是第八个，也是年龄最大的一个。厂里决定让她们去学些礼仪，好接待来厂投资的港商。

　　"礼仪"是由市文化馆的老师承包的，说是每人三百，厂里穷，最后搞价搞到二百五。拿钱时又落到一千八。一千八百块钱拿过去之后，就开课了。教礼仪的老师姓冯，是一位很高傲很负责任的女性。她讲的第一课是微笑。她说："知道什么是微笑吗？微笑是一种艺术，是一种具有穿透力和征服力的艺术。微笑表现的是一种自信，一种女性特有的魅力。在公众场合，它可以产生摄人魂魄的效用。微笑可以有千万种功能，它可以是热性的，也可以是凉性的。热性的，可以烧穿人的五脏；凉性的可以使人冻结，使人望而却步。你们知道蒙娜丽莎吗？谁知道蒙娜丽莎？不知道？没人知道？"

　　女工们有人在下边小声议论说："是不是一个姓蒙的演员，好像有一个蒙古演员……"

　　老师摇了摇头，说："不知道不要瞎说。这是一幅画。一幅以微笑而著名的世界名画。这幅画就叫蒙娜丽莎的微笑。那是一种穿越时间穿越国界的微笑，是永恒的微笑……"

　　接下来，老师开始指导微笑了。老师让她们站成一排，一个个练习微笑。老师说："笑一笑。"她们就一个个轮着笑，有的嘴张得太大，有的笑得太响，有的不好意思，扭着腰笑……一个个都不太合格。老师就一个一个给她们以指点。老师说："你，笑得有点过头了。微微的，要微微的……你呢，目光要温柔，不要浮。对了，要含蓄。还有你，笑得太空了，你懂得我的意思吗？你的笑里要装上东西，笑里面有很多很多东西……"

　　轮到刘小水的时候，老师看了看她，说："你笑一笑。"

　　刘小水就笑笑。可她一笑，泪先下来了。

　　老师说："你怎么连笑都不会？"

　　刘小水不好意思地擦了一下脸，说："我会笑，只是笑不好。"

　　老师看了看她，说："你有一颗痣，这很好。你很有魅力。你笑一笑。"

　　刘小水就再笑。老师摇摇头说："不行，这样不行。你还是不会笑。你的眼没有笑，光张嘴不行，要学会用眼睛微笑，眼睛是心灵的窗户，你要把窗户打开……"

刘小水的眼睛也跟着睁开，对着老师笑……

老师吓了一跳。老师说："你还是不会笑。听我说，要自信，一定要自信。你闭上眼睛跟着我默念，春天来了，花儿开了，鸟儿叫了，天空多么晴朗……"

刘小水就跟着念……

老师说："好一点了，稍稍好一点了，对……"

老师突然问："你叫什么名字？我好像在哪儿见过你……"

刘小水想起来了，她知道她在哪儿见过这位老师。她只是舔了舔嘴唇，她的嘴唇有点干。

马上就有一位叫李月琴的年轻女工报告说："老师，她叫刘小水，是糕点车间的。她很会做点心，差一点就当上技师了……"

老师喃喃地说："噢，刘小水，好像在哪儿见过，记不起来了。"接着，她又说："刘小水同学，你要好好练习，你真的很有魅力……"

刘小水不知道什么是魅力，又是不好意思地舔了一下嘴唇。

老师说："你的魅力就在你的厚嘴唇上。你要记住这一点。"

女工们哄地一下都笑了。老师说："好了，别笑了。让你们笑你们不笑，不让你们笑，你们又笑……"

老师对众女工说："不要小看微笑。我告诉你们，微笑其实是一种生活品位的体现。不是谁不谁都会微笑的。不过……"老师说到这里停顿了一下，涩涩地说："我拿了你们厂的钱，我现在要告诉你们一个小窍门。人都有不想笑的时候，不想笑也不要紧。如果在一些场合，在一些不想笑又必须微笑的场合，你就微微把嘴张开，露三分之一牙，注意，是三分之一弱，这样你就会带出一些笑意……"

接着，老师给她们每人发了一面小圆镜子，让她们回去后自己练习。老师说："好了，今天就讲到这里，下边练习走猫步……"

二

临近中午，刘小水骑车来到了市医院的门前。她把自行车扎在了看车的老太太那里。老太太正忙着挨车挂牌，挂到她的跟前，抬头一看是她，就把牌重又收了回来，老太太不收她的看车费，自然也不挂牌。老太太说："喂呢。"

她就说："喂呢。"说着，就急急地往公共厕所跟前跑。

公共厕所前摆着一张收费的小桌，她的苍老的母亲就坐在小桌的后边，母亲旁边是一个小孩车，车里站着她那八个月的孩子。有风刮过来了，荡起一片腥腥的灰尘，母亲的脸很脏，孩子的脸也很脏，她的母亲一边收费一边摇着小孩车照看她的孩子。孩子许是饿了，在车里一蹿一蹿地动着，哇哇乱叫。母亲看了她一眼，说："你看你。"说着，就站起身来。

刘小水没有答话，就探身上前抱起孩子，顺势坐在母亲让出来的椅子上，把孩子往怀里一横，飞快地解开胸前的扣子，把奶头塞进孩子的嘴里……这一切她都做得很从容很自然。而后，她抬起头来，望着医院门前的马路。中午了，正是下班的时候，马路上行人很多，自行车像河水一样淌淌地从眼前流过。有很多行人的眼睛一闪一闪地在眼前晃，她觉得那些目光正在注视着她胸前露出来的一点点乳房……她仅是把衣服往下拉了拉。

母亲的目光从她头上漫过去，望着一个从男厕所走出来的男人，说："那事咋样了？"

她说："还那样。"

母亲说："不是就一回吗？"

她说："就一回。"

　　母亲说："要多少啊？"

　　她说："三千。"

　　母亲说："你说说，这算咋回事哪？"

　　她说："交了钱的，都回来了……"

　　母亲说："看看你这一家，看看这一家人……"

　　她说："也不全怨他。是我让他去的。车间主任叫他，他能不去吗？他说要去团结团结人家，我说你去吧。赶上了，也没有办法。"

　　母亲说："厂里，就不能……"

　　她说："厂里不知道，我没让厂里知道。厂里三个月没有开工资了。厂长一直在跑合资，如果能合资就好了。厂长在会上说，跟港商合资后，至少月工资一千……"

　　这时，母亲突然跑起来了。母亲跑上去拽住那个从厕所里走出的男人，小声说："同志，同志，你还没给钱呢。"

　　那人一边走一边说："小便，小便也收钱？"

　　母亲赔着笑说："小便一毛，大便两毛……"

　　刘小水小声说："妈，没钱就算了。"

　　母亲也说："要是真没钱就算了……"可她仍在那人跟前站着。

　　那人转过脸来，望了母亲一眼，说："我说没钱了吗？有钱。"说着，从兜里抽出一张一百元的票子，随手扔在了地上，说："找吧。"

　　刘小水再次说："妈，没钱就算了。"

　　母亲望着那人，很勉强地说："你真没零钱？要真没就算了。"

　　那人说："没有零钱。你找吧。"

　　母亲再次看了看那人，默然地从地上捡起钱，匆匆地向路边的一个水果摊前奔去。母亲跑动的姿势很像是一个陀螺……

　　母亲终于把钱换开了。她走回来，把一毛钱的纸币放在桌上的纸盒里。刘小水看见那一毛钱脏兮兮的。于是，她不由得张开嘴，舔了一下嘴唇。舔嘴唇的时候，她突然想起了老师。她的确见过文化馆的这位老师，那是几个月前，她就坐在这里给孩子喂奶，一边喂奶一边替母亲收费，她收过老师一毛钱……当时，老师看了看她，老师穿得光鲜鲜的，那目光有一点那个，看得她很不好意思。接着，她又想起了老师的一句话："三分之一弱……"这时，母亲看了她一眼，说："你笑啥？"

刘小水赶忙说："我没笑。"

母亲说："你看你。"

刘小水说："妈，我没笑。"

母亲说："是嫌丢你的人了？是不是嫌丢你的人了？要嫌丢人你把孩子弄走，别往我这儿放……"

刘小水心里一酸，说："妈，我真没笑……"

母亲说："你想想，你哥，你弟，啊？你妈抱着摇钱树呢？你把孩子抱走吧，我谁也不给恁看了……"

正说着，父亲从医院里走出来了。父亲脸上喜滋滋的。他随手把一张五元的票子扔在桌上的钱盒里，说："一个肝癌，早上断气了。洗洗，穿穿，给了十块。医院扣去五元。"说着，就弯下腰，从刘小水怀里接孩子，一边伸手一边说："来吧，乖乖。"

刘小水看着父亲的手，父亲的手很粗。父亲曾是八级车工，退下来了，厂里却开不下工资……父亲老了，父亲的胡子很白。刘小水望着父亲，小声说："爸，你洗手了吗？"

父亲有点尴尬。父亲慢慢缩回手，说："你看你，我会不洗手？"过了一会儿，父亲又说："人死了，细菌也就死了。"

母亲不愿意了，母亲紧绷着脸说："抱走，抱走，赶紧抱走。你爸这么大岁数了……"

父亲马上说："算了，算了。抱走咋办？她公公那样……把孩子给我吧。"

刘小水没有把孩子递给父亲。她把喂饱奶的孩子重又放进小孩车里，说：

"爸，你累了，让他自己玩吧。"而后，她站起身来，说："妈，我走了。"

母亲不说话，母亲一句话也不说。

父亲说："走吧，你走吧。回去还得给你公公做饭呢。"

她走了几步，听见父亲气喘喘地从身后赶了上来，父亲摇着白苍苍的头，一句话也没说，把五块钱连同一沓毛票塞到了她的衣兜里。她刚想说点什么，父亲说："走吧，快走吧。"

骑上车，蹬了几圈，刘小水回过头来，阳光下，她看见儿子在厕所门前的小孩车里站着，在一片明亮的臭烘烘的空气里，父亲蹲在车前逗孩子玩，孩子的小脸红扑扑的，在笑……

拐过路口，她停住车子，蹲在地上，"哇"一声吐出来了。她觉得今天的尿臊味特别重……

三

下午，仍是练习"猫步"。"猫步"之后是"三步""四步"……

老师说："走猫步的要领是高贵。要昂首挺胸，面带微笑，走出优越，走出高贵……"

可刘小水却趁上厕所的机会溜出来了。她先是跑出去给公公送了一趟汽水。公公也是退休工人，两年前得了脑血栓病，半身不遂，治了一段，没有治好，厂里就拿不起医疗费了。后来又在家里吃中药，吃了一段时间，却仍是半边身子能动半边身子不大能动。如今他在电影院旁边卖汽水。

当她来到电影院旁边的时候，看见公公正在为一个买汽水的孩子开瓶。公公的身子在开瓶时歪成了一个倾斜扭曲的支架。他一只手高高地半蜷着，那是一只僵硬的不听使唤的手，那不顺遂的胳膊就像是只断了弦的弯弓；公公的另一只手却紧贴在汽水瓶上,手腕子一压一压,看了让人心酸;最用劲的是他的下巴了,就好像是那个下巴在启那个瓶盖,他的下巴紧紧地绷着,绷成一斜一斜的肉棱,肉棱子一紧一紧地脉跳着,看上去惊心动魄。她赶忙走上前去,说:"爸,我来吧,我来。"

公公斜斜地看她了一眼,却没有松手。公公仍在开那个瓶子。公公曾是八级钳工。他一直在开那个瓶子,大约有半分钟的时间,他终于把汽水瓶子打开了,而后他很快地转过脸去,背对着那孩子,用含糊不清的语音说:"喝。"

刘小水默默地望着公公,没有再说什么。她知道公公背过脸去的原因是怕吓着那孩子……

这时,她下意识地摸了一下衣兜。有一段时间,她总是不由得要摸摸衣兜。那时候,她的衣兜里时常装着一沓子公公看病的报销单据,那一沓子小纸都快在她的兜里磨烂了。大约在两年的时间里,她每天下班后都要去堵通用机械厂那个大背头厂长。她站在厂大门口等过,也在厂办公室门前候过,常常一站就是几个小时。有时候也到厂长家门口堵他。找得那大背头厂长一看见她就躲。有一次,天刚蒙蒙亮,她终于在厂长家门口把他堵住了。厂长刚刚起床,厂长提着裤子说:"你怎么这样?你怎么能这样?我们厂光偏瘫的就十八个,家属一个个都来堵门子,还让我活不让了?!……"可还是有一沓子小纸没有给报销,那都是钱,是借的钱。

公公是个病人,按说是不该让他出来的。不管怎么说,都不该让他出来做这种事。可公公是个倔人,他非出来不可,她也没有办法。她唯一能做的,就是抽空给公公送趟汽水。送汽水也是为了还债,她觉得她是欠公公什么。自从有了那件事之后,她就觉得她欠了什么……

如今,她最害怕上街。走在大街上,她会有一种老鼠的感觉。阳光很好,她却成了一只老鼠。她脑海里常常出现一双老鼠的眼睛。那是童年里的一只老鼠。那只老鼠被邻居家的孩子捉住了,而后把它泡在油桶里,接着又点着了火，在人们的围观下，那只满身是火的老鼠在街上窜来窜去。那时她还小，一出门就撞见了那只带火的老鼠，老鼠望了她一眼……现在，她觉得自己就像是一只着了火的老鼠。街上的生活，还有那些声音那些颜色都是很烧眼的。她已经很久没有进过大商场了，她是不敢看，不敢看那些摆在柜台里的东西。东西真好，真艳，也真贵，她害怕那些东西。她觉得那些东西能吃人，那些东西会把人活吃了。

在骑车回去的路上，刘小水心里说："我不能再去笑了。我笑得不好，我不去笑了。"这么想着，刘小水又回到了厂里。她走进车间，对正在包角儿的组长说："吴姐，我不去了，我不想去了。你给厂里说说，换个人吧。"

组长转过脸来，看了她一眼，赶忙说："别，你可别。千万别……"

刘小水说："我真的不想去了。"

组长四下看了看，忙把她拽到一旁，小声说："水，你傻呀。你知道，如今眉豆角滞销。有钱的都吃高级点心去了，没钱的连眉豆角也不吃了。听小道消息说，你别问是谁说的，厂里跟港商合资后，立马就裁人。只留一半人。厂长正在广州跟人家港商谈判呢。将来不知道会裁到谁，你想想……"

组长又说："我是为你好。"

刘小水舔了一下嘴唇，愣愣地站了一会儿，说："那，我还是去吧。"

组长望了望她，说："你男人……出事了？"

刘小水脸上一紧，忙说："没有呀。好好的，上着班呢。"

组长又看了她一眼，说："你知道，我也不是好事的人。所里（派出所）来人了……"

刘小水望着组长，过了一会儿，轻声说："吴姐，你别跟人说。"

组长说："我不说。我不会说的。"

刘小水望着组长。

组长说："来人是找你呢。戴着大盖帽，在车间门口问，刚好让我碰上。他问谁是刘小水，我说刘小水没来，刘小水抽出去了。他就说，你告诉她，让家里赶紧送钱，不送钱，他们就不放人。他说，没钱他们是不会放人的……"

刘小水不吭了。好一会儿，她又说："吴姐，你别跟人说。"

组长再次说："你放心，我不说。"而后，组长问："多久了？"

刘小水说："半个月了。"

组长问："啥事？"

刘小水说："也没啥事。"

组长说："我不说，我不会乱说的。"

刘小水说："车间主任说让他去玩玩，他就去了。"

组长说："就玩玩？"

刘小水说："就玩玩。"

组长说："罚多少？"

刘小水说："三千。"

组长说："那你，那你……"

刘小水说："借遍了，没处借了。"

组长叹了口气，说："国福是老实人……"

刘小水说："别人都出来了。交了钱的都出来了。也有没交钱的，托托人也出来了。他没经过事，出来的人就说他咬人家了……"

组长又说："国福是老实人……"

片刻，刘小水说："他一坦白，人家就要三千。还说他不老实。"

组长说："我知道，国福是老实人。"

刘小水沉默了一会儿，说："这日子没法过了。"

四

夜里，刘小水的枕头湿了两次。

她想，人是可以杀人的。有时候，好人也会杀人。公公就有过杀人的念头，他是想杀死他自己。公公曾经有过强烈的"国营工人"的自豪感。那时候，他总喜欢说："球，我是国营。""我怕啥？我是国营。""我能报销，我是国营。"后来，当医药费不能报销，他的病又迟迟不见好转的时候，他就再也不说他是"国营"了。他常常一天一天地躺在床上，两眼望着房顶，眼里射出猫一样的光亮，一句话也不说。不久，公公就开始要安眠药了。他总是不停地要安眠药，一天两片，一天两片……可是，她发现公公要的药一片也没有吃，他偷偷地把所有的安眠药全都积攒起来了。直到有一天，当她给公公拆洗褥子的时候，她才发现了那个藏在褥子下的药瓶。那个药瓶里整整装了一百二十粒"速可眠"！她悄悄地拿走了那个药瓶……

后来，公公一直在找那瓶药，她知道公公在找那瓶药。每当夜深人静的时候，公公住的房间里就会传出猫样的扒拉声，那是公公在床边上、褥子下扒拉着找那瓶药。公公只有一只手能动，所以那声音听起来很别扭。男人曾去问过两次，男人说："爸，你干啥呢？"公公不说，公公一句话也不说。

可是，可是，怎么说呢？她也算是动过杀人念头的。两个多月前，为了一件衣服……她，她鬼使神差地又把那瓶安眠药找出来了！那天下班后，她想买一只发夹，就绕到市场街去了。街上有很多卖衣服的小摊，她走得很快，没敢在那些小摊上多停，到处都是五光十色的，她不敢多停。可她还是被一个卖衣服的姑娘拉住了。她的目光仅是在卖衣服的架子上瞥了一眼，那件衣服的确好看，她不由自主地瞥了一眼，就被那卖服装的小姑娘拉住了。那姑娘很会做生意，她拉住她说："大姐，你看看，这件衣服特别适合你穿，你试试吧？"她偷眼看了一下价格，那上边醒目地标着：1600。此刻，她就像小偷被人当场捉住了一样，一下子脸就红了，连声说："不不不……"那姑娘仍然不放她走。姑娘说："大姐，你是不是嫌贵？这件衣服的确很适合你穿。要不这样吧，我赔钱卖给你，一千！行不行？"她像是被烫住了似的，又连声说："不不，我不要不要……"那姑娘还是拽着她说："大姐，我是真心想给你，八百行不行？八百！"她低下头喃喃地说："我、我、我、不不不……"那姑娘急眼了，说："这样吧，大姐，你穿上试试，如果不合适，我一分钱不要，白送给你！这件衣服真是太适合你了！四百，四百行了吧？"这一刻，她的脸火烧火燎的，她恨不得有个地缝钻进去！她扭过脸去，慌慌地说："不要不要不要……"那姑娘气了，说："大姐，我是看你穿上好看，真心想给你。你说多少钱，你说个价，你随便给，这、行、了、吧?!"最后一句，那姑娘是咬着牙，一字一顿说出来的，那话就像刀子一样!! 就在这时，她猛地转过脸去，她掉泪了，她眼里的泪一下子全涌了出来，她用力地甩掉那姑娘，哭着跑了。她走一路哭了一路……就是那天，就在那天，她竟然悄悄地把那瓶安眠药重新放在了公公的床头上！她不知道这是为什么，她说不清楚到底是为了什么……第二天，她一天都精神恍惚。下班回来，她直接就进了公公的房间，心里怦怦乱跳，直到看见那瓶药的时候，她才暗暗地松了一口气，又叹了一口气。在床头上，她一眼就看见了那瓶药，那瓶药仍然在床头上放着……

　　就在这时，公公突然睁开眼来，漠然地说："我看病借的钱，我自己还。"

　　那一刻，她觉得脸上很热，火辣辣的！

　　而后，公公就瘫着半边身子去卖汽水……

　　是啊，她为什么要那样呢？现在她明白了，她是害怕。公公害怕过，男人也是害怕。她记得男人下班回来的那天晚上，曾心神不安地在她身边走来走去。男人是个老实人。男人闷闷地说："主任说，让去玩玩。"男人第一次说的时候，她并没在意。男人在她身边扭了一圈，又说："主任让去玩玩。"当时，她正在厨房做饭，她转过脸来，望着男人，说："是不是想让送礼呢？"男人说："主任只说，去玩玩吧。"她没有再说什么。吃过饭，男人又说："车间里又要搞优化组合了……"她望了男人一眼，说："得多少钱？"男人说："他只说，去玩玩吧。"男人又嗫嚅地说，主任说了，他跟大伙不够团结。他说："我是不是去团结团结人家？"她不耐烦地说："去吧，想去你去吧。得多少钱？"男人说："我也不知道。"于是，她从男人交给她的工资里拿出了三十块钱，默默地递给了男人。她又说："你早点回来。"可男人一去不回。男人是为团结而去，可男人的结局很糟糕。男人胆小，人家一问，男人把主任们的事情全都屙出来了，屙得很净。男人说他只一回，他的确只一回。于是，他们就说男人很不老实。于是，主任们先后都放出来了，只有男人没出来。结局是很不团结。

妈的！

刘小水从床上爬起来，只听"扑嗒"一下，那面发的小圆镜子从衣兜里掉了出来。她捡起镜子，对着自己的脸，照着看了一会儿，心里说："笑啊，你笑啊。你怎么不笑？笑吧，露三分之一牙。"

那瓶药一直在公公的床头上放着。她把药拿出来之后，不知为什么，公公却突然变卦了，他不再需要那瓶药了。可那瓶药却成了压在她心上的一个秤砣。多少天来，她一直想把那瓶药取出来。奇怪的是，凡是公公不在的时候，那瓶药也不在；公公一在，那瓶药就在。每天下班回来，她都先去看那瓶药，她害怕看见那瓶药，又害怕看不见那瓶药。

这会儿，她一直谛听着公公房里的动静。她是想趁公公睡熟的时候，把那瓶药取出来。只要取出那瓶药，她就不再欠公公什么了。

夜深了，她悄悄地下了床，悄悄地来到了公公的房里。刚一站定，就听见了公公的咳嗽声。黑暗中，公公躺在床上，两眼发出猫一样的亮光。她望着公公，公公也望着她。终于，公公说："国福该回来了吧？"

她说："爸，不是给你说了吗，国福出差了。"

公公说："也该回来了。"

她说："快了吧。大概快了。"

公公咳嗽了两声，又说："不是说不超过十五天吗？我听人说拘留不超过十五天……"

她望着公公，不知道该说什么。国福的事，她没有告诉公公，可公公还是知道了……

公公说："你去睡吧。"

她说："爸……"

公公说："我知道。去睡吧。"

黑暗中，她看见了那个药瓶，那个药瓶就在公公的床头上放着……

五

课上到第三天。下午的时候，她们正在跟着老师走"国标"，厂办主任突然来了。厂办主任说："停停，先停停。"

老师问："怎么了？"

厂办主任说："先停停，有个活动。"

而后，厂办主任把她们召集在一起，很严肃地宣布说："晚上有个活动。不是港商，港商还没到。审计局的到咱们厂里来了。晚上，咱请人家吃个饭，饭后到皇上皇去，活动活动，你们都要参加。注意，一定要热情。特别是那个姓沈的，沈科长，一定要让他玩高兴了，这跟咱们厂的前途有关……"

一时，女工们都很紧张。有人说："国标还不大会呢……"

厂办主任说："有个三步四步也就应付了。主要是热情……"

刘小水对厂办主任说："主任，我想请个假。我……"

厂办主任看了她一眼说："不准假。养兵千日，用兵一时。谁也不准请假。"主任又看了看众人，接着说："都回去拾掇拾掇，弄得利落些，该化妆的化化妆。"

晚上，一辆破面包车把她们拉到了"皇上皇舞厅"。进了舞厅，刘小水就觉得眼晕，到处都是半明半暗的光，到处都是半明半暗的颜色，闪闪烁烁的光，闪闪烁烁的颜色，人就像是在梦里一样。只见沙发是一小团一小团的，中间是一个圆圆的小矮桌，桌上放着各种饮料，人却没有几个。厂办主任走在前边，躬身对坐在一小团沙发里的人说："各位，各位，分开坐吧，分开坐。"于是，那些人就分开坐了。厂办主任领着她们，一小团沙发里填一个，一小团沙发里填一个。填到一个红胖子跟前时，一下子填了两个……刘小水也被填到了红胖子跟前。看到她们，红胖子很客气地笑了笑，她们也赶忙笑笑，"露三分之一牙"。还没等坐稳身子，音乐响了，就听见厂办主任弯着腰四下里跑着小声说："上，都上，主动点。"

刘小水站起来时，发现有六对已经下了舞池。红胖子跟了女工小葵……她只好重新坐下来。望着眼前的小桌，桌上摆着各种饮料，还有瓜子和口香糖。这时，女工李月琴猫着腰凑了过来，贴着她的耳朵小声说："刘姐，你知道今晚厂里花了多少钱吗？"刘小水问："多少钱？"李月琴说："舞场的雅座全包了，还打了折，要三千。"刘小水愣愣地望着她："多少？"李月琴说："不骗你，三千。"刘小水说："不会吧？不会。"李月琴拿起一罐"健力宝"，说："你知道一罐这个多少钱？"刘小水问："多少钱？"李月琴说："外头卖五块，这里卖二十。"她又拿起一盒口香糖问："你知道这个多少钱？十块。"刘小水说："就这么一小盒？"李月琴说："就这一小盒。你信了吧？"刘小水不吭声了。李月琴抓起一包瓜子塞进了刘小水的衣兜，说："不吃白不吃，给孩子带回去。"不知为什么刘小水突然想哭。

跳第二轮舞的时候，红胖子邀了刘小水。红胖子脸喝得红彤彤的，走路有点摇晃。他一边跳一边笑着对刘小水说:"你,你有一颗痣。"刘小水赶忙"露三分之一牙"……那人又结结巴巴地说:"你,你,你有一颗痣,很好。"刘小水再"露三分之一牙"。那人的手在刘小水的背上滑了一下,稍稍用了点力,看着她说:"你,你那一位呢?那一位在哪儿工作?"刘小水又"露三分之一牙",迟疑了一下,说:"在局里。"那人的手又稍稍松了一点,说:"哪,哪个局?"刘小水说:"局里。"那人说:"知道。是哪个局?"刘小水默然说:"算了。不说他了。"那人说:"噢,我明白了。"而后,那人的手很正常……

　　跳第三轮舞的时候,女工小葵正跟人跳着,却"呀"的一声,手捂着脸从舞场上跑下来了。她跑到刘小水跟前,往沙发上一坐,哭着说:"他捏我屁股。他捏我屁股。"这时,厂办主任匆匆跑过来,低声说:"别吭,别吭。姑奶奶,不准再吭了啊。回头再说……"说着,又赶忙拉起刘小水,说:"上去,你快顶上去。"刘小水就站起身来,顶上去跟那个酒糟鼻子跳。酒糟鼻子讪讪地笑着说:"开个玩笑嘛,开个玩笑……"刘小水只好重新"露三分之一牙"。酒糟鼻子说:"其实我们不愿来。是你们厂里非让来。像这种档次,是比较低的,我们一般只去蓝天。去过蓝天吧?"刘小水摇了摇头。酒糟鼻子说:"那是个好地方。"跳了一会儿,酒糟鼻子又说:"你们厂那些破事,不说也罢……早早晚晚还得我们盖这个章啊。"说着,一只手又滑了下来,看样子想捏刘小水的屁股,看了看刘小水的脸色,手又浮上来了,说:"你很不一般,你有一颗痣。"

　　舞跳到了半夜,待送走客人,已是子夜一点钟了。一直站在门口躬身送客的厂办主任,这时才把脸上的笑抹去,沉着脸走回来说:"开个会。"而后,他的目光在众女工脸上扫了一圈,严肃地说:"今天我要批评你们。批评什么你们心里清楚。老实说,我也知道审计局那些人是王八蛋。我能不知道他们是王八蛋吗?他们走一处吃一处,什么没吃过?什么没玩过?……可是,咱们厂现在正是关键时候,厂长正在广州跟人家港商谈判。急需审计局的审计报告。咱们厂目前的情况是资不抵债，又必须让他们审计出资产雄厚的数字来，这样在谈判桌上才有话说。这是求着人家的事呀！你们是厂里的职工，说起来就和我的亲妹妹一样，让你们受委屈我心里也不好受。哪个王八蛋心里好受！可是……你们能不能为厂里想想？"

众女工都被感动了，一个个愣愣地望着发火的主任。小葵眼里仍含着泪，小声嘟哝说："他捏我屁股……"

李月琴说："那你说，让人家想怎么就怎么？"

厂办主任说："我也不是那个意思。我是，我是说，摸摸捏捏的……只要不是太那个了，就算了。这作为一条纪律吧。"

李月琴说："屁纪律。"

厂办主任说："就算是屁纪律吧。"

厂办主任说到这里，摆摆手说："算了，时间不早了，以后注意就是了。"说着，厂办主任从兜里掏出一小沓钱来，说："今晚大家辛苦了，一人发十块钱，吃碗烩面吧。"而后女工们一个个排队到厂办主任跟前领钱……

刘小水手里捏着十块钱，突然笑了。厂办主任愣了愣，说："你笑什么？嫌少？"

刘小水说："不是。"

厂办主任说："那你笑啥？"

刘小水说："我忘了给我公公掂尿壶了。"

众女工全都哈哈大笑！

六

星期天，母亲耍了一个小小的阴谋。

母亲先是打发父亲去守厕所，而后把哥哥姐姐弟弟们全都叫来，说是要开家庭会。等人来齐后，母亲从衣兜里掏出一张化验单，先递给大哥看，接着又递给二哥，二哥看了递给姐，姐看了后递给刘小水，刘小水又递给了弟……等他们都看过之后，母亲说："你爸以前是肺气肿，这你们都知道。现在又转成肺那个了，医生说发现了那个细胞……这事你爸还不知道。我也不想让他知道。你们谁也不能给他说。今天把你们找来，就是跟你们商量商量，这病还治不治了？"

一时，屋里的空气就有些紧张，众人都不说话。片刻，大哥捋了一下乱糟糟的头发，蓦地站起身来，表现出了少有的果决。大哥说："治，怎么能不治呢。"

二哥是铁路工人，穿着一身体面的制服，他不大爱说话，只是慢慢地吸着烟。他工资是有保证的，手里略显宽余些。不过，他也刚刚买下房子，说话就有点吞吞吐吐，他说："爸这么大岁数了，动手术怕是有危险吧？"

姐姐在糖烟酒公司上班，夫妻关系不好，两口子经常打架，一打就摔东西。她抿了一下嘴，说："这病，动手术、是不大好……"

母亲说："我也不主张开刀，那样花钱太多。人老了，早早晚晚也是一股烟，不能再给小的添累了……"

大哥从二哥拿的烟盒里摸出一支烟来，不慌不忙地点上，说："妈，看你说哩，不是怕花钱，只要能治病，花多少钱……"

母亲看了大哥一眼，大哥怏怏地坐下来，不再说了。

姐姐说："我们公司有个经理，也是这个病。花了几十万，也没治好……"

母亲脸一变，马上说："你说这干啥？不治就不治，你说这话干啥？"

姐姐赶忙解释说："妈，我不是那个意思。我是说……"

母亲沉着脸说："那你是啥意思？你不用说了……"

立时，又是一片沉默。

过了一会儿，母亲又接着说："我也没想让你们多花钱。我最近打听到一个吃中药的偏方，都说能治这个病。一剂药一百多，一个疗程三十剂。这得几千块呢。你们说说，看咋办吧？"

大哥立场鲜明，大哥说："治吧。多少钱也得治呀。"

二哥看母亲不高兴了，也说："治吧。花多少，我们几个摊出来。"

姐姐沉吟了一会儿，很勉强地说："爸有病了，不是别的事，我，我也算一份吧。"

弟弟随口说："老头一辈子了，该花花吧。我也没说的。"

只有刘小水没有表态。刘小水觉得没法表态。她手插在衣兜里，紧紧地捏着母亲给她的二百块钱，手心里都捏出汗来了。这二百块钱是昨天晚上母亲偷偷塞给她的。母亲没说别的，只说："你先拿着，不是让你花的，明天给我拿来。"这就是说，母亲知道她拿不出钱来，所以母亲私下里给她做了一点手脚。她不安地看了大哥和小弟一眼。大哥厂里早就开不出工资了。大哥买房时交集资款还欠了一屁股的债。大哥经常来找母亲借钱，一次次地来……却从来没有还过。大哥不可能拿出钱来。小弟也拿不出钱来，小弟好赌，一次次的输，也常常跑到母亲这里混饭吃……可他们却仍然做出一副气壮的样子。她怀疑母亲有可能也在他们那里做了手脚。想到这里，刘小水心里很不是滋味。

母亲看了她一眼，那目光的含意是很清楚的。刘小水这才抬起头来，有些慌乱地说："我也……拿吧。"

这时，大哥再次站起身来，说："我是老大，理应带头，我先拿吧。"说着，他很体面很从容地从兜里掏出三百块钱来，放到了母亲的面前。

紧接着，小弟也从兜里掏出钱来，很豪气地说："我一时手头有点紧，先搁这儿二百，余下的回头再说。"

刘小水立时就明白了，大哥和小弟拿出来的钱肯定也是母亲给的。母亲心里像明镜一样……

终于，二哥说话了，二哥说："我也先拿三百吧。让爸先用着，不够回头再说。"说着，二哥从兜里掏出钱来，数了数，说："只有二百九了。回头我送来。"

姐姐也从她掖的包里掏出钱来，说："我也拿三百吧。"她还特意说明："这是我从银行取来的公款，回头我再补上。"

此刻，刘小水才有点不好意思地从兜里伸出手来，把手里捏了很久的那二百块钱拿了出来……她气不壮地小声说："我，先拿二百吧……"

到了这时，母亲那绷紧的脸上才露出了一丝笑容，母亲说："不管多少，都是有孝心的。你爸的病，就那样了，也不多拖累你们，家里有我呢。"

等到天黑之后，哥哥姐姐弟弟们全都走了。刘小水因为要等着给孩子喂奶，就没有走。一直挨到了这般时候，母亲才默默地把那沓钱拿出来，放在了刘小水的手上……

刘小水说："妈，这，这是……"

母亲说："你大哥确实没钱，他好喝酒，成天喝。塌一屁股账。买房交集资款还是缠着我给他凑的。他拿那三百也是我给的。老三更不用提，自己还养不住自己哪，也别想要他一点。那二百也是我私下里给他的。你二哥在铁路上，日子好过一点。你姐那一窝，生气归生气，也比你强……他俩这六百，加上我借这六百，统共一千二。有四百还是从看车的老徐婆那儿借的。看能不能把国福买出来……"

刘小水："妈，爸……"

母亲说："你爸就那样了……"

刘小水心里一湿，把钱又推了回去说："妈，这钱我不要，我不能要。就让他在那儿住吧。"

母亲说："当娘的，手心手背都是肉。如今姊妹们也不比往常了，各自一家，说出来都有难处，谁也顾不得谁了。我不这样说，怕是这六百块钱也挤不出来……"

刘小水哭了。她想，日子怎么过到了这种地步？亲哥哥亲姐姐的，一母同胞，还用母亲这样去"诈"？！

母亲又说："你爸说了，他不怕咒。咒咒也死不了人。"

刘小水默默地说："妈，这钱我慢慢还吧。"

说话间，母亲就又变脸了。母亲说："你别给我说这种话！"

刘小水说："妈，我是真还……我一定还。"说着，她又掉泪了。脸上的泪像断了线的珠子一样，一串一串地落下来。

母亲说："就你泪浅。"

刘小水眼里含着泪，默默地笑了。

七

又是一个"活动"。

这次是跟银行搞"活动"。厂办主任说："厂长的电话打回来了，要我们想办法跟银行搞好关系。将来跟港商合资，港方出百分之六十，咱们出百分之四十，这'四十'里边有二十以厂房设备抵，余下的二十主要靠银行贷款。这次冯行长带队来咱厂考察项目，咱们一定要热情接待。晚上去蓝天！"

于是，学过些"礼仪"的八个女工谁也没让回家，六点钟就集合了。到了七点钟的时候，厂办主任又打发人回来通知说：客人正在"全聚德烤鸭店"吃饭。吃过饭可能要去洗"桑拿"，因为有客人提出要去洗"桑拿"。让她们不要动，耐心等待。于是，每人发一个烧饼，说让先垫垫饥。

女工们坐在那辆破面包车里，一边啃烧饼一边骂娘。都说厂办主任不是东西，拿人不当人，是个溜沟子货！骂着骂着，有女工不好意思地问："啥是桑拿？"有人说："不就是洗澡呗。"有人说："那可不是一般的洗洗。"又有人问："那是怎么洗?"有人说："带按摩呢一个钟点几百块!"又是一片骂声……只有刘小水一个人没有骂。刘小水有点心不在焉,她一直在想着男人的事。她早上到派出所去了一趟,兜里装着那一千二百块钱。所里人说："你就是刘小水?"她说："我就是。"所里人拍着桌子说："太不像话了!你们这家人真出奇。别的人家出了事,都是跑前跑后的,恨不得立马把人弄出来。你们可好,一直不照面!怎么着,抗上啦?!"刘小水赶忙解释说："不是不照面,是借不来钱……"所里人翻开眼看了看她,说:"钱拿来了?"刘小水说:"他就一回,能不能……"所里人一拍桌子说:"又是这话!到现在了还不老实?告诉你,三千块钱一分也不能少!你不要以为熬过十五天就可以走人了,没那回事!回去吧,回去赶紧凑钱,啥时候钱凑齐了,啥时候来领人……"出得门来,刘小水又掉了两眼泪。

八点半的时候,又有人来通知说:客人正在本市"第一楼"洗"桑拿",很快就要出来了,让她们马上去蓝天等着。于是,破面包车立即开动,把她们送往本市最豪华的蓝天舞厅……

一直到九点钟的时候,客人总算到了。到底是银行的人,又刚刚洗了"桑拿",一个个看上去红光满面。厂办主任腰勾得像虾一样,头前领着,一边走一边对女工们小声吩咐说:"快进去,快进去。咱们包了三个卡拉OK包间,一个是'玫瑰厅',一个是'贵妃厅',一个是'菊花厅'。"于是,八个女工又分别被领进了三个厅。这些厅看上去有十几平方米大,光线半明半暗的,墙上到处都是红红绿绿的壁灯,地上还铺着厚厚的地毯,看上去金碧辉煌……刘小水和李月琴、小葵被分进了"菊花厅"。进"菊花厅"的银行客人是两个科长一个股长。科长一个姓马,一个姓卞,听口气那马是正的,卞是副的;股长年轻些,姓吴。那姓吴的虽然年轻,因为在银行工作,又因为当上了股长,走路也是高视阔步,一副满不在乎的气派。三个人却又是三种爱好。马科长看起来有四十来岁的样子,人长得富富态态的。他不喜欢跳舞,喜欢卡拉OK。他进来往沙发中间一坐,就要OK,而且特别喜欢唱《嫂子》,

张嘴就是："嫂子，借你一对大脚……"卞科长人很瘦，看起来很严肃很正统一个人，却也是喜欢唱卡拉OK，不过他最喜欢的是《潇洒走一回》，张口就是："红尘呀滚滚，痴痴呀情深……"吴股长是喜欢跳舞的。不过，他进来就瞄中了年轻漂亮的小葵，只抱着小葵一个人跳，而且只跳"一步摇"……这天晚上，小葵倒是没叫一声，只是不时地看刘小水和李月琴一眼，偷偷地给她们两人使眼色，希望能换一换她。可吴股长一换人就不跳了，结果还得小葵陪他跳。刘小水和李月琴则成了抄歌单的，两人轮换着跑出去送歌单。在一次次送歌单的过程中，刘小水才知道，在这里唱一首歌竟然要十块钱！当马科长点歌点到五十一首（其中包括十七首《嫂子》）、卞科长点到四十七首（其中包括十一首《潇洒走一回》）时，刘小水突然踉踉跄跄地跑到蓝天的门外抱头大哭起来！李月琴赶忙叫来了厂办主任，厂办主任匆匆赶出来，好言好语地问："怎么了？你到底是怎么了？"接着又骂道："我也知道那些王八蛋不是东西！是抠你了是掐你了？"刘小水只是哭个不停，哭得厂办主任眼也湿湿的。厂办主任红着眼说："你说吧，到底怎么你了？要是真作孽了，别看是银行的，我也不饶他！"到了这时，刘小水又不哭了，她擦了擦眼里的泪，低声说："不是。"厂办主任又问："是摸你了？"刘小水又说："不是。"厂办主任愣愣地望着她，说："那到底是怎么你了？姑奶奶你说话呀！"刘小水又低声说："啥也不为。"厂办主任说："啥也不为，你跑出来哭个啥？你说实话，到底为啥？"刘小水嗫嚅地说："主任，唱一首歌就要十块钱吗？"说着又掉泪了。厂办主任仍然不明白，说："是呀，怎么了？"刘小水又嗫嚅地说："一首歌十块钱。"厂办主任说："十块就十块，碍你什么事了？"刘小水又说："我没想到，一首歌要十块钱……"厂办主任厉声说："你就为这事跑出来哭?!真是太不像话了！你马上给我回去，好好招呼客人。"刘小水嗫嚅地说："他们一直唱，一直唱……"厂办主任没好气地说："唱就给他们点嘛！我告诉你，要是厂里贷款的事黄了，我可不饶你！去吧，去吧，好好招呼客人。来这儿就是让他们乐的嘛。让他们随便点！"刘小水不再吭了，她擦了擦脸上的泪，重新又回到了"菊花厅"。走到门旁时，她站住了，重新"露三分之一牙"……回到包间后，李月琴偷偷地对刘小水说："还唱，还唱，我真想掐死他们！"刘小水低声说："我也是。"正坐在沙发上喝饮料的马科长见她两个人在窃窃私语，笑着问："两位小姐说什么知心话呢？来来，也唱一首……"两人赶忙"露三分之一牙"。不料，马科长又非要唱"树上的鸟儿成双对"，于是，刘小水就只好跟他合唱"成双对"……唱着唱着，马科长悄悄贴近刘小水，低声说："你有一颗痣，一晚上我都在看你这颗痣。叫人心动啊……"

闹到深夜两点半的时候，歌已唱到了三百七十四首。于是客人们尽兴而去……

八

刘小水回到家，已是将近凌晨三点钟了。

她太乏了，想赶快睡觉。可是，推开门，却听见公公房里有"呼哧、呼哧"的喘气声。她赶过去拉开灯一看，只见公公正挣扎着在地上爬呢！……这时候她才想起，她又忘了给公公掂夜壶了。公公半身不遂，一定是起夜时从床上掉下来了。她急忙上前，叫了一声："爸，你……"可她却撞上了一双恶狠狠的眼睛，那是公公的眼睛。公公两眼怒视着她，一下子就把扶他的手推开了！

她又叫了一声："爸，我……"说着，又要扶他起来。可公公就是不起来，用那唯一能活动的胳膊撑着身子往外爬……

刘小水再去扶他，可公公又一次把她推开了，公公呼呼地喘着气，一只手紧抓着床腿，慢慢地，慢慢地撑着身子坐起来……

刘小水说："爸，我不是有意的……"

公公喘着粗气，嘴唇颤抖着，好半天才说："匪了，你匪了！"

刘小水赶忙解释说："爸，是厂里……"

公公的目光像刀子一样，根本不容她说什么。公公只是重复说："匪了，你匪了！"

刘小水听公公话里有话，再一次说："爸，真是厂里让我……加班。"

公公抬起头来，重重地"哼"了一声，竟然突兀地吐了她一口，说："呸！匪了！"

刘小水望着公公，不知怎么的就来了狠劲，她上去拦腰抱起公公，一下子就把他从地上抱了起来！公公的身子往下出溜着，可她硬是把他抱起来了……她把他往床边上一放，说："坐好！"说着，一阵风似的刮出去了。旋即，她提着一把尿壶走进来，往公公跟前一递，微微闭上眼，说："尿吧。"

公公浑身像筛糠一样抖着……

她眼里含着泪，恶狠狠地说："你尿啊！"

公公哭了，公公像小孩一样呜呜咽咽地哭起来……

而后，刘小水又折下身去给公公铺床。她铺床的目的是想找那瓶药，她想，公公一定是把那瓶药塞在什么地方了……可她把被子、褥子、单子全都翻了一遍，却仍然没有找到那瓶药。她只是看到了一些钱，那是公公卖汽水挣来的钱，公公把卖汽水挣来的钱全塞在褥子里了，褥子里铺着一张一张的毛毛票。她没动那些钱……

过了一会儿，公公塌着眼皮嘟哝说："你匪了。"

她说："我就是匪了。"

公公说："你匪了。"

她说："我就是匪了！"

就这样，公公说一句，她还一句；公公再说，她再还……两人的目光对视着，都是恶狠狠的。片刻，她觉得和老人这样吵嘴没有意思，一点意思也没有，就说："你老了，我不跟你一样。"说着，扭身回房去了。

　　躺在床上，刘小水仍觉得委屈。她知道，公公是看她穿裙子了，又回来这么晚……过去她上班从来不穿裙子，她也只有两条裙子……她又想起回来的路上，她曾经遇上了一个男人，那男人也是从舞厅里出来的。看上去西装革履，很体面很有钱的样子。那人在后边跟了她很久。那个男人凑上来对她说："交个朋友吧？"她没有吭声，只是越走越快。那男人又说："交个朋友嘛。"她走得更快了。可那人仍死皮赖脸地跟着她，那男人说："认识一下嘛，明晚我请你吃饭怎么样？"她说："你别跟着我，你老跟着我干什么？"那人说："认识一下嘛。认识一下也没啥坏处……"走到一个十字路口的时候，她出溜儿一下钻到路边的厕所里去了。蹲在厕所里，她的心怦怦乱跳，她想，那人要是……要是……要是……而后再……她会怎样呢？这样想着，她的脸不由得红了，她骂自己说："你不要脸，真不要脸。"

　　过一会儿，她心里说，我要匪早就匪了……这么想着，她迷迷糊糊地睡着了。睡梦中，她感觉有一条蛇贴在了她的身上，那条蛇紧紧地缠着她。这是一条花蛇，蛇身上全是"人民币"样的花纹，每一个鳞片亮闪闪的，全是十元票，她揭呀揭呀老也揭不完……

　　第二天早上，刘小水又到派出所去了。可她去了之后却不敢进门，只是在门外边转来转去……她带钱不够，怕人家又熊她。这时，刚好警长小刘进门，见她在门口外可怜巴巴地立着，就说："哎，你在这儿干啥呢？"警长也姓刘，原是一个院的，早年曾经跟刘小水好过一段，有过那么一点点意思。后来多年不见，那旧日的情分也一点一点地褪色了……人家当了兵，又上过警校，调来调去的，现在是警长了。刘小水本不想见他，每次见他总有点不好意思，脸上烧烧的。这会儿撞见他了，也只好答话。刘小水低下头去，不好意思地说："国福，出了点事……"警长小刘看了看她，说："噢，我知道，我知道这事。原来沈国福跟你是一家呀！"刘小水脸红了，为男人，也为自己……她吞吞吐吐地说："就，就一回。罚太多了……"警长小刘问："罚了多少?"刘小水眼湿了,低声说:"三千……"警长小刘看了看她说:"这样吧,你待一会儿再过来,我给你问问。"说着,大甩手走进去了。

又过了一会儿,刘小水才硬着头皮走了进去。进去后,当着派出所别的民警的面,警长小刘先是沉着脸把她训了一顿!警长小刘说:"……怎么着?你们这一家是怎么着?真是抗上了?"

刘小水低着头说:"不是抗,是真借不来钱……"

警长小刘一拍桌子,怒斥道:"借不来钱?借不来别犯法呀?!"

刘小水小声说:"也就一回……"

警长小刘说:"看看,看看,又不老实了。一回?哼,逮住一回就说一回,逮住十回还说一回!不认错是不是?"

刘小水忙说:"认错,认错。"

小刘警长看了看她,说:"……算了,算了。少罚点,拿两千吧。"

刘小水忙说:"两千也借不来,真是借不来。"

警长小刘说:"你看你看,还讨价还价呢?!你说多少,你说吧。"

刘小水灵机一动,说:"我就借了五百块钱,我真是借不来了。"

站在旁边的一个民警喝道:"不行!五百?!开玩笑。根本不行!"

警长小刘也说:"五百?五百不行。闹了一晚上,除了上交,你总得让我们吃碗烩面吧?"说着,小刘暗暗地给她使了个眼色。

刘小水说:"那,那就六百?我再去借借……"

警长小刘说:"你们家的情况我知道一些。哼,这回就算了。六百就六百吧。赶紧找钱去吧。我可告诉你,超过今天,还是三千。"

出了派出所门,小刘警长出来送了两步,刘小水却觉得咫尺天涯,也艰难地"露三分之一牙",连声说:"谢谢,谢谢。"小刘警长很大气地摆摆手,说:"去吧去吧,赶紧弄钱去吧。"刘小水也觉得没脸再说什么,就勾着头紧走。走着,她摸了摸揣在兜里的一千二百块钱,觉得小刘还真不错,人家总算给帮忙了。这样想着,心里竟酸酸的……

九

　　钱交了，可男人还是没有回来。小刘警长说："罚三千只交了六百，所长不大高兴呢。拖两天吧，我再做做工作。"刘小水也不好再说什么，只有等。

　　第二天，男人没能回来，港商却到了。厂办主任就急急地布置"活动"，让她们候着，随时准备给港商接风。

　　晚上，一辆破面包车又把她们拉到了"蓝天"，说是等候通知。八点钟的时候，港商没来，主管局长来了，也在那儿候着，说是要陪陪港商。九点钟的时候，说是港商有可能来，副市长也要来，厂办主任就慌慌地把"蓝天"包下了。到了九点半，一个电话打过来，说是港商太累，又不来了。立时，局长气了，局长说："这是干什么？耍人哩！他不来算了，我们玩……"厂办主任吓出了一头汗，也不敢不让局长玩，可又怕花钱太多，不好交代，就偷偷地给厂长打了电话。厂长累惨了，哑着嗓子，很生气地说："他想玩就让他玩。"说着，"啪"地把电话撂下了。厂办主任愣了片刻，小声吩咐说："跳吧，跳吧。"于是八个礼仪女工就轮流陪局长玩……

　　在局长跟人跳舞的时候，李月琴悄悄地对刘小水说："你知道港商住在哪儿吗？"刘小水说："我不知道。"李月琴说："厂长正生气呢。"刘小水说："我什么都不知道……"李月琴说："听说港商一下车就被副市长接走了。厂里为他安排的宾馆他没住，住到副市长家里去了……"刘小水说："真的？"李月琴说："这还有假。听说厂长非常生气……"刘小水说："怕是有什么关系吧？"李月琴说："这就不知道了。"刘小水又小心翼翼地问："不会有别的啥吧？"李月琴说："不会吧。谁知道呢。"接着，李月琴拿起桌上摆的香蕉，说："吃，只管吃。"刘小水说："这跟吃金子一样，我吃不下去。"李月琴说："反正钱掏过了，不吃也白不吃。"刘小水想想，也就是，就跟着李月琴吃，边吃边说："真可惜呀，真可惜呀……"这晚，两人一连跑了三趟厕所。

由于港商没来，厂办主任的脸色也不大好，女工们心里都慌慌的，没跳出什么气氛。到了十一点的时候，局长说："算了，算了。"说完拂袖而去。

由于今晚没跳出什么"效益"来，厂办主任就没发那十块夜餐费。女工们走的时候全都嘟嘟囔囔的……

刘小水回到家已经十二点了。进门一看，发现男人已经回来了。男人看她的目光很阴郁。她默默地看着男人，似乎想说点什么，没等她开口，男人劈头就给了她一巴掌！男人说："你，你匪了！"

刘小水一下子愣住了，愣了很久很久……她没想到，她真的没想到男人会打她。男人很老实也很胆小，没想到在那里边住了半个多月，住出胆气来了。男人站在那里，腰也直起来了，脸上多了些横气。

刘小水一时就觉得身上软，看了一眼公公的房间，小声说："我就是匪了……"

男人上前一把揪住了她的头发，这时她闻到了一股很浓的酒气。男人过去是不喝酒的……男人又说："你匪了！"

她很委屈，她说："我就是匪了。"

男人说："你是有外头了！"

她说："我就是有外头了！"

男人又扇了她一巴掌！她说："你别打我的脸，别打我的脸，我明天还要上班呢……"可男人就偏打她的脸。男人揪着她的头发往屋里拽时，一下子就把她惹恼了。她像疯了一样扑到男人身上，死命地跟男人厮打……

一个时辰之后，公公房里传出了咳嗽声……

这时，男人像是酒醒了似的，突然抱着头蹲在地上呜呜地哭起来。刘小水也不理他，默默地爬上床去，眼里流着泪，身子扭向里躺下了。男人哭了一阵，又摸摸索索地爬上床来，扑到了刘小水身上，刘小水一下子就把他掀下去了！男人又扑上来，掐着她的脖子，说："你说，你是不是有外头了？"

刘小水两眼望着他，说："我是有外头了。"

男人说："你真是有外头了?!"

她说："我真是有外头了。"

男人看了她一会儿，手一紧，说："你要有外头的我杀了你！"

她说："你杀吧。"

男人说："你以为我不敢？"

她说："你敢。"

男人喘着粗气，跑进厨房拿出一把菜刀来，高高举过头顶，明晃晃地对着她，说："说，到底有没有？"

刘小水忽地坐起身来，迎着他说："你砍吧。"

男人手一松，刀掉在了地上，男人哭起来了，他捶着头，一下一下地打自己……

刘小水望着男人，她想，男人还是太老实了。结婚的时候，她唯一不满意的就是男人太老实。可母亲说，老实人好，老实人你跟着不吃亏。可现在亏就亏在老实上了！要不是男人太老实，怎么会……过了一会儿，刘小水默默地盯视着男人，眼里的泪先是一滴一滴的，而后是满脸满脸的泪水……刘小水黯然地说："算了。你既然这样说……"

男人惊呆呆地望着她，好久才说："没有那事吧？"

她说："你说有就有。"

男人又捧着头不吭了。她说："你是猪脑子？也不想想……"

男人嘟囔着说："我知道是你送了钱……"

刘小水擦了擦眼里的泪，可她擦着擦着，越擦眼里的泪越多，越擦越伤心，她横眉立目地指着男人说："你，你知道那钱是哪儿来的？那钱是我妈从我哥我姐那儿诈来的……"

男人直起头，愣了片刻，慢慢、慢慢地在床前跪下了……

夜很深了，刘小水躺在那里，终于不忍心男人就那么跪着，她坐起身来，轻声说："算了。"男人慢慢地从地上站起来，磨着身子爬到床上，悄悄地贴在刘小水的耳边，讨好地说："我在里边遇上了个人，他告诉我了一个祖传的秘方。说是用潮虫喂鸡，能赚大钱……"

刘小水不吭，只暗暗地叹了口气。

男人说："你不信？是真的。那人谁都不说，就告诉了我……"

刘小水忍不住说："那是个啥人？"

男人说："是个老头。"

刘小水说："犯的啥事？"

男人说："我，我也不大清楚。说是跑江湖的，诈骗了谁……"

刘小水说："你是个猪脑子！"

男人不吭了。好一会儿，男人叹了口气，说："我怕，我怕这个家也散了……"

又过了一会儿，刘小水说："我真想匪了，我真想匪个样让你看看！"

男人一点一点地磨着身子，慢慢、慢慢地又爬到她身上去了。她想，男人真不是东西。

十

港商来了，学过些"礼仪"的女工们日夜都在等待着港商的召唤。她们期望着港商能尽快地跟厂里合资，那样的话，她们就是合资企业的女工了……

可是，五天来，港商一次也没有"活动"过，她们甚至没有见过港商的面，谁也不知道这位港商到底是什么样子。只是不断地有小道消息传来，说是厂方跟港商的谈判正在艰难地进行着，双方有了一些新的矛盾……

厂办主任每天皱着眉头，却仍然要求她们候着，随时准备"活动"。于是，她们每天傍晚都老老实实地在那辆破面包车里坐着，耐心地等待。

这天下午，又到了下班的时候了，可仍然没有港商要"活动"的消息。厂办主任接连打了几个电话，垂头丧气地走到车前说："回去吧，都回去吧。"

女工们纷纷从车上跳下来，各自回家。刘小水和李月琴一路骑车走着，李月琴说："你听说了没有？港商是个小老头。"刘小水忧心忡忡地说："他不会变卦吧？"李月琴说："这个小老头也真是的，这么多人候着，让他玩，他还不玩。"刘小水说："只要能合资就行……"李月琴说："就是。谁想跟他'露三分之一牙'？"刘小水也笑了，说："就是。"

当刘小水骑车来到电影院门前时，她突然发现电影院旁的汽水摊前围了很多人，人们都在愣愣地傻看着什么。她心里"咯噔"一下，紧走几步来到跟前，只见在夕阳的余晖下，公公挺身在汽水摊前站着，仍是蜷着一只胳膊，伸着一只胳膊，那只伸着的手里攥着一个启瓶器，启瓶器紧紧地压在案上的一颗钉子上。刘小水知道，那只钉子是公公用来练习一只手启瓶用的。公公看上去满面红光，嘴角处流着长长的水涎……原来人们是在看公公嘴角的水涎，这么多人都在看公公嘴角的水涎！水涎拉得很长很长，摇摇曳曳地吊垂着……

刘小水走上前去，叫了一声："爸……"

老人没有吭声，老人半勾着头一声不吭。老人脸上的皱纹舒展开去，看上去竟然笑模笑样的。

刘小水看着公公，倏地，她的脸色变了，她上去推了一下公公，只见公公的身子慢慢地慢慢地歪下去！她赶忙扶住公公，到了这时候，她才发现公公已经死了，公公竟是站着死的！

这时，围观的人群慌乱地动了一下，有人跑上前来，说："送医院吧，赶快送医院吧！"

此刻，刘小水反倒不害怕了。她默默地扶住公公，在众人的帮助下，一下子把公公背了起来，而后一步一步地往家走。她轻声说："爸，回家吧，咱回家吧。"

晚上，男人去通知亲友和单位去了。刘小水烧了一些热水，独自一人给公公擦洗身子。公公很安详地躺在那里，脸上透着从未有过的红润。换衣时，她一下子就看见了那瓶安眠药，那瓶药原来就在公公的脖子里挂着！公公在药瓶上系了一根小绳，他白天一直把那瓶药挂在他的脖子上……

刘小水一边给公公擦洗一边默默地流泪。她觉得很对不起公公，公公是个很硬气的人，公公没有吃那瓶药，公公用半残的身子，用仅有的一只手，站在街口上劳作，直到最后一刻……

掀床的时候，刘小水又发现，公公的褥子下已经铺满了他挣来的钱，那大多是一角一角的、一元一元的票子。更让人震惊的是，公公还写下了一张小纸，在这张小纸上，公公用铅笔记下了他患病以来所欠下的钱数，有一些数目已经打过钩了；还写下了火化的费用……刘小水看着，眼里的泪一滴一滴地落下来。

在以后的时间里，刘小水一直在数那些票子。那些钱的数目并不很大，可她总是走神，数着数着，眼前就出现了公公的那张脸，她看到的是公公卖汽水时的那张脸，公公的脸很老，纹路一道一道的，那是一张歪脸，有着一股狠劲的脸，上边全是劳作的印痕。她听见公公说："我看病借的钱，我自己还。"

十点钟时，通用机械厂的厂长和工会主席来了。厂长在老人跟前默默地站了一会儿，回过头说："家里有什么要求，说吧。"

男人看了看刘小水。刘小水说："没啥要求。"

厂长愣了，厂长知道，每到葬人的时候，家属是最难缠的。厂长迟疑了一下，说："现在，厂里效益不大好。不过，沈师傅是老工人、老模范，力所能及的，政策允许的，我尽量满足……"

男人又看了看刘小水，说："那药费的事……"

刘小水说："不用。爸说过，不麻烦厂里。"

厂长看了看刘小水，他知道这个女人去过他家多次，总缠着他报销药费……现在看她这样说，也不知是什么意思，心里就有些怯怯的，就说："这样吧，厂里救济一千块钱，其他按规定办……"说着，他看了看工会主席："老王，你把这事办了。"

工会主席赶忙点头说："行，行。"

刘小水却十分果断地说："不用救济。我们不要救济。"

听这么一说，厂长更慌了。厂长看了看工会主席，说："老王老王，你留下吧，看看还需要什么……我还有个会。"说着，又安慰了两句，赶忙走了。

厂长走后，工会主席忙说："天热，后事还是早办好。刚才，厂长在这儿，你们不提，现在他走了，超过一千，我做不了主……"

刘小水很干脆地说："不要你做主。"

十一

一送走老人，刘小水就急着往厂里赶。她已经好几天没到厂里去了，不知道她们糕点厂跟港商合资的事到底怎么样了，她担着心呢。

当她来到厂门口的时候，却见大门口静悄悄的，一个人也没有。再往厂院里看看，也没有人，院子里一个人也没有。她有点诧异，忙朝传达室里溜了一眼，只见那个看大门的老头，无精打采地在屋里坐着，正眯着眼打瞌睡。她忙问："大爷，厂里怎么……"

老头睁开眼来，看了看她，仍是无精打采地说："……嗨，黄了。"

刘小水说："啥黄了？"

老头懒得多说，只摆了摆手说："去吧去吧，厂里正开会呢。那事黄球了！"

刘小水快步走进会场，只见几百名工人全都在三车间里站着，黑压压一片人。谁也不说话，没有一个人说话。只有厂长一人在讲话，厂长的脸肿得像面包似的，不时地吸口凉气。厂长说："……我刚才已经说了，我对不起大家。跟港商的谈判失败了。港商提的条件我无法接受，也不敢接受。为了跟港方合资，咱们厂前前后后花了二十多万，可到了现在，港商提的条件越来越苛刻。咱厂有三百多名工人，港商提出只留三十名，其余的全部裁掉，这事我能答应吗？我要是答应了，怎么跟大家交代呢?！另外，港商提出让副市长的妹妹做港商代理，这也是我不能答应的……说心里话，这里边有许多弯弯儿，是我不能说的。可我必须给大家一个交代：为什么港商一变再变，这主要是市里的某一位领导起了作用，这位领导把港商接到家里，别的话我就不能多说了……"

会场里很静，人们全都傻傻地望着厂长……就在这时，人群中突然响起了尖锐的哭声！而后又突兀地戛然而止……人们四下寻去，你看我，我看你，片刻，人们终于看到了一个戴黑纱的女人，这女人紧咬着嘴唇，却是满脸的泪！这就是刘小水。刘小水憋不住大哭起来，整个会场上都响彻着她的哭声！谈判失败了，厂长没哭，主任没哭，刘小水哭了……

立时，会场炸了！工人们乱哄哄地嚷叫起来……

厂长大声说："在目前的情况下，咱们厂没有别的办法，也没有别的退路，只有宣布破产……"

这时，工人们全都拥到前边，闹嚷嚷地围住了厂长……厂办主任在一旁挥着手说："这事不怪厂长，主要是市里，大家有意见可以找市里……"

工人们像没头苍蝇一样在车间里拥来拥去，只有刘小水站在那儿没动。她站在涌动的人群中，人像是木了似的，就那么站着。李月琴走过来，拍着两手对她说："成天让人笑，让人笑，笑来笑去这不还是一样吗？这不还是一样吗?!"可刘小水就像没听见似的,仍是那么愣愣地站着……好久之后,她才发现身边已经没有人了,人们都闹嚷着到市政府去了。

外边的太阳很毒,阳光火辣辣地照着,可刘小水走出来的时候,却觉得身上很冷。此刻,组长走到她的跟前,小声说:"厂长的意思是,让大家都到市里去反映情况。厂长说连去三天,市里肯定解决……"

刘小水想了想说:"我不去了,我不想去了。"

组长说:"去吧,厂里工人都已经去了……"

这一次,刘小水很坚定地说:"我不去了。你看我戴着黑纱呢……"说着,就往厂外走去。

刘小水回到家,见男人也在家里坐着,她说:"你怎么不上班?"

男人苦着脸说:"我被车间组合掉了。车间主任说……"

刘小水默默地望着男人,说:"掉了就掉了吧。"

男人小心翼翼地说:"要不,再送送?"

刘小水说:"送啥?礼轻了人家看不上,重了咱又送不起……"

男人张了张嘴,迟疑了一会儿,说:"要不就炸些眉豆角吧?你过节炸的眉豆角,他们都说好吃……"

刘小水半天没有说话,好久好久,她才站起身来,说:"你买糖去吧,买五斤糖。"

男人听话地站起身来,乖乖地买糖去了……

晚上,刘小水整整熬了半夜。她先是揉出来七斤面,不用称她也知道有七斤面。她把面揉得很好,揉面的时候她什么也不想,只是两手在面里动着,动得很滋润,这里面含着一种感觉,有一种很快乐的东西在面里含着,她觉得揉到了,到了面不粘手的时候,她就知道揉到了,她揉出来的面从来没有这么好过。而后擀角了,角要擀得均匀,要厚薄一致。过去逢年过节给家里人做,都是马马虎虎的,是那个劲儿就行了,这回是最后一次了,厂垮了,也许是最后一次了,以后她就不再是糕点厂的女工了,所以她格外讲究,她擀出来的皮、捏出来的角一个个就像是机器做出来的一样，比机器做的还要好。炸的时候，她仔细倾听着油锅里的声音，到油开始发亮，油烟还未冒出来的时候，她才把角子丢进去，那是最佳的火候，丢进油锅里的角翻上来就是焦黄色了……接下去是熬糖，熬糖浆是很讲究温度的，超过七十度糖浆就灌不进去了，低于七十度也不行，家里没有温度计，那就只有用手量了，她不时地把手贴在熬着的糖浆上，一次次地试量糖的温度，凭感觉寻找最佳的温度点，而后把炸好的角丢进去……终于，她炸好了十斤眉豆角，那是她有史以来炸出来的最好的点心，每一个角都把蜜一样的糖浆灌进去了，灌得很好，一个个看上去饱嘟嘟的。她心里说：真好。

男人站在一旁，一直在看她做，男人忍不住想捏一个尝尝，她打了他一下，说："这不是让你吃的，这么好的东西，不是让你吃的。"她自己也没有尝，她舍不得尝。接着，她又对男人说："这是最后一次了。你记住，这是最后一次，咱总不能给人送一辈子！"男人嗫嚅着。

第二天，男人提着点心到车间主任家去了……男人没有多久就又回来了，仍然是苦着一张脸，男人说："主任看都没看，主任那儿净好烟好酒。主任说，他做不了主……"

刘小水愣了一会儿，说："他没看吗？他看都没看？"

男人说："没看。"

刘小水说："他要是尝尝……这是最好的点心。"

男人说："也许是这个塑料袋太旧了……"

刘小水盯着那些眉豆角看了很久很久，整整十斤哪！整整炸了半夜……而后，她二话没说，掂上就出门去了。男人忙问："你干啥呢？"她气呼呼地说："我扔了它！"可出了门，她又有点舍不得，她掂着这袋眉豆角走了一条街，然后她又把眉豆角掂了回来，倒在一个大盘子里，再次走上街头，鼓足勇气高声吆喝说："谁要眉豆角，谁要眉豆角！尝尝，都来尝尝……"没想到，一个小时不到，竟然卖完了。

点心卖完后，刘小水回到家大哭了一场。

十二

七天后，刘小水在街头摆了一个卖点心的小摊，专卖眉豆角。男人成了她的下手，来来回回地给她送货。她站在摊前，笑着对过往的路人说："尝尝吧，自己做的，干净。"生意居然很好。

她把孩子也接过来了，就在她的摊旁，摆放着一个小孩车，孩子站在车里，在阳光下笑着立着，牙牙学语。

那个教礼仪的老师从她的摊前路过，望着她说："你会笑了。"

刘小水就很自然地"露三分之一牙"，笑着说："我爸说，人死了，细菌也就死了。人活着，细菌也活着。"

老师愕然。

1996 年

○ ●

败节草 ···

一

儿时，他的记忆是从一株草开始的。

那时候，他没有正经名字。

只知道：爷叫捆，爹叫绳，他叫辫儿，都是喉咙喊出来的。

记得，娘上地时常把他捆在一根绳子上，一头拴在娘身上，一头拴在他身上，娘在前边割豆子，他在后边的豆地里爬，活活一个土孩子。娘割得太远时也会把绳子解开，让他带着一根绳子爬，绳长，也落不太远，不会出事的，他就这么爬着爬着站起来了。他走路并不是人教的，而是在田埂上摔出来的。他在田野里爬来爬去，爬着爬着就走起来，而后他栽倒在高粱地里，就摔在一株小草的跟前。他趴在那里，像气肚蛤蟆似的，很久很久站不起来。眼前晃着那么一株小草，整整一个上午，他就一直趴在那里望那株草。那草曾给他打下了强烈的记忆，以至于成人之后，他仍然记得那株小草的状态。那是一株很瘦很弱、细线一样的小草，秆是青色的，微微泛一点灰，泛一点点白，草节上还有一些麻麻淡淡的小黑点，让人看了心寒。他说不出为什么害怕，可他就是怕，那么弱的一株小草，他怕。后来，也是到了后来，他慢慢地伸出小手，抓了那草。当他把草抓在手里时，他发现那草已经散了，草是自动散的，草散成了一节一节的，他抓在手里的只是一些碎了的小节节……为什么呢？为什么会散呢？这个疑问也许只是一个讯号，一个存留在小小脑海里的讯号，完整在一刹那间分解了，脑海里却存活了一个疑问。一直到很久，大些了，当他成为一个割草孩子的时候，他才知道那叫"败节草"。这时候"败节草"成了他生命中的第一个记忆信号，他就这样记住了"败节草"。

然而，记忆是延伸的，与"败节草"有关的是一段声音，如果没有这个声音，他也不会是如此深刻。那其实是一个字。

就在那片高粱地里，他还拾到了一个字，他听见有人说："脱！"

那个字像是突然从天上掉下来的，带一种不容置疑的果决，很突兀。那个字很干，很硬，是哑声迸出来的，那像是夹板一样，一下子夹住了什么，夹出了一片橘红色的恐怖。那个字还甩出了一股簌簌的声响，一股甜腻腻臭腥腥的气味……"脱"很生动，就这么"咚"一下打在了他的耳膜上！而后他的记忆曾不断地对这个字进行修饰，一次一次地增补删改。在以后的很多日子里，他曾无数次地重复过这个"脱"字，他曾经一个人偷偷地躲在麦秸垛里默念"脱"、"脱脱脱……脱！"，那个字太生动了，他念了就笑，念出了很多愉悦，也念出了五光十色的润味，于是就有了"白亮亮"的感觉。这个字跟"白亮亮"有机地联系在一起，联系出了更多的内涵。在时间中，"白亮亮"有了无限的扩展，直至定位。于是在一片青色的高粱地里他看到了麻子五爷和幺婶。这是记忆的重复，还是那么一个"脱"字……这个"脱"字终于跟"白亮亮"勾在了一起。

就这样，"脱"字成了他儿时的第一个玩具。他是在心里玩的。

"二脱"和"一脱"是有差别的。一脱仅仅是一个字，是嘎巴脆；二脱却是一组字，是阴阳声。在那片青色的高粱地里，高粱叶子哗啦哗啦响着，那些字就像是炸豆一样一个个迸落在他的头上。

"脱。"

"……桂生……"

"草。"

"红叶她爹……"

"草。"

"红叶她爹……"

"草!"

这些字是需要时光来翻译的。他看到的是情景，在情景中麻子五爷肩上搭着一件土色的汗褂，光脊梁站在那里，歪着一张汗津津的麻脸；幺婶身上背着一捆草，头上蒙着蓝花格格头巾，头深深勾下去，而后是草捆慢慢地坠落在了地上。接着，幺婶蓦地摘下蒙在头上的蓝花格格头巾，只见她半弯着腰，一双手"唰、唰、唰、唰……"，眨眼之间，在四周的高粱棵上刷出一抱叶子来，随手铺在了地上，接着，她一件件地脱去身上的衣服，赤条条地躺在了高粱叶子上，夕阳照着一片白亮亮的沉默……

后来，在时光中，经过一次次的咂摸，一次一次的把玩，他隐隐约约地明白了那组字的含意。他先是在语气上感觉到了"脱"字的深刻。他觉得那不是一个字，那是一种不可抗拒的力量。为什么说脱就脱呢？为什么别的人就不能让幺婶脱呢？在村街上，他亲眼看见幺婶把一碗饭泼在了石磙身上，因为石磙趁她不备，在她屁股上轻轻拍了一下。石磙那样壮，可石磙还是吓跑了……当然，等他认了一些字之后，他首先懂的就是这个"脱"字，他认为"脱"的真实含义就是脱了衣服用肉体说话。很生动啊！接下来，他又逐渐明白了那组字的外延。在特定的环境里，他在那组字里品出了对抗的意味，"脱"是命令，"桂生"是抗拒，那抗拒是一步一步的。他在第一个"草"字里品出了低贱，在第二个"草"字里品出了不屑，在第三个"草"字里品出了带有威胁成分的鄙夷。他曾经有很长一段时间不明白"红叶她爹……"是什么意思，不明白"红叶他爹……"跟这件事的关系。慢慢，慢慢，他才品出了对抗的剧烈：在那片高粱地里，这是幺婶最为强烈的一次反抗！桂生是幺婶的男人，而对应却是"草"；在万般无奈的情况下，幺婶抬出了"红叶她爹"，红叶肯定是一个女娃，却有这么一个好听的官名：红叶。红叶是谁？而红叶她爹又是谁呢？这是一个语码，是一个暗号。分解后他得出结论，这不是大李庄人……可是，她的力量仍不能抗拒麻子五爷，她的对应还是一个"草"字，看上去虽简简单单，可幺婶无奈了，她再强调了"红叶她爹"……而麻子五爷最后喊出的那个"草"字的含义极为丰富，那里边包含着在平原上可以傲视一切的东西……可那又是什么呢？

在一个时期里，他看见幺婶的三个儿子在茁壮成长。幺婶的三个儿子大国二国三国全都长得虎头虎脑的，一个比一个壮实；而那时候他却像麻秆一样瘦小，他的碗也小，他只有个小木瓯，他饿。

在村街里，幺婶的三国曾气势势地对他说："辫儿，你过来。"可是，待他一走过去，小小的三国一下子就把他推倒了，摔他一个满脸花！

他反抗过，他曾经把幺婶家的三国引到一块埋了草蒺棘的地里，而后把他一下子推倒，让三国滚了一身草蒺棘……可是，大国、二国、三国一齐来了，他们把他按倒在地上，差一点就把他卡死了……大国说："让他喊爷！"他不喊，他实在是不想喊。二国说："不喊让他吃屁！"于是，三个国一个个褪下裤子来，坐在他的脸上一人放了一个响屁！屁很臭，一股子红薯味。他哭了。

后来，他把这次反抗的失败归结于红薯。这是关于屁的总结，从三个国放出的屁里，他闻到了足量的红薯味，那就是说，幺婶家的红薯多！三个国有足够的红薯可以吃，而他，却从没吃过一块完整的红薯。

时间仅仅过了三年，在这三年里，他看到幺婶一次次上地割草。而割草的幺婶却一次次地躺倒在田野里，像败节草一样分解开来，让麻子五爷用肉体说话……麻子五爷嘴里喊出的那个"脱"字已经失去了那旧有的霸气，而变成了一种浊力的絮语。那字后边也常加上一个"吧"，那"吧"肉肉的，带一股黏黏糊糊的气味。每到最后，麻子五爷总要捏着一个地方，说：凉粉豆。

什么是凉粉豆呢？

当麻子五爷又一次说"凉粉豆"之后，就再不见幺婶上地割草了……

突然有一天，他看见麻子五爷像死灰一样蹲在村街的一个墙角处，像是眨眼之间老了。他蹲在那里，手里哆哆嗦嗦地捧着一只老碗，正在"吱吱喽喽"地喝面条，这时候幺婶走了过来。幺婶挺身从麻子五爷身边走过，就在她将要走过去的时候，她却突然勾下头，"呸"一下，朝麻子五爷碗里吐了一口唾沫。而五爷连头也没有抬。他只是缓慢地动着筷子，木然地望着那口吐在碗里的唾沫。久久，他像是终也舍不了那碗面条，竟然把那带有唾沫的面条吃下去了。

在那一刻，他简直是目瞪口呆！

于是，在他很小的时候，他就凭着那一株草和一个字的启示，在无意间接近了平原的精髓。

二

辫儿到了八岁才算有官名，那官名是一位当过私塾先生的小学老师起的，先是唤作李金斗，后又改成了李金魁。

关于这个官名，他们全家曾有过一次认真的讨论。

日光晃晃的，捆坐在门槛上眯细着眼，一边捉虱一边摇着头说："怕是太贵了吧？草木之人，只怕压不住。"

绳是站着的，绳说："人家没收钱。"

捆说："驴性！我说钱了吗？我是说这名儿贵气了。"

绳说："那，弄具石磙压压？"

捆气了，说："……你下地去吧！下地去！……"接着，他看了儿媳妇一眼，说："我看，还是叫狗蛋吧，名贱人不贱。"

女人正在纳鞋底子，女人说："娃大了，狗蛋不好听，别叫狗蛋。"

捆说："还是叫狗蛋吧。"

女人很坚决地说："不叫狗蛋。"

这家一向是女人说了算的。捆就说："去吧，绳，再跑一趟，去领教领教。"

于是，绳颠颠地又去找了老师，而后拎着一张纸回来了，说：

"老师说，就加个鬼吧！"

捆有点疑惑地说："加个鬼？"

绳瓮声瓮气地说："老师说的，加个鬼。"

捆说："我看看。"说着，就把那张纸拎过来，拿在手里，颠来倒去地看了好几遍，说："那'斗'还在呢，加个鬼就镇住了？"

绳说："人家说能镇住。"

于是就叫了李金魁。往下讨论的就是大事了。捆说："我看，就让金魁跟他舅去学木匠吧，好孬是门手艺。"

女人说："太小了吧？"

捆说："起根学是门里滚，大了就失灵气了。"

捆说："成一个张瓦刀也就十年的光景。"

捆又说："成一个张瓦刀就可以坐酒席了，净吃好菜。"

女人也没再说什么。女人只说："虽说是他舅，也得封刀礼吧。"

捆说："那是，礼不能缺，至少得封刀肉。"

女人说："一刀血脖也得五块钱，也别说后腿了……"

家里没钱，连五块钱也拿不出来。捆就说："这事我办了，我去办。"说着，就把手里的旱烟一拧，半弓着腰很大气地走出去了。

那时候，刚有了官名的李金魁正在地里捉蚂蚱。捉了蚂蚱可以用火烧着吃，很香。李金魁满地扑蚂蚱，捉一只，就用毛毛穗草穿起来，已穿了两串了……这时才听见有人叫他："辫儿，辫儿。"他抬起头，看见爷一颠一颠地走过来，对他说："娃子，你有了大号了，记住，你叫个李金魁。"

李金魁说："爷，我有名了？"

捆说："有名了，俩鸡蛋换的。这名儿不赖吧？好好记着，你叫李金魁。"

听了这话，不知怎的，他的腰就有些直，一个小人硬硬地站着，说："知道了，我叫李金魁。"

于是，捆说："走，跟我进城去。"

李金魁从没进过城，眼一亮，说："爷，你真带我去？"

捆说："真带你去。"

李金魁说："是去我表姑奶家吧？"

捆说："城里人规矩大，去了也别动人家东西。"

李金魁说："我不动。"

到了城边，李金魁突然伸手一指，万分惊奇地说：爷，爷，你看那是啥？那是啥？！……只见"呜"的一声巨响，两条亮亮的铁轨上，游动着一间间绿色的小房子，眨眼之间，小绿房子一扭一扭地游走了。

捆说："火车，那是火车。"

李金魁呆呆地说："还会叫呢……"

到了城里，路就宽了，很宽，爷说，那是油路。油路两旁还立着一根根的高杆，杆子用线连着，每根杆子都伸出一个草帽样的东西，看上去很光滑。爷说，那叫电灯，不喝油，喝电，电在线里裹着……城里楼很多，也很高，多是两层，也有三层五层的，人上去是一坎台一坎台走的……商店里摆满了一管一管的东西，爷得意地说，那是牙膏，城里人刷牙用的，所以城里人牙白。还有糖果点心，好像卖啥的都有。商店里的人都戴着蓝袖子，女人一个个都白……爷说，别看，你可别看，那东西勾人。李金魁的眼不够用了，迟迟地走，人傻了一样，像是满地在找眼珠子……

　　后来爷带着他七拐八拐来到了表姑奶家，表姑奶家住的是红瓦房，一排一排的，表姑奶家住在第三排。进门后，表姑奶就说了两句话，一句是："来了？坐吧。"爷嘿嘿地笑着，说："娃子要进城看看，我就带他来了，让他看看他姑奶家阔不阔……"停了一会儿，表姑奶又说："这是谁跟前的孩子？"爷说："绳家的。也不会说个话。"表姑奶轻轻地嗯了一声，就再也不说什么了。而后是一片沉默，很久很久的沉默。那沉默像锁一样，一下子把爷的嘴锁住了。爷就干干地笑着，可他笑着笑着就笑不下去了，一个人也不能总笑呀！他在那儿坐着，手就像没儿放似的，一会儿放在胸前，一会儿把他的旱烟杆拿在手里，烟锅一直在烟布袋里挖着、挖着……城里的表姑奶就那么高高在上地坐着，穿着很好的衣服，板着一张干干的柿饼脸，一句话也不说。有很长时间，李金魁望着爷，他发现爷就要哭了，爷的脸非常难看，爷脸上的血丝一条一条胀了出来，像是陡然间爬满了蚯蚓……一直到很久之后，李金魁每每想到他第一次去表姑奶家的情景，就深刻地体味到了两个字的含意，那就是"尴尬"。"尴尬"二字是他先有了体验，才有了认识的。那是一种叫人死不得又活不得的滋味。坐得太久了，坐得人都有些发木了，可那沉默却一直没有打破。这时，李金魁把小手伸进了裤腰，他是想抓痒的。可他的手刚一贴近裤腰处，立时就感觉到了什么，在那一刹那间，他脑海里轰了一下，那也许是他生命中的第一次顿悟，立时有了醍醐灌顶之感！他慢慢、慢慢地从裤腰里掏出了小手，小手里高擎着那两串蚂蚱……他举着那两串蚂蚱，用由于紧张而略显磕巴的童音说："姑、姑奶，也、没啥拿。"立时，表姑奶那高昂着的头垂下来了，她吃惊地望着这个乡下小人儿，望着那一双黑黑的小眼睛；接着，她又望了望那两串穿在毛草上的蚂蚱，大张着嘴，好久说不出话来……这时，只见里屋跑出一个年龄跟他差不多大小、花蝴蝶一般的女孩，女孩一脸欣喜地跳出来，顿着脚高声说："我要！我要……"顿时，表姑奶笑了。表姑奶的脸像松紧带一样弹回了一抹笑意，也弹出了一抹慈祥，她笑着说："这孩子，你看这孩子……好，好，拿着吧。"爷的脸也松下来了，他讪讪地笑着，说："你看，也没啥可拿的……"表姑奶淡淡地说："来就来了，还拿啥？"接着又说："这孩子怪机灵的，叫啥名呀？"爷慌忙说："小名叫个辫儿，大名叫李金魁。"表姑奶看了他一眼，说："这名儿好哇。"爷说："胡起的，草木之人，就是个口哨。"表姑奶招了招手，说："孩子，你过来。"爷赶忙推他一把，说："去吧，见见你姑奶。"李金魁慢慢走上前去，站在那城里老太太的跟前。表姑奶把手伸进兜里，从兜里掏出三块钱来，放在了他的小手里，说："拿去吧。"李金魁勾着头一声不吭，就那么站着。爷又赶忙说："还不谢谢姑奶………"

出了门，李金魁默默地掉了两滴眼泪。

在回去的路上，爷默默的，他也默默的，谁也不说话。那仿佛不是人在走，是城市的街道在走，街面在眼前一闪一闪的，可他什么也看不见……那两串蚂蚱一直在他的眼前晃着，而爷常挂在嘴上的"城里的表姑奶"却在他的眼前訇然倒下了，两串蚂蚱成了"城里表姑奶"的"祭品"。小小的两串蚂蚱成活了一个思想，那味道是许多个日日夜夜之后才咂摸出来的。

当爷儿俩路过一个集市的时候，爷才开始活泛了。他停住步子，突然小心翼翼地说："金魁，爷喝二两吧？"小人儿停下来，诧异地望着爷，他发现爷脸上竟有了一丝巴结的意味。爷说："要不，一两也行？"俗话说麦熟一响，人的成熟也是在一瞬间完成的。李金魁从兜里掏出钱来，默默地递给了爷。爷接过钱，拿在眼前看了，讪讪地说："我只喝二两。"于是，爷儿俩在街边的小摊坐下来，爷要了二两散酒、一小碟花生，"吱、吱"地喝着，爷的脸红了一小块，那红像补丁一样。爷说："酒是人的胆呢。"而后又回过头来，看了他一眼，说："要盘煎包吧，我的孙子还没吃过水煎包呢。"说着，他站起身，要了两盘水煎包，一盘放在了自己跟前，一盘放在了李金魁的眼前。他先伸出两个指头捏了一个塞进嘴里，嚼了，又咂了咂指头上沾的油，咽下去后才说："吃吧，香着哩。"煎包太香，不顶吃，这么三下五除二地就吃完了。爷看了看他，他看了看爷，爷又说："罢了，一不做二不休，既吃就吃好它，我孙子还没喝过肉胡辣汤呢。"说完，他站起身，又一人盛了一碗胡辣汤……仍是爷先喝了一口，问："尝尝，辣不辣。"他赶忙也尝一口说："辣。"而后，爷小声吩咐说："金魁，回去可别给你娘说。"

可是，一回到家，爷就像变了个人似的，进门就一蹿一蹿地嚷嚷道："他姑奶亲着哪，这回可让咱金魁见世面了！……"娘问，吃饭了吗？爷就说："哪能不吃饭？不让走啊，他姑奶死拉活拉，就是不让走。看看，都看看，吃一嘴油！"爷进屋后就像个小磨似的，转着身子吹嘘道："闻闻，都闻闻。叫咱娃说吧，叫娃自己说，他姑奶亲着呢！……"

爷仅喝了二两酒，却又一次生动地叙说着城里的见闻，滔滔不绝地讲述"他表姑奶"家的"神话"……这可以说是他们家的保留节目了，爷百说不厌。可是，当爷说出一嘴白沫子的时候，却见孙子独自一人在院子里站着。娘探头朝外看了看说："这娃咋啦？"爷说："轻易不进回城，他姑奶亲，怕是受不住了……临走时还塞给他两块钱呢。快拿来让你娘看看。"

可是，李金魁就是不进去。他站在空空荡荡的院子里，像个小木桩似的立着，一句话也不说。后来爷出来了，爹出来了，娘也出来了，三个转着圈问他，问他是怎么了。可李金魁仍然一声不吭地在院子里站着，两眼呆呆地望着天空，人就像傻了一样……爷摸了摸他的手，说："不烧啊。"

最后，他慢慢地嘘了一口气，还是说话了。他说了一句让三个大人都莫名其妙的话，他站在院子里，望着眼前的茅屋，说："窗户太小了。"

三

只有两块钱。

也正是那两块钱改变了李金魁的命运。

两块钱不够封一刀礼，所以，李金魁最终也没有成为"李瓦刀"。然而，就是这两块钱加上六个鸡蛋，使李金魁成了大李庄小学的一名学生。

那时上学便宜，学费才一块六毛钱，书费五毛，加起来一共两块一，还是不够，爷去代销点里卖了六个鸡蛋，三个鸡蛋一毛，算是交上了书费；剩下的三个鸡蛋，爷死缠活缠的，跟代销点的洪昌费了半天嘴，才换了五支铅笔和一块橡皮，橡皮是饶头。洪昌不干，洪昌骂道："舅，俺舅，你又来了？把账清了吧。你欠的账还没清。"爷说："鳌儿，不救你不你死牛肚里了！……这是这，那是那，两码子事。"爷又说："饶一块吧，饶一块。"洪昌板着脸说："你今天赊一两，明儿赊一两，一两一两可都在账上记着呢……"说着，他又骂起来："嗑瓜子嗑出个臭虫，你算个啥球仁！也敢来一回回蹭了！"爷脸上红了一小块，爷说："饶一块吧。洪昌，将来你侄瓜子不定结个啥果，要是……"洪昌哈哈大笑，洪昌说："三岁看大，就这两筒鼻涕……"爷趁他说话的当儿，伸手抓了一块橡皮……洪昌赶忙去夺，见夺不过来，就在爷的头上狠狠地捋了三下。爷仍然笑着说："又跟你叔乱哩？……"说着扭头就跑，到底把橡皮赖下了。

就要开学了，他还没有书包。上学的书包是娘连夜用碎布头缝的，作业本是他自己用捡来的烟盒纸缉的。烟盒纸有的太皱，娘给他在石头下压了一夜，总算平展了。第二天背上书包上学时，老师点到李金魁时，他愣了片刻，在众人的哄笑声中匆忙站起身来说："我、是我。"老师为此多看了他两眼，说："你就是李金魁？"他小声说："是。"老师"哦"了一声说："李金魁同学，你坐下吧。"

上学了，知识是可以出思想的，在以后的日子里，李金魁总是想起爷逃跑时的情景。为了两分钱一块的橡皮，爷拧着身子一蹿一蹿的，跑起来像夹了尾巴的狗一样，那样子引得村人们哈哈大笑。代销点的洪昌没有真去追赶，洪昌只是做出一副要追赶的样子，那得意扬扬的神情使他刻骨铭心。以后爷每次撞见洪昌，那眼神总是躲躲闪闪的，像偷了他什么一样。这种感觉是从物质渗到精神的，是一种时间上的升华，是从一次次的咀嚼和品味中得来的。在时光中他发现了给予和索取的奥秘，那就是无论多么小的事物，给予都是高高在上的，就像是洪昌的那张脸；而索取是低贱的，索取在心理上永远处于劣势。你给了人家一点什么和拿了人家什么，那感觉是绝对不一样的，这种关系有一种本质上的差别。这个烙印伴着他读完了六年小学，在这六年里，他一边认字一边用这些字来体味和丰富感觉。他是蘸着感觉来认字的，所以他认字认得很快，学字的能力也是超常的。

在这六年时间里，他一共用了一万八千三百四十六张烟盒纸，香烟的气味伴着他度过了许多个日日夜夜。他的烟盒纸作业本在大李庄小学是独树一帜的，他的绰号在大李庄小学也几经变换，有一段时间，学生们都叫他"红锡包"，又有一段叫他"白抱"，还有人叫他"白河桥"，也有人叫他"哈德门"，还有人称他"飞马"，都是香烟的牌子。因此所有的老师都认识他，都知道本村有一个叫李金魁的学生。他的烟盒纸作业本因为不合尺寸常常摆在一摞作业本的上边，每个老师批改作业的时候，都忍不住要多看两眼，先是翻过来看一看烟盒纸上的图案，然后才去批改写在烟盒纸上的作业，改的时候也格外地细致。如有错处，老师第二天是一定要在课堂上讲一讲的，每到这时，老师就显得格外兴奋，老师站在讲台上"哗、哗"地扬着那由烟盒纸缉的作业本，高声说："同学们，看看这道题是怎么错的？为什么会错呢，两个小数点啊?!……"同学们望着那些在讲台上空飞舞的花花绿绿的烟盒纸不由得又一次哄堂大笑！就这样，烟盒纸使他在大李庄小学成了学生们的笑料，烟盒纸也使他在大李庄小学出了大名。毕业的时候，整个大李庄小学独有李金魁一人考上了县一中。

这是烟盒纸的胜利。

那一年的夏天，发通知的时候，李金魁正在田里割草。捆一蹿一蹿地走来说："娃子，中了，咱考中了。"李金魁正赤条条地在玉米地里蹲着，手里握着一把小铲，一身的汗水。他抬起头看了看站在田边上的爷，而后才从玉米棵上取下那条烂裤子，匆匆穿在身上，腰一拧，欢欢地跳出来说："爷，是县中吧？"捆扬着手里的那张纸说："是。光彩呀！就你一个。走，进城给你表姑奶报喜去！"李金魁愣了片刻，却又慢慢地把那裤子脱下了，依然挂在玉米棵上，往地里一蹲，说："爷，我不去。"

捆手搭凉棚看了看孙子的下身，笑着说："咋？鸭娃儿大了？"

李金魁脸一红，不由得又磕巴起来，说："不、不去。"

捆说："你看这娃，你看你这娃……"捆只说了两句，就再也不说了，孙子的眼正望着他呢。阳光下，地边上，一个黑黑的小泥人。眼很毒，那光蜇人，看着看着就把爷看小了。捆挠了挠头，讪讪地说："不去就不去吧。"过了一会儿，他又说："头前队上出了咱两棵树，作价八十，还没给呢……"

在那个夏天里，捆一直跟在新任队长李大牙的后边，絮絮叨叨地说："队长，那树，那树可是好树，还不该给哩？"

李大牙最喜欢的事就是敲钟，他每天都站在村头那棵挂有一口旧钟的老槐树下，用力敲响那口锈迹斑斑的大钟，让人们下地干活。李大牙敲完钟只给了他一个字，李大牙说："虫！"

捆说："结了吧，那树，你给结了吧。"

李大牙还是一个字："虫！"

捆巴结地笑着，磨着身子给队长说好话，再敬上一支烟，说："明明说好的，说是麦罢给，那树……"

说急了，李大牙就龇着一口黄牙说："虫！！闹什么？队里没钱。"

捆急了，说："不是有烟款吗？说过要给钱哩，咋就不给呢？"

李大牙扔下一句话："你告我去吧！"说了，扭头就走。

捆仍笑着跟在队长的屁股后……

就在那个暑期里，割草娃子李金魁一直不敢在村街里走。他背草捆回家时总要绕一个很大的弯，他是怕在村街上跟爷爷碰面。他自从碰上了几次之后，就再也不从村街里过了。他不止一次看到队长李大牙在捋爷的头，爷总是像孩子一样弓身站在身材高大的李大牙跟前，而队长一次一次地捋爷的头，一边捋一边说："捆，你个老虫！你个酒眯瞪。我还不知你吗？你欠洪昌的酒账结了吗？"爷个儿小，爷被他捋得像陀螺一样在他身前转着，可爷仍然笑着，爷总笑着说："别乱，别跟你叔乱……那树，还是结了吧。"

后来他才知道，爷的确欠着洪昌代销点里的酒账。他总是偷偷地在洪昌那里赊酒喝，是那种五分钱一两的红薯干酒，他一两一两地赊着喝，喝出了脸上的那一小块红，也欠下了一笔一笔的酒债。洪昌跟李大牙是儿女亲家，洪昌不说话，李大牙是不会给的。

在夏日的村街里，李金魁眼前一片刺痛。他眼前总是出现爷的那白苍苍的头，爷的头一垂一垂的，就像是一蓬乱草……他觉得李大牙捋的不仅仅是爷的头，李大牙捋的是他的眼泡。他眼疼。他不敢去看。可为了那八十块钱，爷仍然不屈不挠地跟在李大牙的身后，爷总是不厌其烦地说："这是两码事，洪昌是洪昌，队里是队里……"

于是，李金魁哭了，一个人儿因为没有办法在偷偷地哭泣。他躲在麦场上默默地想了一个晚上，满脸都是伤心的泪水，头上有月亮，不一样的月亮。月亮很大很圆，可月亮一点也帮不了他，月亮离他太远了。一直到了后半夜，他悄悄地摸到了爷住的牲口棚里，对正起夜撒尿的捆说："爷，那钱，你别再去要了。咱不要了。"

捆背对着孙子，一边撒尿一边说："咱不要？树是咱的，咱凭啥不要？"说着，他系上腰带，转过身来，很自信地说："金魁，你放心，爷能要回来，误不了你开学。鳖儿答应过的，就是拖拖……"

李金魁轻轻地吐了口气，说："爷，我去要吧。"

捆诧异地看了看孙子："你？"

李金魁说："我去。"

捆怔了怔，说："要不让你娘出面？娘们儿家好说话。"

李金魁重复说："我去吧。"

捆说："你想试试？试试也成，你已是县中的学生了，对不对？"

捆又说："他要骂，就让他骂两句，骂骂也长不到身上。他要打你就哭，打滚哭……"

李金魁不语，他垂下眼皮，像个小鬼魂似的飘出去了。

三天后的一个早晨，风凉凉的，当队长李大牙趿拉着鞋，大声地咳嗽着，匆匆赶到村口敲钟时，却见老槐树上绑着一根绳子，绳子上吊着一个小人儿，人下是一双脚，脚尖点着一摞碎砖，那砖头摇摇晃晃的，眼看就要倒了……李大牙吓了一跳，定睛一看，那人竟是捆家孙子——李金魁！

李大牙吓坏了，忙说："金魁，娃子，你、你你你……这是干啥呢?! 下来，快下来吧。"

李金魁苍白着一张小脸，轻轻地吐一口气，说："给我树钱。"

李大牙说："娃子，有话好说，你先下来……队里确实没钱。"

吊着的李金魁喉咙里"咕噜"了一下，两手拽着绳套，再吐一口气，说："我知道你不想给……"说着，只见他脚尖一踢，脚下那摞碎砖头"呼啦"一下倒下去了，一个人整个吊在树上……

这时，李大牙的脸都白了！眼看就到了上工的时候，村人们马上就要拥出来了，到了那时候，一村人都会说，是他在逼一个小娃上吊！真到了那时候，他就是浑身是嘴也说不清楚了……他忙扑上去抱住了李金魁的两条腿，连声说："我给我给我给……我立马给！"

李金魁身下有了依托，又吐了一口气，喃喃说："你真给?"

不料，李大牙竟哭起来了，他张着大嘴，一把鼻涕一把泪地说："我真给。我不给我是孙子，你是爷，你下来吧！"

李金魁又说："你别捋我爷的头……"

李大牙说："我不捋，我再也不捋了，你只要下来……"

李金魁说："你要再捋我爷的头，我就死在你家大门口。你信不信?"

李大牙忙说："我信。我信了！"

此刻，李金魁呆住了。连他自己都不相信，事情竟然解决了，就这么简简单单地解决了！……

事后，使他感到惊讶的是，一根绳子竟然有这么大的力量！爷跑了整整一个夏天都没把钱要回来，眼看着没有办法了，他没有任何办法。天不能帮他，地也不能帮他，爹、娘、爷，谁也帮不了他，他已无路可走了。其实，他是非常怕李大牙的，他怕他已经怕到了极限，他的心也已经抖到了极限。李大牙野得就像是红头牛一样，在村里没有人是他不敢骂的，没有人是他不敢收拾的。在大李庄所属的十个队里，他是最厉害的一个队长啊！可是，可是呢，一根绳子就产生了一个办法。那只是一根草绳，是捆草用的绳。绳在这里好像是没有一点用处，绳是无势的，绳也仅仅是圈成了一个套，挂在了树上……于是，没有办法也就成了办法。这个梦幻一般的过程是他一生都受用不尽的，只是在事过之后，他才发现，一根绳子可以产生一种定力，一根绳子也可以产生一种办法，这是一种从无到有的认识，也是一种从死到生的体验。于是，十三年的时光，十三年的感觉在这一刹那串了起来，串出了一种对人和对自然的再认识，串出了一种生的顿悟。那时，他一口气跑到田野里，躺在草地上，眼望蓝天，满含热泪地高声喊道："草啊，那生生不灭的草啊！"

夏天过后，当李金魁背着铺盖卷，兜里揣着他自己要来的八十块钱，兴冲冲地到县城中学上学去的时候，他也背走了一种无畏的豪气。

一路上，捆唠唠叨叨地对孙子说："到城里要小心些，城里人怪哪，要是有难处，就去找你表姑奶，你姑奶家阔着呢……"

李金魁一声不吭，只默默地走着。来到了城里的集市上，李金魁突然说："爷，你坐下歇歇脚吧。"捆说："我闻不得香味，那味烧眼。"李金魁拽了他一下，说："你，你坐。"捆说："歇歇也干歇歇。"说着，他就在一个饭铺前坐下了。只见孙子堂堂地走过去，片刻时光，就端来了两盘水煎包、两碗肉胡辣汤、四两烧酒、一碟花生米。捆愣愣地望着孙子，正要说什么，只见孙子重新背上铺盖卷，说："爷，你慢慢吃吧，我去了。"

捆呆呆地望着孙子，眼里泪汪汪地叫道："金魁呀……"

李金魁回过头来，说："爷，钱我给过了，你吃吧。"

四

李金魁略显口吃的毛病，是上中学时才开始明朗化的。

那是因为一个叫作李红叶的女同学。

在记忆里红叶首先是一种声音，童年里的声音。那声音是从三国的娘幺婶嘴里吐出来的，带有一股高粱米的气味。在夕阳的红烧里，高粱地像一蓬铺天盖地的火焰，火焰在风中"哗哗"响着，忽红忽绿，飞舞着一个橘红底镶金边的声音……而后，在漫长的时光里，"红叶"逐渐地幻化成了一个符号，一个淡化了的印象。

印象的重叠是在县城中学里完成的。开学的第一天，李金魁坐在教室里的第五排第四个位置上，听到手拿花名册的老师高声喊道："……李红叶。"只见坐在他前边位置上的一位穿橘红短袖衫女同学应声站了起来："到。"

"到"字像珠儿一样打在了他记忆的神经上，那声音脆生生地敲开了岁月的闸门，有一种东西像水一样漫出来了，于是记忆中童年里的"红叶"与坐在教室里的红叶重合了。重合产生了猜测，那么，那个"红叶"与这么一个红叶是不是一个人呢？

红叶就坐在他的前边，李金魁不由得想看一看她的脸，想看一看她长得什么样子，可他看不到。他看到的只是乌黑的剪发和脖子上的一小块白，那一小块白上还长着一颗紫红的小痦子，那个小痦子在她的衣领处时隐时现，她每一次勾动脖颈，那小痦子就醒目地跳了出来，倏尔就又不见了。在一段时间里，这个诱人的小痦子弄得李金魁心烦意乱，它就像虱子一样在他的眼前晃来晃去，叫人忍不住想去捏一下，一下子把它捏下来！李金魁自然不敢。

后来，李金魁为此骂过自己，他说，你他妈的是来上学的，还是来看人家脖子的？你也不想想你是个啥东西?！看黑板！

此后，他就再也不看她的脖子了。

然而，在李金魁的内心里，仍然存着这样一个念头，他很想知道这个红叶与童年里听到的那个"红叶"是不是一回事。可是，开学很长时间了，他一次也没有跟她照过面，他甚至不知道她到底长得什么样。这个叫李红叶的女同学并不住校，她一下课背上书包就走了（那么，她一定是城里人了）。按说平日里也是有机会的，可他坚持着不去主动看她。这样一来，机会也就失去了，这似乎是一个漫长的等待，也是一个深藏在内心里的向往。

有一段时间，李金魁经常到学校附近的一家废品收购站去。他偶然发现那家废品店里有许多收来的旧作业本，那些写过的作业本是论斤称着卖的。上中学了，作业太多，不能再用那种烟盒纸当作业本了，再说他也没时间去捡烟盒了。于是这些很便宜的旧书纸就成了他的作业本。那个管废品收购站的人是个歪脖，人家都叫他歪叔，他也跟着叫歪叔。开始的时候，歪脖收二分一斤的废书纸，卖给他五分钱一斤，待买过两次后，有些熟识了，他知道这个歪脖也爱喝两口，就给他买了两瓶散酒掂去了，说："歪叔，你看，整天来麻烦你。"歪脖非常高兴，就说："学生，你说哪儿去了，你叔是一个收废品的，哪值得你这样？这、这、太不像话了……"可此后，待李金魁再去废品店时，歪脖就说："学生，你进来挑吧，随便挑，你叔一分钱都不收你的。"就这样，一来二去的，他跟歪脖成了忘年交了。有一天，他刚从废品站里出来，迎面碰上了三国。于是，一个久远的谜就此解开了。

那天，三国肩扛着一布袋红薯叶，胳膊上还挎一篮子红薯，像逃荒似的在路上走着，一边走一边四下看，一下子撞在了李金魁的身上。看见李金魁时，他愣了，想说话又有点不好意思。李金魁说："三国，你干啥呢?"三国见李金魁不记仇，就咧嘴笑了笑说："我娘让我给我大伯送点红薯叶。我大伯爱吃红薯叶。"李金魁见他累出了一头汗，就说："三国，我帮你拿点。"说着，他走上前去，从三国手上取下了那篮红薯，这样一来，三国轻松了许多。三国甩着手说："你知道我大伯是干啥的？"李金魁说："不知道，你大伯干啥？"三国说："我大伯是校长，我大伯是县一中的校长啊。"李金魁"噢"了一声，再没说什么。三国说："我大伯戴的眼镜一圈一圈的！"李金魁笑了，三国忙说："真的，真的，骗你是孙子！"校长家就住在县一中的后边，是一个小院。来到小院门前时，李金魁站住了，他对三国说："三国，到地方了，你去吧。"三国说："走吧，你帮我拿了这么远，一块儿去吧，也认识认识我大伯。"李金魁本也想去，听三国那语气，就把红薯篮往地上一放，说："你自己去吧，我还有节课呢。"

过了大约有一个星期，有一天，轮到李金魁值日打扫卫生，他正在教室扫地时，突然发现门口一黑，有一个女同学匆匆走了进来，这位女同学在门口处站了一下，而后快步走到他跟前，突然说："李金魁，你为什么不理我？咱们是老乡啊！"李金魁一怔，慢慢直起身来，他先是闻到了一股香丝丝的气味，看见站在他面前的是一个秀气椭圆脸姑娘，穿一件米黄的格格衫，脸儿白白，两眼大大的，嘴角处汪着两个浅浅的酒窝……片刻之间，他脑袋里"轰"地一下，像有什么东西炸了个洞似的，积存了很久的东西重又漫了上来……他的心咚咚跳着，人却一下子被激住了！他干瞪着两只眼睛，就是说不出话来，那句话在喉咙里卡住了很久很久，最后才勉强地、结结巴巴地说出来："你、你、你……你就是、是红、红叶？"

李红叶有点吃惊地笑着说："是啊，我就是李红叶。怎么了？你不知道？一个教室坐这么久了，你是真不知道还是假不知道？"

李金魁心里积存的东西太多了，那旧有的印象也太深刻了，他仍然没有转过弯来："你、你你……就是、是……红叶？"

李红叶当然不明白他心里曾经有过两个"红叶"，看他急得说不出话来，脸都憋红了，就转了话题说："那天你不是跟三国一块儿到我家去了吗？你为什么不进去呢？"

李金魁这时才有点缓过劲来，他说："三国？……"

李红叶说："三国是我二叔家的孩子。"

李金魁说："噢，噢。也、也没什么事……"

李红叶说："没事就不能坐一坐了？我早就听同学们说，有个人整天不说话，光啃干饼子，菜也不舍得吃，竟考了第一，原来是我的老乡啊！"

李金魁脸红了……

李红叶忙说："好，好，你扫吧。我爸说，让你有工夫到家去坐。"说完，就快步走出去了。

李红叶走后，李金魁仍然呆呆地立在那里，手里拿着那把笤帚，一直愣了很久很久……他在心里一遍一遍地重复说："她就是红叶，原来她就是'红叶'呀！"

"红叶"由声音还原成了一个鲜活的人，这是他始料不及的。那童年里的印象在无限地扩大，织出了一个稠密的联系，在高粱地里飞出的两个字，竟然在现实中化成了校长的女儿，这是多么大的惊喜呀！这给他的刺激实在是太大了，从这天起，他居然变得口吃起来，他总也说不好第一句话，越是激动越是说不出话来，一到说话的时候，他就不由得紧张，一张嘴就卡壳，非得过上一会儿，才会逐渐地缓过劲来。他为此非常沮丧，说话时就更加的注意，谁知越是注意越坏事，磕巴得就更厉害了。于是，从这天起，他又成了学生们的笑料。

红叶就在他的前边坐着。每当同学们哄堂大笑的时候，她总是不由得要转过脸来，朝他投来同情的一瞥。怎么说呢？人在人眼中是会变的。红叶初看他时，他不过是一个又黑又瘦的家伙，穿得破破烂烂的，脖子脏得像车轴一样，也不知道洗，身上还有一种很难闻的气味。可是，看着看着，他在她的眼里就发生了一种说不出来的变化。也许是可怜他的处境，也许是熟悉产生了一种亲情，她总是越来越多地注意到他的眼神，她在他的眼神里看到了一种光，那光是别的男孩身上所没有的。每当他的口吃引起同学们哄堂大笑时，他总是默默地、孤孤零零地站在那里，一声不吭。这沉默又激起了她更多的同情。不知从什么时候，她陡然产生了要帮他一把的愿望。

一天，临上课时，有个绰号叫"大嘴"的同学突兀地把他拽住了。"大嘴"是县公安局长的儿子，平时就有些霸道，说话横横的。他一把拽住李金魁说："结巴，我那支蓝杆笔找不到了，是不是你拿了?!"

李金魁一怔，说："啥、啥、啥……笔?"

"大嘴"学着他的结巴语气说："你说啥……啥……啥笔? ——钢笔!"

"哄"地一下，同学们笑了，立时都围了上来，他们望着他，那眼光很复杂。于是，李金魁沉默了片刻，说："是，是我拿了。"

"大嘴"得意扬扬地说："哼，我想着就是你! 操，下课给我拿回来!"

人们的目光像箭一样在李金魁的身上射来射去，可他却一声不吭，他再没说什么……

第二天上午，李金魁迟到了。在众目睽睽之下，他匆匆走进教室，把一支蓝杆钢笔放在了"大嘴"的课桌上。"大嘴"拿起笔看了看，有点诧异地说："我的笔好像……是这一支吗?"

李金魁说："是、是。"

不料，刚刚上了两节课，坐在前边座位上的李红叶"呀"了一声，说："我这儿多了一支笔，这支笔是谁的?"说着，她高高举起那支笔，那正是一支蓝杆钢笔!

同学们全部看着那支笔，而后又齐刷刷地回过头去看"大嘴"……"大嘴"大张着嘴愣了一会儿，才说："我的我的，是我丢的。操!"

此刻，李红叶拍案而起，厉声说："冯相义，你怎么能这样?! 你太不像话了! 你怎么能乱怀疑呢?!"

"大嘴"看了看李红叶，又望望李金魁，嬉皮笑脸地说："这关你什么事?

我又没逼他，是他自己承认的……"

这时，李金魁冷冷地看了"大嘴"一眼，看得"大嘴"身上一寒，竟乖乖地把那支笔给李金魁送过来了……

这天晚上，李红叶突然来到李金魁的寝室门前，有点激动地高声叫道："李金魁，你出来一下。"

已是秋末了，风寒寒的，带些微的寒意。可人的心却很热。两人一前一后来到了校园后边的操场上。天很高很远，星星一碎碎地亮，月光洒下一地银白，周围汪着片暧暧昧昧的黑，不远处校舍里的灯光亮着一盏一盏红，显得很温馨。李红叶说："你为什么要承认呢？你不该承认的。"

李金魁一张嘴就噎住了，话一直在喉咙里卡着，他过了一会儿才说："人、人家、怀怀……疑咱咱咱……"

李红叶说："他怀疑你，你就承认吗？他要怀疑你杀了人，你也敢承认？"

李金魁不语……

李红叶说："那支笔是你在商店里买的，对吧？"

李金魁说："是。"

李红叶望着他说："你怎么能这样呢？要是那支笔找不到怎么办？你不就成……偷了吗？"

李金魁说："偷偷、偷就偷吧。人家已已、经怀疑了，我、我就是不承认，他也照、照样怀怀疑……一、一个穷字在我脸上写着，他能……不怀疑吗？"

李红叶很惊讶地望着他："你这人真奇怪，人家一怀疑，你就认了，也不解释？"

李金魁说："他怎么就不怀疑你……你呢？他怎么就不怀疑别、别的人呢？他怀疑就说明他认定是我了，解释有什么用？"

李红叶说："你怎么能这样想呢？"

李金魁说："这就是穷人的逻辑。"

李红叶嗔道："你再这样说我不理你了。"

李金魁说："对。你别理我。理我沾你一身穷气，划不来。"

李红叶说："你再说……"

李金魁说："我不说了，我走了。"说着，扭头就要走。

李红叶一顿脚说："你站住！"

李金魁扭过脸来，说："有话你说吧。别说你让我站住，是个人都能让我站住……"

李红叶气得直跺脚，说："你你……怎么这么犟啊！"

夜里，李金魁睡不着觉了。他眼前总是晃动着红叶的影子，红叶的发辫，红叶的脖子，红叶的脸儿，红叶的眉儿，红叶的眼儿……那影像是一帧一帧地、一片一片地在他眼前出现，而后又是一段一段地放大。一个姑娘在他的脑海里翻来覆去地搅动，整体上看是模糊的，那仅是一个亭亭的白色剪影；局部又是清晰的、逼真的……那颗痦子叫人多想摸一摸呀！往下就出现了"白亮亮"的感觉，不管他怎么想，最后总要落到"白亮亮"上，一片"白亮亮"！……接下去又叫他有点后怕。他对自己说，金魁呀，可不敢瞎想啊！你是谁呀？人家又是谁呀？人家可是校长的女儿，人家是金枝玉叶呀！再说，你不能让人家可怜你，她是看不起你才可怜你，你可不能让她可怜哪！收心吧你，收心吧。还是好好退回来，读你的书吧，前程要紧哪！……这么思来想去的，他怎么也睡不着。于是，他咬着牙一骨碌从床上爬起来，独自一人在校园里的操场上跑了二十圈，跑出一身的大汗！

紧接着，期中段考时，李全魁仅考了第七名，还是班里的。于是，他一下子蒙了！他悄悄地跑到校外的一片杨树林里，狠狠地扇了自己三个耳光！他说：金魁呀金魁，你完了！

此后，李金魁才开始真正退却了。他不再看她了，也不再想她了，一门心思钻在了书本里。夜里，为了避开她，他常常到那个邻近的废品收购站里去，在那里一边为歪叔看门，一边读书。

　　然而，李金魁越冷，李红叶却越热，她越来越感到李金魁的与众不同。那寒寒的目光总让她忍不住地牵挂。校长的女儿，长得又漂亮，学校里有多少小伙想跟她说话呀！可是，却有这么一个黑小子，连看都不看她一眼，这是她无法忍受的！她总想骂他一顿，可一走到他跟前时，她身上的力量就消失了，剩下的只有猜测和柔情。有一段时间，她总是悄悄地给李金魁送吃的，有时候是两个白馍，有时是一个鸡蛋……偷偷地塞到李金魁的课桌抽屉里，不让任何人知道。而李金魁却总是不动声色地给她退回去。这在两人中间成了一种较量，一种意志的较量，你送，我就退；你越退，我越送。终于有一天，李金魁烦了，他找到李红叶说："李、李红叶，你你你……别再送了。你你……也别可怜我。我一个乡下人，你可怜我耽误事。"李红叶也冷着脸说："我为啥要可怜你？谁给你送了？你怎么知道是我给你送的？是你自己心里有鬼吧？"李金魁说："那那、那好。我给你说，你要再送，我就吃了，我吃也白吃，吃了也不感谢你！"李红叶说："你吃不吃关我什么事？谁让你感谢我了?!"说完，她扭头就走，走了几步后，她在心里忍不住笑了。

　　此后，李金魁对自己说，反正我也说过了，贱就贱到底！我就白吃你，谁让你送的！于是，李红叶再送什么，李金魁就吃，吃了也不理她。他就是要让她知道，我这人说到做到，吃也白吃！他想，我就这样，"肉包子打狗"，她就不会再送了。谁知，这倒给了李红叶一个具有隐蔽性的喜悦，一个姑娘深藏在内心里的小秘密。人一有了秘密，那心气就不一样了，李红叶像是浑身都长了眼睛，时刻关注着他，这反而造成了无形的贴近。她送得更欢了，隔三岔五地，她都要给李金魁送点什么。有时，她实在没什么送了，就上街去买上几块糖……她甚至动员当校长的父亲给李金魁申请到了每月可以补贴六块钱的助学金！可是，在教室里，两个人谁都是冷冷的，一句话也不说，形同陌路。

　　寒假快到了，临放假前的一天，李红叶在收拾书包的时候，突然在书包里发现了一包软绵绵的东西。她悄悄地打开一看，竟是整整一打手绢！在那时候，她虽然是校长的女儿，一次也没见过这么多手绢。十二条啊，整整十二条！她的脸"唰"地一下就红了，红得发烧发烫，她的心都快要蹦出来了！那种感觉是她从未有过的，她真想大喊一声……可是，她仅是匆匆地背上书包，快步走出了教室，她觉得要是再晚一会儿，她就疯了！

李红叶背着书包像游魂似的在街上走着，她不知道自己要干什么，只是走，不停地走……也许是等待太久了，企盼太久了，她虽然并不期望有回报，可在她的内心深处，还是有那么一点点怨气的，她也替自己不平，可是，突然来这么一下子，这几乎是给她以摧毁性的打击！她简直不知道自己该怎么办了。走着，走着，她来到了县城最大的一家百货商店。在商店的柜台前，她忍不住问了手绢的价格。她平时买的是两毛五一条的，那已是较好的，而这种有各种图案的手绢却是五毛钱一条，是商店里最贵的一种……她喃喃地说：他真敢哪，他真敢！

傍晚，在县城边的小桥上，她截住了背着铺盖卷准备回家的李金魁。她一见他，就激动地说："李金魁，你呀你呀……你怎么能这样哪？谁让你给我送手绢了?!"李金魁站在那里，连头都没抬，说："你、你……弄错了吧？我我……连饭都吃、吃不饱，我会给你送手绢?!"李红叶一怔，说："不是你是谁？你还不承认？"李金魁说："我早就给你说过了，我、我是个吃白食的。我会干那种事？"说着，他把铺盖卷往肩头上一撂，径直走去了。李红叶没有办法了，喊道："你真无赖呀，李金魁！"李金魁立时勾回头说："城里人，你这话说对了。我就是一个十足的乡下无赖！"

整整一个寒假，李红叶都是在心焦火燎中度过的。她脑海里驱之不去的是那一双寒寒的目光，那目光就像刀子一样刻在了她的心上……她一天到晚都心神不宁的，人像垮了一样。过年的时候，她实在是熬不下去了，就以看二叔的名义骑车跑到乡下去了。可她仅在二婶家待了不到一个时辰，就让三国领她去了李金魁家。进了门，就见一个弓腰老头半仰着身子，扛着一把扫帚，嘴里淌着长长的口涎，痴痴地看她，一边看一边喃喃说："这是谁家的闺女？跟画儿一样！"三国忙说："这是老捆，金魁他爷，你别理他！"可李红叶却迎上去说："爷爷，我是李志尧家的女儿。跟金魁是同学……"老捆一听，凑得更近些，看了又看，说："噢，志尧家的。咋跟画儿一样?! 听说你爹当大官了?"三国抢先大声说："我大伯是校长！县中的校长！"于是，老捆喊道："快，金魁，来客了！"李金魁从屋里走出来，倚在门旁站着，说："来、来了？是、是串亲戚的吧？"李红叶看了他一眼，说："是，串亲戚的。顺便来看看……"此时，家人们都围上来了，老捆兴奋得一蹿一蹿地说："看看，志尧家的，真是跟画儿一样啊！是咱金魁的同学。他娘，还不烧火打鸡蛋？快烧火！"李红叶忙拦住说："不麻烦了，别麻烦了，我是顺便来看看，一会儿就走……"李金魁说："算、算了，咱家这样，人家也不会在这儿吃……"老捆转着圈说："就是，也没啥好吃的……有红柿呀，咱有红柿呀！"坐了片刻，老捆那一喷一喷的唾沫星子让李红叶受不了了，她终于说："我走了，我得走了。"李金魁说："我送送你吧？"李红叶就等这句话呢，她站起就走。一家人送出门，老捆说："让金魁送，让金魁送吧。"可是，李金魁刚出家门，却又被老捆叫住了，老捆一把把他拽到屋里，瞪着眼压低声音说："金魁，娃子呀，长胆了没有？"李金魁怔怔地望着爷。只见老捆喘着粗气咬牙切齿地说："……你把她脱了！你要敢把她脱了，她就是你的媳妇了！"听了这话，李金魁身上的火苗"噌"一下蹿起来了！

五

那个字是从他心里长出来的。

那个字在开始时仅是一个小芽，是个模糊不清的概念，是一种颜色和声音，而后经过了时光的浸染，它逐渐长成了一棵树。

当那个字脱唇而出时，连他自己都吓了一跳。他没想到那个字竟然一直在他心里长着……

本来，李金魁送红叶出来，在村路上，两人都默默地走着，谁也不说话，等出了村，李红叶说："我知道你不想送我，嗯？"李金魁笑了笑，不语。李红叶说："你要不想送我，你就回去吧。"说着，就独自一人推着车子往前走，李金魁也跟着走。李红叶回头看了他一眼，嗔道："你呀，你呀……"天很冷，路上一个人也没有，当她看到路边的一个草庵时，就红着脸说："坐一会儿吧？"说着，便朝着那个孤零零的草庵走去。草庵还是夏天里遗留下的，地上还铺有发黄的麦草，李红叶大着胆进了草庵，她先从衣兜里掏出一块手绢铺在了麦草上，坐下来，而后又掏出了一块手绢铺在了身边，说："坐吧。"李金魁站在那里，呆痴痴地望着她……李红叶脸"唰"地就红了，说："你坐呀，老看着我干什么……"就在这时，李金魁心里陡然起了一股狼烟，那个字像子弹一样进射出来：

"脱！"

"脱"字来得太猛太快，也太突然了，它在李红叶的心上射出了一片红雾！她不由得颤了一下，一时浑身发软，愕然地惊叫道："你，你……?!"

李金魁也愣住了。他的头"轰"地一下，像是炸了一样。话已出唇，他不知道该怎么办了，他只是愣愣地站在那里……

片刻，还是李红叶先醒过神儿来，她红着脸，用蚊子样的声音呢喃说："李金魁，你真无赖呀……"

李金魁站在那里，默然不语……

李红叶脸红得像绽开的花一样，她望着他，柔声说："怎么？你生气了？你呀你呀……"说着，她微微闭上眼睛，开始解扣子了，她一边解着扣子，一边呢呢喃喃地说："你真想看吗？你要真想看你就看吧……"说着，她脱去了穿在身上的外衣，勇敢地把贴身衣服一层一层搂起来，顿时，两只白兔一样的乳房扑噜一下露了出来，那是多么白呀！在那一片团白的尖尖上，弹着两颗晶莹的紫葡萄!

李金魁眼前一片"白亮亮"!他猛地扑了上去,先是用两只手捉住了她的两只乳房,那滑软像热油一样一下子溅到他心里去了,他急切地埋下头去,下意识用嘴叼住了那弹弹软软的紫葡萄,叼了这只,又去叼那只……两人立时烧成了一团火焰!李红叶紧紧地搂着他,嘴里吐着一串断断续续的燕语:"你呀你呀……"到了这时,李金魁已是昏头昏脑了,他又下意识地去解她的腰带。他从小到大从没束过腰带,他不知道怎样才能解开,他只是用力去拽……久久,当他终于把皮带扣弄开的时候,却见李红叶满脸都是泪水……李金魁怔了一下,手慢慢松开了。片刻,李红叶睁开眼来,流着泪说:"你要是真想要,我就给你吧,我什么都可以给你……"说着,她伸手把下身的衣服也褪去了,把整个身子都裸露在他的眼前……可她这样做的时候,身子却开始抖了,她整个身子都瑟瑟地抖着,抖得像寒风中的树叶,此时此刻,她的身上一片冰凉!

李金魁说:"你抖了。"

李红叶说:"我,我抖……"

李金魁定定地望着她,说:"你抖了。"

李红叶垂下头喃喃地说:"我……有点害怕。"

李金魁站起身来,咬着牙说:"我穷,我野。可我不会坏你。你要不愿意,我决不坏你。"

李红叶望着他,小声说:"我只是有一点点怕……"

李金魁把衣服往她身上一扔,说:"穿上衣裳吧。"

李红叶坐在那里,一边穿着衣服一边流着泪说:"你坏,你太坏了……"

李金魁朝草庵外边看了一眼,说:"走吧。"

李红叶仍坐在那里,喃喃地说:"我起不来,我起不来了……"

李金魁吓了一跳,忙回过头来,说:"你……病了?!"

李红叶伸出一只手,说:"我软,我身上软。"

李金魁又问："你是不是病了？"

李红叶说："抱我呀，把我抱起来………"

在回城的路上，李红叶一直在默默地淌眼泪。李金魁说："你哭什么？我又没咋你。"可她一声不吭，只是默默地掉泪。到了城边上，李金魁站住了，说："我不送了，你回吧。"他这样一说，李红叶也站住了。李金魁又说："天不早了，回吧！"说着，扭头就走。不料，李红叶却返回来跟着他走……又走了一段，李金魁站下了，说："好，我再送你一段。"两人重又折了回来。就这么翻来覆去地你送我我送你，天很快就黑了。最后，在县城里的一盏路灯下，他说："我就站在这儿，看着你走。"进了城，李红叶不再流泪了。她站在那里，望着他说："我看着你走。"李金魁说："你走。你要不走，我就一直在这儿站着，我在这儿站一夜！"李红叶勾下头去，一声不吭。过了一会儿，她说："我问你，你为什么要送我那么多手绢？"李金魁说："我不知道该送什么。我只是不想欠你太多。"李红叶说："你已经欠我了，我让你欠我一辈子！"说完，她扭头骑上车疾驰而去。

在那个寒假里，那个字在李金魁的眼里成了一颗金豆。那只是一个字哇，一个字的使用竟产生了如此巨大的征服力！那是校长的女儿呀，那是多么的……！有时候，他会兴奋地跳起来，对着一棵树说："脱。"那个字真是余味无穷啊。他在那个字里读出一种新的东西，那是他还从未体验过的东西。他像重放电影一样回味着草庵里发生的故事，他一点一点地倒着读，在脑海里，那画面一个扣子一个扣子地动着，叫人激动万分！油灯下，在爷住的牲口棚里，当老捆提着裤子问他："花儿掐了没有？"他觉得他一下子就成熟了，他读懂了爷的这句话。他什么也没有说，只是笑了笑，很自信地笑了。

后怕是见了那个红×之后。开学不久，他在学校门口看到了一张布告。在那张布告上，他看到了一串醒目的红×！那红×像炸弹一样矗立在他的眼前。那上边写着"某某某"的名字，名字上打着一串红×，那是一个被枪毙的强奸犯……他在那张布告前站了很久很久，整个人就像傻了一样。他不知道自己是怎么走回去的，只觉得脊梁骨一阵发凉！他心里说：李金魁呀李金魁，你差一点就毁了你呀！

在一个时期里，李红叶和李金魁又成了陌路人。两人仍坐在一个教室里，还像往常那样，谁也不理谁。可在两人的内心里，却有了微妙的变化。李红叶更多是一种羞涩，她甚至不敢正眼看他，一看他就脸红，一看他就不由得咬一下嘴唇，可她的衣服却换得很勤，她身上开始透出一种成长中的女性姿态……而李金魁却是有意地躲避，那躲闪是由后怕而产生的恐惧。那目光仍是寒寒的，但寒意中多了一点"贼"色，多了一点防范。话是更少了，但出人意料的是，他说话磕巴的毛病却好了一些，他只是说第一句话时有点磕巴，往下就自然了。后来，他开始更多地出现在操场上，出现在一群学生的中间，自从他击败了"冯大嘴"之后，他已成为乡下学生的主心骨。

天说热就热了，这年夏天，天热得有些异常，空气里弥漫着一股说不出来的气味。突然有一天，睡了一夜之后，早上起来，李金魁发现校园里到处都是大字报！整墙整墙的大字报……更让人吃惊的是，校长李志尧的名字是倒着写的，上面还打着三个刺目的红×！一切都来得十分突兀，叫人来不及想。这天上午，倒也照常上课了，铃声响过后，校园里出奇地静，老师一个个都绷着脸，很紧张的样子；在教室里，李金魁又发现李红叶是趴在桌子上的，她一直不抬头，就那么无声地趴着……到了第二节课的时候，只听校园里一片"哄"声，同学们纷纷探头往外看，有的甚至跑出了教室……这时，只见一群年轻教师高喊着什么把校长李志尧揪到了教室前边的空地上，校长挣着身子，仍是很严肃地说："干什么？你们想干什么？"可陡然之间，他的眼镜被打掉了，紧接着是一桶糨糊兜头浇了下来！一向高高在上的校长，顿时一脸惨白，他就这么一下子像落汤鸡一样地勾下了头……就此，校园里的铃声再没有响过。

那是一些既让人激动又叫人不安的日子。学校不上课了，城里的学生一个个兴奋异常，乡下来的学生却一个个沮丧万分。李金魁心里说：完了完了，前程完了！在一片混乱中，有的乡下学生打起铺盖回家去了，留下的也仅是跟着城里的学生瞎起哄。"冯大嘴"在一夜之间竟然成了学生的司令……于是，李金魁毅然卷起铺盖，搬到废品站去住了。

这个决定对李金魁来说，是十分痛苦的，这是他人生的又一次选择。这就是说，他要切断与家乡的联系了，在前程无望之后，他也决不回去了。这是一次精神上的放逐，也是情感上的背叛，他的心与昔日的大李庄村越来越远，前程无望，回头也无望啊！从此以后，他要自我漂流了，他把两瓶好酒摆在了歪叔的面前，说："歪叔，你说句话吧。"歪叔乜斜着眼，看了看他，说："学生，你愿意当一个收破烂的？"李金魁说："只要你要我。"歪叔把酒瓶盖用牙咬开，一人倒了半碗酒，很爽快地说："喝了这碗酒，我就收下你！"于是，李金魁端起那碗酒，一下子倒进喉咙里去了。喝了酒，他泪流满面，泣不成声地说："我亏呀，我太亏！我是第一名啊！"

在城里收破烂，在他看来也是没有办法的办法，是破罐破摔。心是痛的，那疼痛烧出了满眼的仇恨，可究竟恨什么，却又是说不清的。每当他走在大街上的时候，就不由得咬着牙，尽量躲着熟人走，一句话也不说。他把仇恨憋得足足的，他几乎把自己憋成了一个沉默的火药罐！与白日相比，他的夜晚却日渐丰富。废品站收的书越来越多，那大多是"四旧"，他就整夜整夜地在这些"四旧"里泡着……正是这些夜晚使他那备受压抑的情绪得到了宣泄。

在以后的日子里，李金魁总是想起那些个晚上。那些夜晚对他来说是战栗中的享乐，是蜗牛一样的伸展；又像是生命中的一次小憩，没有目的，也不须特意地记住什么。这是一种精神上的偷窃，是随意地采摘禁果，他就滚在那些收来的"四旧"堆里，蜷着身子，一本一本地翻，那偷来的喜悦不是用言语可以表述的。直到有一天，那上着的门板突然被拍响了。那是个细雨蒙蒙的夜晚，门板"咚咚"响了两下，而后又是两下。在这一刻，他的心已跳到了喉咙眼上，他惊惧地叫道："谁?!"门外没有回答……在匆忙之中，他随手把那本正在看的书"嗖"地一下扔在了废纸堆里，然后跳起来，几步走到门板后，再次叫道："谁呀？"仍是没人应声。于是，他疑疑惑惑地开了门。就在这时，一个黑影飞快地挤了进来，那影儿嗦嗦的，带有一股嗖嗖的寒气。他很快就明白了，是李红叶！李红叶就像变了个人似的，她的头包着，一脸憔悴；哆嗦着嘴唇说："李金魁，你救救我爸吧！他就快要被人打死了！"说着，她呜呜地哭了起来。李金魁站在那里，身子一下子凉了半截！他木然说："怎么……救？"李红叶呜咽着说："他就关在学校的小楼里……"往下就无话了，谁也不说话，只有目光一点一点地往前探，而后又缩回来。片刻，李金魁说："你让我想一想，我得想想。"李红叶看了他一眼，说："你要是怕受牵连……"没等她把话说完，李金魁生硬地打断说："你……得让我想想！"

李红叶走后，李金魁顺手从地上拾起了一根捆废品用的麻绳。他把那根麻绳拿在手里，翻来覆去地看着，绳子一扣一扣地从他的手上捋过，那感觉麻丝丝的。后来，他把麻绳缩成了一个活扣套在了脖子上，心里说，操，我欠她吗？这是把我往火坑里推呢！

第二天夜里，李红叶又来了。她低声问："你想好了吗？"李金魁说："想、想好了。我想了想，我确实欠你。"李红叶说："你也别这样说，你说吧，你想要什么，我什么都可以给你。"李金魁笑了笑，说："我、我可是个收破烂……"李红叶流着泪说："你是想污辱我？到这种时候了，你还要污辱我？"李金魁说："我不是这意思，你也知道，我不是这意思。"李红叶说："那你是啥意思，你到底是去不去？"他说："你看，你这是把我往火坑里推呢！"她就那么直直地看着他，良久之后，她说："我看错人了，我真是看错人了。"说着，她泪流满面，扭头就要走。李金魁上前一把拽住她，就往后边拉。李红叶用力地挣着身子："你又想干什么？"他仍是紧拽着她不放，一边走，一边说："我是个兔。你也知道，我是个兔……"拐过了废纸堆，在一垛一垛的旧麻袋的缝隙里，李红叶蓦然发现，她爸爸就在一堆旧麻袋片里躺着！李红叶的嘴立时张大了，她悲喜交加地说："你呀！怎么……"紧接着，李红叶刚叫一声："爸爸……"李金魁马上说："他已经睡着了。你就让他睡吧，他说他已经半个月没睡一个囫囵觉了。"李红叶默默地望了望父亲，而后悄没声地退了出来，她望着他，激动地说："你是怎么……"李金魁把身上的衣服脱下一半，露出了脊梁上勒出的那一道道带血丝的绳痕，说："我把你爹背出来了。我不欠你了吧？"李红叶默默地看了他一会儿，细声说："就在这儿吗？"李金魁说："啥，你说啥？"李红叶不语，她开始解扣子了，她把衣服上的扣子一个一个都解开……这时，李金魁走上前去，一把抓住她，定定地说："现在是你欠我了。"李红叶说："是。我欠你。"说着，就要往下脱……李金魁果决地说："别。你可别。我就愿意让你欠着。"

李红叶说："你……怎么这样？"

李金魁说："我就这样。你欠着吧。"

六

欠着真好。

有人欠你，总欠着，这是什么滋味呢？——真好哇！

在废品站的那些日子里他几乎是越来越自觉地播撒着人情的种子。他最愿意干的事就是让人家"欠着"。在那条街上，甚至是在整个废品回收系统，只要是有人找到他头上，不管让他干什么，他都会一口答应。当然，一个收破烂的，人家也不会求他干什么大事，也就是帮着拉拉煤、修修房、搬搬家什么的。这虽都是些小事，可人情却不论大小，人情就是人情，欠着就是欠着，这是一笔笔记在心灵上的债务。时间一长，口碑就出来了。

李金魁要的就是这样一种感觉，这也是他在心理上保持平衡的一种办法。人已经贱到了这个样子，剩下的还有什么呢，那就是感觉了。感觉就像是一个储蓄所，存了些什么，只有自己心里知道。那像乱草一样的头颅在人前是低着的，在感觉里却是昂着的，那里写着一个"操"字。

三年后的一天早上，李红叶找他来了。李红叶穿着一件紫红色的风衣，默默地站在他面前，说："我爸出来了。"他"噢"了一声。李红叶又说："我爸已经出来了。"他就说："噢，你爸出来了。"李红叶说："我爸想见见你。"说着她把一沓钱递到李金魁的手里，"你去洗个澡，理个发，换件衣服……我爸要见你。"这句话李红叶说得很平静，可李金魁却受不了了，他说："校长出、出来了，我应该去看看他。可这……"李红叶说："我爸已经到市里了……"李金魁说："那我就不用去了吧？"李红叶说："你必须去。"李金魁想了想说："还非去呀？去就去。你别给我钱，你给我钱干什么？"李红叶说："你……怎么还这样？"李金魁重又把那沓钱塞回去，说："咋也是个收破烂的，还怕人笑话？我有钱。"

李金魁是穿着一身旧工作服去的。去的时候，他想了想，也不能空着手呀，于是就上街买了两瓶酒、两筒好茶叶，就那么提着去了。到了市委门前，警卫拦住他："找谁呢？"他说："李志尧。"警卫上下打量了他一番，说："你跟李主任是什么关系？"他说："老乡。"那人很干脆地说："李主任不在！"李金魁笑了，说："不在？不在就算了。"正在这时，李红叶快步从里边走了出来。她说："小董，这是我表哥，让他进来吧！"李金魁仍是笑着对那个警卫说："啥表哥呀，也就是个老乡吧。"

进了大门，李红叶一边引着他往前走，一边小声说："我让你换衣服你为什么不换呢？你那农民习气要改一改了。"他说："要是改不了呢？"李红叶说："还是改一改好。"看李红叶说得很严肃，他也就不再说什么了，只默默地跟着走。绕过一个小花园，李红叶领他来到了一座小楼前，那是一座两层的小红楼，墙上长满了绿茵茵的爬山虎，看上去十分的优雅静谧。再往里走，人的脚步就显得重了，心里却很空，李金魁暗暗掐了自己一下，说怕啥呢，不就是见个人吗？进了楼，来到了客厅里，李红叶站在那里说："爸，他来了。"只听沙发里"吱扭"响了一声，说："哦，来了，坐吧。"这时，李金魁才看清坐在皮沙发里的李志尧。他的身子稍微直了直，那一头白发看上去梳理得很整齐，却一脸疲倦的神色，人显得很麻木、很冷淡。李金魁把手里提的东西放下，而后他按村里七连八扯的辈分叫道："七叔……"李志尧摆了摆手，只说："噢噢，坐吧。坐坐。"对李金魁提来的东西，他连看都没看。待李金魁坐下来，李志尧默默地看了他一眼，用和缓的语气说："我刚到市里，一时还没顾上去看你，怎么样啊？"他说："还那样吧，还行。"李志尧挠了一下头上的白发，淡淡地说："哦。有什么困难吗？"他说："没啥。"李志尧又说："有啥想法可以提出来嘛。想不想到市里来呀，啊？……"到了这时候，李金魁的牙咬起来了，他沉默了很久，心里的火苗一蹿一蹿的。他心里说，机会来了，你的机会来了呀，你说呀！可是，他望着靠在沙发上的那张脸，那是很乏的一张脸，那张脸上似乎有一种让他感到惊恐不安的东西，他说不清那是什么……就在他发愣时，只听李志尧问："听说，你读了很多书。"李金魁含含糊糊地说："也……没读多少。"接着，李志尧"哦"了一声，慢声慢气地说："我这里嘛，也需要一个人。你来当秘书怎么样啊？"李金魁猛一下有点晕乎乎的，他觉得头有些沉，不知道该说什么好了，就吞吞吐吐地说："怕、怕不行吧？"李志尧直了直身子，微微地笑着说："……秘书嘛，最重要的一条，就是要可靠哇。"说着，他的眼突然睁大了，目光一下子变得十分锐利！李金魁心里突然"咯噔"一下，像是有什么东西泛上来了，那东西飘飘的、凉凉的，叫人不由得发怵。那是什么呢？李金魁想不明白，他只觉得头更重了。于是，在这最关键的时刻，他居然又结巴起来了："我、我、我……不不行，怕怕怕……是是真、真不行。"看他说话磕磕巴巴的，李志尧皱了一下眉头，他有些失望地往沙发上一靠，眯着眼看了看他，连声说："噢，噢，是这样。你是还有别的想法喽？"李金魁怔了怔，心里说，说吧，你得说了，说呀！于是，他正了正身子，喃喃地说："也没啥想法。要说……想法……我还是……想上学。"李志尧"噢"了一声，那"噢"声很长，往下就再没有话了……

后来，当李金魁离开那栋小楼的时候，他的脸色黄蜡蜡的，人就像害了场大病一样，满身都是虚脱的汗水。他知道他已失去了一个极好的机会，失去了也就永远地失去了。

他突然想哭！

李红叶出来送他，竟也有意地跟他拉开了一点距离，两人都默默的。到了分手时，李红叶终于忍不住说："你……怎么又磕巴起来了?!"

李红叶恨恨地说："你知道你放弃的是什么吗？"

李金魁说："你已经不欠我了。"

李红叶说："你是说我还欠着你呢，是不是？"

李金魁说："清了。谁也不欠谁。"

李红叶说："你会后悔的。"

李金魁轻轻吐了一口气，硬撑着说："我从不后悔。"

李红叶最后看了他一眼，扭头走去了。那一眼哪，叫人……

一个月后，李红叶送来了一张表。那是一张上大学的"推荐表"。而后，李红叶说："我再也不欠你什么了。"李金魁望着那张表，很久没有说话。他还能说什么呢？不料，李红叶说："我顺便告诉你，我要结婚了。"李金魁沉默了片刻，说："跟……谁?"李红叶说："军人。是个军人。"李金魁木木地说："好好、事，那是好事。"李红叶说："你不是会送礼吗，不送我点什么?"李金魁刚要说什么，李红叶立时打断他，冷冷地说："你欠着吧，我也让你欠着。"

拿到那张表后，李金魁一天都没说话。他心里说，李红叶要结婚了。李红叶已经是人家的人了。李红叶说，一个军人……他在一张废报纸上一边写了九十九个李红叶。写到三十一个的时候，他心里像是塞了块砖；写到七十一个时，他加了一个"脱"字；写到最后时，他把那张旧报纸团了团，扔了。

第二天早上，他围着县城一连跑了三圈，一边跑一边气喘吁吁地背道：香稻啄余鹦鹉粒，碧梧栖老凤凰枝……

一听说他要上大学，废品站的歪脖眼都瞪大了，说："城里有好亲戚？"

他说："没有。"

歪脖说："有好连手？"

他说："也……没有。"

歪脖说："真没有？"

他说："真没有。"

歪脖说："那是烧高香了。金魁呀，你是烧高香了！"

李金魁默然，他眼里湿湿的……

歪脖说："别说你高兴，我也高兴。老难，老难。"按说，推荐上大学，办手续是很困难的，有一个个的公章要盖。可李金魁长期以来送出的"人情"也到了兑付的时候了。市里盖过章的表已经有了，剩下的就是顺水人情了，这是谁都愿意做的，所以，他几乎是没费什么劲，就把手续办了。在临行前，废品回收公司的主任又特意奉送了一份礼物，那就是在上大学期间，工资照发。其实他只是在主任搬家时给他刷过两次墙，主任一句话，工资就照发了。

走时，他本意是想去看看李红叶。他心里说："金魁，不管怎么说，你欠了人家，是你欠了人家呀！"可李红叶已经走了，到部队结婚去了。于是，他回了一趟家。老捆一听说孙子要上大学了，就一蹦一蹦地跑出去，到处跟人说："冒烟了，冒烟了，俺家老坟里冒烟了！"

七

上大学的时候，他总是梦见那株草。

在梦中，那株草带着一股苦艾艾的气味。草是那样的小，青麻麻的，带着褐色的斑点，一节一节地散落在他的眼前……而后他就醒了，每到这个时候，他一准醒，一醒就再也睡不着了。这时候，他就会不由得想起李红叶，一想李红叶他的心就乱了。他心乱如麻！有时候，他会一骨碌从床上爬起来，恨不能站起就走……可过一会儿，他就会说，罢了罢了。

然而，那件事情却一直在他的脑海里悬着。有时，他会说，你真蠢哪，事到了你头上，你都不敢做！

大学真是一个让人思考的地方，在省城上大学的那几年里，李金魁在省城既没有朋友，也没有熟人，课又不多，于是他大多时间就窝在寝室里看书，看着看着就又不由得想起了那件事情，他说，你是怕吗，你怕个鸟啊！你说在那种时候，你磕巴什么，你早不磕巴晚不磕巴，怎么偏偏在那个时候磕巴起来了？你一磕巴不当紧，把一个好前程磕巴掉了。你不光磕巴掉了一个好前程，你还丢掉了一个好女人呀！

那么，你是闻到什么了，你一定是闻到什么了。究竟是什么让你害怕呢？是小红楼的那种静谧吗？是红木地板发出的那种声音吗？还是那语气、那声调让你感到不安了？想想，应该说都有一点，可又不全是。人是要往高处走的，对不对？人家已经把话说到那种地步了，人家是想让你当秘书的，市里的秘书啊！那是多少人争都争不来的。这里当然包含着一种暗示，一种允诺，一种让你可以意会的……那是多么的……！可你却短路了。学了电之后，你知道什么是短路，可后悔已经晚了。你真的不后悔吗？

你说，不后悔，可为什么呢？

在上到第三年的时候，他终于把答案找到了。应该说，这个答案并不是他自己找到的，是李红叶告诉他的，在暑假时李红叶给了他一个字："贼！"就这个字，一下子嵌进他的骨头缝里去了。

就在那年的暑假里，当他提着礼物去看李志尧时，却发现李志尧已经从那栋小红楼里搬出来了。更让人无法相信的是，曾经高高在上的李志尧居然搬到一个破车库里去住了。当时的情境真是惨不忍睹啊！东西乱七八糟地堆在那间破车库里，书一堆一堆地扔在地上。白发苍苍的李志尧双手捧头，默默地瘫坐在一张破藤椅上……那个鲜艳无比的李红叶，此刻却丑陋无比地挺着一个大肚子在收拾东西……当李金魁走进去时，曾经显赫一时的李主任却慌忙站了起来，佝偻着腰说："金魁回来了? 坐吧，快坐。"说着，四下看了看，发现实在是没地方可坐，就慌忙把那张破藤椅让出来，往前一拉："你坐，你坐。"他没有坐，他只是惊愕地立在那里，一时不知该说什么才好。李志尧说："放假了吧?"他说："放假了。"就在这时，李红叶抬起头，冷冷地看了他一眼，说："金魁，我爸已经下台了，你还来干什么?!"李志尧赶忙说："金魁能来看我，我很高兴。不要这样说嘛。"李红叶"哼"了一声，把那张满是蝴蝶斑的脸扭过去了，而后说："你走，你走吧。"接着，李志尧小声嘟哝着解释说："……很多事都是集体决定的。这不是我一个人的问题，我要上诉，我还是要上诉的。"李红叶满眼含泪地怒斥说："爸，到这个时候了，你还说这些干什么!"李志尧赶忙说："好，好，不说，不说了。"李金魁十分尴尬地在那里站了很久，那沉默简直让人喘不过气来。最后，当他离开那间车库的时候，李红叶站在车库的门口，用怨恨的语气说："李金魁，你真'贼'呀，想不到你这么'贼'!"

李金魁还能说什么呢? 他脑海里訇地一下，像是天窗开了……

这个字是很伤人的。可这个字用得太准确了，这个字让人茅塞顿开呀! 是啊，你贼，你确实"贼"。这个"贼"是与生俱来的，在那样的时候，在要你做出选择的关键时刻，你骨头里的"贼"起作用了。那时你就知道你是一株草，自生自灭的草啊。你一生下来就处于败势，你只是一点一点地生长着，你的身量很小，你的基点也很小，再小的脚印也是你自己的，是你一步步走出来的。你是在小处求生，在败处求存。当你攀缘而上时，你仅仅是为了借力。可失去自己，你就成了绑在人家身上的一件东西了，一旦绑上去，你就不再是你了，万一……没有了自己，你还怎么活呢? 从这个角度说，"贼"是从土里生出来的。那是一种长在骨头眼儿里的警觉，是先天的防范，是一种生存本能的敏锐。万幸，你磕巴得真是时候啊!

　　可是，你同时也放弃了一个曾经滋润过你的女人。那时候她是多么美丽呀！那时她对你是一个多么大的诱惑呀！你的心痛过，你甚至几乎要发疯，可你都忍下了，你是能忍的呀。是的，那时候，你已发现了她身上的某种细微的变化，当她的父亲出来之后，她的语气一下就变了。也许她自己并未觉察到，可你感觉到了。也仅仅是过了三年，三年之后，想不到哇，她就成了一个挺着大肚子的"她"了，竟是那样丑的一个"她"！那么，旧日的她呢，鲜艳到哪里去了，那惊人的美丽又到哪里去了？时间真是可怕呀！

　　就这么一个"贼"字，使李金魁彻底领悟到了退却的艺术，完成了从感性到理性的一次升华。这件事对他来说，是坐了一次精神监狱呀，他熬煎得日子太久了！他记住了那次磕巴，在后来的日子里，那次磕巴在他人生的记忆上画上了一个深深的印痕。一天晚上，当他来到大学校园的操场上，一连跑了十圈之后，他又是独自一人大汗淋淋地站在那里，默默地仰望着省城的夜空，心里说：李红叶，对不住了。

　　第二天，他跑到邮局给李红叶寄了二百块钱。那时他虽说是带工资上学，可他一月也不过才三十六块钱。寄去这二百，等于他从牙缝里抠去了半年的生活费。然而，时隔不久，那钱又原封不动地退回来了。没有附一个字。

　　李金魁心想：她是想让我欠着她呢，一直欠着。

　　四年大学一晃就过去了。当毕业临近时，刚好也到了文凭吃香的时候。一时，同学们都开始四下奔波，期望着能在省城里找到一个好的单位。只有李金魁没有动。他知道，动也是白动，因为他在省城里根本没有门路。不过，按他的成绩，也是有可能留校的。可他想了又想，还是决定回去。

　　临离校前，李金魁做了一件让全班同学都感到意外的事情。那天，当他们高高兴兴地去照毕业照时，路上，李金魁突然说，同窗一场，就要分手了，我请大伙吃顿饭，咱们最后再聚一次。听他这么一说，同学们都怔了。平时，他们都知道李金魁是个吃干馍就咸菜的主儿，打菜从来都是一分二分，从未见他动过荤腥。由于他平时也很少说话，从不跟人开玩笑，于是在大学里，他就又有了一个绰号，叫"素人"。这次毕业分配，应该说，他是最差的，也是最让人同情的。说话间就要分手了，人一走，从此就天各一方了，他怎么会请客呢？这话让人有些感动。于是，就有人说，吃也不能让你掏。这样吧，要吃就吃好些，咱们大家一块凑个份子吧。李金魁说，不用凑份子，说过了，我请。有人不相信地问：你真请？他说，我真请。于是，一班三十六个学生，乱哄哄地进了一家饭馆。吃饭时，班长问，上酒吗？他说，上。班长怔怔地望着他，说好家伙。四桌呀！再少一桌也得四五十呀！你……他说，放开。结果，酒一上，就有了很多的感叹，喝着喝着，有人就哭了，说李金魁，平时太不了解你了，真够哥们儿啊！于是又纷纷留下了地址……走时，李金魁又是最后一个离校的，他帮人扛着行李把外地的同学一个个都送上车，而后握手告别。把同学们弄得都掉泪了，一个个都分别对他说，金魁呀，同学四年，就你这一个真朋友啊！

然而，在同学们中间，却没有一个人知道他是背着铺盖卷步行回去的……

八

李金魁从省城回来，当他把那一张纸交上之后，就由不得他了。

他先是从市里放到了县里，县里又把他放到了坟台乡。乡里呢，也好像没地方搁似的，就把他放到了乡农机站。乡农机站紧挨着乡政府，都在一个灶上吃饭。李金魁是学文的，不懂农机，就每天在乡政府院里晃晃悠悠的，举目四望，很孤独啊。他心里想哭，面上却是笑着，见人敬支烟。一天，乡长把他叫住了，乡长说："金那个啥，你过来。"李金魁就过去了。乡长挠了挠头说："李金魁是吧？"他说："是。"乡长说："你那个吧，乡总机生孩子去了，你替她守守电话，如何？"李金魁说："成，成啊。"乡长拍拍他说："行，小伙子诚恳。"就这样，他替乡话务员守了一个月的电话。

那时，在坟台乡，乡总机是唯一对外的通信工具，乡里方方面面如果有什么事，都是瞒不过总机的，因此，总机室也就成了信息中心，乡里的干部们有事没事总喜欢在这里凑。要是谁有了长途，李金魁就跑去叫一叫，这样一来二去的，乡里的情况他就基本摸清了。于是，不到一个月，在乡政府大院里，谁都知道新分来一个叫李金魁的学生，说起来，都是一个评价：那人诚恳。

到了这时，李金魁霍然明白了，磕巴是一种诚恳哪！刚守电话时，李金魁对电话还不太熟悉，说话不免有些紧张，他一紧张就打磕，说头两个字时总是磕磕巴巴的。想不到，这反倒换来了为人诚恳的评价。说话稍稍打磕的人，紧张是免不了的，但紧张造成了一种专注，说话时总不由得要盯着人家的脸，这就给人以认真的感觉。你只要认真听，面部肌肉就跟着生动起来，生动加上磕巴，这就是诚恳了。李金魁得出这个结论后，还偷偷地对着镜子试了几次，就觉得很好。以后，他曾专门对着镜子练，只练头两个字，他说你只能磕巴这头两个字，可不能再往下磕了，再往下可就毁了。他对着镜子说：你、来了？……心里跟着说，很好哇！

月末，李金魁在总机室里接了一个县上的电话。电话里的口气很随意，也很大气，电话里说：胖妞吗？李金魁马上说：胖妞生、生孩子去了。电话里就说：你是谁？李金魁说，我是新分来的大学生，叫李金魁，是替她的。电话里"噢"了一声，说：胖妞还干不干了？李金魁说，那我就不知道了。电话里沉默片刻，说：你去把乡长给我叫来。李金魁顿了一下，说你是哪一位？电话里说：告诉他，王木贵。李金魁慌忙找乡长去了。见了乡长，李金魁心里"咯噔"了一下，说："乡长，王木贵电话。"乡长忽地站了起来，疾走，一边走一边回头看了他一眼，说："你认识王县长？"李金魁说："不、不认识。"乡长不再问了，匆匆抓起电话，说，王县长……只听电话里熊道：好你个老吴，咋搞的，你真是有人没地方使了，让一个大学生给你守电话?! 你要是真使不上，给我退回来吧！……乡长一听就慌了，赶忙解释。李金魁一看这情形，悄悄地从总机室里退出去了。

第二个月，乡长就不让他再守电话了。这时刚好赶上乡里的计划生育宣传月，乡妇联主任又把他借到了计划生育小分队。乡妇联主任叫王翠花，是个很泼辣的女人，她本就有几分颜色，再加上她丈夫是县银行的行长，这就更增加了她说话的分量。她对乡长说："那个大学生让我用用。"乡长笑着说："用吧，别用坏了。"妇联主任说："老吴，你这话可够粗了，小心我骗了你。"乡长哈哈大笑说："粗不粗妇联主任知道！你要用我就让你用，你还咋的?"说着，他把李金魁叫过来说："金那个啥，你归她使了！可别让她把你用坏了。"妇联主任也笑着说："当乡长的，没一点正经！金魁，你可别听他的……"李金魁说："大、大姐，我听、听你的，你让我干啥我就干啥。"乡长说："听听，你赚用了。童子鸡啊，咋用都行。"妇联主任"咯咯"地笑起来，竟然笑出了眼泪。李金魁这句话使王翠花心里燃起了一丝柔情。她说："学生，你别听他胡咧咧，你跟着大姐，大姐不会亏你。"

就这样，李金魁又成了乡计划生育小分队的一员，跟乡妇联主任到村里搞结扎流产去了，一搞又是一个多月。在这段时间里，每每进村的时候，王翠花就交代众人说："紧脸。都给我绷紧脸！"开始李金魁还有点不大适应，慢慢也就适应了。有一次，在半坡村，小分队在村里给妇女们检查的时候，王翠花的喉咙喊肿了。下来的时候，王翠花捂住半边脸，随口说："谁那儿有小药? 明儿给我捎来点。"立时，李金魁说："我、我那儿、那儿有。"王翠花说："冬凌草吧?"李金魁说："冬凌草、三黄片都有。"王翠花说："行，捎几片吧，我牙也疼。"于是，第二天早上，李金魁特意到乡卫生院去了一趟，买了一瓶冬凌草、一瓶三黄片、一瓶草珊瑚，给妇联主任拿去了。到了小分队要解散的时候，王翠花当着大伙的面一人发了六百块钱的奖金，而后又私下里给了李金魁六百，说："上头有规定，这钱我当家。大兄弟，咱俩是一千二!"李金魁不要，说："大姐，这一段跟着你学了不少东西。这钱我不要，我也花不着。"王翠花脸一嗔说："拿着！年轻轻的，正用钱的时候，叫你拿着你就拿着。"说着，把钱硬往他怀里一塞，又笑着说："你是大学生，有学问人，跟我能学个啥呢？"李金魁正色说："就学了一招，紧脸。"王翠花笑了，说："这算个啥呢？"李金魁说："你这'紧脸'学问大了。在基层工作，面对的都是老百姓，也没啥文化，有时候你讲理是讲不通的，但是脸一绷，他先就怵了三分，这首先让他看清了自己的位置，这是告诉他，你是官，他是民。往下的工作就好做了……"王翠花一怔，心里热热的，说："到底是大学生，说出来一套一套的，不过，在下边工作，也就得这个样儿。"这么一来，两个人就又近了三分。

女人是经不得表扬的。尤其是带几分豪气的女性，只要夸对路了，她可以成为你的死士。于是，王翠花又跑去找了乡长，说："把李金魁调我那儿吧。我看这小伙子诚恳。"乡长说："咋，用了还想用？"不料，王翠花脸一紧，说："这可是正经事！"乡长又挠了挠头，说："研究研究吧。"王翠花就紧着问："啥时研究？"乡长就打哈哈说："真是急着用呢，夜里你就先使着……"这话一说，气得王翠花直跺脚。

两天后，李金魁却又被借到乡人大去了。乡人大只有一个人，是个老头。这老头原是乡党委副书记，年纪大了，就退了二线，到乡人大当了主任。乡一级的人大虽说是常设机构，但平时事情并不多，只是到了换届时才忙活一阵。现在离换届时间还有一个多月呢，只是有些表格要填，可郭主任就要借人，乡长不能不借。就这样，借来借去的，李金魁又成了老郭头的人。跟着郭主任，他只是每天填些表格，再往上头送送表格……老郭头是一个很古板的人，不吸烟不喝酒，人落了势，牢骚就很多，有时不免骂骂咧咧，李金魁就听着。有一天，老郭的女人突然病了，送到医院一看，竟得的是癌。女人就落泪了，给老郭说："回去吧，这不是咱得的病。"这么一说，老郭也掉泪了。两人正伤心呢，李金魁头一个到医院里来了，他手里提了两匣点心，往桌上一放，说："老、老郭，听、听说婶子病了，我来看看。"说着，他从兜里掏出一千块钱，往床上一放，说："这钱不是别的，是我搞计划生育那会儿得的奖金。我一个人，也用不着，多多少少的，是个意思，给婶子补补。"老郭忽地站了起来，说："金魁，你这是……"李金魁说："郭主任，你已退了二线了，我也犯不上来巴结你。我知道，这点钱也起不上多大作用，是个心意吧。"老郭就默默地站着，竟说不出话来了。待李金魁走后，老郭的女人说：这人看着眼生，谁呀？老郭说是新来的。老郭的女人就说，这人真实诚啊！后来病一天天重了，老郭就问女人，还想吃点啥。女人说：啥呢，也都吃过了。就是那樱桃，觉着老好。老郭搓了搓手，说眼看入冬了，哪还有樱桃呢？女人说，我也就是说说。这话，老郭上班时就顺嘴说出来了。李金魁听了，一句话也没说，就连夜进了省城，来回跑了三百多里，买回了两瓶樱桃罐头，当时就送过去了。女人也就吃了两颗……临死时，女人还说，人家待咱恁好，咋还报人家呢？郭主任送走女人，再上班时，就直接去找了乡长，说："把金魁给我吧，乡人大缺个秘书。"乡长见老郭头也争着要，就说："这事得研究，研究研究再说吧。"

两个半月后，乡长又把李金魁叫去了。乡长背着手在屋里来回走了几步，突然问："'省组'也有人？"这句没头没尾的话把李金魁问愣了，他说："啥，你，说啥？"乡长这才把一摞信拿了出来，说："你的信。"李金魁接过信看了一眼，他明白了，这些都是同学的来信。时间过了两个半月，他们大概一个个都安排好了，这才陆续给他来了信。在这段时间里，信来得很密，他先后收到二三十封了。李金魁见放在最上边的那封信，用的是省委组织部的信封，就说："是一个同、同学。"乡长"噢"了一声，说："组织部的？"李金魁说："是。"乡长在屋里走了一圈，有点忸怩地说："有机会认识认识。"李金魁说："那可行。"乡长就再没话了，过了几天，乡长当着老郭头和王翠花的面宣布说："那个啥，我考虑了一下，金魁就留乡里吧，政府也需要人。"老郭说："我这儿正忙呢，说话人大就开会了……"乡长说："人你先用，算借的。"

乡人大将要选举时，事情又出来了，按上头的要求，坟台乡候选班子的平均年轻超了三岁。于是老郭头又找了乡长，说："上头说，年龄超了。"乡长说："超多少？"老郭头说："三岁，超了怕人家不批呀。"乡长说："球，也就是个形式。"老郭说："上头有政策，补个年轻的不就降下来了？"乡长说："都到这时候了，你说补谁？"老郭头说："咱乡最年轻的就是金魁了，要是给他补个副乡长的名，这年龄就降下来了。"乡长说："不就是候选人嘛，一个变成两个，成。"这么一来，李金魁就成了副乡长的候选人了。乡长还特意嘱咐说："给金魁说一声，可是假的。"

夜里，老郭头找了李金魁，说："金魁，我给你弄上了，你是副乡长候选人了。"李金魁赶忙说："郭主任，别。你千万别、别弄，我资历太浅，弄不成净让人笑话。"老郭说："弄不成？我还非叫弄成不可！你等着吧。"说罢，偃偃地走了。

结果，在选举的头一天，那个正式的副乡长候选人出事了，他在上八里叫人按住了屁股，于是县上一句话，就取消了选举资格。到了这时候，李金魁才知道，老郭头有个侄儿在县委组织部当干事呢。

就这样，三个月零二十一天之后，一纸任命下来，李金魁成了副乡长。

九

那个日子，是让李金魁永远不能忘怀的。

秋天里，李金魁抽空回了一趟家，那时乡里已有了一辆吉普车，他是坐吉普车回去的。回到大李庄时，天已半晌了，在离村不远的一片槐林里，李金魁看见一个球样的东西在地上翻动着，那东西竟还拖着一个长长的尾巴……他一时心动，就让车停下来，独自一人走了过去。在一片灿灿的黄叶里，他看见了他的爷。爷的腰已弯到了九十度，看上去人就像皮球一样，一滚一滚的，他手里正拖着一个竹笆，在林子里搂树叶呢！当他走到跟前时，老捆原地转了一个圈，半仰着身子，慢慢地拧着脖子朝上去看他，他赶忙道："爷。"老捆喉咙里"咕"了一声，一只手半捂着耳朵，眯着眼看了他一会儿，突然说："李乡长回来了。"他心里一酸，差点流出泪来，他说："爷，你别这么说。"不料，老捆却一挪一挪地朝树林里走去了。片刻，老捆又一团一团地走回来，他背在后边的手里拿的是一个四条腿的小木凳，他用袖子在小凳上抹了一下，说："李乡长，你坐吧，不脏。"李金魁头皮都要炸了，他说："爷，你别再这么说了……"老捆又拧着脖子往上看了看，说："是还没'正'呢？"李金魁说："正是正了……"老捆说："正了就是官身了。坐吧，别嫌你爷脏。"李金魁仔细地看了看他，发现爷没有一点戏要的意思，爷说得一本正经，爷眼里甚至洋溢着抑制不住的喜悦。于是，他在爷面前坐了下来，爷颤颤地伸出手，在他脸上抚摸了一阵。爷的手很粗，摸上去涩拉拉的，爷说："李乡长，当官就是不一样哇，看这脸也润展了。"李金魁说："你，别这么说了，人家笑话。"老捆说："真真白白的，笑话啥？"李金魁叹口气说："这一年多了，我没往家拿过一分钱……"老捆说："啥钱不钱的，你给爷长脸了！这比啥都强哇。像铜锤家，老表亲，十多年都不走动了，头前会儿上又来了，提两匣点心！你娘要给你留着，我说咱李乡长还缺这一口？……"接着，老捆又说："你还记不记得，你上学走时，一家伙给我买了两盘肉包、两碗胡辣汤，把爷撑得呀！……"说着，老捆很幸福地笑了。

听爷这么一说，李金魁掉了两眼泪。到了这时候，李金魁才撕心裂肺地体会到，生活是一种关系呀！活在什么样的关系层面里，你就有什么样的人生。爷的话让他觉得遥远，甚至觉得可笑。可爷的感受是真切的，真切得让人心痛！他觉得他跟爷的距离越来越远了，已远到了无话可说的地步……爷当然不会知道，他的乡长是怎么当上的。

那也是一场战斗啊！

严格地说，吴乡长几乎是被挤走的。两人最早的较量是在酒场上。"斗酒"是吴乡长最乐意干的。在坟台乡，都知道吴乡长酒量大，他也好斗。只要一上酒场，他非要喝倒一个不行，这是他的嗜好，也是他的毛病。那时候，乡干部的威望大都是在酒场上立起来的，有很多事情也是在酒场上定的。常常是喝到七八分的时候，乡长说，那事就这样定了啊?! 众人就说，定了! 所以，在乡里干事，假如你不会喝酒，就等于不会工作。李金魁初当副乡长的时候，每逢酒场，吴乡长总喜欢开他的玩笑，说金那个啥，你不会喝可不行啊! 来，来，喝一盅，好好练练。于是，李金魁就替他喝了一盅又一盅，而后就说：我不行了，真不行了。吴乡长乜斜着眼说，投降了？李金魁就说，投、投降了。吴乡长就说，举双手投降! 于是，李金魁就站起来，举起双手说，我投降了。吴乡长就哈哈大笑说，好! 算了，投降就算了。以后，每逢酒场，吴乡长就故技重演，一次次地戏耍他。到了第四次，李金魁一上来就抢先说，吴、吴乡长，你、你是老同志，我得跟你好好学学。吴乡长乐了，说年轻人有长进! 可有一样，我是搭手十盘! 这时，妇联主任王翠花忙拦住他说，大兄弟，少来两盘吧，他是想灌你哪! 十个你也不是他的对手。输得多了我替你。吴乡长立马说："那可不行! 你俩要是一家，我就让你替。"王翠花就"啐"道：老吴，又说骚话哩! 李金魁就说，大姐，不要紧，我谁也不让替，我跟吴乡长学学。接着他又说，吴乡长，我也知道我不是你的对手，有一样，你得让我喝水，我不喝水可不行。吴乡长很大气地说，行，搭手吧。于是一上手就来了十盘，一盘是十满盅，一斤酒就下去了。坟台乡的规矩是酒干亮瓷器（亮酒盅），李金魁是一个"吱"一个，喝了酒之后，还要把酒盅高高扬起来，让众人看看。吴乡长喝得痛快，是输十个一块儿"吱"，瓷器也亮得痛快! 众人都替李金魁捏一把汗，怕他喝倒了。可李金魁是喝一口酒再喝一口水，倒也从容。这样，喝到第二瓶时，吴乡长就有些红头涨脸了，他大着舌头说，今儿手背，不划拳了，老虎杠子! 李金魁就跟他来"老虎杠子"……等第二瓶喝干时，吴乡长的脸就有些发紫，可他仍然说：我没事，我一点事也没有！金、金魁……你呢？李金魁说，我是不行了，可我得舍命陪君子，今儿我得跟吴乡长好好学学。再往下，吴乡长又要"压指头"，于是李金魁就跟他比画指头。到第三瓶完了的时候，李金魁仍挺挺地坐在那里，不时地喝上一口水，吴乡长竟出溜到桌子底下去了……当天晚上，醉如烂泥的吴乡长竟对着乡政府的大门尿了一泡！而后，他就躺在乡政府大院里，又哭又骂的，谁去拉他也不起来，他哭喊着说：我在乡里干了十八年哪！

从此以后，吴乡长就再也不跟李金魁"斗酒"了。（可他永远不会知道，李金魁喝的酒有一半都吐到茶杯里去了。）

第二是"讲话"。李金魁没当副乡长时，是没有讲话权力的；当了副乡长之后，讲话的机会就渐渐多了，他很快就发现，讲话是一门艺术啊！讲话是占领会场、征服人心的最好方法。讲话可以说是体现领导水平的活广告，话讲好了，实在是可以当钱使的！它不仅可以当钱使，那其实也就是一种权力的表达方式。语言在这里成了一种空间，一次次地占有空间，也就等于占有了乡政府的发言权。乡下人说，这人说话"占地方"不就是这个意思吗？李金魁开初讲话时，还不是很适应，有时不免磕巴，在会场上也让人笑过。他发现吴乡长的讲话方法就很不一般，吴乡长讲话也没什么技巧，就是嗓门大些，带着一股霸气，他往那儿一站，就没人敢说话了，会场上总是很静。但他讲话带着一股训人的口吻，气派很大，不时带一些"啊、啊、操、操"的土语，却没什么东西，往下也就是文件上的一些内容了。李金魁一旦明白过来之后，就下死劲去练。只要一有讲话的机会，他就精心地做好准备。于是，每一次讲话，对他来说都是一次机遇，他决不放过任何讲话的机会。初时，他讲话时总是拿上几页纸，先是磕磕巴巴地念上两行，故意念得声音低一些，让人听不大清，也让人轻视他。可他念出了一种诚恳，念出了一种态度，会让人觉得这人是实心实意的。接着，当人们开始注意他时，他就把那两页纸折起来，突然把声音提高，这样会使人们吃上一惊，就会很注意地听他讲了，往下他就说得生动了。他把声音当成磁石来使用，他要紧紧地吸住人们，该带手势他就带上手势；声音该低下来的时候，他就低下来；该骂的时候，他就放开喉咙骂上两句，接着又会引用两句唐诗什么的，逗上一两个笑话；有时候，他会用本乡本土的粗话俚语先讲上一阵，接着又忽而变成高层面的话语，甚至把美国、日本也拉来大讲一通，讲得人们似懂非懂的时候，再把话头拉回来，落到一些很浅白的事体上……讲着讲着，就有笑声逗出来了，接着是引来了掌声，再往后逢他一讲话，就是掌声不断了。有时候，他不讲，就有人主动要求说，让李乡长也讲讲噢！

此后，在一段时间内，他的讲话成了对吴乡长的一种无形的压迫。当乡长总要讲话的。吴乡长的讲话机会更多，但一次一次地，在众人面前，吴乡长总没他讲得好，吴乡长心里很憋气。过去没有这种比较也就罢了，现在人家一讲话就有掌声，吴乡长怎能不生气呢？吴乡长心里生气却又没法说，你总不能因为人家比你讲得好你就批评人家吧？于是，作为坟台乡第一行政长官的吴乡长总是感到很压抑。很压抑呀！本来吴乡长的文化水平就不高，他也想讲得好一点，可他已经吼惯了，改不过来了，有时想说得生动些，可他又常常记不清要说的那个词儿，就时常挠着头说："那个、那个，啊？那个什么呀？啊，这个、这个啊……"这么"啊"来"啊"去的，就越发显得没有水平了。在一些会议上，一般都是由乡长最后做总结的，可吴乡长听李金魁讲得那么好，就气得什么也不想说了，剩下的只有两个气嘟嘟的字：散会！

就这样，渐渐地，吴乡长不大爱讲话了，他几乎把公开讲话的空间让了出来，有时候他常常是一个人关在屋子里喝闷酒，心态很坏。

至于人缘，那就更不用说了，在坟台乡三年不到的时间里，乡政府的干部们都已多多少少地欠了李金魁的人情。那些事说起来似乎很小，可搁在个人身上就是大事了。他们一个个都是想回报他的，可他从不给他们回报的机会。于是，总有干部找到李金魁说，李乡长，有事没有？李金魁就说，没事。而后是那些村主任、支书，坟台乡一共有三十五个行政村，每个村都会有大大小小的求人事，只要是找到李金魁，他都是满口承当，从不搪塞推托。这样，时间一长，那些村主任、支书也都先后一个个地欠了他的情分。这些事情都是在心里记着的，各人心里都有一本账。他们再见李金魁的时候，就不由得更热情一些，说：李乡长缺啥不缺？你要缺啥就言一声。李金魁就说：不缺，啥都不缺。

久了，李金魁说话就越来越"占地方"了。

吴乡长感到事情严重了。有一天，他把李金魁叫过去，乜着眼看了他一会儿，说："李乡长，我小看你了。"李金魁马上说："吴乡长，我……我……我是你带出来的。有啥不对的地方，你多批评。"吴乡长背过身去，挠着手低声说："我真是轻看你了。"李金魁："我可是你培养的……"吴乡长叹口气说："看来我是该走了。"李金魁说："吴乡长，你千万可不敢这么说。这话言重了，我怎么能跟吴乡长比呢？"吴乡长说："咱打开窗户说亮话吧，一山不存二虎啊！不是你走就是我走……"李金魁沉默了一会儿，说："吴乡长，你这是让我走呢，要走也是我走。"吴乡长很久不说一句话，过了一会儿，他挠了挠头说："你走什么，还是我走。"

话虽这样说了，可两人都没有动。夏天的时候，坟台乡出了一件事，有八个村的村民把乡政府围了！那是因为乡里弄来的玉米种子不出苗。这件事是吴乡长的一个亲戚承办的，亲戚跑了，于是事就落到了吴乡长的头上。那时候，八个村的村民乱哄哄地围在乡政府的门前，一个个骂声不绝，要求赔偿损失。吴乡长没有办法了，只好躲在屋里不出来。就在这时，李金魁出面了。他把八个村的支书叫到一起，说："吴乡长在咱乡干了十八年，给咱乡办过不少好事，没有功劳也有苦劳吧？他现在遇到难事了，咱咋也得帮他一把。听我一句话，你们做做工作，把人撤回去，余下的事我来办。"支书们都是欠过情的，碍于脸面，也就不好再说什么了。有一个支书问："这萝卜不小啊！秋苗不等人。李乡长，你咋办呢？"李金魁说："还有七八天的时间，现在补苗还来得及。种子由我亲自解决，我去省农科所找人弄最好的种子，钱由你们村里凑……"说完这话，李金魁的脸就黑下来了，他再也不说一个字，就那么绷紧脸望着那些支书。支书们你看看我，我看看你，终于，有人说："李乡长从来没让我们办过事，这事哪，难是难，我们认了！"李金魁说："好。你们算给我个脸面，我记下了。办去吧！"

事情就这样化解了。

事后，李金魁仍然像往常一样，并没有再给吴乡长说什么。可全乡的干部们都知道，是李金魁给吴乡长擦的"屁股"。乡妇联主任王翠花更是逢人就说他的好话。这样一来，吴乡长觉得他实在是没法再待下去了。于是，就到上边活动了一番，很快挪动到县里去了。老吴这么一挪，李金魁自然就"正"了。走时，李金魁又亲自去送他，一直把他送到县城。两人临分手时，老吴感慨地说："金魁，你是个慢毒药呀！"李金魁面不改色地笑笑说："还得学习，我还得向老领导学习呢。"

就在那次送老吴上任的路上，李金魁突然发现了一个熟悉的身影。

十

李金魁怎么也想不到，他会再见到李红叶。

当再次跟李红叶相见的时候，已是五年以后的事了。在这五年时间里，李金魁先是不显山不露水地把自己挪动到了县里，当了一任副县长，而后又调到了市里。当他进市之后，已是市长的候选人了。那时，虽然县、市是平级的，可市长毕竟是市长啊！

李金魁是在人大开会期间偶然巧遇李红叶的。那是在一次联欢会上，聚会是在一个豪华舞厅里举办的。作为市长，李金魁自然要去看望一下，分别跟人握握手、说说话，以示他对代表们的尊重。就在他要离开那个舞厅时，李金魁不小心碰碎了一只茶杯，那里的服务小姐并不知道他是谁，就说先生，这是要赔偿的。李金魁马上说："好好，多少钱，我赔。"于是，那服务小姐很有礼貌地说，先生请你到这边来吧。当那小姐把他领到吧台时，他只觉眼前一亮，一个鲜艳无比的女子从吧台后边走了出来。这女人亭亭玉立，浓妆艳抹，粗一看就像外国女人一样，可他细一看，李金魁简直不敢相信自己的眼睛，这个女子竟然就是李红叶！李金魁怔怔地望着她……这时，那服务小姐刚说了一句，只见那女子的嘴唇微微地动了一下，示意说："你去吧。"之后，李红叶说："欢迎市长大人光临。"李金魁有点吃惊地问："你、你怎么在这里？"李红叶反问道："我怎么不能在这里？"李金魁语无伦次地说："你、你、好吗？"李红叶冷冷一笑说："还行吧。这家舞厅就是我开的。"往下，李金魁不知道该说什么好了，他站在那里，有点不好意思地回头望了望。李红叶马上说："要不忙的话，上去坐坐？"李金魁迟疑了一下，说："好吧。"

上得楼来，李红叶把他领到了一个带有套间的办公室里。办公室布置得十分雅致，房间里洋溢着一股粉红色的温馨。李金魁坐在那圈橘黄色的皮沙发上，四下打量了一番，笑着说："不错嘛。"李红叶把一杯滚烫的热咖啡放在他的面前，说："人呢？"李金魁随口说："不错不错，人也不错。"李红叶身子靠在桌上，双手一抱，问："仅仅是不错？"李金魁赶忙说："简直是太漂亮了，漂亮得我都不敢认了。"李红叶的脸倏尔就变了，说："是吗？哼，我还以为没人要呢！"这话一说，李金魁顿时哑然。

她望着他，他也望着她，两人久久不说一句话。

短暂的沉默之后，李红叶问："成家了吧？"李金魁很勉强地点了点头，说："成家了。"她又问："你那位好吗？"李金魁含含糊糊地说："还、凑合吧。"接着，他说："你呢？"李红叶用戏谑的口吻说："我嘛，也就这样，过过一段不是人的日子。结了两次婚，离了两次；又结了一次……你也许认识，是你们大李庄的，叫李二狗，做生意的。"李金魁想了想说："好像是三队的吧？听说发了大财。"李红叶说："也就那样。我们两个是谁也不干涉谁。"李金魁望着李红叶说："你变化不小哇。"李红叶说："是吗？人都是会变的，你不也在变嘛，市长都当上了。"李金魁笑了笑，说："我还欠着你呢。"李红叶说："你欠我吗？你还记得你欠我？"李金魁说："那时候……"李红叶说："你不只欠我一次吧？五年前，你刚当乡长时，咱们见过一面，还记得不？"李金魁抬起头说："噢，当时你坐在一辆伏尔加里。一晃过去了，那就是你呀？"李红叶又说："三年前，你任副县长时，我的前任丈夫是地委组织部的；现在你当市长了，你知道又是谁替你说了话吗？"李金魁说："这是组织上安排的。"李红叶说："是，你的事我都知道。这些年来，我一直注意着你呢……我知道你一直想超过我父亲，那时候，你眼里就有一句话，你要超过我父亲，现在你终于实现你的愿望了。"李金魁双手捧着头，说："我明白了，我欠你很多。"李红叶点上一支烟，先是吐了一口烟圈，然后说："你是不是觉得我放荡了？"李金魁笑了笑，什么也没有说。过了一会儿，李红叶目光直视着他："说吧，有一个字你还没说呢。"李金魁抬起头，问："什么？"李红叶说："你最喜欢说的那个字，那个毁掉我整个青春的字！我等着你说那个字呢。"李金魁的心"怦"了一下，他像被枪打中了似的！是呀，他想起来了，是那个字。可他只是呆呆地望着她，她实在是太漂亮了，这么多年没见，她竟然变得那么漂亮！她的嘴，她的眼，她的眉，她的服饰……都让他心猿意马！可是，那个字，他却说不出口了。就在这时，李红叶伸出她那抹了亮指甲油的纤纤玉手，一把把他从沙发上拽了起来，她把他拉进了内室，媚媚地望着他："你说呀。"可李金魁再也吐不出那个字了。他说："你……"李红叶马上说："你也变了。"而后，她十分干脆地说："脱吧，脱。"此刻，李金魁倒像是傻了一样，木木地站着，他怎么也想不到，那个字会从李红叶的嘴里说出来！在他的童年里，那个字就诱惑过他；在他的梦境中，那个字又一次次地出现过，那个铿锵有力的字啊！现在却出现在女人的嘴里。他是多么羞愧呀！在这一刹那间，他简直是无地自容！李红叶就站在他的面前，那是怎的一份妖艳哪！而且，她开始给他解扣子了，她一边解他衣服上的扣子一边说："你不就等着这一天吗？"李金魁无话可说，他只觉得身上的火烧起来了，那是一蓬无法熄灭的大火。时隔多年，那火烧得更加猛烈，使他实在是无法自制！

事过之后，她说："我好吗？"他说："……好。"她说："想再好吗？"李金魁不吭了。她说："你知道吗，我最恨的就是你，可我又忍不住地想你。是你把我毁了，你说是不是你？你一个字就把我毁了。"李金魁只是默默地听着，一句话也不说。最后，她说："你随时都可以来。"

离开那家舞厅的时候，李金魁隐隐有些不快。他说不清那不快究竟是什么，可他心里总有点不舒服的感觉。走在街上，凉风一吹，他突然想起他已经是本市的市长了，还是要注意影响的，以后不应该再到这种地方来了。虽然没有人知道。可他又怀着一种莫名的兴奋，一种邂逅的酣畅，甚至还有背叛者的喜悦。一直到走出很远，他才回过头来，看了看那家舞厅，这时他才注意到那闪烁的霓虹灯上变幻着、跳动着的正是"红叶舞厅"四个字。那一个个字就像是一个晃来晃去的女人，一时是红色的，一时是绿色的，一时又是蓝色的……很诱人哪！

回到市政府的小招待所里，李金魁躺在浴盆里好好地泡了一个澡。水很热，热浪一波一波地环绕着他，这时他想，我变了吗？是我变了还是她变了？不然，我为什么吐不出那个字了呢，真奇怪！那个字实在是应该他说的，可他竟然说不出口了。女人哪，女人，要说变，女人才会变呢。女人一旦变起来，可真不得了啊！……就在这时，挂在浴间的电话响了，他怔了一下，缓慢地伸出手，把电话从墙上取了下来。他想，这是谁呢？他刚来没几天，还没人知道……就在这时，电话里传来了甜甜的吹气声："喵……听出来了吗？说话呀。"李金魁对着话筒正色说："哪里呀？"电话里有柔柔软软的低声传过来："你装什么装？真的听不出来吗？你想我吗？"李金魁说："噢。噢。听出来了……"突然，李金魁大声说："好，请进！"立时，电话里沉默了，片刻，电话里说："晚安。"而后，"咔"的一声，电话挂断了。这时，李金魁湿漉漉地从浴盆里爬出来，用毛巾擦了擦身子，接着用力地把毛巾甩在了浴盆里，只听"哗"的一声，浴盆里溅起了很高的水花！

躺在床上，李金魁默默地对自己说，你不能再见她了。

十一

在市政府大院里，走路也是　门学问哪。

李金魁到任不久，最先发现的就是走路问题。他平时大步走惯了，进了市里之后，他才知道，在这里，作为一市之长，他不能走得太快。你是一把手啊，你一走快，就显得你急，人毛躁，火烧屁股似的，缺乏一把手应有的稳重和大气。这话当然没有人会告诉他，这是他从众人眼里看出来的，别看他是市长，但人们的目光照样会把你剥光。走路不能快，但也不能太慢，太慢了显得疲沓，显得暮气，也显得人软弱。这也是大忌！这样一来，人们就会发现，你交办的事情是可以拖一拖的，时间长了，你的话就没人听了。那又该怎么走呢？头当然要抬起来，你不能低着头走路，低着头走，人显得犹豫、胆怯；你也不能仰着脸走，太仰脸就傲气了，就目中无人了；目光要平视，可以稍稍上扬，扬到一定的程度最好，这样既扬出了尊严，也保持了平易，这是要火候的。走路时，身子既不能太硬，也不能太软，硬了，显得你有架子、人霸道；软了，显得人松气、窝囊；更不能扭，一扭人就女气了，女人带态那是千娇百媚，男人一女气，人就贱了。看来，每一块土地上都生长各种不同的官气，那官气是百姓、土壤、气候共同养出来的，这也是一种综合效应啊。要是你学得不像，那你是坐不住的，从这个角度说，走路实在是一种官气的体现，走好了，人就有了三分威。

说话方式就更有学问了。

在政府院里，按惯常说，市长的话就是第一声音。但第一声音也是要人们逐渐认可的，不能因为你当了市长，就成了第一声音了，那你就大错特错了。职位是很重要，但职位仅是一个硬条件，还需要许多软条件来配合。在这里，首要的，是你要学会说假话。这种假话不是一般意义上的假话，这种假话是一门艺术，是一种在不同场合的表述方式，比如说，你个人的好恶，在这里是不能真实体现的，你也不能因为你个人喜欢什么就说什么好。你应该把个人好恶隐藏起来，对什么都一视同仁。那个女打字员很漂亮，你不能一看见她就眉开眼笑，问长问短；那个主任长着一张倭瓜脸，你不能一看见他就板起面孔，训斥一顿，对不对？你要说一些你不想说的话，你要说一些跟你的本意彻底相违背的话，在特殊的场合，你还要讲些狗扯连环的话。你一个人不可能把所有的事情都干了，你要用人，就得会容人，包括那些你根本看不上的人，你也得用，还得不断地表扬他们，有时候明明不合你的意，明明是扯淡，可你该表扬还得表扬。你要在你的周围形成一个"场"，这个场以你为核心来运作他们，你的表述就是你调动他们的最重要的方法，你要把假话使用到极致，使他们运动起来，以你为磁场旋转……这些对你来说都是必要的。但运用这门"艺术"时，你也要掌握好分寸，也要四六开。说假话也是要讲比例的，假的成分不能太多，太多了就成了彻头彻尾的假话了，假话里必须含有真的成分，就像是裹着糖衣的药丸一样，好让他舒舒服服地吃下去。环境就是这样一个环境，你要在这样的环境里逐渐培养出一种氛围，氛围养好了，核心也就形成了，到了那时候，这第一声音才能真正成为第一声音。

李金魁把这些都想明白了。可明白是一回事，做起来又是一回事。上任一个月来，他的工作遇到了重重的阻力。市里不是县、乡，县里的干部大多是土生土长的，而且文化程度偏低，好对付；而市里的人事关系要复杂得多，文化水准也高得多。那关系是一层一层的，那势力也是一股一股的，那些个人物一个个都是通天的。如果细究，就连市政府大院看大门的老头都是有来头的。在这里，小小的给予几乎不起任何作用。他觉得他一下子就陷进去了。首先，政府办公室的那个倭瓜脸主任就不那么听话，在倭瓜脸的语汇里，总是出现这样一个概念，"西院"如何如何，"西院"是怎么说的……西院是市委，东院是政府，那就是说，他的声音是归"西院"支配的。当然，他的话很婉转，哪怕是很小一件事，他也会说，是不是给"西院"通通气？这话让李金魁心里很不舒服，甚至有些恼火，可他又不能说什么。他时时感到有一种压迫，那压迫又是看不见摸不着的，就像是空气一样，使你根本无法下手。在常委会上，李金魁也是孤单的。干什么事人家都一个个画圈了，他也只好跟着画圈……他心里有气，他不想就这么跟着画圈，他总想找机会爆发一下。可他一时又没有机会。

他只有等待。

人在没有兴奋点的时候是很寂寞的，他很孤独啊！有时候，他就忍不住想去那个地方，想见李红叶。可他又知道他是不应该去的，作为一市之长，那地方去多了不好。当他实在忍不住的时候，他还是去了。可他从来不跳舞，他每次去都是直接上楼，尽量不引起人们的注意。在李红叶那里，他也从不谈市里的事情，他只说，我来看看你。可李红叶总是把他撕得很烂，李红叶说："不是看我吧，是想那个字了吧？"他笑笑，却不说什么。李红叶说："你什么也不为，就为那个字。"他还是笑笑。李红叶说："你忙的时候，我打电话你都不回。你心里一烦，就想起我了，你把我当成什么了？"李金魁什么都不说，只默默地看着她，就这么看一会儿，他说："人有时候忍不住想破坏一下，我知道我的形象在你眼里越来越不好了，我就想把自己破坏一下。"李红叶接着讥讽说："是啊，你一不高兴，就跑到我这里破坏来了？"话是这样说，李红叶对他还是很好的。她会给他倒上红酒，再摆上几个小菜，两人就那么喝着说着。总是李红叶说得多，她不停地给他说一些生意上的事，他只是听着。慢慢，慢慢，李红叶就坐到他身上去了……

这是一种更为彻底的接触。在肉体的接触中，李金魁看到了堕落的力量，看到了"曾经"的痕迹，看到了时间的可怕，当年那个清纯羞涩的李红叶已经被时间淹没掉了，而这个李红叶成了风流无比的李红叶，那巨大的变化使人几乎无法相信。在李红叶那里，他觉得一切都是软的，音乐很软，床也很软，那呢喃更软，他像是在红红的酒里泡着，浑身长满了一个一个的小气泡，那气泡是粉红色的，让人不能不醉。

躺在那片粉红里，李红叶会说："当市长的感觉如何？"

李金魁说："不好。"

李红叶说："总系着那么一条领带，你不嫌勒吗？"

李金魁说："勒。"

李红叶说："你其实不是系领带的人，你别系领带。"

李金魁说："你是说我不像城里人吧？"

李红叶说："不。我是觉得你活得越来越像城里人了。"

李金魁说："是吗？"

李红叶说："你是越来越好了。"

李金魁说："你呢？"

李红叶说："我早就坏了，我是被你那个字最先弄坏的。那些个日子，我不想再说了……"

李金魁笑笑说："我怎么就好了？"

李红叶说："你这种好是做出来的，是刻意的好。你是想的不说，说的不想。你身上有贼性。"

李金魁说："这我知道。"

李红叶说："所以你更坏。"

李金魁说："你是要我坏还是要我好？"

李红叶"吞儿"地笑了……

每次离开那里，他都非常后悔。他一次次地告诫自己，你不能再去了，你欠她的已经够多了。人是不能欠账的，欠得越多，包袱越重，假如有一天，她让你还的时候，你该怎么办呢?!

<h1 style="text-align:center">十二</h1>

麻烦终于来了。

入秋的一天，李金魁突然接到了一个电话，那电话是李红叶打来的。李红叶在电话里说，她这里出事了，是急事，让他务必去一趟。

李金魁心里"咯噔"一下，对着话筒沉默了很久，可他还是去了。他是晚上去的。上楼之后，他发现李红叶独自一人在窗口立着，脸色阴郁，手里夹着一支燃了一半的香烟，她看了他一眼，说："坐吧。"

李金魁坐下后，问："出什么事了?"

李红叶说："他被抓了。"

李金魁问："谁?"

李红叶低下头说："我丈夫。"

李金魁看了她一眼："……"

李红叶沉默了一会儿，说："他的公司破产了……"

往下，两人都不吭声了。沉默了很久之后，李红叶说："我写了一封信，你看看吧，你一看就明白了。"

李金魁低头一看，茶几上果然放着一封信。他把那封信拿起来，看着，看着，就那么盯住不动了。然后，他伸出手来，掏烟来吸，这是他思考问题时的下意识动作，烟掏出来了，在手上夹着，他却没有吸……这是一封揭发信，信里还包着一个蓝皮记事本，旧的，是经常喝酒的人兜里揣的那种小本本，上边有很浓的烟味和淡淡的酒香。就在这个蓝皮记事本里，清清楚楚地记着包括市委书记、副书记、副市长在内的三十六人受贿索贿的记录，总金额高达五十七万八千元之多！其中一位副市长的受贿记录是：茅台酒三十六瓶，彩电、照相机各一部！连税务局的一位科长竟然也一次"借款"六千元……时间、地点，记得清清楚楚。

真有此事？

不会吧？

假如真有此事，这个领导八十万人口的市委、市政府不就太、太……李金魁把烟点着，默默地吸了一口。

片刻，李金魁抬起头来，说："他被抓之后，没有交代吗？"

李红叶摇摇头，说："他说，他死也不说。"

李金魁问："为啥？"

李红叶说："他还抱着一线希望，他，怕报复………"

李金魁又一次仔仔细细地看了揭发信。渐渐，他有点冲动了，这冲动使他口渴。他抓起茶几上的凉茶喝了一气，而后背起双手在屋子里踱起步来。踱着，踱着，他的牙咬起来了，一腔热血在胸腔里激荡着……接着，他的步子慢慢地缓了下来，越走越慢……机会来了！

且慢，证人呢？没有证人。索贿、受贿都是单独进行的，一对一，没有第三者在场。这些人也太精明了！但从记事本上墨水的颜色和记录时间来看，又不像是伪造的。

然而，没有证人。

李金魁回身望着李红叶一眼，说："你没有参与？"

李红叶摇了摇头。

李金魁再次问道："你真的没有参与吗？"

李红叶冷冷地说："你是怕我连累你吧？"

片刻，李红叶又说："如果我参与了，我就会直接站出来告他们，那就用不着找你了。虽然我跟他……可他有恩于我。在这种时候，我不能不管。"说着，她掉泪了。

　　李金魁想，这是一件棘手的事，他不能轻易表态。可他却明显地感觉到了李红叶那求救的目光，那目光像芒刺一样扎在他的背上！终于，李金魁说："你让我想想。"

　　回到招待所的房间里，李金魁一连吸了三支烟……

　　这算什么呢？你怎么跟下边说呢？就这么直接批下去？一封匿名信。批下去之后哪，这不等于直接交给他们了吗？

　　假如把这个蓝皮记事本交给法院，那么，市委大院马上就会知道。这一下就得罪了三十六名干部！他们很快就会对在押的李二狗施加压力。他们是完全可以办到的。在强大的压力下，李二狗会一口咬定没有这回事，他会这样的。那样，他们会说，这是诬告。李二狗如果不承认，光凭这个小本本，又能说明什么哪？到了这一步，事情就会慢慢拖下来，拖也是战术。拖久了，他们所有的关系都会投入战斗……那时，他们会反咬一口，说他跟李红叶有关系，说他作风不正派，他们甚至还可以找到证据，这样一来，各种谣言会满天飞！很快就会传到地委、省委，把他搞得臭不可闻，使他无法在这里工作。这个蓝本本已经交出去了，他纵有一千张嘴也说不清楚。他完了，一切还可以照旧。

　　这是一场注定要失败的战斗。他在脑海里的预演中看到了自己的下场。从此以后，无论他走到哪里，舆论就会跟到哪里，假话重复一千遍就是真理。一个连自己都保不住的人还能改变社会吗？香烟烧到了他的手指头，他哆嗦了一下，又续上一支……

　　假如，他把这封揭发信和那个蓝本复印一份存底，然后再交给中纪委，让他们派调查组来。他们也许来，也许会让省里出面。如果让省里来人，风声也会透出去的。那么，在省里来人之前，三十六个受贿干部做出的最大让步，也仅仅是把过去受贿、索贿的东西"吐"出来，悄悄地吐出来。这等于打了一个平手，不分胜负。从原则上讲，他做得光明正大，无懈可击；可又查无实据，顶多是"借"了又还了，仅此而已。面上会笑笑，私下里会伸出七十二条腿绊你!

假如,他亲自去找那在押的犯人谈次话,给他进一步交代政策,让他看看这个蓝皮本,让他知道李红叶已经揭发了,进一步打消他的顾虑和幻想,他会交代吗?如果他能交代,再专门组织班子去一笔笔地清查账目、现金的支出情况,逐项和李二狗对质。这样,虽然面对三十六个干部多年形成的关系网,他也许会撕开一个角,然后迅速扩大。他相信他能办到。到那时,市里的班子就可以重新考虑了。

但是,这一切必须公开进行。他能公开吗?他一动就会有人知道,要公开进行,他必须做最坏的准备,准备丢掉一切。他能做到吗?

此刻,李金魁像决战的将军一样在屋子里踱来踱去。他觉得这是一次机会,也等于有了一个改变现状的突破口。可他一次一次地变换各种不同的打法,思索各种不同的棋路,越思索,就觉得成功的把握越小……

金魁,你想放弃这次机会?

谁说放弃了?

那你就干!把这个本子送到地委去,让地委派人来查。

地委也不是铁板一块。

找报社记者。记者会有办法。

记者怎么干都行,干完拍拍屁股走了。可你还要在这里生活。在一个地方,有三十六个人与你为敌,你的日子好过吗?

那你就听之任之了?

这时,电话铃响了。李金魁看了看表,已是午夜时分了。他知道这个电话是李红叶打来的,可他没有去接,他不知道该给她说什么……他欠她够多了,而她从来没有求过他,现在,到了他还账的时候了,他该怎么办呢?

电话铃一直不停地响着……

凌晨四点,李金魁已经在烟灰缸里插上了第三十九个烟蒂。他的嘴吸得很干很苦,但他还是把最后一支烟也点上,吸了两口之后,又烦躁不安地摁进了烟灰缸。此刻，他从兜里掏出了一枚硬币，在掌心里抛了抛，放在桌上。片刻，他又把那枚硬币拿起来，接连抛了几次后，他默默地说：好吧，这枚硬币抛下去，如果"国徽"朝上，我就干！假如是"麦穗"朝上，就随他们好了。

于是，在凌晨四点三十六分，光荣诞生在大李庄村的本市市长手中，李金魁把一枚硬币从手心里抛了出去！随着"当啷"一声脆响，一道银光闪过，那枚负有重大使命的硬币从桌上滚落到地上去了……

1998 年

○ ●

寂寞许由 ·······································

一

相传，在上古尧舜时期，中原腹地有一高士，名叫许由。

此人农耕而食，重义轻利，广有贤名。尧帝知道后，要把君位禅让给他。许由不愿做官，就逃到箕山隐居起来了。

不久，尧帝又想请他做九州长。这一次，许由听到又要让他做官，以为耻，赶忙跑到颍水边洗耳去了……从此，许由赢得了美名，也给人世间留下了一个"许由洗耳"的成语。再后来，就被人们传为隐士的鼻祖了。

然而，此事却得到当时另一位隐士巢父的嘲讽。好像是说，洗什么耳呀，别脏了水。在这个世界上，还有不愿做官的人吗？他不过是作秀罢了。

大意如此。

二

我要说的是，我是做过几天官的。

在一个刚升格的县级市当一副市长。准确地说，三年。挂职。

有很多人不明白什么是"挂职"。挂职就是从上边直接派下去的，没有走必要的选举程序。当然，走也是要走的，简化了。挂职又分两种，一种是实的，一种是虚的。我是虚的。就是说，我所谓的挂职，是以作家的名义去体验生活。

这是一个坐落在中原腹地的县级市，下辖十九乡、六镇，当年总人口八十七万。原为天仓县，1994 年升格为天仓市。此地属北温带，年平均气温 16.2 度，年日照时间 2134.7 小时，年无霜期为 237 天，年平均降雨量为 727 毫米，域内共有三十一条过境河流，土壤主要分潮土、褐土、砂姜黑土三种，适于耕种。况且这里一马平川，人口密集，可以说，千年来几乎每寸土地都经人工修饰过，插根棍子就可以发芽，是产粮食的地方，所以叫天仓。

在这样一个地处平原、四通八达的县份做"官"，不客气地说，前前后后最先让我记住的是两个字，或者说，只有这两个字给我印象最深——"钻挤"。

"钻挤"是平原上的土话，也是对天仓人的形容。最初，我对这两个字的理解完全是贬义的："钻"，我首先理解为钻营，或者说是不择手段；"挤"呢，怕也有加塞儿、抢先之意吧？把"钻"和"挤"拼接在一起，这就又加重了一层。那就像是把脑袋削尖了当钻头使，自然是很不堪的。

然而，时光荏苒，岁月如流，离开天仓之后，每当我想起这两个字的时候，都不由得会心一笑。是啊，外人是很难理解这两个字的。"钻挤"这两个字所涵盖的意思，也不是一两句话能够说清的。有时候，它就像是一本大书，需要细细咀嚼。还有的时候，它就像是天空中的一道闪电，会叫人肃然起敬。

说实话，这两个字，会让我想到一个人。这人姓郭，名守道，大个子。最初，我并不知道他是干什么的，只知道他姓郭，我也就叫他老郭。记忆中，他身高骨寰，袖手面寒，就像是竖着的一捆麻秆。是的，我记住了他的脸。他那一张瘦脸，只有结了黑紫血痂的嘴唇是厚的（有人说，他脸皮也厚）。还记得，他常年穿着一身显得有些局促的灰西装，打着一条连乡人们都很不屑的、已分不清颜色的领带，脚上穿一双沾满灰尘的旧皮鞋，肩上挎着一个黑色的人造革挎包，总是风尘仆仆、一蹒一蹒地走在乡间土路上。还有，他的咳嗽极有特点，很像是一面张扬的、扯烂了的破旗。

一想起这个人，我的脑海里就会出现一些模糊不清的、碎片一样的记忆。最难忘的，是他那劈柴般的咳嗽声。是呀，他是我挂职天仓、到任的第一天，第一个来拜访我的当地人。

记得，他说：我写过诗。

那天，我是中午到的。天仓四大班子，出动了六辆轿车，浩浩荡荡地把我从省城接到了天仓。按地方上的规矩，市委市政府搞了一次接风酒宴。我这人平时是不喝酒的，但初到地方任职，不得不入乡随俗，也就象征性地喝了几杯。酒是本地的接待专用酒，名为"三泉春"。后来我才知道，本地人对此酒有句顺口溜：三泉春，算龟孙，看你晕不晕！我就是喝下了几杯"三泉春"后，头昏脑涨，一觉睡到了傍晚时分。

傍晚，当我拉开门的时候，见一黑乎乎的人影在门前"谷堆"（河南方言，蹲的意思）着。还没等我醒过神儿来，他忽地一下蹿起来了，半山一样，吓我一跳。而后，他慌慌地伸出手来，很熟的样子，说：李市长，我老郭呀，老郭。

我怔怔地望着他，匆忙间跟他握了手，他的手很凉，摸上去糙糙的。那时我的酒劲还没完全散去，头晕乎乎的，就说："噢噢，你好，你好。"

老郭说："呀呀呀，老天爷，早就盼你来。你可来了。你是作家，跟他们肯定不一样。分工了吗？你分工管啥？"

我迟疑着，不知他是哪路神仙，一时不知说什么好，就说："刚到，还没分呢。"

他不容置疑地说："那你得赶紧要求分工。一定要分工。你得有自己分管的口……"

紧接着，他突然压低声音，很神秘地说："李市长，我有个项目。大项目……闹好了，我给咱文化上捐一个亿！"

他一下子就把我吓住了。一个亿？老天，一个亿是什么概念，他也真敢说。我上下打量着他，一时间，我觉得这人满嘴跑舌头，很不靠谱。

接下去，他愣了一会儿，结结巴巴地、有点突兀地说："我、我写过诗。"

我支应着"嗯"了一声。"写过诗"是什么意思呢？

他很认真地重复说："真的，我发表过诗。一九七七年，在《中原民兵》上，八句！"

那时，我的目光正落在"诗人"的腰卜——一个穿西装的人，裤腰上却系着一条红布带子（后来我才知道，那一年他四十八岁，是他的本命年）……慢慢地，我才弄明白，他的话里，意思很多。

是啊，时光仅仅过去了十三年。十三年后，我对他就不得不刮目相看了。这时候，仅郭氏家族名下的资产，就有一百一十七亿之多。

三

坦白地说，我是以排名第八的副市长，挂职于天仓市的。

那是一九九六年的秋天，蝉声落了，暑热也已退去，几经周折，我们四位作家下去挂职的要求终于批下来了。我们四个人，分东西南北四个方位，下派到四个县份。我分的是天仓。挂职前，组织部门专门找我们谈过话，要求我们十天内到任。而后，其他三位都先后被接走了，独独我一个人还在等待。那年秋天雨水大，且旷日持久。在绵绵的秋雨中，我等得不耐烦了，就通过一个朋友，打听了一下天仓的情况。在我之前，天仓市已有七位副市长，我若去了，排名第八。看来，天仓市对"老八"并不欢迎。

是啊，平白多了一位副市长，还要安排吃、住、行。况且，来的也不是什么要害部门的人……天仓不欢迎也是正常的。

两个半月后，待秋意深了些，"老八"终于还是被派下去了。这里边有些曲折，我不想多说了。

我记得，很早的时候，电影院里曾演过一部阿尔巴尼亚的电影，电影的名字叫《第八个是铜像》。这有点谶语的意思。可我知道，我注定不会成为"铜像"。因为，我是挂职。

我说过，挂职分两种，一种是实的，一种是虚的。大凡挂实职的，大多是从上级机关派下来、有培养前途的年轻干部。他们经过基层的锻炼，回去后是要提拔的。也有的就此留下来，修成正果，由副而正，成为地方大员。而我则是以作家的名义下来体验生活的。所谓的副市长，只是给一个名义。在某种意义上说，是"挂靠"。

虽然只是名义，可该走的程序还是要走的。在我到天仓的第二天下午，就由本市的常务副市长老薛陪着，到市人大常委会走"程序"去了。老薛个子不高，炮筒型，说话大腔大口的，人却极精明，一看就是从基层熬出来的。在他领我从市政府往人大去的路上，他告诉我说："球，别紧张，走个程序。"

那时天仓刚刚由县升格为市，市政府和市人大都还在一个大院里办公，全是一排一排的平房。政府和人大隔了一道花墙，一个被称为东跨院，一个被称为西跨院。从东跨院到西跨院只有几十米的距离。进了会议室，我发现人大的常委们已被通知来了。据说一共十六个常委，来了十二个，过了半数。跟众人握手之后，我才发现常务副市长老薛的胳肢窝里还夹着两条烟，那烟是用旧报纸裹着的。当着众人，他把烟的封包拆开，一包一包分别甩出去，笑嘻嘻地说："吸着，吸着……李市长到任了，大家都清楚，走个程序。"

众人都嘻嘻哈哈地把烟接过来，一一回道：知道，知道。

这一刻，我的脸不由得红了。是的，我有些汗颜……说实话，我不是官员，此时此刻竟也有了"加塞儿"的感觉。虽说是"走程序"，也还是要讲票数的。万一人家不投我的票，我也没办法。可我毫无准备，站在那里，一时不知该说些什么，心怦怦跳着，竟有些惶恐、茫然。我甚至不清楚，薛市长拿来的烟是他自己的，还是用公款买的，这就是"人情"啊。

而后，薛常务重重地拍了我一下，点点头，就大步走出去了，留下我"走程序"……

往下，"走程序"也快。也许是那两条烟起了作用？"人大"十六名常委，到会十二人，我算是……全票通过。就此，我这个副市长就算是正式当上了。

当我走出西跨院时，怎么说呢，心理上竟然发生了一些很微妙的变化。走路时，腰杆稍稍地直了些，硬硬的。这时候，每每遇上有人打招呼，称我为李市长时，我点点头，鼻子会哼一声，很轻。

天是蓝的，阳光很好，小风有些凉意，不知不觉我额头上的汗消了，很爽。也就在这个时候，我看见了薛市长。薛常务站在新粉过的东跨院砖圈的花墙外，正在训斥一个人。

薛常务是站着的，那个人是蹲着的……此刻，薛常务像出膛的炮弹一样，快速地移动着，暴跳如雷！薛常务用手指点着那人说："三舅，你要不是我舅，我管你那烂脏闲事？你疯了？你是不是疯了？啥项目？啥狗屁项目？啊呸，狗叫吧倒灶！——日八嚓！（据说，这句'日八嚓'是当地民间最为轻看、最为贬低人的一句土话。）……你把一家人都坑了，你知道不知道？这会儿三妗子在画匠王正搦着脚脖子哭呢。"

走近些，我才发现，那人竟是老郭。老郭在地上蹲着，蹲着的似乎比站着的还要高些。可他就那么矬着，一声不吭。

薛常务发完火之后，突然蹲下来，递过一支烟去，又给老郭点上火。两人吸着烟，薛常务苦口婆心地说："三舅，听我一句，收收心吧。好好教你的课，别再瞎胡跑了。我说话算数。你好好当你的民办教师，过两年逮住机会，我就给你转了……到时候，你就成正牌的国家教师了。你可一定听我的，别干那些'日八嚓'的事了。"

老郭小声辩解着什么，又从那黑挎包里拿出一沓合同纸来，抖手送到薛常务眼前，说："我有专利，国家的专利证书……"不料，薛常务把烟往地上一拧，跳起身来，说："你咋是个死榆木疙瘩？非一头撞到南墙上？啥项目？不听，我不听……"说完，站起来就走。

这时，一阵小风吹来，老郭摊在地上的文件纸被风刮走了几页，他慌张地爬起身，趔趔撞撞、激流跟头地追那几页纸片去了。

晚上，在市政府小食堂吃饭时，我问："薛市长，那老郭，是你舅？"

薛常务一怔，说："谁舅？你是说郭大个儿吧？那是个失心疯。球，驴尾巴吊棒槌，八竿子打不着。"

在平原，凡是跟姥姥一个村，比自己长一辈的男性，是要统称为"舅"的。这不是亲戚关系，只是男方对女方家庭社会关系的一种尊重。这我明白。

提起老郭，薛常务告诉我说，此人是他姥姥村上的人，画匠王的。论起来，七拐八绕的也算是跟薛常务多多少少沾一点面子亲。他还说，这是个能人，干啥会啥，早年学过木匠、漆匠、泥水匠，还会画毛主席像呢。原是学校里的民办教师，口才好，课也教得好。就是邪性。

薛常务说："这不，疯了。他家盖得好好的两层楼，里外三新，卖球了，领着一家老小住在烟炕屋里，张风喝冷的……他是急发财，迷到茄子地里去了。"

听了这话，我就更觉得这老郭的确是不靠谱，也就不再问什么了。

四

天仓曾是个有点古风的县城。

那时，天仓还没有大面积扩容，老县城的"四关"（东关、西关、南关、北关）仍残存着一点旧城墙的遗迹。城内像点样子的街道仅有那么几条：十字街、榆树街、衙前街、文庙街、马道街、人民路、幸福路……城内有三景：一塔、一庙、一桥，算是古迹了。塔是清代的，有乾隆的御碑；庙是文庙，供奉的是孔子、老子和释迦牟尼，这又叫"三教合一"；唯那一桥，是没有的。那桥记录在清代的县志上，上述此地有一景叫"高桥揽月"。那桥究竟有多高呢？没有人知道。据民间传说，古时，有一孩子，爬到桥洞里掏鸟蛋，一不小心，鸟蛋从桥洞里掉下来，鸟蛋落呀、落呀、落呀……那鸟蛋在下落过程中竟奇迹般地完成了孵化过程。就此，小鸟儿在落地之前脱壳而飞。说来，"高桥揽月"这一景观是很有文学意味的，这应是天仓人想象力的极致了。

我在到任的第四天晚上，悄悄地从市政府大院里走出来，逛了大半个天仓县城。

秋深了，我独自一人，在天仓的大街上漫步。天色已晚，大街上人来车往，行色匆匆，一个个脸特紧。灯光下，一街两行的店铺正准备打烊，只有饭馆的生意还红火。这时候，我看见了写在临街墙上的一行大字："要想富，少生孩子多种树。"旁边一面墙上写的是："枪杆刘电话：4848488。"（这是宁死也要"发"吗？）是啊，这年头有谁不想富呢？人人都想富。

走着，我贸然想，一个市长（当然，副的），走在大街上，竟然没一个人认得他？是啊，天仓的百姓并不知道他们这里又多了一个副市长，多一个少一个跟他们也没啥关系……何况一个写字的，下来挂了个职，虽然也期望着做点什么，可你又能做什么呢？这么想着，就有些尴尬。

就这么走着，我一直在琢磨那个"高桥揽月"。桥在哪里呢？明明没有桥，史志上却有这么一个"高桥揽月"……这很像是一道脑筋急转弯，因为你无法想象那桥的高度。可这能说明什么呢？这又想说明什么呢？很奇怪。

那天晚上，我不知道究竟走了多远，走了几条大街，只是见灯光就走，见黑暗处回头。当我转来转去，穿过一条斜巷，走过一个卖花圈的铺面之后，竟然走到了市医院妇产科的后门。这时候，在一根电线杆下，我又看见了老郭。

老郭在不远处的路灯下站着，地上映着一个长长的影儿，旁边还停着一辆破自行车。他袖着手、跺着脚，没头苍蝇似的，像是在等什么人。

我迟疑着，该不该主动打个招呼呢？可这时，老郭却跑过来了。他巴巴地迎上来，很热切地说："李市长，喝罢汤了？"

我点点头，应了一声。我知道，"喝罢汤"就是吃过晚饭的意思。当然，这是旧日的乡村记忆，是典型的中原乡村农民的口吻。

老郭说："出来走走？"

我说："走走。"

这时，老郭又巴巴地望着我，问："李市长，分工了吧？你管啥？"

我笑了笑，略显尴尬地摇摇头。

老郭急切地说："你得争取呀。你是上边派下来的，你要求分工，他们不敢不分……李市长，我那个项目，可全指望你呢。"

我说："你不是跟薛市长有亲戚吗？他可是常务副市长。"

老郭悻悻地说："这球人……不说他了。一点忙也不帮。"

我说："我下来是体验生活的……"

我的话没说完，被老郭打断了。老郭说："市长啊，你整天在书房里囚着，地方上的事你不懂。你要是不分工管点啥，就没人理你了。你得赶紧要求分工，你一定要争……"

我打断他说："天都这么晚了，你在这儿干啥呢？"

老郭说："我来……配一味药。"

我诧异了，说："你，怎么不进去呢？"

老郭跟我贴得更近些，说："这味药，我是给咱县银行的马行长配的。"说着，他的哑喉咙咕噜了一声，跟我耳语，"李市长，我也不瞒你了。我有个

'好儿'……她表妹在医院妇产科当护士长呢。"

我怔怔地望着他，不明白他是什么意思。

老郭给我递了个眼色，说："'好儿'你都不知道？我有个'好儿'，草帽张的。"

我还是不明白，问："啥，啥好？"

他有些腼腆地笑了，说："我可啥都不瞒你。就是'情儿'。这你懂吧？咱这地界，都这么说。就是，就是书上说的'情人'。"

社会真是变了呀。真不敢相信，就这个吹吹乎乎的老郭，一个半吊子，还有情人呢。

老郭说："我那'好儿'，她表妹在县医院，给我弄了个偏方。偏方治大病——小孩儿的胎盘，要新鲜的。而后用文火焙干……"

我十分诧异："胎盘还能入药？"

老郭说："这就是你不懂了。新生儿的胎盘，大补。你如果想要，我想法给你弄一副……"

我忙说："不，不。"

老郭叹一声，说："你不知道现在办事有多难。那马行长，我整整找了他九趟，他就是不见我，死活不让我进门儿。送礼吧，贵的咱送不起……这不，我打听出他肝上有病。我给他弄了个偏方，偏方治大病。这偏方必须用新生儿的胎盘。刚好我在医院妇产科有个熟人，她今天值班，让我等着……"

他说得杂乱，我听得一头雾水。一会儿是行长，一会儿是胎盘，一会儿是情人，一会儿是护士长……这么说，他是想贷款了？

夜气渐深，分别的时候，我回头望着他，只见他形单影只地在电杆下立着，嘴里还喃喃自语……此时此刻，我竟有几分同情他了。

走出不远，突然听见产房里传出婴儿的啼哭声……又见老郭两手握拳，半蹲着吼道："生了，生了……"

那情形，真像个疯子。

五

人都是爱面子的。

安顿下来后，我先后给各路朋友都打了电话，告诉他们我已挂职天仓的消息，朋友们也纷纷表示祝贺。然后就问，分工了吗？你一定要争取分工。当时，我嗯嗯着，虽并不十分在意，但心里还是有一些失落。如果检索自己的话，我承认，这里边自然有虚荣的成分。

九十年代，社会上奢靡之风还没刮起。那时，天仓虽已升格为市，官员们还都在原来的小平房里办公，是"寝办合一"式。正职两间（里外套间），副职一间。我住在第二排的第五间房里，离薛常务只差一排房，前后窗。

刚到任的头一个月，不断有人找上门来。最初，见有这么多人登门，我还是很高兴的。我想，这样我就可以更多地了解到本地的情况了。

所以，但凡有人来，我一概热情接待……说实话，来找我的，可说是三教九流，啥人都有。他们进门来，先是表示欢迎，说一些很体己的话。我记得，有个人一进门就说："李市长，你喝'牛咪'吗？咱这儿有'牛咪'。"一听这话，众人都笑了。我知道，这也是当地的土话，说的是"牛奶"。说这话的是个养殖户，他刚从新疆买回了六头奶牛。一个说："李市长，你多大脚？"最初我不明白他什么意思，后来知道他是贩牛皮、做皮鞋的。另一个说："李市长，见了你，可家常，真亲哪。回来我得给你弄点驴肉，北关街的，你尝尝。"这是一位乡镇干部。还有一个说："李市长，听说你写书。回头我买一本，请你给签个名。要说，我的事就够你写一本书了。"……他们谈各自的情况、处境、难处，有骂娘的，也有专门告状的。开初一个个都巴心巴肝的样子，那亲热劲儿让你很难招架。然而再往下，聊着聊着，就是摸底和试探了。到了最后，就是一句话："李市长，你到底分工管啥？"

当我没话说的时候，我就问："天仓有桥吗？"记得那养殖户一怔，说："桥？不徐顾。"（"不徐顾"也是本地的一句土话，意思是没注意，或是没留心。）我又试着问贩牛皮的："咱天仓，古时候是不是有座桥？"他说："桥？还真不徐顾……哎，有，有。草帽张那边，高速路上，有一水泥大桥。"我还问过一乡干部："咱天仓，有桥吗？"他说："桥？啥桥？木有吧？这个这个……对了，有一村叫郭桥。"我仍不死心，再问一县文化局的干部："咱天仓，有座古桥？"他说："有。有有有。西边，前宋北边有一小桥，叫水磨桥，是石桥。"

这情形持续了大约不到一个月的时间，不知从哪一天开始，就再也没人登门了。到了这时候，我终于明白，老百姓是最实际的。哪怕是一个下派的挂职干部，分工也是很要紧的。一个没有分工的副市长，其实就是聋子的耳朵，摆设。

在这一个月里，我曾参加过两次市政府召开的大会。那会儿，我也像模像样地坐在主席台上，就那么在"老八"的位置上坐着，傻傻地……就此，我就更深切地体会到"摆设"这个词有多么准确了。

"摆设"的感觉是全方位的。不久，当我再去市政府小食堂吃饭的时候，就觉得特别孤单。这是一个很小的食堂，食堂有两位大师傅，专对市政府领导的。一般到这里吃饭的，包括秘书长、办公室主任等，有十一二个人。可是，常常，每到吃午饭时，偌大的饭厅里却只有我一个人……后来，食堂的大师傅一见我就笑了。那笑，油汪汪的，意味深长。

照常，大师傅说：还吃面条？我说，面条。大师傅又问：烩面还是捞面？我说：捞面。大师傅说，你等着，马上就好。

说实话，天仓市政府小食堂伙食不错，尤其是面食，堪称一绝。面条很快就端上来了，光卤就有三种：一种是西红柿鸡蛋卤，一种是肉酱卤，一种是牛肉香菜卤。而后是各种各样的拌菜、配菜：有切得很细的黄瓜丝、姜丝、青椒丝、蒜丝、芥丝、海带丝、包菜丝、细粉……再加上油盐酱醋及各种佐料摆了一桌子。那面也好吃，手工盘的，极筋道，加上各种配菜、佐料一调，香气扑鼻，叫人胃口大开。

吃面原本是有响声的，要的就是那个爽劲儿。可是，可是呢，你一个人吃饭，有俩大师傅眼睁睁地瞅着……吃着吃着，你就有些不好意思发出响动了。不免羞愧，心说，你算个什么，让俩大师傅为你服务？

有那么一段时间，我觉得处境十分尴尬。说起来是下了基层，却像是吊在了半空中。常常，在院子里走的时候，那步子踩下去，很空，很没有底气，有些"偷"的意味。

就此，我先后与同时下去挂职的几位朋友通了电话，交流一下各自的情况。他们告诉我说，下来挂职，有分工的，也有不分工的，要看各地的情况……再问是怎么分的，他们的回答很简单，得"跑"。这个"跑"字涵盖了很多内容。我想，古人造这个字，是背着"包袱"的，那时候包含有"逃难"的意味。那么，在今人的眼里，只怕是就简化成一个"足"、一个"包"了。

我一个写字的，并不是真正意义上的官场中人，下来只是为了体验生活。为了这点面子，就去"跑"吗？我有些犹豫。说实话，我不想当摆设。但我也不想"跑"，这是我的底线。

在市政府大院，眼看着各位市长都很忙，他们都有自己分管的口（部门），每天夹着包，去参加各种会议……只有我是闲人。特别是薛常务，他离我近，几乎是前后窗，每天见他身边跟着一群人，前呼后拥的，我不免有些眼热。特别是到了晚上，透过后窗望去，他的门前总有很多人来找，热热闹闹的。有时候，他一回屋，就大腔大口地往外轰人：走走，都走。我这儿成火车站了！而我这里，真正是门可罗雀。

后来，我觉得老这么吊着也不是办法，决定分别找书记和市长谈谈，看能不能做点什么。书记、市长都很忙，见了我，也都客客气气的。书记姓王。

王书记说:"我看过你写的书。写得好。写得好……"市长姓刘。刘市长说:"咱这儿条件差,不习惯吧?……"市长还给倒了杯水,说:"先熟悉熟悉情况。熟悉熟悉情况。"

薛常务则说得更直白些:"写你的书呗。来这儿干啥?这球地方……"后来,我突兀地问了一句:"咱天仓有桥吗?"他愣了一会儿,说:"操,你啥意思?哪儿没桥?你是说四路一桥工程吧?不正建着吗?你可别插手。这事归赵副市长,他管城建。"

有一天,办公室主任突然拦住我,吞吞吐吐地说:"李市长,薛市长让给你交代一声:你可别把咱这儿的事都、那个啥……写出去呀。"

在我到任天仓的一个月后,突然有一天,电话不响了,拨不出去了。我找了管后勤的小伙子,他很紧张,说:坏了?修。我让人赶快修。三天后,那小伙子一见我,刺溜一下就躲开了。于是,我气冲冲地找到了市政府办公室,一进门,我厉声说:"谁把电话掐了?!"

这一刻,办公室的人呼啦一下全站起来了。大约有十秒钟的时间,没有人说话,谁也不说话。他们就那么默默地站着……一个个都很紧张。最后,办公室主任跑上来说:"别急。李市长,你别急。问问。我问问。电信局这些王八蛋……"

就在这一刻,我明白了……而后,我摇摇头,笑了。我是笑着离开办公室的。后来,那个管后勤的小伙子悄悄地告诉我说:"李市长,这事不怨我。我哪敢私自掐你的电话呀。"

事过多年,我终于明白了一个道理,当官也不容易,官不是那么好当的。官员身上必须得有一种魅力。第一口才要好,第二气场要大,第三要有相当强的沟通协调能力。要像磁铁一样,往哪儿一站,就有强大的号召力和吸附力。后来,曾经在北京人民大会堂听过一位中央领导做报告。他坐在台上,面前一片纸都没有,可他侃侃而谈,整整三个小时。他每讲不到十分钟,就有雷鸣般的掌声响起。坐在下面的,是来自各省的作家代表……那掌声不是组织的，是自发的。我懂得了，这就是一个官员的魅力。

我没有走。我决定在天仓留下来。我要好好地"熟悉熟悉"这个地方。有了留下来的念头之后，才有了以后的事情，我才真正认识了老郭。

六

后来，我就成了天仓市最自由的一个副市长。

这还真得感谢天仓市的领导，他们给了我超乎想象的自由。正因为没有分工，我可以不参加任何会议，完完全全成了一个挂名为副市长的自由人。

我也是事后才明白，不分工有多好。若是真的分了工，起码有"两关"要过。第一关是"接待"。第二关是"接访"。地方上有这样一句话，叫作"上面千条线，下面一根针"。你想啊，所有的"线"，都要通过你这一个"针眼"穿进去，一般的人，受得了吗？

首先，光"接待"这一关，一般人就过不去。所谓"接待"，主要是对上的。只要是你分管的"口"，上边来了人，你必须出面，陪吃陪喝陪视察。这是工作。一个县级市，一年三百六十五天，几乎天天都有上边的人来，你说你陪不陪？记得有一天，薛副市长一天陪了七拨人，都是从上边下来检查工作的。他连喝了七场，醉得一塌糊涂。半夜被人架着搀回来，只要见棵树就说：来晚了，我检讨，我检讨。

再就是"接访"，"接访"是对下的。一个县级市，八十多万人口，五行八作，形形色色，什么样的人都有，什么样的事都会出。就在我到任天仓的前一个月，因为"接访"，一个卫生局的局长，听说还是博士毕业，一下子疯掉了！

听人说，这个卫生局局长一早起来正在刷牙，听见咚咚敲门声，他嘴里还含着一个牙刷呢，只见一个白发老者破门而入。老者一手举着汽油瓶子，一手举着打火机，大声叫着：事关尊严，我不接受！我决不接受！我死！今天如不解决，我就自焚！死在你面前！……卫生局局长一下就傻在那儿了。他说：你、你、你……径直出溜儿地上了。后来，这个扬言要自焚的人并没有死，卫生局局长却患上了抑郁症，崩溃了。其实，他根本不认识这个人。这人是一个学校的老教师，因为没有评上职称，专门来找教育局长闹事的……结果他敲错了门。

说实话，一是对上，一是对下，我真不知道我能否对付得了。在这里，喝酒、接待都是很重要的工作。喝好了，上级会有拨款下来，你也就为地方上争得了利益；接待不好，该给的钱没有给，你也就损害了地方上的利益。对下，你不能好好安抚，让人跑北京告状去了；或是出了人命，也是要负责任的……好在我没有分工。

在天仓的三年时间里，我先后跑了十一个乡、六十七个村子，可以说是大开眼界。

客观地说，像我这样一个几乎是挂名的副市长，堂而皇之地去许多个乡镇、村庄，见识了一个平原县级市里各式各样的人物……还多亏了这顶"官帽"。

在我去过的许多村庄里，最有意思的是一个名叫"枪杆刘"的村庄。

记得，当我初次到这个乡"调研"的时候（抱歉，我不得不用"调研"这个词，不然，我就师出无名了），那个年轻的刘乡长一见面就说："李市长，我给你弄个秤。"

我一头雾水，说："秤？"

刘乡长说："秤。"

我还是不明白。

刘乡长年轻精干，才三十来岁的样子。刘乡长说："一会儿你就知道了。你挑一个喜欢的，回去给我们宣传宣传。"

我笑了，说："好。"这是个聪明人，他知道我做不了别的。

是年轻的刘乡长把我带到枪杆刘去的。就此，我才知道，这个世界上，有一个名叫"枪杆刘"的村子。

枪杆刘不大，只有六十多户人家。村街里很干净，也很安静，没有猪羊的叫声。两旁的房屋大多是新盖或翻修的瓦舍，有两层的，还有三层的。不经意间，我发现这个村子四周枣树特别多。临近的院落里，也全是枣树。

进村不久，乡长就对一个女人说：老三呢？去把老三给我叫来。

一个乡长，对他治下的村落是否有权威，听口吻你就知道了。后来我才明白，在这个村子里，"老三"不是真正意义上的排行第三，"老三"就是老大的意思。

我自然对这个村名很感兴趣。问了才知道，很多年以前，那是在冷兵器时代，据说是三国时代，这个村子是做"枪杆"的，刘家又是这个村子的大姓，所以才叫"枪杆刘"。

是啊，枪杆刘，当年这就是一个村子的名片。最早的名片。那时候，一捆一捆的枪杆从这里运出去，装上长矛，由成千上万的士兵拿在手里冲锋陷阵……离此地三十里，有一地叫"棋盘营"，那是古时驻扎军队的地方；二百里外，还有一个地方叫"官渡"，三国时期最著名的战例之一就是"官渡之战"——你能听到杀声吗？

据传，很久以前，村西曾经有一庙，叫张飞庙。那时候一般的村子供奉的都是三国时期的关羽，叫关帝庙。唯枪杆刘这个村子，敬的是张飞，又叫三爷庙（刘、关、张三结义，张飞行三）。据说，在张飞庙里，格外突出的，是张飞用的那杆"丈八长矛"。所以，在这个村子里，"三"为大。后来，不知从哪个年代起，朝廷不让做枪杆了，民间禁止生产武器了……当告示贴出来的时候，枪杆刘的人又该怎么活呢？不可考。

那么，又不知从什么时候开始，这一份祖上传下来的手艺，发生了变化。枪杆刘依然是枪杆刘，可枪杆刘不做"枪杆"了，桑木换成了枣木，他们改行做"杆秤"。说实话，我始终没有问出来，究竟是从哪一代（也许是唐代？）开始，这样一个生产武器的村子，演化成一个生产衡器的村子了。

一门手艺的传承，是需要时光打磨的。我想，它的演变，也是有原因的。大约，生计还是很要紧的。一个"活"字，就足以改变一个村庄的生存方式。是不是呢？

当我跟刘乡长闲聊的时候，老三赶来了。我知道，村级干部一般都是村里最聪明、最有智慧或是家族势力最大的人来担任。老三骑着一辆摩托，轰隆隆地开过来，老远就喊："刘头儿，上头来人了？"

刘乡长说："老三，看你烧咧，日上电驴了？来，见凤，这是新来的李市长。"

老三一边下车，一边油腔滑调地道："哟哟哟，大领导来了！失迎。失迎。"

刘乡长说："老三，李市长可是个大作家。挑个好秤，到时让李市长带回去给你宣传宣传。"

老三下车后，我这才发现，他是个瘸子。老三踮着脚，划船一般，一悠一飘地走上前，说："哟，哟，那是，那是……李市长，叫我握握你的手。这么大的干部，还是作家，我还是头一次……"

刘乡长说："嘴上抹油了？甭说那没用的。走，先让李市长看看你的'秤王'。"

我由刘乡长陪着，在老三家里看到了"秤王"。老三家的房子盖得很漂亮，三层，六间开外。正房堂屋里，"秤王"由一袭红绸（已经有些发黑了）罩着，横陈在一个朱红漆面的长条大几上——他祖先的牌位前。这杆朱红油亮的大秤是上等枣木做的，约一丈二尺长，是他祖上传下来的。老三说，现在很难找到这么大的枣树了，只怕是世界上独一无二的杆秤了，所以才敢称为"秤王"。

"秤王"静静地陈在那里。看上去，它不仅仅是衡器，它就像是历史，挑着岁月。如果它能开口的话，一个村子的变迁史就清楚地展现在我们面前了。可它不会说话。我轻轻地摸了一下秤杆，很凉，很光，乌亮。秤星依然放射着金色的光芒。

据老三说，"文革"时，县城里来造反的学生，曾经让他爷爷背着这杆"秤王"去游街。那几十斤重的大秤砣就挂在他爷爷的脖子上，学生们要当众砸了这杆大秤，说是"黑心秤"……后来被全村人围住，说这是祖上传下来的"饭碗"，拦下来了。

我问："这样的杆秤，现在还做吗？"

老三说："早些年，还有一两户做些小秤。现在不做了……没人要了。"

我说："那你们……"

这时，刘乡长狡黠地一笑，说："老三，走，领市长再看看你们的新产品。"

这一天，我真是开了眼了。就在这样一个小村子里，我像是经历了三个世纪……在枪杆刘的产品陈列室里，我看到了大大小小、五颜六色、各种样式的弹簧秤、电子秤、台秤、手秤，还有血压计之类的东西。

产品陈列室里静静的，只有时间在走。我却有一种地动山摇的感觉。这是一个衡器的世界，可它称的又是什么呢？

我问："这技术……"

老三说："不瞒你说，李市长，最早是仿的。一个亲戚从香港那边带过来一手秤……现在我们也有自己的'牌儿'了。"

我看着老三。老三两眼就像秤星一样，一眨一眨地，闪着狡黠的光芒。由此，我以为，这秤后是有人的。在枪杆刘，也许，一代一代都站着像老三这样的智者。

离开枪杆刘的时候，刘乡长让老三送我两件衡器。一个是可以戴在手腕上的微型血压计，一个是称体重的、桃形的、有机玻璃面的电子秤。我本来是拒绝的，可老三说："看不起人嘛。乡长都说了，带回去给宣传宣传。"

　　我知道，就销路而言，这是当今中老年人最喜欢的产品——愧领了。

　　临别时，老三突然贴近我，耳语道："咋看，你都不像个官儿。不会是假的吧？"见我笑了，老三又说："你不会'啊'，当官得'啊'着点，多气派。你还得会'日骂'人……不然，在这地界上，你站不住步。"

　　这时，只听刘乡长厉声说："狗日的老三，胡日白啥呢！"

　　老三脸一变，笑嘻嘻地说："木有。木有。我是问李市长啥时再来。"这个"木有"原是本地土话，现在却成了网络上的时髦用语了。

　　回到乡政府，我又看见了老郭。老郭在乡政府门口蹲着，旁边扎着一辆破自行车。看见乡长的吉普车开过来，他大远就喊："一套，二套！"

　　老郭叉着两条腿，半弯着腰，一边追一边喊，很像是一只大螃蟹。近了，我才发现，原来他裤腿上夹着两只木夹子。那是他常年骑自行车在路上奔波，怕裤脚搅进车链里。这除了当过教师的细致，恐怕还有生活的窘迫。

　　刘乡长从车上跳下来，气呼呼地说："郭老师，你别老喊我的小名。我都当乡长了，说起来也是一方'土地'。"

　　老郭说："球，你一个乡长，在老师面前还端个啥？我都等你半天了。"

　　刘乡长不耐烦地说："又找人集资呢？"

　　老郭说："可不。一趟一趟的，我腿都跑折了。枪杆刘这边富，你再给说说呗，我给股份。还有，你那当大官的同学……"

　　后来我才清楚，刘乡长确实当过他的学生。上小学时，老郭教过他四年。刘乡长上大学时，老郭还资助过他。

　　就见俩人蹲在乡政府的门外，在背人、背风的去处，嘀嘀咕咕地商量着什么。老郭腔口大，在风里，我听见他说："……不是'5'。可不是'5'。我真没说过'5'，我说的是'1'。不就让他帮着盖几个章吗？我知道，我知道不是你要的。你是我学生，我能不知道你吗？你是够意思，可你那大学同学虽说是省里处长，人真不咋的。我不光是送他苹果，苹果一点不烂。你听我说，我知道他不稀罕……我说的是'1'呀，真的。要不，我给你赌个咒？

我从没说过'5'，我说的是'1'……"

两人就像是说暗语，反复说着"5"和"1"，我始终不明白"5"和"1"到底指的是些什么。

当然，也是多年以后，我才发现，老郭说的"5"和"1"，居然是可以要人命的东西。

七

我跟老郭的缘分是后来才续上的。

知道我没有分工，有一段时间，老郭就不再找我了。据我所知，他仍然经常到市政府大院里去，缠他的"亲戚"薛副市长。

记得那年冬天的一个晚上，老郭又被薛常务轰出来了。薛常务对老郭吼道："出去！我没你这门亲戚。你说说你都干的啥事？成天不照号，还敢搞女人！外边到处传你的臭风，你以为我不知道？那个草帽张姓汤的女人，叫个啥子？你家都不顾了，跟人家胡混……吹，吹吧，西山的牛都让你给吹死了！见天打着我的旗号，到处招摇撞骗。说说，你跟我啥亲戚！"

老郭傻了。老郭就像是让人踢了一脚的狗，一条夹着尾巴的狗，仓皇地从门里退出来。他一边走，嘴里一边嘟哝道："姓薛的，断亲了。从今往后，咱一刀两断……"他深一脚浅一脚地走着，来到了前院，忽然想起了他的破自行车，像没头苍蝇似的转了一个圈，又回过头去推自行车。这时候，他又找不到车钥匙了，半蹲在车前，浑身上下摸了一遍又一遍，那情形恍如一个即将被捉的偷车贼。

这些都是我在后窗看见的。那天晚上，我看老郭着实可怜，就在他转来转去找钥匙时招呼他说："老郭，来屋里喝口水吧。"

谁也想不到，老郭掉泪了，老郭含着两眼泪，对我说："啥鳖孙亲戚！那脸黑得跟欠他二斗黑豆钱样。从今往后，我再找他，我就不是人！"

安慰了他几句，我随口问道："说说你的项目，你到底是个啥项目？"

"你看，这就是专利成果。"只见老郭从内衣兜里掏出一个用红布裹着的小瓶子，瓶子里装的是几粒晶莹剔透的、小石子样的东西。老郭赌咒发誓般说："李市长，我要说半句假话，让雷劈了我！"

也就是那天晚上，我看了老郭的全部材料和盖有国务院大印的专利证书。看过之后，我大吃一惊。这是一个非常专业的项目，是一项生产"人造金刚石"的专利技术。说实话，技术方面的数据和文字材料，我没看懂，太专业了。

可是，翻着厚厚的文字材料，我也觉得，老郭如果不是骗子，那他就是个十足的疯子！老郭是乡村民办教师，没上过大学，不可能有这样专业的创意。他手里的这些材料和证明，要么是假的，要么……

坦白地说，我一向自视甚高，我认为我的眼睛就是一部测谎仪。我看着老郭，直视着老郭的眼睛，我以为我可以看到欺诈，然而，我错了。

老郭的脸上没有一丝虚饰。老郭勾着头，一声声地连连叹气。当他抬起头的时候，那深陷的眼窝里写满了两个字——绝望。

我问："老郭，你说实话，这专利是你的吗？"

老郭说："是。是我的。"

老郭说这话时有一点点迟疑……我死盯着他的眼睛，再一次逼视着他问："真是你的？"

老郭说："是。买的，我买的……"

我望着老郭，老郭的两只眼就像是两口深井，密密麻麻地挂满了红色藤蔓的深井，那里面伸出的是一只凄绝的、求救的手……

可是，我仍然不相信。说破大天来，我也不信。一个农民，虽然当过民办教师，可是怎么会有这样的胆识？会去掏钱买一项他根本不懂的专利成果？

第二天，凭着记忆，我给一位久不联系的、也仅是早年见过几次面的省专利局的马副局长打了个电话，我告诉他老郭的专利号，让他查一下真假。马副局长在电话里告诉我说：你说的是天仓县的大个子老郭吧？不用查，真的。你不知道他跑了多少趟，给你说个他的笑话。有一次，他在局门口等了一上午，想尿，又怕错过了要找的人，硬是憋着尿在了裤子里！我们局里的人都认识他……

后来，我才知道，这项专利，最初，老郭只有一半。另一半，的确是他掏钱买下来的。

这里边是有原因的。

老郭有一个当过知青的朋友。此人当年从城里下放到了画匠王村，在画匠王待了七年。在这七年时间里，他一直跟老郭"通腿"。现在的年轻人大约不会知道什么是"通腿"了。"通腿"也是本地方言，就是俩人一人一头睡在一个被窝里，相互以体温取暖。

这人跟老郭同吃同住同劳动，成了最要好的朋友。此人日后考上了大学，又读了研究生，主攻方向是材料力学。当这人从国外的资料上看到了这项创意之后，萌生了深入研究的想法，可他没有条件……所以，他最初的研究成果，是在老郭的资助下完成的。这项专利技术由"通腿好友"命名为"tthy工艺法"。

当年，老郭当过一段时间包工头，手里有些钱。这位朋友就跟老郭签了一份协议，如果研究成果获得专利，有老郭一半。不幸的是，此人的研究成果取得了进展，却患了很严重的肾病。为了给朋友治病，也为了让朋友继续搞研究，老郭花光了积蓄，不得已把新盖的楼房也卖了。那位朋友临咽气前，为了报答老郭，把另一半专利也签给了老郭。不过，据老郭说，最后，他要求老郭给他一个承诺。

老郭答应了。

什么样的承诺呢？老郭没有说。

老郭只说：你知道陈景润吗？他就是个"陈景润"。书呆子，除了研究，啥心不操……只是没有宣传出去。

我猜想，最初，老郭不仅仅是为了友情。老郭也想获利。不能说老郭没有获利之心。可随着他后来的投入越来越大，这件事就成了他的命。他魔怔般陷入其中多年，他把辛辛苦苦盖起来的楼房卖了，他已倾家荡产。

其实，老郭所做的事情，想分辨真假并不难。只要静下心来听他说一说，就清楚了。问题在于，他只是一个农民，没有人愿意静下心来听他说。人人都很忙，谁愿意听一个农民讲他的"专利"，讲他的困苦……所以，老郭到处碰壁。

那天晚上，老郭告诉我说，他已"跑"下来不少"章"了。还差九个……盖满所有的章，他就可以正式启动了。

老郭恳求说：李市长，你在上边肯定有熟人，帮帮我。

老郭看我迟疑，又说：到时候，如果九个章全跑下来，我给你百分之五的股权。

我笑了。后来我才知道，老郭到处许愿，是个"吐噜嘴"。

八

我曾经给老郭"跑"过几个"章"。

刚开始"跑"的时候，我很有信心，先后陪着老郭跑过省城的一些部门；也给省城那边较熟的朋友们打了多次电话。可是，到了要盖第五个"章"的时候，原本我以为很快就可以解决的问题，老郭整整跑了一年零四个月，却仍然没有办下来。

就这么陪老郭"跑"了几次后，连我也灰心了。说实话，没人相信老郭，大凡一说到专利项目，就没人愿意往下听了。所有人都不相信，一个农民，怎么会拥有这样的发明专利。这就要老郭反反复复地给人解释。有两次，我站在一旁，也几乎被人当成骗子了。甚至，有一次，一位相熟的领导干部把我拉到一旁，说：老兄，你是个作家，我很尊重你。这人不靠谱，你受了他多大贿呀？由于太失尊严，后来我就不再跟他跑了。可老郭仍然坚持着。

有一天，我在大街上碰上他，见老郭头肿得像斗一样，吓了我一跳！问了才知道，他捅了一棵老树上的马蜂窝，说是要用蜂巢给银行的行长配药……可还是没人信他。

坦白地说，老郭也是做过假的。老郭在万般无奈的情况下，回到乡下四处游说，到处许愿。再见老郭时，他喉咙哑了，话都说不出来了。他居然把所有的亲戚、朋友全都动员起来了……老郭先是以人格、后来又以专利项目作担保，零打碎敲，先后在画匠王及附近的一些村子里"借"出了几百份银行存款单，有一千两千的，也有几万的（这些存单是做验资用的），他跟乡亲们说好，只是借用三五天。可是，到了，老郭仍然没有把"证"办下来。

那些年，老郭就这么一直在路上奔波着。他家里所有值钱的东西，能卖的都卖了……据说，这年冬天，临近年关的一天，老郭还在路上，他像是彻底绝望了。五年了，没有人知道他心里藏有多少委屈。也没有人知道年关将近，他又该如何面对住在烟炕房里的一家老小。

这是一个悲伤的日子。走投无路的老郭，趴在省城火车站一处公共厕所的墙边放声大哭！

老郭的遭遇是有传奇色彩的，甚至可以说是梦魇一般的。接下去的事情，是常人无论如何也想象不到的。

民间传说版本一，"街头说"——那是1997年的1月21日，又是阴历年的腊月二十七，眼看就要过春节了。这一天下雪了，天上飘着雪花，省城火车站上人海茫茫。老郭独自一人，两手按着他的人造革黑挎包，头顶着标有WC字样的山墙放声大哭！此时此刻，车站上赶车的人们只看见一个高个汉子趴在那里呜呜地哭……天仓人后来形容说，老郭的哭声很像是牤牛的长叫，闷闷的、嗷嗷的，悲伤无限！

年关将至，漫天飞雪，一个大个子男人趴在火车站的厕所墙边放声大哭，泪流满面，招来许多人围观。人们不禁要问，这个男人怎么了？他哭什么呢？是钱包被人偷了？人越围越多了。整个车站广场上的人都拥到这边来了……这时，一个白发老者从厕所里走出来，他穿过围观的人群走到了老郭跟前——此人竟然是个日本人，他的名字叫池田龟一。

民间传说版本二，"老郭说"——那一天，他坐在从北京返回的 179 次列车上。那晚，他正在餐车上吃饭，吃的是十元钱一碗的康师傅牛肉面。正吃着，一个西装革履的白发老者来到了他面前，彬彬有礼地说：我可以坐下吗？老郭说：坐，你坐。这位老者要的是一份西红柿炒鸡蛋，一份榨菜肉丝汤，一份米饭。这人不用火车上的筷子，从包里拿出一个很精致的铁盒子，盒子里装着小勺、小叉子，精光闪闪的。吃前，他还很礼貌地点了点头。老郭也点头。吃着说着，老郭才知道这是个从东京来的日本人，汉语很好。往下，吃着吃着，他又从提包里拿出一瓶日本清酒，两只水晶小杯子，很礼貌地问：先生，喝一杯吗？于是两人一边喝一边聊起来了……两人聊了一路，成了朋友了。这时候，老郭才明白，他是日本一家公司的董事，名字叫池田龟一。

老郭给人说，净瞎掰。我什么事没经过，怎么会趴在厕所墙上哭呢？

民间传说版本三，"官员说"——据常务副市长老薛说：胡日白。满嘴跑舌头。这是政府定下的招商引资项目！是通过省招商局正式引进的大项目……问问老崔、崔斤半（老崔是当时的市招商局局长，酒量大，能喝一斤半，绰号"崔斤半"），我陪的客人我能不知道？别听老郭说，他知道什么？满嘴跑舌头。我回头得说说他，这要统一口径，必须统一口径。你知道"要细、要细"是什么意思吗？那说的可不是女人的"腰细"，说的是：好吃，好吃。我要是没陪过他，我能知道吗？你知道那一桌花了多少钱吗？八千。上的是龙虾，喝的是茅台。你想想，要不是池田先生来，我，一个常务副市长，能亲自作陪吗？别听他们瞎谣罢。

民间传说版本四，"通信说"——这个消息是从本市重点高中的一位化学老师嘴里传出来的。"人造金刚石"新工艺的专利发明人，也就是老郭当年的"通腿好友"，曾经在国际学术期刊上发表过一篇有关"tthy 工艺"的论文。正是这篇论文引起了日本人的注意。日本人先后与"通腿先生"通过十几封信函……后来，日本人对这个专利项目越来越看重，就专程赶来了。这个日本人就是池田龟一先生。

民间传说版本五，"台湾说"——老郭的爷爷有一兄弟，早年曾经当过国民党的兵（还有一种更不靠谱的说法，说此人当过国民党的高官，甚至说就是曾当过省保安司令的×××），解放后杳无音信，据说是逃到台湾去了。可此人后来改名换姓去了日本，在日本逐渐把生意做大，当了一家公司的董事长。此人很想念家乡的亲人，可又不便公开露面，就派他公司里的一个日本董事先回来探探路，这个董事就是日本人池田龟一。不然，日本人凭什么给老郭投资呢？

民间传说版本六，"风水说"——有人亲眼看见，老郭家祖坟突然冒烟了。老郭家的祖坟在画匠王的西地，那是一块风水宝地，五十年发动一次。前年，老郭亲戚门里，有一位老太太去世了，打穴时，挖着挖着，挖出了大片葛条；用砍刀砍的时候，那葛条流出来的汁液竟然是红的，像血一样……于是就不敢再砍了。谁知，那新穴挨着的就是郭家祖坟。就此，风水提前发动了。于是，凡阴雨天，就有人发现郭家老坟的坟头上冒出一股一股的青烟。

民间传说版本七，"画家说"——后来据县文联的一位画家说，池田龟一不是商人，他爱好的是艺术，他只是个艺术品收藏家。池田先生之所以到中原来，最先是他在北京的中国美术馆看到了一幅画。正是这幅画吸引了他，于是他慕名而来。他到中原来是为寻找那位画家的。在省城，池田先生访到了那位画家，并且跟画家签了约。由池田先生出资约请这位画家画一巨幅画，画的名字叫《走出太行》。池田先生跟老郭只是在车站上偶然相遇……十年后，画家累死了，而这长约百米的巨幅画也成了世界名画。当然，此属后话。

那么，池田先生究竟是一个什么样的人呢？他到中原来，先后做了两项投资：一项是投资给画家的；一项却意外地投给了老郭的项目……没有人知道，也没有人可以说清楚，他为什么会投资这两个完全不同的项目。

世间的事，哪怕是亲历亲为者，由于所站的立场不同、角度不同，所讲的内情也就会千差万别……我虽身在天仓，而且是挂职副市长，又是实实在在接触过老郭的人，可我仍然说不清楚，这些传闻种种，究竟哪个是真的。

九

草帽张也是一个很特别的村子。

草帽张与邻县搭界，是本市最靠西边的一个村庄。

这个村虽名为"草帽张"，却没有一户姓张的，多数姓王，也有姓马、姓徐的，是个杂姓村落。草帽张当年最有名的是这里的编织业。这里用细麦秆编的草帽全省有名。这里还搞过麦秆画，也曾名噪一时。我还听人说，这里有一个名叫汤秀英的女子，心灵手巧，曾是编花边草帽的高手，当年曾被人称作"草帽西施"。

据说，草帽张曾是女人的天下。也就是说，在这样一个村子里，在家主事的是女人。因为这是个以编织业为生的村子，女人们大都有一手编织花边草帽的绝活。这里有一种说法：死钱（粮食）是地里种的，活钱是女人挣的。经济基础决定意识形态，所以，在草帽张，女人说了算。

民间曾有一个带有戏谑意味的传说，说草帽张的女人腰好。因为她们常年弯腰做编织，几乎相当于常年做瑜伽。这里还有一传言，是说草帽张的女人大胆泼辣，敢爱敢恨，极尽风流。

遗憾的是，待我去草帽张的时候，却什么也没有看到。时代变了，城里的女人一个个都打起了小洋伞，草帽张女人编的花边草帽没人要了。于是，就丢了手艺，再也不搞编织业了。听说有一阵子还试着搞麦秆画，也红火一时，因为上边来人一次次地拿画送礼不给钱，搞着搞着就搞不下去了……远处的 103 国道上车来车往尘土飞扬，村街里却静静的，几乎看不到人。一个上千口人的大村，竟如此安静，这是我想象不到的。

然而，就是这一天，我却看到了一场官司，是离婚的官司。

就在村街的中央，村委会的院子里，乡里来的巡回法庭正在判一桩离婚案。说是"法庭"，其实很简易，就在村委会院内的大槐树下摆了一张桌子，桌子上放着一个白塑料牌子，牌子上印有两个红字：法庭。法庭后边的椅子上坐着两个人，一个是制服男，法官；另一位是制服女，正拿笔记着什么，看样子像是书记员。

法庭前面，一个男人一脸愁苦地在地上蹲着，半截燃着的烟沾在他焦黄的嘴唇上。他身边偎着一男一女两个孩子，小的有五六岁的样子，大的七八岁。

另一个，竟也是男人。他是站着的。穿西装，打着一条米黄色领带，头发梳理得很整齐，腋下夹一皮包。看了一会儿才明白，他是从大城市来的律师——女方代理人。

院内不远处，还站着七八个围观的老太太，正指指点点地说着什么。

只见那律师半弯下腰，拍拍那蹲着的男人，说："老徐，话都说到这份儿上了，该说的都说了……签了吧？"

法官竟然也跟着说："老徐，啥条件都答应了，签吧。"

蹲着的老徐愤愤地说："她为啥不回来？哼，她是不敢见我吧?!"

律师紧接着说："是。王月华说了，她不回来，是没脸见你了。还说，请你和孩子原谅她。"

老徐猛地蹾了一下，又蹲下来，说："她叫王槐花，不叫王月花。名都改了？让她回来。她不回来，我不签！"

律师咂咂嘴说："是，是，王槐花。老徐，老徐，你怎么……这话，说着说着又绕回来了。王、那个槐花要是能回来，还用我这个律师代理吗？王槐花说了，你提的条件，她都答应，你还想怎么着？老徐，你听我说一句，你也是个大男人，留住人留不住心，是不是？签吧。还是签了吧。"

老徐眼一红，说："孩子没妈了。我跟孩子没法交代……哼，跟一五六十的老头子，咋想的！"突然，他又一次猛地蹿起来，对着村街吼道："我日你娘汤秀英！"

律师一怔，说："那你，那你，对不对……（又和风细雨地）老徐呀，怎么会呢？母亲啥时候都是母亲，这血缘关系是不会变的。到时候，等孩子长大了，也可以去找她嘛。再说了，这些年，那个王、王槐花年年往家里寄钱，没少给你家里出力呀。两层的楼房，是人家王槐花挣钱盖的吧？要离婚了，人家王槐花还拿了抚养费，你说十万就十万，也算是有情有义吧？你还想怎么着呀？法官在这儿呢，人家说判就可以判，你也别太过分了。"

老徐仍然拧着脖子，恨恨地说："她为什么不回来？不见我，总得跟孩子照个面吧？都是那个汤秀英！村里的女人，一个个都跟她学坏了！"他再次跳起来，大声吼道："我日你娘汤秀英！"

在这样一个法庭上，当事人曾数次提到了"汤秀英"这个名字。由此，这个名字给我留下了很深刻的印象。我猛然想起，去年曾听老郭说，他在草帽张有一"好儿"，好像，名字就叫汤秀英。

关于汤秀英这个名字，我是突然对上号的。草帽张的老村主任告诉我说，就是这个曾经跟老郭"相好"过的汤秀英，几年前，陆续带走了草帽张的二十多个女人。在这二十多个女人里，后来主动要求离婚的，竟有十三个；还有三个没信了，干脆不回来了。老村主任谈到这件事时话说得迟疑、吞吐，且面带羞色，好像有些结巴。他说出外的女人们都说是在城里打工，打个球哩工，谁知道日弄些啥！

我对老村主任说：不错呀，还有专门的巡回法庭下到村里来……

没等我说完，老村主任却说：球，无利不起早。你没看，那律师是干啥的？都给法官们塞了红包，使了银子（钱）……不然，哪能说离就离了？

我愣愣的，一时不知说什么好了。

后来我私下里打听，又听说这个名叫汤秀英的也才三十多岁，面容姣好，是个风风火火的女子。她原本有丈夫，但她性子烈，男人怕她。虽然跟老郭"好"过一些日子，但最后两人却闹翻了。据说，汤秀英曾在画匠王的村街里当众吐老郭脸上一口唾沫，凌厉地送了他一个"呸"字。

事情的复杂程度让人无法想象。没想到的是，这事竟与老郭也有牵涉。如果拿现在的眼光来看，这事牵涉一个"非法集资案"。所谓"非法"，是现在的说法，当时还没有这样的法律条文。

我说过，老郭曾是个很好的匠人。当年，老郭曾带着一班泥水匠在草帽张给汤秀英家翻盖过房子。据说，两人就是那时候"好"上的。

传言说，当年老郭就蹲在汤秀英院中一个碾篾子的石碌上，嘴里叼着烟，气宇轩昂地指挥匠人们翻盖屋顶（取下麦草，换成小瓦）；汤秀英则围着一个围裙在院子里张罗着给匠人们做饭……老郭说：主家，经我手翻盖的房子，保你三五年不漏雨。汤秀英说：那十年呢？老郭说：没问题。汤秀英说：咦，还能保一辈子？老郭说：那就难说了。就是两口子，谁也不能保一辈子。不过，如果漏了，我还来修。汤秀英说：咋修？老郭说：你说修哪儿就修哪儿。上边，下边，都行……也许是话赶话，这就有些调戏的味道了。一来二去，两人对上眼了。事后，两家竟认了干亲，逢年过节的时候，老郭会提着点心来这里走一趟，对外说是串亲戚。

虽说草帽张村的人并没抓到什么，可谁都清楚，两人是"好儿"。

一个女人，一旦真心喜欢上了一个男人，不管他说什么都会相信的。后来，老郭跑"专利"的时候，一时手头紧，曾经来草帽张找汤秀英帮忙"集资"。不知老郭是否存心"忽悠"，但他当时肯定是许过愿的。由汤秀英牵头，联络了村里二十多个妇女，偷偷地把家里的私房钱拿出来交给了老郭。最初说好的是一年为期，可老郭把钱都花在路上了……后来一拖再拖，老郭爽约了。老郭拿不出钱来，就一次次改口，先是说给利息，后又说分红，再后来说是转股……一晃几年过去了，老郭没有把企业办起来，连面也不敢照了。

在这段日子里，女人们嘴快，拿私房钱集资的事渐渐露出来了。二十多户人家，竟有十多家为这私房钱打架的，一时闹得全村不安……就此，汤秀英的名声在村里越来越臭了。于是，有一天，汤秀英在画匠王的村街里截住了老郭。老郭躲闪不及，百口莫辩，只说这钱我一定还。早晚会加倍还！可汤秀英再也不听他解释了，当众赏了他一口唾沫！

也就是当天晚上，被逼无奈的汤秀英领着二十几个女子离家出走了……三年后，有三个出外的女人杳无信息，而后有十三家打起了离婚官司。

＋

日本人来了。

日本人池田龟一的到来，像是给天仓市注了一支兴奋剂。

据我所知，在整个事件中，最兴奋、最为积极的，要数薛百顺薛常务了。这时候，我才发现，薛副市长脸上有几颗麻子。过去还真没太注意，他脸上最亮的地方，是那几颗麻子。因为太激动，脸上总是有汗，那汗就在麻坑里汪着，亮晶晶的。薛副市长见人就说：池田先生马上就到。外商投资，这是第一家！

当然，不仅薛副市长看重日本人的这次投资，市委市政府两院都极为重视。由市委王书记亲自牵头召开了科局、乡镇长以上干部联席会议，要求全市各部门全力配合这次招商引资活动……由于薛副市长一再强调他跟专利人老郭是亲戚（他三舅），会议决定由薛百顺牵头主抓这个项目。当时还成立了"tthy 工程"指挥部，常务副市长薛百顺被任命为指挥长。我有幸与招商局局长崔国光（崔斤半）一起被任命为协理薛常务的副指挥长。我知道，这是照顾性质的。这也是我挂职天仓后的第一次分工。

也就在这次会议上，薛副市长当众立下了军令状，慷慨激昂地说：完不成任务，提头来见！

往下，第一个任务就是如何接待好日本人池田龟一的问题。老薛是个工作狂，指挥部一成立，老薛当即就搬进了工程指挥部，那是临时租借的一栋小楼。他当众给我们宣布了四条纪律：内外有别；步调一致；口径统一；严守秘密。特别是，当着老郭的面，他强调说：三舅，这后两条，主要是针对你的。我知道，你是个"吐噜嘴"。古人说，事不密则废。要让日本人高高兴兴地把钱掏出来。要让他明白，这是双赢。老郭也只是翻翻眼，默认了。

在池田先生到来的这一天，天仓市的大街上挂满了写有"热烈欢迎"红色标语的条幅；指挥长老薛亲自带着十二辆轿车迎到了市界的高速路口。

池田先生是招商局局长崔国光从省城接来的。在高速路口下了车，一看这阵势，日本人愣住了。老郭小跑着迎上前去，池田先生有些诧异地对老郭说："郭桑，这是……"没等老郭回话，站在一旁的崔局长赶忙着重介绍说："池田先生，这一位，是我们天仓市的薛副市长，薛副市长亲自迎接你来了。"一听市长来了，池田先生忙鞠躬致意。老薛先是伸出手来，说着欢迎、欢迎，见池田弯腰鞠躬，也慌忙跟着鞠躬。双方都连连鞠躬。而后，崔局长就把池田先生让到了老薛乘坐的一号车上。老郭怔了一下，本想跟过去，在崔局长示意下，只好乖乖地回到了与我同坐的二号车上。

于是，一行车队在警车的引导下，浩浩荡荡地向天仓市开去。在这个热热闹闹的场景里，我一直是个跟随者。我也很想出点主意，可一点忙也帮不上。到了后边，我只有旁观的份儿了。

当天傍晚，天仓市为日本人池田龟一举办了一个豪华的欢迎宴会。虽然已是夏天了，池田先生仍然西装革履，看上去是一个彬彬有礼、动不动就鞠躬的小老头。可谁也没想到，到了后来，他竟然喝醉了，醉得一塌糊涂。池田喝醉是有原因的。按薛副市长的要求，招商局崔局长的主要任务就是招待好池田龟一。老崔的理解就是要把日本人灌醉，于是他把酒桌上的十八般武艺全使上了。喝醉了的池田先生把领带都扯掉了，而后摇摇晃晃地站起来，扭腰晃臀地唱了一首日本歌曲……

酒宴安排在本市最豪华的一家酒店里，接待也是高规格的。菜肴自不必说，专门从省城请的特一级厨师，大龙虾都上了。可上的酒却是本地产的"三泉春"。其实这个"三泉春"并不是本地酒，是把买来的正宗茅台酒倒进了"三泉春"的瓶子里。表面上喝的仍是本地酒"三泉春"，其实喝的是国酒茅台！

最初，池田先生还很矜持，仅仅象征性地抿了一小口，就说：哦，好酒。三泉春，好酒。于是，崔局长开始上手段了，先是"中日友好酒"，接着是"入乡随俗酒""千里之行酒""鱼头酒""缘分酒""交情酒"……一杯杯地劝池田喝下去。到了最后，老崔使出了"撒手锏"。他突然站起身来，先把十二杯酒倒在一个水晶玻璃杯里，当众一口喝下，说："感情深，一口闷，这就叫一口闷！"而后，他让小服务员拿过一个托盘，又倒上十二杯酒放在托盘上，就那么用手托着，晃晃地走到池田跟前，高高举过头顶，突然往地上一跪（这是有说辞的，这叫"跪酒"。"跪酒"也是本地风俗，当酒喝到醋处，有对赌的意味，对方是不能不喝的），大声说："池田先生，请吧！"众人都怔怔地看着，傻了一般。

最后，池田勉强喝下了这十二杯酒，当众人齐声叫好时，池田身子一晃，终于出溜到椅子下边去了……纵然到了这般时候，我仿佛从池田眼镜片上仍看到了一丝警惕的闪光。

当众人搀扶着把池田送回客房后，大厅里，崔局长吐着满嘴的酒气，上前歪着身子打了个"立正"的姿势，对薛副市长说："报告市长大人，还，还满意吧?"

不料,薛副市长摇摇地走过去,上前就是一脚!且骂道:"满意个锤子。老崔,你属啥的,忘了吧?"

崔局长一屁股蹲儿坐在地上,吃惊地睁着两只惺忪的酒眼,回忆着说:"我,我,属,属……属马,属马的。"

薛副市长说:"我看你属猪。咋球搞的!嗯?"

崔局长一脸委屈说:"市长,我可是按你的吩咐,全力做好……"

薛副市长沉着脸说:"……你混蛋!谁让你给日本人下跪了?有辱国格!"

崔局长傻傻地躺在地上,竟"哇"一声,哭起来了……

薛副市长不再理他,也是一副酒醉的样子,捧着头,嘴里喃喃地说:"这事保密。谁也不能说出去。滚,滚犊子。妈的,高了,我也喝高了……"这时,站在一旁的秘书赶忙上前扶住他,摇摇晃晃地走出门去。

这天夜里,当众人都以为薛副市长喝醉了的时候,谁也没想到,他竟在午夜时分,突然召开了一个由工商、税务、公安、消防等部门参加的联席会。凌晨,等局长们打着哈欠匆匆赶来时,薛副市长已在会议室里端端正正地坐着了。

在会议室里,薛副市长笔直地在主位上坐着,头发梳得一丝不乱,神情肃然,脸上竟再无一丝醉酒的样子。只不过,他面前放着一杯酽酽的浓茶。他两手按在大茶杯子上,很威严地说:"都到齐了吧?"

众人应道:齐了,都到了。

薛副市长说:"对不起,打搅各位的好梦了。不过,事情紧急,我也是不得已……咱长话短说。这样吧,大家都知道,这是市里主抓的重点投资项目。现在,外商已经到了……老郭,你说说,还有哪些手续、执照、证件啥的,没有办的,一律给我补齐了。"

会场立时炸了……税务局长说:这,这,市长,不是不办,按规定,手续不齐呀……众人也跟着嚷嚷说,是呀,这没法办,真没法办。

薛副市长一拍桌子，黑着脸说："我告诉你们，谁影响招商引资，我撤他的职！也别给我这这那那、球长毛短，就现在，现场办公！我限定，明天早上八点钟以前，所有证照一律办齐。至于缺的手续，以后再补！"

众局长一下子傻眼了。有人小声说：老天，这都二半夜了……

有人说：办呗。啥法儿？市长说了，办就办。

最后，薛常务溜了我一眼，说："老李，李市长，你还有什么要说的？说说……"他仅停留了几秒钟，没等我接腔，跟着就说："没啥？好，散会。"

我只有苦笑的份儿了。说实话，老薛也是从工作考虑的，我不怪他。

更让我吃惊的是，第二天清晨，八点不到，薛副市长已早早地恭候在宾馆的门口了。

十一

池田龟一在天仓仅待了三天。

三天的接待，让我不得不对薛副市长刮目相看。

三天三夜，七十二个小时，这个脸上亮着麻点的薛常务、薛指挥长，几乎没合过眼。后来我才知道，那天夜里凌晨三点才散了会，五点钟，天刚蒙蒙亮，薛常务又把城关镇的镇长和近郊七里河村的村主任叫来了。

薛副市长两手按着泡有浓茶的茶杯，威严地说："事情紧急，长话短说。有个政治任务，交给你们。"

镇长一听有"政治任务"，身子一挺，说："市长吩咐吧，我们一定照办。"

七里河村的村主任也跟着说："市长你说。"

薛副市长说："老昆，你七里河有闲地吗？借一百亩用用……"

村主任眨蒙着眼说："啥？你说啥？借地？借，借啥地？这，这……"

镇长侧过身子，望望老昆，又看看市长，不知该说什么。

薛副市长脸一沉："你慌个球，又不是割你肉！你听我说。你听清楚再说。我说的是借！只借一天。"

老昆说："借？"

薛副市长说："对，借。就一天。"

老昆还是有些不放心，眨巴眨巴眼，说："那，干啥……用？"

薛副市长说："市里搞招商引资，这是个大项目。至于企业办在哪儿，以后再重新选址。当紧的是，日本人来投资，咱们要搞一个开工奠基仪式，就近。这你懂吧？先把事糊弄过去……"

老昆点着头说："懂，我懂。就一天，是吧？"

薛副市长说："就要你搞一个会场。场面要大，到时候，弄一碑，挖个坑，封封土，照照相……就这点事。"

老昆说："明白了。行，这行。"

接着，薛副市长又对镇长命令说："这个事，由你监督执行。要搞得声势大一点，要喜庆，要红旗招展，锣鼓喧天。报纸、电台、电视台都要去人……宣传上的事，你直接跟李市长，就那个，作家联系，由他具体负责。"

镇长连连点头说："马上办。我马上去办。"

最后，薛副市长严肃地说："这个事，理解要执行，不理解也要执行。执行去吧。"

说心里话，当镇长把这些情况告诉我的时候，我只是吃了一惊。是啊，老薛能做的，我未必做得了，也不会有人听我指挥。我心里清楚，这些人，我一个也调不动。老薛是本地人，他跟他们打了几十年交道，太熟了。

第二天上午，薛副市长先是陪着池田先生参观了市里的几家企业。路线是早就定了的，中途还让他看了本地一景：清代的"八角砖塔"。一路上，薛副市长一直把池田龟一像财神爷一样敬着，精神抖擞、口若悬河地给他介绍当地的情况……我们这些人只是浩浩荡荡地厮跟着。

下午安排的是"奠基仪式"。说好是三点钟开始，可车队刚出发不久，却突然停下了。只见薛副市长跳下车，很果决地一挥手，把我们一干人召集在一起……这时，薛副市长提了提裤子，很突兀地问："厕所，准备厕所了吗？"

我们都愣了。

他用手指了一下招商局长："外交无小事。老崔，快去准备。"

老崔苦着脸说："这，这，来不及了呀。"接着又说，"要不，弄个席棚，凑合一下？"

薛副市长说："不行，有外宾。"

老崔说："那，那……"

薛副市长命令道："这样，你去环卫处调一个，那儿有新进的'板式卫生间'。就说我说的，这是政治任务。我让车队围着城北新区转一圈……"

老崔挠挠头，急急忙忙地准备卫生间去了。

于是，前边有警车开道，我们整个车队就围着城北新区转起圈来，名义上是参观新区，实际是等"厕所"……一直到夕阳西下的时候，车队才进了会场。

那天下午，整个会场挂满了横幅，到处红旗招展、锣鼓喧天！城关镇的镇长安排人在会场上插了近百面红旗；为了烘托会场气氛，镇长又从附近的小学里抽调了二百名学生，一个个举着花环，表示热烈欢迎（原本已有薛副市长从食品厂借来的一百个工人助阵）……车队一进场，城关镇的镇长领着众人巴巴地迎上来，说：薛副市长，怎么样？

薛副市长一挥手说：开始。开始！

其实，"奠基仪式"仅用了不到四十分钟时间。先是薛副市长代表当地政府讲话；接着是池田先生代表外商讲话。池田讲话时本已给他准备了翻译，可池田先生会说中文，不用翻译，只好作罢。最后是老郭代表企业致答谢词。老郭上台后由于太激动，一时泪流满面，几次哽咽，话都说不出来了……薛副市长在一旁低声说：算了，下去吧。这时候，老郭突然抬起头，对着蓝天、夕阳大声喊道：兄弟，你的愿望，我实现了！

此后，我们在薛副市长的带领下，簇拥着池田先生依次走下台，来到不远处一个挖好的基坑前，在隆隆的礼炮声中，众人围着罩了红绸的奠基石，一人上前添了几锹土……这时候，只有池田先生特别认真，添几锹土，还用脚——踩实。于是，众人也都跟着踩。

奠基仪式圆满结束，我跟着薛副市长先后走进了刚搭建好的板式卫生间。让我惊讶的是，薛副市长尿泡很长，尿着尿着，他竟然睡着了。他两手捧着"枪"，仍然是撒尿的架势，却昂扬地打起了呼噜……

我怔怔地望着他。过了一会儿，我上前轻轻拍了他一下。不料，他打一尿颤，淡淡地说：没事，就一分钟。

十二

当年，日本人来投资的消息，轰动了整个天仓。

在民间，整个天仓市都在传着这样一个数字：老郭这下子大发了，正枕着一屋子钱睡大觉呢！日本人一下子投了十个亿！乖乖，十亿美金呀！

可薛副市长却私下对我说：咋办呢？头疼。我脑子眼儿疼。

我当然知道他为什么会"头疼"。他不可能不"头疼"。天仓市招商引资，声势搞得这么大，可这位从日本来的"外商"，仅仅才投了一千万日元。最初，在谈判桌上，当池田先生说出"一千万"的时候，我们都以为是人民币。虽然不算多，也不能算少了。可当他说出"日元"的时候，我们都愣住了。那时，薛副市长还不明白日元的交换比值，他大约当成"美元"了。就说：行。签吧。老郭，你签。

此刻，我重重地咳嗽了一声。崔局长会意了，他站起身，走到薛副市长跟前，耳语说：薛市长，门外有人找。

薛副市长看了他一眼，站起身，跟着他到门外去了。到了门外，关上会议室的门，崔局长急了，说：市长，声势搞这么大，这日本人才投七十多万啊。

薛副市长一怔，说：啥七十多万？不是一千万吗？

崔局长说：一千万是日元，合人民币也就是七十来万。

薛副市长说：是吗？你算清楚了？不会吧？

崔局长说：日元不值钱，合人民币就七十多万……

薛副市长说：操，你怎么不早说？

崔局长说：咋办？

薛副市长沉默片刻，说：事已至此，就这吧。记住，保密。

后来，崔局长告诉我说：李市长，日本人把咱涮了。操，光接待费都花了十多万……

就这样，笑眯眯的日本人池田龟一，以一千万日元的价格，拿走了"tthy人造金刚石新工艺"百分之四十三的股份。他本是要百分之四十九的，余下的百分之六，成了"模糊系数"，据说到了中间人手里。那么，谁是中间人呢？

总体算下来，池田的投入，还没有老郭早期的投入多！

然而，在池田龟一离开天仓的第二天，工程指挥部临时租用的那栋小楼就被围住了。人们一群一群地围在小楼前，全是要账的！

我曾经说过，老郭是个"吐噜嘴"。可谁也没有想到，他竟然欠下了那么多的人情！

老郭所有的亲戚，七大妗子八大姨……，全都拥来了；画匠王村的乡邻、附近村落的匠人朋友，也都来了；还有老郭这些年在跑事的过程中曾经借过钱、得到过帮助的一些生意上的主儿，一窝蜂都来了。枪杆刘村居然来了一百多号人，他们打着用白布做成的要债横幅，还不停地敲着锣；草帽张来的全是汉子，他们捋着袖子，个个像红了眼的狼！楼前一下子围了几百人，都是来堵老郭的，一个个义愤填膺：

"人真短哪，当初咋说的？恨不能跪那儿喊爷！一有钱脸都变了，面都见不着！"

"啥人呢！那么多钱，一辈子都花不完的钱，放那儿生娃儿呢?！亲戚都不要了？脸也不要了！"

"我这儿可是有字据的！当初红口白牙咋说的？出来，姓郭的，你给我出来……"

"他敢出来吗？他要是敢跟我照个面，我钱也不要了，当面吐他一脸唾沫，扭头就走！"

"当年，他说要给人送礼，我那一布袋甜瓜，在地里现摘的甜瓜，不说是金瓜，也是给他救了急的……"

"我那一布袋枣，大红枣，也是现摘的。年年去我那儿弄一布袋，都记着账呢。当初说那话，哼！你要真没钱也就算了。现今你有钱了，还装孙子……"

"我是有股份的。我也不要股份了，折算一下，给我钱就行。他说的，他自己亲口说，事成之后，给我百分之一的股份。十亿美元的百分之一是多少？你给我算算……"

"哎，我听说他在外包的有女人！一个女人一处宅！在省城藏了十几窝！可那钱，就是撒也花不完呢……"

枪杆刘的村主任老刘大声喊道：郭守道，你躲过初一躲不过十五！你出来！……

据我所知，老郭欠下的全是"人情债"，老郭没有任何法律责任。况且，企业还没有真正办起来，没有见到一分钱的效益。就此说来，他就更没有……可老郭还是没脸见他们。

那时，老郭就躲在那栋小楼里，透过窗帘的缝隙，悄悄地、默默地看着他的亲戚、乡邻、朋友们……没人知道老郭在想什么。这时候的老郭成了一个"贼"。一夜之间，他的头发全白了！

这天，确切地说，老郭是藏在薛副市长轿车的后备箱里，被人悄悄地从小楼里运出去的。老郭那么大个子，就那么蜷在后备箱里，窝着个脖儿，像狗一样偷偷地从那些"债权人"眼皮子底下逃出去了。在此后的两年时间里，老郭一直是东躲西藏……他再也没有回过他的老家画匠王村。

当时，我很想出去跟他们聊一聊，做些安抚性的工作，被薛副市长强令制止了。老薛说：这事，政府绝不能出面。谁也不能出去……不解释。越解释越说不清！

客观地说，这家此后被冠名为"金刚国际"的中日合资企业，薛副市长是出了大力的。薛副市长很头疼。可他是立过"军令状"的，骑虎难下。就此，薛副市长邀约省、市两地的银行，以政府的名义给"金刚国际"贷款作了担保……这也是担了风险的。在"金刚国际"筹建的过程中，每每遇到难处时，薛副市长就跟老郭拍桌子大骂，于是两人对骂，以至于闹到了互相扇耳光的地步……有一次，当着我的面，薛副市长泪流满面地指着老郭骂道："郭疯子，我他妈欠你的呀?!"老郭也拍桌子反击说："姓薛的，你就是个官迷——是你找我的!"

可出了门，薛副市长又会笑容满面地对记者说：这个企业是市里的大项目，中日合资项目！万事俱备，一定上马！薛副市长跟老郭也真够坚强。有多少次，每每遇到难关，骂归骂，吵归吵，两人都咬着牙挺过去了。

就在"金刚国际"正式投产的那一天，当薛副市长邀约省、市领导前来剪彩时，老郭不见了……后来才发现，老郭躲在厂内一个配电房的小屋里，已经去世了。

据说，当薛副市长找到他的时候，老郭在一个简易的折叠床上躺着，他因劳累过度，半夜里突发心肌梗死……他身前的木箱子上放着一个写有人情账的小本本。薛副市长还以为他睡过头了，进了配电房就骂：郭疯子，你他妈……最后，薛副市长往地上一跪，哭着喊道：三舅，三舅啊！

还有人说，就在那个配电房里，在那个木箱上，除了一个茶缸子，那个"人情债"小本本，还有一张纸，纸上写有分期还债的时间……据说，薛副市长拿起那张纸，看了一眼，而后揉成一团，先是愤然摔在了地上，而后又捡起来，装进裤兜里了。

没人知道老郭为什么会突发心脏病，也没人知道老郭当时的心情。他奔波了那么多年，多少苦日子他都熬过来了，眼看企业终于投产了，他为什么会死呢？可我知道，老郭心里很苦。他被那些人情债压着，一直翻不过身。

有民间传言说郭守道死得很值。他这一死，给郭氏后人、给整个郭氏家族换来了上百亿资产。他再也不欠任何人的债了。

有民间传言说老郭最怕有人当众唾他，怕那口"唾沫"。尤其是怕草帽张的女人们……人活一张脸哪。

有民间传言说，老郭就是要完成一个朋友的心愿。他当年答应过的事，他完成了，死而无憾。

是啊，一个命运多舛、拼命"钻挤"的人，为什么会死呢？这让人百思不得其解。此时，我突然想起了初见老郭时，他说过的一句话。老郭说：我写过诗。

是啊，老郭是写过诗的。他还有过情人……大约，他一直想在情人面前直起腰来，说一句硬气的话。可他就这么走了。也许，在骨子里，他最想做的，是一个诗人。

又三年后，"金刚国际"正式上市，资产评估已达三十七亿之多！日本人池田龟一仍然占有百分之四十三的股份。为此事曾作出过巨大贡献的薛副市长，已调任邻近一个市的市长，正职。"金刚国际"也已由老郭的大儿子接手出任董事长。

十三

在离开天仓之前，我专门到邻近的一个县去看了许由墓。

许由墓就隐在离县城不远的一个村落里。我去的那天是国庆节，阳光很好，秋庄稼已开始收割了，公路上到处晾晒着新割下的豆棵和刚掰的玉米棒子……进了村，一路打听着，绕来绕去，终于找到了通向许由墓的一条小路。小路上也铺满了村民们晾晒的玉米和豆棵，已无法通行。好在只有几十米的路，就下车步行前往。

许由墓就在眼前了。那只不过是一堆稍大一些的土丘，土丘已被圈起来了。土丘前有一墓碑，土丘外围十米左右，有一道围起来的铁栏，铁栏上有一道铁门，门是锁着的。

阳光下，那墓前连棵草都没有，静静的。没有香火，没有供品，也没有人……我心里说，这就是许由。这就是许由了。

这时，刚好有一农人闷着头，背着一袋新掰的玉米棒子从许由墓旁的田野里走过来。我问：老乡，这就是许由墓吧？

他说：是呀。

我问：门怎么锁着呢？

他说：圈起来原是要收费的。一次五元。可没人来。

而后，他抬起头看了看我，很肯定地说：退休了吧？

我笑了笑。

他说：当官在位的，谁来这地方？

就要离开天仓了。心里不免有些怅然，那感觉是说不清的……我想，我要记住的，还有一句话，是关于"桥"的。

　　不管怎么说，在天仓三年，使我认识到：人的心灵深处，是有"桥"的。也许，有的人并不明白，或许是说不清楚。可我知道，他们心里有。

　　如果木有，就建一座吧。

2013 年

○ ●

杏的眼   ·····································

一

在我们傅夏祁，有一棵老杏树。

这棵老杏树很有一些年头了，没有人知道它的树龄和历史。它不是一般的杏树，它的名字叫"十里香"。

在我们童年的记忆里，这是一棵会飞的树。有时候，在我们的梦中，它像云霞一样，在天上飞。

童年里，我们曾结伙偷杏。在我们结伙偷杏的小伙伴中，有一个人，后来成了我们的骄傲。

他的名字叫祁小元。

二

最初，没人把祁小元当作恩人。

那时候，他刚刚从部队复员回来，穿一身绿军装，走路直杠杠的，甩着两只手，好像胳膊不会打弯儿似的。关键是他不会蹲了。当我们蹲在地上的时候，他仍然像旗杆一样立着。一米七八的个头儿，使人不得不仰望他。自然，本地话也不会说了，撇一口京腔。有一段时间，私下里人们都叫他狗啃麦苗——装样（羊）。

"狗啃麦苗"也就罢了。当了几年兵，他竟然还吹嘘说他曾在天安门站过岗。人问他：啥门？他说：天安门。这就有些大了。是不是？"天安门"能是你站的地方吗?! 吹吧。

祁小元也不解释。扭过身去，直直地就走了。很骄傲的样子。这一点尤其让村人看不惯。

当然，祁小元是当兵回来后，才让人看不起的。后来，通过邻村跟他一块儿当兵的战友，他的底细慢慢就让人套出来了。是的，他的确在北京当过四年兵，也就是站岗放哨，没干过别的。据说，在北京当兵那四年，他专门买一个小收音机，每天揣在裤兜里，以听新闻的名义，悄悄地练习说普通话。比如"你好""同志们好""红粉墙上画凤凰，凤凰画在红粉墙，红凤凰、粉凤凰"之类……他想干什么呢？没人知道。据说，为了练好这口流利的普通话，他早上四点起床，站在故宫的院子里，大声念"啊喔鹅、玻坡摸佛"，喉咙喊哑了，"啊"一嘴的血沫子。练到最后，很多人都把他当成了北京人。有人问他：你哪里人？他说：傅夏祁。人问：哪个旗？他仍然说：傅夏祁。北京人不敢再问了，怕自己没学问，到了也不知道他属于什么"旗"。

还据说，当兵期间，他是很努力的。原本想留在北京，如果能提干的话，最好找一个北京姑娘。在北京当兵四年，他给排长洗了四年臭袜子。可最后也只是当了三个月的代理副排长，而后就复员了。这都是传闻。

所以，他刚刚复员回来的时候，就有了这样一个绰号，叫"狗啃麦苗"。

不过，一年零九个月后，就不一样了。

三

那时候，十里已是很远。

"十里香"就栽在夏家的院门外，它曾是全村人的饭场。

春天里，每当杏树开花的时候，我们的心就动了。我们结伙趴在场院的麦秸垛上，望着远处烟霞一样的杏花，齐声高喊：夏保兰，夏保兰，同桌祁小元！

不久，夏家院子里就会传出一声夏家奶奶的骂声：滚！

是呀，我们是看杏花的。那遒劲老枝上开出的杏花，娇艳粉嫩，花瓣云霞般在阳光下亮着。在有风的日子里，花瓣飞起来，一瓣瓣在空中旋着，像雪，像船，像梦，粉色的。

它离我们很近。

它离我们很远。

四

在我们村，昂着头走路的人，是最让人看不起的。在这里，骄傲不只是骄傲，那是"狂悖"的意思，被称为"傲造"。

我们的村子很大，是个多姓杂居的庄子。有七个相邻的自然村（也叫村民小组），户籍人口九百八十七户，三千六百口人。据说，这里最早只有三户人家：傅姓、夏姓和祁姓，是明朝洪武年间从山西洪洞县那边迁徙过来的。

再早就无从考究了。所以村名就叫：傅夏祁。

在我们傅夏祁，被人称为"傲造"的，有两个年轻人。一个是祁小元，另一个就是夏保生了。夏保生跟祁小元曾经是中学同学。夏保生个头儿比祁小元略低一些。他学习成绩好，很早就戴上眼镜了，绰号"四眼"。在学校里每每参加考试，他都是前三名。家里人也时常夸他，夸得他平时走路一纵一纵的，就像跳坑似的。头仰得很高，是半个闲人不理的。且口气也大，原本是立志要去北京读大学的。据说，祁小元当兵临走前，两人曾搭手击掌，夸下海口：北京见！

那年高考，夏保生差三分没上线，一气之下，竟离家出走了。有一段时间，县城里的电线杆上，到处都贴着印有他照片的"寻人启事"。那时村里只有一部电话，在村部。于是常听见大喇叭里喊：夏保生他娘，有线索了！于是，全村人都会围过来，听那"线索"，结果却是"晃信儿"，骗人的。

后来，突然有一天，夏家人不再提这个名字了。也不去找了。有人问起来，夏家人很淡然地说：不找了。让他死去。死外边才好呢。这个"死"当然不是真的盼他死。这是气话，还有点恨铁不成钢的意味。在我们傅夏祁，家人能说出这样的话，可以意会的是，夏保生有消息了。

果然，有传言说，有人在安徽境内看见"四眼"了。夏天里，他光着脊梁，戴一破草帽，手里拿一把扇子，眼镜腿儿上贴一胶布，蹲在淮远的街头上卖西瓜呢。

接着，又有人说，真真儿地看见他了。"四眼"嘛，不是他是谁？在蚌埠的淮河边上，穿一大裤衩子，喂蚊子（给一老板淘沙）呢。

还有的说，那不是他。他在合肥。有人见他左手里拿一抹布，右手提一小水桶，给人擦车呢……

人们见了夏家人，说：有信儿了？

夏家人淡淡地说：有信儿了。

在我们傅夏祁，闲话传到一定的时候，也就不传了。不过，有很长一段时间，这两个年轻人都曾是村里人茶余饭后的笑料。

五

黎明时分，在太阳升起之前，微风中，粉粉的杏花像烟一样在天空中浮动，像是要飞走似的。

在蒙蒙的细雨中，它就落下来了。一瓣瓣、一脉脉带红丝的粉白……残残的，像是烟化了似的。

三月末，杏花败了。杏树上结出了一豆一豆的小果。先还是青的，一点点，一点点，在圆圆的杏叶里藏着。

而后就大了，一脉一脉圆，一天圆一圈。先是黄一肚儿线，接着是一润一润的亮黄。

那是我们仰望它的日子。

它就像是冥冥之中的"信儿"。

六

九个月后，祁小元通过他三舅的关系参加了一场考试，通过考试在县交通队当了一名协警。在人们眼里，协警不是正式的警察，连警服都是自己花钱买的，相当于临时工。只不过站在岗亭上，协助警察指挥指挥交通罢了。

可祁小元当协警跟别人当协警不一样。他先是被分配到七里店岗亭值班。七里店是离县城最远的一个岗亭，也是下了高速公路之后，进县城之前的第一道岗。七里店是个镇子，祁小元常年就站在镇街外边的十字路口值班。

这个地方离县城远不说，离镇街还有一里多地，且车多灰尘大。正式的警察，有点关系的，都不大愿意来。来了也是带个班什么的，大多时间溜号了。而祁小元只是个协警，让他去哪儿他就得去，没有讨价还价的余地，自然不敢溜号。按说，这么一个终日在阳光下吃灰的协警，本来是没人会注意到他的，可有人却注意到他了。

这年夏天，临近中午时分，天降暴雨。雨下得很大，很猛，白壮子。雨像箭头一样，直嗖嗖地从天上泼下来，满地的雨钉……也就是这时候，一辆黑色的奥迪轿车从高速公路的出口开过来。当车开到离七里店岗亭大约有几十米的样子，坐在车里的人发现了站在岗亭上的警察。警察在瓢泼大雨中立着，浑身精湿。再近一些，车上的人发现，这个站在雨中的、浑身往下淌水的警察，右手五指并拢，正在向路过的车辆行礼！更让人惊讶的是，随着车行的方向，他缓缓侧身，仍右手五指并拢，行注目礼。车开过去了，坐在车上的人是前往邻县视察工作的市委书记。

雨太大，车自然开得慢了些，市委书记关相如一下子就记住了雨中的这个人。

此后，关相如每一次路过，都会看到这个向过往车辆行礼的警察。人站得直直正正，礼行得庄严、标准。他会让人想起当兵的日子。

时光荏苒，冬天很快就到了。这年的大年二十九，下来检查灾情的市委书记关相如，又在这个路口的岗亭上看到了这个警察。

天寒地冻，接连下了几天雪，大地白茫茫的。这天是有风的，西北风溜溜的，像刀子一样。岗亭上的警察全身落满了雪，脸冻得像个紫茄子。可他依然在岗亭上站着，依然向路过的车辆行礼。当车开到岗亭前时，他则侧身四十五度，行注目礼……车将要通过十字路口了，关相如突然对司机说：停车。

车停下了。关相如披着大衣从车上走下来。他对站在岗亭上的祁小元说：

小同志，冷吗？

祁小元两腿一绷，先行礼，而后说：报告，不冷。戴着手套呢。

关相如上前替他拂去帽檐上的雪，说：小同志，告诉我，你叫什么名字？

祁小元说：报告首长，我叫祁小元。

关相如问：哪个"qí"？

祁小元说：祁连山的祁，大小的小，一元钱的元。

关相如点了点头，"噢"了一声，说：辛苦了。

这时，躲在街边小商店抽烟的带班交警老胡跑了过来，一边跑一边喊：啥事？咋了？

关相如看都没看他，扭过身去，上车走了。

老胡见那人不理他，骂道：扯鸡巴淡，他谁呀？

祁小元说：不认识。

大年初七，在全市干部大会上，市委书记关相如在讲话中特别提到了"颍水县七里店岗亭的交通民警祁小元"。他说：我给你们讲一个故事。大年二十九，漫天大雪，一个警察在岗亭上立着。那不是繁华的城区，那是一个几乎没多少行人的小岗亭，他的帽檐上落满了雪，他的眉毛上结了冰，他的嘴唇冻紫了，几乎成了一个雪人。可他仍然坚守岗位，向每一台通过的车辆行礼……说着说着，书记激动了，眼里有了泪花。他说：同志们，那个地方，是下高速后的第一个岗亭，每一台途经我市的车辆都会看到他。他就是我们平原市的一张名片！多好的同志呀。我们应该向这样的同志致敬！

会后，颍水的县委书记问公安局局长：谁是祁小元？

公安局局长怔了怔，慌忙说：我还真不知道。

县委书记说：回去查查，查后报我。

公安局局长回到县里，忙把交警队的大队长找来，问：谁是祁小元？

队长摸了摸脖子，想了很长时间，说：噢，想起来了。七里店的一个协警。咋啦？

于是层层上报。三天后，县委书记去市里汇报工作，着重给市委书记汇报了祁小元的情况。最后又补充说：人不错。可惜是个协警，临时的。

市委书记关相如说：协警怎么了？你们不是老说警力不足吗？这样的人不用，用谁？

书记的话经过层层落实，一个月后，祁小元成了一名正式的交通警察。

七

五月，麦子黄梢的时候，是果子成熟的日子，也是我们结伙偷杏的日子。

"十里香"黄澄澄地在树枝上挂着。果是椭圆的，又大又酸又甜。我们闻着它的香气，馋得流下了涎水。我们想去偷，我们必须去偷。在我们这里，偷杏不是偷。夜里，我们在夏家的墙头上扒出一个个豁口，站在墙头上偷杏。可只要有一点动静，就被夏家奶奶发现了。她好像整夜不睡似的……在一些年份里，我们谁也没有吃过夏家的"十里香"。

我们想吃。我们有"内线"。

在我们结伙偷杏的日子里，夏保兰成了我们的"内线"。

上小学时，夏保兰跟祁小元是同桌。这是我们知道的。夏保兰对祁小元好，这也是我们知道的。

在"十里香"快要成熟的一些个夜晚，我们趴在夏家的院外学猫叫（这是我们的暗号）……而后，就有酸杏从夏家的院子里扔了出来，一个，两个，三个……不过，那是"落杏"。很酸。

我们知道，那是夏保兰偷偷扔出来的。我们也知道，那杏，是扔给祁小元的。

　　不过，后来，夏保兰小学毕业后，就不再上学了。再后来，她嫁给了一个瘸子。

八

　　其实，夏保生是偷偷回来过的。

　　不过，他没有回村，只是在县城里跟他妹夫见了个面。

　　夏保生的妹妹是夏保兰。夏保兰的男人是个瘸子，在县城里开摩的。此人叫王宽。王宽小时候得过小儿麻痹，落下了残疾，走路微跛，外号"王瘸子"。王宽虽然腿有点瘸，但人机灵，还有城市户口，那年月城市户口还是有吸引力的。保兰长得漂亮，人细高挑儿，俩眼忽灵灵的。两人在卖胡辣汤的铺子里见了个面，给了一万块钱的见面礼。当时保兰还提了个条件，对方也应下了。于是她偷偷地改了年龄，托人先把"证"领了。嫁个瘸子心里虽然稍稍有些委屈，但为了供哥上学，她认了。可是，阴差阳错的，哥差了三分，没考上大学。那一天，她哭了一夜，哭得很伤心。而后，她擦干眼泪，说：哥，我嫁。就是这么一句话，让夏保生无地自容。第二天一早，他离家出走了。

　　夏保兰是在县城的街口上碰见哥哥夏保生的。夏保生蹲在街口，头上戴一破草帽。她从他身边走过去，以为是要饭的，差一点没认出来。夏保生低低地叫了一声：兰，保兰。夏保兰回身低头一看，是哥。哥已瘦得脱了形了。她抓住哥的手脖，捋开袖子一看，哥一身的红点子，密密麻麻的……她叫一声：哥。眼里的泪便流出来了。

　　夏保生说：哭啥？我又没死。而后，他说：你哥无耻。不争气。不要脸。拖累你了。

夏保兰一下子泪流满面：哥，你咋这样说？

夏保生说：你去把王宽叫出来，我有话跟他说。

夏保兰求道：这都到家门口了，上家吧。

夏保生说：不去了。净丢你的人。

夏保兰知道哥的脾气，就问：你吃饭了吗？

夏保生深吸了一口气，说：吃，吃了。

夏保兰二话不说，硬拽着他进了路边卖煎包的铺子，给他要了一碗胡辣汤、两盘水煎包。夏保生勾下头，吸吸溜溜地喝了一碗，而后说：我再喝一碗。喝了，又说：我再喝一碗……他竟然一连喝了四碗！而后，他对保兰说：你把王宽叫出来，我有话跟他说。

保兰说：哥，回家吧。娘的眼都哭……

夏保生说：等哥把脸拾起来，就回。

兄妹俩就这么在街头上匆匆见了一面，分手了。

此后，夏保兰问王宽：哥让你干啥？

王宽诺诺地说：老难。怕办不了。

夏保兰说：办不了也得办。

王宽说：办。咱办。

夏保兰说：哥有信儿了。回头，把那些电杆上的寻人启事揭了吧。

王宽说：揭。我去揭。

王宽一连跑了三天，终归还是把事办了。

晚上，两人躺在被窝里，保兰问：哥让你办的啥事？

王宽说：哥要个"照"。

夏保兰说：花了多少钱？

王宽说：带上"人事儿"，五六千吧。

夏保兰说：哥是啥样的人，你知道吧？

王宽说：知道。

九

有一年，我们终于吃上了"十里香"。

在一个下暴雨的夜晚，在滚滚的雷声里，我们又一次爬上了夏家的杏树，连摘带拾，几乎偷光了夏家的麦黄杏。

我们是躲在场院的麦秸窝里分的赃……出来后我们一个个都捂着嘴。杏有酸有甜。酸得能倒了牙。甜的，真甜哪！

第二天，夏家奶奶搬出一个小板凳，一拧一拧地走到村街里（那时，她是村里唯一还活着的小脚女人），坐在村街中央昂声大骂。一骂骂了三天！

而后，我们九个孩子，被村主任一根长绳捆在一起，游街示众。人多，捆得不算紧，我们笑着走在村街里……

此后，我们发现，树梢上还挂有两个最大的杏。杏长红了，是润红色的。个儿大，饱满，圆润。可惜的是，这两个最大的杏被鸟儿啄了。它高高地挂在那里，远远望去，像两只眼睛。

后来才知道，那两个长在树梢头上的杏，是夏家奶奶专门留给鸟的。每年都一样。

那叫"杏的眼"。

那两个长有"眼睛"的杏一直高挂在树的梢头上。

它从五月一直挂到七月，当高挂在树梢上的杏，一日日萎变成紫色的时候，它就成了一泡酸甜的汁液……我们都很想用嘴接住。

我们傻傻地望着它。

它也看着我们。

十

祁小元正式入警后，抽空回了一趟家。

我们傅夏祁是个东西狭长、片片落落、七星连缀的村落。勺头是小傅村，而后是大傅村。隔一个草帽吴，也叫小吴庄。接着是大夏、薛庄、小夏，最后是祁家店。从方位说，祁家店自然就是勺底了。从勺底往南有条河，叫祁河，是淮水的支流。

说是三姓，但有着几百年的参连和纠结。你家的姑娘嫁他家，他家的儿子赘你家，从老姑奶奶说起，就这么亲戚来亲戚去的，参连久了，无论谁进了村，见了三姓中的任何一个人，论起来，都是要称呼点什么的。所以，这里虽是多姓杂合，人口众多，却又是个藏不住秘密的村子。无论谁家发生点芝麻绿豆大的事，很快，全村人都知道了。

从县城回傅夏祁二十四里路，祁小元是借了一辆自行车骑车回来的。到了村头，祁小元原本是要一路骑过去的。可远远地，就有人跟他打招呼了。

有村人说：元儿，回来了？

祁小元应一声，说：回来了。而后，他不得不从车上下来，推着自行车走。

祁小元身上的警服是新的，特别是胸前新缀上的警牌在阳光下明晃晃的，刺人的眼。

一路走来，就不断地有人打招呼：哟，元儿回来了。

祁小元说：回来了。

再有人打招呼时，说：咱元儿回来了。

祁小元还是那句话：回来了。

天气很好。话还是那样的话。一个很家常的问候语。可多了一个"咱"，就亲近了许多。

让祁小元惊讶的是，前不久还没人搭理他呢。有次回村，人们看见他装着没看见，背过身还"咳"一声。啥意思？想吧。他也知道，人们背后都叫他"狗啃麦苗"。可这次回来，一路上人们都笑着跟他打招呼，话来话去的，还多了一个"咱"。

进门后，祁小元发现，娘喜滋滋地望着他，像不认识似的。他问：咋啦？娘说：不咋。他说：你笑啥呢？娘说：一早喜鹊就叫喳喳的。而后，她磨过身，从里屋端出一个小笸箩，小笸箩里装着五个黄澄澄的麦黄杏。娘说：元儿，稀罕物。新摘的。你尝尝。

祁小元问：夏家的？

娘说：夏家的。保生他娘送来的。保生他妹夫、保兰她男人不是在城里开摩的吗？他听说信儿了。

说到夏保兰时，祁小元看了娘一眼。这一眼，把娘眼里的泪都看出来了。娘说：元儿，保兰……嫁了。

祁小元淡淡地说：我知道。而后问：啥信儿？

娘说：你入编了，是吧？啥是入编，我也不知道。总归是个好事吧。

祁小元"嗯"了一声，说：娘，东西给人家退回去吧。咱不吃人家的东西。

娘说：退不回去了。就送来八个杏，你妹小珍拿走了仨，咋退？接着，娘解释说：你保生婶也说了，杏树才结果，就这八个熟了，你可别嫌少。话都说到这一步了，咋退？

祁小元知道，夏家的这棵号称"十里香"的杏树，杏结得又大又甜，宝贝着呢。平时夏家人都舍不得吃，摘下来都拿去卖钱了。在夏家，只有夏保生可以吃那些带虫眼儿的果，他是夏家的"重点保护"……怎么就舍得给祁家送来了？

祁小元说：那，咱给她钱。

娘说：可不敢。这不打人脸吗？

祁小元无话。只说：以后别要人家的东西。

娘说：行。我记住了。

吃过午饭，临走时，娘给他准备了一兜熟鸡蛋，装在挎包里，挂在车把上。而后，娘说：不忙了，抽空再回来一趟吧。

祁小元说：什么事？

他这一"什么"，娘撇了撇嘴。娘说：一早上，院里就飞来两只喜鹊，喳喳地叫，可喜庆。不一会儿，你三姑奶就来了，还有傅家的老大媳妇，都是来给你说媒的……

祁小元一口回绝，说：你告诉她们，别操这心，我不在乡下找。

娘不吭声了。娘在他的话里听出了几分骄傲。

祁小元走后的第二天，村里又传出话来，说祁小元之所以能入编，当上正式警察，是敬礼敬出来的。

传言说，祁小元是个有心计的精明人。他特意记住了本地区领导人的车号，凡有领导路过，他就敬礼……这样一来二去，惊动了省里的大领导，给他特批了一个编制。开始人们还不大相信，说不就是敬个礼嘛，谁不会呢？怎么就能敬出个警察编制来？全县独一份呀！

再往下，传言逐渐得到了证实。村里夏保生的妹夫，在县城开摩的。残疾人开摩的不用交税，就有一怕，怕交警罚。王瘸子开摩的被老胡罚过几次，而后两人成了朋友。他说，这话是县交警队的老胡亲口告诉他的。那天他请老胡吃饭，老胡在酒桌上喝多了，还骂骂咧咧的：……这姓祁的贼呀。你不知道他有多贼气！他娘那狗娃蛋，凭啥呢？不就会敬个礼吗？你说他狗日的算个啥？狗球不是，入编的指标竟让他给抢走了。我侄子当了七年协警，成天在大街上吃灰，张风喝冷的，给队长送过多少回礼，早就答应下了，到现在还没入上编呢……妹夫说：哥，胡哥，我咋不信呢，敬个礼就能入编？老胡说：他在岗亭上站着，瞅见领导的车就行礼。那可都是些大官，好这一口呗。妹夫说：路上天天跑车，他咋知道车里坐的是大领导？老胡说：你个锤子。这你就不懂了。我告诉你一个秘密，凡县级以上领导的车号，公安局都备着案呢。妹夫说：还有这事？老胡说：日他娘，不说了。说起来也怨我。上头给分队发了一张表格，我给扔抽屉里了。不知哪一天，被这姓祁的鳖儿给翻出来，偷偷背下来了。唉，老没面子呀。我当了十八年交警，七年的分队长，还不如一个生瓜蛋子……说着说着，老胡竟哭起来了。

村里人得到消息后，也只是私下里撇撇嘴，耳朵对耳朵传些闲话罢了。等再见到祁婶时，人们的目光就发生了一些变化。每当祁婶走到村口，就有人说：婶，人物！

祁婶不明白，说：咋啦？

村人纷纷从村口的代销点里跑出来，竖起大拇指，说：婶呀，咱家小元，人物啊！等着享福吧。

在傅夏祁，"人物"，是个有着多重含意的词。它可以有一百种注解。

十一

每一年，杏花开的日子，就是我们开始做梦的日子。也是我们结伙准备偷杏的日子。

我们不是偷杏。我们偷的是快乐。我们偷的是梦境。每一个杏花开的日子，也是我们渴望做梦的日子。

晚霞中，"十里香"就像是一株火树，它像是烧起来了，接着天上的晚红，一粉一粉地飞。荡荡地飞。

梦中，我们骑着一朵朵圆圆的花瓣儿，飞到天空中，那是很远很远的地方，一个我们不知道的地方。

十二

我们傅夏祁人是往东走的。

在平原上，这是个特例。

在平原，因为水系不同，人们行走的路线也不同。一般来说，平原人大多是往西走的。那是历朝历代记忆中的逃亡路线。因为历史上黄河连年泛滥，西高东低，一般平原上的人都是往西走，背水而上。这是一种生命记忆中的惯性。这叫"逃黄"。这条线凄苦、漫长，最远的可达新疆的乌鲁木齐。而我们傅夏祁不然。

我们傅夏祁地处平原偏东南一隅，离淮河近一些。早年，淮河东行，水路可经安徽的蚌埠直通上海，出外求活路的打工一族多与行船人熟识。日后因各种原因，行走的路线惯性就是东南方向了。还有一路是往南走的，那是旱路记忆。那时候离村三十里有一条南北大路，早年赶大车运货的走的就是这条路。就此说，人的生存路径是有惯性的。这叫"活路"。最远的，就漂洋过海，跑南洋去了。凡是能走的，就再也不回来了。

改革开放后，我们傅夏祁人外出谋生走的仍是这两条路线。

近年来，在我们傅夏祁外出打工一族中，夏保生可以说是在外站住脚的第一人。夏保生人是很聪明的，且执拗。高中毕业，原本是傅夏祁最有可能考上大学的，可他差三分没考上，于是，一气之下离家出走了。

十八岁出门，往哪儿去呢？开始他自己也不清楚，只是听说本家有一位三姑奶嫁到了杭城。也只是听说，并没有具体的联络方式。于是他先是到了蚌埠，在蚌埠打了一些日子的零工，积攒了些路费后去了南京。他这一路是半流浪性质的，大约有一年的时间，他过的是风餐露宿的日子。到了南京后，先是摆摊卖了几个月的水果。开始几日还行，不到一个月就被城管把水果摊给掀了。最困难的时候，他在一个桥洞下蹲了三天，身上爬满了蚊子……此后颠沛流离才到了杭城。在杭城，他凭着二十年前一个旧信封，几经打听，终于找到了三姑奶。

在我们傅夏祁，三姑奶是个符号，她是美丽的象征。每当村里人拿什么打比喻的时候，就说：跟他三姑奶一个样儿。我们都没有见过三姑奶，大约三姑奶长得非常漂亮吧。三姑奶不仅长得漂亮，而且是傅夏祁六十年代唯一考上大学的女子。但她一去不回，只是在"文革"中期，曾经往家写过一封信，期望上边外调的时候，亲戚们能为她说几句好话（她家富农成分）。后来这封信就剩下个揉烂了的旧信封了。

夏保生就是通过旧信封上的地址，找到了三姑奶原来的单位，通过原单位，辗转打听到了三姑奶家。刚一见三姑奶的时候，夏保生吃了一惊。传说中三姑奶的美丽已经不复存在了。人似水桶一样，胖胖的。那神情就像是二十年前的旧信封，已是满面春秋。三姑奶对这个冒昧打扰的年轻人并不热情，说：你谁呀？我不认识你。于是，夏保生拿出了那个旧信封。三姑奶接过那个信封看了很久，而后问：你是广家的，还是灿家的孩子？夏保生说：广家的。三姑奶说：二哥他，好吗？夏保生说：我爷爷已经不在了。走时还念叨你呢。三姑奶沉默了一会儿，说：你是来借钱的吗？夏保生摇了摇头，说：不是。三姑奶说：那你……？夏保生说：我想找个活儿。三姑奶迟疑了一下，说：我已经退休了。等你姑爷回来再说吧。

姑爷回来后，倒显得很热情。姑爷是个官员。他从部队转业到地方后，在杭城的公交公司任职。姑爷问：会开车吗？夏保生脑子转了一圈，说：会。姑爷说：那好，我们这边出租车公司正搞改制呢，去开出租吧。姑爷又问：有住的地方吗？夏保生说：有。姑爷说：那好。下星期去公司找我吧。

其实夏保生并不会开车，没有驾照，也没有住的地方，可他就这么应承下来了。姑爷说让他下星期上班，这中间还有五天时间。于是夏保生连夜坐车赶回县里，先是找到了妹子保兰，通过保兰找到了妹夫王宽。他说：宽，你得想法给弄个"照"。

说是妹夫，王宽实际年龄比他大五岁。那时王宽正黏着保兰，说啥也得答应。夏保生先是骑着王宽的摩的练了一天，而后又花了一百块钱，让司机带着开一辆破桑塔纳练了一天。时间紧，来不及参加考试了。王宽找交警队的老胡喝了顿酒，花三千元办了一张驾照。就这么着，凭着这本驾照，他在杭城扎下了。

头一天开车，他的眼是直的，手握着方向盘就像是端着机枪一样，浑身所有的神经都绷在两只手上，开着哭着，满脸都是泪……这一天他没挣一分钱，开着车转遍了杭城的大街小巷，一路上只默念两个字：小心！小心！小心！

这是饭碗呀。

十三

"十里香"是夏家的。

后来，夏家为了阻止我们偷杏，在墙头上栽上了蒺藜，树上挂了铃铛。我们改用弹弓射。弓架是我们用树杈做的，皮筋是我们在车胎上剪的，泥蛋儿是我们用胶泥团的……当杏还青的时候，我们就开始射了，我们在墙外偷偷射下的，全是青蛋儿。杏还没长熟，是酸涩的。

每当我们的弹弓射下一个青蛋儿，就会听见夏家奶奶的骂声：遭天谴的！

哄一下，我们就跑了。

于是，我们趴在麦秸垛上，齐声高喊：夏保兰，夏保兰，同桌祁小元！

十四

祁小元正式入编一月后，按轮岗规定，奉命调到了县城南大街的中心岗亭。这里不仅是十字路口，还是全县最繁华的地方，离县政府仅三十米远。

县城的中心岗亭是有遮阳伞的。岗亭上罩着一个巨大的、由铝合金骨架支撑的五彩遮阳伞。路旁还有个供交警休息的椭圆形警亭间，里边安装了空调、电话等设施。在这里值班的交警再也不用淋雨了。

可祁小元毕竟是祁小元。祁小元在中心岗亭值班的第一天，就受到了路人的关注。他往中心岗亭上一站，就不仅仅是值班了，那几乎就是一种舞台上的表演。他在指挥交通的时候，站得笔挺不说，他的每一个动作，都像是用墨线绷出来的，十分标准。他的胳膊伸出来就是一条直线，那戴在手上的白手套在阳光下"唰唰"地亮着一道道弧形的白光；他的每一次转身，就像是在跳踢踏舞，脚跟会发出"嗒、嗒、嗒"，带有节奏的韵律；他向路过的车辆行注目礼时，那个侧身四十五度的转身动作，加上五指并拢时的行礼姿态，一气呵成，显得十分的神圣、庄严、隆重；当他挺直胸脯，一只手平行向前推出（意思是禁行），另一只手在背后有节奏地扫动（意思是另一道可以通行）时，那动作简直帅呆了！

在我们县城里，人们还是第一次看到这么标准的交通指挥"礼仪"，路人简直看傻了。三天后，十字路口陡然增加了许多行人。人们像赶会一样，一拨一拨聚在路口，伸着头看祁小元指挥交通。那岗亭像是他一个人的舞台。在这个不足三平方米的舞台上，祁小元穿着新发的警用皮鞋，把一个人的演出发挥到了极致。他戴着的白手套就像天鹅翅膀一样，在空中划出一道道吸引人的亮线。他伸臂和收臂的姿势，他的每一次转身、侧身、回身，都像是正在演奏的进行曲。他的脚步在漆成红白两色的水泥台上，一拍一拍踢踏出富有节奏感的回声。还有，他行礼的时候，全身绷直，五指并拢，右手与帽檐齐，而后侧身四十五度，仿佛在向每一个路人致敬。瞬间，路人们都有了一种莫名的神圣感，继而，会感受到一个人应有的骄傲和尊严。

自从祁小元站上了中心岗亭，这个县城的十字路口，像戏台一样，成了人们赶庙会看热闹的地方。

是呀，看傻眼的不仅仅是路人，连一同值岗的交警都很惊讶地望着他。本来是一人轮岗两个小时的，带班长却面有怨色，说：你继续吧。继续。此后，这个岗亭就没人敢上了。到了轮班时间，其他的交警都在下边指挥交通。

其实，这时候，在交警大队，祁小元是很孤立的。他就像是羊群里跑一骆驼，很不招人待见。特别是老胡，见人就说：鸡巴，你看他傲造的，不就会行个礼嘛。

可老百姓都喜欢他。这件事很快传到了县府大院。连县委马书记路过时，都专门停下车来，看他指挥交通……而后，马书记走下车，来到岗亭前，跟他握了握手，说：小祁吧？好，很好。连关书记都夸你了，说你是咱县的名片。好好干！

然而，四个月不到，一百一十七天后，已当上中心岗亭带班长的祁小元，就再也不能指挥交通了。

祁小元被人撞伤了。

最初，那是一个很普通的交通肇事。那天午后，一个喝醉酒的家伙，摇摇晃晃地从县城西街的一家饭馆里出来，倒车时不小心撞倒了在饭馆门前看车收费的老头。于是有人高喊：停车，轧住人了！可这家伙扭头看了一眼，却在一片惊呼声中开车往南跑了。于是西街值班交警呼叫中心岗亭，要求拦截这辆车号为"3188"的丰田车。

这天，祁小元刚好在岗亭上值班。当那辆车冲过来时，祁小元先是面对肇事车辆打手势要他靠边停车。那醉汉看见路口有人拦车，却没停，径直往前开。这时，祁小元吹响了哨子，令他立即停车。谁知，这"3188"竟不管不顾地冲岗了。

令人想不到的事就发生在这一刻。当"3188"就要冲过岗亭时，只听"砰"的一声，祁小元居然飞身扑在了车上（也可能是他躲闪不及）。他两手抓住挡风玻璃前的雨刷，厉声喝道：停车！

"3188"完全乱了方寸，醉汉司机踩刹车却踩在了油门上，一脚下去，只听"轰"的一声，"3188"带着趴在车前身上的祁小元往前又冲出一百多米，重重撞在路边的水泥垃圾箱上。接着，只听"咚"的一声，祁小元从车上摔下来了。

当几名交警追过来，把那家伙从车里揪出来时，此人却喃喃地说：给我舅打、打电话。我舅是……下边的话还没说出来，他就被按倒了。例行检查时，竟然在他的车里发现了毒品，这事大了。

抓住了肇事者，又在车里发现了毒品，在岗交警立即报告指挥中心……当众人去扶祁小元时，却发现他被撞在马路牙子上，站不起来了。于是赶忙叫救护车。救护车一路鸣着笛，把他送进了医院。

让人想不到的是，一个交通肇事，竟演变成了一桩毒品案。且拦车过程被十字路口的路人用手机拍下来了。这是个好事的人。这人平时就喜欢看祁小元指挥交通，这天，他不仅拍下了祁小元飞身拦车的镜头，还把照片发给了市里的《平原早报》。

第二天，《平原早报》在二版重要位置刊登了题为《交警飞身拦毒车》的大幅照片，并配有记者的采访报道。

巧的是，那天《平原早报》头版刊登的是市委书记关相如在一次会议上的重要讲话。自己的"讲话"登出来了，关相如自然是要看一眼的。看了讲话内容后，关相如随手翻开了报纸的第二版，于是就看到了这篇《交警飞身拦毒车》的文章和照片。一般人看了也就看了，可关相如对这个行礼的交警印象很深。看到他受伤住院的消息后，决定去看望一下。

市委书记专程看望，县委书记自然也要作陪，同时跟来的还有市、县公安局的领导，媒体的记者……领导们送上鲜花和慰问品，再三嘱咐他好好养伤。这时候的祁小元在病床上躺着，腿上已打了石膏，高高地吊着，受伤的肋骨和胳膊也已做了医疗固定。祁小元想要行礼，关相如上前握住他的胳膊说：别动。你别动。好好养伤……往下就有了电视台的连续报道。接着，祁小元的事迹又上了省报。

有意思的是，随着这件事的发酵，连带本县一位财政局副局长跟着吃了瓜落儿。那是因为，当公安局局长给关书记汇报肇事经过时，笑话那醉汉被抓时还说"赶紧给我舅打电话……"关相如书记随口说了句：太不像话了。查查，谁是孩他舅。

就这样，查的结果，这位"孩他舅"——县财政局副局长被停职了。在颍水县，当祁小元成为全县新闻人物的同时，"孩他舅"也就成了家喻户晓、人人皆知的一个笑料。

被停职的县财政局副局长虽有一肚子的委屈，还是提着礼品到医院看望了祁小元。见了躺在病床上的祁小元，这位资历很老的副局长倒苦水说：小元同志呀，真对不起。我是他舅不假，可他吸毒的事，天地良心，我真不知道呀。车是我女儿借给他的，谁想他会去干这事呢？我干了一辈子，该退休的人了，到了落得里外不是人。你说我冤不冤？我是真冤哪。你看能不能给领导解释一下……

不管怎么说，祁小元算是因祸得福。这一年，他被评为勇擒歹徒的优秀民警，立了三等功，全市通报表彰。在住院期间，他还跟县医院的一个护士好上了。女护士吴月文，文文气气的，特别喜欢祁小元在岗亭指挥交通时的风度。她在上下班的路上看过祁小元指挥交通，本就对他有好感。就这么住着住着，三个月后，两人有了感情。

再往下，祁小元可以说是好事连连。伤基本好了。亲事定下了。不几日，任命也下来了，他被任命为县公安局车管所的副所长。虽然只是个股级，大小也是个官儿了。据说，为安排受伤的祁小元，县公安局领导曾有不同看法，最后报到了县委，由县委马书记一锤定音。

十五

有一天夜里，当我们射下青蛋儿的时候，没有听到骂声。

夏家的院子里静悄悄的。我们觉得奇怪，有一种很不妙的感觉。

在这个夜晚，我们一共射下了七个青蛋儿。我们很警觉，那异常的安静，就像是陷阱，我们随时准备逃跑。

整整一个晚上，我们再没有听到骂声。后来，有哭声传出来，说是夏家奶奶走了。

在送夏家奶奶的那些日子里，我们不再偷杏。

那三天，夏家院门大开，村人们川流不息地前往祭拜。

院门外摆了两张方桌，方桌上摆有烟和茶水，还有一托盘的"十里香"。桌前坐着两班吹响儿的外乡人，有男有女，他们吹奏的是《百鸟朝凤》，还有《上花轿》。夏家奶奶走了，却说是"喜丧"。每一个头上勒着白布条的，都可以自由出入。

于是，我们来到了老杏树下。树已经很老了，树皮像黑铁一样，树枝干老枯皱，虬虬髯髯的，树根裸露着。让人诧异的是，它怎么能开出那么艳丽的杏花呢？

三天后，送葬的队伍把夏家奶奶送进了老坟地。那一天，村街里到处撒的都是中间打了方孔的纸钱，我们把纸钱踩在脚下，跟着送葬队伍走。

从此，村街里再也没有了那种昂扬的叫骂声。

我们很失落。

十六

开出租说是挣钱，也不容易。

夏保生出车的第一天就被罚了。其实他很小心，却压了黄线。那时候他还不知道什么是黄线，罚了两百，罚了钱就知道了。第二天很小心很小心，可还是被罚了。这次是左拐，他不认得马路边上的标志。标志上注明，这个地方是不能左拐的。又是两百。第三天，他是万分的小心，可他跑了一上午，憋着泡尿，眼看着就憋不住了，看见有厕所的地方，停下车就往厕所跑，结果车停的不是地方，又被罚了。出了厕所，见交警给前车玻璃上贴了一张条儿，看见条儿，夏保生气得掉了两行泪。于是车上放一大塑料瓶，着急的时候，就拉开裤子尿瓶里……直到十多天后，才慢慢适应了。

半年后，夏保生从杭城汇回了一笔钱，收款人并没有写他妹子夏保兰的名字，写的是王宽。汇款金额是一万二。接到汇款单，保兰对王宽说：知道我哥是啥样人了吧？

三年后，秋凉的一天，有三辆大卡车开进了村子。车上拉的是砖、瓦、水泥、木料。还呼啦啦跳下来一堆人，说话也都是南方口音……这时候人们才知道，夏家要翻盖房子了。

出面招呼这些工匠的是夏保兰和女婿王宽，但人们处处都能看到夏保生的影子，因为来的都是南方的工匠。这些工匠干活非常利索。他们在保兰的指挥下先是在院里的空地上搭起一个大帆布篷，而后把所有的东西都搬了出来。

于是扎根脚，打地基……仅仅用了半月时间，就盖起了一座五间起底的三层楼房！这座楼房大红瓦起脊，大门大窗，还带外走廊。不仅层层都有卫生间，连整个外墙都贴上了白亮亮的瓷片，看上去神气极了。

上梁的时候，鞭炮声响过，村里人一拨一拨地围过来看。看后没有人发声，人们像是嘴上贴了封条，一下子震住了。有人背过身子，自言自语地说：我×，还有这样盖房的？

保兰站在院子里，瘸子王宽站在她的身后，给每一个匠人递烟，不时地说：歇会儿。歇会儿。

在我们傅夏祁，这是外出打工的人盖起的第一座楼房。这是房子吗？这是气势。这是宣告。人们看到的不是保兰，是夏保生。这就是说，夏保生回来了。他堂堂正正地回村来了。

人们说：人物啊！

十七

村里人都认为"十里香"是一棵神树。

我们也都期望着"十里香"能给我们带来好运。

杏花开的日子里，我们曾一人捧一蓝边粗瓷大碗，坐在饭场上，渴望着杏花能飘进我们的碗里，那是福气。我们比碗，看谁的碗大。我们等啊等，可杏花却一片片飞走了。

那一年杏花像是长疯了似的，一树绯红……村里人都说，夏保生的成功，验证了"十里香"的神性。

后来，村人们就开始祭拜了。盼生儿子的，盼娶媳妇的，盼外出发财的……烧过纸钱后，还会在树上拴一红布条。

那是一个一个的念想。

十八

祁小元结婚了。

他结婚办喜事没有告知村人，甚至还刻意地避开村人，悄悄地搞了个什么"旅行结婚"。开初祁婶不愿，说你这不是打脸吗？叫人笑话。祁小元却执意要这样做。据说两个人去了趟北京，跑到天安门广场照了张相……就算结婚了。

可我们傅夏祁是个讲古礼的村子。结婚是大事，礼数还是要讲的。于是，村人们听说信儿后，还是有了表示。那时村人们还都不富裕，傅夏祁三大姓，加上草帽吴、小薛庄的亲戚们，他们有的是三家联合，也有五家联合、七家联合、九家联合……共计送床单四十四张，毛毯二十八条，红缎子被面十二幅，带有红喜字的洗脸盆十八个。这些贺礼都用红纸包着，红纸礼单上写有送礼者的名字。

贺礼送到祁家，祁婶搓着两只手，一脸的尴尬。这礼收也不是，不收也不是。收吧，你一没告知，二没摆酒，凭什么收人家东西？不收吧，贺礼已送家来了。老天，咋办呢？

祁婶愁得一夜没睡。赶忙央人给祁小元捎信儿，让他赶快回来一趟。还给捎信儿的下狠话说：你就说我快死了，看他回来不回来。

那时村里人还没用上手机。捎信人把话带给了夏家妹夫，妹夫王宽骑着他的摩的就找祁小元去了。见了祁小元，妹夫说：哥，赶紧，祁婶有急事。祁小元问：啥事？王宽说：捎信儿人说，赶紧的，慢了就……祁小元来不及要车，坐上他的摩的就回村了。

回到家，祁小元叫着：娘，娘……慌慌地进了门，就见祁婶好好地在床边上坐着。他怔了一下，说：娘，你没事吧？

娘一下掉泪了。娘说：不让你"驴"，你非去"驴"。这"驴"也"驴"了，酒席还得摆。你看咋办吧？

祁小元听了，气不打一处来，发火道：娘，不给你说过了嘛，咱不摆酒！婚都结过了，还花那冤枉钱干啥？我再说一遍，我们是"旅行结婚"，不是"驴"！

祁婶嘴一努，说：你看看，你看看吧……咋办？

祁小元扭身一看，村人送的贺礼一份一份地在柜子上摆着，贺礼上还都有礼单，都写着名字呢。他翻看了几份，很冲动地说：这还不好办。谁家的，给谁退回去。

祁婶说：冤家，咋退？有三家的，有五家的，有七八家联手送的……你退给谁?！再说了，一个村住着，你还让你娘出门不？还要脸不要了？

祁小元重又拿起礼单看了看，心乱如麻，说：那，你说？

祁婶说：叫我说，这酒，还得办。不是花钱的事，是脸气。咱收了人家的礼，若是连酒席都不办，以后咋活人呢?！

祁小元急了，说：娘啊，我结婚办事，主要是人家月文家出的钱。住的房是人家娘家的，家里东西大多也是人家添置的。说句不好听话，我这算入赘……娘，你算过账吗？咱村几千口子人，就说来一半，也得一百多桌。一百多桌呀！咱哪有那么多钱?！妹子正上高中，我还要给她积攒学费和生活费。将来她还要上大学呢……这样吧，我不怕丢人，这礼我去退。

祁婶说：你让我死呢！你要是退了礼，你娘还有脸在这村里住吗？

在我们傅夏祁，祁小元的价值最先是被本村女婿、瘸子王宽发现的。据王宽说，祁小元能跟县医院的女护士吴月文结婚，是他最先看出"桥"的，也是他把两人撮合在一起的。两人最后能走到一起，他应是头功。究竟是不是呢？没有人知道。不过，王宽眼皮活，对两人的事很上心，这倒是真的。祁小元住医院时，王宽曾多次去看望，进门就说：哥，我是咱傅夏祁的门婿，跟保兰是一家……而后，隔三岔五地去送点什么。他也是第一个见了吴月文就喊"嫂"的。

当事僵到这里的时候，妹夫王宽从院里进来说：婶，你别愁，这也不算个啥事。我看这样吧，我替我哥把这事办了。

祁婶说：你咋办？

王宽说：元儿哥不愿摆酒，这酒咱不摆。但这个意思咱还得表示。

祁婶摊着两手，说：咋，咋个表示？

王宽说：叫我说，一家送一袋奶糖，是喜糖。就城里那大白兔奶糖。不丑气。大白兔奶糖小店里卖三块钱一斤，我找人弄个批发价，才两块多。顶多几百块，不上一千，就把事办了。这事我去办。喜糖我替我哥去送，可哥得给我句话。

祁小元说：啥话？

王宽说：你现今是县局的车管所所长。往后村里人有啥事，你肯定会帮忙的。只要有这句话就行。

祁小元很决绝地说：这话我不能应承。

王宽说：不就是句话嘛，咋不能应承？

祁婶也说：应。咋不能应？

祁小元急了，说：娘，我只是个副所长……再说了，犯法的事，违反原则的事，咱不能干。

王宽说：哥，看你这话说的。谁让你干犯法的事了？不就是个情面嘛。以后遇上啥事，你能办，则办。不能办，也不会勉强你。婶，你说是不是？

祁婶说：是啊，谁还没个三亲六故的。

事情到了这一步，祁小元无话可说。

王宽说：有哥这句话，事我去办。

王宽果然很会办事。他在城里搞到了一麻袋批发来的上边印有"红双喜"字的大白兔奶糖，又搞了不少一斤装的塑料袋，分包装了，说是元儿哥的喜糖，一家家给人送去。而后再声明元儿哥是旅行结婚。而后再递上那句话……村人们自然不好说什么，他毕竟是村里的门婿。等王宽走后，也只是撇撇嘴，相互咬咬耳朵罢了。

过了半个月，等祁小元找王瘸子算账的时候，说：宽，那糖，花了多少钱，算算，我给你。

王宽说：哥，啥钱？我还得给你钱呢。

王宽是个能人。经与祁婶商量，家里收的那些贺礼也经王宽的手，送到城里的商店代卖了一部分。结果，他不但没收祁小元一分钱，还拿出了一千八百元，说是卖那贺礼变现后余下的钱。祁小元皱了皱眉头，不接，说：你给我娘吧。到时，好给人家随礼。

按说，账平了，面子大小不说，也算有了。可那句话，烙在祁小元心里了。

十九

我们在慢慢长大。

不再偷杏的日子里，我们曾结伙种下了七个杏仁。我们有七个杏仁，这七个杏仁是我们的希望。杏仁是苦的，我们期望着能长出甜意。

七个杏仁，却只长出了一棵芽。很小的芽，只有两个芽叶。

我们很失望。但我们也算是有了希望。我们每天去看这棵芽，我们希望它快快长。

我们天天给它浇水……我们也很想给它施点肥。

有人建议用尿浇。可我们不敢，怕烧死了。

那棵小芽终于长出苗了。

一棵很小的苗。

等树苗长到半人高时，慢慢，我们发现，那叶儿不是圆的。

后来，听大人说，那不是树，那是杂棵子，也叫燕屎，是燕儿吃草籽拉下的。

那么，我们种下的"十里香"呢？

我们还记得，祁小元当兵临走的那天夜里，场院里的麦秸后有两个黑影，两人在那里站了半夜……我们不知道，另一个黑影是谁，我们猜是夏保兰。

此后，两人就成了路人。

二十

夏保生回来了。

夏保生是开着轿车回来的。不是出租，是他自己买的车。人们说，还是"四个圈"的。

这一次，夏保生回村象征性地转了一圈，给村里爷们儿一一敬烟问好，一点也不"傲造"了。人们望着他，只见他不但脸色润展了，也不是"四眼"了。

据说，夏保生不但在杭城站住了脚，而且在姑爷的帮助下先后承包了二十辆出租车，成了一个小老板了。夏保生这次回来，本来是要带人的，可因为驾照的事，一下被卡住了。村里有五个年轻人，都愿意跟他去开出租，可路考的时候，有四个没有通过。那边急着用人，驾照却没有拿到。夏保生急了，时间不等人，说干脆花钱买吧。谁知黑照又涨价了，原来托托人，三千就可以办下来，现在得五千，村里这几个年轻人一时都拿不出这么多钱。急得夏保生一头火！

　　大舅哥的事情，王宽不能不管。他说：老胡不能再找了，老胡太黑。再说，他也只是个中间人，托了他，还得挨门磕头……这回，咱换个主儿。夏保生说：那你说找谁？我这是急茬儿。有人抢着承包呢，不能等。王宽说：手头倒是有个人，咱村的，还是个车管所的副所长。夏保生说：谁呀？王宽说：祁小元。夏保生说：不当兵去了吗？王宽说：早复员回来了。夏保生说：所长都当上了？咋弄的？我找他去。我跟他是同学！王宽说：那，你试试？夏保生说：他当家不当家？王宽说：虽说是副的，可他毕竟是所长呀。夏保生说：那好，我找他去。王宽说：哥，拿点啥？夏保生说：老同学。我要给他掂东西，不等于打他的脸吗？

　　夏保生在车管所的办公室里见到了祁小元。两人初一见面，都怔住了。好久，夏保生叫了一声：元儿，还认识我吗？祁小元说：是保生啊，回来了。夏保生说：回来了。听说你当所长了，来看看你。祁小元说：副的。是副职。两人就那么相互看着，都曾是很骄傲的人。都曾经"傲造"过，也曾经失落过。再次见面，只剩下了那一点点矜持。祁小元问：眼镜呢，咋不戴眼镜了？夏保生说：我戴的是隐形眼镜，看不出来。祁小元说：噢，隐形。怪不道。你胖了。夏保生说：胖了吗？祁小元说：胖了。夏保生没话找话说：听说，中央又有新精神下来了？祁小元看了他一眼，说：精神？啥精神？这本就是没话找话，却把两个人都伤着了……夏保生说完就后悔了，恨不得扇自己一耳光。往下，两人沉默了片刻，竟没话说了。过了一会儿，祁小元说：我还有个会。你，有事吗？夏保生一时语塞，竟不知该怎么说了。在外流浪时，他求过很多人，可见了老同学祁小元，却不知道如何开口了。脸丢在外边没人知道，可这是家门口呀。他说：也、也，没啥事。祁小元站起身，说：那好。保生，我这会儿忙。过两天，咱再聚。夏保生说：你忙。你忙。

　　出了车管所，王宽迎上去问：咋样？

　　夏保生没头没脑地说：一戴上大盖帽，咋就不是他了。

　　王宽说：看看，你不知道，这人臭球，不愿给村里人办事。

夏保生问：他抽烟吗？

王宽说：不抽。

夏保生问：喝酒吗？

王宽说：一滴不沾。

夏保生恼羞成怒，说：我那儿等不及了。那就用钱砸，撂翻他。

王宽想了想说：哥，这样，我脸皮厚，叫我再试试。有门儿，咱就砸。没门儿，咱再想别的办法。

这两年，祁小元一直是躲着村里人的，他已经有很长时间没回村了。王宽这次来，手里提了两桶五斤装的小磨香油，进门来叫一声：哥，不简单哪，坐上办公室了。祁小元抬头看了他一眼，倒还是很客气地说：宽哪，坐，快坐。王宽说：哥呀，也没啥拿，给你掂壶油。祁小元说：有事吗？王宽说：也不是个啥事。我哥保生，保兰他哥，回来了。喝酒时，不小心把驾照丢了。他急着走，想补办一个。外边排队太长……祁小元说：就这事呀。我见过保生了。你看，他咋不说呢？王宽说：他脸皮薄，怕你磨不开脸。其实，就这事……祁小元很想拔了烙在心里的那根刺，这算是有机会了。他说：行。这事不违反规定。我交代一下，给他补个照。可有一样，油掂走。你要不掂，这个忙我就不帮了。王宽说：哥，一壶油……祁小元沉下脸来，说了两个字：掂走。

出了车管所的大门，夏保生正在门外等着呢。他见王宽又提着油一瘸一拐地出来了，很失望地问：没门儿？

王宽却说：有门儿。

当天夜里，王宽骑着他的摩的把祁婶给接来了。一路上，他给祁婶交代了些话，让祁婶照着他的话说。祁婶觉得欠下了他天大一个人情，也很想把人情给还了，就说：姑爷，放心吧，就按你的说。

儿子住的是亲家的房子。祁婶虽是当娘的，却是第一次进儿子的家门，心里还是有些忐忑。王宽在门外等了一个多小时，见里边仍然没有动静，心里急，于是就推门进去了。他进屋后，没话找话说：嫂子没在家？

祁小元闷闷地坐在那里，一声不吭。祁婶呢，半坐在沙发上，正在抹眼泪。见此情景，王宽说：婶，你也别难为我哥了。都是村里爷们儿的事情，办不成就算了。这时，祁小元沉着脸说：宽，是你给我娘出的幺蛾子吧？王宽说：哥，这可不是我出的主意。如今找个活路不容易。好不容易有个门道，能帮就帮，不能帮就算了。祁小元解释说：我不是不帮。考驾照的事能是小事吗？出了问题怎么办？王宽说：是。理儿是这个理儿。其实，村里的几个年轻人，也都不是笨人。考试科目大部分都过了，就是个"搬库"，一不小心，压线了。说起来也没多大个事。在城里开个出租，路边走路边停，也……祁小元生硬地说：没过就是没过。哪个科目不过都不行，不管你压线不压线。王宽说：是。论说是。哥，可你是说过话的呀。你说能帮就帮。祁小元气呼呼地说：我咋帮？你叫我咋帮？他一急，竟忘了说普通话了。王宽说：哥，这是个急茬儿。你看这样行不行？不让你出面。你写个条儿，就说，这几个人是我的亲戚，在不违反规定的情况下，请给以关照。下边的事，我去办。办成了，是哥的脸气。办不成，也不丢哥的人。祁小元说：那也不行！这个条儿我不能写。这时候，祁婶抬头望着他，满脸是泪……王宽这时又加了一句：哥，你要是这样说，那就是哥不愿帮了，我怕这话捎回去，祁婶……

此时，屋子里的空气十分沉闷。祁小元望着娘，娘的嘴撇着，想说句什么，却没有说，就像是被人踹了一脚的烂柿子，眼里的泪正一滴一滴地往下掉。爹走得早，娘一个人养他兄妹两个……不容易。

终于，祁小元说：下不为例。就这一次。说完他看了看娘，娘还是不说话。娘的头发白了，一张泪脸上布满了皱纹。娘是从地里直接赶来的，衣襟上还挂着一小节狗狗秧，看上去可怜兮兮的，让人心疼。

祁小元愁着个脸，很勉强地站起身，从抽屉里找出一张信纸，拿出笔来，没好气地问：都谁呀？王宽依次报上名字：祁国定，二婶家的孩子；傅二毛，前院罗锅叔家的；夏清才，四姑家老大；吴运祥，六舅家的；姜玉海，姨家的。都是亲戚。

祁小元提笔前在心里斟酌了一下，特别注明了那句"在不违反规定的情况下，给以办理"。他没写"关照"。他觉得不写"关照"好。

这张条儿在交给王宽之前，他又迟疑了一会儿，从桌子的抽屉里拿出手章，在嘴上哈了一下，郑重地盖上了他的章。而后，再次叮嘱说：只此一次。

王宽说：放一百个心。不给你找麻烦。

谁也没想到，王宽就是凭着这张写有"不违反规定"的条子，一下子办成了五本驾照。当然，他是给经办人送了礼的。

二十一

五月，又是五月了。

每当我们从夏家院前走过时，我们能看到的，是"杏的眼"。它高高地挂在树梢上，看着我们走过。

不知从什么时候开始，也不知从谁开始，在一个早晨之后，除了祭拜，村子里还有了一个传言，说"十里香"冒烟了。那烟一直冒了三天，有人亲眼看见，它显灵了。

于是，当我们离开村子的时候，家人会用红丝线穿上一个"十里香"的杏核，让我们挂在脖子里，它成了我们的"护身佛"。

后来，凡傅夏祁人外出时，脖子里都会挂上这样一个"护身佛"。

二十二

一万……还多呀!

当那个消息传回来的时候,傅夏祁的村人们一下子炸窝了。在村里种地,背着老日头,春秋两季,种种收收,一年忙到头,一亩地顶多能挣一两千块钱,扣下买种子和化肥、浇地用电,再加上收割机械的费用,剩下的就不多了。可在杭城开个出租车,好的时候一个月竟然能挣一万多!差一点的也能挣七八千。我的天哪,一个月就能挣一万多呀!这是想也不敢想的。差距怎么就这么大呢?还让人活不?

据说,夏家的夏保生,原也是开出租车,如今不仅当上了老板,且已经在杭城买下了房子,办了户口,成了生活在天堂里的人了。这都是千真万确的。于是,傅夏祁人就有了目标和方向。

我们傅夏祁的人还知道,要吃这碗饭,咱得天独厚。因为我们有一个好"连手"。在傅夏祁,"连手"不仅仅是指亲戚,也有关系、攀附、合谋的意味。这当然指的是祁小元了。我们傅夏祁的祁小元,是车管所的所长啊。有了这层关系,还怕什么呢?于是,人们提着礼物蜂拥而来……结果却很失望,他们全都被黑着脸的祁小元怼回去了。

不过,没有不透风的墙。我们傅夏祁的人都是很透的。东方不亮,西方亮。摸清门道后,转头去找村里的门婿王宽。王宽可以说是一手托两家。一个是杭城的大舅哥夏保生,夏总。一个是车管所的祁小元,祁所长。就此,这条路才算走通了。

夏家的门婿,王瘸子,王宽,如今也是个"人物"了。他已经不开摩的了,如今在县郊租了一片场地,在场地上画了几条白线,买了几辆破桑塔纳,雇了两个退休司机，成了驾校的王经理了。王宽对村人们说：爷们儿，不是元哥不帮忙。这个忙他肯定帮。但你们这样不行。一家伙都拥到他家去，拿个仨瓜俩枣，立马三刻要他办，这怎么可能呢？车管所是县公安局的，上有法律，下有规定……不是给咱村开的。你们说是不是？论说，元哥给办个驾照不是问题，得有路径。

王宽自当了驾校经理之后就开始发福了，肚子也挺起来了，脸上汪着一层油。王经理所说的"路径"，其实很简单，就是上他的相生驾校。相生驾校对本村人有优惠。外人四千，本村人三千，至亲只要两千。而且不管考试能不能过，保证能拿到驾照。这么一来，报名上相生驾校的人自然就多了。

上了相生驾校，仍没有考过关的，王宽自有办法。这个办法对外是不说的。只说是祁小元祁所长帮忙办的。王宽是个明白人，他知道不能次次都去找祁所长……他只是遇上了特殊情况，一年半载或是三五个月才去找一回。其余的，都是他自己处理的。自从拿到了祁小元写的那张条子后，王宽就有办法了。他早年患上小儿麻痹后，曾跟一个瘫子学过一段刻章技术。后来开摩的就用不上了。现在他又拾起来了。他先是学着模仿祁小元的字体，又仿着章印刻了一个祁小元的章。需要的时候，他就盖上。有一次来不及，他就现用生萝卜刻了一个，居然也蒙过去了。再加上已买通了具体的经办人，办一个"照"给一个"照"的钱。先是一百二百，后来涨到了五百。拿到驾照的人自然高兴，他们都知道，这是祁所长给帮忙办的。虽然他黑着个脸，但傅夏祁的人知道，他那是做给外人看的，心里近。

这个时候，我们傅夏祁又出了一个能人，他叫傅二毛。傅二毛原也是跟着夏保生在杭城开出租的。只因送一个客商去机场，后来到深圳落了脚。听说，那天傅二毛拉的是一个香港的客商。客户下车忘车上一个包，傅二毛一直在原地候着，直到那人心急火燎地找回来。拿到皮包，打开查验后，那人感动得从皮夹里拿出一沓子港币，递到了他手里，一再说：谢啦！谢谢啦！可他不要。于是，那人问他：你看过包包里东西啦？他说：没有。那人说：

这样，小兄弟，你愿意跟我去深圳吗？他说：去深圳？那人说：我看你是个实诚人。我在深圳的出租车行业也是有股份的。你去我那儿干吧，咱们交个朋友。于是，傅二毛回去交了车，直奔深圳。傅二毛到深圳后，成了这家出租车公司的二老板，管着一个车队。就此，他给我们傅夏祁人又开辟了一条活路……村里人说，在深圳开出租比杭城的收入还要高。多年之后，在杭城和深圳，仅我们傅夏祁一个村，连亲戚带朋友，开出租的就有五百七十多人。加上各自的家小，出去的足有一两千人之多。

我们傅夏祁外出打工的人走了一批又一批。每批要走的人，大都要通过相生驾校买上一个"照"。这个驾照不一定都用得上，那是备选的。如果一时找不到更合适的活路，还可以开出租，就像是平白多了一份手艺。所以我们傅夏祁是感恩的。我们的恩人就是祁家的祁小元，祁所长。是他帮助我们在外边站住了脚。各自挣多挣少都有碗饭吃。

这年，入冬的时候，祁小元突然想起，他妹妹，在县高中上学的小珍，自夏天以来，就没找他要过学杂费和生活费。假期里，小珍原说要上英语补习班，后来也不再听她吭声了。是生自己的气了？这么一想，祁小元有点慌。他怪自己忙昏了头，竟然忘记给妹妹送生活费和补课费了。他开车去了城南的县一高。等找到宿舍，他却怔住了。妹妹小珍的床头边，挂着一件很新潮的衣服，标签还没去掉，很醒目。更让他吃惊的是，妹妹竟捧着手机在玩！

祁小元问：珍，谁的手机？

祁小珍头都没抬，说：买的。

祁小元说：你一个学生，买手机干啥？

祁小珍说：哥，人家都有。

祁小元吃了一惊：谁给你的钱？

这时，祁小珍才抬起头说：不是你给的吗？

祁小元一愣，说：我啥时给你钱了？

祁小珍说：是宽哥。他说你忙，你让他送来的……后来他给我办了张卡，月月往卡里打钱。

祁小元慌了，问：打了多少？

祁小珍说：我没查，大概有一两万吧。

祁小元说：卡呢？

祁小珍很不情愿地把那张银行卡拿了出来，说：哥，咋啦？

祁小元把卡抓在手里，返身就要去找王宽。临走对小珍说：手机给人家退回去。

祁小元是在县城东郊相生驾校找到王宽的。说是"驾校"，也就是个两三亩大的院子，院子里画了几条白线格子，有两辆破旧的桑塔纳在白线格子里缓缓开动。

多日不见，王宽如今也有自己的办公室了。一个里外套间的房子。外间摆着一圈人造革沙发，沙发边沿处绽开了破口，露出发黄的海绵。里间有办公桌，办公桌上有两部电话，摊开的塑料袋里有油炸花生米，桌上还有开了瓶的"劲酒"。王宽穿一身西装，挽着袖子，喝口酒，再丢一粒油炸花生，很滋润的样子。看见祁小元，忙起身说：哥，我的哥，哟嗨，哪阵风把你刮来了？坐，快坐。说着，连拉带拽地把祁小元按坐在他的椅子上。

祁小元十分感慨地说：宽，日子不错嘛。

王宽说：沾哥的光，这都是沾哥的光。哥，我是委员哪，政协委员，县里的。要不是哥，我能当上委员？

祁小元说：噢，是委员了。你胡说啥，沾我啥光？说着，他把那张银行卡从兜里掏了出来，放在了桌上。而后说：这是怎么回事？

王宽说：哥，还没顾上给你说呢。咱办这相生驾校，你是有股份的。这事我跟保生哥商量过。保生出钱多，拿大头，百分之五十。我出力、跑腿，出钱少，占百分之四十。哥，你拿干股，百分之十。不多。

祁小元愣了一下，说：我又没出钱，凭啥拿你百分之十？

王宽说：哥，你没少出力呀。有你在那儿站着，咱相生驾校，就有生源了呀。怕你不要，这不，我给咱妹子拿去了。妹子上学，正是花钱的时候。

祁小元说：小珍一共拿了你多少钱？

王宽说：不多。一月五千。年底再算账……

祁小元说：这钱你收回去，我不能要。

王宽说：哥，能听我说句掏心窝子的话吗？

祁小元说：你说。

王宽说：哥，我给你找过麻烦吗？没有吧。咱这驾校，是堂堂正正的，各种手续一样不缺。违法的事咱也不干。哥呀，你说，要是局长给你打个招呼，让你给谁办个"照"，你能不办吗？你不办有人办。你要是真不办，恐怕就得挪挪地方了。你说是不是？再说了，你一直在嫂子家住着，这是长事吗？你得有自己的窝了。叫我说，买套房吧，我去过家里两回，咋都觉得窝憋。你说呢？实话给你说吧，哥，这钱就是你不拿，有人拿。就你车管所那经办人老崔，崔国定，是局长他亲侄儿，办一个我给他三百。他可都收了呀！哥呀，我知道，你想当个干净人。可这就是一池子浑水，你干净得了吗？

祁小元一怔：你是说，他手里有我写的条儿？

王宽说：可不。不过，你放心，有是有，没几张。

祁小元一拍桌子：王宽！

王宽说：哥，放心吧。你拿的是股金，是驾校的合法收入。你没拿过一分驾照的钱。我再说一句，咱傅夏祁的人都知道你是咱村的恩人！你回去打听打听，没人说一句二话。祁婶在咱村，那是没人敢不敬的……

祁小元站在那里，再一次无话可说。这些年，有些事情，他是知道的。比如局里领导打个电话，那是不能不办的。就像王宽说的，你不办，有人办。而且，在月文家住着，丈母娘的脸色很难看。很多小事，一件件堆着，让人头疼。况且……是啊，连王宽这样的人，都人五人六地坐在办公室里了，小酒喝着，桌上还摆着两部电话。

这一刹那间，他有些恍惚。

二十三

在外打工的人，每一次往家里打电话，都要问一问："十里香"还在吗？

家里人说：在。

问：开花吗？

家里人说：开。

打电话的人说：又梦见它了。树像伞一样，下边是一个一个的粗瓷大碗，它在一个个大碗里盛着……

家里人说：那是庇佑你哪。

二十四

那天晚上的事情，对于祁小元来说，是一次轰毁。

他喝醉了。是平生第一次醉酒。

进入腊月，祁小元去杭城开了个会，是有关车辆安全方面的会议。按会议规定，他是坐火车去的。会开了三天，可回来时，却买不到火车票了。城市大，会上人多，祁小元不好再麻烦人家。无奈之际，他给夏保生打了个电话。谁知，这一个电话打过去，夏保生不再叫"小元"了，也不再以老同学的口气说话了，开口称"哥"，他说：哥，在哪儿呢？祁小元说：在杭城，开个会。夏保生说：哥，你等着。没等祁小元说完话，甚至连地址都没问，夏保生就把手机挂了。

一小时之后，祁小元的手机响了。夏保生在电话里说：元哥，我在酒店门口，下来吧。

祁小元来到酒店门口时，见夏保生站在门口的一辆奥迪车前，仍拿着手机在打电话……等祁小元走到跟前，夏保生合上手机，说：元哥，你是请都请不到啊。上车，上车吧。

当晚，祁小元就这么稀里糊涂地被夏保生拉到了杭城西湖边上，一家名为"西湖春天"的酒楼里。祁小元也是后来才知道，夏保生把整个"西湖春天"二楼所有的包间都包下来了。真是腰里有钱胆子壮啊。

进了包间后，夏保生说：哥，你既然来杭城了，有三道菜你一定要尝尝。一个是西湖醋鱼，一个是水晶虾仁，一个是东坡肉。其余说得上的，也就是汤类了，都尝尝……祁小元说：不用这么麻烦吧？我也就是……夏保生说：元哥，车票的事不说了，包在我身上。你既然来了，就听我的吧。他朝外吩咐说：上菜！

不一会儿，就有一拨一拨的出租车司机拥进来，叫道：哥呢？元哥呢？哪屋？而后，人们一个个进来跟他握手，那情形很像是朝拜。人们进了雅间，一个个自我介绍说：哥，傅夏祁的……叔，傅夏祁的……舅，傅夏祁的……爷们儿，傅夏祁的……在这样的情形下，谁都会晕的。酒还没喝，祁小元的头就有些蒙了。到了后来，见雅间里进人太多，乱哄哄的，夏保生说：都回去。各自归位。待会儿再过来给元哥敬酒吧。

等十二桌人全部到齐了，夏保生端着酒，站起身来，说：各位爷们儿，听我说。元哥，也就是咱县车管所的祁所长，可以说是咱傅夏祁全村人的恩人！没有祁所长，就没有咱们的今天。可这么多年来，祁所长从未喝过咱一口酒，吃过咱一顿饭。我知道各位心里都过意不去。这样吧，我代大伙先敬上一杯！先喝为敬，我先干三杯。说着，满满地倒了三杯，一杯杯喝下，而后当众亮底。祁小元赶忙制止说：保生，我不沾酒。夏保生说：哥哥，你听我再说一句。你知道，我夏保生差三分没考上大学，死的心都有了……哥，如今，活到现在，我才觉得我是个人了。不管怎么说，不说有房有车吧，下一辈人，再也不用差三分考不上学了。这边分低呀……说到这里，夏保生眼里湿湿的。他接着说：哥哥，大伙能有今天，乡亲们自然都念你的好。你在别的地方可以不喝。一、你这是来杭城了。不上班了。二、在座的全是老乡。老乡见老乡，今天你必须得喝。你要不喝，大伙过意不去。我看这样吧，你不喝白的，可以喝红的，不喝红的，可以喝啤的。哥，这么多人都是冲你来的，你得喝呀。

祁小元看实在难以推托，只好说：那，我喝点啤酒吧。

夏保生立即吩咐说：上啤酒！

酒至半酣，坐在各个雅间里的老乡，纷纷前来敬酒。这个说：哥，要不是你批的条子，兄弟拿不住"照"呀。你不知道，练车时候，鳖孙教练把我熊得跟三孙子样儿，头都是蒙的。考一次不过，再考，还不过……现在，哼，闭着眼我都能"搬库"。哥，你得喝一个。知道你不喝酒，喝一口也行……那个说：叔，我是雁来家的老二，栓柱呀。你不记得我了？咱可是至亲，我敬叔一杯。叔啊，我儿子也过来了。在这儿上学呢，三年级，都会说那外国话了。别的就不说了，都在酒里……还有的已是半醉，说：老舅，我娘说了，啥时都不能忘了老舅。他的嘴贴在祁小元的耳朵上说：你外甥媳妇也来了，一家都来了。都不少挣啊。不诓你，郊区的房也订下了，都快拿到本了。不说了，喝！你要不喝，这样行不行？我三杯，你一口。这总行吧……祁小元开始还是一口一口地喝，啤酒凉凉的，很舒服。

酒喝到八九分的时候，栓柱又一次从隔壁雅间里端着酒来到了祁小元身边。他喷着满嘴的酒气说：叔，我想再表示一下心情。夏保生接过话头说：那你敬酒啊。再敬。栓柱说：我、我不让叔喝、喝了。我给叔唱、唱个歌！栓柱一拍胸脯：叔，这是我自己写的歌！我，我还想上那个啥，中央电视台呢。你听听。祁小元说：哟，真看不出，栓柱还会写歌呢。栓柱说：夜、夜里睡不着的时候，瞎哼哼的。叔，你别笑话。

这时，众人跟着拍手起哄：唱。唱一个！唱一个！

栓柱就汪着腰，仰着个脖儿，一手托着后脊梁，哑着个喉咙，唱起来：

我们是钉。我们是钉。

水泥钉！水泥钉！（众人齐和）

只要一个缝，只要一个缝——就搎下一条命。

生儿育女！生儿育女！（众人齐和）

我们是虫。我们是虫。

毛毛虫！毛毛虫！（众人齐和）

只要一个缝，只要一个缝——就搎下一条命。

生儿育女！生儿育女！

…………

栓柱的歌声哑哑的，有些许苍凉、忧伤。行走的艰难，城市生活的不易，都含在里边了。一时众人都跟着吼唱。吼着吼着，人们全都泪流满面。带几分酒意，不知怎的，连祁小元都被感染了，也跟着掉了泪。爷们儿都不容易呀！

往下，受情绪的感染，敬酒的人越来越多，话也多了，祁小元就半杯半杯地喝……到了最后，他觉得人都飘起来了。真舒服呀！

喝到午夜，祁小元喝趴下了。朦朦胧胧地，他觉得有人搀扶着他往外走。这时，他听见夏保生在耳旁说：哥，明天能早点走吗？他醉得眼都睁不开了，"嗯"了一声，说：听你的。

第二天一早，五点钟的时候，祁小元醒了。他先是听到了"咚咚"的敲门声，等他开了门，夏保生说：哥，你要是不舒服，就多待几天，玩玩。祁小元说：走。走。现在就走。

匆匆收拾了东西，下楼坐上夏保生的奥迪。等车开出酒店，上了林荫道，就见马路两旁停满了出租车。出租车一辆接一辆，整整齐齐排成两行长蛇阵，司机们都戴着白手套，各自站在自己的车前，向祁小元行注目礼。当奥迪缓缓开过时，一街两行出租车一齐鸣笛！

这时，坐在前排的夏保生回过头，说：哥，听见了吗？这是向你致敬，给你送行呢。

祁小元望着路两边一字排开的出租车，大约有一百多辆。这些开出租的都是他的乡亲。五点钟，他们一早爬起来，赶到这里，就是为了给他送行。祁小元心里一热，不知道说什么好了。他说：这，这，不合适吧？

夏保生说：这有啥？都是自家爷们儿！

祁小元自己知道，其实，他并没做什么。可他心里湿湿的。昨天晚上，一个乡亲的话，至今还在他耳边回响。他说：爷们儿，你这是积德呀！这是积德吗？他还真说不清楚。现在想起来，他还是有些恐慌。他记得，没写过几张条子呀。怎么有这么多人都说是他批了条子呢？不管怎么说，此时此刻，除了惶惑和不安，也还是有些感动。

祁小元说：保生，是你让他们来的吗？这不好。

夏保生说：不是。哥，都是自愿的。

祁小元说：自愿的？

夏保生说：你是咱傅夏祁的恩人哪。

恩人？他是恩人吗？祁小元又一次无话可说。

祁小元回到县城的第二天，刚上班在办公室里坐下，王宽来了。王宽一进他的办公室，就咋咋呼呼地说：哥，元儿哥，听说你去了杭城？咋样啊，这回开眼界了吧？我早就说，洗了吧，按了吧？那杭城的姑娘……

可是，没等他把话说完，不知怎的，祁小元一股无名火蹿上心头，他一拍桌子，厉声喝道：出去！

王宽立时傻眼了。他站在那里，进退不是……过了片刻，他突然脸上堆满笑容，说：明白了。打嘴！祁所，祁所，对不起，祁所……

这时，祁小元也觉得有些过火，就缓下脸色，说：这大小也是个单位！一进门就咋咋呼呼的，像话吗？

王宽说：祁所，我以后注意。

可奇怪的是，自王宽挨了"熊"之后，他再找祁小元办事，就畅通无阻了。他们谁也没再提银行卡的事。当然，王宽仍然每月往卡里打钱。

二十五

慢慢，关于"十里香"，又有了新的传说。

那又是老人们在时间里筛漏出来的一句闲言。

他们说，夏家祖上有一位三姑奶，就是葬在这棵杏树下。她原是想离家出走的，跟一个男人……可最后又回来了。为什么呢？没有人知道。这是夏家的秘密。

但我们傅夏祁的人都知道，那位三姑奶是全村最美丽的姑娘。老人们说，她曾是我们傅夏祁的一张画。据说，当年，她是坐船走的。她走后，"十里香"三年没有开花。

那么，葬在杏树下的，究竟是哪一代的三姑奶呢？没人知道。人们说，在刮风的日子里，细听，摇摇曳曳的老杏树在说一个字：走走走。

二十六

这年的大年三十，祁小元开着所里的车回家了一趟。

以前，为了躲避村人的纠缠，他已很久没回村了。现在，说不清为什么，他觉得，他终于有资格回家了。

马上就过年了，村子里开始热闹起来。在外打工的村人大多是开车回来的，村街的路边上已停了许多车辆。特别让祁小元惊讶的是，在村街里停放的各种车辆中，竟然还有奔驰、宝马这样的豪华轿车……当祁小元开车缓慢经过时，却被一辆车挡住了路。倒车的是在杭城开出租的祁栓柱。栓柱说：叔回来了。我这就给你让车。祁小元说：栓柱，真行啊，开上宝马了。栓柱贴近些，小声说：叔，你可别给别人说，车是我借人家的。不瞒你说，咱自己的是辆夏利。一家人都回来了，坐着挤。还要个脸气不是？

祁小元没再说什么，只"噢噢"了两声。

进了家。见小元回来，娘自然高兴。忙让小珍给哥打洗脸水。娘问：月文呢？她娘俩怎么没回来？祁小元说：月文值班呢。我明天也要值班……娘说：没跟你生气吧？祁小元说：没有。生啥气呢。娘：那就好。听小珍说，你那丈母娘，说话死难听……就等你回来下饺子呢。

到了晚上十点，鞭炮声响起来了。一个村街，从东到西，炮声不断。先还是断断续续的，一阵阵的，而后就连成片了。孩子们穿着新衣，提着各样花灯笼，在街里跑来跑去点炮玩。村街当中还有人放烟火，大礼花"咚、咚"响着，冲天而起，五彩缤纷。鞭炮的硝烟、炸年货的油烟弥漫开来，村街一扫平日的冷清，显得十分红火。小元感慨，到底是老家，年味、人情味都要比城里浓。

到了十一点之后，家人都已经睡下了。祁小元家门前，突然响起了鞭炮声，大约是一千头的，"噼噼啪啪"地响个不停。响过之后，就听有人高声喊：婶，祁所，金生给您拜年了！

过一会儿，又有鞭炮声响起了，大约是两千头的，炸声更响了……接着又有人喊：祁所，秋实给您拜年了！

再往下，三千头的，五千头的，还有冲天的礼花、二踢脚，"砰砰叭叭"地炸开去。往下，鞭炮声就一直响着……有人高喊：祁所，国有给您拜年了！

……拜年了！

……拜年了！

……拜年了！

那脚步声时时地在院子里响起……娘坐在床上，一一告诉祁小元，这是谁家的谁，那又是谁家的谁谁……娘是真高兴，娘说：这是咋回事？那运成家，早年生产队的时候有秧儿，多年都不来往了，今儿咋又上门了？

小珍从床上跳下来，趴在窗户上往外看，兴奋地说：哥，这炮仗可都是冲你来的。你咋恁大面子哪？

祁小元说：胡说。睡你的。

第二天一早，祁小元起床后，开了门，发现院子里铺了一层红红黄黄的炮仗纸屑。纸屑厚厚地铺满了整个院子，花花绿绿的，就像地毯一样。祁小元刚拿起扫帚，就听娘隔着窗户喊道：大初一的，可别扫，那是财！

祁小元在院子里怔怔地站着，忍不住笑了。

不一会儿，一辆豪华版的凯迪拉克停在了门口。从车上下来的是傅家老二，傅二毛。傅二毛披着一件呢子大衣，手里提着大包小包的礼物上门了。

傅二毛说：祁所，过年好！给您，给俺婶子拜年了！

祁小元应道：过年好。家人都好。

傅二毛说：祁所，爷们儿都感你的恩哪，一直想见见你，可你太忙。这回，我可是排第一吧？

祁小元说：二毛，都是乡亲，不用客气。你，咋还开车？

傅二毛说：我昨晚上才回来，是在县城宾馆里住的。那里有暖气不是？在南方待得时间长了，家里太冷，住家不习惯了。

祁小元"噢"了一声。

傅二毛说：祁所，我还没进家门呢，先来你这儿。哥，我知道咱村想请你吃饭的人多。今年，先说好，我排第一号。谁也别跟我争。谁争我也不认。初五之前，时间你定，咱就在县城"第一楼"如何？

祁小元说：心意我领了。饭就不吃了，我还值班呢。警察值班时不能喝酒，这你是知道的。

傅二毛说：知道。那就再定吧。反正初五之前。

祁小元说：好。电话联系。

送走了傅二毛，祁小元折身回来，在院子里转了一圈，对娘说：娘，我不能在家待了。我得赶紧走。

娘看看他，明白他的意思。待会儿拜年的人会越来越多，他是不想欠那么多人情……就说：那你回吧。初五？

祁小元说：我知道，记着呢。

祁家初五是上坟的日子。

如今，祁小元也有手机了。两部手机。一部工作用，得二十四小时开机。另一部才是专门对外的。过年这几天，祁小元那部对外的手机一直关机。躲到初五，总算把能躲的饭局给躲掉了。可初五是必须得回的。

祁小元本该一早就回去上坟祭祖的。可初五这天下雪了。雪下得大，夜里高速路出了起大事故，整个交管部门全出动了。祁小元一直忙到中午，匆匆吃了碗面，开上车就往家赶。

路滑，不好走，祁小元到家已经是半下午了。祁家坟地在东坡，远一些。匆匆忙忙给先人上了坟，烧了些纸钱。这时候，娘说：知道你不愿见人。可人家都来了，还放了炮。别家不去，几家亲戚，你总得走走吧？

祁小元想，至亲也就三两家，那就走走吧。

串了几家亲戚后，天已擦黑了。走在村街里，祁小元发现，刚刚初五，整个村街就一下子静下来了。本是几千口人的大村子，几乎连个人影都看不见了，静得有些可怕。

这些年，村里的人也算是富了。村里盖了很多新房，都是两层或三层的，墙上贴着瓷片。站在空空荡荡的村街里，展眼望去，很多房子连灯都没有，黑乎乎的，外贴的瓷片发出冰冷的寒光，看上去瘆人。这初五刚过，呼啦啦，人都走完了。在通往村外的雪地上，印着一些杂乱的车辙和脚印，全都是朝东朝南……也许有一天，他们就不会回来了。那会是一种没有了脚印的人生。

祁小元踱到村口，忽见废弃不用的旧磨盘上立着一个桩子。等他走近时，才发现不是桩子，是个人。这人是王宽。他很惊讶地问：宽，你在这儿干啥呢？

王宽说：祁所，我堵你呢。

祁小元笑了：冷呵呵的，你堵我干啥？

王宽说：祁所，我的哥呀，你是真难找啊。打手机你手机不开。去家找，家里没人。我知道你初五上坟。我不在这儿堵你，我上哪儿找？赶快吧，"第一楼"，二毛、我哥，还有村里老少爷们儿的代表都齐了，就等你了。都在那儿候着呢。

祁小元说：你知道，我不喝酒。

王宽说：不喝也得去。一圈子人等着呢。这回可不是我请，是二毛。二毛发达了，非要表示表示。你可是答应过人家了。

祁小元一想，也确实答应过。无奈地说：那，走吧。

在路上，王宽说：祁所，那姓崔的也太黑了。原来办一"照"二百三百，这都好说。后来涨到五百。五百就五百吧。这会儿他又想涨呢。你能不能侧面说说他，也不能太过分了。你说是不是？

祁小元一怔，说：崔国定？

王宽说：可不。

祁小元脸一沉，什么也没有说。

二十七

这一年闰三月。就是说，有两个三月。

在第一个三月里，杏花开得格外的妖艳。那杏花就像是开爆了似的，一树粉红色的灿烂！远远望去，就像是怒放的红云，一团一团地炸着……人们说：三姑奶显灵了！

先是村人们前去祭拜。而后，十里八乡的人都来祭拜。一时间，树上挂满了红色的布条……

在第二个三月里，刮起了大风。大风一连刮了三天三夜……这一年，"十里香"没有结果。

二十八

初五这天晚上，说是不喝，也还是醉了。

这晚人不多，都是如今村里的发了财的大户。客是傅家的傅二毛请的，酒喝的是茅台，还上了大龙虾……开初，在酒宴上，几位乡党说的大多是谁又挣了多少，谁买了什么好车……这些，祁小元没接话，也不太感兴趣。后来傅家老二的几句话，却一下子打动了他。傅二毛说：祁所，你知道我为啥一定要请到你吗？我告诉你，是你给了我长度和宽度，给了我自由。有了车，千里万里，都不在话下了。我再说一句，哥哥，你知道我媳妇是干啥的吗？在天上飞的，空姐！要不是开出租，一趟趟接送……我会找到这么漂亮的媳妇？可话说回来，我刚拿到"照"，初开车的时候，说句笑话，这车就是只老虎，我每日里就像是骑在虎背上，在路上，谁要叫我，我头都不敢扭啊！现如今，不客气地说，车的宽度，就是我的宽度；车的长度，就是我的长度，无论多窄的路，凭感觉，我就能开过去。这是我的经验一。我的经验二，油门、刹车，不是踩的，是"含"的。大多时间，我的脚不是"含"在刹车上，就是"含"在油门上。"含"是一种感觉……经验三，听声音，车一发动，我听一听声音，就知道车有没有问题，它就像自己的身体一样……我这三条经验，给谁说谁服气。祁小元听了这话，心里像是卸下了千斤重担似的，一下子也激动了。他主动说：二毛，就凭你这几句话，我喝一杯。怪不道你能当老板。傅二毛马上说：祁所，哥哥，其实，茅台不醉人。大过年的，今儿都是自家爷们儿，没有外人。我再敬你一杯。接下去，既然喝了这一杯，众人也都跟着敬起酒来……可什么时候醉的，怎么就喝醉了，祁小元记不清了。

第二天早上醒来，觉得头晕乎乎的，恍惚间就觉得身边有动静。开初他没多在意，意识还在一片混沌中。过一会儿，他扭过身来，忽然发现身边还真躺着个人，竟然是个女的！

他忽一下坐起身来，扭头再看，还真是个女的。看模样还是个姑娘，这姑娘下巴上有颗痣，被子只盖了一半，身上穿着透明的吊带裙，半裸着身子，头发散乱地铺在枕头上，正呼呼地睡着……祁小元四下看了看，这像是县城的一家新开的宾馆，据说还是四星级的。他赶忙找衣服。还好，警服在沙发上扔着……他一下子跳将起来，匆匆穿上衣服，匆匆去卫生间胡乱擦了一把脸，而后蹑手蹑脚地往外走。心里说：赶紧走。赶紧。

当祁小元刚要推门时，就听见身后有人燕声叫道：哥哥，这就走啊。

祁小元回过身来，见那吊带女子半裸着身子坐在床上，两只乳房像跳兔一样动着……祁小元有些慌乱，垂下眼睑，说：我，我怎么在这儿呢？

那女子说：你不记得了？

祁小元说：不、不记得。谁、谁把我送来的？

那女子说：不是你要的吗？你打的电话，要的陪夜。

祁小元一惊：我、我要了陪、陪夜？

那女子说：是啊。我都没想到，还是个警察哥哥。

祁小元慌了，语无伦次地说：不是我要的。真不是我要的。我真没要……

那女子笑眯眯地望着他，说：哥，谁要的不一样吗？

祁小元深吸一口气，说：我我我，没那个、啥吧？

那女子直了直身子，说：你说呢？都一样。反正是包夜。你要是现在想，也行。来吧。

祁小元推门就走。那女子在他身后笑着喊道：看你吓的。喂喂，别跑啊，老板替你付过钱了。

进了电梯，祁小元的心还是"扑通、扑通"直跳……电梯到了一楼，祁小元正了正警服，从电梯里走出来，就见王宽在吧台边的沙发上坐着。见他下来了，慌慌地迎上来，说：祁所，睡得还好吧？

祁小元说：还行。

王宽又说：安排得，还行？

祁小元没好气地说：滚蛋。

这时候，王宽却一磨一磨地走上前，苦着脸说：祁所，出了点事。

祁小元心里一紧，说：出啥事了？

王宽说：是……栓柱。昨天夜里，他急着回杭城，在颍平那边高速上……出车祸了。

祁小元问：你怎么不早点叫我？严重吗？

王宽说：是怕你……我哥、二毛他们，都赶过去了。

祁小元急了：我问你严重不严重？现在人在哪儿？

王宽说：我哥刚打来电话，说是，在、在殡仪馆呢。

祁小元脑海里"轰"的一声，说：走。看看去！

上了车，王宽说：我哥在电话里说，交警勘查过了。说是天黑，栓柱错过了一个路口，正往后倒呢，撞了一辆大卡……还是全责。我哥的意思，看你能不能给那边的交警说说……

祁小元沉着脸，一声不吭。

到了颍平的火葬场，进了殡仪馆，只见哭声一片。栓柱两口子，还有他娘跟孩子，一家四口，走时活生生的，现在全进了冰柜了……车也毁了。那车，宝马车，还是借的。他在杭城郊区分期付款买的房，也才交工……老叔雁来，像傻了似的，木呆呆的，在殓房的门口蹲着。

是啊，人没了，还留下了一个天大的窟窿……

祁小元走过来，上前怯怯地叫了一声：叔。

没想到，老叔雁来忽一下蹿将起来，朝祁小元的脸上吐了一口：呸！

众人都围上来了。王宽赶忙上前拦住：雁叔，你疯了？这也不能怨祁所呀。

夏保生他们也都劝道：节哀。雁叔，节哀。咱先处理事……祁所是来帮咱处理后事的。

祁小元的脑海里嗡嗡的，一句话也说不出来了。此时此刻，他突然想起了栓柱自编自唱的歌：

我们是钉。我们是钉。

水泥钉！水泥钉！

只要一个缝，只要一个缝——就揳下一条命。

生儿育女！生儿育女！

我们是虫。我们是虫。

毛毛虫！毛毛虫！

只要一个缝，只要一个缝——就揳下一条命。

生儿育女！生儿育女！

祁小元手捂着脸，哭了。

就此祁家的墓地里，又添了四座新坟。

后来，有传言说，栓柱出车祸时，他身上没戴"护身佛"。

二十九

如今，村里人越来越少了。

那棵老杏树"十里香"却成了一株被人常年祭拜的神树。

老树的身子已经被烟火熏得越来越黑了。它身上挂满了红布条。在刮风的日子里，一树红布条随风摇曳……就像是招魂的幡。

三十

大风起于青蘋之末。

夏天的时候，车管所的老崔，崔国定，出事了。

崔国定出事是他老婆告发的。崔国定是车管所直接办理驾照业务的经办人。他这些年给人办"黑照"，手里有了不少钱。人一有钱，胆儿就肥了，他竟然在县城里包养了两个女人。可笑的是，两个女人还住得很近，东大街一个，西大街一个，离崔家只隔一条路，没多久就被他老婆发现了。他老婆是个很泼辣的女人，一天，她把两个人堵在了被窝里……而后，她揪着这个女子的头发，让人敲着锣，直接揪到了县委大门口。不久，崔国定被县纪委"双规"了。他被带走前懊丧地说：败家娘儿们！

　　崔国定"双规"不久，第二个被带走的是王宽。带王宽时，他说：爷们儿，弄错了吧？我是民营企业。是……残疾人，还是政协委员。你们不能抓我。人家说：谁犯法也不行。老实点。还朝他屁股上踹了一脚，于是他老老实实地跟着走了。

　　没过多久，第三个被"请"去的，就是祁小元了。祁小元刚被带进去的时候，纪委的人还比较客气，问：说说吧。祁小元有些茫然：说什么？人问：说什么你不知道？祁小元不语。

　　到了第二天，纪委的人把条子拿出来了。纪委的人把条子往桌上一拍：自己看！条子厚厚的一摞。大约六七年时间，一共是一千七百二十一张。祁小元一张张看了条子，没想到竟会有这么多！他忽一下子跳起来了，大声吼道：这不是……立时，几个人上去按住他：坐下！

　　祁小元挣扎了几下，突然像泄了气的皮球一样，一屁股蹲坐在椅子上。

　　纪委的人问：不是什么？这些条子不是你签的？

　　祁小元闷了一会儿。他知道，那些"条子"有一半是村人的。突然间，他看见了那一百多辆同时鸣笛的出租车，听见了大年三十的鞭炮声，看见了白发苍苍的老母亲。是啊，都到了这一步了……他沉默了。

　　纪委的人说：我再问一遍，是你签的吗？

　　祁小元沉默了一会儿，说：算是吧。

　　纪委的人说：是就是，不是就不是。算是？你只需要回答"是"或"不是"。

　　祁小元说：是。

　　纪委的人说：章也是你盖的吧？

　　祁小元说：是。

　　纪委的人再问：再看看，是不是你的签名？

　　祁小元说：是。

　　纪委的人问：你有什么要解释的吗？

祁小元说：没有。

纪委的人觉得有些条子的字迹模糊，不像是祁小元签的，提示他说：再看看，是不是你签的？好好想想。想清楚了再回答。

祁小元沉默了一会儿，说：能让我再上一次岗亭吗？

这么一来，祁小元的下场很惨。那张银行卡，自然要上交；买房子交的首付，自然也得退回去交公。就这样，算来算去，仍然对不上数……从证据上说，他写了那么多条子，钱却没有那么多，这是怎么回事？再次审问祁小元，他只是不语。不回答就是默认。这就是态度问题了。所以，只能从严处理了。

此后，在半年的时间里，最先被抓进去的崔国定，因为检举有功，退赔了受贿钱款后，被开除警籍，判二缓三，不久就放出来了。

王宽，王瘸子，因为积极检举揭发，再加上本身是个民营企业家，还是残疾人……也保外就医，给放出来了。

唯有祁小元，因知法犯法、滥用职权、索贿、受贿的罪名被判了七年。祁小元被判刑后，收到的第一份文件是《离婚协议书》。这份《离婚协议书》是律师送来的。祁小元什么也没有说，就在上边签了字。

律师问：你还有什么要求？

祁小元摇了摇头，说：没有。

祁小元被判刑后，没有人知道他被带到什么地方去了。这人就像是消失了一样。

王宽出来后，过年的时候，曾经回过傅夏祁。他瘸着腿，见人就说：元哥不是我揭发的。真不是我。我什么都没有说……可是，人们不信。

不过，他的相生驾校仍然在办。可从此，他再也没脸回傅夏祁了。

春去春来，时间过得很快。据说，有一天，夜半时分，在县城的中心岗亭上，有人站在岗亭上指挥交通。据过往的司机说，那个站在岗亭上指挥交通的人，虽没有穿警服，可指挥起交通来，手势比交警还要娴熟。那很像是一个人……他的每一个转身、回身，都踢踏有声，而后是敬礼。他向东西南北四个方向行礼……那行礼的姿势标准极了！

如今，留在村里的人越来越少了。还据说，在我们傅夏祁，每年的五月，村里那棵老杏树下，会有人放上一个小草筐，筐里放着八个麦黄杏。那杏就一直在筐里放着……因为上边有眼。也许是鸟，鸟儿在杏上啄出眼睛来了？

于是，那杏就像凭空长出一双眼睛。长了眼的杏望着偶尔路过的村人……一直到那些长眼的杏慢慢烂掉，没人敢吃。

我说过，我们傅夏祁人是感恩的。祁小元被判刑后，由深、杭两地老板夏保生和傅二毛挑头，村人联合出资，把祁婶和小珍的生活包下来了。祁婶常常一个人在村街里走过，风吹着她的满头白发，嘴里念念有词，说：人物。人物。而后，一天晚上，下雪的时候，她悄无声息地走了。

听到消息后，在外地打工的人基本上全都回来了。在夏保生的主持下，傅夏祁三姓的亲戚们，抬棺的抬棺，打墓的打墓……出殡时，纸钱像雪片一样铺满了出村的路。在前边打幡的是小珍。这时候，祁小珍已大学毕业。据说是在北京找了工作，送走母亲后，她也走了。

夏保生如今已是杭城人了。有车有房有户口，还有钱。一家人都迁走了。过年也不再回来了。

只是，再没有了祁小元的消息。

有人说，他已经死了。还有人说，他还活着。在某个城市里，隐姓埋名，开出租车呢。

如今的傅夏祁，几乎家家户户的房子都翻盖过了。多是两层或三层的楼房，个别有四层的。且多数人家在墙上贴了白色或红色的瓷片，看上去亮堂堂的。家家户户也都有了卫生间……只是，楼里大多是空着的。

最近两年，即使是年关，回来的人也越来越少了。

在下雪的日子里，连麻雀都很寂寞。

2019 年